# 新疆地域文学与文化研究

新疆大学人文学院　编

上海古籍出版社

图书在版编目(CIP)数据

新疆地域文学与文化研究／新疆大学人文学院编
.—上海：上海古籍出版社，2022.12
 ISBN 978-7-5732-0026-6

Ⅰ.①新… Ⅱ.①新… Ⅲ.①地方文学史—文学史研究—新疆②地方文化—研究—新疆 Ⅳ.①I209.945
②G127.45

中国版本图书馆CIP数据核字(2022)第220118号

### 新疆地域文学与文化研究
新疆大学人文学院　编
上海古籍出版社出版发行
(上海市闵行区号景路159弄1-5号A座5F　邮政编码201101)
(1) 网址：www.guji.com.cn
(2) E-mail：guji1@guji.com.cn
(3) 易文网网址：www.ewen.co
常熟市新骅印刷有限公司印刷
开本787×1092　1/16　印张29.5　插页3　字数582,000
2022年12月第1版　2022年12月第1次印刷
ISBN 978-7-5732-0026-6
I·3577　定价：148.00元
如有质量问题，请与承印公司联系

# 序　言

## 高　波

近十年来,新疆大学文学院的同事们在新疆地域文学及文化研究方面,取得了一系列成果,将这些研究领域相对集中、彼此又具有一定关联性的研究成果辑成一部文集,很有意义。

文集分为三卷,第一卷主要是文学方面的研究。其中《唐诗中的胡姬形象及其文化意义》一文,对唐诗中屡屡出现的"胡姬"形象作相关研究,涉及其人种、来源、服饰、妆容、身份职业以及乐舞技艺等诸多方面的内容,这一形象承载着大量唐代西域民族文化信息,对从地理、民俗以及文学艺术等领域研究古代西域文化及中西文化交流情况,具有值得重视的参考价值。《契丹人在西域之活动及其文学创作》梳理了较少为人们所关注的契丹人在西域的汉语文学活动,在此基础上,以耶律楚材和岑参为个案,比较了二人创作风格的不同,进而揭示出契丹人和汉人创作的西域诗歌有同有异、异大于同的特征及其根源。由于在《元史》中无传,元代诗人萨都剌生平资料的记载或模糊不清或均被研究者置疑过,因此解决相关的基本文献问题,是推进萨都剌研究的关键。《萨都剌伪诗考辨》在分析萨都剌研究概况及存在问题的基础上,就新发现的萨都剌名下的作者重出诗作考辨,一并考辨了萨都剌《雁门集》(成化本)的真伪和萨都剌的籍贯,在文献实证的基础上提出了自己的看法。

新疆生产建设兵团的设置,具有重大的现实意义和深远的历史文化意义。兵团人屯垦戍边的历史记忆与当代文化生产之间的互动关系,是必须直面的现实问题,也是值得探讨的理论问题。人口结构的变迁导致兵团人的主体构成发生了重大变化,屯垦戍边认同的代际差异使得新疆当代屯垦文化的主体性遇到了新的挑战,《当代新疆屯垦口述史——跨文类的历史叙述与记忆文本》探讨在历史的大叙事中,个人经验与个体记忆如何选择? 叙述主体如何讲述? 口述历史如何启动记忆/失忆机制,重构一种当下的历史叙述话语实践并服务于文化认同的建构? 通过对兵团屯垦口述史的重返与细读,相关的探究具有现实意义、理论意义并尤显新疆特色。

第二卷中的研究成果涉及古代非汉语文献、考古和民俗等方面。回鹘文《大方广佛华严经》散落于世界各地,近几年陆续刊布并得到学者们的关注和研究。《傅斯年图书馆藏回鹘文〈华严经〉研究》对回鹘文《华严经》在各地的收藏和研究情况作了综述,对傅斯年图书馆藏回鹘文《华严经》进行了考订,并对其中与羽田收藏回鹘文《华严经》图片可以缀合的《十地品》和《十定品》部分进行了语文学考证研究。通过分析相关材料,提出回鹘文《四十华严》和《八十华严》的译者皆为安藏,且二者为一个整体的观点。《新疆地区出土的先秦时期马具研究》对新疆地区出土的古代马具作了充实具体的呈现。文中对先秦时期西北游牧地区的马具作了精细的型式划分,具体标明其出土地点和材质,并以大量的图片和精准的尺寸标注,直观准确地呈现了这些马具的形态特征。文中还探讨了这些马具的历史演变,呈现这些马具的历史阶段性特征和地域特征,并揭示出西北游牧地区随葬马具的习俗逐渐被殉马所取代的历史进程。《南疆四地州民俗旅游概况》在介绍地区自然风貌和人文历史概况的基础上,对新疆"南疆四地州"(喀什地区、和田地区、阿克苏地区和克孜勒苏柯尔克孜自治州,简称"克州")的民俗旅游资源作了详细生动的描述,既呈现了"南疆四地州"丰富的自然景观、历史人文景观和独具特色的民族民俗风情和特产美食,也为如何开发民俗旅游资源、促进经济发展提供了思路和对策,将学术研究和现实发展紧密地结合起来。

第三卷是语言学方面的研究成果。《新疆双语教育史研究》探讨中国古代的新疆双语教育史,集中探讨其中具有代表性的历史阶段:两汉、唐朝和清朝。结合各历史阶段的基本情势,文中具体介绍了古代新疆汉语教育的相关情况,既呈现了汉语、汉文学和汉文化在西域的历史传播及其影响,也概括揭示出中国古代新疆的双语教育在政策模式上具有德化怀柔、协和万邦;核心辐射、边缘内附;因地制宜、因势利导等特点。

学习者在第二语言习得中所犯的错误,正是他们学习第二语言的难点,因而也是第二语言教学的重点。《第二语言习得中的偏误分析研究——以维吾尔族习得汉语为例》在应用语言学、心理学以及偏误分析理论的指导下,对维吾尔族学生在汉语学习中出现的词汇、语法、语用方面的偏误进行了宏观动态分析,主要分析偏误的类型、特点以及偏误产生的原因,并在此基础上提出在教学过程中所应采用的策略和程序,这样的研究,具有很强的实用性和可操作性。对外汉语教育方兴未艾,对外汉语教育的师资问题,无疑是事关成败的一个关键。《面向中亚国家汉语教育的师资问题研究》结合吉尔吉斯斯坦孔子学院的发展概况,从国际汉语教师的跨文化传播适应、国际汉语教师的语言修养、国际汉语教师的本土化三个方面,探讨国际汉语教师的素质和培养问题。文中指出跨文化适应策略应是双向的、多维度的综合集成;语言修养提升是国际汉语教师终身追求的目标;师资本土化是解决汉语境外传播瓶颈问题的有效途径。同时还具体深入地论证了汉语教学师资本土化的可行性及对策,相关研究具有现实的针对性和可行性。

《维吾尔语情感语义资源建设与分析方法研究》将传统的情感语义研究和计算语言技术和方法结合起来,探讨了维语情感语义资源的建设体系、收集加工规范、文本情感自动识别等关键技术。研究成果可对维语文本进行有效的情感分析,帮助相关部门在产品推荐、民意调查、报刊编辑等工作中起到快捷的分类作用,可为网络舆论倾向、信息监控、邮件过滤和侦查工作等提供基础资源及技术支撑,推进这些研究成果的实用化,对维护国家统一和民族团结有着重要的现实意义。

需要说明的是,辑在这部文集中的,还只是近年来新疆大学文学院同事们的部分研究成果,但从中也显出了我院科研成果的广度和深度,以及在此基础上所形成的科研特色和相对优势。这些研究领域相对集中、彼此具有一定关联,同时又呈现出多样性和地域特色的研究成果,会让读者多方面受益。

是为序。

2021 年春于新疆大学

# 目　　录

序言 ……………………………………………………………… 高　波（1）

## 第一卷　文学卷

唐诗中的胡姬形象及其文化意义 ……………………………… 邹淑琴（3）

契丹人在西域之活动及其文学创作 ……………………………… 和　谈（47）

萨都剌伪诗考辨 ………………………………………………… 段海蓉（101）

当代新疆屯垦口述史
　　——跨文类的历史叙述与记忆文本 ………………………… 邹　赞（150）

## 第二卷　历史与民俗卷

傅斯年图书馆藏回鹘文《华严经》研究 ………… 阿依达尔·米尔卡马力（185）

新疆地区出土的先秦时期马具研究 ……………… 艾克拜尔·尼牙孜（232）

南疆四地州民俗旅游概况 ……………………………………… 朱贺琴（275）

## 第三卷　文化与教育卷

新疆双语教育史研究 ………………………… 廖冬梅　赵　平　吴晓林（329）

第二语言习得中的偏误分析研究
　　——以维吾尔族习得汉语为例 ……………… 夏迪娅·伊布拉音（352）

面向中亚国家汉语教育的师资问题研究 ……………………… 赵永亮（396）

维吾尔语情感语义资源建设与分析方法研究 ………… 冯冠军　田生伟（419）

第一卷

文学卷

# 唐诗中的胡姬形象及其文化意义

邹淑琴

**提要:**"胡姬"具体是指我国古代由西域来到中原地区的少数民族女性,主要是粟特人。这一词语在正史文献中基本上没有提及,但在唐诗中却比比皆是,唐代许多著名诗人如李白、杜甫、白居易、元稹等人的诗文中都屡次出现"胡姬"形象。这些诗作对胡姬形象的描写涉及其人种、来源、服饰妆容、身份职业以及乐舞技艺等众多方面的内容,因此,这一形象承载着大量唐代西域民族文化、艺术信息,在民俗、生态、文学、艺术等领域对研究古代西域文化以及中西文化交流情况等方面都具有一定的参考价值。同时,作为文学形象,研究唐代诗人大量创作和书写这一异域形象的缘由,探查胡姬为中国古代文人提供的文学想象客体价值,从另一个视角展现了唐代独特的人文精神、审美观念、社会心理、生活习俗、艺术风尚等诸多方面的内容,对后世文学创作可谓影响深远。从另一个角度来看,唐代胡姬虽不是作为西域官方遣唐使者的身份来华,但她们实际上承担了传播西域文化、艺术的作用,在唐代中原与西域乃至整个中西方文化交流的过程中,具有一定的文化传播和民族融合的媒介价值。

在唐代诗文中,胡姬这一形象屡见不鲜,李白、杜甫、白居易、元稹、岑参等诗人都多次写到胡姬,如李白的"胡姬貌如花,当垆笑春风"、贺朝的"胡姬春酒店,管弦夜锵锵"、张祜的"为底胡姬酒,常来白鼻騧"、白居易的"送君系马青门口,胡姬垆头劝君酒"等等。《全唐诗》中,具体出现"胡姬"一词的诗作就有二十多首,还有一些诗中使用的是"酒家胡"一词。另外还有诗人写了数十首与胡姬相关的、西域乐舞艺术方面的诗作,如白居易、元稹都写过《胡旋女》,张祜等人写了《柘枝舞》数首等。可见,胡姬这一形象虽在正史文献中鲜有提及,但在唐诗中却被屡屡书写。那么,"胡姬"具体指称的是什么人?这一形象到底具有什么样的文化特征?

# 一、胡姬形象溯源

## （一）胡姬之"胡"——唐代胡姬的种属问题

### 1. 唐代之前"胡"人概念的演变

"胡"人这一概念的所指经历先秦、两汉、魏晋南北朝、隋唐等不同时期，每个时期指称对象的人种、种族、范围各不相同，"胡"的所指是随着时代、民族的发展而不断演变的。先秦汉文典籍最早称呼异族为"胡"的是《逸周书·王会篇》："东胡黄罴。"《山海经·海内东经》中说："西胡白玉山在大夏东，苍梧在白玉山西南，皆在流沙河、昆仑虚东南，昆仑山在西胡西，皆在西北。"这些都是从胡人所居地域的角度来谈论的，这里也可以肯定的是，最早胡人的概念指的是我国古代北方、西方的那些以游牧为主的少数民族。就是说，胡的概念最早是一种泛称。战国时期，"胡"变为特指匈奴，而自战国之后，这一概念又经历了一个由特指到泛指的变迁过程。

在春秋时期，中国称外族为戎、狄、蛮、夷，而"胡"在典籍中的频繁出现，较早是在战国时期。这种"戎狄非胡"论主要见于和田清和林沄的著述中。①"胡"作为特定民族的概念最早出现在《周礼·冬官·考工记》中："粤无镈、燕无函、秦无庐、胡无弓车。"东汉人郑玄注："此四国者不置是工也。……胡，今匈奴。"《史记·匈奴列传》："秦有陇西、北地、上郡，筑长城以拒胡。而赵武灵王则变俗胡服，习骑射，北破林胡。"因此可知"胡"在战国时期特指匈奴。汉文化中对胡人的这种认识是在东汉转变的，直至魏晋南北朝时期。

"胡"由特指匈奴转变为泛指西域、中亚等地的民族，发生在东汉时期。②《汉书·元帝纪》："秋，使护西域骑都尉甘延寿、副校尉陈汤挢发戊己校尉屯田吏士及西域胡兵攻郅支单于。"据陈建文博士论析，"此传中之胡兵应非匈奴而系西域诸国之军队"。③到东汉后期，"胡"虽仍有方位与种族两种含义，但其所指称的具体族类已经扩大，既包括了曾隶属于匈奴的某些部落、部族或氏族，如屠各、卢水、羯胡、乌丸、稽胡等，也包括一些来自异国的西域白种人。④ 随着历史的推移，"胡"这种称谓所指的变化更加明显，到魏晋时期，汉文典籍中的西域各国人都因其特殊的体貌特征而被称为"胡"："六朝以

---

① ［日］和田清：《周代の蛮貊について》；吕绍刚编：《金景芳九五诞辰纪念文集》，吉林文史出版社，1996年，第319—326页；林沄：《戎狄非胡论》，载吕绍刚：《金景芳九五诞辰纪念文集》，1996年，第101—108页。
② 岑仲勉：《伊兰之胡与匈奴之胡（1944年5月）》，林幹：《匈奴史论文选集（1919—1979）》，中华书局，1983年，第33—34页。
③ 陈建文：《先秦至两汉胡人意象的形成与变迁》，台湾师范大学历史研究所，2007年。
④ 李鸿宾："胡人"抑或"少数民族"？，樊英峰：《乾陵文化研究（四）》，三秦出版社，2008年，第15页。

后,史传释典所用胡字,皆不以之斥北狄而以之斥西戎。……除印度外,西域诸国皆谓之胡。"①《魏书·西域传》提到于阗时说:"自高昌以西,诸国人等深目高鼻,唯此一国貌不甚胡。"可见,在魏晋南北朝时期,只要在体貌上与中原地区有明显区别的中国北部、西部以及外来人种和民族,在汉文典籍中基本上都被称为"胡"。具体地说,五胡十六国时期的"五胡",即匈奴、羯、氐、鲜卑、羌。②另外这一时期还有乌桓、柔然、高车(敕勒)、嚈哒、粟特、突厥等民族。这些民族或人种由于其特殊的体貌,在当时的汉文典籍中基本上都被称为"胡"。然而,"胡"的称谓到隋唐时期则再次由泛指转向特指。

2. 唐代的"胡"人

现存的唐史文献中,大凡提到我国周边民族,特别是北方(正北、东北、西北)民族群体时,都有具体的指明,如东西突厥、回纥、薛延陀、吐谷浑、党项、契丹、吐蕃等,而西域地区以昭武九姓为代表的群体则以"西胡""胡人"称呼。美国学者谢弗说:"在中世纪时,包括在唐代,'胡'主要是用于称呼西方人,特别是用来指称波斯人——虽然有时唐朝人也将天竺人、大食人以及罗马人都称作'胡人'。与'胡'这个字相对等的是梵文字 sulì,而 sulì 则来源于由'suγδik'(粟特人)衍生出来的'Sūlīka'这个字,并且在字义上由单指粟特人,引申为指称伊朗人。"③粟特人是操印欧语系伊朗语族中的东伊朗语的一支,即粟特语 sugdian。据英国学者亨宁考证,在粟特文献中,"粟特"写作 swγδ-、suγδ-、sγwδ-、sγuδ-。④ 汉文译作粟弋(《后汉书》《晋书》)、属繇、苏薤、速利、苏哩、粟特(《魏书》)等。在人种方面,根据希腊史料,古代 Soghd(即希腊文 Sogdianoi)一词用来称呼臣服于大流士一世的波斯的伊朗血统的人。⑤《新唐书·西域下》中指出粟特人"始居祁连北昭武城,为突厥所破,稍南依葱岭,即有其地。枝庶分王,曰安,曰曹,曰石,曰米,曰何,曰火寻,曰戊地,曰史,世谓九姓,皆氏昭武。"由此可知,粟特人属于伊朗系统的古代中亚人,其居住范围主要在阿姆河与锡尔河之间,尤以撒马尔罕(Samaerkand)为中心的地区最多。史料文献证明,隋唐时期,胡人大多数情况下专指粟特人。其体貌特征与中原人或北方其他一些民族明显不同,一般来说,他们是高鼻深目多须肤白的白种人。由于唐代中原地区所见最多的就是粟特人,所以很多历史文献直接把胡人说成是粟特人。

---

① 王国维:《观堂集林》卷一三《史林五·西胡考上》,中华书局,1959年,第607页。
② 吕思勉:《胡考(1935年12月)》,林幹:《匈奴史论文选集(1919—1979)》,第45—62页。
③ [美]谢弗著,吴玉贵译:《唐代的外来文明》,中国社会科学出版社.1995年,第8页。
④ [英]亨宁:《焉耆和"吐火罗人"》,《伦敦大学东方学院学报》(BSOS),1938-9-3, p.548.
⑤ The Encyclopaedia of Islam, Vol. IV, Leyden & London, 1934, p.473. "Soghd"(W.Barthold).

公元3到8世纪,也即大体在我国汉到唐之间,尤其是在南北朝至隋唐时期,大批粟特人沿丝绸之路进入中国。粟特人大批来华的原因主要是从事商业活动,他们在唐代文献中被称为"商胡"或"贾胡"。唐代开放包容的政治局面以及繁荣的社会经济、商贸状况形成众多商业机会,吸引了大批粟特人入华并定居,追求东西方之间贸易的高额利润。长安更是粟特人的聚居之地。在《太平广记》等唐人笔记中,有大量关于粟特商人在长安、洛阳,甚至扬州等地从事商业活动的记载。这些粟特人从西域贩运金银器、宝石、玻璃器皿、香料、毛织品、马匹等进入中原,同时,他们也贩运女奴到长安等大都市,①这些女奴被贩运到中原后,大多以精湛的歌舞技艺陪侍中原贵胄们佐酒调笑,并成为很多唐代著名诗人反复吟咏的对象,她们在唐诗中往往被称为"胡姬"或者"酒家胡"。

3. 唐诗中的粟特"胡姬"

唐人所谓的"胡姬"主要指称了三种不同类型的人:北方游牧民族中的妇女;专门从事舞乐,并往往为上层阶级服务的伊兰系妇女;以卖酒为主要职业的伊兰系妇女。②而后两种类型的人数居绝大多数,她们基本都是指来自中亚、西亚的伊兰系妇女,尤其是粟特女子。《乐府杂录》所载唐代著名歌者乐工,大半是九姓胡。她们中有相当大的一部分都是被贩卖到中原的女奴。据林梅村先生考证,胡姬最早出现于东汉时期,魏晋时期,丝绸之路上的龟兹女奴买卖就已非常兴盛。③ 唐代的女奴买卖不仅市场广阔,而且价格高昂,成为粟特人贩往中国的主要商品之一。另外,也有许多粟特人在长安经营酒业,为了招揽顾客,他们出资购买这些来自粟特本土甚至更远地方的女奴,令她们当垆卖酒,并要求她们提供各种服务,如陪酒、表演歌舞甚至性服务,其地位类似于娼妓。

开元前后,唐代社会政治、经济空前兴盛,东西交通空前繁荣,中原地区的"胡化"盛极一时,据《旧唐书·志》记载:"太常乐尚胡曲,贵人御撰,尽供胡食,士女皆竞衣胡服",因此,"胡姬""酒家胡"在这一时期更多地出现在中国。安史之乱发生,唐王朝借助突厥军队收复失地,而突厥军队、回纥士兵中杂有大量九姓胡,即粟特人。这一阶段,胡商势力更大,朝廷不敢得罪他们。于是胡风更盛,这种状况一直持续了将近50年,正如元稹《法曲》:"自从胡骑起烟尘,毛毳腥膻满咸洛。女为胡妇学胡妆,伎进胡音务胡乐。《火凤》声沉多咽绝,《春莺啭》罢长萧索。胡音胡骑与胡妆,五十年来竞纷泊。"

---

① 林梅村:《粟特文买婢契与丝绸之路上的女奴贸易》,《文物》1992年第9期。
② 芮传明:《唐代"酒家胡"述考》,《上海社会科学院学术季刊》1993年第2期,第159—165页。
③ 同上。

虽然正史文献中对胡姬一词鲜有涉及,但唐代文学作品尤其是诗歌中对胡姬的描写却比比皆是,如李白的诗中多次描写了胡姬的举止外貌:"胡姬貌如花,当垆笑春风"(《前有一樽酒行》)、"胡姬招素手,延客醉金樽"(《送裴十八图南归嵩山》);贺朝描写了胡姬的音乐"胡姬春酒店,弦管夜锵锵"(《赠酒店胡姬》);元稹描写了胡姬的舞姿体态"狮子摇光毛彩竖,胡姬醉舞筋骨柔"(《西凉伎》)等等。

当然并不是所有唐诗中的胡姬都是指在中原的粟特卖酒女子,也有少数描写塞外游牧民族生活的诗歌中也写到胡姬,如温庭筠《敕勒歌塞北》:"敕勒金帻壁,阴山无岁华。帐外风飘雪,营前月照沙。羌儿吹玉管,胡姬踏锦花。却笑江南客,梅落不归家。"描写了塞外异族少女的欢快生活,但这类诗文极少。

总的来说,"胡"人在汉文献中的所指历经了几个不同阶段:春秋及之前主要泛指中国北方、西面的游牧民族;战国至西汉专指匈奴;东汉至魏晋时期再次主要泛指北方、西面,尤其是西域的少数民族及来自中亚、西亚的外国人;而唐诗中的胡姬大部分情况下指的是中亚伊朗系的粟特女子,属于白种人。

### (二)胡姬之"姬"

根据上文考述,胡姬属于唐代西域粟特人。那么,为什么唐代诗文中出现胡姬这一形象时一般都使用"姬"这个字,而很少使用"伎"或"妓"呢?从中是否可以反映出唐代在中原地区生活的西域人的身份地位或擅长的技能、职业呢?下面就对胡姬之"姬"字进行溯源,从而进一步挖掘唐代诗文中的胡姬这一形象所具有的特殊文化背景。

#### 1."姬"与"胡"的地缘联系

"姬"字甲骨文写作"㛀",是象形文字。从造字的角度看,"姬"字都与女子有关。从姓氏源流来看,《白虎通·姓名》:"姬,姓也。"姓在最初是一个母系氏族社会的标志,最古老的姓一般都是以"女"旁为姓,如"姜""姬""姚""姒"等等。其中姬姜二姓分别是黄帝、炎帝的姓。《国语·晋语》:"昔少典娶于有蟜氏,生黄帝、炎帝。黄帝以姬水成,炎帝以姜水成,成而异德,故黄帝为姬,炎帝为姜,二帝用师以相济也,异德之故也。"关于姬水和姜水的位置,学术界历来说法不一。《水经注·渭水》:"黄帝生于天水,在上邽城东七十里轩辕谷。"《淮南子·地形训》:"轩辕丘在西方。"《史记·五帝本纪》:"黄帝者……名曰轩辕","黄帝居于轩辕之丘,而娶于西陵之女,是为嫘祖"。一般认为,昆仑地区是黄帝族群的一个重要的早期活动区域。[①] 姜即是"羌",羌族是古代西北的部落,总的来说,姬姜二姓早期是生活在我国北部、西北部

---

① 刘毓庆:《上党神农氏传说与华夏文明的起源》,人民出版社,2008年,第220页。

地区的族群部落，如现在的山西、陕西、甘肃、宁夏、青海、西藏、新疆等地区，后来部分迁至中原。这也在一定程度上说明，"姬"一字从姓氏源流上来看，与西北地区，其中包括西汉文献中开始提及的西域地区，有着或多或少的联系。而上文所述"戎狄"，显然是春秋战国时期乃至汉代对我国西部和北部地区异族的称呼，到了唐代，西域地区的异族则被统称为"胡"。通过对姬姓溯源可见，从地理位置上来说，胡姬之"姬"与"胡"是有联系的。

2. 唐代之前的"姬"及其女性身份的含义

根据以上分析可知，姬姓是远古的大姓，这就引申出姬字的另一种意思，即对妇女的美称。《诗·陈风·东门之池》："彼美淑姬，可与晤歌。"孔颖达疏："姬者，以黄帝姓姬，炎帝姓姜，二姓之后，子孙昌盛，其家之女，美者尤多，遂以姬姜为妇人之美称。"《左传·成公九年》引逸《诗》中就有"虽有姬姜，无弃蕉萃"之语，杜预注："姬姜，大国之女；蕉萃，陋贱之人。"可见，早期"姬"与"姜"都指出身高贵的美貌女子，只是后世一般多用"姬"，"姜"很少用以至于渐渐不用了。《左传》中所见的众多姬姓国妇女多称为姬，如伯姬、叔姬、昭姬、骊姬、秦姬等，于是，后世以"姬"为女性的通称，特别是称呼美貌的女子。

后来，"姬"字形容女子貌美的意义渐渐淡化，身份的含义渐渐凸显，引申出侍妾的意思，而且，"姬"最初所指的往往是诸侯君王或皇帝的侍妾，一般指宫廷中有一定名位的女子。如《汉书·文帝纪》"母曰薄姬"颜注："姬者，本周之姓，贵于众国之女，所以妇人美称皆称姬焉……后因总谓众妾为姬。"而有时公主被称为"帝姬""族姬"等。可见，这一时期的"姬"一般指的是皇室贵胄或名门望族之家的侍妾。汉代以后，"姬"字作为侍妾的意思就更普遍了，但其意义和所指发生了一定的转变，不再仅指王公贵族之家身份地位较高贵的侍妾，而是基本等同于泛称的"妾"了，《集韵·之韵》："姬，妾称。"如《后汉书·宦者列传》："（宦官）多取良人美女，以为姬妾。"

另外，汉代之后，"姬"字所指的对象发生了变化，多指代具有一定的艺术才能的歌女或舞女，如"舞女歌姬""歌舞姬"等，她们往往容姿姣美而又能歌善舞。而此处以歌舞娱人为其主要活动的"姬"，在某些情况下与"伎"或"妓"相类似。"伎"也写作"妓""技"，其来源可追溯到汉代的女乐，这一称呼"当从后汉蓄养家伎之风开始"。"从魏晋起日益兴盛，因而流行了'伎'之称。"①《后汉书·章帝八王传·千乘贞王伉》："伎女二十四人，皆死狱中。"伎，即技，重在其有歌舞技艺，"伎"与汉代带有宫廷色彩的女乐不

---

① 黄金贵：《古代文化词义集类辨考》，上海教育出版社，1995年，第104页。

同，因为是私蓄，所以献艺又献身，其地位介于妓女和妾之间，《北史·高聪传》："有妓十余人，有子无子，皆注籍为妾以悦其情。"可以说，"伎（妓）"无论技艺高低，其身份地位都与奴婢相当。

3. 唐代之"姬"及其歌舞意蕴

在唐代，"姬"很多情况下指的是"妾"。妾往往貌美，因此，唐人称之为"姬"，与姬字的本义相合。被称为"姬"的美妾虽出身卑微，但貌美而多才多艺。

初盛唐随着政治的开放、经济的发展，各种礼仪观念、门第意识逐渐淡化。女性的贞洁观也不像汉代那么强化，这就为各个阶层的妇女，尤其是来自中下层的女性提供了展示自我的环境。因为"姬"字蕴含女子美貌之意，因此，唐代大多数情况下以"姬"来称呼各类有艺术才能的"妓"或"伎"，显得委婉含蓄，尤其是在一些诗人文士看来，用"姬"一字更能显示女性的独特之美，也更符合文人雅士们的风雅情调。因此，在唐代，"姬"成为"妓"字所指代的群体中的一个重要部分。而"妓"字最初产生于春秋时期的"女乐"，指以歌舞娱人并为男性提供性服务的女性，其身份为奴隶、婢女。在唐代前期，"姬"与妓女不同，称呼女子为"姬"含有其美貌、善于歌舞等含义，有欣赏、赞美的意思，使用这个字恰好迎合了当时诗人们追求高雅的情趣，除去了"妓"字的世俗、风尘之气，因此在初盛唐诗作中多用"姬"字。

唐代由于丝绸之路的畅通，中原与西域的文化、商贸交流的发展，胡汉各民族交往频繁，西域文化流入中原地区。来到中原地区的胡人们带来了西域特有的乐舞艺术。其中一部分来到中原的西域胡人女性被豪门富户私人蓄养，以供主人娱乐游宴，更多地则往往出现在长安、洛阳、扬州等大都市中一些胡商经营的酒店或其他娱乐场所中，以美艳与歌舞侍酒。为了谋生，她们必须不断提高自己的乐舞技艺，以博得尚好胡风的中原达官贵人、文人名士们的垂爱。唐代文人名士在诗作中屡次写到美艳的卖酒胡姬，如张祜《白鼻騧》、李白《送裴十八图南归嵩山》等。有些诗作还着力书写胡姬的舞蹈技艺，如白居易《胡旋女》、李端《胡腾儿》、张祜《柘枝词》等等。她们的美貌和精彩的乐舞技艺一样，给中原人士留下了深刻的印象。

从以上分析可知，从"姬"字作为姓氏的渊源来看，其在周代之前所属的族群或部落在地理位置上与西北戎狄有一定的关系；其后"姬"用以指美貌的女子，尤其是指有一定歌舞技艺的女性，而歌舞是西域异族尤其擅长的。从这些方面看来，唐代诗人们不厌其烦地书写的胡人女性形象，大多数都使用"姬"字，也是有据可循的。

通过对"胡"与"姬"二字的渊源及其所蕴含的不同意指的探究可见，这两个字本身都与古代西域的人种民族、地理、文化艺术等方面的内容密切相关，因此，唐诗中多以

"胡姬"来指代从西域来的异族女性,显然是再合适不过的了。

### (三)唐代社会"胡风"的盛行及粟特"胡姬"入华

1. 唐代社会"胡风"的盛行

盛唐堪称中国封建社会最发达、强盛的时代,国家统一,经济、政治、文化全面发展。尤其是初唐到盛唐的一百多年间,声威远播,协和万邦,对异域文化广收博采,来者不拒,因此四方宾客,纷至沓来,中外文化交流盛极一时。随着波斯、中亚的胡人大批入华,胡风、胡俗也在中原风靡一时,唐人世俗生活的方方面面,举凡衣食住行、文学艺术、歌舞音乐、节日游乐、宗教信仰,都尽染胡风,长安城中,呈现出一派前所未有的异域风情。正如诗人元稹《法曲》诗云:"自从胡骑起烟尘,毛毳腥羶满咸洛。女为胡妇学胡妆,伎进胡音务胡乐。《火凤》声沈多咽绝,《春莺啭》罢长萧索。胡音胡骑与胡妆,五十年来竞纷泊。"

唐代社会之所以胡风如此兴盛,最主要的原因是盛唐强盛的政治、经济局面,广博开放的文化观念,以及各民族平等和谐的生活态度。具体来说,原因在于:一,李唐的帝王皇室都带有西域少数民族鲜卑族的血统,唐代开国三代皇母皆为胡姓。正因为此,李唐王朝在处理同周边的少数民族关系时,能够视华夷为一家,并推行各民族文化兼容并包的政策。唐太宗说:"自古皆贵中华贱夷狄,朕独爱之如一,故其种落皆依朕如父母。"(《资治通鉴》卷一九八)统治阶层的这种广博的胸怀是造就盛唐胡风盛行的前提。二,统一安定的社会局面,发达的经济、文化水平,开放的政治环境,吸引了无数异域文化因素。唐朝经济和文化处于当时世界先进地位,都城长安更是当时世界上人口最多、最为繁华富庶和文明的城市,为世各国人民所向往。唐朝和亚洲各国、欧洲各国之间的往来呈现出前所未有的盛况。当时的中国成为亚洲各国经济文化交流的枢纽。据史料记载,唐朝与日本、朝鲜半岛、印度半岛、西亚的大食、波斯帝国等都有良好关系。唐代来到中原的西域胡人主要是伊朗系的粟特人。至盛唐时期,长安城内据说聚集着几十万西域侨民,其中许多是伊朗侨民。他们的到来,在长安城刮起了一阵胡风。

正因如此,才吸引了无数胡人、胡商的到来,其中包括胡姬。胡姬酒肆大量出现,胡姬侍酒成为唐代中原文人名士们的时尚生活。众多诗人来到胡姬酒肆畅饮西域美酒、遍览西域美色,书写了一首首描写胡姬的诗作,诗中的胡姬形象生动多姿、与众不同,给人以耳目一新的印象。

2. 唐代"胡姬"的来源

唐代社会政治经济的繁荣和自由开放的社会环境吸引粟特人大量入华。当然,粟特人大量进入中国与唐王朝对其提供和实施的有利的政策支持是分不开的。唐政府在中亚地区和丝绸之路沿线设置了一些行政机构和军事要塞,并驻扎大量军队,一方面为了维护唐朝的主权,另一方面,为了保护商旅的安全。这样,就为粟特商人入华提供了便利而安全的条件和保障。另外,唐代经济的繁荣也极大地吸引了擅长经商的西域"商胡"粟特人。唐政府虽然仍然延续了中国传统观念的重农抑商思想,但对"商胡"的限制相对来说比对汉人经商的限制要宽松得多,例如不允许汉人随便进出国境,但对"商胡"就没有这样严格的限制,可见,唐代对粟特人从事商业活动是持鼓励态度的,进入唐境内的粟特商人可以在中原进行自由贸易。因此,大量粟特商人来到长安、洛阳,更远至扬州、益州、广州等地,都市中的胡人商业繁荣昌盛、规模宏大,例如长安的东市、西市,"市内货财二百二十行,四面立邸,四方珍奇,皆所积集。"①再加上唐代社会开放自由的社会文化风气,对外来文化的吸收,整个社会"胡风"盛行,与粟特人相关的祆教、摩尼教、景教都在当时得以传播,这些都为粟特人来华并居留提供了宽松的外部环境。

　　巨大的商业利益驱使擅长经商的粟特人大量进入中原地区。由于唐朝繁荣的经济所形成的众多商业机会,粟特商人在唐朝境内得到丰厚的商机。粟特商人的主要商业活动是从中原购买丝绸,同时从西域运进体积小、价值高的异域珍宝,如瑟瑟、美玉、玛瑙、珍珠等,因此,粟特人在中国以善于鉴别宝物而闻名。另外还有各种牲畜、器物等。除此之外,奴隶也是粟特人贩运的主要商品。他们所贩卖的奴隶中,有很多是粟特女性,这也是胡姬进入唐朝的原因之一。

　　粟特人的奴隶买卖很早的时候就已经开始了,"早在东汉年间,西域商胡已深入到黄河流域长安、洛阳经商并把胡女卖给东汉权贵和洛阳酒家。"②到魏晋时期,丝绸之路上的女奴买卖日益兴旺。到唐代,女奴买卖成为丝绸之路国际贸易中的大宗交易,市场需求量很大,价格昂贵,成为粟特人向唐王朝贩卖的主要商品。唐代对奴婢买卖的规定虽然严格,但西域胡人买卖胡女的行为却无约束。在贩卖奴隶出入关口申请过所时,奴隶商贩必须出具附券。当然,在进行奴隶交易时,还必须有保人,并由市令发给市券。女奴们被送进这些大都市中经营歌楼酒肆的酒家,为酒家当垆卖酒或侍酒,被称为"酒家胡"。

　　这些来自粟特本土甚至更远地方的女奴被贩卖到异国他乡,其命运就如买婢市券中所说,主人"有权任意拷打、虐待、捆绑、买卖、抵押、作为礼物赠人,为所欲为。"③一些胡人奴婢被买入私人家庭中,成为买主私人财产的一部分。作为家庭奴隶,她们不仅要

---

① (宋)宋敏求:《长安志》卷八,四库本,史部345、587。
② 林梅村:《粟特文买婢契与丝绸之路上的女奴贸易》,《文物》1992年第9期,第50页。
③ 同上,第27页。

承担繁重的劳动,地位也十分卑贱。唐诗中的胡姬或"酒家胡"大多数在公共场所中出现,她们往往是被长安、洛阳等大都市里的一些经营酒业的富裕胡商出资购买,让她们当垆卖酒,或要求她们提供各种服务,如陪酒、表演歌舞甚至包括性服务。可见,被贩卖的女奴之悲惨无异于牲畜。女奴们大多十四五岁就远离自己的故乡和亲人,为了生存,她们不得不提高自身的歌舞技艺,以博得达官贵人们的喝彩。因此,唐代众多诗人吟咏胡姬时,对她们的歌舞技艺总是倍加赞赏。如元稹《胡旋女》、白居易《柘枝妓》、章孝标《柘枝》、李端《胡腾儿》等。中亚粟特人的音乐舞蹈也随之而传入中国,极大地丰富了唐代的文学艺术内容。

除了奴隶买卖进入唐朝中原地区的女奴,还有一部分胡姬来自西域诸国向唐朝进贡,如《新唐书·西域传》中提到康国"开元初,贡锁子铠……侏儒、胡旋女子。"①米国也"献璧、舞筵、狮子、胡旋女"等。② 另外还有些是因两国通婚等原因进入中原的,如公元568年,突厥阿史那公主嫁入中原地区做皇后,她来到长安时,带着突厥可汗给她作陪嫁的一支西域乐舞队,乐舞队由龟兹、安国、疏勒、康国等地的三百多位乐舞艺人组成,其中很多人都是"胡姬",不过她们属于专职从事宫廷演艺的胡姬。也有一部分胡姬是由于战乱避祸、战功赏赐、偿还债务、经商、移民、人口流动等诸种原因进入中国的。例如,有的落魄胡商迫于生计把妻子卖与他人,如《广异记·李麐》中记载,东平尉李麐刚任官职时,遇到一个卖胡饼为业的胡商朋友,看上其妻,"留连数日,乃以十五千索胡妇,既到东平,宠遇甚至"。③ 总之不论她们是因什么原因来到中国,她们所带来的特有的西域文化无疑为中国古代文化增添了更多色彩。

## 二、唐诗中的胡姬形象

### (一)胡姬概况

#### 1. 胡姬的面貌

胡姬属于白种人,源于古老的印欧人种,其体貌方面有着与中原汉族截然不同的特征:肤白,卷发碧眼、深目高鼻。

唐代很多诗人都在诗作中描写了胡姬"肤白如雪"这一面貌特点,如李白《送裴十八图南归嵩山二首》:"胡姬招素手",这里的"素手"即洁白的手,指胡姬皮肤白皙。杨巨源《胡姬词》:"数钱怜皓腕","皓腕"即洁白的手腕之意。这两句中,以手和腕的洁白

---

① 《新唐书》卷二二一《西域传》下,中华书局,1975年,第6244页。
② 《新唐书》卷二二一《西域传》下,第6243页。
③ (宋)李昉:《太平广记》卷二一六,文史哲出版社,1978年,第2486页。

写出了胡姬的皮肤如何白皙,让人见了顿生怜爱之情。除了雪肤花貌,卷发碧眼更是胡姬们独特的外貌特征之一。很多诗人都对胡姬的绿色眼睛做了描摹。如李贺《龙夜吟》:"鬈发胡儿眼睛绿,高楼夜静吹横竹。"李白《猛虎行》:"胡雏绿眼吹玉笛,吴歌《白纻》飞梁尘。"《上云乐》:"碧玉炅炅双目瞳,黄金拳拳两鬓红。"另外,深目高鼻也是胡姬的外貌特征之一。如李端《胡腾儿》:"胡腾身是凉州儿,肌肤如玉鼻如锥。"这里描绘了一位跳胡腾舞的、肌肤雪白的胡儿,其鼻就像"锥"一样,很形象地刻画了胡儿那高耸坚挺的鼻子,这一相貌也与汉人有极大的不同。而这些外貌方面的殊异也恰恰是吸引唐代诗人的原因之一。

2. 胡姬的身份、地位

上文已述,唐代很多入华胡姬是由来往于丝绸之路的粟特商人贩卖进入中原及其他地区的,这些被买卖的胡女也大多被称为"贱人"。她们进入唐朝的一些大都市如长安、洛阳、扬州等,其中除了一部分被大户人家购买成为私人奴婢之外,大多数人被酒店商人购买进入歌楼酒肆,充当了在公共场所为招徕顾客而当垆卖酒或歌舞侍酒的角色,她们即唐代所谓的"酒家胡"。

被卖入私人宅邸的胡姬,即做了家奴的胡女们,她们完全丧失了人的尊严,没有一丁点的自由、平等的人格,地位之卑贱,类似于家中的牛、马等牲畜,也常常会被转卖多次,主人"有权任意拷打、虐待、捆绑、买卖、抵押、作为礼物赠人,为所欲为"。[①]

蓄养女乐是唐代的一种社会风气。女乐中不乏胡姬。这类胡姬由于具备特殊的歌舞技艺,其在家庭中以专事歌舞为业,一般不用参与各种劳作,其地位较前者要高一些,其中的歌舞卓越者往往还成为客人诗词吟咏的对象。如李端《胡腾儿》、刘言史《王中丞宅夜观胡腾》、张祜《周员外席上观舞柘枝》《金吾李将军柘枝》等。作为私家女乐的胡姬们,其实际地位介于奴婢与乐伎之间,有时可以与主人亲密厮守,有时也会被主人随意卖掉,她们可谓是被赞美与被玩弄的双重玩偶。

还有一部分歌舞胡姬来自当时西域、中亚诸国的进贡,如《新唐书·西域传》中说康国"开元初,贡锁子铠……侏儒、胡旋女子"。[②] 米国"献璧、舞筵、师子、胡旋女"。[③] 这些舞姬们被接纳进入唐代宫廷乐坊,在皇室举办的各种年节盛会、宴宾典礼上为帝王和各类王公贵族们提供歌舞娱乐,以资畅饮助兴。这类胡姬与前述私家蓄养的女乐又很不同,尤其是技艺卓越者,十分受人尊重,其身份地位则相对较高,是唐代上层社会中

---

① 林梅村:《粟特文买婢契与丝绸之路上的女奴贸易》,《文物》1992年第9期,第72页。
② 《新唐书》卷二二一《西域传》下,第6244页。
③ 《新唐书》卷二二一《西域传》下,第6243页。

专职的女性乐舞伎师。如唐玄宗的曹野那姬,即寿安公主的母亲,很可能是粟特曹国进献的胡旋女。① 但对胡姬来说,这种机会自然是很少的,和一般的粟特胡姬大不相同。

除了以上所涉,唐诗中的胡姬大多数指的是在大都市的酒店中当垆卖酒的"酒家胡",她们以如花的容颜、爽朗的笑声,以及曼妙的舞姿折服了唐代众多文人才子,使他们纷纷来到胡姬酒肆,流连忘返,并写下来几十首诗歌来赞美她们。可以说,她们才是唐诗中的胡姬形象的集中代表。

3."酒家胡"——胡姬与酒

唐代是一个诗与酒的时代,大量的诗人乘着酒兴名篇佳句迭出。唐代社会饮酒之风的盛行也是造成胡姬与西域酒在中原广受欢迎的背景因素。西域酒在中原王朝十分盛行,很多诗人醉饮赋诗,留下了许多千古名文。在唐代文人笔下,胡姬往往被称为"酒家胡"或"酒胡"。如王维《过崔驸马山池》:"画楼吹笛妓,金椀酒家胡。锦石称贞女,青松学大夫。"王绩《过酒家五首》之五:"有客须教饮,无钱可别沽。来时长道贳,惭愧酒家胡。"胡姬酒肆在长安等大都市中十分活跃。长安西市是胡商的聚集地,西市的胡姬酒肆错落繁华。唐人的夜宴可谓多彩多姿,尤其是胡人酒肆,铺着红毯,貂裘坐垫,一切都因充满了异域色彩而让人乐不思蜀,如贺朝的《赠酒店胡姬》等诗中所描绘。

胡姬劝酒也可算是这种酒店里的一大特色,她们往往会使酒客们一醉方休。李白《前有一樽酒行》其二:"胡姬貌如花,当垆笑春风。笑春风,舞罗衣,君今不醉将安归?"《醉后赠王历阳》中更是描写了两个胡姬不依不饶、极力劝酒的情景:"双歌二胡姬,更奏远清朝。举酒挑朔雪,从君不相饶。"

唐诗中对胡姬劝酒的理解绝不是庸俗、低级趣味的。劝酒的方式也不是仅仅拘泥于把盏在侧。歌舞表演更能激发酒客们的兴致。在欣赏优美的歌舞时饮酒,并乘酒兴赋诗,这是唐代诗人的一大特征。

(二)胡姬之美

1. 胡姬的服饰妆容之美

布瓦努尔在《丝绸之路》中对出土文物和壁画中的胡姬是这样描述的:

> 对于这些送上门来的礼物(撒马尔人和于阗人送来的歌女舞伎),唐朝宫廷对她们非常醉心和迷恋。通过那些在被沙砾淹没的城镇宫殿中发掘出来而使之重见天日的木雕像和壁画,就可欣赏那些歌妓舞女们的翩跹舞姿。她们身材苗条,轻盈

---

① 葛承雍:《曹野那姬考》,《中国史研究》2007年第4期。

地扭动着腰部,轻飘的腰带都是鼓起的褶子,完全可以看出这是一种纤细的柔软织物。她们的胸部微微隆起,浑身插满珠光宝气的和小巧玲珑的装饰品。她们双腿细长,其瓜子形的面庞由于发型梳得很高而显得修长了。那些弹奏女郎如同她们怀抱的竖琴一样,完全属于另一种类型,她们比较圆胖丰满,体态也较为端正,双手细白而十指纤纤,优雅地弹拨着形状弯弯曲曲的竖琴的几股琴弦,其曲线与一条长长的刺绣肩巾的螺旋条纹是一致的。①

可以说,布瓦努尔根据实物描述的胡姬之美,让我们仿佛真切地看到了唐代胡姬的服饰之美。唐代胡姬的服装特点是轻薄、袒露,轻薄是指胡姬们多着罗、绮、纱等面料的衣裙,身着这种轻薄的衣料在舞蹈时尤其显得飘飘欲仙;袒露则表明胡姬形象不是儒家伦理道德、礼教观念的承担者,这很符合唐代开放的文化风格以及胡姬作为异域文化形象的特征。另外,女着男装也是唐诗中胡姬服饰的特点之一,在一定程度上反映了唐代性别观念的淡化。总之,从唐诗可以看出,胡姬作为西域女性形象,其发型服饰大致是这样的:发梳高髻,头戴尖顶卷沿浑脱帽,上身着襦、衫或袄、袍,下身着小口裤,腰束钿带,脚着软锦靴子。

除了胡服胡装外,唐诗中对胡姬的妆容也有所描写,特别是描写了胡姬表演胡舞时的装饰妆容,如"骊珠迸珥逐飞星"(元稹《胡旋女》)、"红铅拂脸细腰人"(张祜《李家柘枝》)等等。在胡妆中,最有代表性的就是天宝年间流行的"时世妆":

> 时世妆,时世妆,出自城中传四方。时世流行无远近,腮不施朱面无粉。乌膏注唇唇似泥,双眉画作八字低。妍媸黑白失本态,妆成尽似含悲啼。圆鬟无鬓堆髻样,斜红不晕赭面妆。昔闻被发伊川中,辛有见之知有戎。元和妆梳君记取,髻椎面赭非华风。(白居易《时世妆》)②

此诗所写的"时世妆"是元和年间中原地区女子学习西域胡女的时髦妆饰。这首诗对发型、唇色、眉式、面色都做了具体描摹,"髻椎面赭非华风"一句明确指出这种在当时中原地区很时尚的妆容风格显然是仿效了西域胡女。另外,唐诗中也有对胡姬佩戴的各种首饰的描写,如"骊珠迸珥逐飞星""裴回绕指同环钏"(元稹《胡旋女》),戴臂

---

① 布尔努瓦:《丝绸之路》,山东画报出版社,2001年,第172页。
② 《全唐诗》卷四二七,中华书局,第4705页。

钗也是胡姬的舞蹈装束之一,敦煌壁画上有很多这类形象。总的来说,胡姬的发型、面妆、眉妆、唇妆以及各种配饰、妆品等方面,都表现出独特的异域之美。

2. 胡姬的性情之美

胡姬之美并非仅仅停留在外表上,其性格的大方、洒脱、爽朗,其歌舞技艺的精湛,以及侍酒时令无数酒客们开怀的调笑等等,都给人留下了深刻的印象。她们所代表的并非优雅婉约的淑女气质,而是坦荡狂放、豪气英姿的异域气质,展示了一种有别于中国传统女性之美的独特魅力。

描写胡姬性格最有代表性的诗句是李白的"胡姬貌如花,当垆笑春风。笑春风,舞罗衣,君今不醉将安归?"(《前有一樽酒行》)"笑"是胡姬的性格特征之一,从这点来看,与中国传统女性崇尚含蓄、阴柔、忧郁、妩媚、笑不露齿、莞尔等性格和笑貌截然不同。她们的笑也不是歌楼酒肆中那种放荡无礼的轻浮的笑。她们天生丽质而又新颖奇特,她们自然率真而不矫揉造作,她们的笑是对快乐的直接表达。这种快乐产生了极强的感染力,使来到这里的文人、酒客们把忧愁烦恼抛之脑后,看着她们如花的容颜眉目飞扬、明艳灿烂的笑容如春光明媚,再加上她们那急速旋转或腾跃踏跳的舞姿,散发出极强的活力与热情,酒客、文人们自然会不知不觉"笑入胡姬酒肆中"(李白《少年行二首·其二》)了。

胡姬的性格、情态之美还体现在她们在与酒客们饮酒、劝酒以及相互调笑中。"胡姬招素手,延客醉金樽。"为了揽客,她们展露雪白的手腕招呼客人进入酒店。当她们在旁陪坐劝酒,酒客们是无论如何也得喝下这美人献上的美酒的:"举酒挑朔雪,从君不相饶。"她们那不依不饶的神态散发出无法抵挡的魅力,总能让客人们一醉方休。

当然,胡姬之所以有如此大的魅力吸引了唐代众多才子名流,并为她们写下了数十首诗歌流传千古,原因除了胡姬那热情豪放和爽朗开怀的性格、姿态妖娆的陪侍劝酒,更重要的是,她们往往具有非凡的歌舞才艺,她们对西域乐舞艺术的精彩演绎,是真正使她们在那个盛世王朝中独具风采的原因。

(三)胡姬之愁

尽管唐诗中多数诗歌在描写到胡姬的性格形象时,她们的身影总是出现在笙歌夜舞、灯红酒绿,欢声笑语的背景之中,但是,繁华和热闹背后,也常常看到胡姬们那孤独愁怨的神情。她们的哀愁有的时候是对故乡的思念,对故土沦丧和飘零异乡的自怜自哀,有的时候则是为无望的爱情、孤独的处境而感伤。不论源出哪一种,胡姬之愁都使许多才子诗人们感同身受,并为她们写下了真挚和充满幽怨的诗。

1. 胡姬之乡愁

对于胡姬们来说,来到中原后就很难再回故乡了。这种身处异地、背井离乡、无亲无故、形单影只的生活,是她们无法选择、无法逃避的命运。李贺《龙夜吟》:

> 鬈发胡儿眼睛绿,高楼夜静吹横竹。一声似向天上来,月下美人望乡哭。直排七点星藏指,暗合清风调宫徵。蜀道秋深云满林,湘江半夜龙惊起。玉堂美人边塞情,碧窗皓月愁中听。寒砧能捣百尺练,粉泪凝珠滴红线。胡儿莫作陇头吟,隔窗暗结愁人心。

造成她们这种悲剧的一个重要原因是战乱。战乱给这些来自遥远西域、中亚的胡姬们增加了更深重的灾难。安史之乱后,唐代许多诗人对来自西域、在中原地区漂泊的这些貌美而能歌善舞的胡姬们给予真挚的同情,并写下了描摹胡姬舞蹈的诗,具有浓厚的情感色彩。如李端《胡腾儿》等。总之,不论是哪个民族,思乡的心情都是相通的。

苏珊·惠特菲尔德在《丝路岁月——从历史碎片拼接出的大时代和小人物》中写到了一位叫莱瑞斯卡(Larishka,839—890)的胡姬,她的身世因当时西域不断的战乱而颠沛流离。她被回纥将军买卖到中原,做了艺妓,在长安生活了26年,期间经历了多次辗转买卖,由年轻貌美逐渐年长色衰。黄巢起义时,她目睹了燃烧的城市、同伴的死亡,最终在公元9世纪末回到龟兹,却遭逢变故。其颠沛流离之情无以言说。莱瑞斯卡可谓是唐代胡姬形象的代表,她们的悲情多数来自失根的漂泊感。[1]

2. 胡姬之情愁

如果说思乡之愁反映了胡姬们在战乱时期漂泊的游子之态、没有归宿的失根之境的话,那么,胡姬的情爱之途则更是充满了无尽的悲愁。上文已述,唐代多数来到中原的胡姬往往在酒店里充当着侍酒卖笑或歌舞娱人的角色。在当时的文化背景下,充当这种角色的女性往往被当作调笑的对象,有些诗句中也的确写到这一点,如"调笑酒家胡"(辛延年《羽林郎》)等。她们虽然笙歌夜舞,得到了无数长安轻肥的青睐,但在他们看来,胡姬归根到底是陪侍的酒家女或才艺娱人的艺妓,胡姬在他们眼中始终是卑贱的,他们不可能平等地看待这种身份和地位的人,不论美貌的她们具有多么大的魅力。爱情也仅仅是胡姬们自己的想象罢了。被那些达官阔少、才子文人们始乱终弃,这样的

---

[1] 苏珊·惠特菲尔德:《丝路岁月——从历史碎片拼接出的大时代和小人物》,海南出版社/三环出版社,2006年,第156页。

结局对于她们更是司空见惯。

关于这方面,唐诗中也多有涉及。如元稹的《赠崔元儒》:

> 殷勤夏口阮元瑜,二十年前旧饮徒。最爱轻欺杏园客,也曾辜负酒家胡。
> 些些风景闲犹在,事事颠狂老渐无。今日头盘三两掷,翠娥潜笑白髭须。

元稹是中唐的著名诗人。他的最有代表性的作品之一是传奇《会真记》,元稹的诗友李绅又将这一传奇故事改编成诗体的《莺莺歌》,后来通称《莺莺传》。金代董解元改编成曲《西厢记诸宫调》,到元代王实甫又将其改编为《西厢记》,书写的是以人性来殊死对抗封建礼教的爱情故事。但《莺莺传》与《西厢记》有很大的不同:《西厢记》是大团圆的结局,而《莺莺传》则讲述了一个始乱终弃的故事。关于故事主人公崔莺莺的原型的身份问题,学术界众说不一。著名学者陈寅恪在《读莺莺传》中,第一次提出了与众不同的见解,并明确指出,崔莺莺并非相府千金,相反,她很有可能是一名"胡姬"。[①] 作为唐代有名的风流才子之一,元稹也常常出入于歌楼酒肆,与一些艺伎有过交往。但由于他极力想通过攀附门楣的做法来改变出身实现仕途上的发展,他最终选择了与名门之女韦丛结合。因此,元稹说"也曾辜负酒家胡"(《赠崔元儒》),这个被他辜负了情义的"酒家胡",有可能是崔莺莺。同时,由于元稹具有西北少数民族血统,他所塑造的文学作品形象也往往带有"胡气",这一点也证明了崔莺莺为胡姬的可能性。[②] 当然,就目前来说,对于这一点并没有明确的证据。

因为仕途而婚娶高门第的女子,这不仅符合当时的社会道德观念,甚至往往是种美谈。然而,从被他抛弃的女性的角度来看,崔莺莺的内心是何种感受呢?因为当时整个社会都认可元稹之类的人的这种做法,而对于歌舞艺伎的情感和伤痛并没有人真正去关心,更不要提这些来自异域、异族的胡姬了。因此,时过境迁,当老年元稹再次回忆起年少时候流连歌舞声色的场景,不禁感慨万分,有些伤感地说:"也曾辜负酒家胡"。自然,他所辜负的,就是当年被自己轻易丢弃的那个美貌胡姬对自己的一片痴情。

唐代诗歌中表现出对胡姬的人文关怀的诗句毕竟很有限,但在日本文学作品中却对这些胡姬的悲惨人生给予了详细的书写和关注。这主要集中在一些表现胡姬与日本遣唐使的异国恋的虚构故事当中。如伴野郎的推理小说《长安杀人赋》中的波斯胡姬,

---

① 陈寅恪:《元白诗笺证稿》,生活·读书·新知三联书店,2001年,第110页。
② 陈寅恪遗作、刘隆凯整理:《元白诗证史之〈莺莺传〉》,《广东社会科学》2003年第4期,第49页。

生于一个贫穷的牧羊人之家,五岁被卖到长安学习胡旋舞,长大后不记得父母的容貌,也想不起家乡的风景。她在长安认识了来自日本的遣唐使,与之真心相爱,不料受人利用染上吸食大麻的恶习,因此沦为杀人的工具,最后在薄暮中,从大雁塔上不幸坠塔身亡。小说充满了对异域胡姬的怜悯之情。这类虚构的小说往往情节曲折,人物形象、性格塑造得也比较鲜明,但创作过程大多是来自作家的想象。其所表达的是日本作家们对唐代胡姬的人文关怀。关于这点,在此不予详述。

## 三、胡姬的乐舞艺术

唐诗中的胡姬形象最令人难忘的特点,就是胡姬那热烈、奔放的舞姿。胡姬对西域舞蹈的表演和展示,再现了唐代西域乐舞艺术的精彩。而唐诗对胡姬进行乐舞表演的书写,为后世研究西域乐舞文化提供了直观的文字记载,对众多壁画、出土文物中表现此类题材的内容做了可贵的、形象的补充。

### (一) 胡姬与西域舞蹈艺术

西域乐舞自两汉时就已传入中原地区,历经汉魏六朝直至隋唐,舞蹈的花样、种类日益丰富。到盛唐时代,政局稳定、民族和睦,促使文化艺术方面达到一个全新的水平。乐为舞之心,舞为乐之容,舞蹈艺术的发达可谓盛唐气象之一斑。有史料考证,唐代长安的流行音乐、舞蹈种类颇多,达到七八十种,白居易曾称此为"千歌百舞不可数"(白居易《霓裳羽衣曲》)。其中胡舞更盛行。当时的舞蹈种类有健舞、软舞、字舞、花舞、马舞、剑舞等,大多来自西域。健舞有来自海萨尔马提的阿连舞、来自拜占庭的拂林舞、来自石国的柘枝舞、来自康国的胡旋舞等等。字舞和花舞的表演者往往以不同队列的形式来组合出一些文字、花卉图案,适合宏观地俯视;马舞则类似于杂技中的马戏。唐代段安节《乐府杂录》里唐代舞蹈叙中说:"健舞曲有《棱大》《阿连》《柘枝》《剑器》《胡旋》《胡腾》。软舞曲有《凉州》《绿腰》《苏合香》《屈柘》《团圆旋》《甘州》等。"[1]其中胡旋舞、胡腾舞和柘枝舞可说是最具西域民族特色的三种胡舞。唐代描写西域乐舞的诗人及其诗作很多,其中,书写最多的是柘枝舞,如白居易《柘枝词》、张祜《周员外席上观柘枝》等;描写胡姬们如何表演胡旋舞的诗歌也有数首,如元稹和白居易都写过《胡旋女》等;而对胡腾舞的描写也是十分形象生动,如刘言史《王中丞宅夜观舞胡腾》、李端《胡腾儿》等等。唐代来到内地的胡姬用自己优美的舞姿为西域乐舞艺术作了形象的诠释。唐诗中对胡姬乐舞形象描写最多的是胡旋舞和柘枝舞。

---

[1] (唐)段安节:《乐府杂录》,《丛书集成初编》第1659册,中华书局,1985年,第19—20页。

1. 胡旋舞

正史文献中虽没有提及"胡姬"一词,但"胡旋女"的称呼却记载颇多,一般情况下,胡旋女就是指胡姬,她们以善于跳胡旋舞而在唐代受到青睐。胡旋是粟特语"xwycyy"的音译,意为"上佳""漂亮"等意思。① 胡旋舞、胡腾舞等在公元2世纪已在中原流传。魏晋南北朝西域乐舞东渐,公元436年,北魏太武帝通西域,带回疏勒、安国等伎乐。不过,胡旋舞在中原广为流行是在唐开元天宝以后。

关于胡旋舞的表演规范,大多数文献中说,舞者是在一个小圆毯上旋转,也有记载说是在一个圆球上旋转。如《唐书·礼乐志》:"胡旋舞舞者立毯上,旋转如风。"②《乐府杂录》"俳优"条:"舞有骨鹿舞、胡旋舞,俱于一小圆毯子上舞,纵横腾踏,两足终不离于毯子上,其妙如此也"③等等,在小圆球上飞快旋转,表现了胡旋舞者技艺之高超。岑参诗《田使君美人舞如莲花北铤歌》中"高堂满地红氍毹,试舞一曲天下无"一句,也是说的这个意思。由于胡旋舞要求双脚不踏出一定的范围之内,所以表演时,对场地要求不是很高,无论在宽敞的厅堂楼榭,还是狭小的街巷院落都可以展开表演,胡姬当垆的歌楼酒肆里更是处处飞旋。除此之外,舞者的服饰、妆容风格也很有西域特色。《通典》卷一百四十六:"《康国乐》……舞二人,绯袄,锦袖,绿绫浑裆袴,赤皮靴,白袴帑。舞急转如风,俗谓之胡旋。"④在长安等都市中,胡人酒店里的当垆胡姬往往因善舞胡旋而吸引了唐代众多士子文人或豪绅纨绔趋之若鹜。胡旋舞有独舞、双人舞、三四人舞等。⑤ 对胡舞描写和记录得最详细生动的,还是诗歌,如元稹的《和李校书新题乐府十二首·胡旋女》、岑参的《田使君美人舞如莲花北铤歌》等。白居易的《胡旋女》描绘得最为出色:

……胡旋女,胡旋女,心应弦,手应鼓。弦鼓一声双袖举,回雪飘摇转蓬舞。
左旋右转不知疲,千匝万周无已时。人间物类无可比,奔车轮缓旋风迟。……

从这首诗中,我们很清晰地看到了胡姬舞胡旋时的姿态,以及她的内心情感,舞者在舞蹈中所有的情感都和伴奏的音乐旋律、节奏紧密地契合,人、舞、乐、情融为一体。

---

① 张国刚、吴莉苇:《中西文化关系史》,高等教育出版社,2006年,第146页。
② 《新唐书》卷二一,第47页。
③ 段安节:《乐府杂录》,第29页。
④ 《旧唐书》卷二九,中华书局,1975年,第1071页。
⑤ (唐)杜佑:《通典》,中华书局,1988年,第3724、3725页。

胡旋舞的魅力之大，以至于一时间长安等中心城市不仅帝王贵胄如李隆基、杨玉环等"臣妾人人学圆转"，市井百姓中也无论名媛淑女还是小家碧玉，都学跳胡旋舞，当垆的胡姬则更是以此来招徕酒客。

从胡旋舞的舞姿动作、音乐节奏、舞者神态等方面，我们发现，胡旋舞传达了一种有别于中原传统舞蹈的文化精神。

首先，胡旋舞以旋转为主要特征，舞者在以自我为轴心的旋转过程中，充分地宣泄自我情绪，与中原传统舞蹈文化观念中注重纲常礼仪、讲求温文尔雅、舒缓低吟的乐舞形式截然不同。在情感表达方式方面，胡旋舞显然是代表了一种直抒胸臆的情感，毫无含蓄内敛的气质。

其次，胡旋舞具有鲜明的竞技意识。胡旋舞的总体特征是节奏明快、动态十足，而且急速旋转本身含有很高的竞技特点，与中原文化的礼让与中庸传统显然有很大的不同。

第三，胡旋舞体现出一种流动性的审美特征，表现出独特的西域文化品格。与中原乐舞的阴柔、优雅、静态性风格不同，胡旋舞气势奔放、充满了阳刚之气。舞姿也往往回避了圆润柔和与婉约的曲线观念，大多突出的是人体的直线、方形、棱角等特征。除此之外，不同侧面、不同方位的舞蹈旋转特点，表达出与中原舞蹈不同的舞蹈观念和情感类型。可以说，胡旋舞是一种"身体运动"的艺术。

2. 柘枝舞

唐代从宫廷到士大夫的府邸，到街巷市井，都可见柘枝舞表演。表演者往往被称为"柘枝伎"，最初的表演者也大都是粟特胡姬。

关于柘枝舞的来源，大多数研究者认为，柘枝舞首先是一种胡舞，来自西域石国，即唐代昭武九姓之一，属于唐代粟特人的乐舞形式之一。根据文献可知，柘枝舞是从康居附近，即今乌兹别克斯坦塔什干一带的粟特人传入中原地区的。从各类文献和唐宋时期的诗词中对柘枝舞的表演形式、舞者的妆容、服饰等方面的描写来看，与中亚的民间舞蹈很相似。新疆的一些少数民族如乌孜别克族、哈萨克族的民间舞蹈舞姿至今还留有柘枝舞的痕迹。

唐朝乐舞艺术主要分为"健舞"与"软舞"两大类，而《柘枝》归属"健舞"，其变种《屈柘枝》则归为"软舞"。关于柘枝舞的舞者人数、表演场地、服饰妆容、音乐节奏等方面的描写在唐诗中比比皆是。如白居易《柘枝妓》、张祜《李家柘枝》《观杨瑗柘枝》以及李群玉《伤柘枝伎》等诗中的柘枝独舞；后来出现双柘枝，即两个人对跳，如卢肇的《湖南观双柘枝舞赋》等诗中所记；宋代出现柘枝队舞，人数从几人到上百人不等。舞者也由女子独舞逐渐变为女童双人舞或集体舞,宋末又出现了男童队舞。表演场所不拘一格,柘枝舞既可以在大庭广众的街头表演,也可以在达官贵人的家宴中上演,如白居易《柘枝词》:"柳暗长廊合,花深小院开。……将军拄球杖,看按柘枝来。"另外,还可以在歌楼酒肆里演出,唐诗中有很多诗句描写了长安西市胡人酒店里胡姬舞柘枝的情形,如章孝标、张祜《柘枝》诗里所写的柘枝舞伎,等等。柘枝舞的伴奏乐器一般主要是鼓,从开场到结束,节奏由舒缓而急促的变化,无不应和着鼓的节奏。如白居易诗《柘枝妓》:"平铺一合锦筵开,连击三声画鼓催。"张祜诗《周员外席上观柘枝》:"画鼓拖环锦臂攘"。其中的画鼓正如流传至今的乌兹别克或维吾尔族舞蹈时所用的手鼓。另外张祜《观杭州柘枝》:"舞停歌罢鼓连催,软鼓仙娥暂起来"、章孝标《柘枝》:"柘枝初击鼓声招"、杨巨源《寄申州卢拱使君》:"大鼓当风舞柘枝"、白居易《改业》:"柘枝紫袖教丸药,羯鼓苍头遣种蔬"等诗句中,都可见柘枝舞以不同形式的鼓为伴奏。除此之外,柘枝舞也有以管、笙类乐器、琵琶伴奏的,据考证,"保存在日本正仓院中的中国传去的《螺钿枫琵琶杆拨骑象奏乐图》,该琵琶为四弦直颈……有深目高鼻胡人击鼓、吹笛伴奏,都属《柘枝》之类。"①

柘枝舞舞者的服饰妆容方面,唐诗中有千姿百态的描摹,如白居易《柘枝妓》中有"带垂钿胯花腰重,帽转金铃雪面回"和《柘枝词》中"绣帽珠稠缀,香衫袖窄裁"句、刘禹锡的《观柘枝舞二首》中有"垂带覆纤腰,安钿当妩眉"句。章孝标《柘枝》中说:"柘枝初出鼓声招,花钿罗衫耸细腰。移步锦靴空绰约,迎风绣帽动飘飘。"张祜的《观杨瑗柘枝》中也说:"紫罗衫宛蹲身处,红锦靴柔踏节时",《柘枝》中有"珠帽著听歌遍匝,锦靴行踏鼓声来"等等。他的另外两首描写柘枝的诗如《周员外席上观柘枝》中有"金丝蹙雾红衫薄,银蔓垂花紫带长"句,《李家柘枝》中有"金锈罗衫软著身"句等等。可见,柘枝舞伎一般是这样的形象:头上戴着绣着花纹与锦缎的帽子,帽子上缀满各色明亮的珠玉铃铛,随风飘摇并零零作响。舞伎上身穿着丝质织锦的罗衫,色泽艳丽,面料柔软贴身,而且大多用紫色或红色,红底上绣有金色花纹,袖子细窄,短小。舞服腰间系着紫色饰有花纹的腰带,长长垂下,舞动时则随风飘飞。脚上穿着靴子,大多用红锦绣制而成,十分柔软。

柘枝舞传入中原后,在长期而广泛的流传与交流过程中,在中原汉文化影响下不断变化,自唐至宋,其舞蹈艺术风格和表演形式不断流变,其舞蹈姿态、舞法舞形、音乐节奏、服饰妆容等方面的独特性也不断发生变化。柘枝舞逐渐由健舞转变为软舞,舞蹈风

---

① 董锡玖、刘峻骧:《中国舞蹈艺术史图鉴》,湖南教育出版社,1997年,第78页。

格从强调自我、张扬个性到崇尚精致对称、和谐与均齐；舞蹈的情感特征方面，由热情激昂、豪放不羁逐渐走向追求舒缓柔美、含蓄优雅，这些变化反映了西域游牧文化逐渐融入中原汉文化的过程，以至于到了北宋末南宋时期，柘枝舞已经少有最初的西域舞蹈特征了。

柘枝舞在初唐传入时，胡姬们为中原社会吹来了一股新鲜的西域草原之风。正因为胡姬们表演的西域原汁原味的柘枝舞令唐代众多传统舞蹈艺术家们叹服，因此才在继承其舞蹈精髓的基础上，不断地对其进行发展创新，柘枝舞才能在唐代之后持续不断地得以改变，从艺术形式到舞蹈观念历经时空流变，达到了至高境界。

### （二）胡姬与西域音乐艺术

#### 1. 胡姬之诗、乐、舞三位一体

在中国古代文化中，诗歌、音乐、舞蹈三者是相互融合一体的。诗歌是诗人情志的流露，因此说"诗言志，歌永言"。歌是诗的延伸，舞蹈又是音乐的延伸。诗、乐、舞三者从其诞生之始就是相互依存、三位一体的。在诗乐舞三者中，音乐是核心，是本体，舞蹈与歌辞都是其载体。歌舞就是诗歌、音乐、舞蹈的结合体。音乐是人的内心有感而发的产物，是最能引起人们的情感共鸣的艺术形式之一。在中原地区，音乐很早就被统治者们用来作为教化民众、治理社会的工具。可以说，这是整个封建社会的礼乐文化的重要特点之一。《史记·乐书》："上古明王举乐者，非以娱心自乐，快意恣欲，将欲为治也。"儒家提出"中和"之美，认为音声应"中正平和"，所表之情"乐而不淫，哀而不伤"。

然而，音乐在中原传统礼乐教化观念所无法达到的地区和民族中，却有着截然相反的理解。最有代表性的就是来自西域的胡乐。胡乐的明显特征是情感表达直截了当、淋漓尽致，抒发内心情感真实酣畅，往往心随乐动，个性张扬。音声"铿锵镗鎝，洪心骇耳"（《通典》卷一四二），节奏强烈，哀乐极致，与中原儒家的审美取向大相径庭。

胡舞与胡乐向来是同体共生的，这是西域乐舞艺术的一个重要特征。而唐诗对西域乐舞艺术的书写更是卷帙浩繁。唐代是一个音乐、歌舞艺术繁荣的盛世王朝，歌、舞、器乐都非常发达，西域乐舞与唐代诗歌更是相得益彰。而唐诗中所描写的胡姬形象，则是诠释西域胡乐胡舞的典型代表。如李白《醉后赠王历阳》中有"双歌二胡姬，更奏远清朝"。贺朝的《赠酒店胡姬》中也提到了"听歌乐世娘"，还有张祜的《柘枝》"珠帽著听歌遍匝，锦靴行踏鼓声来"。此处，柘枝舞表演之前，乐舞队中的歌者已反复唱了数遍胡歌，为柘枝伎出场作了情境铺垫，不仅达到了一种"千呼万唤始出来"的效果，极大地提升了观者的期待心理，也为舞蹈的精彩呈现做了气氛渲染。可见，胡姬表演舞蹈时不仅有各种乐器演奏乐曲伴奏，而且往往是歌伴舞，有时她们边歌边舞，有时是歌姬在

旁唱和,胡姬闻歌起舞,等等。

2. 胡姬与西域音乐艺术

胡姬乐舞之音乐、节奏方面也有其独特之处,具有明显的西域音乐艺术特点。

西域音乐传入中原地区,据传始自西汉张骞通西域时,获得了《摩诃兜勒》曲,李延年根据这个创造了新声二十八解(《晋书·乐志》)。南北朝时期,因是外族入主中国,他们与西域诸国都交通频繁,龟兹、天竺、安国、康国等地的音乐也都因此传入中国。西域音乐对中国音乐的影响日益明显,郑樵:"凡是清歌妙舞,未有不从西出者。八音之音,以金为主,五方之乐,惟西是承。"①到了唐代,由于经济的繁荣与政治文化制度上的宽松政策,西域音乐大量传入内地,人们以极大的热情来接受这些新传入的音乐。胡乐也以其强烈的节奏、新鲜的旋律,深深地打动唐代各阶层的人士,受到上至帝王、下至百姓的广泛喜爱。唐诗中对此情形更是多有描摹,如王建《凉州行》:"城头山鸡鸣角角,洛阳家家学胡乐。"元稹《法曲》:"女为胡服妇胡装,伎进胡音务胡乐。"可以说,唐初的九、十部乐中,大部分是胡乐。而且大多数西域乐舞所使用的乐器也带有明显的西域民族色彩,表演舞蹈和演奏乐器的人数不尽相同,所形成的场面和阵势自然各有千秋,不过,由于表演时多用鼓、笛等类乐器,它们普遍具有音域宽广深厚、洪声骇耳、节奏强烈的特点,因此,所营造出来的往往是强烈而激越的节奏以及热烈奔放的情感氛围,与中原音乐有很大的不同。

关于胡姬歌舞时伴奏的乐曲的具体内容,从个别诗人的诗歌中可略知一二,如元稹的《法曲》:"《火凤》声沉多咽绝,《春莺啭》罢长萧索。"这里提及的《火凤》曲是唐贞观年间著名的疏勒乐师裴神符所作,是《疏勒乐》的一首。当时在内地曾众口传唱,并被多次改编,如后来唐宫廷乐"法曲部"中的《真火凤》、"胡曲部"中的《急火凤》,都是根据《火凤》改编的。《通典》中说:"太宗贞观末,有裴神符妙解琵琶。初唯作《胜蛮奴》《火凤》《倾杯乐》三曲,声度清美,太宗悦之。高祖之末,其技盛流于时矣。"《春莺啭》是西域龟兹乐师白明达所作,与《火凤》的慷慨悲壮的风格不同,《春莺啭》往往以婉转清丽取胜。

(三)胡姬与西域乐器

胡姬那优美的舞姿在充满异域风情的胡歌胡乐的衬托下格外动人,显现出西域特有的歌舞丝竹相谐之美。在描写胡姬的诗作中可以见到众多西域乐器,如章孝标《少年行》中"落日胡姬楼上饮,风吹箫管满楼闻"、李贺《龙夜吟》中"鬈发胡儿眼睛绿,高楼

---

① 《通志》卷四九,浙江古籍出版社,2000年,第632页。

夜静吹横竹"、白居易《代琵琶弟子谢女师曹供奉寄新调弄谱》中的琵琶、李欣《听安万善吹觱篥歌》中的觱篥、白居易《胡旋女》"弦鼓一声双袖举,回雪飘摇转蓬舞"、张祜《周员外席上柘枝》"画鼓拖环锦臂攘,小娥双换舞衣裳"等等。

1. 来自西域的弦管类乐器

贺朝在《赠酒店胡姬》中写道:"胡姬春酒店,弦管夜锵锵。"可见,弦管类乐器所奏之音大致可以用"锵锵"来形容。追根溯源,弦管类乐器出自古代西域。根据《竹书纪年》的记载,穆天子与西王母饮宴于昆仑瑶池之上,西王母载歌载舞并敬献上玉笛,从此,揭开了西域与中原乐舞交流的序幕。魏时曹植的《箜篌引》一诗,还以西域乐器名作为乐府曲名。《隋书·音乐志》载,苏祗婆就是随突厥可汗之女阿史那公主嫁北周武帝宇文邕而到长安的。以苏祗婆为代表的一大批艺术家和艺人的入朝,代表了西域音乐、乐器大规模进入中原地区的史实。唐代对音乐的重视程度更是达到了极致,朝廷设置了专门的音乐机构教坊,专门管理宫廷俗乐的教习和演出等事宜,教坊所习也多为西域胡乐器。这一时期还出现了很多著名的胡人器乐演奏家,如于阗音乐家尉迟青善觱篥、尉迟章善笙;琵琶演奏名家更多,如疏勒裴承恩、曹国曹婆罗门、曹妙达、曹刚等,康国琵琶演奏家康昆仑;安国擅长觱篥演奏的安万善等等各类西域乐器演奏艺术家达到数百人之众。总的来说,唐诗写到胡姬歌舞时所提到的西域弦管类乐器主要有横笛、排箫、箜篌、琵琶、觱篥等,其中,源自西域伊朗系、中亚粟特人等地区的乐器主要是箜篌、曲项琵琶和觱篥,当然,横笛也是由西域传入的。其中,横笛和觱篥属于吹管类乐器,箜篌和曲项琵琶属于弦类乐器。

首先看吹管类乐器。岑参《酒泉太守席上坐》:"琵琶长笛曲相和,羌儿胡雏齐唱歌。"可见以琵琶长笛相谐是胡人歌唱时常用的伴奏乐器。这里所说的"长笛"即横笛。公元前1世纪以来传入内地、包括张骞从西域带入内地的横吹,不论从时间上还是物品流通方面,都可以判定是粟特人的贡献,粟特人就是胡笛的传播者。因此,吹奏横笛为胡姬歌舞伴奏,是粟特民族的乐舞特点之一。李贺《龙夜吟》:"鬈发胡儿眼睛绿,高楼夜静吹横竹。"可以说,从唐代开始,横笛因其音色明亮,在器乐演奏中显现出越来越重要的作用。觱篥也是唐代胡姬歌舞时常用来伴奏的乐器之一。"觱篥是以芦管为簧、短竹为管的竖笛。"① 唐段安节《乐府杂录》:"觱篥者,本龟兹国乐也。亦名悲篥,有类于笳。"可见,觱篥与胡笛十分形似。觱篥最初是龟兹牧人用来"惊马"的乐器,在隋唐的九、十部乐中,觱篥的使用范围很广泛,龟兹乐、安国乐、疏勒乐、高昌乐、康国乐等都使

---

① 林谦三:《东亚乐器考(中译本)》,人民音乐出版社,1962年,第375页。

用筚篥,在唐代中原管弦合奏上,筚篥甚至成为乐队首席,被称为"头管"。唐代擅长演奏这一乐器的人不少,但出色的筚篥乐师一般都是来自西域的少数民族艺人,如《乐府杂录》中所记尉迟青、李颀《听安万善吹觱篥歌》等。

其次,来自西域伊朗系的弦类乐器主要有箜篌和曲项琵琶。箜篌,有三种类型,竖箜篌、卧箜篌和凤首箜篌。① 其中,只有竖箜篌来自西域、中亚。这种箜篌因其音槽长大,一般只能竖持,琴弦竖向排列,因此命名为"竖琴"或"竖头箜篌"、"胡箜篌",唐代以后的箜篌专门指竖箜篌。在中国古代皇室乐中,箜篌是不可缺少的,而且它还是演奏中的主要乐器之一。琵琶是我国民族乐器中最具代表性、表现力最丰富的一件传统弹拨乐类弦乐器。从西域传来的琵琶有四弦琵琶与五弦琵琶等区分。四弦琵琶大部分是通过天山南麓的于阗进入中国内地的,而五弦琵琶则通过天山北麓的龟兹、焉耆一带,逐渐东渐中原。由于其属于弹拨类乐器,因此,我国很多少数民族比较有代表性的弹拨类乐器都可以归为琵琶一类,如维吾尔族的弹布尔、塔吉克族的热瓦甫、哈萨克族的冬不拉,柯尔克孜族的考姆兹等等。当时还出现了很多善于演奏琵琶的乐师,原籍西域昭武九姓的曹氏家族就以善弹琵琶著称。诗歌方面,元稹曾在《琵琶歌》中简短地对当时一些知名的琵琶曲及其特点进行了大致归纳:"曲名《无限》知者鲜,《霓裳羽衣》偏宛转。《凉州大遍》最豪嘈,《六么散序》多拢捻"等。

2. 西域乐舞中的鼓类乐器

唐诗在写到胡姬的乐舞表演时,鼓是必不可少的伴奏乐器之一。如上文所引白居易《胡旋女》,以及《柘枝妓》"平铺一合锦筵开,连击三声画鼓催",还有张祜《周员外席上观柘枝》"画鼓拖环锦臂攘,小娥双换舞衣裳",以及张祜《柘枝》"珠帽著听歌遍匝,锦靴行踏鼓声来"等。据《隋书·音乐志》(卷十五)记载,自隋唐之前从西域就传来很多种鼓类乐器,其中,羯鼓、都昙鼓、毛员鼓、答腊鼓、鸡娄鼓、腰鼓等鼓类乐器基本都是从西域而来的。另外,龟兹乐中还有侯提鼓、担鼓等等。这些来自西域的鼓吹类乐器,一般外形轻便小巧,发音高亢、明亮,易于演奏快速复杂的节奏,正与胡旋舞等舞蹈那"舞急转如风"(《通典》)的繁音急节的胡乐相适应。它们的形制和技法也更偏重娱乐性,往往有炫技性特点,能最大限度地抒发、刺激人的内心情绪情感,使人兴奋而跃跃欲试。《文献通考·乐二》:"自宣武(北齐)后,始爱胡声,琵琶、五弦、胡鼓……胡舞,铿锵镗鞳,洪心骇耳……是以感其声者,莫不奢淫躁竞,举止轻飘,或踊或跃,乍动乍息,蹻脚弹指,撼头弄目,情发于中,不能自止。"可以说,这段话形象生动地概括了以上这些来自

---

① 常任侠:《汉唐间西域音乐艺术的东渐》,《音乐研究》1980年第2期。

西域的弦管类、鼓吹类乐器的一个总的特点。

前文在讨论胡姬舞蹈时说到,来自西域的胡旋舞、柘枝舞和胡腾舞本都属于健舞,其舞蹈动作特点为节奏迅疾、旋转腾挪、气势奔放,具有体育竞技性特点。其舞蹈伴奏乐器也多侧重使用鼓吹类乐器,这类乐器在演奏中所呈现出的繁音复节嘹亮高亢、节奏紧密、急促激越,营造出一种热闹非凡、乐观昂扬的情感特征,与上述胡舞的动态十足的舞姿完美结合,共同传达出与中原传统文化大相径庭的乐舞精神,表现出了西域乐舞极强的阳刚之气。唐代很多诗句对胡姬乐舞的描摹,正是对这种异质乐舞文化的精彩表达:"骊珠迸珥逐飞星,虹晕轻巾掣流电"(元稹《胡旋女》)、"旁收拍拍金铃摆,却踏声声锦靿催"(张祜《观杭州柘枝》)、"环行急蹴皆应节,反手叉腰如却月"(李端《胡腾儿》)。

胡姬从西域来到中原,带来了西域特有的音乐舞蹈,受到唐代上至宫廷皇室、下到市井百姓的追捧和效仿,她们极具西域风情的乐舞表演,胡乐胡歌所表达的异域情致,都深深吸引了唐代的名流雅士,成为一股不可抗拒的时代潮流。而这些乐舞无疑为中原艺术乃至整个中国文化增添了不一样的靓丽风采。从这个意义上说,我们从唐诗中所见到的胡姬对西域乐舞的演绎和传播,为唐代西域文化艺术的保留与传承作出了不可磨灭的贡献。

## 四、胡姬对唐代诗人的影响

唐代从帝王到文士,不论男女,很多人都学习或擅长胡舞胡乐,例如唐玄宗亲自改定《霓裳羽衣舞》,宫内宫外也是"臣妾人人学圆转"等等。这种动感十足的音乐舞蹈使唐代无数文人名流们兴趣盎然,于是纷纷来到胡姬酒肆,寻找不一样的娱乐欢宴,如"细雨春风花落时,挥鞭且就胡姬饮"(李白《横吹曲辞·白鼻䯄》)、"落花踏尽游何处,笑入胡姬酒肆中"(李白《少年行二首》)、"落日胡姬楼上饮,风吹箫管满楼闻"(章孝标《少年行》)等等。唐代文人士大夫们在胡姬歌舞佐酒的宴席上感受到了独特的异域风情,对其诗歌创作产生了很大的影响。

### (一)胡姬酒肆的异域风情及其对诗人的影响

贺朝《赠酒店胡姬》一诗也给我们描绘了胡姬酒店那夜夜灯火辉煌的热闹景象:

　　胡姬春酒店,弦管夜锵锵。红毯铺新月,貂裘坐薄霜。
　　玉盘初鲙鲤,金鼎正烹羊。上客无劳散,听歌乐世娘。

此诗写的是春天的胡姬酒店,歌舞欢乐通宵达旦,弦管之类的乐器演奏出"锵锵"的乐声,音节清越响亮,如金石撞击之声,令人初入酒店就神情亢奋。酒店的布置更是富丽堂皇、充满西域胡人特色。踏上红毯铺地的大厅,坐在温暖的貂裘坐垫上,吃着用金鼎烹制的炖羊肉,热气腾腾,桌上还摆放着刚出锅的鲙鱼,用金银剔透的玉盘盛放着,满室飘香。另一边,美貌的胡姬在唱着旋律明快的歌,跳着竞技一般节奏明快的舞蹈,令人口腹与精神得到了双重满足。胡姬酒店如此旖旎艳丽,流光溢彩,新鲜得有点儿惊心动魄。描写胡姬歌舞时的异域特色、氛围、美味与情调的诗作还有如岑参《酒泉太守席上醉后作》:"琵琶长笛曲相和,羌儿胡雏齐唱歌。浑炙犁牛烹野驼,交河美酒金叵罗。"除此之外,极具西域风味的菜和酒,显然更加新奇。"浑炙"即整只进行烧烤的意思,这里指的是烤全羊之类的西域胡人饮食;"犁牛"是一种毛色相杂的牛,这种牛肉也是很有特色的食物;而且用野骆驼肉烹调出的美味儿一定很少有人能有这个口福吧?另外,"叵罗"在古代可能是一种酒器。持"金叵罗"喝着美味的葡萄酒,这场豪华盛宴令那些洒脱不羁、寻求奇幻新鲜的唐代文人士大夫们艳羡。

胡姬酒肆的异域风情对唐代诗人的吸引力归根到底在于其所代表的西域文化。唐代的西域文化从未经过固定的文化价值取向、文化审美观念、伦理道德规范所熏染,是一种自在自为的、原生态的、流动性的文化状态。其特征主要表现为,一方面是人文与自然的和谐一致,这是西域草原、游牧文化的本质。"逐水草而居"遵循的是一种最基本的生存法则,在此种法则的规约下,人们首先要做到与自然的和谐相处。这种观念始终贯穿在草原游牧民族的文化精神中,形成其相对固定的人文特征,具体表现为人们情感表达的直接、率性,性格气质的热情、质朴等,影响到其乐舞以及其他艺术、风俗、生活习惯等等方面,就形成为一种自由奔放、毫无拘束的特征。因此,不论胡旋舞、胡腾舞和柘枝舞的热烈,还是浑脱舞的"裸戏",都是西域文化特有的、自然或原始的生命形态的展现。另一方面,文化的多元性也是西域、丝绸之路文化的主要特征。丝绸之路汇聚了来自四面八方的文化内容。唐代的强盛吸引了世界上无数人的到来,而丝绸之路是唐代长安这一政治、经济、文化的中心与亚洲、非洲、欧洲各个国家、民族进行陆上商业贸易、文化交流的主要路线。这条亚欧大陆的交通动脉又是中国、印度、希腊三种主要文化相交汇的桥梁。各类人种、民族在此处交汇融合,摩尼教、佛教、景教、拜火教等等宗教经由丝绸之路东传。粟特人作为唐代丝绸之路上最为活跃的商人,在来往于西域到中原的丝绸之路上,不断受到各种文化的影响,融合了各种文化因素,形成了一种以本民族文化为主体,同时兼具古代西域草原文化的各方面内容的独特的文化形态。正是这种文化的多元性使西域胡姬们形成一种率性开放、主动热情、大胆、平等的气质风格。

因此,农耕文化的稳定性与封闭性,儒家礼教的中庸、含蓄文化特征等所造就的文人士子们自然对此充满了好奇、欣喜、钦慕,甚至膜拜。

总之,唐诗中所描写的胡姬酒店是一个充满异域生活情调的地方,各种异域的美妙事物和美妙感受极大地满足了唐代士子文人那自信而又充满好奇、想象丰富、浪漫多情的性格心理。胡姬形象、胡姬酒店实际上是唐代汉文化中的西域文化符号,其所代表的西域文化深深吸引着众多的唐代诗人们,使他们情不自禁地拿起笔,以诗歌这一充满情感色彩和想象力的文学载体为这些美貌的胡姬们塑型。

## (二)作为文学形象的胡姬与唐代诗人的创作心理

作为文学作品的诗歌所描写的胡姬形象,毕竟或多或少地加入了诗作者们的虚构和想象。而这种作为文学形象的胡姬显然也蕴含着很多来自作家自身的经历与时代社会文化因素,因此,胡姬在唐诗中是一个被塑造的"他者"形象。诗人们从自身文化立场和视角来观看和书写异域文化形象,这就构成了一种自我对"他者"的审视关系。

### 1. 唐诗中的胡姬:被塑造的"他者"形象

"形象是加入了文化的和情感的、客观的和主观的因素的个人或集体的表现。"[①]探讨研究一个文学形象,应着重关注该形象与其塑造者的文化背景因素及主客体的思想情感内容,而不是形象的真伪程度。比较文学形象学认为,"一切形象都源于对自我与他者、本土与异域关系的自觉意识之中,即使这种意识是十分微弱的。因此,形象即为对这两种类型文化现实间的差距所作的文学的或非文学的,且能说明符指关系的表述。"[②]而"对异国人形象的研究从根本上讲实际上就是对主体—他者对应关系及其各种变化形式的研究。"[③]在这里,"他者"简单地说就是指文学中的某种异域文化形象、异国形象。亨利·巴柔说:"异国形象……是社会集体想象物的一种特殊表现形态:对他者的描述(representation)。"[④]对异域形象的研究为研究创作主体"自我"及其深层的集体无意识提供了依据。"'我'注视'他者',而他者形象同时也传递了'我'这个注视者、言说者、书写者的某种形象。"[⑤]因此,这个被言说的"他者"实际上恰好言说了"自我"。在此基础上,再通过对自我及其所在的社会文化特征的分析,我们发现,这个异域形象实际上并不纯粹是一个客观的形象,而是被创作主体在"自我"的文化背景基础

---

① [法]布吕纳尔等:《形象与人民心理学》,孟华:《比较文学形象学》,北京大学出版社,2001年,第113页。
② [法]达尼埃尔-亨利·巴柔:《从文化形象到集体想象物》,孟华:《比较文学形象学》,第118—152页。
③ [法]让·马克·莫哈:《文学形象学与神话批评》,孟华:《比较文学形象学》,第225页。
④ [法]达尼埃尔-亨利·巴柔:《从文化形象到集体想象物》,孟华:《比较文学与形象学》,第121页。
⑤ [法]达尼埃尔-亨利·巴柔:《形象》,孟华:《比较文学形象学》,第157页。

上塑造而成的"他者"形象。

综观唐诗中书写胡姬形象的诗句可见，胡姬形象大都具有一些共同的特点，如美貌、热情、歌舞技艺高超、大胆开放、坦率、无拘无束等，形容胡姬的词语大多是"貌如花""笑春风""妍艳""颜如赪玉盘"等等。很显然这是一种乐观开朗的形象，其乐舞艺术也往往表现出一种不同于中原乐舞风格的、热烈跳跃的风貌。胡姬之美呈现出艳丽脱俗、卓尔不凡的气质。显然，这种气质不同于汉文化观念中的美女形象。可见，唐代诗人是把胡姬作为一种"他者"形象来看待的，他们认为胡姬所代表的是与自我的传统汉文化不同而地位同等又更具特色的文化内容，正因如此，他们对待胡姬的态度往往是欣赏、钦羡、比较尊重，而并非居高临下的亵玩。但是，上文已述，真实的情形是，胡姬一般是被胡人买卖到中原的酒店令其侍酒娱人，其身份地位通常是比较低贱的。由此，唐诗中那美貌、开朗、歌舞飞扬的胡姬形象其实并非对纯粹客观、真实的胡姬的再现，而是被唐代诗人以观看者和言说者的立场塑造而成的形象。这个被塑造的"他者"形象之所以如此明艳动人，与塑造者即诗人们的文化审美视角，以及由此视角看到的"他者"的文化背景特征有关。而唐代，尤其是初盛唐诗歌中的胡姬往往都是以这种生动的类型式的形象出现，也反映了唐代诗人们基于不同的文化立场和审美视角而对胡姬所予以的集体想象。

由于初盛唐政治经济的繁荣与开放包容的气度，唐人拥有绝对的自信，所以他们对待外来文化的态度是主张对等交流，并善于发现异域文化的优点。因此初盛唐时期的诗人们往往站在文化审美的立场上，以一个艺术欣赏者的角度来审视和看待胡姬这一文化他者形象。关于这一点比较明显地体现在李白、岑参、白居易等人的诗歌中。如李白《前有一尊酒行》中"胡姬貌如花，当垆笑春风。笑春风，舞罗衣，君今不醉将安归。"这个胡姬形象作为一个他者，在诗人的情感和想象中，凝聚了异域文化所特有的美貌和独立，风姿飒爽，充满神秘感，令人遐想和愉悦。另外，岑参在《送宇文南金放后归太原寓居，因呈太原郝主簿》："送君系马青门口，胡姬垆头劝君酒。为问太原贤主人，春来更有新诗否。"这里的胡姬并不是只会侍酒陪客，诗人在创作中已经是以一个知己或友人的态度来对待这个来自异域文化的他者形象了。温庭筠在《敕勒歌塞北》中也是以这种平等的文化审美视角来书写胡姬的："羌儿吹玉管，胡姬踏锦花。却笑江南客，梅落不归家。"此诗以侧面烘托的笔法描写了羌儿胡姬的歌舞技艺十分精湛，令人流连忘返。唐代诗人看待胡姬的这种视角在描写西域乐舞的诗句中体现得更加明显，如李端《胡腾儿》、白居易和元稹的《胡旋女》、张祜的《柘枝》诗等等。从这个角度来看，胡姬与汉妓虽然都以歌舞助酒娱人，但由于文化背景的差异以及由此产生的诗人审美视角的

· 30 ·

不同,造成了唐代诗人书写胡姬与汉妓时的不同心理和情感态度。

2. 唐代诗人的创作心理

"我'看'他者,但他者的形象也传递了我自己的某个形象。"① 就是说,我们从他者形象上,往往能透视出自我的某方面的形象。"异国形象并不是自在的、客观化的产物,而是自我对他者的想象性制作,即按自我的需求对他者所作的创造性虚构,是形象塑造者自我欲望的投射。"② 从唐诗中的胡姬形象我们可以透视出唐代诗人集体与个体的创作心理。

上文已述,文学作品中塑造的异域"他者"形象事实上是一个社会集体想象物。社会集体想象物"是全社会对一个集体、一个社会文化整体所作的阐释。是双极性的阐释"。③ 因此,这个他者形象所体现出的某些共同特点来源于创作者所在的文化背景,反映了这种文化背景下的作家的创作心理,代表的是某一个特定的历史时期的特定文化对他者文化的审视和书写。因此,唐诗中的胡姬形象所体现出的特征,反映了初盛唐诗人们基于当时的文化背景下的共同或类似的创作心理,在某种程度上也代表了当时整个社会对胡姬的看法。这种看法显然是建立在文化背景的差异上。对于唐代绝大多数人而言,西域是一个遥不可及的境地,一个无法亲历亲见的想象对象,一个存在于自身文化境遇中的文化"他者",是中原王朝共同的集体想象。胡姬是从西域来到中原的女性,她们在唐代诗人心目中代表的是异域文化,并为唐代诗人们对西域文化的想象提供了直观的依据,成为诗歌中的文化符号。多元的文化背景下形成的草原游牧民族性格显然与长期在相对封闭、固定的农耕文化中所造就的保守、含蓄的性格截然不同,对唐代那些长期浸染在中国传统文化、礼教道德中的文人士子们来说,显然十分新奇。因此,当他们以自我的农耕文化立场来审视草原游牧文化时,难免被其感染和吸引。在创作过程中,他们大多数时候就会不自觉地把西域草原游牧文化想象成完全不同于中原文化的、具有非凡创造力的文化内容,因而把来自这一异域文化的胡姬塑造成一个个明朗美艳的、蓬勃向上的形象。进一步说,唐代的诗人们对于胡姬所代表的西域文化并不是仅仅抱持着一种好奇心理来看待和书写,而是带着一定程度的理性自觉意识进行文化审视。他们对西域文化的异质性表现出尊重欣赏的态度,也透露出唐代诗人在文化上的自我反思意识,从这方面来看,唐代尤其是初盛唐的诗人对自我与他者文化的思考

---

① [法]达尼埃尔-亨利·巴柔:《从文化形象到集体想象物》。
② 姜智芹:《文学想象与文化利用——英国文学中的中国形象》,中国社会科学出版社,2005年,第249页。
③ [法]让·马克·莫哈:《试论文学形象学的研究史及方法论》,孟华:《比较文学形象学》,北京大学出版社,2001年,第17—40页。

视角显然不同于其他时代。简而言之,唐代诗人们在文学作品中塑造的胡姬形象反映了唐代文人们,甚至整个社会在面对异域文化时表现出的普遍的求新求异、大胆开放、崇尚自由、乐观进取的性格和心理。他们在自我文化立场上对他者文化的审视态度,是盛唐这个恢弘阔达的时代赋予整个社会的自信、豪迈的表现。胡姬形象之美反映了诗人身处其中的蓬勃向上的时代文化精神,是盛唐气象在诗歌中的表现内容之一。林庚说:"盛唐气象所指的是诗歌中蓬勃的气象,这蓬勃不只由于它发展的盛况,更重要的乃是一种蓬勃的思想感情所形成的时代性格。"①

胡姬形象代表了唐代诗人们对于异国形象的社会集体想象。而这种集体想象物的形成则具体表现在诗人个体方面,胡姬是诗人个体在创作过程中基于自身文化背景和立场上对他者的想象。诗人在对这一异国的他者形象进行创作的过程中,自然投射进去了自我的情感和理想等内容。

初盛唐书写胡姬形象最有代表性的诗人首先是李白,他写了众多有关西域文化的诗作。如《于阗歌》《白头吟》《白胡桃》《天马歌》《塞下曲》《秋浦歌》《独不见》等等。其诗中的西域意象所形成的异域风格,使其诗歌独具强烈的情感与想象空间,诗歌呈现出高远雄奇、慷慨阔达的意境。李白有数首诗作写到胡姬形象,如《前有一樽酒行》《少年行二首》《白鼻騧》《送裴十八图南》《醉后赠王历阳》《幽州胡马客》等。李白深受传统儒家思想影响,一心追求功名,但在现实中却怀才不遇,功名难成。在这两种相悖的思想矛盾和仕途失意的现实处境中,诗人进行自我疏导的方式是,往往通过想象来抒发内心情感,把情感寄托在某种带有很强想象性的物化形象身上。因此,当诗人在书写胡姬这一来自异域的他者形象时,自然会带着某种情感加以想象,赋予其某种超凡脱俗之美,表达了诗人自我恃才傲物、不趋流俗的追求。胡姬那充满异域神秘色彩的外表、胡酒那独特的魅力也往往是诗人自身在这种处境和心境下,在唐代胡风盛行的环境中,并根据自我对西域文化的主客观经验所塑造而成的。

李白的《横吹曲辞·白鼻騧》写出了诗人快乐的心情:

银鞍白鼻騧,绿地障泥锦。细雨春风花落时,挥鞭且就胡姬饮。

白鼻騧是指白鼻黑喙的黄马。诗人骑着这身披绿色障泥绣锦的马,在一个细雨春风、落花飞舞的时节,扬鞭轻驰,来到胡姬酒肆,只求一醉。显然,这里表现出作者轻松

---

① 林庚:《唐诗综论》,清华大学出版社,2006年,第23页。

愉悦的情致,胡姬是诗人心情的映衬。最光彩夺目的胡姬形象也出自他之手,即《前有一樽酒行二首》:

  春风东来忽相过,金樽绿酒生微波。落花纷纷稍觉多,美人欲醉朱颜酡。青轩桃李能几何,流光欺人忽蹉跎。君起舞,日西夕,当年意气不肯倾,白发如丝叹何益。

  琴奏龙门之绿桐,玉壶美酒清若空。催弦拂柱与君饮,看朱成碧颜始红。胡姬貌如花,当垆笑春风。笑春风,舞罗衣,君今不醉将安归。

此诗一方面抒发了诗人感叹时光飞逝、年华易老,另一反面表现出诗人心胸旷达、意气高昂的情怀。胡姬形象更是独一无二、卓然出众,胡姬、美酒、诗,三者同时出现,映衬出诗人超脱流俗的理想境界,如入仙境,不愧"诗仙"之称。此诗对胡姬形象的塑造明显流露出诗人的情感倾向和理想人生境界。

岑参往往被称为唐代的边塞诗人,他的诗有很多涉及西域文化的内容,如写西域的冰天雪地的景观、雪海沙场的壮烈、边塞鞍马风尘的征战生活等内容。如《白雪歌送武判官归京》《轮台歌送封大夫出师西征》《走马川行奉送出师西征》《玉门关盖将军歌》等等。岑参一生两次来到西域赴任,途经河西走廊的各州郡县附,官方大多要招待一番,以略尽地主之谊,接待宴饮时一般以当地的歌舞助兴,如《酒泉太守席上醉后作》等。岑参对胡姬形象的描写与李白类似,都是带着欣赏、赞叹的情感来书写的。如《送宇文南金放后归太原寓居,因呈太原郝主簿》:

  归去不得意,北京关路赊。却投晋山老,愁见汾阳花。翻作灞陵客,怜君丞相家。夜眠旅舍雨,晓辞春城鸦。送君系马青门口,胡姬垆头劝君酒。为问太原贤主人,春来更有新诗否。

这首诗约作于安史之乱前天宝十二载间(753),当时岑参39岁,已经从安西归回到长安,为国效劳的壮志未酬,诗中自然流露出人生不得意的失落之感。岑参在长安期间交游广泛,因此,去胡姬酒肆歌舞宴饮也应是平常事。而能以平等的姿态看待侍酒的胡姬,与其谈诗论道,这显然流露出诗作者的某种情感,这是建立在岑参自我的个人经历、西域经验和中原文化背景的基础上生发出的对他者的情感和想象,这种情感本身也暗含对自我人生的感叹。以诗、酒来进行自我释然,这也是唐代文人的一贯风格,在这一点上,岑参与李白也可说是大体一致的。

李白和岑参代表着初盛唐对异域文化书写和关注较多的诗人。他们对异国形象的塑造也往往根据个人特有的西域经验,从内心出发来加以想象创作。当然,上文已述,唐代开放包容的文化政策而形成的社会整体对西域文化的想象,在此基础上,影响、形成了诗人个体的创作心理,使诗人在塑造胡姬这一"他者"形象时,自然会带有欣赏甚至崇尚、钦慕的态度,并融入了诗人个体的情感因素。

与初盛唐的歌舞飞扬、笑逐颜开的胡姬形象不同,中晚唐的一些诗作中写到的胡姬形象往往充满幽怨的愁思,如:"手中抛下蒲萄盏,西顾忽思乡路远"(刘言史《王中丞宅夜观舞胡腾》)、"心知旧国西州远,西向胡天望乡久"(李益《登夏州城观送行人赋得六州胡儿歌》)等等。这些诗作生动地展现了胡姬那愁苦忧郁的心境,其神态展现的是一种难于言说的思乡之情。即使是岑参的送别诗中也有此类描写,如《胡笳歌送颜真卿使赴河陇》:"君不闻胡笳声最悲,紫髯绿眼胡人吹。"总的来说,诗人在写胡姬的悲凉,写她们表面华丽热闹、笙歌夜舞背后无家可归、有家难回的凄凉人生时,实际上是在慨叹诗人们自己的不幸命运,是他们在仕途失意、前途未卜的人生境遇中,对自我的影射式书写。他们借写这些异域的歌姬舞女的不幸人生来影射或委婉地表达自我遭受排挤、官场失意的命运。他们的内心往往愁苦难言,不禁感慨"同是天涯沦落人,相逢何必曾相识"。可见,书写胡姬的思乡愁情和凄惨命运,一方面表现了唐代诗人们对异域来到中原的胡姬们的同情,更多的则是诗人自我的失落心理的折射。

## 五、胡姬的消失及其文化意义

胡姬在唐代繁华的大都市中不仅的确存在过,而且给那些前去观赏胡姬歌舞或饮酒寻欢的文人士子们留下了许多美好的回忆。然而,唐末以后,文人们就很难再亲眼看见胡姬们的风采,宋代的文人只能根据唐诗中所写的胡姬形象来进行想象了。唐末以后宋代乃至明清,胡姬逐渐消失了。究其原因,最直接和最明显的,就是安史之乱。

### (一)唐末以后胡姬的消失

安史之乱作为一场突如其来的争夺统治权的斗争,可说是唐代社会的一个转折点。安史之乱使此前崇尚胡风的社会风气急速逆转,唐代社会很快从初盛唐的崇尚胡文化、胡风盛行,转向排斥或反对胡文化。安史之乱的肇始者安禄山父子和史思明父子,都是来自西域的昭武九姓粟特人,他们发动的这场叛乱,给唐朝社会造成了巨大的物质和精神创伤。在安史之乱平定中及平定后,唐朝社会出现了明显的排胡现象。具体表现在对胡文化的拒斥、对胡人的愤恨或攻击以及对前期"胡风"的否定等方面。整个社会对于胡人的猜忌厌弃情绪十分浓重,对于胡文化更是厌恶。唐朝军将对九姓胡十分憎恨,而朝廷对诛杀胡人的做法也不予追究,特别是对与安禄山、史思明同种的粟特人而言,更是人人希望得而诛之。唐代后期的人们甚至将导致安史之乱最初的原因归咎于胡曲、胡食、胡服等诸如此类唐代前期社会胡风盛行的现象。在一些诗作中,更是明显表露出这种思想,如白居易《胡旋女》:

  天宝季年时欲变,臣妾人人学圆转。中有太真外禄山,二人最道能胡旋。
  梨花园中册作妃,金鸡障下养为儿。禄山胡旋迷君眼,兵过黄河疑未反。

  这里,白居易把杨玉环与发动叛乱的范阳节度使安禄山的胡旋舞技联系起来,很明显表达了作者对唐前统治者倡行胡风而导致外族叛乱的指责。元稹《胡旋女》中"天宝欲末胡欲乱,胡人献女能胡旋。旋得明王不觉迷,妖胡奄到长生殿"。诗句也表达了这一层意思。

  唐代后期的这种社会思潮所导致的结果,必然是社会上普遍产生排胡、反胡的情绪,警惕胡风成为一种普遍心态。这种看法繁衍流布,对留居唐朝中原地区的胡人,特别是粟特胡人必然产生强烈的负面影响,使他们处于一种尴尬的局面之下,胡姬作为粟特胡人女性,自然也就不会再像之前那样受欢迎,很有可能受到排斥。

  这一时期的文人士子们也大多饱尝科考失意、仕途阻塞、流落他乡、生活动荡之苦,他们无论从经济条件和精神需求方面都不可能再像唐代前期的文人们那样去胡姬酒肆饮酒赋诗、欣赏胡乐胡舞。而且,整个社会的沉郁、压抑、悲凉的情绪与西域胡姬那种昂扬向上、乐观活泼的气息也极不相称。在文化风格方面,唐末表现出的感伤、消极和颓废倾向显然也与来自草原文化的西域胡姬的明朗欢快的风格相悖。唐五代社会文化更是呈现出柔弱的特质,盛唐文化的阳刚之气也荡然无存。这些也是导致唐代末期以后胡姬及其所代表的文化风尚逐渐隐匿、消失的原因。

**(二)胡姬形象对后世文学创作的影响**

1. 宋代以后文人对胡姬的想象

  宋代文化表现出对儒学的重视和再创造。在强调传统文化、理学精神的同时,宋代文化的特征渐趋保守。周邻的各少数民族,特别是契丹、党项、女真等族一度强盛,建立起强大的少数民族政权,对中原王朝也构成极大的威胁,形成持续的对峙局面。宋朝在与周边草原游牧民族的对峙中也一直处于软弱败退的形势。当时的社会情绪、人们的普遍心理必然是一方面对宋朝统治阶级无能的失望和愤怒,另一方面则是对这些经常侵扰中原的强悍民族的痛恨。在这种社会情绪下,对于来自西域的少数民族文化,也延续了唐代后期的排斥心理。在此情形下,来自西域的胡商、胡姬不可能再如初盛唐时期一样活跃在中原地区了。

不过,大唐盛世的诗人们为后世留下胡姬这一美丽遗迹,为宋代那些敏感而多情的文人们留下了辽阔的想象空间。他们延续了唐人对胡姬的一脉情节,把唐诗中的胡姬形象写进了宋词。在词的创作中,他们往往从唐代诗人对胡姬的描写窥知诗作者的独特观感,并在想象的空间里遥望,表达他们自身对胡姬的虚拟观感。然而此时的胡姬已仅仅是一个历史的称谓而已,现实生活中早已不见她们的身影,因此,宋人诗词中的胡姬只是一个凸显的象征符号,既往国家强盛的表征,表达了诗词作者们对大唐帝国那雍容繁华、歌舞升平、万方来朝的盛世之风的追怀。如周邦彦《迎春乐》:

桃蹊柳曲闲踪迹。俱曾是,大堤客。解春衣、贳酒城南陌。频醉卧、胡姬侧。
鬓点吴霜嗟早白,更谁念、玉谿消息。他日水云身,相望处,无南北。

这首词里的胡姬依然是当垆卖酒侍酒的异域美艳女子,在词中也依然是作为词人抒发自我情感的一个载体之一。不过,这里的胡姬显然只是作为一个名称出现,作为词作的一个点缀,并没有具体的形象感,并不能给人留下什么具体印象,显然缺少了唐代诗作中诗人观看胡姬形象的真实感,词中隐隐透出对昔日美好事物的留恋之情。又如杨无咎《夜行船》:

"怪被东风相误。落轻帆、暂停烟渚。桐树阴森,茅檐潇洒,元是那回来处。
相与狂朋沽绿醑。听胡姬、隔窗言语。我既痴迷,君还留恋,明日慢移船去。"

此词写到作者"听胡姬、隔窗言语",显然与唐代诗人的大方、爽朗的气度截然相反,首先,表现的是词作者含蓄隐忍、委婉曲折的气质,其次,所描写的胡姬形象也绮丽婉媚、莺喉娇啭,宛若一位江南佳丽,而完全丧失了唐诗中作为异域女性的洒脱不羁的神采。显然,这里的胡姬形象是以宋代文人的审美情感和文化观念来塑造的,完全是词人宣泄情绪情感的依托。

宋诗与宋词一样,对胡姬形象的塑造也倾注了作者的情感和想象,表现出明显的宋代汉文化特质。如曹勋《胡姬年十五》：

> 胡姬年十五,媚脸明朝霞。当垆一笑粲,桃叶映桃花。王孙停宝马,公子驻香车。学歌装翡翠,看月弄琵琶。不顾金吾子,谁看白鼻䮤。

用"媚脸"来形容胡姬,显然完全不符合唐代胡姬那爽朗洒脱的气质,其所流露的是妩媚柔婉的情致,这种情致是对宋代的风流冶艳女性的形容,所透露的是传统汉文化观念下对女性的审美表达。另外,与唐诗中"当垆笑春风"的形象相比,此诗用桃叶和桃花相互映衬来形容当垆的胡姬一笑,显然是汉诗传统的比喻风格,如"人面桃花"之类,也完全不是西域特有的文化意象。至于"学歌"和"看月"之类的行为则更是缺乏唐诗中的胡姬那种自然率性之姿,而是一副矫揉造作之态。"金吾子"与"白鼻䮤"分别取自汉代辛延年《羽林郎》和唐代李白《横吹曲辞·白鼻䮤》,显然是提取了两个不同时代胡姬诗作中的代表性元素,目的是使诗作尽可能多地含有与胡姬相关的内容,但也正因如此,使这首诗显得堆砌和拼凑,生造的胡姬形象因缺失了真实性而无法使任何人动容。

由以上诗词可见,宋代文人笔下的胡姬往往缺乏西域胡姬的直白热情、豪爽洒脱,而完全是一个宋代汉族女性形象。

2. 元明清文学中的"胡姬"一词

元代与宋代有很大的不同,主要因为它是由北方少数民族主政,同时,元代也是一个多元文化并存的时代。元代也有几首诗写到了胡姬形象,不过,这时期的胡姬显然不是唐代来自西域的粟特胡姬,而很可能是一个笼统的概念,指的是异域民族的侍酒女性。如张宪《胡姬年十五拟刘越石》：

> 胡姬年十五,芍药正含葩。何处相逢好,并州卖酒家。
> 面开春月满,眉抹远山斜。一笑既相许,何须罗扇遮。

与元代诗作相比,明清文学中的胡姬形象就只剩下虚构的想象。文人们塑造胡姬形象时,完全脱离了人物的社会、文化背景,已没有任何可供参考的生活原型。他们仅仅是把前人的历史碎片移花接木地幻化成真。他们塑造的胡姬形象比宋代诗词中的胡姬更加虚幻,表现出他们对胡姬这一盛世残梦的迷恋,以及对倜傥风流、纵酒狂歌的文人风范的艳羡。正因如此,从侧面透露出了他们内心深处对自身处境的失落和惆怅。

如明王伯稠《追昔感事八首》其四：

> 欲醉胡姬耐笑看，驼酥千盏不辞干。
> 忽雷抱向青楼月，拨出《凉州》夜雪寒。

明清时期书写胡姬的诗作，一个明显特点是，胡姬仅仅是作为一个词语出现在诗作中，并不具有任何实际的具体的形象特征或意义指向，徒有其名。如明代王叔承《少年行》、清代程芳铭《少年行》等。

总的来看，与宋词中书写的胡姬形象类似，在明清诗词中，"胡姬"一语既不具有客观存在性，也没有意义承载，而仅仅是诗人们用以书写自我风流倜傥的文人风度时所使用的一个固定词语而已，甚至连想象的载体这一意义也逐渐丧失了。不过，探析这一时期诗人们为何还要使用"胡姬"一词，追根溯源，是受唐诗中塑造的胡姬形象的影响，除了表达他们对大唐盛世文人风尚的迷恋外，还可见此时期文人对"胡姬"这一词语本身的热衷。当然，这也在一定程度上说明了唐诗中的胡姬形象对后世文学创作的确有着广泛而深远的影响。

### （三）胡姬形象的文化意义

唐诗中生动的胡姬形象无疑给后世文学、艺术创作留下了美妙而广阔的想象空间。从唐诗对胡姬形象的描写，我们看到了大唐盛世的广博胸怀与开放气度。相对地，胡姬那洒脱豪放的性格与乐舞技艺又为唐代社会繁荣发达的文化艺术注入了全新的元素，令中国文化呈现出更加新鲜多样的风采，在一定程度上激发了中国文化艺术的生命力。胡姬与唐代文学、乐舞艺术以及民间文化的密切关系，经过唐代两百多年的铸造与冶炼后，最终融入唐代独一无二的盛世文化风采之中。唐诗对胡姬形象的书写代表了唐代中原文化对西域文化的接纳和认同。可以说，唐代的胡姬是西域文化艺术的传播者，也是民族融合的媒介。

胡姬虽然不是来自西域的官方的文化使者，但她们作为西域文化艺术的代表之一，来到中原和内地其他地区，并受到热烈欢迎。无论在她们侍酒还是乐舞表演时，她们自身的异域文化因素都潜移默化地影响了唐代文化的各个方面。因此，她们在无意中成为了西域文化艺术的传播者，不自觉地承担了传播异域文化艺术的功能，并在一定程度上影响了唐代社会的审美观念。

同时，她们也在一定程度上促进了唐代各民族间的融合。胡姬在唐代民族融合的过程中起到了一定的媒介作用，她们或多或少具有贯通胡、汉民族之间的桥梁的意义。

她们可说是唐代来自西域的胡人与汉人在中原等地区进行文化交流的媒介。正是有了这一媒介,西域文化(尤其是西域乐舞艺术)才能在唐代这一特殊的开放包容的时代直接栽种在中原汉文化的沃土上,并生长、开放出崭新的、多民族文明之花。唐代诗歌、乐舞、绘画等等领域都有许多展现胡姬形象的内容,具体直观地为我们展示了中国历史上独一无二的大唐盛世中各民族融为一体的、多姿多彩的文化景观。胡姬在唐代民族融合的壮丽画卷中,无疑留下了一抹亮丽色彩。

## 结　　语

唐代的繁荣发达和开放包容,吸引了无数域外的目光。其中,那些明眸善睐、艳丽多姿的胡姬千里迢迢从西域、中亚来到大唐王朝,激发了无数文人雅士们对域外文化的美好想象,使他们纷纷为之驻足并潇洒地挥毫泼墨,从而使胡姬这一形象流芳百世,成为正史之外让历朝历代文人们最感兴奋和愉悦的话题。她们可说是大唐盛世社会生活与文化的一个剪影,定格为大唐文明扉页上的一抹鲜艳悦目之色。唐诗对胡姬形象的描写,留给后人无尽的想象空间,由此产生的有关胡姬的神秘氛围,更令一代代文人学者们慨叹和向往。

当然,唐诗中并没有提到某一个胡姬的具体姓名。目前所见的唯一一个有名有姓的胡姬,是唐代因战争被回纥将军从西域辗转贩卖到长安的,即英国学者苏珊·惠特菲尔德在《丝路岁月——从历史碎片拼接出的大时代和小人物》[①]一书中所写的"莱瑞斯卡",她在长安的26年间主要是做艺妓表演西域乐舞。她一生历经坎坷,颠沛流离,最终在唐末农民起义的战火硝烟中死里逃生。不过,莱瑞斯卡这一形象显然来源于西方文化视角,是西方人眼中的西域文化形象,与中国文化视角下的西域文化形象是截然不同的,不属于本论文讨论的内容范畴。另外,唐诗中也缺乏有关胡姬的较为详细的个体性格描写,这些都为我们更进一步了解唐代胡姬和唐代诗人造成了不利局面。不过,从唐诗的精彩描摹中可见,胡姬显然具有不同于中国传统文化观念的形象特征。她们的人种、外貌、服饰、性格,以及身份、职业、地位、乐舞技艺等等方面,都受到诗人的关注和书写。通过本文的梳理和探析,我们发现,在那个胡风盛行的时代,胡姬的出现无疑是对西域文化的最为具体生动、最为鲜活、也最为直观的呈现。

胡姬形象显然储存和传播了大量异域文化内容。唐诗对胡姬的书写,拨开了历史的层层遮蔽,不仅使我们能够跨越时空,生动地还原了唐代西域女性的独特魅力,

---

[①] 苏珊·惠特菲尔德:《丝路岁月——从历史碎片拼接出的大时代和小人物》,海南出版社/三环出版社,2006年。

而且,从诗中也可见出,这些来自西域的胡姬无疑为中原王朝、大唐社会吹来了一股浓郁的"胡风"。她们所代表的热烈、爽朗的民族性格,大胆豪放的文化观念,激情昂扬的乐舞艺术风范,以及新鲜奇特的生活内容等等,影响了中原地区的民情习俗、气质风格、道德审美,潜移默化地改造着唐代社会的精神风貌。从胡姬的服饰妆容到歌舞宴饮,都受到人们的广泛喜爱和模仿,成为了唐代社会时尚潮流的引领者。唐代生活中人们频繁地送往迎来,随处可见到胡姬那靓丽的身影。可以说,她们从生活方式、习惯兴趣直至审美风格、伦理情感等等方面,都对中国传统文化产生了内在的影响。她们来到中原,身处唐代社会的各个阶层,作为异域文化的载体,散播着西域特有的文化内涵。她们虽不是西域或中亚诸国官方派遣的文化大使,但在实际生活中,她们却发挥了传播西域文化艺术、沟通中西文化交流的桥梁作用,可谓意义深远。同时,唐诗对胡姬形象的精彩描摹,也为我们展现了一副唐代各民族空前融合、繁荣发展的盛世画卷。

## 附录:《全唐诗》中书写胡姬形象及与胡姬相关的诗作

### 李白

#### 杂曲歌辞·前有一樽酒行二首

春风东来忽相过,金樽绿酒生微波。落花纷纷稍觉多,美人欲醉朱颜酡。青轩桃李能几何,流光欺人忽蹉跎。君起舞,日西夕,当年意气不肯倾,白发如丝叹何益。

琴奏龙门之绿桐,玉壶美酒清若空。催弦拂柱与君饮,看朱成碧颜始红。胡姬貌如花,当垆笑春风。笑春风,舞罗衣,君今不醉欲安归。

#### 横吹曲辞·白鼻騧

银鞍白鼻騧,绿地障泥锦。细雨春风花落时,挥鞭且就胡姬饮。

#### 少年行二首

击筑饮美酒,剑歌易水湄。经过燕太子,结托并州儿。少年负壮气,奋烈自有时。因击鲁勾践,争博勿相欺。(其一)

五陵年少金市东,银鞍白马度春风。落花踏尽游何处,笑入胡姬酒肆中。(其二)

### 醉后赠王历阳
书秃千兔毫,诗裁两牛腰。笔踪起龙虎,舞袖拂云霄。双歌二胡姬,更奏远清朝。举酒挑朔雪,从君不相饶。

### 送裴十八图南归嵩山二首
何处可为别,长安青绮门。胡姬招素手,延客醉金樽。临当上马时,我独与君言。风吹芳兰折,日没鸟雀喧。举手指飞鸿,此情难具论。同归无早晚,颍水有清源。君思颍水绿,忽复归嵩岑。归时莫洗耳,为我洗其心。洗心得真情,洗耳徒买名。谢公终一起,相与济苍生。

### 幽州胡马客歌
幽州胡马客,绿眼虎皮冠。笑拂两只箭,万人不可干。弯弓若转月,白雁落云端。双双掉鞭行,游猎向楼兰。出门不顾后,报国死何难。天骄五单于,狼戾好凶残。牛马散北海,割鲜若虎餐。虽居燕支山,不道朔雪寒。妇女马上笑,颜如赪玉盘。翻飞射鸟兽,花月醉雕鞍。旄头四光芒,争战若蜂攒。白刃洒赤血,流沙为之丹。名将古谁是,疲兵良可叹。何时天狼灭,父子得闲安。

### 猛虎行
溧阳酒楼三月春,杨花茫茫愁杀人。胡雏绿眼吹玉笛,吴歌《白纻》飞梁尘。

## 岑参

### 青门歌送东台张判官
青门金锁平旦开,城头日出使车回。青门柳枝正堪折,路傍一日几人别。东出青门路不穷,驿楼官树灞陵东。花扑征衣看似绣,云随去马色疑骢。胡姬酒垆日未午,丝绳玉缸酒如乳。灞头落花没马蹄,昨夜微雨花成泥。黄鹂翅湿飞转低,关东尺书醉懒题。须臾望君不可见,扬鞭飞鞚疾如箭。借问使乎何时来,莫作东飞伯劳西飞燕。

### 送宇文南金放后归太原寓居,因呈太原郝主簿
归去不得意,北京关路赊。却投晋山老,愁见汾阳花。翻作灞陵客,怜君丞相家。夜眠旅舍雨,晓辞春城鸦。送君系马青门口,胡姬垆头劝君酒。为问太原贤主人,春来更有新诗否。

## 元稹

### 赠崔元儒

殷勤夏口阮元瑜，二十年前旧饮徒。最爱轻欺杏园客，也曾辜负酒家胡。些些风景闲犹在，事事颠狂老渐无。今日头盘三两掷，翠娥潜笑白髭须。

### 和李校书新题乐府十二首·胡旋女

天宝欲末胡欲乱，胡人献女能胡旋。旋得明王不觉迷，妖胡奄到长生殿。胡旋之义世莫知，胡旋之容我能传。蓬断霜根羊角疾，竿戴朱盘火轮炫。骊珠迸珥逐飞星，虹晕轻巾掣流电。潜鲸暗吸笡波海，回风乱舞当空霰。万过其谁辨终始，四座安能分背面。才人观者相为言，承奉君恩在圆变。是非好恶随君口，南北东西逐君眄，柔软依身着佩带，裴回绕指同环钏。佞臣闻此心计回，荧惑君心君眼眩。君言似曲屈为钩，君言好直舒为箭。巧随清影触处行，妙学春莺百般啭。倾天侧地用君力，抑塞周遮恐君见。翠华南幸万里桥，玄宗始悟坤维转。寄言旋目与旋心，有国有家当共谴。

### 西凉伎

吾闻昔日西凉州，人烟扑地桑柘稠。蒲萄酒熟恣行乐，红艳青旗朱粉楼。楼下当垆称卓女，楼头伴客名莫愁。乡人不识离别苦，更卒多为沉滞游。哥舒开府设高宴，八珍九酝当前头。前头百戏竞撩乱，丸剑跳踯霜雪浮。狮子摇光毛彩竖，胡姬醉舞筋骨柔。大宛来献赤汗马，赞普亦奉翠茸裘。一朝燕贼乱中国，河湟没尽空遗丘。开远门前万里堠，今来蹙到行原州。去京五百而近何其逼，天子县内半没为荒陬，西凉之道尔阻修。连城边将但高会，每听此曲能不羞。

## 白居易

### 胡旋女——戒近习也

胡旋女，胡旋女。心应弦，手应鼓。弦鼓一声双袖举，回雪飘摇转蓬舞。左旋右转不知疲，千匝万周无已时。人间物类无可比，奔车轮缓旋风迟。曲终再拜谢天子，天子为之微启齿。胡旋女，出康居，徒劳东来万里余，中原自有胡旋者，斗妙争能尔不如。天宝季年时欲变，臣妾人人学圆转。中有太真外禄山，二人最道能胡旋。梨花园中册作妃，金鸡障下养为儿。禄山胡旋迷君眼，兵过黄河疑未反。贵妃胡旋惑君心，死弃马嵬念更深。从兹地轴天维转，五十年来制不禁。胡旋女，莫空舞，数唱此歌悟明主。

### 柘枝妓

平铺一合锦筵开,连击三声画鼓催。红蜡烛移桃叶起,紫罗衫动柘枝来。
带垂钿胯花腰重,帽转金铃雪面迥。看即曲终留不住,云飘雨送向阳台。

## 张祜

### 白鼻䯄

为底胡姬酒,长来白鼻䯄。摘莲抛水上,郎意在浮花。

### 柘 枝

红筵高设画堂开,小妓妆成为舞催。
珠帽著听歌遍匝,锦靴行踏鼓声来。

### 双舞柘枝伎

画鼓拖环锦臂攘,小娥双换舞衣裳。
金丝麑雾红衫薄,银蔓垂花紫带长。

## 温庭筠

### 赠袁司录(一即丞相淮阳公之犹子与庭筠有旧也)

一朝辞满有心期,花发杨园雪压枝。刘尹故人谙往事,谢郎诸弟得新知。
金钗醉就胡姬画,玉管闲留洛客吹。记得襄阳耆旧语,不堪风景岘山碑。

### 敕勒歌塞北

敕勒金幰壁,阴山无岁华。帐外风飘雪,营前月照沙。
羌儿吹玉管,胡姬踏锦花。却笑江南客,梅落不归家。

## 贺朝

### 赠酒店胡姬

胡姬春酒店,弦管夜锵锵。红毾铺新月,貂裘坐薄霜。
玉盘初鲙鲤,金鼎正烹羊。上客无劳散,听歌乐世娘。

## 施肩吾

### 戏郑申府

年少郑郎那解愁,春来闲卧酒家楼。胡姬若拟邀他宿,挂却金鞭系紫骝。

## 章孝标

### 少年行

平明小猎出中军,异国名香满袖薰。画槛倒悬鹦鹉嘴,花衫对舞凤凰文。
手抬白马嘶春雪,臂竦青骹入暮云。落日胡姬楼上饮,风吹箫管满楼闻。

## 刘禹锡

### 观柘枝舞二首

其一

胡服何葳蕤,仙仙登绮墀。神飙猎红蕖,龙烛映金枝。垂带覆纤腰,安钿当妩眉。翘袖中繁鼓,倾眸溯华榱。燕秦有旧曲,淮南多冶词。欲见倾城处,君看赴节时。

其二

山鸡临清镜,石燕赴遥津。何如上客会,长袖入华裀。体轻似无骨,观者皆耸神。曲尽回身处,层波犹注人。

## 杨巨源

### 胡姬词

妍艳照江头,春风好客留。当垆知妾惯,送酒为郎羞。
香渡传蕉扇,妆成上竹楼。数钱怜皓腕,非是不能留。

## 韩偓

### 北齐二首

任道骄奢必败亡,且将繁盛悦嫔嫱。几千奁镜成楼柱,六十间云号殿廊。
后主猎回初按乐,胡姬酒醒更新妆。绮罗堆里春风畔,年少多情一帝王。

神器传时异至公,败亡安可怨匆匆。犯寒猎士朝频戮,告急军书夜不通。
并部义旗遮日暗,邺城飞焰照天红。周朝将相还无体,宁死何须入铁笼。

## 杨凝

### 从军行

都尉出居延,强兵集五千。还将张博望,直救范祁连。
汉卒悲箫鼓,胡姬湿采旄。如今意气尽,流泪挹流泉。

## 王绩

### 过酒家五首

洛阳无大宅,长安乏主人。黄金销未尽,只为酒家贫。

此日长昏饮,非关养性灵。眼看人尽醉,何忍独为醒。

竹叶连糟翠,葡萄带曲红。相逢不令尽,别后为谁空。

对酒但知饮,逢人莫强牵。倚炉便得睡,横瓮足堪眠。

有客需教饮,无钱可别沽。来时长道赊,惭愧酒家胡。

## 李贺

### 龙夜吟

卷发胡儿眼睛绿,高楼夜静吹横竹。一声似向天上来,月下美人望乡哭。直排七点星藏指,暗合清风调宫征。蜀道秋深云满林,湘江半夜龙惊起。玉堂美人边塞情,碧窗皓月愁中听。寒砧能捣百尺练,粉泪凝珠滴红线。胡儿莫作陇头吟,隔窗暗结愁人心。

## 王维

### 过崔驸马山池

画楼吹笛妓,金椀酒家胡。锦石称贞女,青松学大夫。
脱貂贳桂醑,射雁与山厨。闻道高阳会,愚公谷正愚。

## 李端

### 胡腾儿

胡腾身是凉州儿,肌肤如玉鼻如锥。桐布轻衫前后卷,葡萄长带一边垂。帐前跪作本音语,拾巾揽袖为君舞。安西旧牧收泪看,洛下词人抄曲与。扬眉动目踏花毡,红汗交流珠帽偏。醉却东倾又西倒,双靴柔弱满灯前。环行急蹴皆应节,反手叉腰如却月。丝桐忽奏一曲终,鸣鸣画角城头发。胡腾儿,故乡路断知不知?

## 刘言史

### 王中丞宅夜观舞胡腾

石国胡儿人见少,蹲舞尊前急如鸟。织成蕃帽虚顶尖,细氎胡衫双袖小。手中抛下蒲萄盏,西顾忽思乡路远。跳身转毂宝带鸣,弄脚缤纷锦靴软。四座无言皆瞪目,横笛琵琶遍头促。乱腾新毯雪朱毛,傍拂轻花下红烛。酒阑舞罢丝管绝,木槿花西见残月。

## 杜牧

### 黄州偶见作

朔风高紧掠河楼,白鼻騧郎白屬裘。有箇当垆明似月,马鞭斜揖笑回头。

# 契丹人在西域之活动及其文学创作

## 和　谈

**提要：** 契丹与西北地区渊源颇深,并很早成为西域的世居民族。辽为金所灭,耶律大石西走,在西域建立西辽(1124—1218),西域大部分地区处于契丹统治之下。西辽承袭辽朝旧制,采用兼容并蓄的宗教文化政策,以契丹语和汉语作为官方用语。成吉思汗西征,西域仍有相当数量的契丹人和汉人用汉语写诗。契丹著名的文学家族是耶律楚材家族,这个家族中至少有三代人曾经到过西域并创作了相当数量的诗文。其中,耶律楚材在西域居住生活近九年,有《西游录》和130首西域诗传世,仅西域诗即占其作品总数的18%；其次子耶律铸在西域出生并度过了童年时光,居住时间近七年,创作西域诗60余首,赋1篇,占其作品总数的7%。耶律铸之子耶律希亮与其母曾带兄弟避难西域,也在此地居留过八年左右,有《从军纪行录》若干卷。契丹人与汉人在西域创作诗歌,必定有同有异,以耶律楚材和岑参为例,他们的西域诗都具有壮美和苍凉的风格,但是总体上异大于同。概而言之,主要表现为他们的思想不同、文化不同、时代不同、族属不同、经历不同、官职不同、文化教育不同、理想追求不同、随行人员不同(耶律楚材带着妻子)、生活习惯不同、交游情况不同、个人境遇及心态不同、创作的视角和着眼点不同等方面。

西域是一个难于界定的地理概念。陈垣在《元西域人华化考》开篇即说:"西域之名,汉已有之,其范围随时代之地理知识及政治势力而异。"[①]所以只是概略言之,并未予以明确界定。星汉先生在《清代西域诗研究》开篇亦说:"西域有广狭两义。广义的西域可至中亚、南亚各地。狭义的西域则指今新疆维吾尔自治区及其附近地带。……然而在涉及历代诗作的表述中,往往越出今新疆的范围,须视各历史时期的具体情况而

---

① 陈垣：《元西域人华化考》,上海古籍出版社,2000年,第1页。

定。"①诚然,对于地域之指称,不同时代所包括的范围不同,我们只能大略圈出,而难于确切划定界限。这也正如李浩先生所言:"地域作为地理学的一个空间单位,其所指实际上相当随意和模糊,它可以是一个很小的地区,也可以是一个很大的范围,但是地域一般与特定的地貌及由此形成的自然地理分野有关,在自然分野基础上形成的地理区划,又强化和充实了地域的概念。"②

有鉴于此,本文所用的西域概念,并不强求界限明确,只要大致包括在其中,即纳入研究范围,大约在星汉先生所谓的广义与狭义之间。

西域之地理与文化对到此地的契丹人诗文创作的影响主要表现在三个方面:其一是描写对象之变化,戈壁荒漠、飞沙走石,雪山绿洲,异域风情,与中原风物大不相同,写入诗文,则表现为描摹事物之奇、使用词语之新;其二是风格之变化,进入西域,胸怀开张,眼界开阔,建功立业之豪情与绝域荒凉之悲壮交融,发诸诗文,则表现为峻拔奇丽与慷慨雄豪之风格;其三是诗文用词之变化,以西域诸部族译语入诗文,这是前代诗文创作中较少出现的情况。

为便于了解契丹人与西域的渊源,下面将先从历史文献中进行溯源。

## 一、契丹与西域各部族之关系③

契丹,俄语写作 Китай,直接翻译过来就是"中国"的意思。至于俄语为何称中国为"契丹",至今没有确切的答案,总体来说,大概是因为契丹人建立的辽、西辽、北辽长期统治东北、西北地区,自称为炎帝之后裔,祭祀孔子,称所建立的政权为"中国",所以当时及元代的斡罗斯(即今天的俄罗斯)人称契丹为"中国",并沿用至今。

早在距今九百多年前甚至更早,契丹人就已经成为了西域的世居民,只是在西域生活的这些族群中,契丹人长期被人们所忽略而已。即便近百年来为中亚史研究者所重视的西辽帝国,在史书中也是语焉不详,以致我们对其政治、经济、文化、教育、科举、官制、礼俗等社会生活的诸多方面仍然知之甚少。当然,这与契丹人最终融入其他族群有关,也与存世文献对西域契丹人记载疏略有关。至元朝时,更有一部分契丹人扈从成吉思汗西征,如耶律留哥之子耶律薛阇。成吉思汗曾述其事迹曰:"其从朕之征西域也,回回围太子于合迷城,薛阇引千军救出之,身中槊;又于蒲华、寻思干城与回回格战,伤

---

① 星汉:《清代西域诗研究》,上海古籍出版社,2009年,第1页。
② 李浩:《唐代三大地域文学士族研究》(增订本),中华书局,2008年,第23页。
③ 这一部分的主要内容曾发表在《兰台世界》2015年12月下旬刊,原题为《契丹与西域诸部关系之史料考述》,收入此书时有增删修改。

于流矢。"①

通过对史书资料进行细细的梳理与研究,可知契丹人与西域各部族有着较深的渊源关系。而了解这些内容,对于研究耶律楚材家族何以快速适应西域生活、何以能与西域各部族打成一片,以及何以创作出与岑参等汉人不同的西域诗文,具有较为重要的意义。

### (一) 契丹建立政权之前与西北地域各族的渊源关系

契丹与西北地区渊源极深。《旧五代史》云:"契丹者,古匈奴之种。"②《宋会要辑稿》和《册府元龟》与此表述相同。今人张正明和杨树森等人认为契丹起源于鲜卑,景爱认为契丹起源于匈奴和鲜卑,孙进己认为契丹起源于鲜卑同系别部。③ 不管上述哪种观点更接近于历史真相,有一点是不能否定的,即契丹人的起源与西北地域有密切的关系。匈奴与鲜卑都曾据有西北之地,虽然史书并无契丹早期至西域的记载,但既然契丹的起源与匈奴和鲜卑有关,那么,至少说明契丹与西北地区有着较深的渊源关系。此处之所以宽泛地说西北地区而不说西域,是因为在这一地区活动的各部族多为游牧族群,他们的活动范围极大,并不仅仅局限于西域地区。尽管后来契丹人东迁至"潢河之西,土河之北",但这一族群与西北地区的其他族群仍然保持着较为密切的关系。

至隋,契丹之一部为突厥统治,开皇末,契丹别部四千家离开突厥请归于隋直接管辖,但隋朝统治者本着安抚的原则,"悉令给粮还本部,敕突厥抚纳之"。④

唐朝国势强盛,国内诸族均归顺内附,契丹各部多被置于松漠都督府。此时回纥正逐渐兴起。关于契丹与回纥的关系,首见于《旧唐书·朱滔传》:"滔令大将马寔、卢南史引回纥、契丹来挑战。"⑤回纥与契丹合兵助朱滔,可见其部族间存在合作的关系。《旧唐书·契丹传》亦曰:"屈戌等云,契丹旧用回纥印,今恳请闻奏,乞国家赐印。"⑥证明契丹与回纥之间关系非同寻常,大约此前受制于回纥,后来部族逐渐强盛,就向朝廷要求赐印,与回纥平起平坐。关于回纥人与契丹人通婚之事,《辽史》载:"太祖淳钦皇后述律氏,讳平,小字月理朵。其先回鹘人糯思。"⑦辽太祖的妻子是回鹘(即回纥)人的后代,证明契丹与回鹘不仅在战事中互相联合,而且亦常结有姻亲关系。

---

① (明)宋濂等:《元史》卷一四九《耶律留哥传》,中华书局,1976年,第3514页。
② (宋)薛居正等:《旧五代史》卷一三七《契丹列传》,中华书局,1976年,第1827页。
③ 孙进己、孙泓:《契丹民族史》,广西师范大学出版社,2010年,第57页。
④ (唐)魏征等:《隋书》卷八四《突厥列传》,中华书局,1973年,第1882页。
⑤ (后晋)刘昫等:《旧唐书》卷一四三《朱滔传》,中华书局,1975年,第3898页。
⑥ (后晋)刘昫等:《旧唐书》卷一九九下《契丹列传》,第5354页。
⑦ (元)脱脱等:《辽史》卷七一《后妃列传》,中华书局,1974年,第1199页。

又，唐朝名将李光弼是契丹人，曾官安北都护府朔方都虞候、河西节度兵马使充赤水军使、单于副使都护等，是唐朝契丹人至西北地区任职的一个显例。

### （二）辽代（包括西辽）契丹与西域各部族之关系

辽代疆域广大，《辽史·地理志》载："东至于海，西至金山，暨于流沙，北至胪朐河，南至白沟，幅员万里。"①金山，即今阿尔泰山；流沙，指居延西北地区的沙漠。二者均为古西域的地理名称。由此可知，辽代疆域包括了西域的一部分。

考之《辽史》，天赞三年(924)，辽太祖从漠北西征，攻打回鹘，"九月丙申朔，次古回鹘城，勒石纪功。……回鹘霸里遣使来贡。……（十月）丁卯，军于霸离思山，遣兵逾流沙，拔浮图城，尽取西鄙诸部。十一月乙未朔，获甘州回鹘都督毕离遏，因遣使谕其主乌母主可汗。"②"浮图城"，即天山北麓高昌回鹘的陪都北庭（在今新疆吉木萨尔县），既然"拔浮图城，尽取西鄙诸部"，则今新疆天山以北的地方当时皆为辽所有。

其后，回鹘政权一直臣服于辽，《辽史》卷七十《属国表》多次记载回鹘遣使进贡的情况。③据初步统计，回鹘、阿萨兰回鹘、甘州回鹘、和州回鹘等进贡的记载有四十八条之多。当时契丹称自己为炎帝之后，是中国之一部分，回鹘除向宋进贡外，还向辽进贡，总而言之即是对中国的认同。

契丹与回鹘这种密切的关系不仅是政治和经济上的，而且还体现为族群的姻亲中。除了辽太祖与回鹘后代述律平的婚姻之外，《辽史》载，辽圣宗统和十四年(996)十一月，"回鹘阿萨兰遣使为子求婚"，④辽兴宗重熙十六年(1047)十二月，"阿萨兰回鹘王以公主生子，遣使来告"。⑤此条所记为回鹘王生子的公主，当为辽皇室之女。此外，《辽史·地理志》还记载了上京专门设"回鹘营"的情况："南门之东回鹘营，回鹘商贩留居上京，置营居之。"⑥回鹘人聚而为营，人数必然不少。人数既多，其与当地人的交流、贸易就必然会十分频繁，通婚也就成为常事。

辽亡，耶律大石西走，建立西辽(1124—1218)，西域之回鹘及其他部族人几乎完全处于西辽统治之下。而这些契丹人亦在此定居，成为此地的世居族群。

契丹与回鹘在文化上的关系主要体现为语言和文字。首先，契丹语与回鹘语均属

---

① （元）脱脱等：《辽史》卷三七《地理志》，第438页。
② （元）脱脱等：《辽史》卷二《太祖本纪》，第20页。按，同书《属国表》则云"获甘州回鹘乌母主可汗"，误，当从本纪所载。
③ 详见（元）脱脱等：《辽史》卷七〇《属国表》，第1125—1180页。
④ （元）脱脱等：《辽史》卷一三《圣宗本纪》，第148页。
⑤ （元）脱脱等：《辽史》卷七〇《属国表》，第1163页。
⑥ （元）脱脱等：《辽史》卷三七《地理志》，第441页。

阿尔泰语系,在语言上有同源关系。其次,据《辽史》记载,迭剌跟回鹘使者学习回鹘文之后,回来参照回鹘文字和汉字而创造了契丹小字,可见契丹文与回鹘文具有某些相通之处。正是因为这些相通的方面,所以耶律大石能在西域站稳脚跟,统治数十年。

## 二、耶律楚材祖孙三代在西域之活动及其诗文创作

如前文所述,耶律楚材家族本来就有回鹘人的一部分血统,因此,他们对西北地区的亲近感存在于他们的集体无意识中,是与生俱来的。

从目前的文献记载来看,在耶律楚材家族中,至少有三代人曾经到过西域并创作了相当数量的诗文。其中,耶律楚材在西域居住生活近九年,有《西游录》和130首西域诗传世,[①]仅西域诗即占其作品总数的18%;其次子耶律铸在西域出生并度过了童年时光,居住时间近七年,创作西域诗60首,赋1篇,占其作品总数的7%。耶律铸之子耶律希亮与其母曾带兄弟避难西域,也在此地居留过八年左右,有《从军纪行录》若干卷。

### (一)耶律楚材在西域之活动、交游及诗文创作[②]

耶律楚材(1190—1244),契丹人,字晋卿,号湛然居士,本名作"移剌楚才",曾任中书令,通天文、地理、历法、术数、释老、医卜等,同时擅长书法、弹琴等艺术,可谓博学多才。1219年,成吉思汗远征西域,耶律楚材扈从征讨,居留西域近十年,创作了130余首西域诗,返回燕京之后,他又撰写了两卷《西游录》。对于其西域诗文作品,前人多有研究,但对他在西域的活动路线和交游情况,却罕有涉及者。有鉴于此,本文将详细考索史籍文献,对这一问题进行综合探究。

1.《西游录》所记其行程经历

耶律楚材于1219年扈从成吉思汗西征,从其《西游录》所记来看,大军从克鲁伦河(在今蒙古国肯特省)出发,翻越金山(即今阿尔泰山),抵达也儿的石河(即今额尔齐斯河),并在此驻夏。其后攻占不剌(即今新疆博乐),南下进入阿里马城(在今新疆伊犁)。由此西行,经亦列河(今伊犁河),至西辽都城虎思斡鲁朵(今吉尔吉斯斯坦首都托克马克)。又向西、西南行,分别经过塔剌思城(今哈萨克斯坦江布尔)、苦盏城(今塔吉克斯坦列宁纳巴德)、八普城(不详,待考)、可伞城(今乌兹别克斯坦纳曼干西北)、芭榄城(不详,待考)、讹打剌城(不详,待考)、不花剌城(今乌兹别克斯坦布哈拉)、寻思干城(今乌兹别克斯坦撒马尔罕)、斑城(今阿富汗巴尔克)、黑色印度城(今巴基斯坦与印

---

① 此数据来源于星汉的著作《清代西域诗研究》,第26页。
② 这一部分的主要内容笔者曾发表于《新疆社科论坛》2014年第3期,原题为《耶律楚材在西域的交游及诗文创作》,收入此书时有增删修改。

度北部地区)等地,并长期居住在寻思干(即耶律楚材诗中的河中府)和不花剌(即耶律楚材诗中的蒲华城)。1224年,成吉思汗率大军东归,耶律楚材则"由于在塔拉思城处理善后事宜的缘故,没有随成吉思汗大军东返蒙古本土"。① 耶律楚材后来经五端(今新疆和田)、伊犁阿里马城、天山松关,至1225年冬至时,才到达瀚海军之高昌城(今新疆吐鲁番),后又经别石把(今新疆吉木萨尔)、伊州(今新疆哈密),于1226年重午日至肃州之鄯善(今甘肃酒泉)。

由上述行程可见,耶律楚材在八年多(1219—1226)的时间里,足迹遍及西域各地,经历可谓丰富,见识可谓广博。正如星汉先生所说:"西域幅员辽阔,山川雄奇,瀚海绿洲,具有独特的地理风貌。东西文化于此交汇,形成了独特的民俗风情和人文景观,耶律楚材无不形诸笔墨。"②

**2. 与王君玉之交游及诗文唱和**

王君玉,生平不详。刘晓在《耶律楚材评传》中认为他"原隐居山林,后投靠蒙古政权,并随成吉思汗西征。此人与郑师真一样,亦为耶律楚材在西域结交的知己之一"。③ 这一说法恐怕不准确。如果他"随成吉思汗西征",那么耶律楚材必定在西征过程中就与他相识,如何直到西域才结交?耶律楚材有诗曰"一从西域识君侯,倾盖交欢忘彼此",可见耶律楚材与王君玉乃在西域才相识,由此推断王君玉必定不是随成吉思汗大军西征而至西域,而是先居于西域,耶律楚材来到西域之后二人才相识。

耶律楚材还有《游河中西园和王君玉韵四首》,也是与王君玉唱和的作品。"异域逢君本不期"一句可以佐证上文的推断,王君玉必定不是与耶律楚材一起随成吉思汗至西域,在耶律楚材随成吉思汗西征之前,王君玉早已在西域。这说明西域原本就有汉族人在此生活,并且还能用汉语赋诗作文,这当与耶律大石建立的西辽有关。耶律楚材在《怀古一百韵寄张敏之》中注释曰:"大石林牙,辽之宗臣,挈众而亡,不满二十年,克西域数十国,幅员数万里,传数主,凡百馀年,颇尚文教,西域至今思之。"可见耶律大石在西辽所推广的,必定是中华的传统文化。《西域和王君玉诗二十首》则多蕴含佛禅理趣,由此可知久居西域的王君玉必定通晓佛理,否则耶律楚材作此二十首佛禅诗无异于对牛弹琴。而根据上文所述,这与西辽沿袭辽代制度的统治亦有关系。从西辽王朝用辽代旧制、且用汉语文字的情况来看,王君玉或为西辽旧臣,蒙古灭西辽时归顺成吉思汗。王君玉的诗文今已不存,但从耶律楚材与其唱和的诗作来看,他在西域也创作了一

---

① 刘晓:《耶律楚材评传》,南京大学出版社,2001年,第71页。
② 星汉:《清代西域诗研究》,第27页。
③ 刘晓:《耶律楚材评传》,第182页。

定数量的诗歌。

查《湛然居士文集》,耶律楚材与其唱和的诗歌多达34首,均为在西域时所作,分别是《用前韵送王君玉西征二首》《和王君玉韵》《游河中园用王君玉韵四首》《西域从王君玉乞茶因其韵七首》《西域和王君玉诗二十首》。从耶律楚材和王君玉的这些诗来看,似乎都是王君玉只作了一首诗,而耶律楚材往往和两首、四首、七首,更为甚者,乃至和二十首。依其内容和用韵来看,足可看作组诗。

《西域从王君玉乞茶因其韵七首》,据王国维的《耶律文正公年谱》,这组诗作于1222年,耶律楚材当时居住在河中府(即乌兹别克斯坦撒马尔罕)。从诗题可以断定,王君玉有赠耶律楚材的诗,耶律楚材这组诗乃是和作。此二人平日生活都用汉语诗歌进行交流,可见元太祖的军营中并非全是蒙古语的天下。而饮茶乃中原文化之一种,这组诗说明西域的军营中除了喝马奶子之外,还有一些饮茶之人。[①] 严耕望在《唐代文化约论》一文中说:"六朝人已饮茶。或云开元中始传入北方。中叶以后,饮茶之风大盛,制茶工艺益发达,国家悖为正课,其产量之多可以想见。"[②]中唐以后即如此,至宋,饮茶之习俗更为普遍,如苏轼、黄庭坚等人更以饮茶为生活雅趣之一。但西域饮茶之习俗似乎极少见于史籍文献记载。直到耶律楚材作西域诗,我们才得以了解西域饮茶之习俗。从"敢乞君侯分数饼""雪花滟滟浮金蕊,玉屑纷纷碎白芽""玉屑三瓯烹嫩蕊,青旗一叶碾新芽"等诗句判断,二人所饮茶的种类不止一种,当来源于中原地区。而楚材诗中明确地说"高人惠我岭南茶"[③]、"万里携来路更赊"[④]、"啜罢江南一碗茶"[⑤],可见以上分析不误,这些茶叶确实来自当时的南宋地区。

3. 与丘处机之交游及诗文唱和

丘处机(1148—1227),字通密,号长春子,全真教七子之一,曾于1220年奉成吉思汗诏赴西域讲道。其时耶律楚材正在成吉思汗身边,由于他既懂蒙古语、汉语,又通诸子百家书,所以可能被成吉思汗安排为丘处机讲道的翻译,同时陪同丘处机在闲暇时游览西域。在此期间,他与丘处机过从较多,二人多有诗歌唱和。

据王国维比对,发现耶律楚材和丘处机的诗歌有40首,但后来由于耶律楚材极力抵排全真教,所以将自己和丘处机的诗改为"和人韵"或干脆去掉"和韵"字样。

---

[①] 耶律楚材《壬午西域河中游春十首》诗中亦多次提及"烹茶""啜茗",可为中原饮茶之习俗在西域军营中流行的另一证据。

[②] 严耕望:《严耕望史学论文集》,上海古籍出版社,2009年,第830页。

[③] (元)耶律楚材著,谢方点校:《湛然居士文集》,中华书局,1986年,第108页。

[④] 同上,第109页。

[⑤] 同上。

通过比对,发现这些诗确实"皆用邱长春辛巳年所作原韵","乃辛、壬间在西域时追作"。① 丘处机此行还带了十余个弟子,他们在西域吟诗唱和,可见他们在西域的生活不但不寂寞,而且还形成了一个小的文人创作团体。这从耶律楚材《壬午西域河中游春十首》可以找到证据。谢方在此诗题下注曰,"诗题壬午,即作于公元一二二二年。用丘处机诗《司天台判李公辈邀游郭西归作》韵。"丘处机诗题中有李姓司天台判,为成吉思汗属下官员,从姓氏判断,当为汉人。由上文可知,王君玉亦曾和丘处机诗歌。由此可以推断,成吉思汗身边有一定数量的硕学汉儒。

从《西游录》所写内容来看,耶律楚材在与丘处机交往过程中,渐生蔑视之心。除了耶律楚材在《西游录》所写的丘处机隐瞒自己的年龄、学养不足、排斥异己等原因之外,主要还是与他们的宗教信仰不同有关,此外,可能也与丘处机获取成吉思汗的崇信有关。帝王对于宗教,往往是崇其一而不顾其二,故持佛教思想的耶律楚材因之而不受成吉思汗重视。另外,丘处机在西域时也曾对此地有所贬低,如其有诗云:"饮血茹毛同上古,峨冠结发异中州。圣贤不得垂文教,历代纵横只自由。"直写此地文教不兴,荒蛮未化,只知骑马纵横。楚材身为契丹人,且推崇其先人耶律大石,必定对此心有不平。查耶律楚材和丘处机的诗作,大多精心结撰,对仗、格律、用典、布局谋篇及艺术水平,均属上乘。由此可见耶律楚材在和丘处机诗作时极为用心,或有意要与其一较高下,以显示少数族群之汉语诗文创作并不亚于中原之汉人。关于这一点,星汉先生作了较为精到的论述:

> 耶律楚材的有些和诗,原作已经无法考证。我们从他和丘处机的诗作来看,全部都是严格的"步韵",韵脚次序,一字不乱。这样作,当然会影响诗意的发挥,无疑是作茧自缚。唐后诗人乐此不疲,原因无非是两点:一是表示对对方的尊重,也可省去检韵之劳;二是逞才使气。往往是后者的成分居多。对于耶律楚材步韵丘处机的诗来说,恐怕还有一比高低的意思。②

星汉先生在比较耶律楚材《过阴山和人韵》和丘处机《自金山至阴山纪行》二诗后,认为耶律楚材的诗"24 个韵字,依次步韵,浑然一体,不见雕琢,委实不易。以笔者看来,胜原唱多矣!"③

---

① 姚淦铭、王燕编:《王国维文集》(第四卷),中国文史出版社,1997 年,第 330 页。
② 星汉:《清代西域诗研究》,第 27 页。
③ 同上。

4. 与郑师真、蒲察七斤之交游及诗文唱和

郑师真,字景贤,号龙岗居士,顺德(今河北邢台)人。刘晓对其生平考证较为详细,见《耶律楚材评传》第八章《交游》,兹不赘引。从耶律楚材诗"龙沙一住二十年,独识龙岗郑景贤"来看,他与郑景贤相识较早,而在西域过从较多并成为知己。耶律楚材与他进行唱和的诗作共有73首,据王国维所作《耶律文正公年谱》,其中作于西域者有《和景贤十首》《又一首》,考《和李茂才寄景贤韵》之思想感情及诗中所涉西域景物,故亦可定为在西域所作。由于耶律楚材与他同在西域生活近十年,关系非常密切,所以在西域所作诗歌往往并不涉及西域景物,而代之以家常语、牢骚语及抒怀语。

蒲察七斤,女真人,1215年向蒙古大将石抹明安投降,被任命为元帅,后随成吉思汗大军西征。耶律楚材在西域赠给他的诗有11首,分别是:《赠蒲察元帅七首》《西域蒲华城赠蒲察元帅》《乞车》和《戏作二首》。据王国维《年谱》,《赠蒲察元帅七首》作于1220年,地点为西域的蒲华城(今乌兹别克斯坦布哈拉),因为蒲察元帅当时正镇守蒲华城。这一结论从"闲乘羸马过蒲华,又到西阳太守家"二句可以推断出来。这组诗歌反映了他们的西域生活,也保留了重要的西域族群社会生活史料。同时,这组诗具有更为重要的文化价值。既然楚材赋诗相赠,可知蒲察元帅必定懂汉语,否则楚材赠诗实属画蛇添足之举。另外,蒲察元帅亦能懂诗,至少能看懂楚材写的诗歌内容。由此可见,成吉思汗征西域军中有一部分契丹人和女真人不但懂汉语,而且懂汉诗。这实在是一个很有意思的现象。"素袖佳人学汉舞,碧髯官妓拨胡琴",素袖佳人,当为西域美女,否则不得曰学汉舞。而学汉舞一词,亦暗示出当时有人教汉舞。由此可以推断汉文化在西域之传播较为普遍,如耶律楚材诗中所言,至少在前西辽统治地区有如此景象。

5. 与李世昌之交游及诗文唱和

李世昌,据耶律楚材翻译《醉义歌》序文所言,乃前西辽郡王,曾为西辽执政官,其先祖为西辽耶律大石的宰相。从其姓氏来看,当为汉人,至少是汉化较深的汉人。耶律楚材在西域为李世昌所作的诗有两首,分别为《赠李郡王笔》和《赠辽西李郡王》。所赠之物为毛笔,可见李世昌是喜爱舞文弄墨的文士。赠笔且赠汉语诗,可见李郡王亦懂汉语诗作。耶律楚材在西域期间曾跟李郡王学了一年契丹小字,往还赠答必定不在少数,此为西域汉文化交流传播之又一佐证。李郡王乃西辽郡王,一直在西域生活,从耶律楚材的这两首诗来看,李世昌既通汉语,又懂契丹文字,据此可以判断西辽地区所通行的文字必定为契丹字和汉字。耶律楚材这两首诗因而具有十分重要的历史文献价值。

6. 记写西域风光及个人生活的诗文

《壬午元日二首》,谢方点校《湛然居士文集》曰:"诗题壬午,即作于公元一二二

年。"从"西域风光换"一句可知,此诗写作地点在西域。元日,即中国传统的大年初一,王安石有《元日》诗:"爆竹声中一岁除,春风送暖入屠苏。千门万户曈曈日,总把新桃换旧符。"耶律楚材在诗中也说"旧岁昨宵尽,新年此日初",明确地说明自己一家人是在过年。如何在西域过年,诗中说:"屠苏聊复饮,郁垒不须书。"中国古代正月初一有饮屠苏酒、挂神荼郁垒图像的习俗,这在中原地区极为常见。但在元初的西域,如果有少数族群过春节、喝屠苏酒,遵守着汉文化的传统习俗,则令人觉得匪夷所思。正是因为当时西域几乎没有人过春节,所以也没有人卖神荼郁垒图像,故耶律楚材只好说"郁垒不须书",无神荼郁垒也照样过年。由于这首诗反映了汉文化习俗在西域的传播与遗存,所以其文化意义就显得格外重要,或可成为中国文化交流史和民俗史的重要文献资料。耶律楚材另有一首《庚辰西域清明》,与上述诗歌相似,都是耶律楚材在西域过中国传统节日的证据,也可看出耶律楚材受汉文化影响之深。

耶律楚材西域诗中尝提及与家人所吃之糖及糖霜,严耕望在《唐代文化约论》一文中说:"自古食蔗者,始为蔗浆;孙吴时,交州有蔗饧;后又有石蜜,炼糖和乳为之。至唐太宗时,始遣使至摩揭它(原属中天竺)取熬糖法,即诏扬州上诸蔗,榨渖如其剂,色味愈西域远甚。洪迈云此即沙糖。而东川之遂宁以糖霜驰名,其法大历中邹和尚所教;至宋糖霜始盛。"①而此物在西域出现,亦说明中原与西域之物质文化交流一直都未间断。

### (二)耶律铸、耶律希亮在西域的活动及其诗文创作②

如上所述,文化的交流与贸易的往来一样,并没有严格的地域界限。从历史记载来看,汉字、汉语及汉文化在西域进行传播,至迟在周朝就已经开始了,《穆天子传》就是一个间接的证据。虽然关于《穆天子传》真实与否的问题仍无定论,但该书的创作必定有现实依据,对昆仑山和瑶池的描写正说明了这一点。西域在汉代被正式纳入中国的版图,朝廷派出将士在此进行屯田,汉文化从此广泛传播,《史记》《汉书》《后汉书》有大量的记载,兹不赘述。新疆维吾尔自治区20世纪70年代出土的汉代"五星出东方利中国"织锦,则是汉文化传播至西域的实物证据。从吐鲁番出土文书来看,南北朝至隋唐时期,高昌地区(即今吐鲁番地区)汉文化比较发达,有私塾,有《论语》等学习教材,还有私塾学生的诗歌习作,由此可见汉文化在西域地区影响之大以及当地人学习汉文化范围之广。

辽宋之时,回鹘人及葛逻禄人在西域地区建立了喀喇汗王朝,以武力推行伊斯兰宗

---

① 严耕望:《严耕望史学论文集》,第829—830页。
② 关于耶律铸的这部分内容,笔者曾有两篇文章刊发于《新疆都市报》2012年3月7日和3月22日,题目分别是《神秘西域"大尾羊"》和《西域诗中的马奶酒》。

教文化,汉文化一度受到排挤。辽亡,耶律大石西走,率部转战中亚各地,征服了喀喇汗王朝、花剌子模和河中地区,在西域地区建立了强大的西辽帝国。由于耶律大石本人"通辽、汉字",①其军队成员不全是契丹人,"其中包括汉人和其他部族人",②国家体制也沿袭辽代的南北面官制并加以改进,③故汉文化在西域地区较之此前有了一定的恢复。元朝之前,生于西域而用汉语进行诗文创作者,当有若干人,但由于文献资料亡佚,目前仅发现吐鲁番出土文书中儿童卜天寿等人的摹写之作。④ 生于西域而创作西域诗文,最早见于文献者当属耶律铸。

耶律铸1221年出生于西域,1226年才随其父耶律楚材东归。从其诗作来分析,他成年以后似乎又曾征战至西域。他在西域学习了多种语言,从其现存诗作来看,他至少通汉语、蒙古语和契丹语,此外,他还懂一些突厥语。这样一些条件,使他在西域如鱼得水。其现存之《双溪醉隐集》中共有西域赋1篇,诗60首,占其全部作品的7%。其篇目如下:《大尾羊赋并序》《奇兵》《沙幕》《枭将》《翁科》《嵑峇》《降王》《科尔结》《露布》《烛龙》《益屯戍》《著国华》《涿邪山》《金满城》《金水道》《白霞》《眩靁》《军容》《金山》《天山》《处月》《独乐河》《战城南》《后结袜子》《前突厥三台》《后突厥三台》《婆罗门六首》《西征》《闻北耗诏发大军进讨》《阳关》《阴河》《回飞狐》《千泉》《西北》《战沙陀》《玉门关》《前出塞二首》《后出塞二首》《丁灵二首》《庭州》《沙渍道中》《过骆驼山二首》《金满城二首》《廛沉》《驼蹄羹》《驼鹿唇》《醍醐》《软玉膏》《马上偶得》《谨次尊大人领省火绒诗韵并序》《金微道》。

由于这些诗文多涉西域史地、名物,考证颇难,兹择数篇,略述如下。

1.《大尾羊赋并序》

在耶律铸存世作品中,有许多涉及西域物产的诗文,其中《大尾羊赋》即是一例。其序文曰:"端卿持节使博啰,或曰旧康居也。其国多羊,羊多大尾,其大不能自举,土人例以小车使引负其尾,车推乃行。且乞余为道其所以,乃为之赋。"⑤耶律铸有《送孟端卿诗》诗,则此文中之"端卿"当为孟端卿。关于"博啰",目前尚无相关资料可以考证。

从现有文献资料来看,关于西域"大尾羊"的记载最早见于唐代,段成式《酉阳杂

---

① (元)脱脱等:《辽史》卷三〇《天祚皇帝本纪》,第355页。
② 魏良弢:《西辽史研究》,宁夏人民出版社,1987年,第131页。
③ 详见魏良弢著《西辽史研究》,第82—91页。
④ 详见朱玉麒《中古时期吐鲁番地区汉文文学的传播与接受——以吐鲁番出土文书为中心》,《中国社会科学》2010年第6期,第186—190页。
⑤ (元)耶律铸:《双溪醉隐集》卷一,知服斋丛书本。

俎》卷十六云:"康居出大尾羊,尾上旁广,重十斤。"①康居,《隋书》作"康国",《史记》《汉书》《魏略》《晋书》、两《唐书》等史书关于西域的记载中均作"康居"。西域史地研究专家钟兴麒说,"疆域在今乌兹别克斯坦撒马尔干地区。唐高宗显庆三年(658),在撒玛尔干置康居都督府,并授其王拂呼缦为都督。"②

当然,西域大尾羊的产地不仅限于康居。据《宋史》卷四百九十载:"次历伊州……有羊,尾大而不能走。尾重者三斤,小者一斤,肉如熊白而甚美。"③伊州,即今天的哈密地区,可见宋朝时哈密地区也出产大尾羊。该书又载:"(天禧)四年,(回鹘)又遣使同龟兹国可汗王智海使来献大尾羊。"④可见当时的月氏和龟兹也有大尾羊,但数量似乎不太多,这从他们把大尾羊作为献给宋朝皇帝的贡品可以判断出来。李时珍的《本草纲目》进一步证实了哈密产大尾羊的说法。《本草纲目》卷五十载:"[时珍曰]羊尾皆短,而哈密及大食诸番有大尾羊。细毛薄皮,尾上旁广,重一二十斤,行则以车载之。唐书谓之灵羊,云可疗毒。"⑤中国最著名的药学专书竟然记载西域大尾羊,真可谓包罗万象,同时也可见大尾羊的食疗价值。⑥ 结合它作为贡品献给皇帝的情况,可以推断,大尾羊确实是古代西域绝佳的代表性特产。

"旧康居",当指唐代的康居都督府,与《酉阳杂俎》所载大尾羊的产地正相吻合。由于《酉阳杂俎》的作者并没有亲历西域,所以道听途说,只有一些零星的记载。而耶律铸的友人孟端卿出使"博啰",亲眼看到,并请耶律铸记载下来,是为实录。原赋如下:

世有痴龙,发迹康居,播精惟玉,效灵惟珠。一角触邪,名动神都,六辔奋御,声振天衢。肥遁金华,与道为徒。体纯不杂,质真不渝。惟仁是守,惟善是图。不食生物,幸远庖厨。含仁怀善,其德不孤。义合麒麟,与夫驺虞。驼背上异,马尾后殊。末大之名,是专是沽。小心惴惴,中抱区区。务以身保,支体毛肤。青蝇莫逐,白鸟莫祛。尾大不掉,可怪也夫。前伛而偻,后蜷而疴。牵草萦茅,上曳泥娄。苏

---

① (唐)段成式撰,方南生点校:《酉阳杂俎》,中华书局,1981年,第161页。
② 钟兴麒:《西域地名考释》,国家图书馆出版社,2008年,第520页。
③ (元)脱脱等:《宋史》卷四九〇《高昌列传》,中华书局,1975年,第14111页。此乃据《王延德使高昌记》所录,疑尾重三斤、一斤之说有改动。2011年1月28日的《阿勒泰日报》引述福海县畜牧兽医局局长吾尔留汗·阿斯力汗的话,"阿勒泰羊活体最重可达157公斤,2岁以上的阿勒泰羊,臀脂(尾巴)平均重35公斤,这也正是民间称其为'阿勒泰大尾羊'的原因"。
④ (元)脱脱等:《宋史》卷四九〇《回鹘列传》,第14117页。
⑤ (明)李时珍著,陈贵廷等点校:《本草纲目》,中医古籍出版社,1994年,第1122页。
⑥ 当然,李时珍并没见过哈密大尾羊,他只是引述历史文献记载,难免有缺乏考证的混淆之处。

其土苴,载以后车。听其自引,纵其所如。进不能却,退不能趋。莫顺而情,实累而躯。冬委冰霜,夏混虫蛆。末大之咎,其至矣乎。吁!枝大于干,腓大于股。不折必披,是其证欤?是其鉴欤?

赋本来就有"劝百讽一"的传统,从这篇赋中,可以看出耶律铸也确实暗含了讽谏之意,他有感而发,借题发挥,以大尾羊的"尾大不掉"讽喻元朝封国势力太大而影响中央统治的现实,并希望元朝统治者能以此为鉴,下决心解决这种"枝大于干,腓大于股"的潜在威胁。

在耶律铸之后,元人白珽作《续演雅十诗》,第七首诗乃是以大尾羊为描写对象:"羯尾大如斛,坚车载不起。此以不掉灭,彼以不掉死。"①从诗句中"坚车载不起"来看,与《大尾羊赋》之描写正相吻合,而羊尾与羊身的微妙关系也被揭示得淋漓尽致,结合耶律铸原文,更可见其中蕴含的寓意。明人张萱在《疑耀》卷二"尾大不掉"条说:"尾大不掉,此非喻言也。西域有兽曰羯,尾大于身之半,非以车载尾,则不可行。"②推究其材料来源,当是耶律铸的《大尾羊赋》。

2.《䑞沆》(《行帐八珍》诗之二)及其他

䑞沆即马奶酒。此诗序文曰:"䑞沆,马酮也。汉有'挏马',注曰:'以韦革为夹兜,盛马乳,挏治之,味酢可饮,因以为官。'又《礼乐志》'大官挏马酒'注曰:'以马乳为酒,言挏之味酢则不然,愈挏治则味愈甘。挏逾万杵,香味醇浓甘美,谓之䑞沆。'䑞沆,奄蔡语也,国朝因之。"③

从文献资料来看,西汉时期,朝廷中有人专管制作马奶酒,并被封官为"挏马官"。朝廷中无制作白酒、黄酒、葡萄酒的专职官员,而独有掌管制作马奶酒的官员,说明马奶酒必定比其他的酒更为珍贵,更为皇帝和贵族所青睐。从工匠的数目来看,马奶酒也一定是西汉宫廷中的珍品佳酿。《汉书》卷二十二载:"其七十二人给大官挏马酒。"宫廷中专门制作马奶酒的人竟然多达 72 人,与现代小型工厂的规模差不多。至于制作工艺,李奇注解说:"以马乳为酒,撞挏乃成也。"颜师古进一步解释说:"'挏'音'动'。马酪,味如酒,而饮之亦可醉,故呼马酒也。"如淳则根据当时的情况对盛酒的容器作了描述:"以韦革为夹兜,受数斗,盛马乳。挏取其上肥,因名曰挏马。""韦革",即动物的皮革;"以韦革为夹兜"就是用皮革做成皮囊。把马奶盛在皮囊里面,用特制的木棒不停

---

① (清)顾嗣立:《元诗选》(二集上),中华书局,1987年,第56页。
② (明)张萱:《疑耀》卷二,《景印文渊阁四库全书》,台湾商务印书馆,1986年,第856册。
③ (元)耶律铸:《双溪醉隐集》卷六。

地捣和搅动,几天就能发酵成为马奶酒,这种马奶酒的制作工艺传承至今。

"奄蔡"是古西域地区的一个小国家,首见于《汉书·西域传》。三国时史学家魏收以为"奄蔡"即为"粟特",但《元史类编·西域传》引《十三州志》纠正了这一错误:"奄蔡、粟特各有君长,而魏收以为一国,误矣。"清代学者李文田认为,"奄蔡"乃是元代的钦察汗国地区,而钦察汗国的疆域东起也儿的失河(即今天的额尔齐斯河),西到斡罗思(今俄罗斯西北部),南起巴尔喀什湖西部、里海北部和黑海,北到北极圈附近,这当然包括汉朝时的奄蔡国之地。

据耶律铸诗题可知,"麆沆"乃蒙元皇帝"行帐八珍"之一,十分珍稀。《元史·祭祀志》载:"其祖宗祭享之礼,割牲、奠马湩,以蒙古巫祝致辞,盖国俗也。"①元人王恽《玉堂嘉话》亦云:"至重九日,王率麾下会于大牙帐,洒白马湩,修时祀也。"②马湩,即马奶酒。蒙元大汗、皇帝以马奶酒祭奠祖先及以时祭祀,可见非寻常酒类可比。

耶律楚材在西域时欲饮马奶酒,寄诗给元帅贾抟霄,云:

天马西来酿玉浆,革囊倾处酒微香。
长沙莫吝西江水,文举休空北海觞。
浅白痛思琼液冷,微甘酷爱蔗浆凉。
茂陵要洒尘心渴,愿得朝朝赐我尝。(《寄贾抟霄乞马乳》)

贾抟霄随即遣人给楚材送马奶酒,耶律楚材十分感激,作《谢马乳复用韵二首》:

其一
生涯箪食与囊浆,空忆朝回衣惹香。
笔去馀才犹可赋,酒来多病不能觞。
松窗雨细琴书润,槐馆风微枕簟凉。
正与文君谋此渴,长沙美湩送予尝。

其二
肉食从容饮酪浆,差酸滑腻更甘香。

---

① (明)宋濂等:《元史》卷七四《祭祀志》,第1831页。
② (元)王恽撰,杨晓春点校:《玉堂嘉话》,中华书局,2006年,第176页。

革囊旋造逡巡酒,桦器频倾潋滟觞。
顿解老饥能饱满,偏消烦渴变清凉。
长沙严令君知否,只许诗人合得尝。

虽然仍用原韵,但对马奶酒美味的赞美则更加一层,写出了马奶酒在口的"差酸滑腻更甘香"以及解饥乏、消烦渴的功用。

同是写马奶酒,耶律铸却不用汉语意译的名称,而是直接用奄蔡语"詹沆"为题作诗:"玉汁温醇体自然,宛然灵液漱甘泉。要知天乳流膏露,天也分甘与酒仙。"诗中的"天乳"指"天乳星",古人认为此星主降甘露。诗人极尽辞采形容之能事,把马奶酒比作上天赐给人间的"玉汁""灵液""甘泉"和"膏露",赞美喜爱之情更甚于其父。

耶律铸不仅亲历西域,而且还研究西域史地。其《婆罗门》诗下小序曰:"有索赋《婆罗门辞》者,时西北诸王弄边,余方阅《西域传》,因为赋此。"不知他当时所阅读的是何朝史书中的《西域传》,从其诗文所记西域史地来看,他对此地极为熟悉。西域地名中有"别失八里",《长春真人西游记》作"鳖思马",耶律楚材《西游录》作"别石把",而耶律铸诗中作"伯什巴里",并解释说,"伯什巴里"为突厥语,"伯什",华言"五","巴里",华言"城"。以今天的维吾尔语进行对音,汉语"五"在维语中读作"baix",翻译作"伯什"(bai shi),比翻译为"别石""鳖思"或"别失"当更接近本音。"城"在突厥语中的读音为"balik","k"为清音,故耶律楚材之"把"、李志常之"马",均不太准确,耶律铸之"巴里"与《元史》之"八里"更接近本音。又,格鲁塞在《蒙古帝国史》中认为:"在塔塔儿人、蒙古人、客列亦惕人或乃蛮人中间,人们找不到和中古初期'斡耳朵巴力'或'宫帐城'相似的东西。"①按,"斡耳朵巴力"中的"巴力"即"八里"的不同音译,即耶律铸所说的"城"。斡耳朵,即大汗的宫帐。"斡耳朵巴力"直译即"宫帐城"。格鲁塞此处所说的"斡耳朵巴力"可与耶律铸的解释相参看,由此可以证明,耶律铸确实"通诸国语",他对"伯什巴里"的解释当对解读相关突厥语音具有重要参考价值。

3. 耶律希亮之《从军纪行录》

耶律希亮(1247—1327),字明甫,耶律铸第四子,曾任礼部尚书、吏部尚书、翰林学士承旨、知制诰兼修国史等官。在其十二岁时,赴六盘山,跟从其父征蜀。1259 年,宪宗蒙哥崩于合州钓鱼山,耶律希亮跟随其父耶律铸押送辎重返回六盘山。诸王阿里不哥与忽必烈争夺汗位,驻守六盘山之大将浑都海归阿里不哥,而耶律铸则因救命之恩欲

---

① [法]雷纳·格鲁塞著,龚钺译,翁独健校:《蒙古帝国史》,商务印书馆,1989 年,第 27 页。

归忽必烈,浑都海诸人不从,耶律铸"弃其妻子,挺身东归"。浑都海等人追之不及,遂派人胁迫其妻及耶律希亮等人至西凉甘州。后浑都海等人为元军所杀,耶律希亮与其母为哈剌不花所获。哈剌不花与耶律铸有姻亲之好,且在蜀时曾得耶律铸救助,故大义释之。耶律希亮与兄弟过天山,经北庭都护府、玛纳斯河,至叶密里城。《元史》本传载,耶律希亮"所著诗文及《从军纪行录》三十卷,目之曰《愫轩集》"。①《从军纪行录》即记载了此次艰险的西域之行。岑仲勉在《耶律希亮神道碑之地理人事》中认为,危素所撰《耶律希亮神道碑》乃是根据耶律希亮的《从军纪行录》,其中相当一部分内容来源于其中。从现存的内容来看,史学价值远远大于文学价值。

耶律楚材祖孙三人的西域诗文,不仅具有较高的文学价值,而且由于其记载西域名物及事件,历来为西北史地研究者所关注,因而还具有较高的历史文献价值。

## 三、耶律楚材与岑参西域诗之比较②

西域是少数族群聚居的地区,也是沙漠和绿洲交替出现的地区,这就注定了西域诗与众不同的文化品质。在异域风情与多元文化的影响之下,必定会让诗人感到强烈的冲击和巨大的震撼,因而也必定会使西域诗放射出别样的光芒。

从存世文献来看,岑参是第一个大量创作西域诗的作家,耶律楚材是第二个大量创作西域诗的作家。他们都来自内地并在西域居留了较长的时间,因此,对西域的地理、物产和风土人情都比较熟悉。在他们笔下,西域都呈现出了异域的壮美和苍凉。

但是,仔细阅读他们的西域诗作,发现其中的"异"大于"同",无论诗作的内容还是风格,二者均有较大的差异。这不仅仅因为岑参是盛唐的汉人,耶律楚材是金元时期的契丹人。概而言之,主要表现为他们的时代不同、族属不同、经历不同、官职不同、文化教育不同、理想追求不同、随行人员不同(耶律楚材带着妻子)、生活习惯不同、交游情况不同、个人境遇及心态不同、创作的视角和着眼点不同等方面。对于这些方面,本文不一一考查,而仅从思想与文化两个方面进行探讨。

### (一)"夷夏有别"与"华夷混一"之分别

从中原的传统思维来看,岑参毫无疑问是汉人,亦即"华人"。而在这种思维框架中的契丹人耶律楚材则属于"夷",尽管他已经"华化",并且创作了大量的汉语诗文作品,尽管他保护了众多的中原"华人"儒士,尽管他娶了苏轼四世孙苏公弼的女儿做妻

---

① (明)宋濂等:《元史》卷一八〇《耶律希亮传》,第4163页。
② 这一部分的主要内容笔者曾发表于《古典文学知识》2014年第5期,原题为《耶律楚材与岑参西域诗之"异"摭谈》,收入此书时有增删修改。

子。耶律楚材则始终认为辽金元都是中国的正统,而且他从来没有归于宋朝的半点想法,甚至对宋朝还有所批评,这与传统的汉人思维大相径庭。毋庸讳言,这是历史事实。辽初,契丹人已经有了这种思想,张晶说:"辽朝绝无'夷狄'的自卑感,而视其立国为'承天意'。……辽朝文化在吸纳汉文化的有益元素进入契丹文化系统,使契丹文化有了极大幅度的提高,自然是不异于中华了。"①

从他们现存的西域诗来看,岑参的诗歌表现了征服异域异族的思想,他在诗歌中多次提及"胡"乐、"胡琴""胡人""胡旋舞",明显是戴着征服者的有色眼镜。而耶律楚材祖上就自认为是"中国人",到耶律楚材时更是以辽金元为正统,这些征服族群自然不会再有"华夷之辨",所以他在诗中表现的就是华夷混一的思想。这种巨大的族群观念的差异,是导致他们对西域从军生活态度相异的重要因素。

岑参在西域诗中多次流露厌倦的心态,抒写艰苦的生活环境,如天寒地冻,大雪漫天,极为苦寒,等等。而这些内容在耶律楚材的西域诗中则极少出现,这当然与耶律楚材先祖原本就是生活在北方的游牧族群有关。除此之外,更与他的华夷混一思想有关。虽然耶律楚材也有不受重用的失落,但他在西域的生活却是快乐的,他热情地赞美西域的景物,歌颂当地人民的淳朴勤劳,甚至用包容天下的心态说"衣冠异域真余志,礼乐中原乃我荣"(《和武川严亚之见寄五首》),"车书混一华夷通""华夷混一非多日,浮海长桴未可乘"(《过闾居河四首》)。这种心态和言论,岑参是无论如何都不会有的。岑参依然会区分华夷,依然会称呼"胡人""胡旋舞",依然要平定"胡尘",要以杀胡虏为荣,要通过消灭驱逐胡虏为荣,所以他才会赞美封常清的战功,才会不遗余力地写"献捷""胡虏鞍马空"。而这些内容,在耶律楚材的西域诗中则很少出现。尽管元太祖武功赫赫,但耶律楚材并没有欣赏和赞美他的武功,反而阻止他的杀戮和征伐。

另外,耶律楚材的契丹人身份,使得他很容易融入西域这种多族群杂居的环境中。况且,契丹人还曾在西域地区建立了庞大的西辽帝国,契丹后裔在此仍然居于统治阶层。耶律楚材虽然已经华化,但毕竟还保留了游牧族群的一些传统,再者,耶律楚材通契丹语、蒙古语、汉语,与各族的交流不成问题,从饮食和生活习惯方面来说,也与西域各族人比较接近,因此,耶律楚材在西域的生活较为舒适,他在《壬午西域河中游春十首》中说"四海从来皆弟兄,西行谁复叹行程",恐怕是很多汉地诗人难以体会和言说的。从以上这些方面来说,耶律楚材的心态必定与岑参大不相同。

这种民汉心态的差距在明清(主要是清代)的西域诗中表现得更为明显,虽然彼时

---

① 张晶:《辽金元诗歌史论》,吉林教育出版社,1995年,第18页。

的情况发生了巨大的变化。清朝到西域的汉人多为因事革职流配的官员和遣戍的流犯,而满人却多为镇守边疆的朝廷命官。因此,汉人期盼赐环东归而凄苦哀怨,满人则要建功报主升官晋爵,其心态的差异可见一斑。这种心态,当然与两度出塞的岑参也大不相同。

**(二)农耕文化与游牧文化之不同**

岑参的骨子里是儒家建功立业修齐治平的思想,是功成名就衣锦还乡光宗耀祖的思想,所以他说"丈夫三十未富贵,安能终日守笔砚"(《银山碛西馆》),"也知塞垣苦,岂为妻子谋"(《初过陇山途中呈宇文判官》),"花门楼前见秋草,岂能贫贱相看老"(《凉州馆中与诸判官夜集》)。所以他的诗中充满了慷慨昂扬的感情,体现着盛唐踔厉奋发的进取精神。但与此同时,农耕文化的思想已经渗入他的血液,所以他再乐观,再高蹈,都仍然摆脱不了思乡的情绪,仍然要叶落归根,于是在落寞时"凭添两行泪,寄向故园流"(《西过渭州见渭水思秦川》),于是孤独地说"阳关万里梦,知处杜陵田"(《过酒泉忆杜陵别业》),于是感慨"塞迥心常怯,乡遥梦亦迷"(《宿铁关西馆》),于是"醉眠乡梦罢,东望羡归程"(《临洮泛舟赵仙舟自北庭罢使还京得城字》)。甚至还急切地幻想"遥凭长房术,为缩天山东",恨不得一步踏回故乡。

尽管他在北庭都护府时踌躇满志,豪情万丈,但隐藏在心底的,依然是思归的情绪。这在他第二次出塞前就已经有所表现,如他在《送人赴安西》一诗中说"早须清黠虏,无事莫经秋",就是希望速战速决,成就功业之后尽快返归。在《发临洮将赴北庭留别得飞字》一诗中则直率地说"勤王敢道远,私向梦中归",当行至贺延碛时,甚至"悔向万里来",懊恼地大呼"功名是何物!"(《日没贺延碛作》)在北庭任职期间,他仍然不停地念叨"旧国眇天末,归心日悠哉"(《登北庭北楼呈幕中诸公》)、"新诗吟未足,昨夜梦东还"(《敬酬李判官使院即事见呈》)。

此外,从他的西域诗题目看,送别诗占了近三分之一,而这些送别诗多为送人"还京"的,如《临洮泛舟赵仙舟自北庭罢使还京得城字》《碛西头送李判官入京》《白雪歌送武判官归京》《天山雪歌送萧沼归京》《热海行送崔侍御还京》《北庭贻宗学士道别》《送崔子还京》《火山云歌送别》《送张都尉东归》《送四镇薛侍御东归》《与独孤渐道别长句兼呈严八侍御》等,可见这种情绪是一以贯之的。

当然,耶律楚材也有思念故乡的情怀,如他曾说"又向边城添一岁,天涯飘泊几时回"(《西域元日》),"惆怅天涯沦落客,临风不是忆鲈鱼"(《西域寄中州禅老》)。但这些想法都转瞬即逝了。细读耶律楚材的西域诗,则发现游牧民族文化中游移不定随处而安的特征。这跟他本来是游牧族群契丹人的后裔有关,只要水草丰美、牛肥马壮,他就必定会说"西域风光好","人生为口腹,何必思故乡","人生唯口腹,何碍过流沙","天涯获此乐,终老又何如","优游聊卒岁,更不望归程","一从西到此,更不忆吾乡"(《西域河中十咏》),"万里遐方获此乐,不妨终老在天涯"(《西域蒲华城赠蒲察元帅》),甚至在西域"一住十馀年,物我皆相忘"(《赠高善长一百韵》),且看他说得是何等自然!古代农耕宗法制社会中安土重迁的汉人恐怕不会有这样的想法。例如苏轼,虽然也曾说过"日啖荔支三百颗,不辞长作岭南人"(《食荔支二首》其二),但他这是无奈的说法,骨子里还是要"狐死首丘",返归故乡,否则他不可能自嘲说"问汝平生功业,黄州惠州儋州"(《自题金山画像》),对自己被贬谪的人生经历辛酸地进行否定。

综上所述,耶律楚材虽然汉化很深,但骨子里还保留着契丹人的精神与文化,从其西域诗的创作,大体可以管窥到契丹人与汉人文学创作之文化区别。

## 附录:契丹人在西域活动资料汇编

### 一、《辽史》西辽资料选录(《辽史》,卷三十,中华书局,1974年)

耶律大石者,世号为西辽。大石字重德,太祖八代孙也。通辽、汉字,善骑射,登天庆五年进士第,擢翰林应奉,寻升承旨。辽以翰林为林牙,故称大石林牙。历泰、祥二州刺史,辽兴军节度使。

保大二年,金兵日逼,天祚播越,与诸大臣立秦晋王淳为帝。淳死,立其妻萧德妃为太后,以守燕。及金兵至,萧德妃归天祚。天祚怒诛德妃而责大石曰:"我在,汝何敢立淳?"对曰:"陛下以全国之势,不能一拒敌,弃国远遁,使黎民涂炭。即立十淳,皆太祖子孙,岂不胜乞命于他人耶?"上无以答,赐酒食,赦其罪。

大石不自安,遂杀萧乙薛、坡里括,自立为王,率铁骑二百宵遁。北行三日,过黑水,见白达达详稳床古儿。床古儿献马四百,驼二十,羊若干。西至可敦城,驻北庭都护府,会威武、崇德、会蕃、新、大林、紫河、驼等七州及大黄室韦、敌剌、王纪剌、茶赤剌、也喜、鼻古德、尼剌、达剌乖、达密里、密儿纪、合主、乌古里、阻卜、普速完、唐古、忽母思、奚的、纠而毕十八部王众,谕曰:"我祖宗艰难创业,历世九主,历年二百。金以臣属,逼我国家,残我黎庶,屠翦我州邑,使我天祚皇帝蒙尘于外,日夜痛心疾首。我今仗义而西,欲借力诸蕃,翦我仇敌,复我疆宇,惟尔众亦有轸我国家,忧我社稷,思共救君父、济生民于难者乎?"遂得精兵万馀,置官吏,立排甲,具器仗。

明年二月甲午,以青牛白马祭天地、祖宗,整旅而西。先遣书回鹘王毕勒哥曰:

"昔我太祖皇帝北征,过卜古罕城,即遣使至甘州,诏尔祖乌母主曰:'汝思故国耶,朕即为汝复之;汝不能返耶,朕则有之。在朕犹在尔也。'尔祖即表谢,以为迁国于此,十有余世,军民皆安土重迁,不能复返矣。是与尔国非一日之好也。今我将西至大食,假道尔国,其勿致疑。"毕勒哥得书,即迎至邸,大宴三日。临行,献马六百,驼百,羊三千,愿质子孙为附庸,送至境外。所过,敌者胜之,降者安之。兵行万里,归者数国,获驼、马、牛、羊、财物,不可胜计。军势日盛,锐气日倍。

至寻思干,西域诸国举兵十万,号忽儿珊,来拒战。两军相望二里许。谕将士曰:"彼军虽多而无谋,攻之则首尾不救,我师必胜。"遣六院司大王萧斡里剌、招讨副使耶律松山等将兵二千五百攻其右;枢密副使萧剌阿不、招讨使耶律术薛等将兵二千五百攻其左;自以众攻其中。三军俱进,忽儿珊大败,僵尸数十里。驻军寻思干凡九十日,回回国王来降,贡方物。

又西至起儿漫,文武百官册立大石为帝,以甲辰岁二月五日即位,年三十八,号葛儿罕。复上汉尊号曰天佑皇帝,改元延庆。追谥祖父为嗣元皇帝,祖母为宣义皇后,册元妃萧氏为昭德皇后。因谓百官曰:"朕与卿等行三万里,跋涉沙漠,夙夜艰勤。赖祖宗之福,卿等之力,冒登大位。尔祖尔父宜加恤典,共享尊荣。"自萧斡里剌等四十九人祖父封爵有差。

延庆三年,班师东归,马行二十日,得善地,遂建都城,号虎思斡耳朵,改延庆为康国元年。三月,以六院司大王萧斡里剌为兵马都元帅,敌剌部前同知枢密院事萧查剌阿不副之,茶赤剌部秃鲁耶律燕山为都部署,护卫耶律铁哥为都监,率七万骑东征。以青牛白马祭天,树旗以誓于众曰:"我大辽自太祖、太宗艰难而成帝业,其后嗣君耽乐无厌,不恤国政,盗贼蜂起,天下土崩。朕率尔众,远至朔漠,期复大业,以光中兴。此非朕与尔世居之地。"申命元帅斡里剌曰:"今汝其往,信赏必罚,与士卒同甘苦,择善水草以立营,量敌而进,毋自取祸败也。"行万余里无所得,牛马多死,勒兵而还。大石曰:"皇天弗顺,数也!"康国十年殁,在位二十年,庙号德宗。

子夷列年幼,遗命皇后权国。后名塔不烟,号感天皇后,称制,改元咸清,在位七年,子夷列即位,改元绍兴。籍民十八岁以上,得八万四千五百户。在位十三年殁,庙号仁宗。

子幼,遗诏以妹普速完权国,称制,改元崇福,号承天太后。后与驸马萧朵鲁不弟朴古只沙里通,出驸马为东平王,罗织杀之。驸马父斡里剌以兵围其宫,射杀普速完及朴古只沙里。普速完在位十四年。

仁宗次子直鲁古即位,改元天禧,在位三十四年。时秋出猎,乃蛮王屈出律以伏兵八千擒之,而据其位。遂袭辽衣冠,尊直鲁古为太上皇,皇后为皇太后,朝夕问起居,以侍终焉。直鲁古死,辽绝。

## 二、耶律楚材的西域诗文(谢方点校:《湛然居士文集》,中华书局,1986年)

### 过金山用人韵

雪压山峰八月寒,羊肠樵路曲盘盘。千岩竞秀清人思,万壑争流壮我观。
山腹云开岚色润,松巅风起雨声干。光风满贮诗囊去,一度思山一度看。

### 过云中赠别李尚书

谁识云中李谪仙,诗如文锦酒如川。十亩良园君有趣,一廛薄土我无缘。
旧恨常来春梦里,新吟不到客愁边。明朝分手天涯去,他日相逢又几年。

### 过阴山和人韵

#### 其一

阴山千里横东西,秋声浩浩鸣秋溪。猿猱鸿鹄不能过,天兵百万驰霜蹄。
万顷松风落松子,郁郁苍苍映流水。天丁何事夸神威,天台罗浮移到此。
云霞掩翳山重重,峰峦突兀何雄雄。古来天险阻西域,人烟不与中原通。
细路萦纡斜复直,山角摩天不盈尺。溪风萧萧溪水寒,花落空山人影寂。
四十八桥横雁行,胜游奇观真非常。临高俯视千万仞,令人凛凛生恐惶。
百里镜湖山顶上,旦暮云烟浮气象。山南山北多幽绝,几派飞泉练千丈。
大河西注波无穷,千溪万壑皆会同。君成绮语壮奇诞,造物缩手神无功。
山高四更才吐月,八月山峰半埋雪。遥思山外屯边兵,西风冷彻征衣铁。

#### 其二

羸马阴山道,悠然远思寥。青峦云霭霭,黄叶雨萧萧。
未可行周礼,谁能和舜韶。嗟吾浮海粟,何碍八风飘。

#### 其三

八月阴山雪满沙,清光凝目眩生花。插天绝壁喷晴月,擎海层峦吸翠霞。
松桧丛中疏畎亩,藤萝深处有人家。横空千里雄西域,江左名山不足夸。

#### 其四

阴山奇胜讵能名,断送新诗得得成。万迭峰峦擎海立,千层松桧接云平。

三年沙塞吟魂遁,一夜毡穹客梦清。遥想长安旧知友,能无知我此时情。

## 再 用 前 韵

河源之边鸟鼠西,阴山千里号千溪。倚云天险不易过,骈骊局蹙追风蹄。
签记长安五陵子,马似游龙车如水。天王赫怒山无神,一夜雄师飞过此。
盘云细路松成行,出天入井实异常。王尊疾驱九折坂,此来一顾应哀惶。
峥嵘突出峰峭直,山顶连天才咫尺。枫林霜叶声萧骚,一雁横空秋色寂。
西望月窟九译重,嗟呼自古无英雄。出关未盈十万里,荒陬不得车书通。
天兵饮马西河上,欲使西戎献驯象。旌旗蔽空尘涨天,壮士如虹气千丈。
秦皇汉武称兵穷,拍手一笑儿戏同。堑山陵海匪难事,翦斯群丑何无功。
骚人羞对阴山月,壮岁星星发如雪。穹庐展转清不眠,霜匣闲杀锟铻铁。

## 复用前韵唱玄

天涯流落从征西,寒盟辜负梅花溪。昔年学道颇得趣,鱼兔入手忘筌蹄。
残编断简披庄子,日日须当诵秋水。谁知海若无津涯,河伯源流止于此。
人闲酱瓿纸数重,太玄强草嗤扬雄。高卧蒿莱傲唐室,清风千古独王通。
曲者自曲直者直,何必区区较绳尺。一笔划断闲是非,万事都忘乐岑寂。
功名半纸几字行,竞羡成绩书太常。只知牢筴飨刍豢,不思临刃心悲惶。
何如打坐蒲团上,参透升平本无象。一瓶一钵更无余,容膝禅庵仅方丈。
从教人笑彻骨穷,生涯原与千圣同。鸟道虽玄功尚在,不如行取无功功。
归来踏破澄潭月,大冶洪炉飞片雪。且听石女鸣巴歌,万里一团无孔铁。

## 用前韵送王君玉西征二首

湛然送客河中西,乘舆何妨过虎溪。清茶佳果饯行路,远胜浊酒烹驼蹄。
结交须结真君子,君子之交淡如水。一从西域识君侯,倾盖交欢忘彼此。
当年君卧东山重,守雌默默元知雄。五车书史岂劳力,六韬三略无不通。
诗咏珠玑无价直,青囊更有琴三尺。奉命西来典重兵,不得茅斋乐真寂。
鱼丽大阵兵成行,行师布置非寻常。先生应诏入西域,一军骇异皆惊惶。
武皇习战昆明上,欲讨昆明致犀象。吾皇兵过海西边,气压炎刘千万丈。
先生一展才略穷,百蛮冠带文轨同。威德洋洋震天下,大功不宰方为功。
隐居自有东山月,风拂松花落香雪。退身参到未生前,方信秤锤原是铁。

### 其二

先生应诏将征西,湛然送客涉深溪。徘徊一舍未忍去,兵车暂驻天驹蹄。
犹忆今春送君子,桃李无言映流水。寒暑推迁奈老何,秋风革律重来此。
关山险僻重复重,西门雪耻须豪雄。定远奇功正今日,车书混一华夷通。
先生纯德如矢直,讵为直寻而枉尺。功成莫恋声利场,便好回头乐玄寂。
故山旧忆松千行,奇峰怪石元异常。前日盟言犹在耳,猿鹤思怨空悲惶。
我掷直钩鱼不上,须信游鳞畏龙象。冥鸿一举腾秋空,谁羡文章光万丈。
道今人作非天穷,区区何必较异同。语默行藏在乎我,退身冥论无成功。
安东幸有间山月,万顷松风万山雪。收拾琴书归去来,修心须要金成铁。

### 用前韵感事二首

#### 其一

称斤甘荠卖京西,谁信无人采五溪。鹏异众禽全六翮,麟殊凡兽具五蹄。
昔年学道宗夫子,盈科后追如流水。蛰龙犹未试风雷,萍泛蓬飘而至此。
缊袍甘分百结重,不学乱世奸人雄。忘忧乐道志不二,守穷待变变则通。
岁寒松柏苍苍直,摩云直待高千尺。桃李无言蹊自成,此君冷淡人何寂。
生平耻与哙伍行,杜门养拙安天常。泽民致主本予志,素愿未酬予恐惶。
否塞未能交下上,何日亨通变爻象。不图廊庙为三公,安得林泉参百丈。
居士身穷道不穷,庸人非异是所同。笔头解作万言策,人皆笑我劳无功。
流落邅荒淹岁月,赢得飘萧双鬓雪。谋生太拙君勿嗤,不如嗣宗学锻铁。

#### 其二

金乌日日东飞西,滔滔绿水流长溪。流波一去不复返,逐日恨无八骏蹄。
穷理达生独孔子,叹夫逝者如斯水。岁不我与其奈何,两鬓星星尚如此!
曩时凿破藩垣重,泽民济世英雄。风云未会我何往,天地大否途难通。
霜匣神剑苍龙直,切玉如泥长数尺。利器深藏人未知,丰城埋没神光寂。
读书一目下数行,金石其心学正常。学术忠义两无用,道之将丧予忧惶。
有意攀龙不得上,徒劳牙角拔犀象。唯思仁义济苍生,岂为珍羞列方丈。
箪瓢陋巷甘孤穷,鸿鹄安与燕雀同。天与之才不与地,反令竖子成其功。
安得光明依日月,功名未立头如雪。问君此错若为多,使尽二十四州铁。

## 思亲有感二首

### 其一

游子栖迟久不归,积年温清阙慈闱。囊中昆仲亲书帖,箧内萱堂手制衣。
黄犬不来愁耿耿,白云空望思依依。欲凭鳞羽传安信,绿水西流雁北飞。

### 其二

伶仃万里度西陲,壮岁星星两鬓丝。白雁来时思北阙,黄花开日忆东篱。
可怜游子投营晚,正是孀亲倚户时。异域风光恰如故,一消魂处一篇诗。

## 思 友 人

落日萧萧万马声,东南回首暮云横。金朋兰友音书绝,玉轸朱弦尘土生。
十里春风别野店,五年秋色到边城。云山不碍归飞梦,夜夜随风到玉京。

## 赠李郡王笔

管城从我自燕都,流落遐荒万里余。半札秋毫裁翡翠,一枝霜竹翦琼琚。
锋端但可题尘景,笔下安能划太虚。聊复赠君为土物,中书休笑不中书。李郡王尝为西辽执政。

## 丁亥过沙井和移剌子春韵二首

### 其一

科登甲乙战文围,吾子才名予独知。巢许身心君易乐,萧曹勋业我难为。
有恒得见实无憾,知己相逢未忍离。携手河梁重话旧,胡然羞和子卿诗。

### 其二

行藏俯仰且随时,缊袍怀珠人未知。燕雀既群难立志,凤凰不至拟胡为。
可嗟世态频更变,何奈人生多别离。莫忘天山风雪里,湛然驼背和君诗。予昨至沙井,乘牛车过前路,跨驼方达行在,偶得隔句一联云:"牛车驰传,颇异相如驷马车;驼背吟诗,不似竹林七贤画。"成有是句。

## 寄移剌国宝

昔年萍迹旅京华,曾到风流国宝家。居士为予常吃素,先生爱客必烹茶。
明窗挥麈谈禅髓,净几焚香顶佛牙。回首五年如一梦,梦中不觉过流沙。公所藏佛牙甚灵异。

## 和景贤十首

### 其一
龙冈居士得贤君,闻道贤君增所闻。节操鹓鶵捐鼠饵,风神野鹤立鸡群。
只知辅嗣能谈易,谁识相如善属文。拟欲赞君言不尽,区区微意见诗云。

### 其二
天下奇才郑使君,清名不使世人闻。五车书笥独穷理,三峡词源迥出群。
未得开怀重话旧,常思抵足共论文。自从一识龙冈老,余子纷纷不足云。

### 其三
一圣龙飞敢择君,嗟予潦倒尚无闻。苍生未识鸿鹄志,皓首甘游麋鹿群。
黄雀已归冀望报,彩禽飞去不能文。龙冈特慰孤穷闷,时有新诗报我云。

### 其四
试和新诗寄郑君,无言谈道不闻闻。治心更索捐中道,养性浑如鞭后群。
玄语谆谆非是说,真书历历不关文。儒生束教嫌虚诞,得意忘言孔子云。

### 其五
文章自愧不如君,敢以玄言渎所闻。有道居尘何异俗,无心入兽不惊群。
重玄消息无多子,半纸功名值几文。回首死生犹是幻,自余何足更云云。

### 其六
十年不遇一相知,恰识龙冈恨见迟。常爱箕山能洗耳,何堪邻舍效颦眉。
荣枯贵贱难逃数,用舍行藏自有时。心事纷纷无处说,援毫闲和景贤诗。

### 其七(感事)
万里西来过月氏,初离故国思迟迟。人情惭愧三须面,人世梳妆半额眉。
田上野夫空叹凤,泽边渔父不伤时。龙冈本具英雄眼,几倩东风寄我诗。

### 其八(读唐史有感)
林甫滔天圣不知,三郎深恨识卿迟。尘中妃子春罗袜,钱上开元指甲眉。
七夕殿中祈巧夜,三秋原上摘瓜时。长天忽见飞来雁,垂泪空吟李峤诗。

### 其九
李杨相继领台司,兵起渔阳祸已迟。向昔正怜花解语,而今空忆柳如眉。
心伤桃李初开夜,肠断梧桐半落时。试问宫中谁第一,三郎犹记谪仙诗。

### 其十
往来寒暑暗推移,下手修行犹太迟。迷后徒劳常捏目,悟来何必更扬眉。
宗门淘汰宜穷理,道眼因缘贵识时。只为龙冈心猛利,湛然刚写不言诗。

### 又 一 首

龙冈医隐本知机,薰莸同盘辨者稀。廊庙虚名无意恋,林泉夙愿与心违。
羡君绰绰有余裕,笑我皇皇无所归。尚忆当年垂钓处,一江烟雨静霏霏。

### 和王君玉韵

王孙蒙馈饭,灵辄未扶轮。自笑孤穷客,谁怜衰病身。
黄沙万余里,白发一孀亲。肠断山城月,徘徊照远人。

### 过夏国新安县

时丁亥九月望也。

昔年今日渡松关,车马崎岖行路难。瀚海潮喷千浪白,天山风吼万林丹。
气当霜降十分爽,月比中秋一倍寒。回首三秋如一梦,梦中不觉到新安。

### 过云川和刘正叔韵

西域风尘汗漫游,十年辜负旧渔舟。曾观八阵云奔速,亲见三川席卷收。
烟锁居延苏子恨,云埋青冢汉家羞。深思篱下西风醉,谁羡班超万里侯。

### 过云中和张伯坚韵

一扫氐羌破吐浑,群雄悉入北朝吞。自怜西域十年客,谁识东丹八叶孙。
射虎将军皆建节,飞龙天子未更元。我惭才略非良器,封禅书成不敢言。

### 过云中和张仲先韵

致泽君民本不难,言轻无用愧偷安。十年潦倒功何在,三径荒凉盟已寒。
岩下藏名思傅说,林间谈道谒丰干。挂冠神武当归去,自有夔龙辅可汗。

### 过白登和李振之韵

十年沦落困边城,今日龙钟返帝京。运拙不须求富贵,时危何处取功名。
腾骧谁识孙阳骥,俊逸深思支遁鹰。客里逢君赠佳句,知音相见眼偏明。

### 过天城和靳泽民韵

西征扈从过龙庭,误得东州浪播名。琴阮因缘真有味,诗书事业拙谋生。

咄嗟兴废悲三叹,倏忽荣枯梦一惊。何日解官归旧隐,满园松菊小庵清。

### 和威宁珍上人韵

十载西游志已灰,南征又自大梁回。扶持佛日惭无力,赞翊皇风愧不才。
旧约未能林下去,新诗常寄日边来。何时杖履烟霞里,一笑伸眉得共陪。

### 再用韵记西游事

河中西域寻思干城,西辽目为河中府。花木蔽春山,烂赏东风纵宝鞍。
留得晚瓜过腊半,藏来秋果到春残。亲尝芭榄宁论价,自酿蒲萄不纳官。
常叹不才还有幸,滞留遐域得佳餐。

### 再用韵谢非熊召饭

行尽遐陬万里山,十年飘泊困征鞍。春风燕语归心切,夜月猿啼客梦残。
圣世因时行夏正,愚臣嗜数愧春官。谁知贤帅开青眼,扫洒西庵召我餐。

### 寄贾抟霄乞马乳

天马西来酿玉浆,革囊倾处酒微香。长沙莫吝西江水,文举休空北海觞。
浅白痛思琼液冷,微甘酷爱蔗浆凉。茂陵要洒尘心渴,愿得朝朝赐我尝。

### 和李振之二首(其一)

半纸功名未可呈,无心何处不安生。十年沧海尘空起,百岁黄粱梦乍惊。
旧径既荒松菊在,丹诚不变鬓髯更。年来渐有升平望,每怅栖鸡半夜鸣。

### 连国华饯予出天山因用韵

十年不得舞衣班,一忆江南胆欲寒。黄犬候来秋自老,白云望断信何难。
军中得句常横槊,客里伤心每据鞍。游子未归情几许,天山风雪正漫漫。

### 赠蒲察元帅七首

#### 其一

闲骑白马思无穷,来访西城绿发翁。元老规模妙天下,锦城风景压河中。
花开杷榄芙渠淡,酒泛葡萄琥珀浓。痛饮且图容易醉,欲凭春梦到卢龙。

### 其二

积年飘泊困边尘,闲过西隅谒故人。忙唤贤姬寻器皿,便呼辽客奏筝秦。
葡萄架底葡萄酒,杷榄花前杷榄仁。酒酽花繁正如许,莫教辜负锦城春。

### 其三

主人知我怯金觞,特为先生一改堂。细切黄橙调蜜煎,重罗白饼糁糖霜。
几盘绿橘分金缕,一碗清茶点玉香。明日辞君向东去,这些风味几时忘。

### 其四

使君排饭宴南溪,不枉从君乌鼠西。春薤旋浇浓鹿尾,腊糟微浸软驼蹄。
丝丝鱼脍明如玉,屑屑鸡生烂似泥。白面书生知此味,从今更不嗜黄齑。

### 其五

筵前且尽主人心,明烛厌厌饮夜深。素袖佳人学汉舞,碧髻官妓拨胡琴。
轻分茶浪飞香雪,旋擘橙杯破软金。五夜欢心犹未已,从教斜月下疏林。

### 其六

主人开宴醉华胥,一派丝篁沸九衢。黯紫葡萄垂马乳,轻黄杷榄灿牛酥。
金波泛蚁斟欢伯,雪浪浮花点酪奴。忙里偷闲谁若此,西行万里亦良图。

### 其七

闲乘羸马过蒲华,又到西阳太守家。玛瑙瓶中簪乱锦,琉璃钟里泛流霞。
品尝春色批金橘,受用秋香割木瓜。此日幽欢非易得,何妨终老住流沙。

## 庚辰西域清明

清明时节过边城,远客临风几许情。野鸟间关难解语,山花烂漫不知名。
葡萄酒熟愁肠乱,玛瑙杯寒醉眼明。遥想故园今好在,梨花深院鹧鸪声。

## 乞 扇

屈晌圆裁白玉盘,幽人自翦素琅玕。全胜织女绞绡帕,高出湘妃玳瑁斑。
座上清风香细细,怀中明月净团团。愿祈数柄分居士,颠倒阴阳九夏寒。

## 壬午西域河中游春十首

### 其一

幽人呼我出东城,信马寻芳莫问程。春色未如华藏富,湖光不似道心明。
土床设馔谈玄旨,石鼎烹茶唱道情。世路崎岖太尖险,随高逐下坦然平。

### 其二
三年春色过边城,萍迹东归未有程。细细和风红杏落,涓涓流水碧湖明。
花林啜茗添幽兴,绿亩观耕称野情。何日要荒同入贡,普天钟鼓乐清平。

### 其三
春雁楼边三两声,东天回首望归程。山青水碧伤心切,李白桃红照眼明。
几树绿杨摇客恨,一川芳草惹羁情。天兵几日归东阙,万国欢声贺太平。

### 其四
河中二月好踏青,且莫临风叹客程。溪畔数枝红杏浅,墙头半点小桃明。
谁知西域逢佳景,始信东君不世情。圆沼方池三百所,澄澄春水一时平。

### 其五
二月河中草木青,芳菲次第有期程。花藏径畔春泉碧,云散林梢晚照明。
含笑山桃还似识,相亲水鸟自忘情。退方且喜丰年兆,万顷青青麦浪平。

### 其六
异域春郊草又青,故园东望远千程。临池嫩柳千丝碧,倚槛妖桃几点明。
丹杏笑风真有意,白云送雨太无情。归来不识河中道,春水潺潺满路平。

### 其七
四海从来皆弟兄,西行谁复叹行程。既蒙倾盖心相许,得遇知音眼便明。
金玉满堂违素志,云霞千顷适高情。庙堂自有夔龙在,安用微生措治平。

### 其八
寓迹尘埃且乐生,垂天六翮敛鹏程。无缘未得风云会,有幸能瞻日月明。
出处随时全道用,穷通逐势叹人情。凭谁为发丰城剑,一扫妖氛四海平。

### 其九
不如归去乐余龄,百岁光阴有几程。文史三冬输曼倩,田园二顷忆渊明。
宾朋冷落绝交分,亲戚团栾说话情。植杖耘籽聊自适,笑观南亩绿云平。

### 其十
衰翁老矣倦功名,繁简行军笑李程。牛粪火熟石炕暖,蛾连纸破瓦窗明。
水中沤月消三毒,火里生莲屏六情。野老不知天子力,讴歌鼓腹庆升平。

## 游河中西园和王君玉韵四首
### 其一
万里东皇不失期,园林春老我来迟。漫天柳絮将飞日,遍地梨花半谢时。

异域风光特秀丽,幽人佳句自清奇。临风畅饮题玄语,方信无为无不为。
### 其二
清明出郭赴幽期,千里江山丽日迟。花叶不飞风定后,香尘微敛雨余时。
雕镂冰玉诗尤健,挥扫龙蛇字愈奇。好字好诗独我得,不来赓和拟胡为。
### 其三
异域逢君本不期,湛然深恨识君迟。清诗厌世光千古,逸笔惊人自一时。
字老本来遵雅淡,吟成元不尚新奇。出伦诗笔服君妙,笑我区区亦强为。
### 其四
风云佳遇未能期,自是鱼龙上钓迟。岩穴潜藏难遁世,尘嚣俯仰且随时。
百年富贵真堪叹,半纸功名未足奇。伴我琴书聊自适,生涯此外更何为。

## 河中游西园四首
### 其一
河中春晚我邀宾,诗满云笺酒满巡。对景怕看红日暮,临池羞照白头新。
柳添翠色侵凌草,花落余香著莫人。且著新诗与芳酒,西园佳处送残春。
### 其二
河中风物出乎伦,闲命金兰玉斝巡。半笑梨花琼脸嫩,轻颦杨柳翠眉新。
衔泥紫燕先迎客,偷蕊黄蜂远趁人。日日西园寻胜概,莫教辜负客城春。
### 其三
几年萍梗困边城,闲步西园试一巡。圆沼印空明镜莹,芳莎藉地翠茵新。
幽禽有意如留客,野卉多情解笑人。屈指知音今有几,与谁同享瓮头春。
### 其四
金鼓銮舆出陇秦,驱驰八骏又西巡。千年际会风云异,一代规模宇宙新。
西域兵来擒伪主,东山诏下起幽人。股肱元首明良世,高拱垂衣寿万春。

## 河中春游有感五首
### 其一
西胡寻斯干有西戎梭里檀故宫在焉。构室未全终,又见颓垣绕故墉。绿苑连延花万树,碧堤回曲水千重。
不图舌鼓谈非马,甘分躬耕学卧龙。粝食粗衣聊自足,登高舒啸乐吾慵。

### 其二
异域河中春欲终,园林深密锁颓墉。东山雨过空青迭,西苑花残乱翠重。
杷榄碧枝初著子,葡萄绿架已缠龙。等闲春晚芳菲歇,叶底翩翩困蜨慵。

### 其三
坎止流行以待终,幽人射隼上高墉。穷通世路元多事,艰险机关有几重。
百尺苍枝藏病鹤,三冬蛰窟闭潜龙。琴书便结忘言友,治圃耘蔬自养慵。

### 其四
西域渠魁运已终,天兵所指破金墉。崇朝驲骑驰千里,一夜捷书奏九重。
鞭策不须施犬马,庙堂良算足夔龙。北窗高卧熏风里,尽任他人笑我慵。

### 其五
重玄叩击数年终,大道难窥万仞墉。旧信不来青鸟远,故山犹忆白云重。
自知勋业输雏凤,且学心神似老龙。忙里偷闲谁似我,兵戈横荡得疏慵。

## 过闰居河四首

### 其一
河冰春尽水无声,靠岸钩鱼羡击冰。乍远南州如梦蝶,暂游北海若飞鹏。
隋堤柳絮风何处,越岭梅花信莫凭。试暂停鞭望西北,迎风羸马不堪乘。

### 其二
北方寒凛古来称,亲见阴山冻鼠冰。战斗檐楹翻铁马,穷通棋势变金鹏。
五车经史都无用,一鹗书章谁可凭。安得冲天畅予志,云舆六驭信风乘。

### 其三
一圣龙飞德足称,其亡凛凛涉春冰。千山风烈来从虎,万里云垂看举鹏。
尧舜徽猷无阙失,良平妙算足依凭。华夷混一非多日,浮海长桴未可乘。

### 其四
自愧声名无可称,贤愚混世炭和冰。窃盐仓鼠初成蝠,喷浪溟鲲未化鹏。
卖剑学耕食粗遣,买山归老价难凭。秋江月满西风软,何日扁舟独自乘。

## 感事四首

### 其一
富贵荣华若聚沤,浮生浑似水东流。仁人短命嗟颜氏,君子怀疾叹伯牛。
未得鸣珂游帝阙,何能骑鹤上扬州。几时摆脱闲缰锁,笑傲烟霞永自由。

### 其二

当年元拟得封侯,一误儒冠入士流。赫赫凤鸾捐腐鼠,区区蛮触战蜗牛。
未能离欲超三界,必用麾旄混九州。致主泽民元素志,陈书自荐我无由。

### 其三

得不欣欣失不忧,依然不改旧风流。深藏凤璧无投鼠,好蓄龙泉候买牛。
山寺幽居思少室,梅花归梦绕扬州。萱堂温凊十年阙,负米供亲愧仲由。

### 其四

人不知予我不尤,濯缨何必拣清流。良材未试聊耽酒,利器深藏俟割牛。
旧政欲传新令尹,新朝不识旧荆州。眉山云迈归商路,痛怊新诗寄子由。

## 壬午元日二首

### 其一

西域风光换,东方音问疏。屠苏聊复饮,郁垒不须书。
旧岁昨宵尽,新年此日初。客中今十载,孀母信何如。

### 其二

万里西征出玉关,诗无佳思酒瓶干。萧条异域年初换,坎轲穷途腊已残。
身过碧云游极乐,手遮东日望长安。年光迅速如流水,不管诗人两鬓斑。

## 西域家人辈酿酒戏书屋壁

西来万里尚骑驴,旋借葡萄酿绿醑。司马卷衣亲涤器,文君挽袖自当炉。
元知沽酒业缘重,何奈调羹手段无。古昔英雄初未遇,生涯或亦隐屠沽。

## 西域从王君玉乞茶因其韵七首

### 其一

积年不啜建溪茶,心窍黄尘塞五车。碧玉瓯中思雪浪,黄金碾畔忆雷芽。
卢仝七碗诗难得,谂老三瓯梦亦赊。敢乞君侯分数饼,暂教清兴绕烟霞。

### 其二

厚意江洪绝品茶,先生分出蒲轮车。雪花滟滟浮金蕊,玉屑纷纷碎白芽。
破梦一杯非易得,搜肠三碗不能赊。琼瓯啜罢酬平昔,饱看西山插翠霞。

### 其三

高人惠我岭南茶,烂赏飞花雪没车。玉屑三瓯烹嫩蕊,青旗一叶碾新芽。

顿令衰叟诗魂爽,便觉红尘客梦赊。两腋清风生坐榻,幽欢远胜泛流霞。是日作茶会值雪。

### 其四
酒仙飘逸不知茶,可笑流涎见曲车。玉杵和云舂素月,金刀带雨翦黄芽。
试将绮语求茶饮,特胜春衫把酒赊。啜罢神清淡无寐,尘嚣身世便云霞。

### 其五
长笑刘伶不识茶,胡为买锸谩随车。萧萧暮雨云千顷,隐隐春雷玉一芽。
建郡深瓯吴地远,金山佳水楚江赊。红炉石鼎烹团月,一碗和香吸碧霞。

### 其六
枯肠搜尽数杯茶,千卷胸中到几车。汤响松风三昧手,雪香雷震一枪芽。
满囊垂赐情何厚,万里携来路更赊。清兴无涯腾八表,骑鲸踏破赤城霞。

### 其七
啜罢江南一碗茶,枯肠历历走雷车。黄金小碾飞琼屑,碧玉深瓯点雪芽。
笔阵陈兵诗思勇,睡魔卷甲梦魂赊。精神爽逸无余事,卧看残阳补断霞。

## 西域河中十咏
### 其一
寂寞河中府,连甍及万家。葡萄亲酿酒,杷榄看开花。
饱啖鸡舌肉,分餐马首瓜土产瓜大如马首。人生唯口腹,何碍过流沙。

### 其二
寂寞河中府,临流结草庐。开樽倾美酒,掷网得新鱼。
有客同联句,无人独看书。天涯获此乐,终老又何如。

### 其三
寂寞河中府,退荒僻一隅。葡萄垂马乳,杷榄灿牛酥。
酿春无输课,耕田不纳租。西行万余里,谁谓乃良图。

### 其四
寂寞河中府,生民屡有灾。避兵开邃穴,防水筑高台。
六月常无雨,三冬却有雷。偶思禅伯语,不觉笑颜开。

### 其五
寂寞河中府,颓垣绕故城。园林无尽处,花木不知名。
南岸独垂钓,西畴自省耕。为人但知足,何处不安生。

### 其六

寂寞河中府,西流绿水倾。冲风磨旧麦西人作磨,风动机轴以磨麦,悬碓杵新粳西人皆作悬杵以春。

春月花浑谢,冬天草再生。优游聊卒岁,更不望归程。

### 其七

寂寞河中府,清欢且自寻。麻笺聊写字,苇笔亦供吟。

伞柄学钻笛,宫门自斫琴。临风时适意,不负昔年心。得故宫门坚木三尺许,斫为琴,有清声。

### 其八

寂寞河中府,西来亦偶然。每春忘旧闰,随月出新年。

强策浑心竹,难穿无眼钱。异同无定据,俯仰且随缘。西人不计闰,以十二月为岁。有浑心竹。其金铜牙钱无孔郭。

### 其九

寂寞河中府,声名昔日闻。城隍连畎亩,市井半丘坟。

食饭秤斤卖,金银用麦分。生民怨来后,箪食谒吾君。

### 其十

寂寞河中府,遗民自足粮。黄橙调蜜煎,白饼糁糖霜。

漱旱河为雨,无衣垄种羊。一从西到此,更不忆吾乡。

## 西域和王君玉诗二十首

### 其一

年来深欲买湖山,贫病难酬绢五千。归去不从陶令请,知音未遇孟尝贤。

排愁器具思欢伯,送老生涯乏货泉。惟有诗魂常伴我,闲吟陶写个中玄。

### 其二

一发燕然晓日边,寒云迭迭乱山千。万重沙漠犹逢友,十室荒村亦有贤。

留客芳樽思北海,惊人奇语忆南泉。思量万事多浑错,勉力轮锤好扣玄。

### 其三

君侯乘兴写佳篇,我得琼琚价倍千。妙笔一挥能草圣,新诗独惠过称贤。

半瓶浊酒斟琼斝,七碗清茶泛玉泉。万里西行真我幸,逢君时复一谈玄。

### 其四

健羡金鞍美少年,盈门剑客列三千。须知执德元非德,况是无贤敢自贤。

不解弯弓射石虎,谁能击剑跃龙泉。黑头勋业今何在,壮岁功成愧谢玄。

### 其五
云龙相感本乎天,会合君臣岁一千。西伯已亡谁老老,卜商何在肯贤贤。
鹓鶵未必轻餐鼠,蚯蚓犹知下饮泉。巧拙是非无定据,到头谁解辨黄玄。

### 其六
奔走红尘积有年,深思雪涧竹竿千。谁能世上全三乐,好向林间伴七贤。
笔下风生诗似锦,瓮头春涨酒如泉。诗成酒罢寂无事,净几明窗诵太玄。

### 其七
竹径风来自破禅,修篁青剑叶垂千。烂吟风月元无碍,高卧烟霞未是贤。
迷处无由逃绊锁,悟来何处不林泉。纵横触目皆真理,坐卧经行鸟路玄。

### 其八
无灭无生不论年,谁夸桃熟岁三千。休将真宰陪司命星名,莫使明星动进贤星名。
有道不妨居闹市,无心奚碍酌贪泉。何能远遁尘嚣去,且向人间养素玄。

### 其九
从他豪俊领时权,指顾貔貅数百千。碌碌余生甘养拙,明明圣代岂遗贤。
且图混世啜醨酒,勿谓濯缨弃浊泉。莫道无为云便了,有为何处不逢玄。

### 其十
浮生瞬息度流年,唐汉兴亡不半千。清洁采薇输二子,英雄济世有三贤。
未能海上寻芝草,且向尘中泛醴泉。醉兴陶陶略相似,无何乡里亦通玄。

### 其十一
成败兴亡事可怜,劳生扰扰几千千。调心莫若先离欲,治世无如不尚贤。
小褚岂能怀大器,短绳那得汲深泉。直须箭透威音外,不用无为不用玄。

### 其十二
得得清欢乐自然,不辞去国客程千。翻腾旧案因君玉,唱和新诗有景贤。
每遇开樽邀素月,常因盥手掬寒泉。衰翁自揣何多幸,未死中间乐此玄。

### 其十三
几回午枕不成眠,幽鸟关关近数千。安世不知安世计,隐居常慕隐居贤。
几行石榻围松径,一簇茅斋绕涧泉。挂起西轩风似水,闲将羲易索幽玄。

### 其十四
农隐生涯乐自天,药畦香垄仅盈千。蝇营累世真堪笑,狗苟劳生未若贤。
带月扶犁耕暮野,冲云荷锸拨春泉。耘耔余暇蓬窗底,独抱遗经考至玄。

### 其十五
闲闲个事本明圆,一念才兴路八千。生死既知皆是幻,功名犹恋岂能贤?
兴来畅饮斟晴月,醉后高歌枕碧泉。触处逢渠何所碍,不玄玄处亦玄玄。

### 其十六
物物头头总是禅,观音应现化身千。杜门晏坐无伤道,遁世幽居也是贤。
只为看山开翠竹,偶因煎茗汲清泉。灵云检点真堪笑,不见桃花不悟玄。

### 其十七
蓑衣狂脱暮江边,一醉宁论价十千。老矣冯唐何何往,归与陶令最为贤。
灵苗细细初盈圃,春水涓涓渐满泉。酒醒梦回无个事,澄心忘虑体三玄。

### 其十八
九重阊阖列群官,曳佩鸣珂及万千。云水偷将属野叟,功名回施与时贤。
好凭定慧超三界,不恋轮回没九泉。迅速光阴莫虚度,回光返照静参玄。

### 其十九
不学经书不说禅,谁论芥子纳三千。忘形诗句追先觉,适意琴书慕昔贤。
白雪阳春吟雅调,高山流水奏鸣泉。平生受用元无尽,参透真空未是玄。

### 其二十
鲰生诗僻慕诗仙谓君玉也,乱缀狂吟数百千。浅陋妄言嗤俊哲,清新绮语愧先贤。
摧残吟鬓星星发,倾倒词源浑浑泉。韵险言穷无可说,祗凭此句露深玄。

## 西域有感
落日城头鸦乱啼,秋风原上马频嘶。雁行南去潇湘北,萍迹东来鸟鼠西。
百尺栋梁谁著价,三春桃李自成蹊。功名到底成何事,烂饮玻璃醉似泥。

## 早 行
马驼残梦过寒塘,低转银河夜已央。雁迹印开沙岸月,马蹄踏破板桥霜。
汤寒卯酒两三盏,引睡新诗四五章。古道迟迟四十里,千山清晓日苍凉。

## 自 叙
信流乘坎过西天,钵里吞针亦偶然。只道一花刚点额,不知三子暗登肩。
既来此世难逃数,且应前生未了缘。俗眼见时难放过,并赃陈首万松轩。

### 西 域 元 日

凌晨随分备樽罍,辟疫屠苏饮一杯。迂叟不令书郁垒,痴儿刚要画钟馗。
新愁又逐东风至,旧信难随春日来。又向边城添一岁,天涯飘泊几时回。

### 西域寄中州禅老

恨离师太早,淘汰未精,起乳慕之念,作是诗以寄之。

吾师道化震清都,奔逸绝尘我不如。近日虚传三岛信,几年不得万松书。
宗门淘汰犹嫌少,习气熏蒸尚未除。惆怅天涯沦落客,临风不是忆鲈鱼。

### 蒲华城梦万松老人

辛巳闰月,蒲华城梦万松老人,法语谆谆,觉而犹见其仿佛,作诗以寄。

华亭仿佛旧时舟,又见吾师钓直钩。只道梦中重作梦,不知愁底更添愁。
曾参活句垂青眼,未得生侯已白头。撇下尘嚣归去好,谁能骑鹤上扬州。

### 寄巨川宣抚

巨川宣抚文武兼资,词翰俱妙,阴阳历数无所不通。尝举法界观序云:"此宗门之快捷方式也。"今观瑞应鹤诗,巨川首唱焉,叹其多能,作是诗以美之。

历数兴亡掌上看,提兵一战领清官。马前草诏珠玑润,纸上挥毫风雨寒。
昔日谈禅明法界,而今崇道倡香坛。诸行百辅君都占,潦倒鲰生何处安。

### 寄南塘老人张子真

张侯风味讵能忘,黄米曾令我一尝。昔予驰驿之渔阳,道过南塘,子真召余,一设黄饭。抵死解官违北阙,达生遁世钓南塘。
知来何假灵龟兆,昔论运气,颇知未来事。作赋能陈瑞鹤祥。岂是西边无土物,不如诗句寄东阳。

### 观瑞鹤诗卷独子进治书无诗

丁年兰省识君初,缓步鸣珂游帝都。象简常陪天仗立,玉骢曾使禁臣趋。
只贪瀎酒长安市,不肯题诗瑞应图。我念李侯端的意,大都好事不如无。

## 寄 德 明

德明万燕作诗欲自绝,且云"但得为一饱死鬼足矣",士大夫怜之。其诗末句有云:"功名拍手笑杀人,四十八年如一梦。"予每爱此两句。近观《弥勒下生赋》,德明所作也,因作诗以寄之。

英侯志节本凌云,尚自飘零故国尘。有道且同麋鹿友,谈玄能说虎狼仁。

幸然不全饱死鬼,可惜空吟笑杀人。弥勒下生何太早,莫随邪见说无因。《楞严经》第十卷云:"未来世有人啖糠愚痴种,无因而非见,破坏世间人。"故有是句。

## 才卿外郎五年止惠一书

五年只得一书题,路远山长梦亦迷。睡老黑甜酣顺北,公诗中有云:"耽睡老有燕南顺北"之句。冷官清淡泊辽西。西辽故都之西也。

羡人得志能如虎,笑我乏才粗效鸡。伫看天兵旋北阙,从今不用玉关泥。

## 寄清溪居士秀玉

鷃鹩犹欠一枝栖,不得燕山半土犁。时复有琴歌碧玉,年来无梦绕清溪。

数行文字聊遮眼,半纸功名苦噬脐。回首故人今健否,余生甘老碧云西。

## 戏 秀 玉

辱书,闻秀玉油房萧索,马溺卫死,田亩水灾,不胜感叹。清溪达士,岂芥蒂胸中耶?因作诗以戏之。

清溪掀倒打油房,五卫凋零三径荒。未信塞翁嗟失马,须知御寇觅亡羊。

东湖菡萏从君赏,西域蒲萄输我尝。各在天涯会何日,临风休忘老髯郎。清溪常戏呼予为髯郎。

## 寄张子闻

忆昔携琴论太玄,渠通《太玄经》。湛然初识子闻贤。回头葱岭仍千里,分手松轩已五年。常会万松老人之室。

东望卢龙倾玉表,西来青鸟阙金笺。几时重会燕山道,一曲临风奏水仙。予弹《水仙》,公常学之。

## 寄用之侍郎

用之侍郎遗书,诫以无忘孔子之教。予谓穷理尽性莫尚佛法,济世安民无如孔教。用我则行宣尼之常道,舍我则乐释氏之真如,何为不可也!因作诗以见意云。

蓬莱怜我寄芳笺,劝我无忘仁义先。几句良言甜似蜜,数行温语暖于绵。
从来谁识龟毛拂,到底难调胶柱弦。用我必行周孔教,舍予不负万松轩。

### 和正卿待制韵

布袖龙钟两眼尘,丹诚如旧白头新。暮云西畔犹怀汉,晓日东边才是秦。
酒贱不妨连夜醉,花繁长发四时春。花繁酒贱无佳思,谁念天涯万里人。

### 寄仲文尚书

知仲文尚书投老而归,叹其清高,作诗以寄。

仲文曾作黑头公,辅弼明时播美风。治粟货泉流冀北,提刑奸迹屏胶东。
笑观桃李新恩遍,拜扫松楸老计终。西域故人增喜色,万全良策不谋同。

### 雪轩老人邦杰久不惠书作诗怨之

当时倾盖便忘年,别后春风五度迁。万里西行愁似海,千山东望远如天。
不闻旧信传梅岭,试道新诗怨雪轩。更上危楼一回首,朝云深处是燕然。

### 谢王清甫惠书

西征万里扈銮舆,高阁文章束石渠。只道昔年周梦蝶,却疑今日我为鱼。
一簪华发垂垂老,两眼黄尘事事疏。多谢贵人怜远客,东风时有寄来书。

### 思亲二首

#### 其一

老母琴书老自娱,吾山侧近结蘧庐。鬓边尚结辟兵发,昔予从征,太夫人以发少许赐予云:"俗传父母之发,戴之可辟五兵。"今尚存焉。箧内犹存教子书。
幼稚已能学土梗,老兄犹未忆鲈鱼。谁知万里思归梦,夜夜随风到故居。

#### 其二

昔年不肯卧茅庐,赢得飘萧两鬓疏。醉里莫知身似蝶,梦中不觉我为鱼。
故园屈指八千里,老母行年六十余。何日挂冠辞富贵,少林佳处卜新居。

## 思亲用旧韵二首

### 其一

前年驿骑过西陲,闻道萱堂鬓已丝。琴断五弦忘旧谱,菊荒三径负疏篱。筵前戏笑知何日,膝下嬉游看几时。欲附一书无处寄,愁边空咏满囊诗。

### 其二

天涯惟仗梦魂归,破梦春风透客帏。灯下几时哦丽句,太夫人昔有诗云:"挑灯教子哦新句,冷淡生涯乐有余。"筵前何日舞斑衣。垂垂塞北行人老,得得江南远信稀。回首故园千万里,倚楼空望白云飞。

## 思 亲 有 感

骨肉星分天一涯,萱堂何处忆孤儿。排愁正赖无声乐,遗兴学吟有眼诗。丽句日逐三上尔,香醪时复一中之。前年汉使来西域,笑我星星两鬓丝。

## 再过西域山城驿

庚辰之冬,驰驿西域,过山城驿中。辛巳暮冬,再过,因题其壁。

去年驰传暮城东,夜宿萧条古驿中。别后尚存柴户疏,重来犹有瓦窗蓬。主人欢喜铺毛毯,驿吏苍忙洗瓦钟。但得微躯且强健,天涯何处不相逢。

## 辛巳闰月西域山城值雨

冷云携雨到山城,未敢冲泥傍险行。夜听窗声初变雪,晓窥檐溜已垂冰。泪凝孤枕三停湿,花结残灯一片明。又向茅亭留一宿,行云行雨本无情。

## 十七日早行始忆昨日立春

客中为客已浃旬,岁杪西边访故人。杷榄花前风弄麦,葡萄架底雨沾尘。山城肠断得穷腊,村馆销魂偶忘春。今日唤回十载梦,一盘凉饼翠蒿新。

## 是日驿中作穷春盘

昨朝春日偶然忘,试作春盘我一尝。木案初开银线乱,砂瓶煮熟藕丝长。匀和豌豆揉葱白,西人煮饼必投以豌豆。细剪蒌蒿点韭黄。也与何曾同是饱,区区何必待膏粱。

#### 西域蒲华城赠蒲察元帅

骚人岁杪到君家,土物萧疏一饼茶。相国传呼扶下马,将军忙指买来车。

琉璃钟里葡萄酒,琥珀瓶中杷榄花。万里退方获此乐,不妨终老在天涯。将军乃元帅子也。

#### 乞 车

君家轮扁本多能,碧轼朱辕照眼明。居士此回无马坐,郎官不可辄徒行。

陈遵投辖情何重,将行又流连数日。灵辊扶轮报敢轻。别更不须寻土物,载将春色去东城。

#### 戏 作 二 首

##### 其一

苍颜太守领西阳,招引诗人入醉乡。屈晌轻衫裁鸭绿,葡萄新酒泛鹅黄。

歌姝窈窕髯遮口,舞妓轻盈眼放光。野客乍来同见惯,春风不足断人肠。白葡萄酒色如金波。

##### 其二

太守多才民富强,风光特不让苏杭。葡萄酒熟红珠滴,杷榄花开紫雪香。

异域丝簧无律吕,胡姬声调自宫商。人生行乐无如此,何必咨嗟忆故乡。

#### 梦中偶得

庚辰正月,梦旃檀利澄公托万松老人乞算筹于予。予以九十一茎赠之,仍作颂一绝。觉而犹忆,遂录之为他日一笑云。

昔年钩隐索幽奇,只向纵横枝上觅。而今拍手笑呵呵,九九元来九十一。仍嘱付从者云:若澄公道:"何不云八十一?"汝但应云"果然果然。"拂袖便出,觉而自著语云:"几日昏沈,梦中挫五。"

#### 和薛正之韵

天涯倚遍塞城楼,凝望冥鸿空自羞。礼义不张真我恨,干戈未戢是吾忧。

每怜丹凤能择食,常笑黄能误上钩。何日解荣偿旧约,扁舟蓑笠五湖游。

### 和郑景贤韵

我爱龙冈老,鸣琴自老成。未弹白雪曲,先爱水仙声。
但欲合纯古,谁能媚世情。林泉聊自适,何必献承明。

### 和李茂才寄景贤韵

醒时还醉醉还醒,尚忆轮台饮兴清。瀚海波涛君忍听,天山风雪我难行。
好学慷慨英雄操,毋傲辛酸儿女情。但得胸中空洒洒,天涯何处不安生。

### 过金山和人韵三绝

#### 其一
金山突兀翠霞高,清赏浑如享太牢。半夜穹庐伏枕卧,乱云深处野猿号。

#### 其二
金山前畔水西流,一片晴山万里秋。萝月团团上东嶂,翠屏高挂水晶球。

#### 其三
金山万壑斗声清,山气空蒙弄晚晴。我爱长天汉家月,照人依旧一轮明。

### 赠辽西李郡王

我本东丹八叶花,先生贤祖相林牙。而今四海归王化,明月青天却一家。

### 西域尝新瓜

西征军旅未还家,六月攻城汗滴沙。自愧不才还有幸,午风凉处剖新瓜。

### 醉义歌

辽朝寺公大师者,一时豪俊也。贤而能文,尤长于歌诗,其旨趣高远,不类世间语,可与苏、黄并驱争先耳。有《醉义歌》,乃寺公之绝唱也。昔先人文献公尝译之。先人早逝,予恨不得一见。及大朝之西征也,遇西辽前郡王李世昌于西域,予学辽字于李公,期岁颇习,不揆狂斐,乃译是歌,庶几形容其万一云。

晓来雨霁日苍凉,枕帏摇曳西风香。困眠未足正展转,儿童来报今重阳。
吟儿苍苍浑塞色,容怀衮衮皆吾乡。敛衾默坐思往事,天涯三载空悲伤。
正是幽人叹幽独,东邻携酒来茅屋。怜予病瘦伶仃愁,自言新酿秋泉曲。
凌晨未盥三两卮,旋酌连斟折栏菊。我本清癯酒户低,羁怀开拓何其速。

愁肠解结千万重,高谈几笑吟秋风。遥望无何风色好,飘飘渐远尘寰中。
渊明笑问斥逐事,谪仙遥指华胥宫。华胥咫尺尚未及,人间万事纷纷空。
一器才空开一器,宿醒未解人先醉。携樽挈榼近花前,折花顾影聊相戏。
生平岂无同道徒,海角天涯我遐弃。我爱南村农丈人,山溪幽隐潜修真。
老病犹耽黑甜味,古风清远途犹迍。喧嚣避遁岩麓僻,幽闲放旷云泉滨。
旋舂新黍爨香饭,一樽浊酒呼予频。欣然命驾匆匆去,漠漠霜天行古路。
穿村迤逦入中门,老幼仓忙不宁处。丈人迎立瓦杯寒,老母自供山果醋。
扶携齐唱雅声清,酬酢温语如甘澍。谓予绿鬓犹可需,谢渠黄发勤相谕。
随分穷秋摇酒卮,席边篱畔花无数。巨觥深斝新词催,闲诗古语玄关开。
开怀嘱酒谢予意,村家不弃来相陪。适遇今年东鄙阜,黍稷馨香栖畎亩。
相邀斗酒不浃旬,爱君萧散真良友。我酬一语白丈人,解释羁愁感黄耇。
请君举盏无言他,与君却唱醉义歌。风云不与世荣别,石火又异人生何。
荣利傥来岂苟得,穷通夙定徒奔波。梁冀跋扈德何在,仲尼削迹名终多。
古来此事元如是,毕竟思量何怪此。争如终日且开樽,驾酒乘杯醉乡里。
醉中佳趣欲告君,至乐无形难说似。泰山载斲为深杯,长河酿酒斟酌之。
迷人愁客世无数,呼来掐耳充罚卮。一杯愁思初消铄,两盏迷魂成勿药。
尔后连浇三五卮,千愁万恨风蓬落。胸中渐得春气和,腮边不觉衰颜却。
四时为驭驰太虚,二曜为轮辗空廓。须臾纵辔入无何,自然汝我融真乐。
陶陶一任玉山颓,藉地为茵天作幕。丈人我语真非真,真兮此外何足云。
丈人我语君听否,听则利名何足有?问君何事徒劬劳,此何为卑彼岂高。
蜃楼日出寻变灭,云峰风起难坚牢。芥纳须弥亦闲事,谁知大海吞鸿毛。
梦里蝴蝶勿云假,庄周觉亦非真者。以指喻指指成虚,马喻马兮马非马。
天地犹一马,万物一指同。胡为一指分彼此,胡为一马奔西东。
人之富贵我富贵,我之贫困非予穷。三界惟心更无物,世中物我成融通。
君不见千年之松化仙客,节妇登山身变石。木魂石质既我同,有情于我何瑕隙。
自料吾身非我身,电光兴废重相隔。农丈人千头万绪几时休,举觞酾酊忘形迹。

## 进征西庚午元历表

臣楚材言:尧分仲叔,春秋谨候于四方;舜在玑衡,旦暮肃齐于七政。所以钦承天象,敬授民时。《典谟》实六籍之大经,首书其事;尧舜为五帝之盛主,先务厥

· 89 ·

猷。皎如日星,记之方册。由此言之,有国家者,律历之书莫不先也。是以三代而下,若昔大猷,遵而奉之,星历之官,代有其人。汉唐以来,其书大备,经元创法,无虑百家。其气候之早晏,朔望之疾徐,二曜之盈衰,五星之伏见,疏密无定,先后不同。盖建立都国而各殊,或涉历岁年之寖远,不得不差也。既差则必当迁就,使合天耳。唐历八徙、宋历九更者,良以此夫!金用《大明》,百年才经一改。此去中原万里,不啻千程,昔密今疏,东微西著,以地遥而岁久,故势异而时殊。

庚辰,圣驾西征,驻跸寻斯干城。是岁五月之望,以《大明》太阴当亏二分,食甚子正,时在宵中。是夜候之未尽,初更月已食矣。而又二月五月朔,微月见于西南,校之于历,悉为先天。恭惟皇帝陛下德符乾坤,明并日月,神武天锡,圣智凤资,迈唐虞之至仁,追羲轩之淳化,冀咸仁而底义,敬奉天而谨时,重勅行台,旁求儒者。臣鱼虫细物,草芥微人,粗习周孔之遗书,窃慕羲和之陈迹,俎豆之事,靡遑诸已;箕裘之业,敢忘于心。恨无命世之大才,误忝圣朝之明诏。钦承皇旨,待罪清台,五载有奇,徒旷蓍龟之任;万分之一,聊陈犬马之劳。既校历而觉差,窃效颦而改作。今演纪穷元,得积年二千二十七万五千二百七十岁命庚辰。臣愚以为中元岁在庚午,天启宸衷,决志南伐,辛未之春,天兵南渡,不五年而天下略定,此天授也,非人力所能及也。故上元庚午岁天正十一月壬戌朔,夜半冬至,时加子正,日月合璧,五星联珠,同会虚宿五度,以应我皇帝陛下受命之符也。

臣又损节气之分,减周天之杪,去文终之率,治月转之余,课两耀之后先,调五行之出没,《大明》所失,于是一新,验之于天,若合符契。又以西域、中原,地里殊远,创立里差以增损之,虽东西数万里不复差矣。故题其名曰《西征庚午元历》,以记我圣朝受命之符,及西域、中原之异也。所有历书随表上进以闻。伏乞颁降玄台,以备行官之用。臣诚惶诚惧,顿首顿首,谨言。

## 西游录序

古君子南逾大岭,西出阳关,壮夫志士,不无销黯。予奉诏西行数万里,确乎不动心者,无他术焉,盖汪洋法海涵养之效也。故述《辨邪论》以斥糠糵,少答佛恩。戊子,驰传来京,里人问异域事,虑烦应对,遂著《西游录》以见予志。其间颇涉三圣人教正邪之辨。有讥予之好辨者,予应之曰:"《鲁语》有云:'必也正名乎!'又云:'思无邪。'是正邪之辨不可废也!夫杨朱、墨翟、田骈、许行之术,孔氏之邪也;西域九十六种,此方毗卢、糠、瓢、白经、香会之徒,释氏之邪也;全真、大道、混元、太乙、三张左道之术,老氏之邪也。至于黄白金丹导引服饵之属,是皆方技之异端,亦非伯阳之正道。

畴昔禁断,明著典常。第以国家创业,崇尚宽仁,是致伪妄滋彰,未及辨正耳。古者嬴秦焚经坑儒,唐之韩氏排斥释老,辨之邪也;孟子辟杨、墨,予之黜糠、丘,辨之正也。予将刊行之,虽三圣人复生,必不易此说矣。"己丑元日,湛然居士漆水移剌楚材晋卿序。

## 辨邪论序

夫圣人设教立化,虽权实不同,会归其极,莫不得中。凡流下士,惟务求奇好异,以眩耳目。噫!中庸之为德也,民鲜久矣者,良以此夫!吾夫子云:"中人以下,不可以语上也。"老氏亦谓:"下士闻道大笑之。"释典云:"无为小乘人而说大乘法。"三圣之说不谋而同者,何哉?盖道者易知易行,非掀天拆地、翻海移山之诡诞也。所以难信难行耳。举世好乎异,罔执厥中,举世求乎难,弗行厥易。致使异端邪说,乱雅夺朱,而人莫能辨。悲夫!吾儒独知杨墨为儒者患,辨之不已;而不知糠孽为佛教之患甚矣。不辨犹可,而况从而和之,或为碑以纪其事,或为赋以护其恶!噫!天下之恶一也,何为患于我而独能辨之;为患于彼而不辨,反且羽翼之,使得遂其奸恶,岂吾夫子忠恕之道哉!党恶佑奸,坏风伤教,千载之下,罪有所归。彼数君子曾不扪心而静思及此也邪!

予旅食西域且十年矣,中原动静,寂然无闻。迩有永安二三友以北京讲主所著《糠孽教民十无益论》见寄,且嘱予为序。予再四绎之,辨而不怒,论而不缦,皆以圣教为据,善则善矣,然予辞而不序焉。予以谓昔访万松老师以问糠孽邪正之道,万松以予酷好属文,因作《糠禅赋》见示。予请广其传,万松不可。予强为序引以行之。至今庸民俗士,谤归于万松,予甚悔之。今更为此序,则又将贻谤于讲主者也。谨以万松、讲主之余意,借儒术以为比,述辨邪论以行世。有谤者予自当之,安可使流言饰谤污玷山林之士哉!后世博雅君子,有知我者,必不以予为嗫嚅云。乙酉日南至,湛然居士漆水移剌楚材晋卿叙于西域瀚海军之高昌城。

## 寄赵元帅书

楚材顿首,白君瑞元帅足下:未审迩来起居何如?昔承京城士大夫数书发扬清德,言足下有安天下之志,仍托仆为先容。仆备员翰墨,军国之事非所预议。然行道泽民,亦仆之素志也,敢不鞭策驽钝,以羽翼先生之万一乎!仆未达行在,而足下车从东旋,仆甚怏怏。夫端人取友必端矣,京城楚卿、子进、秀玉辈,此数君子皆端人也,推扬足下,谈不容口,故知足下亦端人已。然此仆于足下少有疑焉。若夫吾夫子之道治天下,老氏之道养性,释氏之道修心,此古今之通议也。舍此以往,皆异端耳。君之尊儒重道,仆尚未见于行事,独观君所著《头陀赋序》,知君轻释教多矣。夫糠孽乃释教之外道也。此曹毁像谤法,斥僧灭教,弃布施之方,杜忏悔之路,不救疾苦,败坏孝风,实伤教化之甚者也。

昔刘纸衣扇伪说以惑众,迄今百年,未尝闻奇人异士羽翼其说者。夫君子之择术也,不可不慎。今君首倡序引,党护左道,使后出陷邪歧堕恶趣,皆君启之也。千古遗耻,仆为君羞之!糠孽异端也,辄与佛教为比;万松辨赋,甘泉劝书,反以孟浪巨蠹之言处之,以此行己化人,仆不知其可也。仆谓足下轻释教者,良以此也。夫于所厚者薄,无所不薄,君既薄释教,则儒、道断可知已。君之于释教则重糠孽,于儒、道则必归杨、墨矣。行路之人,皆云足下吝啬,故奉此曹,图其省费故也。

昔诸士大夫书来,咸谓足下以济生灵为心,且吾夫子之道以博施济众为治道之急。诚如路人所说,则吾夫子之道亦不可行矣,又将安济生灵乎?又君序《头陀赋》云:"冀请宗师祈冥福,以利斯民。"足下民之仪表也,崇重糠孽,毁斥宗师,将使一郡从风渐化,断知斯民罪恶日增矣,又将安以利斯民乎?仆谨撰《辨邪论》以寄,幸披览之。更请涉猎藏教,稽考儒书,反复参求,其邪正之歧,不足分矣。仆素知君为邪教所惑,亦未敢劝谕。君不以仆不才,转托诸士大夫万里相结为友,故敢以区区忠告。《易》曰:"方以类聚,物以群分。"《经》云:"士有争友,故身不离于令名。"若知而不争,安用友为!若所尚不同,安可为友!或万一容纳鄙论,便请杜绝此辈,毁《头陀赋》板以雪前非。如谓仆言未当,则请于兹绝交。

夏暑,比平安好,更宜以远业自重!区区不宣。

## 万松老人评唱天童觉和尚颂古从容庵录序

昔予在京师时,禅伯甚多,惟圣安澄公和尚神气严明,言词磊落,予独重之。故尝访以祖道,屡以古昔尊宿语录中所得者扣之澄公。间有许可者,予亦自以为得。及遭忧患以来,功名之心束之高阁,求祖道愈亟,遂再以前事访诸圣安。圣安翻案,不然所见。予甚惑焉。圣安从容谓予曰:"昔公位居要地,又儒者多不谛信佛书,惟搜摘语录以资谈柄,故予不敢苦加钳锤耳!今揣君之心,果为本分事以问予,予岂得犹袭前愆,不为苦口乎!予老矣,素不通儒,不能教子。有万松老人者,儒、释兼备,宗说精通,辨才无碍,君可见之。"予既谒万松,杜绝人迹,屏斥家务,虽祁寒大暑,无日不参。焚膏继晷,废寝忘餐者几三年。误被法恩,谬膺子印,以湛然居士从源目之。其参学之际,机锋罔测,变化无穷,巍巍然若万仞峰莫可攀仰,滔滔然若万顷波莫能涯际。瞻之在前,忽焉在后,回视平昔所学,皆块砾耳!噫!登东山而小鲁,登泰山而小天下者,岂虚语哉!其未入闻域者闻是语,必谓予志本好异也。惟屏山、闲闲其相照乎!尔后奉命赴行在,扈从西征,与师相隔不知其几千里也。师平昔法语偈颂,皆法隆公所收,今不复得其藁。吾宗有天童者,颂古百篇,号为绝唱,予坚请万松评唱是颂,开发后学。前后九书,间关七年,方蒙见寄。予西域伶仃数载,忽受是书,如醉而醒,如死而苏,踊跃欢呼,东望稽颡,再四披绎,抚卷而叹曰:"万松来西域矣!"其片言只字,咸有指归,结款出眼,高冠古今,是为万世之模楷,非师范人天,权衡造化者,孰能异于此哉!予与行宫数友,旦夕游泳于是书,如登大宝山,入华藏海,巨珍奇物,广大悉备,左逢而右遇,目富而心饫,岂可以世间语言形容其万一耶!予不敢独擅其美,思与天下共之。京城惟法弟从祥者与仆为忘年交,谨致书请刊行于世,以贻来者。乃序之曰:

佛祖诸师,埋根千丈,机缘百则,见世生苗。天童不合抽枝,万松那堪引蔓,湛然向枝蔓上更添芒索。穿过寻香逐气者鼻孔,绊倒行玄体妙底脚根,向去若要脚根点地,鼻孔撩天,却须向这葛藤里穿过始得。

甲申中元日,漆水移剌楚材晋卿叙于西域阿里马城。

## 糠孽教民十无益论序

昔予友以此论见寄,属予求序以行世。予恐谤归于讲主者,辞而不序。遂采万松老师赋意及讲主余论,述《辨邪论》之意,以谓世人皆云,释子党教护宗,由是飞谤流言,得以借口。予本书生,非释非糠,从傍仗义,辨而证之,何为不可乎?予又谓昔屏山居士序《辅教编》有云:"儒者尝为佛者害,佛者未尝为儒者害。"诚哉是言也!盖儒者率掌铨衡,故得高下其手。其山林之士不与物竞,加以力孤势劣,曷能为哉!予观作《头陀赋》数君子,皆儒也。予不辨,则成市虎矣。不独成市虎,抑恐崔浩、李德裕之徒一唱一和,撼摇佛教,为患不浅。故率引儒术比而论之,以励吾儒为糠孽所惑者。

论既述,所谓予友者,复以书见示,其大略曰:"讲主上人者,以糠孽叛教颓风,乃检阅藏教,寻绎儒经,积有年矣。穷诸佛之深意,达三乘之至真,列十篇之目,成一家之言,语辨而词温,文野而理亲,闻之者是非莫逃,诵之者邪正斯分,雷震狮吼,邪摧魔奔,良谓偃德草之仕风,释疑冰之阳春。噫!或佛道之未丧也,谅必由子斯文乎!是以信奉佛教者,展转录传,不可胜记。京城禅伯尊宿,欲流之无穷,不惮万里,往复数书,托子为序。今之士大夫才笔胜子者,固亦多矣,岂不能序此一书乎?以子素淘汰禅道,涉猎佛书,颇知旨归故也,子何让焉?此老不避嫌疑,自其谤讟而为此书,彼且不避,子何代彼而避谤乎!吾观子所著《辨邪论》止为儒者述,儒之信糠者,止三子而已矣。市井工商之徒信糠者十居四五,自非此书,彼曹何从而化之乎?子所得者少,所失者不为不多矣。"书既至,予不能答,谨以书意序诸论首。

丙戌重午日,题于肃州鄯善城。

## 三、耶律铸的西域诗文(知服斋丛书本《双溪醉隐集》)

### 大尾羊赋并序

端卿持节使博啰,或曰旧康居也。其国多羊,羊多大尾,其大不能自举,土人例以小车使引负其尾,车推乃行。且乞余为道其所以,乃为之赋。

世有痴龙,发迹康居,播精惟玉,效灵惟珠。一角触邪,名动神都,六辔奋御,声振天衢。肥遁金华,与道为徒。体纯不杂,质真不渝。惟仁是守,惟善是图。不食生物,幸远庖厨。含仁怀善,其德不孤。义合麒麟,与夫驺虞。驼背上昇,马尾后殊。末大之名,是专是沽。小心惴惴,中抱区区。务以自保,支体毛肤。青蝇莫逐,白鸟莫袪。尾大不掉,可怪也夫。前伛而偻,后蜷而疴。牵草萦茅,上曳泥娄。苏其土苴,载以后车。听其自引,纵其所如。进不能却,退不能趋。莫顺而情,实累而躯。冬委冰霜,夏混虫蛆。末大之咎,其至矣乎。吁!枝大于干,腓大于股。不折必披,是其证欤?是其鉴欤?

### 后凯歌词九首

至元丙子冬,西北藩王弄边。明年春,诏大将征之。

#### 奇兵
一旅奇兵出禁宸,略时弹压定惊尘。萧条万里无遗寇,信道天家又得人。

#### 沙幕
金节煌煌下玉京,鱼丽三十六屯兵。一军电激穿沙幕,万燧云繁战野营。

#### 枭将
《张良传》:"诸将皆与上定天下,枭将也。"《汉高纪》:"燕人来,致枭骑助汉。"应劭曰:"枭,健也。"张勇曰:"枭,勇也,若六博之枭也。"愚以为,六博得枭者胜,故以枭将命篇。

枭骑云腾自北征,领军枭将最驰声。横穿外壁风前阵,直捣中坚月下营。

#### 翁科
蜂屯蚕簇乱山窝,蚁动鹑居乱草坡。沾体露形千万指,恳祈天语许降和。

#### 崞舍
畔敌休矜战骑多,纷罗区落遍山坡。那知未鼓投戈地,待阅前徒竟倒戈。

#### 降王
控黄龙戍争雄地,登白龙堆挢战场。奇正相生神算在,粪除勍敌献降王。

#### 科尔结
初若疾雷威似虎,复如脱兔速于神。想当持节为飞将,祗是今如着翅人。

露布
露布突驰争逐日,电鞭挽递斫追风。只自向时龙尾道,群来云集万宁宫。
烛龙
封略谁容限烛龙,终将天地入牢笼。云兴飙起威名将,也好先收第一功。

益 屯 戍
睿算深筹势万全,益屯貔虎在雄边。东连玉塞西通海,南接金山北到天。

著 国 华
四海承风著国华,更无龙虎缦纷挐。际天所覆人闲地,今日都须是一家。

战 焉 支
羽檄交驰召虎贲,期门受战已黄昏。信蓟鼙鯢知有处,山川争震荡乾坤。

涿 邪 山
鼓噪谨山撼涿邪,飞龙廖翼掩腾蛇。露营罢缭神锋弩,云阵犹轰霹雳车。

金 满 城
元取北庭都护府,府境都鄙有城曰"金满城",《后汉书》云:"金满城,此其西域之门户也。"
寄重旌分阃外忧,顺时驱率万貔貅。回临金满城边日,奄夺蒲昌海气秋。

金 水 道
旁张虎翼挽风阵,直突龙城袭雪山。连夜可侦金水道,防秋岂在玉门关。

白 霞
前骑传声掩白霞,后军犹未过乌沙。势须贵合为猿臂,相制尤当似犬牙。

眩 霤
毳幕云罗寒露野,羽旄星属眩霤乡。悔将觊望风尘眼,不为长观日月光。

军 容
虽许王侯复正封,养威尤可耀军容。渔阳马厌银山草,鸡鹿屯营铁堠峰。

### 金　山
黄花堆上冷云闲,犷骑雷奔去又还。说敌纷争自相溃,回戈霆斗过金山。

### 天　山
曜我皇威下帝台,灵旗直傃北庭开。定应六出奇寒雪,瀚海阴风结阵来。

### 处　月
阵兵阔里黄芦淀,转战斜车白草碯,飞骑星驰穿处月,追亡逐北入沙陀。

### 独　乐　河
贝胄星离争射日,蜂旗云合迥生风。雷驰霆击相纷薄,独乐河边水草中。

### 战　城　南
自来古战场,多在长城南,少在长城北。茫茫白骨甸,如何直接黄龙碛。或云自从汉武开西域,耗折十万众,博得善马数十匹。奋军势,务鏖击,往来谁洗兵。赤河水犹赤,终弃轮台地。其地于中国,失之且何损,得之本无益。历计其所得,皆不偿所失。虽下哀痛诏,追悔将何及。此是万万古华夏,覆车辙底事夤缘。其轨迄季唐竞喜,边功好夭矜英哲。明皇不虑渔阳厄,万里孤军征碎叶。只轮曾不返,得无五情热。暴殄生灵涂草莽,忍徇虚名为盛烈。君不见世间人心固结,是谓帝王真统业。君不闻四海内有美谈,至元天子平江南。何曾漂杵与溺骖,圣人有金城贵谋贱战,不战屈人兵。

### 后　结　袜　子
未应一吐明月珠,便欲延光万千载。诸吞枭獍剪鲸鲵,直躐昆仑过西海。

### 前突厥三台二首(其一)
骠骑生马射雕儿,恰似征西小月氏。笑说汉家将野战,得非是我受降时。

### 后突厥三台
貔虎扬威指顾间,先声已碎玉门关。向来香史情何在,已说元戎逼铁山。

## 婆罗门六首

有索赋《婆罗门辞》者,时西北诸王弄边,余方阅《西域传》,因为赋此。"回乐峰前沙似雪,受降城外月如霜。不知何处吹芦管,一夜征人尽望乡。"唐《婆罗门词》也。《乐苑》曰:"《婆罗门》,商调曲,开元中,西凉府节度杨敬述进。"《会要》曰:"天宝十三载,改《婆罗门》为《霓裳羽衣》。"

热海气蒸为喜雨,冻城寒结就愁阴。中心甚欲期真宰,教使人知造物心。

雪海迤延穷地界,雪山迢递际天涯。但为日月光临处,终不曾偏照一家。

青岭亘如颓碧落,赤河长似浸红霞。是天柱折天倾处,龙战重渊尚攫拿。

黄草泊围青草甸,白杨河绕绿杨堤。依然名是参天道,谁使唯闻战马嘶。

弓月山风长似箭,烛龙军火乱如星。只除尽挽天河水,可洗兵尘战地腥。

黑水且谁为翠水,白山元自是冰山。得非烟容乘龙火,为煸洪炉到世间。

## 西　　征

白首征西将,封侯尽未贪。远离穷发北,深入不毛南。笑解重围困,威延转战酣。若须求虎子,虎穴是当探。

## 闻北耗诏发大军进讨

护军承诏日,骠骑佐轻车。投豹韬攘恶,教龙钤辟邪。除狼还得虎,养虺竟成蛇。致使云台将,如云过涿邪。

## 阳　　关

振威驰突过天山,擒敌如神指顾间。底事战尘收不起,陈云西下望阳关。

## 阴　　河

虎臣信任国心膂,虢将乐为王爪牙。贾勇阴河西去路,空拳转斗战龙沙。

### 回 飞 狐
震迭威声径出师,偃旗卧鼓岂无时。折冲樽俎风流在,未要喧传塞上辞。

### 千 泉
拥花羽骑附飞翼,倾地铁林和鸟翔。黄金练愈凝霜重,青玉龙争掣电光。

### 西 北
不宜有怒徒倾地,自代无功可补天。争忍竞驱千万骑,又相驰突二三年。

### 战 沙 陀
笑睡龙当独眼龙,更堪都似李横冲。彼须要不从风靡,除铁山来行战锋。

### 玉 门 关
六合同风奉一君,谁期贵介竟孤恩。自从五夜传金柝,已早三年闭玉门。

### 前 出 塞 二 首
拟取安西袭玉关,短兵鏖战下皋兰。阴风势挟天山雪,冻彻河源彻底干。

十年老将浮苴井,万里疲兵碎叶川。传督诸君传诏令,问何时到海西边。

### 后 出 塞 二 首
并吞处月下楼兰,克复金微静铁关。准拟凿空通四海,会须鞭石到三山。

誓洗兵氛雪国仇,气横辽碣紫山秋。岂容日下西王母,只属东西海尽头。

### 丁 灵 二 首
长驱席卷尽连营,震聋禺强撼北冥。虎豹骑从云骑队,又随横野过丁灵。

月脧日蹙漫逃天,迫胁丁令地一边。怅不似从东海畔,联珠营直到虞渊。

### 庭　　州
星罗游骑遍氛埃,似与颓风下九陔。可道汉家哀痛诏,未应元自为轮台。

### 沙碛道中
去年寒食在天涯,寒食今年又别家。天北天南人万里,春风开尽马莲花。

### 过骆驼山二首
天作奇峰象橐驼,人闲牧围肯来过。只缘顽犷成无用,不识疮肩陟峻坡。

昔驾朱轮白橐驼,石驼曾见屡经过。苍颜今日应难识,瘦马服箱转旧坡。

### 金满城二首
金满名城果是谁,分明须只是痴儿。想来可是教人笑,金满城时是几时。

便得城中垛满金,不应将买住光阴。愈奇梦渴何生赋,足见从来不足心。

### 行帐八珍诗三首并序
往在宜都,客有请述行帐八珍之说,则此行厨八珍也:一曰醍醐,二曰麈沆,三曰驼蹄羹,四曰驼鹿唇,五曰驼乳糜,六曰天鹅炙,七曰紫玉浆,八曰玄玉浆。

#### 醍醐
众珍弹压倒淳熬,甘分教人号老饕。饕大名非痴醉事,待持杯酒更持螯。

#### 麈沆
玉汁温醇体自然,宛然灵液漱甘泉。要知天乳流膏露,天也分甘与酒仙。

#### 驼蹄羹
康居南鄙,伊丽迤西沙碛,斥卤地往往产野驼,与今双峰家驼无异。肉极美,蹄为羹,有自然绝味。

独擅千金济美名,夤缘遗味更腾声。不应也许教人道,众口难调傅说羹。

### 驼　鹿　唇
驼鹿,北中有之,肉味非常,唇殊美。上方珍膳之一也。

麟脯谁教冠八珍,不甘腾口说猩唇。终将此意须通问,曾是调和玉鼎人。

## 醍 醐

醍醐,本天竺语也,呼酥乳之精液为醍醐。

竺仙仙液养醍醐,甘露香融尽玉酥。玉食自推天上味,八珍谁更数淳母。

## 软 玉 膏

"软玉膏",柳蒸羔也。好事者名之。

赤髓熏蒸软玉膏,不消割切与煎熬。是须更可教人笑,负鼎徘徊困鼓刀。

## 马 上 偶 得

十年南北复西东,万里乾坤走断蓬。燕子不来春淡淡,雁行空过雨蒙蒙。故园花柳依然好,瀚海风光却不同。寂寞清明寒食节,几声啼鸟怨东风。

## 谨次尊大人领省火绒诗韵并序

沙陀旧戍有老榆焉,中朽者若蝉翼然,附石以镰铁击之即燧。寻以马通燥者穰薪之,嘘而可以爨。尊大人领省为首倡,予从而和之。

雨击风摧岁月空,卧沙老木暗藏绒。一弯镰撒手中月,几点尘飞吻角风。放出夜光应有力,挽回春色岂无功。燧人勋业今安在,惟有真空用不穷。

## 金 微 道

茫茫苜蓿花,落满金微道。一千里骥足,十二闲中老。

# 萨都剌伪诗考辨

段海蓉

**提要**：诗人萨都剌是元代作家中研究成果最多的作家之一,迄今已出版研究专著5部,研究论文约170篇,是元诗研究的热点；萨都剌诗集的元刻本已佚失,而明清人刊刻、编纂的萨都剌诗集多有诗歌作者重出现象。其生平《元史》无传,也未见碑传,而关于他的生平资料的记载或模糊不清或均被研究者置疑过,因此萨都剌研究又是元诗研究的难点。解决萨都剌研究中的基本文献问题,是推进萨都剌研究的关键。本文首先分析萨都剌研究概况及存在的问题,接着就笔者新发现的萨都剌名下的作者重出诗进行具体考辨,最后在考辨萨都剌《雁门集》(成化本)真伪的基础上,对萨都剌的籍贯进行了考辨。

萨都剌是元代的一流诗人,他在元代诗坛的巨大影响和记载他有关文献的缺失,使他成了元诗研究中格外引人注目的一章,他是元诗研究的热点,又是元诗研究的难点。作为集元诗创作一流水平和元代诗人研究最大难度于一体的代表,萨都剌研究水平的高低,又标志着整个元代诗歌研究水平的高低,因此提高萨都剌研究的质量,对元代诗歌研究乃至对中国诗歌的研究意义重大。

一

元代文学研究领域中,元曲研究一直处于核心地位,而元代诗歌的研究则处于相对被冷落的地位。杨镰先生在《世纪之交的中国古代文学研究》[①]中作过一个量化分析：1980—1981两年间,共发表了元代文学论文(文章)277篇,其中元曲(散曲、剧曲)258篇,占据了总数的约93%,元诗、词、文、小说等的研究一共只占总数的7%。至1990年代,元代诗、词、文、小说等研究论著的发表数量虽然逐年上升,以1998—1999年为例,

---

[①] 《殷都学刊》2000年第4期。

元代诗文等范畴的研究论文,已占整个元代文学研究论文的近三分之一,但从这两个研究领域所面对的研究对象——作品数量看:见于著录的元代杂剧约 550 种,①小令 3 853 首,套曲 457 套,②这就是元曲研究领域所面对的可研究作品的大约数字,而元诗研究领域所面对的可研究作品数字则大约为 124 000 首诗歌,③元杂剧研究成果和元诗研究成果的比例显然仍处在失衡状态,元诗研究的冷落不言自明。但就是在元代诗坛研究处于相对冷落的情况下,关于诗人萨都剌的研究却已有 5 部专著,论文约 170 篇。推究萨都剌研究在相对冷落的元诗研究中能有如此热度的原因,首先是因为萨都剌是元代的冠冕诗人,他的诗歌创作水平能反映元代诗歌创作的最高水平。但如果将杨维桢和虞集的研究情况与萨都剌作个比较,我们不难发现萨都剌能成为研究热点还另有原因所在。

杨维桢和虞集与萨都剌在元代诗坛的地位相仿,杨维桢存诗约 1 043 首,④虞集存诗 2 000 首以上,⑤数量都多于萨都剌,但以 1995—2005 年发表的研究论文(文章)为例,研究萨都剌的论文 33 篇,杨维桢的 35 篇,虞集的 17 篇,⑥萨都剌的研究论文少于杨维桢 2 篇,多于虞集的近两倍。何以诗坛地位相仿、但存诗最少的萨都剌,引起学者关注的强度却最大?我们认为主要是因为萨都剌从身世、家族到作品、版本几乎每个环节都有难题,而造成出现这诸多难题的原因在于:萨都剌诗集的元刻本已佚失,而明清人刊刻、编纂的萨都剌诗集多有诗歌作者互见现象;其生平《元史》无传,也未见碑传,而关于他的生平资料的记载或模糊不清或均被研究者置疑过,因此萨都剌研究又成了元诗研究中的难点。于是萨都剌因为是集元诗创作一流水平与元诗人研究最大难度于一体的代表,而引起了学者的格外关注,当然萨都剌研究水平的高低也成了元诗研究水平的一种标志。

从萨都剌研究的情况分析,5 部专著中约有 85%的内容是考述他的生平家族和作品版本,另外 15%是围绕他的诗歌特点和成就展开的;研究论文的内容与专著的内容相近,只是探讨其诗歌特点、成因和成就地位的内容占 60%以上,考述内容不足 40%。从萨都剌研究专著和论文的数量及所涉及的内容分析,不难看出学界对解决萨都剌疑难问题作出的努力及对萨都剌研究的重视。在这些研究中也的

---

① 据杨镰著《元代文学编年史·序论》,山西教育出版社,2005 年,第 7 页。
② 据隋树森编《全元散曲·自序》,中华书局,1964 年,第 8 页。
③ 据杨镰著《元诗史》,人民文学出版社,2003 年,第 47 页。
④ 杨镰:《元诗史》,第 510 页。
⑤ 同上,第 476 页。
⑥ 据中国学术期刊网,分别以三人的名字为主题词检索,检索时间 2010 年 9 月 21 日 18:30—19:00 时。

确不乏有真知灼见、立意不凡之作,它们对解决萨都剌的一些疑难问题,推动和提高萨都剌研究起到了重要的作用;但因萨都剌研究情况复杂,也有不少在命题、立意上停留于低层次重复,甚至在征用文献及考证中,因文献水平不高而制造出一些问题的论作。事实上,萨都剌研究发展到今天,使萨都剌研究出现种种困难的最基本问题——基本文献的整理问题一直处在解决中的状态,而这也是元代诗歌、诗人研究要进一步发展所面临的共同问题,只是在萨都剌研究中表现得最突出。这个问题的解决,关系到以萨都剌为代表的元代诗人、诗歌的研究质量。如果对元代诗人的研究因缺乏可靠的文献立足点而无法继续深入,进一步提高萨都剌乃至整个元代诗歌的研究水平也就无从谈起。

鉴于萨都剌在元诗研究领域中,具有特殊重要的地位,加之萨都剌研究领域的现状,一方面全面排查萨都剌名下的诗歌,对作者重出诗重新进行作者确认;另一方面把散见于元明清各种文献中的萨都剌诗歌,汇集起来进行清理,在这个基础上新编萨都剌诗集,并以此为基础对萨都剌进行进一步的研究,就不仅对萨都剌研究本身,而且对元代诗歌乃至中国诗歌的研究都具有极其重要的理论和实践意义。

萨都剌(约1280—约1348),字天锡,别号直斋,本西域答失蛮氏,答失蛮在元代指信奉伊斯兰教或有伊斯兰教家庭背景的人。泰定四年(1327)进士,与观音奴、杨维桢为同年,曾任镇江录事司达鲁花赤、江南行台掾、燕南河北道廉访司照磨、福建闽海道廉访司知事等职,晚年曾流寓浙江杭州一带。他与元代诗人多有诗歌唱和,其诗在当时就受到了不少名家的赞誉,如虞集、杨维桢等。他的一生,经历了元代的建国、兴盛和衰败的不同时期。

然而与同他比肩的诗人虞集、杨维桢不同,长期以来,萨都剌的事迹众说纷纭,关于萨都剌的资料或是过于笼统,或是互相抵触,而关于其生平的种种疑点主要是伴随着元人干文传的《雁门集序》产生的。

元人干文传的《雁门集序》,一直被视为是研究萨都剌生平的最重要一篇文献,据其记载,萨都剌"逾弱冠,登丁卯进士第"。丁卯为泰定四年(1327),按此说法则萨都剌应生于1300年后。但元曲最可靠的文献《录鬼簿》在干序之前对萨都剌年辈已有记载。天一阁抄本《录鬼簿》中,钟嗣成把萨都剌列为"前辈名公乐章传于世者"的第37位,[①]而曹寅刊本《录鬼簿》把"前辈名公乐章传于世者"分为"前辈已死名公有乐府行

---

① (元)钟嗣成等著:《录鬼簿》(外四种),上海古籍出版社,1978年,第6页。

于世者"和"方今名公"两大类,又把萨都剌列为"方今名公"的第4位,①比较天一阁抄本和曹寅刊本对"名公"们分类前后的差别,后者"前辈"和"方今"的划分标准主要是"已死"和"未死"的差别,因此曹寅刊本在排列了十位"方今名公"后,用小字在下面作说明"右前辈公卿居要路者……"可见其"方今名公"即指还活着的"前辈名公",因此在年辈上曹寅刊本的"方今名公"与天一阁抄本并无实质变化。钟嗣成生年大约为1280年,②则萨都剌作为"前辈",其生年当在此前或与钟嗣成相差不远。

不但萨都剌生年的主要矛盾是因干文传序引起的,干文传序的内容还与萨都剌许多自叙不符,因此清代《雁门集》(十四卷本)的编注者萨龙光就已指出此序"载公历官本末,较以公溪行中秋玩月诗自序,多舛错不相符",③而萨龙光推算出的萨都剌生年1272年也没有以此为文献依据。

"五四"以来,对萨都剌研究作出过开拓性贡献的首推史学家陈垣先生。他的《西域人华化考》出版于1935年,在该书中陈先生首次考证确认了萨都剌为"回回"世家,并在"西域之中国画家"中为萨都剌留出一席之地;1965年7月18日陈垣先生发表于香港《大公报》的《萨都剌的疑年》,在简短的行文中于三方面对萨都剌研究作出了具有开创意义的推进:其一,考证干文传致仕之年和卒年指出《雁门集序》纪年之误,并通过干序与萨都剌《溪行中秋玩月》序文自叙之矛盾指出干序"逾弱冠,登丁卯进士第"一语之讹误;其二,经考证推断萨都剌生年为1287年左右,从文献依据不当的角度否定了萨龙光提出的1272年说和吴修的1308年说;其三,以杨维桢于至正八年(1348)序刊《西湖竹枝集》和萨都剌存于《雁门集》中的《寿大宗伯致仕干公》词为据,推断出萨都剌卒年在1345年至1348年之间。

此后对萨都剌生平家世的研究一直处于寂寥状态,直到70年代后半期,这个领域的研究才重新热闹起来。学者们立足不同的文献,对萨都剌的生卒年又提出多达五六种新论点,对其家世、仕宦的研究也间或有新论点提出,关于这些研究,不是此文的讨论内容,此不赘述。但在这热闹的学术争论背后,引起萨都剌生平研究产生分歧的最主要原因——干文传《雁门集序》与其他文献记载相矛盾的问题,依然没有解决。

桂栖鹏先生1993年发表于《文学遗产》第5期的文章《萨都剌卒年考——兼论干文传〈雁门集序〉为伪作》一文首次从分析干序内容的讹误出发,指出此作为伪作。时

---

① (元)钟嗣成等著:《录鬼簿》(外四种),第65页。
② 据邓绍基、杨镰主编:《中国文学家大辞典》(辽金元卷),李世英撰写"钟嗣成"条,中华书局,2006年,第260—261页。
③ (清)萨都剌撰,萨龙光编注,殷孟伦、朱广祁点校:《雁门集》,上海古籍出版社,1982年,第402页。

隔三年有余,杨镰先生发表于《文学遗产》1997第3期的《元佚诗研究》,不仅从干文传序内容上的讹误出发,而且首次从收录此序的诗集《雁门集》(成化本)版本疑点出发,再次指出干文传序为伪作。这一结论无疑将对我们解决萨都剌生平研究中的许多矛盾,进一步探讨萨都剌生平事实、弄清其生平中的一些难点问题起到实质性的推进作用。

　　萨都剌诗集的流传情况不但复杂而且极为特殊。萨都剌诗集元刊本未见,正如朱陵在《考〈雁门集〉版刻答萨士武》一文中已指出的:"《雁门集》干文传序于至正己丑者,当时有无刻本已不可知,宗伯公所称旧刻二十卷亦别无考。"①张旭光、葛兆光先生1986年发表于《扬州师院学报》第1期的文章《萨都剌集版本考》,认为其传世的诗集有四个版本系统,即弘治李举重刻赵兰本《萨天锡诗集》(五卷或前后两卷)版本系统,成化张习刊刻《雁门集》(八卷)版本系统,萨琦刊刻《雁门集》(天顺六卷)版本系统,日本永和刻本《新芳萨天锡杂诗妙选稿全集》版本系统。但因萨琦刻《雁门集》(天顺六卷本),原诗集未见,该集又未见明代公私书目著录,故我们暂不将其列入现存萨都剌诗集版本范围之内。其余两种留存于国内的诗集,都刊刻于明代中期,李举以赵兰刻《萨天锡诗集》(六卷本)为底本重刻的《萨天锡诗集》(五卷或前后二卷),文献来源清楚,又屡见于公私书目著录;张习刻《雁门集》(八卷)因集前所收干文传序多有讹误,编定者张习有作伪前科,故版本真伪遭到杨镰先生置疑;②明代末年,毛晋汲古阁以《萨天锡诗集》(弘治本)和《雁门集》(成化本)为底本刊刻的《萨天锡诗集》(《元人十种诗》本),首开将萨都剌诗集两种版本刊刻于一集之先;至清代,顾嗣立《元诗选》中的《天锡雁门集》承继了汲古阁本的做法,编选两种版本的诗刻录于一集,并对两种版本的诗歌异文作了校勘;萨都剌的后裔萨龙光发展了毛氏、顾氏调合版本的做法,汇编《雁门集》(成化本)、《萨天锡诗集》(弘治本)、汲古阁《萨天锡诗集》(三卷、集外诗一卷)和顾嗣立的《天锡雁门集》(《元诗选》本),编注了《雁门集》(十四卷本),萨龙光倾力意欲集大成,但从《雁门集》(嘉庆十四卷本)收录诗歌和编年的情况看,这个本子又成了"问题集大成"的本子;在中国刊行于1905年的《永和本萨天锡逸诗》(即《新芳萨天锡杂诗妙选稿全集》),又将留存于日本的萨都剌诗集面目公布于世。李佩伦先生在《论永和本萨天锡逸诗》③中指出此诗集底本刊刻于明洪武九年(1376),当为萨都剌传世诗集中刊刻时间最早的诗集;但杨镰先生的《元佚诗研究》揭示出其中

---

① 《学海》第1卷第5册,1944年,第93页。
② 参见杨镰:《元西域诗人群体研究》,新疆人民出版社,1998年,第320页;《元诗史》,第145页。
③ 《中央民族学院学报》1992年第4期。

大量作者互见咏物诗存在的事实,又对该集版本的真伪提出质疑。事实上,现存萨都剌诗集的三种版本虽来源有别,但都有一个共同的特殊之处,即均发现了几十首乃至上百首作者互见诗,作者互见情况及原因很复杂,对此下文考证中我们将作具体分析。无论萨都剌传世诗集情况及形成原因多么复杂,它们都证明"今存的任何一种萨集都已非原貌"。①

首次指出萨都剌诗又见于他人诗集的是明人徐𤊹,《笔精》卷三在"卢圭斋(峰)诗"条目下载"误入雁门萨天锡诗六十余首";②顾嗣立在《元诗选》萨都剌小序中,除了指出卢琦诗集误收萨都剌诗外,又考出萨都剌诗集中的作者重出诗26首,重出者涉及黄溍(16首)、马祖常(2首)、李洞(1首)、虞集(1首)、张翥(3首)、释行端(1首)、龙云从(1首)、成廷珪(1首);③萨龙光编注《雁门集》(十四卷本)④又指出前人未发现的作者重出诗5首,重出作者为:谢宗可(1首)、宋无(1首)、刘致(1首)、李孝光(1首)、白居易或杨维桢(1首),但他又把重出于无名氏(或龙云从)、谢宗可、宋无等人名下的6首诗收入萨都剌诗集中。

二十世纪,萨都剌研究虽然越来越热,学者涉及此问题的人反而越来越少,只有杨镰先生在《元佚诗研究》⑤和《元西域诗人群体研究》⑥中首次对元代咏物诗的作者重出问题进行了研究,他以《永和本萨天锡逸诗》中发现的58首七律咏物诗与谢宗可、何孟舒等咏物诗互见的问题为据,提出《永和本萨天锡逸诗》"是(至少它所依据的底本是)一部伪书"⑦的推论;《全唐诗》"点校说明"⑧陶敏的《〈全唐诗·殷尧藩集〉考辨》⑨和刘再华《明人伪造唐集与明代诗风》⑩先后考出7首又见于《全唐诗》殷尧藩名下的萨都剌或虞集诗,⑪其中误收虞集的《城东观杏花》一诗,又见于萨都剌名下,是一首3人互见诗;本世纪初,杨光辉著《萨都剌生平及著作实证研究》第4章《萨都剌诗作真伪考》,⑫

---

① 杨镰:《元诗史》,第146页。
② (明)徐𤊹撰:《笔精》,沈文倬校注、陈心榕标点本,福建人民出版社,1997年,第104页。
③ (清)顾嗣立编:《元诗选》初集戊集,中华书局,1987年,第1186页。
④ (清)萨都剌撰,萨龙光编注,殷孟伦、朱广祁点校:《雁门集》。
⑤ 杨镰:《元佚诗研究》,《文学遗产》1993年第3期。
⑥ 杨镰:《元西域诗人群体研究》,第316—330页。
⑦ 同上,第326页。
⑧ 《全唐诗》点校说明,中华书局,1960年。
⑨ 《中华文史论丛》第47辑,1991年1月。
⑩ 《中国韵文学刊》1999年第2期。
⑪ 《全唐诗·点校说明》指出《春游》为误收虞集诗;陶敏指出《还京口》、《登凤凰台》(两首)、《旅行》《宫词》五首诗为误收萨都剌诗歌,刘再华指出《关中伤乱后》是割裂萨都剌《漫兴》而成。
⑫ 杨光辉:《萨都剌生平及著作实证研究》,高等教育出版社,2005年。

在徐(火勃)发现68首萨都剌与卢琦互见诗基础上,①又新发现7首,将两人互见诗总数增加到75首,另外又新发现7首萨都剌名下的其他作者重出诗,其中4首见于现存萨都剌诗集,3首散见于其他文献,互见作者为:李孝光(1首)、黄溍(1首)、吴当(1首)、俞希鲁(1首)、泰不华(1首)、郯韶(1首)、俞德邻(1首)。

对萨都剌诗歌创作进行全面研究的学者首推周双利,他的论著《萨都剌》②对萨都剌诗歌的特色及成就作了全面析评;刘真伦《论〈雁门集〉的"诗史"性质》、③罗斯宁《民族大融合中的萨都剌》④等等也都是研究萨都剌诗歌创作比较重要的论文,但因为他们对萨都剌诗歌创作的研究,都是在尚未对萨都剌诗集进行基本整理的基础上进行的,所以对其中存在的问题我们将在以后详述。

综上所述,因为萨都剌的个人生平文献和诗集中存在的问题之多,在文学史上并不多见,所以萨都剌文献资料的整理和研究成了萨都剌研究亟待解决的问题。在清理萨都剌名下作者重出诗的基础上重编萨都剌集,就是我们解决这个问题的最好途径。也许我们已永远无法恢复萨都剌诗集的原貌,但通过考证、辑佚我们却能还萨都剌诗歌的真貌,并以此为萨都剌研究的进一步深化,提供一个良好的文献基础。

## 二

如上所述,虽然前人已经在萨都剌名下作者重出诗的研究中取得不少的成果,但始终未能对萨都剌名下的诗歌进行一次全面的排查。针对萨都剌研究的这一症结,我们对萨都剌诗歌进行了一次全面的清点,除了与卢琦的作者重出诗,在前人发现之外,又新查出作者重出诗25首,另外我们清查出萨都剌与卢琦名下重出诗的数字是80题102首。除了与卢琦的重出诗和在《诗渊》中发现的5首作者重出诗我们将另作专文考述,对在萨都剌诗集中新发现的作者重出诗我们一一考述如下。

萨都剌诗集传世版本主要有《萨天锡诗集》(前后集或五卷)、《雁门集》(八卷)两种。萨都剌后裔、清人萨龙光编注的《雁门集》(十四卷本)是萨都剌诗集中收诗最全的诗集,《永和本萨天锡逸诗》是流传于日本的一种萨都剌诗集,录有未见于上述诗集的佚诗89首。萨都剌诗集主要版本情况见下表:

---

① (清)萨都剌撰,萨龙光编注,殷孟伦、朱广祁点校:《雁门集》,"附录三",第432页所录徐𤊹《跋卢圭斋集》载"以萨天锡诗误入六十八首"。
② 周双利:《萨都剌》,中华书局,1993年。
③ 《重庆师院学报》1986年第4期。
④ 《中山大学学报》1993年第1期。

**表1　萨都剌诗集传世版本简表**

| 年代\卷 | 四卷本 | 五卷本（或前后两卷） | 八卷本 | 十四卷本 | 不分卷本 |
|---|---|---|---|---|---|
| 明 | 《萨天锡诗集》三卷，集外诗一卷 明末汲古阁刻本 | 《萨天锡诗集》弘治十六年（1503）李举刻本 | 《雁门集》成化二十年（1484）张习刻本 | | 《永和本萨天锡逸诗》日本永和丙辰年（1376）刻本 |
| 清 | 《雁门集》四库全书本 | | | 《雁门集》嘉庆十二年（1807）萨龙光刻本 | 《天锡雁门集》顾嗣立《元诗选》本 |
| 现当代 | | 《萨天锡诗集》二卷，四部丛刊据弘治本影印 | | 《雁门集》上海古籍出版社1982年据萨龙光本点校本 | 《永和本萨天锡逸诗》山西古籍出版社1993年点校本 |

### （一）《萨天锡诗集》（弘治本）

该本是萨都剌《萨天锡诗集》传世版本之源，李举刊刻于明弘治十六年（1503），在现存萨都剌诗集中，这个诗集是版本质量较好的一种。该集最通行的本子是四部丛刊本，共收诗556首。在这个诗集的诗歌中，我们新发现作者重出诗7首，互见作者为：李孝光（1首）、石存礼（1首）、刘因（1首）、贡性之（1首）、方孝孺（1首）、王氏（1首）、王绂（1首），具体考述如下。

**1. 王氏的诗**

《萨天锡诗集》前集录有《雪中妃子》，此诗又见于宋人胡仔编撰《渔隐丛话》前集卷五四①王氏名下，诗题《雪中观妓》，关于这首诗记载如下：

> 《桐江诗话》云：颍昌曹纬彦文，弟组彦章，俱有俊才。彦文释褐即物故，彦章多依栖（明抄本作"楼"——引者）中贵人门下。一日，徽庙苑中射弓，左右荐至，对御作射弓词《点绛唇》一阕云："风劲秋高，顿知斗（明抄本无'斗'——引者）力生弓面。把分筠簳，月到天心满。白羽流星，飞上黄金椀（明抄本无'椀'——引者）。胡沙雁，云边惊散，压尽天山箭。"今（明抄本作"令"——引者）人但知彦章善谑，不

---

① 胡仔编撰：《渔隐丛话》前集卷五四，清杨佑启耘经楼刻本，国家图书馆藏。

知其才,良可惜也。彦章后字符宠,兄弟幼孤,母王氏,教养成就。王氏亦能诗,尝有《雪中观妓》诗云:"梁王宴罢下瑶台,窄窄红靴步雪来。恰似阳春三月暮,杨花飞处牡丹开。"

萨都剌名下这首诗与这段记载中的这首诗只有一字异文。《渔隐丛话》(前集)今存有宋、元刻本,但因宋刻本只存前集四十五卷,元刻本只存前集五十卷,而这段记载见于前集卷五十四,所以我们查了清乾隆五年至六年杨佑启耘经楼刻本,该本封面有"依宋版重雕"字样,其所谓宋版,据该集前胡仔序载,是"绍兴甲寅槐夏之月陈奉议刊于万卷堂",又校以明嘉靖七年徐梁抄《渔隐丛话》的这段记载,少量异文见上。因《渔隐丛话》的刊刻时间在《萨天锡诗集》成集之前,而其又有可靠版本传世,所以这首诗应是王氏所作,《萨天锡诗集》误收。

2. 作者存疑的诗
(1) 与王绂的作者重出诗

《萨天锡诗集》前集录有《题画竹》,《雁门集》(成化本)卷八也收有该诗,诗题为《李五峰孝光携墨竹索题》。这首诗又见于《珊瑚网》卷三六,[①]诗题《双勾竹石》诗后注"王孟端写并题",录诗如下:

  小雨春池湿凤毛,天孙深处(张本、李本作"夜"——引者)织鲛绡。
  何人更立湘江水,独倚薰风忆舜韶。

李孝光《墨竹》诗如下:

  苍髯老翁鳞甲香,力能拔山补青冈。池边日日吐云雨,道人床敷夜气凉。
  道人嗜睡莫敕嬲,阿翁劝尔以一觞。天边石上有髯客,看汝巉龙头角长。

王绂(1362—1416)字孟端,别号友石生,因曾隐居九龙山,又号九龙山人,无锡(今属江苏)人。洪武中征至京师,不久坐累戍朔州,永乐初用荐以善书供事文渊阁,后除中书舍人,卒于官。绂博学工书画,所作山水竹石风韵潇洒,妙绝一时,有《王舍人诗集》五卷。

---

① 汪砢玉编撰:《珊瑚网》卷三六,台湾商务印书馆影印文渊阁四库全书,1986年,第818册,第696页。

《珊瑚网》为明汪砢玉编纂于崇祯年间,所收录较为可信,但此诗未见于王绂之子王默为他所编的《王舍人诗集》(又名《友石山房稿》);该诗同时见于《萨天锡诗集》和《雁门集》(成化本),萨都刺生活的年代早于王绂,因此也不排除《珊瑚网》误把萨都刺诗当作王绂的可能,但从诗体和诗韵看,这首诗与李孝光的这首《墨竹》不合,故该诗是伪题诗名还是李孝光另作有七绝体的《墨竹》诗,尚待新的发现。因缺乏有力证据,故这首诗作者暂且存疑。

(2)与方孝孺的作者重出诗

《萨天锡诗集》前集录有《登歌风台》,这首诗又见于方孝孺《逊志斋集》卷二四,①诗题为《歌风台》。《大明一统志》卷一八载,歌风台"在沛县治东南泗水西岸,汉高祖征英布还沛,宴父老于此,歌曰:'大风起兮云飞扬,威加海内兮归故乡,安得猛士兮守四方。'后人因以歌风名台,立石篆刻歌风辞于其上。"②萨都刺原诗如下:

歌风台下河水黄,歌风台上春草碧。长河之水日夜流,碧草年年自春色。
当时汉祖为帝王,龙泉三尺飞秋霜。五年马上得天下,富贵乐在归故乡。
里中故老争拜跪,布袜麻鞋见天子。龙颜自喜还自伤,一半随龙半为鬼。
翻思向目亭长时,一身传檄日夜驰。只今宇宙极四海,一揭之外难撑持。
却思猛士卫神宇,安得长年在乡土。可怜创业垂统君,却使乾机付诸吕。
淮阴年少韩将军,金戈铁马立战勋。藏弓烹狗太急迫,解衣推食何殷勤。
致令英杰遭妇手,血溅红裙急追首。萧何下狱子房归,左右功臣皆掣肘。
还乡却赋大风歌,向来老将今无多。咸阳宫阙亲眼见,今见荆棘埋铜驼。
台前老人泪如雨,为言不独汉高祖。古来此事无不然,稍稍升平忘险阻。
荒凉台,前人已矣今人哀,悲歌感慨下台去,断碑春雨生莓苔。

方孝孺(1357—1402)字希直,一字希古,宁海(今浙江宁海)人。少颖悟,长从宋濂学,以明王道致太平为己任。惠帝即位,招为翰林侍讲,第二年迁侍讲学士,帝好读书,每有疑即召孝孺讲解,国家政事也常咨之,颇得惠帝信任。燕兵起,朝廷讨诏均出其手。燕兵攻下南京,方孝孺被俘下狱,成祖即位,命他草诏,孝孺不从被杀,并灭九族。

沛县位于元中书省东南,从萨都刺和方孝孺的行程范围看,两人均有可能登此台;

---

① 方孝孺撰:《逊志斋集》卷二四,文渊阁四库全书,第1235册,第689页。
② 李贤等撰:《大明一统志》卷一八,三秦出版社影印明天顺本,1990年,第278页。

从诗歌内容看,此诗咏古喻今,借刘邦登基后诛杀有功将相,又为"安得猛士守四方"忧虑的史事,发"稍稍升平忘险阻"之慨,感叹皇帝不能居安思危,这种忧国情怀萨都剌诗中有,方孝孺诗中也常见;但据《四库全书总目》卷一七〇《逊志斋集》提要载,因明初文禁甚严,"其门人王稌藏其遗稿,宣德后始稍传播,故其中阙文脱简颇多。原本凡三十卷,拾遗十卷,乃黄孔昭、谢铎所编。此本并为二十四卷,则正德中顾璘守台州时所重刊也"。① 因其遗稿从保存到重刊,时间长,又几经辗转,故难免有误收舛讹。方孝孺诗集的三十卷本,明成化十六年(1480)郭坤刻《正德本逊志斋集》未见此诗;这首诗又见于《雁门集》(成化本)卷三,《诗渊》3582页,作者萨都剌。从收录此诗的文献分析,这首诗似为萨都剌作品的可能性更大,但因萨都剌诗集中也有误收他人的作品,确定此诗作者证据尚显不足,故存疑待考。

3. 萨都剌的诗

(1) 误录于李孝光名下的诗

《萨天锡诗集》前集收有《平望驿道》,这首诗又见于《吴都文粹续集》卷二四,作者李孝光,诗题《过吴江》。② 萨都剌原诗如下:

左带吴松右五湖,人家笑梧(李诗作"我"——引者)隔菰蒲。风涛不动鱼龙国,烟雨翻成水墨图。

越客卧吹船上笛,吴姬多倚水边垆。鉴湖道士如招隐,一曲地(李诗作"他"——引者)年得赐无。

《李五峰集》(永嘉诗人祠堂丛刻本)未收录此诗,《五峰集》(四库全书本)也未收录该诗。而《吴都文粹续集》卷一一又录这首诗于萨都剌名下,③诗题《平望驿》,诗文与李孝光名下该诗只有两字异文,可见《吴都文粹续集》是误把两种诗题的同一首诗,当作了两首诗,置于两位作者名下,而编刊者本人,也并不清楚这首诗的真正作者是谁,故其对该诗作者的著录不足信。《萨天锡诗集》在《平望驿道》后隔两首诗,又录《复题平望驿》一诗,"复题"显然是针对《平望驿道》而言,所以此诗应是萨都剌的作品,《吴都文粹续集》卷二四误录。陈增杰在《李孝光佚文佚诗补辑》④中据《吴都文粹续集》卷二

---

① 《四库全书总目》卷一七〇《逊志斋集》,文渊阁四库全书,第4册,第489页。
② 钱穀撰:《吴都文粹续集》卷二四,文渊阁四库全书,第1385册,第615页。
③ 同上,卷一一,第278页。
④ 陈增杰:《李孝光佚文佚诗补辑》,《温州师范学院学报》2005年第4期,第16—21页。

四,将此诗作为李孝光佚诗辑出,应是延续了该集著录之误。

(2)误录于石存礼名下的诗

《萨天锡诗集》前集录有《病起城东晚步》,《雁门集》(成化本)卷四也收有这首诗,诗题《同杨廉访游山寺》。该诗又见于《海岱会集》卷七,①作者石存礼,诗题《山行过僧庵不入》,《萨天锡诗集》原诗如下:

> 扶病(石诗作"晓起"——引者)谁(张本作"强"——引者)同步,寻幽思不群。逢僧穿(石诗作"看"——引者)竹去,吹笛隔林闻。山势浮云合,溪流野水(张本作"小涧"——引者)分。徘徊归晚径(张本作"径晚"——引者),树影月纷纷。

石存礼(1471—?)字敬夫,号来山,益都(今属山东)人。弘治庚戌(1490)年进士,官至绍兴知府。从石存礼的年龄看,张习刊刻《雁门集》和赵兰刊刻《萨天锡诗集》(弘治本底本)时,石存礼只有十四、十五岁,虽然石存礼二十岁就已举进士,可见很早就已文才出众,但《海岱会集》所收诗,是石存礼、蓝田、冯裕、刘澄甫、陈经、黄卿、刘渊甫、杨应奎八人中的五人致仕后结诗社"海岱诗社"所作,他们作诗只为自适性情,不复以文坛名誉为事故,并有不许将会内诗词传播,违者有罚一条规定,因此八人皆不以诗名。他们的诗在诗坛开始流传时间较张习、赵兰刊刻萨都剌诗集的时间要晚得多,所以从石存礼的年龄和《海岱会集》的编纂情况看,张习或赵兰不可能在成化年间刊刻萨都剌诗集时就已见到石存礼的诗,这首诗应是萨都剌所作,《海岱会集》误收。

(3)误录于刘因名下的诗

《萨天锡诗集》前集收有《吴桥县古河堤》,此诗又见于《雁门集》(成化本)卷二、《诗渊》2067页萨天锡名下,但《畿辅通志》卷一一八②刘因名下的《遂州道中》最后8句为此诗,前32句与文天祥《保州道中》重出。

刘因(1249—1293)字梦吉,号静修,初名骃,字梦骥,雄州容城(今属河北)人。他深究陈朱理学,在家乡杜门授徒,不妄接人。至元十九年(1282),以不忽木举荐征为承德郎,右赞善大夫,未几辞归,至元二十八年(1291)又征为集贤学士,称病不就。年四十五卒,追谥文靖,有《静修集》三十卷,另著有《四书集义精要》二十八卷。

---

① 石存礼等撰:《海岱会集》卷七,文渊阁四库全书,第1377册,第56页。
② 《畿辅通志》卷一一八,文渊阁四库全书,第506册,第786页。

刘因《静修集》(四部丛刊本)为影印元至顺刻本,未见此诗,《静修集》(四库全书本)也未见此诗,而文天祥的《文山先生文集》(四部丛刊本)卷一四、《文山集》(四库全书本)卷一九均收有此诗,两种版本有少量异文,题下有小字"二十一日",这是其《指南后录》的常规写法,按日期从"八月二十四"《发建康》,按行程往下记,以小字注明时间;从诗歌内容看,诗中所记主要为路途所见的荒凉混乱景象,充满了诗人追忆往昔感叹兴亡的悲叹,情绪激烈,颇符合文天祥于南宋将亡时的所见和回天无力的心态,却与生活于金元战乱结束,深究程朱理学,在家乡教书,不妄与人交的刘因诗风相差很大,所以《畿辅通志》所收此诗,是误将文天祥和萨都剌诗拼合在一起录在了刘因名下。《文山先生文集》卷一四录文天祥《保州道中》一诗如下:

保州道中(二十一日)

昨日渡滹沱,今日望太行。白云何渺渺,天地何茫茫。
落叶混西风,黄尘昏夕阳。牛车过不住,毡屋行相望。
小儿骑寒驴,壮士驾乘黄。高低叶万顷,黑白草千行。
村落有古风,人间无时妆。宋辽旧分界,燕赵古战场。
蚩尤乱涿野,共工谪幽邦。郭隗致乐毅,荆轲携舞阳。
臧卢互反复,安史迭坡倡。山川一今古,人物几兴亡。
江南占毕生,往来习羊肠。天马戴青蝇,电秣驰康庄。
适从何有来,如此醉梦乡。感时意踟蹰,惜往泪淋浪。
厉阶起玉环,左计由石即。天地行日月,万代乘景光。
昼夜果可废,春秋诚荒唐。吾生直须臾,俯仰际八荒。
来者不可见,远游赋彷徨。

《萨天锡诗集》前集录《吴桥县古河堤》如下:

迢迢古河堤,隐隐若城势。古来黄河流,而今作耕地。
都邑变通津,沧海化为尘。堤长燕麦秀,不见筑堤人。

《畿辅通志》卷一一八刘因名下这首《遂州道中》诗后隔一首诗是萨都剌的《登古河堤》,诗文恰巧是文天祥《保州道中》"惜往泪淋浪"后的八句诗,所以萨都剌诗这里被误录的原因应是《畿辅通志》的编刊者因疏忽犯了两个错误,第一个错误是误将文天祥诗录在刘因名下,第二个错误是将萨都剌的《登古河堤》拼在了文天祥诗后,而将文天祥此诗结尾的十句诗,去掉最后两句,充当了萨都剌《登古河堤》的诗文。

(4) 误录于贡性之名下的诗

《萨天锡诗集》后集,录有《和中丞伯庸马先生赠别中丞除南台仆驰驿邅迓至上京中丞改除徽政以诗赠别》,《雁门集》(成化本)卷五也收有该诗,诗题为《和马伯庸除南台中丞时仆驰驿邅迓至京复改徽政以诗赠别伯庸家有万竿烟雨图》,《渊鉴类函》卷八八①录这首诗于贡性之名下,诗题为《和中丞马伯庸赠别》,两诗无异文。《萨天锡诗集》原诗如下:

江南驿使路遥遥,远赴龙门看海潮。桂殿且留修月斧,银河未许渡星轺。
隔花立马听更漏,带月鸣珂趁早朝。只恐淮南春色动,万竿烟雨绿相招。

贡性之(约1318—1388),字友初,宣城(今属安徽)人,贡师泰从子。元末曾以胄子身份除簿尉,又补闽省理官。入明后,改名为悦,不肯入仕,避居于会稽躬耕自食,卒后门人私嗜贞晦先生。其集《南湖集》藏于家,明弘治年间经李东阳稍作删削后刊行。贡性之生活于元末明初,与马祖常(1279—1338)生活的时代相隔较远,两人未见有唱和之作,但萨都剌与马祖常多有诗歌唱和;据苏天爵《滋溪文稿》卷九《元故资德大夫御史中丞赠摅忠宣宪协正功臣魏郡马文贞公墓志铭》载:"明年(元至顺四年,1333)拜江南行台御史中丞。六月今上皇帝即位,召公及翰林承旨许公师敬等赴上都,共议新政。赐公白金二百两,中统楮币二百疋,金织文绮四端,迁同知徽政院事。"苏天爵所叙马祖常历官情形,与萨都剌诗题所记相符,而且马祖常于公元1333年任江南行台御史中丞,贡性之这一年只有大约十五岁,从年龄和交往人物看,也不可能写这首诗;该诗又见于《诗渊》556页,作者萨天锡,诗题《赠别中丞除南台》,却未见于贡性之的《南湖集》。所以成书于清代的《渊鉴类函》是误置萨都剌的诗于贡性之名下。

除了与卢琦的作者重出诗,前人在《萨天锡诗集》已查出作者重出诗30首,重出作者及诗歌数目如下:黄溍17首、李孝光2首、殷尧藩3首、行端1首、张翥3首、吴当1首、成廷珪1首、马祖常1首、白居易等1首,加上我们新发现的7首,现《萨天锡诗集》共查出互见诗37(30+7)首。我们的考辨结果是,其中伪诗23首,作者存疑诗5首,仿

---

① 《御定渊鉴类函》卷八八,文渊阁四库全书,第984册,第311页。

作或改作或伪作1首,①他人误收萨都剌诗8首。②

### (二)《雁门集》(成化本)

该本是国内传世萨都剌诗集中刊刻时间最早的一种诗集,也是现存《雁门集》版本之源,张习刊刻于明成化二十年(1484),现只有国家图书馆孤本收藏。该集分八卷,存诗483首,词11首。在这个诗集的诗歌中,我们新发现作者重出诗7首,重出作者为:殷尧藩(2首)、林镇(1首)、鲜于枢(1首)、郑元佑(1首)、唐肃(1首)、李晔(《四库全书》作李昱)(1首),具体考述如下。

1. 他人的诗

(1) 郑元祐的诗

见于《雁门集》卷三的《秋江泛棹琴乐图》,又见于《侨吴集》卷二(弘治本)郑元祐的名下,诗题《画》,原诗如下:

> 抱琴船头为谁鼓,满江秋声(萨诗作"秋色"——引者)荻花浦(萨诗作"吐"——引者)。鲸鱼(萨诗作"神鱼"——引者)出听掉尾声(萨诗作"掉尾舞"——引者),曲终鸿雁起江浒,帝子降兮木叶下。

《草堂雅集》(陶湘涉园刻本)卷四也录此诗,诗题《题画》,作者郑元祐,与《侨吴集》这首诗没有异文。《草堂雅集》为元人顾瑛所编,顾瑛为元末著名诗人,"玉山草堂"的主人,对元末诗坛,尤其江浙诗人了解颇多。而且《草堂雅集》卷四"郑元祐"小序中,明确说郑元祐诗歌是"予从游既久,故所作多得云",既然郑元祐诗歌多为顾瑛亲自收集,《草堂雅集》对这首诗作者的著录应更为可靠;《草堂雅集》有元刊本传世,陶湘涉园刻本《草堂雅集》就是以元刊本和清徐渭仁跋清钞本为底本刊刻而成,因此这首诗是郑元祐的作品,更能使人信服。

---

① 与黄溍、行端、张翥、马祖常(《次韵送虞先生入蜀代祀》)、王氏的互见诗不是萨都剌的诗歌,其中与行端、张翥的互见诗顾嗣立认为不是萨都剌的诗歌,我们的考证结果与前人一致。与黄溍、马祖常(《次韵送虞先生入蜀代祀》)的互见诗顾嗣立认为可能是萨都剌作,萨龙光以"以俟续考"的态度录于萨都剌名下,杨光辉认为不是萨都剌的作品,我们的考述结果与杨光辉一致,但补充了重要的证据;与吴当、成廷珪、王绂、方孝孺、李孝光(《和学士伯生虞先生寄韵》)的互见诗是作者存疑诗,其中与成廷珪的互见诗顾嗣立收录于《元诗选》二集《居竹轩诗集》,萨龙光认为是萨都剌作,杨光辉认为是成廷珪作;与李孝光互见的《和学士伯生虞先生寄韵》顾嗣立收录于李孝光名下,杨光辉也认为是李孝光的作品,萨龙光认为应是萨都剌的作品,我们认为判断这2首诗作者的依据尚显不足,故作者存疑。与吴当的互见诗我们的考述结果与杨光辉一致,但考述过程不同。与白居易等的互见诗,萨龙光、杨光辉认为作者存疑,我们查出这是一首8人互见诗,对这首诗我们将另作专文考述。

② 其中与李孝光互见的《登姑苏台》(其一)和与殷尧藩互见的诗我们的考述结果与杨光辉和陶敏的考述结果一致。

郑元祐(1292—1364),字明德,号尚左生,遂昌(今浙江遂昌)人。至正十七年(1357)辟平江路学教授,二十四年(1364)授江浙儒学提举,卒于任。博学能文,有《遂昌杂录》一卷,《侨吴集》十二卷。今存的郑元祐《侨吴集》,是张习于弘治九年(1496)重新刊刻,据四库全书本《侨吴集》提要引述集后张习跋所记,"元祐本有《遂昌山人集》与《侨吴集》多繁芜重出,因通录之,得诗文之精纯者并为十二卷,仍名《侨吴集》,用梓以传"。① 黄丕烈跋也说:"就张跋语,郑有《遂昌山人集》,《侨吴集》是元时实有两本,今不可得见,所存者重编本耳"。② 因今存《侨吴集》是张习重新编刊本,而误收于《雁门集》卷三的《秋江泛棹琴乐图》,又始见于张习刊刻的《雁门集》,故这首诗误收,有可能是张习误录,也不排除张习有意作伪之嫌。

(2)唐肃的诗

《雁门集》卷八录有六言绝句《题画》(二首),其二又见于唐肃的《丹崖集》卷四,诗题《题画九首》。萨都剌这首诗为唐肃《题画九首》其八两句、其二两句拼合而成。录两人诗如下:

题画九首·其二
芙蓉峰头云气,桃花源里人家。好着青鞵布袜,来寻石髓胡麻。
题画九首·其八
百重树湿飞瀑,千朵峰盘翠霞。落日吟翁驴背,轻烟渔市人家。
(唐肃《丹崖集》卷四)

题画(二首)·其二
百重树湿飞瀑,千朵峰蘗断霞。漫着青鞋布袜,来寻石髓胡麻。
(萨都剌《雁门集》卷八,成化张习本)

唐肃(1331—1374)字处敬,号丹崖,山阴(今属浙江)人。至正二十二年(1362)领乡荐,授杭州黄岗书院山长,转嘉兴路学正。明洪武三年(1370)因荐被招至京纂修礼乐书籍,其夏擢应奉翰林文字承事郎,后以疾失朝,参例免官归乡,后例谪佃于濠州,洪武七年卒。唐肃敏而勤,善诗工篆楷,据苏伯衡《翰林应奉唐君墓志铭》载"为文十卷",③《明史·艺文志》著录有《丹崖集》八卷。

---

① 纪昀等撰:《侨吴集提要》,文渊阁四库全书,第1216册,第421页。
② 黄丕烈:《侨吴集跋》,《北京图书馆古籍珍本丛刊》,书目文献出版社,1987年,第832页。
③ 焦竑编:《献征录》卷二〇,上海书店,1987年,第846页。

《丹崖集》八卷附录一卷,现存黄丕烈藏清抄本是较好的本子,据黄丕烈跋,其曾于琴川友处得《丹崖集》黑口版明天顺八年(1464)沈琼刻本,以此校自己的藏本,该本前有危素、宋濂、戴良、申屠衡序,卷一页上方有"唐素"印。危素、戴良的序未注明时间,宋濂的序作于洪武四年(1371),宋濂在序中说"及余入词垣为学士,处敬亦来为应奉文字,朝夕同论文甚欢,遂索其全集观之",可见《丹崖集》在唐肃生前已编成,申屠衡的序作于洪武八年(1375),则《丹崖集》编定时间应在唐肃故后,苏伯衡卒于明洪武二十一年(1388),据其所作墓志铭载,唐肃有文十卷藏于其家,则《丹崖集》编定的下限时间应不晚于明洪武二十一年。据沈琼跋,"丹崖集八卷,翰林应奉越唐先生处敬所著也,刘师邵箧录本。至南京以视余,因录之,余又箧而至广"。沈琼刊刻的底本得自友人,与《明史·艺文志》所载均为八卷本,从明洪武二十一年至明天顺八年虽然有七十余年时间,但未见唐肃《丹崖集》有散佚或与他人诗集相混的记载,故唐肃集存录的诗似为可靠。而且从互见诗的具体诗文看,唐素的六言题画为同题九首,均是为山水风光画所题,诗句衔接自然,九首诗各有题咏重点,又浑然相融;而萨都剌六言题画只有两首,看不出两首诗之间的脉络。再从这两首诗存录情况分析,与这首诗同题一组的另一首诗"绿树阴藏野寺"又见于《诗渊》1434页萨都剌名下,①诗题《题画扇》,但这首《题画》其二,在萨都剌名下仅见于张习本。基于上述理由,这首诗的作者为唐肃,似乎更能使人信服。清陈邦彦选编《历代题画诗》卷二十四收有唐肃《题画九首》,②同卷收有萨都剌这组《题画》其一,③可见陈邦彦认为萨都剌六言《题画》其二的作者是唐肃。

探究《雁门集》误录这首诗的原因,因唐肃生活的年代较萨都剌晚,两人未见有交往与唱和,故不大可能是无意误录。据清抄本《丹崖集》黄丕烈跋,《丹崖集》在明天顺八年(1464)已有沈琼刻本,比张习刊刻《雁门集》早二十年,加之萨都剌这首诗仅见于《雁门集》(成化本),又是割裂唐肃诗拼凑而成,所以致误原因刊刻者有有意作伪之嫌。

2. 作者存疑的诗

《雁门集》卷一所录《终南进士行和李五峰题马麟画钟馗图》又见于《李草阁诗集六卷》拾遗一卷李晔名下,诗题《题钟馗歌》,《雁门集》原诗如下:

老日无光霹雳死,玉殿咻咻叫阴鬼。赤脚行天踏龙尾,偷得红莲出秋水。
终南困士发指冠,绿袍束带乌靴宽。赤口淋漓吞鬼肝,铜声剥剥秋风酸。

---

① 佚名编:《诗渊》,书目文献出版社,1984年,第1434页。
② 陈邦彦选编:《历代题画诗》上册,北京古籍出版社,1996年,第303页。
③ 同上,第297页。

大鬼跳梁小鬼哭,猪龙饥嚼黄金屋。至今怒气犹未消,髯戟参差努双目。

李晔,字宗表,号草阁,钱塘(今属浙江)人。洪武中官国子监助教,有《李草阁诗集》六卷,拾遗一卷。李晔元季曾避地永康东阳间,馆于胡氏,所以集中与胡伯宏兄弟赠答之诗最多。他的集子就是他去世后胡伯宏及其友徐孟玑、陈公明所辑,拾遗一卷则是其门人唐光祖所辑。

从《雁门集》此诗诗题看,该诗是和李孝光所作,《五峰集》中未见李孝光题马麟钟馗图,但因李孝光诗散佚很多,故李孝光有无题钟馗图一诗已不可知。马麟画钟馗图未见,李晔此诗是题于何人所画钟馗图上也未见,故这首诗作者存疑。

3. 萨都剌的诗

萨都剌诗歌现发现有9首又见于《全唐诗》卷四九二《殷尧藩集》和《全唐诗录》卷六九,作者殷尧藩,其中《雁门集》中互见8首、《萨天锡诗集》互见3首(与《雁门集》重复互见2首),这9首诗中,还有2首是3人互见诗,列表如下:

表2 萨都剌、殷尧藩互见诗目表

| 诗集序号 | 《雁门集》(成化本) | 《全唐诗》卷四九二《殷尧藩集》 | 其他诗集 |
| --- | --- | --- | --- |
| 1 | 《谩兴》(卷四) | 《关中伤乱后》 | |
| 2 | 《江馆写事》(卷四) | 《酬雍秀才二首》(其一) | |
| 3 | 《春游》(卷五) | 《春游》 | 虞集《道园学古录》(卷三),诗题《城东观杏花》 |
| 4 | 《还京口》(卷五) | 《还京口》 | 《全唐诗录》卷六九,殷尧藩《还京口》 |
| 5 | 《登凤凰台》(卷六)(两首) | 《登凤凰台》(两首) | 其一又见于《诗渊》,作者萨都剌,其二又见于《萨天锡诗集》(弘治本)后集 |
| 6 | 《金陵道中题沈氏壁》(卷六) | 《旅行》 | 《萨天锡诗集》(弘治本)后集;卢琦《圭峰先生集》(卷上)《金陵道中》;《全唐诗录》(卷六九)殷尧藩《旅行》 |
| 7 | 《春暮》(卷八) | 《春怨》 | 《全唐诗录》卷六九殷尧藩《春怨》 |
| 8 | | 《宫词》 | 《萨天锡诗集》(弘治本)后集《四时宫词》(其四);《全唐诗录》卷六九,殷尧藩《宫词》 |

殷尧藩,唐代诗人,生卒年不详,嘉兴(今属浙江)人。天性简静,眉目如画,元和九年(814)韦贯之放榜,殷尧藩落第,因杨尚书为其称屈,复擢进士。曾官永乐县令,仕终

侍御史。据《新唐书》卷六〇、《直斋书录解题》卷一九六、《宋史·艺文志》卷七载殷尧藩有诗集一卷。

以上九首作者重出诗，有 7 首是前人发现的，①我们又新查出两首，即《酬雍秀才二首》（其一）和《春怨》。《雁门集》所录原诗如下：

### 江馆写事
晚市人烟合，归帆带夕阳。青山到江尽，白鸟去天长。
越女能淮语，吴姬学楚妆。栖迟未归客，犹着锦衣裳。

### 春　暮
柳花扑帘春欲尽，绿阴满窗莺乱啼。只愁明日送春去，风雨满林闻竹鸡。

其中《酬雍秀才二首》（其一）是拼合了萨都剌《江馆写事》的首联和尾联而成；《春暮》与《春怨》异文如下："绿阴满窗"作"绿阴障林"，"只愁"作"只恐"，"风雨满林闻竹鸡"作"落日满园啼竹鸡"。

殷尧藩诗集今仅见于《全唐诗》卷四九二，陶敏在《〈全唐诗·殷尧藩集〉考辨》一文中已指出此集的底本是明末胡震亨《唐音统鉴》中的该集，而胡氏编《统鉴》时殷尧藩原集已佚，该集是他依据自己搜求到的宋刻本编纂，但这个所谓的宋刻本中混有大量元明诗人的作品，因此该刻本很可能是明代书贾牟利伪造。② 因《全唐诗·殷尧藩集》的文献来源不可靠，殷尧藩原集又已不存，所以我们只能通过殷尧藩诗歌的辑佚来推断其诗的真伪。我们遍查了收有殷尧藩诗歌的相关文献，如《文苑英华》《唐诗品汇》《吴都文萃》《岁时杂咏》等，未见这两首诗，也即这两首诗在殷尧藩名下只见于《全唐诗·殷尧藩集》。虽然在明代，这两首诗录于萨都剌名下也仅见于《雁门集》，但因张习本成集时间在《全唐诗》之前，《全唐诗·殷尧藩集》中又已发现 7 首萨都剌诗歌，而《酬雍秀才二首》（其一）又是拼合萨诗而成，因此这两首诗似应为萨都剌的作品。

### 4. 其他

《雁门集》中还有两首诗，部分诗句与他人诗句重合，在互见诗中情况比较特殊，具

---

① 顾嗣立在《元诗选》初集戊集已指出，《春游》是萨都剌集误收虞集的《城东观杏花》，见中华书局 1960 年版；点校本《全唐诗》"点校说明"又指出《殷尧藩集》中的《春游》是误收虞集之诗。陶敏考证出《还京口》《登凤凰台》（2 首）、《旅行》、《宫词》5 首诗为《全唐诗》误收萨都剌诗歌，刘再华指出，殷尧藩名下的《关中伤乱后》是割裂萨都剌《漫兴》而成。

② 陶敏：《〈全唐诗·殷尧藩集〉考辨》，第 205 页。

体考述如下。

《雁门集》卷一收录的《吴姬曲》与见于《元音》卷六林镇名下的《江南曲》似为一首诗。录两首诗如下：

### 吴 姬 曲

皎皎红罗幕，高高碧云楼。娟娟一美人，炯炯露双眸。
郎居柳浦头，妾住鹤沙尾。好风吹花来，同泛春江水。

### 江 南 曲

高高碧云楼，粲粲珊瑚钩。娟娟一美人，炯炯明双眸。
妾居湘江尾，君居湘江头。好风吹桃花，同向湘江流。

虽然两诗完全相同的句子只有两句，但从诗意和诗句结构看似为同一首诗，故这两首诗中的一首有可能是仿作或改作，也有可能是伪诗。

林镇生平不详，除了《元音》卷六收录这首诗于他的名下外，《元诗体要》卷六、[①]《元诗选癸集》癸之癸上[②]也收录了他的这首诗。《元音》《元诗体要》均为成书于明初的诗集，持择较为严谨，而这首诗在萨都剌名下，只见于《雁门集》，故这首诗的原作者似为林镇的作品，更能使人信服。萨都剌名下此诗是仿作或改作或伪作，待考。

《雁门集》卷二录有《过洪》，为五言古诗，原诗如下：

奔流激长川，百折怒未已。
长年与水争，退尺进才咫。
艰哉力舟子，观可悟至理。

这首诗与《元音》卷二所收鲜于枢的《过桐庐漏港滩示同舟人》首四句相同，原诗如下：

惊流激长滩，百折怒未已。篙师与水争，退尺进才咫。
技穷解衣下，力排过乃止。维时春冬交，冰雪寒堕指。
我时卧舟中，起视颡有泚。迂疎一何补，辛苦愧舟子。

---

[①] 宋绪编：《元诗体要》卷六，文渊阁四库全书，第 1372 册，第 567 页。
[②] 顾嗣立、席世臣编，吴申扬点校：《元诗选癸集》(下)，中华书局，2001 年，第 1645 页。

鲜于枢此诗又见于蒋易编《元风雅》卷三,①无异文,此诗还被顾嗣立《元诗选》收入二集丙集②鲜于枢名下。

鲜于枢(1246—1302),字伯机,号困学民,渔阳(今天津蓟县)人。至元二十四年(1287)迁两浙转运司经历,后起为江浙行省都事,大德初改浙东宣慰司都事,大德六年(1302)北还,以太常寺典簿致仕,卒于此年。鲜于枢善诗工书,书法有奇气,有《困学斋诗集》二卷、《困学斋杂录》一卷。

从这首诗被收录的文献看,鲜于枢的诗应是可靠的,因鲜于枢生活的时间要早于萨都剌,所以是鲜于枢先作了这首诗。萨都剌这首诗有可能是借题发挥,但因这种以套用名人句为主最后加两句引申语点题的写法,在萨都剌诗中找不到类似第二例,所以也有可能是伪诗。

除了与卢琦的重出诗,前人已查出《雁门集》有作者重出诗22首,其中有13首是与《萨天锡诗集》重出的诗,去掉这13首,前人查出的9首作者重出诗及诗歌数目如下:殷尧藩3首③、马祖常1首、虞集1首(与殷尧藩3人互见)、龙云从等2首(其中1首5人互见,1首3人互见)、李洞1首(5人互见)、刘致1首,加上我们新发现的7首,现《雁门集》共查出与《萨天锡诗集》不重复作者重出诗9+7=16首。我们的考辨结果是,其中伪诗6首,作者存疑诗3首,④与殷尧藩互见的5首诗均为误收萨都剌的作品,另有2首互见诗是仿作或改作或是伪诗有待考定。

(三)清人萨龙光编注《雁门集》(十四卷本)

该本是萨都剌后人萨龙光参校了清中叶他所能见到的各种萨都剌诗歌版本汇集而成,其特点如殷孟伦、朱广祁在《雁门集·前言》⑤中所说,收诗较其他版本完备,书中有详尽的校记和注释,将所有诗作都按编年排列,所以使用方便。也因此这部诗集成了萨都剌诗集的定本。但事实上萨龙光编注本的这几个特点也正是这个版本的问题所在,对其编年和注释中存在的问题,因不在我们本文要讨论的范围之内,所以此处不作评

---

① 蒋易编:《元风雅》卷三,江苏古籍出版社影印宛委别藏本,1988年,第75页。
② 顾嗣立编:《元诗选》,中华书局,1987年,第4册,第202页。
③ 前人共查出与殷尧藩互见诗7首,其中1首与虞集3人互见,3首已算入《萨天锡诗集》互见诗中。
④ 与马祖常(《车簇簇行》)、虞集、龙云从(《鹤骨笛》)、李洞、郑元祐、唐肃的互见诗不是萨都剌的诗歌,其中与马祖常、虞集和李洞的互见诗,顾嗣立已指出不是萨都剌的诗歌,我们的考述结果与前人一致。关于《鹤骨笛》的作者,顾嗣立、杨光辉的结论是作者存疑,萨龙光认为是萨都剌的作品,我们的考述结果是这首诗不是萨都剌的作品,作者待考,具体考述请看拙文《萨都剌诗歌辨伪窥》,《中国社会科学院研究生院学报》2007年第3期,第109—113页;与刘致、李晔、龙云从(《天灯》)的互见诗是作者存疑诗,其中与刘致的互见诗,萨龙光、杨光辉认为是萨都剌的作品,我们认为判定该诗作者的依据尚显不足,故作者存疑。
⑤ 萨都剌撰,萨龙光编注,殷孟伦、朱广祁点校:《雁门集》,第6页。

述。我们只将在其增补诗中发现的重出诗具体考述如下,借此也能对其"收诗完备"特点中所存在的具体问题窥见一斑。

萨龙光编注《雁门集》,以清嘉庆十二年(1807)本为最完备的版本。该集共有十四卷,收诗794首,其中761首是汇集《萨天锡诗集》(弘治本)和《雁门集》(成化本)中的诗歌,另有33首是他从各处辑得的萨都剌诗歌。这33首诗歌就是我们所说的《雁门集》(十四卷本)增补诗。经排查,在这33首诗歌中,我们新发现4首作者重出诗,互见作者是王翰(1首)、黄镇成(1首)、卜友曾(1首)、柳贯(1首),具体考述如下。

1. 他人的诗

(1) 王翰的诗

《雁门集》卷九录有《夜泊洪塘》,萨龙光加案语说:"此诗各本俱遗,今据《福州府志》补收。"并注明,"福州府志:洪塘在城西,又称西江①"。这首诗又见于王翰的《友石山人遗稿》,诗题为《夜宿洪塘舟中次刘子中韵》,原诗如下:

> 胜地标孤塔,遥津集百船。岸回孤屿火,风度隔村烟。
> 树色迷芳渚,渔歌起暮天。客愁无处写,相对未成眠。

见于两人名下的这首诗无异文。

王翰(1333—1378)字用文,号友石山人,原名那木罕,其先为西夏人,后家居庐州,元末累官福建行省郎中,陈友定留居幕府,表授潮州路总管,兼督循、梅、惠三州,陈友定败,其隐居于永福,观猎山中,明洪武十一年(1378)辟书至,自刎而终。元代出现于诗中的刘子中有两位,在元好问的诗中常出现一位叫刘子中的人,但元好问的生活年代是金末元初,王翰则生活于元末明初,故与元好问交好的刘子中不可能再与王翰交好;另一位就是出现于《友石山人遗稿》中的刘子中,我们认为这个刘子中即《闽中理学渊源考》卷五七所记的刘子中刘嵩。刘嵩生卒年不详,有文集《文斋集》,未见。史籍记载刘嵩"博通经史,所为诗文清新奇古,不俟思索,人谓其有谪仙才。值元季不仕,磊落不羁,以诗酒自娱,家无宿储而处之泰然",②史籍所载与王翰诗中描述的刘子中:"幽兰抱贞姿,结根岩石中"(《送别刘子中二首》其一),"贾傅有才终大用,杜陵无计岂长贫"(《寄别刘子中》),从人生志趣与生活状态看应是同一个人。王翰《友石山人遗稿》(四

---

① 萨都剌撰,萨龙光编注,殷孟伦、朱广祁点校:《雁门集》,第252页。
② 李清馥撰:《闽中理学渊源考》卷五七,文渊阁四库全书,第460册,第571页。

库全书本)中,诗题涉及刘子中的诗共有七首(包括《夜宿洪塘舟中次刘子中韵》),由于二人生逢元末,志气高洁又都不得志,所以诗中往往借景色之肃萧寄寓慷慨之气。如《送别刘子中二首》(其二):

> 执手寒江滨,慷慨难为别。岂无杨柳枝,零乱不堪折。
> 鸿雁西北来,嗷嗷唤晴雪。阳和忽已暮,旅况转凄切。
> 谁怜苏子卿,天涯持汉节。

此诗前八句写送别之景,最后两句点明心迹,与《夜宿洪塘舟中次刘子中韵》的写法不仅一样,诗中充斥的抑郁顿挫之情也如出一辙,而这种诗风又正是王翰的一惯诗风。而且单就《夜宿洪塘舟中次刘子中韵》而言,诗中描述的萧索之境也与元末将亡的时代氛围和王翰忠烈忧时之情相吻合,诗的末句"客愁无处写,相对未成眠","相对"说明是两人以上,正符合该诗的诗题。因此从时间讲,虽然萨都剌在至元年间曾任闽海廉访司知事,与王翰都有可能写此诗,但如上所析,无论从诗的文献来源、诗题、诗风看,这首诗是王翰的作品,似更能使人信服,顾嗣立《元诗选》初集庚集①将这首诗归于王翰名下。误录原因,似应为《福州府志》始误,而萨龙光又未加甄别,故误收此诗。

(2) 黄镇成的诗

《和靖墓》是萨龙光据明田汝成辑撰《西湖游览志》卷二②补收,录于《雁门集》卷一二,这首诗又见于黄镇成的《秋声集》卷二,③诗题作《题林处士故居》,见于两人名下的诗歌只有一字异文,原诗如下:

### 题林处士故居

先生胜隐得孤山,小艇沿湖日往还。自爱烟霞居物外,岂知名姓落人间。鹤无过迹苔痕老,梅自开花月影闲。表墓有铭祠有奠,高风千载更(萨诗作"起"——引者)廉顽。

黄镇成(1287—1361)字元镇,号存斋,邵武(今属福建)人。自幼刻苦嗜学,一生不仕。筑南田精舍隐居著书,部使者屡荐之不就。元文宗至顺年间,曾游历楚汉名山,周

---

① 顾嗣立编:《元诗选》,第 3 册,第 1752 页。
② 田汝成辑撰:《西湖游览志》卷二,上海古籍出版社,1958 年,第 13 页。
③ 黄镇成撰:《秋声集》卷二,《北京图书馆古籍珍本丛刊》,书目文献出版社,1987 年,第 620 页。

游燕赵齐鲁之墟,浮海南还后,又登补陀落迦山,观日出。至正二十一年(1361),有司奏授江西路儒学副提,举命下而卒,集贤院定谥号贞文处士。

黄镇成因未曾入仕,诗多表达悠游山水的情怀,而文献记载虽未记录他有杭州之行,但从他作有《钱塘》①一诗看,他应到过杭州,故从其经历、情怀和游览地考察他都极有可能写此诗;萨都剌于元顺帝时期曾寓居杭州,林和靖遗居是当地的名胜,文人多至此凭吊留诗纪念,如陈孚、黄庚、周权、方回等均作有《和靖墓》诗,萨都剌附庸风雅,作此诗的可能性也极大。但《秋声集》明洪武十一年刊本卷二收有此诗,以两淮马裕家藏本为底本的四库全书本《秋声集》卷三也收有此诗,诗无异文;而明中期刊刻的萨都剌诗集《雁门集》(成化本)、《萨天锡诗集》(弘治本),载有萨都剌诗歌的大型文献《永乐大典》《诗渊》均未见此诗。故从收录这首诗的文献情况分析,这首诗似应为黄镇成的作品,更使人信服,《西湖游览志》可能是误将黄镇成的诗收录在萨都剌名下,萨龙光又沿袭了《西湖游览志》之误。

2. 作者待考的诗

(1) 与柳贯的重出诗

录于《雁门集》卷一三的《梦张天雨》,萨龙光加案语说:"据汲古阁本《句曲外史集》附录补收",②这首诗又见于柳贯的《柳待制文集》③卷五,诗题作《雪后梦薛玄卿》,原诗如下:

> 故恐梅花即是居,一床胡蝶两床分。为予误读中黄子,要尔偕升太素云。开箧取书银字减,隔帘呼酒玉箫闻。觉来不省谁同梦,雪影翻窗似水文。

《柳待制文集》四部丛刊本的底本为元至正刊本,文献来源可靠,而萨都剌这首诗除了见于毛晋汲古阁刊《元人十种诗》本《句曲外史集》附录,还见于《西湖游览志余》卷一五,未见于萨都剌诗集,因此从这首诗歌的文献来源看,柳贯的诗更可靠;从诗的内容分析,因为张雨和薛玄卿都是道士,因此用"梅花""蝴蝶""玄真子""中黄子"这些有关隐逸或道家的人或物,表示对两人的怀念都合适,但诗的末句"雪影翻窗似水文",更能应合《雪后梦薛玄卿》这个诗题,两相比较这个"雪"字放在萨都剌的《梦张天雨》诗题下,就没有柳诗更贴合诗意,所以这首诗似乎是柳贯作品的可能性更大。但《句曲外史

---

① 《秋声集》卷二、《元诗选》初集均收录此诗。
② 萨都剌撰,萨龙光编注,殷孟伦、朱广祁点校:《雁门集》,第369页。
③ 柳贯撰:《柳待制文集》,四部丛刊初编,上海书店出版社,1989年。

集》附录、《西湖游览志余》卷一五将此诗置于萨都剌名下,似应有自己的依据,因确定此诗作者的依据尚显不足,故该诗作者暂且存疑。有意思的是萨龙光延续了《句曲外史集》附录对此诗作者的著录,但似对个别字做了改动。"雪影翻窗似水文"一句,可能觉得诗中的"雪"字与诗题不合,所以在将这首诗录入《雁门集》时,将这个"雪"字改成了"云",这也是《雁门集》中该诗与《句曲外史集》附录中这首诗的唯一一处异文,而《西湖游览志余》卷一五也作"雪影翻窗似水文"。这处改动,虽然使《雁门集》中这首诗显得诗境更加协调,但放在《雪后梦薛玄卿》的诗题下,却正好让我们看到了萨龙光随意改动原诗的痕迹。

薛玄曦(1289—1345),字玄卿,号上清外史,贵溪(今属江西)人,十二岁时辞家入道,延祐四年(1317)提举大都万寿宫,升提点上都万寿宫,泰定三年(1326)辞归龙虎山,至正三年(1343)任佑圣观住持兼领杭州诸宫观,两年后卒。张雨与薛玄卿同为道士,又常有诗词来往,张雨写有《寄京师吴养浩修撰薛玄卿法师兼怀张仲举右谒因寄三首》《怀薛玄卿》《上清外史薛玄卿寄题菌阁且约以游武夷次韵以答》等,①薛玄卿去世后,张雨还写了《悼薛玄卿》。② 柳贯与两人都有交往,柳贯作有《玄文馆送张伯雨鍊师归三茅》等。③

四库全书据浙江鲍士恭家藏本录《待制集》二十卷附录一卷,卷五录有这首诗,诗名误题作《雪夜梦萨玄卿》,与四部本有两处异文:四库本"梅华"四部本作"梅花","即是君"作"即是居"。

(2) 与卜友曾的重出诗

《雁门集》卷一二,据"旧本"录入《快雪轩》,④顾嗣立《元诗选》戊集也将此诗录在萨都剌名下,⑤但顾嗣立、席世臣编《元诗选癸集》之丁又收此诗于卜友曾名下,⑥诗题为《题刘材之家子昂书映雪轩扁》,《御选元诗》⑦卷三一收录此诗同《元诗选癸集》。兹据《元诗选癸集》录卜友曾诗如下:

---

① 张雨撰:《句曲外史集》卷之中,《海王邨古籍丛刊》,中国书店影印明汲古阁毛晋编《元人十种诗》本,1990年,第732—734页。
② 张雨撰:《句曲外史集》补遗卷上,第758—759页。
③ 柳贯撰:《柳待制文集》卷五。
④ 以成化刻本为底本的明钞本《雁门集》卷末,始见补录此诗。明钞本《雁门集》,《历代画家诗文集》之四,台湾学生书局影印本,1970年,第77页。
⑤ 顾嗣立编:《元诗选》,第2册,第1208页。
⑥ 顾嗣立、席世臣编,吴申扬点校:《元诗选癸集》(下),第372页。
⑦ 张豫章等编:《御选元诗》卷三一,文渊阁四库全书,第1440册,第382页。

天吴粉月成琼屑,洒向人间沃春热。东风刮地清梦阑,门外好山青不得。
　　白云著雨飞难起,晓来化作湘江水。湘水娟娟照美人,对此心开几千里。
　　临池落笔幽思多,白须道士来相过。日斜写得《黄庭》去,锦笼却送山阴鹅。
　　山阴春尽美人老,茂陵刘郎拾瑶草。瑶草年年吹古香,至今残雪明松表。

据《雁门集》(十四卷本)录萨都剌《快雪轩》如下:

　　吴刚粉月成琼屑,洒向人间沃春热。门外青山不得青,刮地东风翻挨末。
　　梨花云湿飞难起,晓来化作湘江水。娟娟美人耐高寒,对此心开几千里。
　　山阴夜冷沙棠小,归来狂兴犹孤悄。古春吹到矮茅茨,香浮茗椀滋诗脾。

　　卜友曾此诗为七言十六句,萨都剌此诗为七言十二句,卜诗后八句、萨诗后四句应是出自两人之手,但前八句则应是一人抄袭另一人所作。
　　卜友曾,生平不详,只知他于泰定丁卯年(1327)举进士,画有《瘦马图》,其诗仅见这一首。据卜友曾此诗诗题分析,该诗应是为赵孟頫题"映雪轩"匾而作,但我们没找到相关此事的记载,却找到了不少关于赵孟頫仿王羲之书"快雪时晴"贴的记载,明张丑《清河书画舫》载:"子昂'快雪时晴'四大字,乃是题张伯雨临右军帖者,后有徐幼文画亦佳。"①明郁逢庆《书画题跋记》卷七则记录了赵孟頫题这四个字的过程和题字的下落:"古人临帖妙在得其意度,不特规规于形似而已。赵文敏公临右军帖为尤多,予家藏'快雪时晴'帖久矣,公反覆题识其上,可见其珍重之深也。又摘此四字展书之,虽大小形似或殊其意度则得之矣。遂揭之斋中,以并传不朽云。南屏隐者莫昌识。"②从这两条记载可知,赵孟頫曾仿王羲之书"快雪时晴"贴一幅,为莫昌收藏。以这两条记载,证卜友曾诗中"子昂书映雪轩扁"一事,不误,只是卜友曾将"快雪"误认作"映雪"。证实了这个事实,卜友曾的诗题就好解释了。赵孟頫书"快雪时晴"贴,为莫昌收藏后,再未见记载,也许流落到了卜友曾诗题中这个叫刘材的人手中,也许刘材手中的只是赝品,被卜友曾看到后,卜即作了此诗。再来看卜友曾此诗:全诗首四句写"快雪",五句至八句写"时晴",九句至十二句借写王羲之书《黄庭》经换山阴道士鹅的典故,暗写"快雪时晴"贴的来历,最后四句则以茂陵刘郎拾瑶草暗赞刘材收藏此匾之事。

---

① 张丑:《清河书画舫》卷一〇下,文渊阁四库全书,第817册,第415页。
② 郁逢庆:《书画题跋记》卷七,文渊阁四库全书,第816册,第692页。

全诗紧扣诗题,所用典故也俱与"快雪时晴"匾的相关背景吻合,诗脉畅通,首尾联贯;再来看萨都剌的诗,关于诗题《快雪轩》,萨龙光做了如下解释:"倪瓒《清閟阁稿》:山阴刘元晖营茅斋名快雪。又《云林诗集》:岁己酉八月十四日寓甫里之野人居,刘君元晖邀余酌酒快雪斋中。"①倪瓒作有《刘君元晖八月十四日邀余玩月快雪斋中对月理咏因赋长句二首》一诗,据此诗可知萨龙光所言不误。而"山阴"快雪斋也与"山阴夜冷沙棠小"一句相符。假定萨诗就是写山阴刘元晖的"快雪斋",则此诗首四句写快雪,第五到第八句写时晴,最后四句抒写诗人身居快雪斋之心境,诗意也能解释得通。但如上所述,这首诗的前八句,只能是出自一人之手,谁应是这八句的原作呢?从诗歌写法分析,萨诗的后四句"山阴夜冷沙棠小,归来狂兴犹孤悄。古春吹到矮茅茨,香浮茗椀滋诗脾。"写法明显与前八句不合,前八句笔调充满跳跃想象,而这四句却一转为写实。而且前八后四,诗歌结构比例不匀称;从诗意看,"香浮茗椀滋诗脾"应是写诗人自己身居快雪斋,但在萨都剌经历中我们未见诗末四句所描述的生活背景,从萨都剌的作品中也未找到萨都剌与山阴刘元晖交往的诗句。又因为这首诗录于萨都剌名下,始见于明代据成化刻本抄写的《雁门集》卷三末尾,而且为后人补录,所以此诗原作者和原貌是卜友曾和他名下的诗,不失为一种比较合理的说法。而萨都剌名下的此诗,是仿作或改作或伪作,存疑待考。

《雁门集》除了收入上述互见诗,还收有一首文天祥的诗。《登古河堤》(卷八)是萨龙光据《畿辅通志》补收的诗,但这首诗实际是文天祥《保州道中》的八句,《雁门集》萨诗如下:

### 登 古 河 堤

厉阶起玉环,左许(文诗作"计"——引者)由石郎(文诗作"即"——引者)。
天地行日月,万代乘景光。
昼夜果可废,春秋诚荒唐。
吾生直须臾,俯仰际八荒。

关于这首诗互见的具体情况参看本文第一部分与刘因的互见诗。致误原因简而言之,即《畿辅通志》的编刊者因疏忽犯了两个错误:第一个错误是误将文天祥的《保州道中》录在刘因名下,诗题《遂州道中》;第二个错误是将萨都剌的《吴桥县古河堤》拼在了这首诗后,而将文天祥这首诗结尾的十句诗,去掉最后两句,充当了萨都剌《登古河堤》

---

① 萨都剌撰,萨龙光编注,殷孟伦、朱广祁点校:《雁门集》,第332—333页。

(即《吴桥县古河堤》)的诗文。萨龙光在据《畿辅通志》补收这首诗时,未加甄别,将前人误录的所谓《登古河堤》,当作萨都剌的另一首诗排在"顺帝元统二年甲戌",并与《吴桥县古河塘》排先后,在这首诗后他又加案语说:"盖此诗专为伯颜弑皇后伯牙吾氏而作也。唐玄宗使玉环自缢于马嵬,皆由平日养奸酿寇,故临时为陈玄礼所迫,计已左矣。伯牙吾氏兄弟谋逆未尝与闻,而伯颜擅执帝后戕诸民舍,律以春秋之法,其可容乎?日月即君后之谓也。"①《保州道中》是文天祥《指南后录》中的一首诗,这首诗主要描述了南宋末年诗人在保州路途所见的荒凉混乱景象,充满了诗人追忆往昔感叹兴亡的悲叹。所以萨龙光对这首诗所谓写作背景及内容的诠释,完全是出于主观臆解。从这首诗的误录,我们可以窥见萨龙光《雁门集》(十四卷本)在补辑诗歌和作编年注释时存在的问题。《雁门集》中类似的问题或其他类的问题还有许多,以后我们将做专文论述。

萨龙光编注《雁门集》(十四卷本)增补的33首诗中,共发现互见诗10首,②其中6首是他将与宋无、谢宗可、龙云从(或无名氏)互见的诗歌收入萨都剌名下,另外4首即我们新发现的互见诗。我们的考辨结果是,其中伪诗4首,③作者存疑诗5首,④另有1首是仿作、改作或伪作待考。

**(四)《永和本萨天锡逸诗》**

这是萨都剌诗集流传于日本的一种版本,该集刊行于日本明治乙巳年(1905),其依据的底本是日本北朝后圆融院天皇永和丙辰年刻本。永和丙辰,相当于明太祖朱元璋洪武九年(1376)。从刊刻时间讲,该集底本是现存萨都剌诗集中刊刻时间最早的一种本子。据李佩伦先生清查,该集收七律138首,七绝3首,五绝1首,共142首诗歌,后附有僧释疏文7篇。该诗集最大的价值是收录有89首佚诗。杨镰先生在《元佚诗研究》中,发现"'逸诗'的62首咏物诗,仅7首不见于谢宗可《咏物诗》。而不见于《咏物诗》的《虎顶杯》《灯花》却出现在《诗渊》何孟舒名下(2册1402页、1392页),题同诗同"。⑤虽然李佩伦先生在《永和本萨天锡逸诗》的《出版前言》就指出,谢宗可《咏物诗》"其中

---

① 萨都剌撰,萨龙光编注,殷孟伦、朱广祁点校:《雁门集》,第221—222页。
② 这个数字不包括与文天祥、刘因的三人互见诗。
③ 与谢宗可、宋无、王翰、黄镇成的互见诗不是萨都剌的作品。其中与谢宗可互见的《虾助》,杨镰先生认为是何孟舒的作品,杨光辉认为是萨都剌的作品,我们的考述结果是这首诗不是萨都剌的作品,作者待考。与宋无的互见诗,萨龙光以"以俟待考"的态度录入萨都剌名下,杨光辉认为这首诗是宋无的作品,我们的考述结果与杨光辉一致,但考述过程和证据不同。
④ 与龙云从(或无名氏)互见的诗,杨光辉的考述结果是作者存疑,我们的考述结果与前人一致,但考述过程不同,具体考述参看拙文《萨都剌诗歌辨伪管窥》,《中国社会科学院研究生院学报》2007年第3期,第109—113页。
⑤ 杨镰:《元佚诗研究》,《文学遗产》1997年第3期,第59页。

有些与《逸诗》互见,值得推究",①并判定"《逸诗》与《咏物诗》互见者,似多应归于萨都剌笔下"。②但杨镰先生经过考证,最后得出的结论是"元代诗坛确实流传着以咏物为题的100首(后扩为数百首)七言律诗,流传过程署名不一。它们不是萨都剌所作,直到明代中期,各种萨集从未认同并收入这部分咏物诗。由于谢、何全无时名,当然不可能是诗坛名流萨都剌写了再托名(借名)于他们,只可能是相反。相比之下,谢宗可更'虚化'一些,这批咏物诗当是元明间人何孟舒作于元统、至正间"。③在《元西域诗人群体研究》中杨镰先生又根据元代咏物诗作者著录的复杂情况和《永和本萨天锡逸诗》收录咏物诗的互见情况,作出推断:"所谓《永和本萨天锡逸诗》是(至少它所依据的底本是)一部伪书。"④我们在杨镰先生发现⑤的基础上,从《永和本萨天锡逸诗》中又清查出两首他人的诗歌,重出作者为:紫姑和揭傒斯。

1. 紫姑的诗

载于《永和本萨天锡逸诗》的《佳人手》,⑥又见于《夷坚志》支乙卷第五⑦"紫姑咏手"条,据《夷坚志》录诗如下:

> 笑折(萨诗作"拈"——引者)夭(萨诗作"樱"——引者)桃力不禁,时(萨诗作"戏"——引者)攀杨柳弄春阴。管弦曲里(萨诗作"谱内"——引者)传(萨诗作"调"——引者)声慢,星月楼前敛拜深。绣幕偷回双舞袖(萨诗作"画阁低回红锦绣"——引者),绿衣(萨诗作"碧窗"——引者)闲整小(萨诗作"翠"——引者)眉心。秋来几度挑罗袜(萨诗作"几番欲绣回文字"——引者),为忆(萨诗作"惹起"——引者)相思放却针(萨诗作"却住针"——引者)。

两诗虽然异文较多,但是一首诗。《夷坚志》为宋人洪迈所撰,据中华书局何卓点校本《夷坚志》"点校说明",这个本子是以"涵芬楼印本为底本,重加标点校定",⑧应无误。

---

① 李佩伦校注:《永和本萨天锡逸诗》"出版前言",山西古籍出版社,1993年,第7页。
② 同上,第8页。
③ 杨镰:《元佚诗研究》,《文学遗产》1997年第3期,第59页。
④ 杨镰:《元西域诗人群体研究》,第326页。
⑤ 除了上述与谢宗可、何孟舒的3人互见诗,杨镰先生在《元西域诗人群体研究》第325页指出《鹤梦》又见于《元诗体要》,作者无名氏;在《元诗史》第637页指出《碧筒杯》又见于张雨的《句曲外史集》(卷五)(诗题作《碧筒酒》)。
⑥ 李佩伦校注:《永和本萨天锡逸诗》,第26页。
⑦ 洪迈撰,何卓点校:《夷坚志》,中华书局,1981年,第2册,第834页。
⑧ 何卓"点校说明",洪迈撰,何卓点校:《夷坚志》,第1册,第2页。

此外,宋人赵与时的《宾退录》卷九引《夷坚·支乙》载紫姑《咏手》诗,①全诗与上面录的这首诗只有两字异文。明胡应麟《少室山房笔丛正集》卷二一也引了《夷坚志》"紫姑咏手"诗,故这首诗最早应是见于《夷坚志》,作者为紫姑,《永和本萨天锡逸诗》误录。

2. 揭傒斯的诗

载于《永和本萨天锡逸诗》的《西京春日》,②又见于《揭傒斯全集》(诗集卷八),诗题为《忆昨四首》(其二),③原诗如下:

宫草葱茸禁树齐,日趋延颢(萨诗作"颈")对凝晖。朝迎步辇花间立(萨诗作"出"),暮送回銮柳下归(萨诗作"迷")。碧殿东浮苍巘(萨诗作"欲")合,金河北引玉泉肥。几回弘庆门前(萨诗作"东门")路,春气濛濛欲湿(萨诗作"献染")衣。

揭傒斯(1274—1344)字曼硕,龙兴富州(今江西丰城)人。与虞集、范梈、杨载齐名,被称为"元诗四大家"。揭傒斯少以文名,延祐元年(1314)授翰林编修,进应奉。天历二年(1329)元文宗开奎章阁,擢授经郎,升艺文监丞。此后历任集贤、翰林学士,至正二年(1342)升翰林侍讲,四年卒。谥号文安,有《揭文安公全集》十四卷。

李梦生标校《揭傒斯全集》所据底本为《豫章丛书》本,此外,揭傒斯诗集的另两种版本《揭文安公全集》卷三(四部丛刊本)和《文安集》卷三(四库全书本)也都录有该诗,三处的诗文没有异文。据四库全书本《文安集》提要载"虞集尝目其(指揭傒斯)诗如三日新妇,而自目所作如汉庭老吏。傒斯颇不平,故作《忆昨》诗,有'学士诗成每自夸'句。集见之答以诗曰:'故人不肯宿山家,夜半驱车踏月华。寄语旁人休大笑,诗成端的向谁夸。'且题其后曰:'今日新妇老矣'。是二人虽契好最深,而甲乙间乃两不相下。"④揭傒斯《忆昨》(其四)有"学士吟成每自夸"句,虞集此诗见于《道园学古录》卷三〇,诗题《送程以文兼柬揭曼硕》,可见揭傒斯作这组诗不误。此外这首诗又见于明初孙原理编《元音》卷六揭傒斯名下,诗题相同,诗有少量异文,而这首诗在萨都剌名下只见于《永和本萨天锡逸诗》,所以这首诗似是揭傒斯的作品,不失为一种比较合理的说法。

在《永和本萨天锡逸诗》的佚诗中现已查出60首互见诗,其中59首都是七律咏物诗。《永和本萨天锡逸诗》共收录62首七律咏物诗,除了《米雪》已见于萨都剌诗集,其

---

① 赵与时撰,齐治平校点:《宾退录》,上海古籍出版社,1983年,第117页。
② 李佩伦校注:《永和本萨天锡逸诗》,第36页。
③ 揭傒斯撰,李梦生标校:《揭傒斯全集》,上海古籍出版社,1985年,第232页。
④ 纪昀等撰:《文安集提要》,文渊阁四库全书,第1208册,第149—150页。

余61首七律咏物佚诗中,竟有59首是作者互见诗,而这些互见诗有56首又见于谢宗可的《咏物诗》,另外3首伪诗中,除了1首见于宋人洪迈的《夷坚志》,有2首又都见于《元音》:《碧筒饮》又见于《元音》卷一一,作者为赵君谟;《碧筒杯》又见于《元音》卷七,作者为张雨;而新发现的互见诗《西京春日》也见于《元音》卷六,作者为揭傒斯。明人伪造元代诗集,惯以《元音》为作伪底本,杨镰先生《元佚诗研究》在揭示潘是仁的《宋元六十一家集》作伪底本时,对此已有论证。我们的发现和考述结果为杨镰先生的结论又补充了新的证据,虽然对该集伪诗出现的原因,我们的研究还很粗浅,但从推导文献来源的角度分析,因该集收录的诗歌,文献来源不明,所以说该集"是《雁门集》之外的重要版本",似难成立。①

## (五)与卢琦的互见诗

萨都剌诗集中,数量最多的作者重出诗是与卢琦的诗歌。为了方便研究者查阅,列表如下:

表3 萨都剌与卢琦互见诗目表

| 诗集 诗题 序号 | 萨都剌 | | | | 卢琦 | 备注 |
| --- | --- | --- | --- | --- | --- | --- |
| | 萨天锡诗集(弘治李举本) | 《雁门集》成化张习本 | 《萨天锡诗集》汲古阁本 | 其他明代诗集 | 《圭斋(峰)先生集》卷上 | |
| 1 | 过紫薇庵访冯道士(前集,3首) | | 同题,卷三(2首) | 《石仓历代诗选》卷二四〇 | 同题合为1首 | |
| 2 | 雪霁过清溪题道士江野舟南馆 二绝(前集,2首) | | 雪霁过清溪题道士江野舟南馆,卷三 | 《诗渊》1661页,诗题《题道士江野舟南馆》,两首合为一首五律 | 过清溪道士江野舟(1首) | |
| 3 | 过高邮射阳湖杂咏(前集,9首,1、2、5、8、9重出) | | 同题,卷三(2首) | 《永乐大典》2271/4A,9首;《诗渊》2162页,9首;《元风雅》卷十三,2首 | 过高邮(1首) | |

---

① 张旭光、葛兆光先生在《萨都剌集版本考》(《扬州师院学报》1986年第1期,第79—84页)、刘真伦先生在《北图藏本〈新芳萨天锡杂诗妙选稿〉考述》(《文献》1990年第4期,第40—51页)、李佩伦、龚世俊先生在《日本刊〈萨天锡杂诗〉考论——兼谈萨都剌集版本》(《民族文学研究》2005年第2期,第133—136页)都持这个观点。

(续表)

| 诗集<br>诗题<br>序号 | 萨都剌 | | | | 卢琦 | 备注 |
|---|---|---|---|---|---|---|
| | 萨天锡诗集<br>（弘治李举本） | 《雁门集》<br>成化张习本 | 《萨天锡<br>诗集》<br>汲古阁本 | 其他明代<br>诗集 | 《圭斋(峰)<br>先生集》<br>卷上 | |
| 4 | 次繁昌邑宰梅双溪韵（前集,1首） | | 同题,<br>卷三 | 《皇元风雅》<br>前集卷十 | 同题1首 | |
| 5 | 题焦山方丈壁（前集,1首） | 题焦山方丈<br>卷二 | 同题,<br>卷一 | 《诗渊》3711<br>页,《石仓历代诗选》卷二四〇 | 题焦山方丈壁（1首） | |
| 6 | 送吴寅甫之扬州（前集,1首） | 送吴寅可之扬州卷二 | 同题,<br>卷一 | 《乾坤清气》卷一,《诗渊》4362页,《石仓历代诗选》卷二四〇 | 送吴父之扬州（1首） | |
| 7 | 秋日病起池上（前集,1首） | 秋日池上（卷二） | 同题,<br>卷一 | 《石仓历代诗选》卷二四〇 | 秋日病起池上（1首） | |
| 8？ | 题潭州刘氏姊妹二孀贞节（前集,1首） | 潭州刘氏姊妹贞节,<br>卷三 | 同题,<br>卷一 | | 题潭州刘氏姊妹孀妇贞节（1首） | |
| 9？ | 早发黄河即事（前集,1首） | 同题,卷二 | 同题,<br>卷一 | 《石仓历代诗选》卷二四〇 | 早发黄河（1首） | |
| 10 | 寄朱舜咨王伯循了即休（前集,5首,1、2、3、4重出） | 寄朱舜咨王伯循了即休并序,<br>卷二 | 同题,<br>卷一 | 《永乐大典》14382/13B,5首；《诗渊》618页,5首；《石仓历代诗选》卷二四〇,3首 | 寄王伯循诸公（4首） | |
| 11 | 宿乌石驿（前集,1首） | 同题,卷二 | 同题,<br>卷一 | 《诗渊》3620页,《石仓历代诗选》卷二四〇 | 同题1首 | |
| 12 | 度闽关（前集,1首） | 同题,卷二 | 同题,<br>卷一 | 《石仓历代诗选》卷二四〇 | 同题1首 | |

（续表）

| 诗集<br>诗题<br>序号 | 萨都剌 | | | | 卢琦 | 备注 |
|---|---|---|---|---|---|---|
| | 萨天锡诗集（弘治李举本） | 《雁门集》成化张习本 | 《萨天锡诗集》汲古阁本 | 其他明代诗集 | 《圭斋(峰)先生集》卷上 | |
| 13 | 度岭舆至崇安命棹建溪（前集,1首） | 过岭至崇安方命棹之建溪,卷二 | 同题,卷一 | | 度岭于崇安命棹建溪(1首) | |
| 14 | 寄铅山别驾完颜子忠（前集,1首） | 寄铅山别驾完颜性忠,卷二 | 同题,卷一 | 《乾坤清气》卷一 | 寄沿山别驾乌延子忠(1首) | |
| 15 | 石上晚酌天章台（前集,2首,重2首） | 同杨子承李伯贞避暑乌石山饮天章台,卷二 | 同题,卷一 | 《乾坤清气》卷一,《石仓历代诗选》卷二四〇,2首 | 同幕府杨子丞李伯真避暑乌石上晚酌天章台(合1首) | |
| 16 | 宿台山寺绝顶（前集,1首） | 宿台城山绝顶,卷二 | 同题,卷一 | 《永乐大典》11951/8A,《石仓历代诗选》卷二四〇 | 宿台山寺绝顶(1首) | |
| 17? | 望鼓山（前集,1首） | | 同题,卷一 | 《石仓历代诗选》卷二四〇 | 同题1首 | |
| 18? | 题汀州丁三溪知事卷（前集,1首） | | 同题,卷一 | 《石仓历代诗选》卷二四〇 | 题汀州丁溪知事卷(1首) | |
| 19 | 将至大横驿舍舟乘舆暮行（前集,2首） | | 同题,卷一 | 《石仓历代诗选》卷二四〇 | 将至大横驿舍舟乘舆暮行山中(2首) | |
| 20? | 闻秋蛩有感（前集,1首） | | 同题,卷一 | 《石仓历代诗选》卷二四〇 | 闻秋虫有感(1首) | |
| 21 | 赠白云（前集,1首） | | 同题,卷一 | | 《石仓历代诗选》卷二四一,同题1首 | |

（续表）

| 诗集<br>序号 诗题 | 萨都刺 | | | | 卢琦 | 备注 |
|---|---|---|---|---|---|---|
| | 萨天锡诗集（弘治李举本） | 《雁门集》成化张习本 | 《萨天锡诗集》汲古阁本 | 其他明代诗集 | 《圭斋(峰)先生集》卷上 | |
| 22 | 望武夷（前集,1首） | | 同题,卷一 | | 同题1首 | |
| 23 | 宿武夷（前集,1首） | | 同题,卷一 | 《诗渊》1497页,《武夷山志》,《石仓历代诗选》卷二四〇 | 同题1首 | |
| 24 | 会杜清碧（前集,2首） | | 同题,卷一 | | 宿武夷山会杜聘君（2首） | |
| 25？ | 昼卧云际亭（前集,1首） | | 同题,卷一 | | 同题1首 | |
| 26 | 过延平津（前集,3首,后2首重） | | 同题,卷一 | | 答福唐林氏兄弟诗（2首） | |
| 27 | 京口夜坐（后集,1首） | 秋夜京口,卷五 | 同题,卷二 | 《石仓历代诗选》卷二四〇 | 书怀（1首） | |
| 28 | 登金山雄跨亭（后集,1首） | 吞海亭望焦山,卷五 | 同题,卷二 | 《元诗体要》卷十二,《石仓历代诗选》卷二四〇 | 题金山寺（1首） | |
| 29 | 寒夜怀京口韵（后集,1首） | 寒夜怀上京,卷六 | 同题,卷二 | | 《石仓历代诗选》卷二四一《寒夜怀京和韵》（1首） | |
| 30 | 寄贺天竺长老诉笑隐召住大龙翔集庆寺（后集,1首） | 送欣上人笑隐住龙翔寺,卷六 | 寄贺天竺长老诉笑隐住大龙翔集庆寺,卷二 | 《诗渊》668页《六研斋笔记》二笔卷四,《明文衡》卷五十五,《石仓历代诗选》卷二四〇 | 寄天竺长老住集庆龙翔寺（2首其1） | |

(续表)

| 序号 \ 诗题 \ 诗集 | 萨都剌 | | | | 卢琦 | 备注 |
|---|---|---|---|---|---|---|
| | 萨天锡诗集（弘治李举本） | 《雁门集》成化张习本 | 《萨天锡诗集》汲古阁本 | 其他明代诗集 | 《圭斋(峰)先生集》卷上 | |
| 31? | 题刘涣中司空山隐居图（1首） | 题刘涣中司空山隐居图,卷五 | 同题,卷二 | 《永和本萨天锡逸诗》 | 寄刘德中句容小隐居图（1首） | |
| 32 | 高邮城楼晓望（后集,1首） | 高邮城晓望,卷五 | 同题,卷二 | 《诗渊》3561页,《石仓历代诗选》卷二四〇 | 高邮城楼晚望（1首） | |
| 33 | 燕将军出猎（后集,1首） | 丞相出猎,卷五 | 同题,卷二 | 《元诗体要》卷十一 | 同题1首 | |
| 34 | 再过钟山大禧万寿寺有感（后集,1首） | 游崇禧寺有感,卷六 | 同题,卷二 | | 再过钟山万寿寺有感（1首） | |
| 35 | 寄京口鹤林寺长老了即休（后集,1首） | 同题,卷五 | 同题,卷二 | 《诗渊》668页《石仓历代诗选》卷二四〇 | 寄鹤林长老了即休（1首） | |
| 36 | 偕廉公亮游钟山（后集,1首） | 同题,卷六 | 同题,卷二 | 《永和本萨天锡逸诗》 | 同题1首 | |
| 37 | 和参政继学王先生海南还韵（后集,1首） | 和参政王继学海南初还韵,卷五 | 同题,卷二 | | 和王维学海南还韵（1首） | |
| 38 | 三衢守马昂夫索题烂柯山石桥（后集,1首） | 三衢马太守昂夫索题烂柯山桥,卷五 | 同题,卷二 | 《诗渊》2034页 | 三衢守马昂夫索题烂柯石桥（1首） | |
| 39 | 题元符宫东秀轩又名日观（后集,1首） | 同题,卷五 | 同题,卷二 | 《诗渊》1583页 | 《石仓历代诗选》卷二四一同题1首 | |

(续表)

| 序号 | 诗人<br>诗集<br>诗题 | 萨都剌 | | | | 卢琦 | 备注 |
|---|---|---|---|---|---|---|---|
| | | 萨天锡诗集<br>(弘治李举本) | 《雁门集》<br>成化张习本 | 《萨天锡<br>诗集》<br>汲古阁本 | 其他明代<br>诗集 | 《圭斋(峰)<br>先生集》<br>卷上 | |
| 40 | 元统乙亥岁集贤学士只儿合舟奉旨代祀真定路玉华宫睿宗仁圣景襄皇帝影堂仆备监礼(后集1首) | 元统乙未秋集贤学士只尔合舟奉旨代祀真定路玉华宫睿宗仁圣景襄皇帝影堂仆备监礼,卷五 | 同题,卷二 | 《诗渊》296页,《河朔访古记》卷上 | 集贤学士嗒尔哈册奉旨代祭真定路玉华宫仆备鉴礼(1首) | | |
| 41 | 《登镇阳龙兴寺阁观铜铸观音像》(后集1首) | 登镇阳龙兴寺阁观铜□(原文缺)观音像,卷五 | 同题,卷二 | 《诗渊》3793页,《永和本萨天锡逸诗》(前四句七绝) | 登镇阳龙兴寺阁观铜铸观音(1首) | | |
| 42 | 寄参政许可用(后集,1首) | 同题,卷五 | 同题,卷二 | 《诗渊》617页 | 同题1首 | | |
| 43 | 仆官燕南照磨大名文济王重赐彩二端赋诗以谢(后集,1首) | 仆新除燕南照磨蒙大名文济王赐彩段二端赋此以谢,卷五 | 同题,卷二 | 《诗渊》988页 | 文济王赐练段赋诗以谢(1首) | | |
| 44 | 寄文济王府教授郭尚之(后集,1首) | 同题,卷五 | 同题,卷二 | 《诗渊》610页,《永和本萨天锡逸诗》 | 同题1首 | | |
| 45 | 送金事王君实之淮东(后集,1首) | 同题,卷六 | 同题,卷二 | 《石仓历代诗选》卷二四〇 | 送金宪王君实之淮东(1首) | | |
| 46 | 元统乙亥岁余除闽宪知事未行立春十日参政许可用惠茶寄诗以谢(后集,1首) | 元统乙亥余除闽宪知事未行立春十日参政许可用惠茶赋此以谢,卷五 | 同题,卷二 | 《诗渊》996页《永和本萨天锡逸诗》 | 可用惠茶赋诗以谢(1首) | | |
| 47? | 别江州总管真定王克绍(后集1首) | 同题,卷六 | 同题,卷二 | | 同题1首 | | |

(续表)

| 序号 | 诗题 \ 诗人诗集 | 萨都剌 | | | | 卢琦 | 备注 |
|---|---|---|---|---|---|---|---|
| | | 萨天锡诗集（弘治李举本） | 《雁门集》成化张习本 | 《萨天锡诗集》汲古阁本 | 其他明代诗集 | 《圭斋(峰)先生集》卷上 | |
| 48 | 阻风崔镇有感（后集，1首） | 崔镇阻风有感，卷五 | 同题，卷二 | | | 《石仓历代诗选》卷二四一，同题，1首 | |
| 49 | 钱唐驿楼望吴山（后集，1首） | 同题，卷五 | 同题，卷二 | 《诗渊》159页，《西湖游览志》卷十二，《海塘录》卷七 | | 栖吴山（1首） | |
| 50 | 题鸦浴池（后集，1首） | 鸦浴池有题，卷五 | 同题，卷一 | 《诗渊》2272页 | | 题鸦落图（1首） | |
| 51 | 同克明曹生清明日登北固山和韵（后集，1首），与《清明日偕曹克明登北固楼》后八句重出 | 同曹克明清明日登北固山次韵，卷五 | 同题，卷二异题，卷一重出 | | | 同曹克明登北固山和韵（1首） | |
| 52 | 金陵道中（后集，1首） | 金陵道中题沈氏壁（卷六） | 同题，卷二 | 《诗渊》1997页，《永和本萨天锡逸诗》 | | 同题1首 | 殷尧藩，御定全唐诗，卷四九二 |
| 53 | 同吴郎饮道院（后集，1首） | 同题，卷六 | 同题，卷二 | 《永和本萨天锡逸诗》 | | 宿道家作（1首） | |
| 54 | 海棠曲（后集，1首） | 王孙曲，卷一 | 同题，卷二 | 《诗渊》2329页，《石仓历代诗选》卷二四〇 | | 同题1首 | |
| 55 | 威武曲（后集，1首） | | 同题，卷一 | | | 同题1首 | |

(续表)

| 诗集<br>诗题<br>序号 | 萨都剌 | | | | 卢琦 | 备注 |
|---|---|---|---|---|---|---|
| | 萨天锡诗集（弘治李举本） | 《雁门集》成化张习本 | 《萨天锡诗集》汲古阁本 | 其他明代诗集 | 《圭斋(峰)先生集》卷上 | |
| 56 | 如梦曲哀燕将军(9首,1、2、3、4、5、6、7、9重出) | 伤思曲哀故将军燕公曲即如梦令调也,卷一 | 同题,卷一 | 《乾坤清气》卷八,1、3、4、7首 | 如梦曲哀燕将军(1首) | |
| 57 | 江南乐（后集,1首） | 同题,卷一 | 同题,卷一 | 《元诗体要》卷一,《石仓历代诗选》卷二四〇 | 同题1首 | |
| 58 | 江南怨（后集,1首） | 同题,卷一 | 同题,卷一 | 《元诗体要》卷六,《石仓历代诗选》卷二四〇 | 同题1首 | |
| 59 | 过居庸关至顺癸酉岁(后集,1首) | 过居庸关,卷三 | 居庸关至顺癸酉岁,卷一 | 《石仓历代诗选》卷二四〇 | 有事居庸关（1首） | |
| 60 | 寒夜闻角（后集,1首） | 同题,卷三 | 同题,卷一 | 《诗渊》1458页,《石仓历代诗选》卷二四〇 | 寒夜闻笛（1首） | |
| 61 | 宣政同知燕京间报国哀时文皇晏驾（后集,2首,2首重出） | 丹阳雨中逢宣政燕同知报国哀时文皇晏驾,卷三 | 同题,卷一 | | 宣布同知自燕京来报国哀时文皇晏驾（1首） | |
| 62 | 京口寒夜和葛秀才床字韵（后集,1首） | 京口夜坐,卷三 | 同题,卷一 | | 京口寒夜和葛秀才（1首） | |
| 63 | 江上闻笛(后集,1首,前4句重) | 同题,卷三 | 同题,卷一 | 《石仓历代诗选》卷二四〇 | 江上闻笛别友（1首） | |
| 64？ | 七夕后一夜乐陵台上倚梧桐树望月有怀御史李公艺(后集,1首) | 登乐陵台倚梧桐望月有怀南台李御史艺七夕复一日也,卷三 | 同题,卷一 | 《石仓历代诗选》卷二四〇 | 七夕后乐陵台上倚梧望月有怀李御史公袭（1首） | |

(续表)

| 序号 \ 诗人/诗集/诗题 | 萨都剌 | | | | 卢琦 | 备注 |
|---|---|---|---|---|---|---|
| | 萨天锡诗集（弘治李举本） | 《雁门集》成化张习本 | 《萨天锡诗集》汲古阁本 | 其他明代诗集 | 《圭斋(峰)先生集》卷上 | |
| 65 | 留别同年索士岩经历（后集1首） | 同题,卷三 | 同题,卷一 | | 留别同乡严进士（1首） | |
| 66 | 走笔赠燕孟初（后集,1首） | 走笔赠燕会初,卷三 | 同题,卷一 | 《诗渊》544页《石仓历代诗选》卷二四〇 | 走笔赠孟礼（1首） | |
| 67 | 偕卜敬之游吴山驼峰紫阳洞（后集,1首） | 游吴山紫阳庵,卷三 | 同题,卷一 | 《元风雅》卷十三,《元诗体要》卷五,《石仓历代诗选》卷二四〇,《西湖游览志》卷十二 | 游吴山驼峰紫阳庵（1首） | |
| 68 | 过桐君山（后集,1首） | 同题,卷三 | 同题,卷一 | 《石仓历代诗选》卷二四〇 | 同题1首 | |
| 69 | 夜泊钓台（后集,1首） | 同题,卷三 | 同题,卷一 | 《石仓历代诗选》卷二四〇 | 同题1首 | |
| 70? | 题云山图（后集,1首） | 闽帅资善公以息斋着色竹见遗予以唐子华云山图酬之并赋诗其上云,卷三 | 同题,卷一 | | 同题1首 | |
| 71 | 题喜里客厅雪山壁图（后集,1首） | 题寿里客厅雪山壁,卷三 | 同题,卷一 | 《诗渊》3194页,《乾坤清气》卷四 | 雪山辞题寿星驿（1首） | |
| 72 | 梅仙山行（后集,1首） | | 同题,卷一 | 《石仓历代诗选》卷二四〇 | 梅山行并引（1首） | |
| 73 | 西楼别寄闽宪诸公（后集,1首,后八句重出） | | 同题,卷一 | 《石仓历代诗选》卷二四〇 | 江上闻笛别友（1首） | |

（续表）

| 诗集 序号 诗题 诗人 | 萨都剌 | | | | 卢琦 | 备注 |
|---|---|---|---|---|---|---|
| | 萨天锡诗集（弘治李举本） | 《雁门集》成化张习本 | 《萨天锡诗集》汲古阁本 | 其他明代诗集 | 《圭斋(峰)先生集》卷上 | |
| 74 | 将至太平驿即兴（后集,1首） | | 同题,卷一 | | 同题1首 | |
| 75 | 溪行中秋玩月并序（后集,1首） | | 同题,卷一 | | 儒有萨氏子……（1首） | |
| 76 | 黯淡滩歌（后集,1首） | | 同题,卷一 | | 黯淡歌（1首） | |
| 77 | | 练湖曲,卷一 | 同题,集外诗 | | 《石仓历代诗选》卷二四一,同题1首 | |
| 78 | | 寄金山长老,卷五 | 同题,集外诗 | | 寄天竺长老住集庆龙翔寺（2首其2） | |
| 79? | | 送王幼达至北京,卷四 | 同题,集外诗 | 《永和本萨天锡逸诗》 | 送王御史入京（1首） | |
| 80? | | 送湖洲皷元明道士入茅山,卷六 | 同题,集外诗 | 《永和本萨天锡逸诗》 | 道士彭玄明归三茆（1首） | |

说明：①《皇元风雅》为付习采集,孙存吾辑；《元风雅》为蒋易辑。
② 序号后加"?"的诗,是暂无法通过具体考证,确定作者的诗。

综上所述,在萨都剌诗集中现已发现作者重出诗123(37+16+10+60)首,其中伪诗93(23+6+4+60)首,作者存疑诗13首(5+3+5),他人误收萨都剌诗歌13(8+5)首,另有4首是仿作或改作或伪诗待考。此外与卢琦的重出诗现已查出80题102首,在《诗渊》收录的萨都剌诗歌中我们又查出5首作者重出诗,这样在萨都剌名下已发现作者重出诗 228[123+(102-2)①+5]首。这个结果把前人对萨都剌名下作者重出诗的研究又往前推动了一步,但这也还只是一个阶段性成果,因为还有一些重出诗的作者无法确定,许多诗的互见原因还在探求中,而在萨都剌诗歌中还有可能发现新的作者重出诗。因此我们的研究,离终点还很远,我们只是希望把我们的研究结果奉献给学界,以此为推动并完善元代诗歌的研究尽一份微薄之力。

## 三

最后我们想谈谈张习刊刻《雁门集》版本的真伪与萨都剌籍贯问题。

《雁门集》(成化本)②由张习刊刻于明成化二十年(1484),是国内传世萨都剌诗集中刊刻时间最早的一种诗集,也是传世《雁门集》版本之源。该本最引人注目之处在于它是孤本流传,该本前收有干文传的序,是今天仅见的出自元人之手的微型萨都剌传,该本所收的 483 首诗歌中,有 221 首未见于《萨天锡诗集》(弘治本)。③ 但该本的疑点也正是从它的这些罕见性而生。

仅见于《雁门集》的干文传序错讹百出,已遭诸多学者质疑。如上所述,早在清代,《雁门集》(十四卷本)的编定者萨龙光就已指出此序"载公历官本末,较以公《溪行中秋玩月》诗自序,多舛错不相符";④陈垣先生发表于 1965 年 7 月 18 日香港《大公报》的《萨都剌的疑年》,通过考证干文传致仕之年和卒年,指出《雁门集序》纪年之误,并通过干序与萨都剌《溪行中秋玩月》序文自叙之矛盾指出干序"逾弱冠,登丁卯进士第"一语之讹误;桂栖鹏在《萨都剌卒年考——兼论干文传〈雁门集序〉为伪作》⑤中首次提出干文传序为伪作,其理由主要有五:(1)该序对萨之生平仕履错误百出的叙述,不符合干文传为萨都剌好友的身份;(2)该序作者对元代官制缺乏常识,与干文传身份不符;(3)该序在元代名公的谥号、族别上出现重大错误,不可能是干文传所为;(4)该序署年有误;(5)该序作者题衔中存在着明显错误。这 5 点理由,除了第 5 点是由于该文作者所见干序版本非原底本而致误,其他 4 点均不误。⑥ 杨镰先生在《元西域诗人群体研究》之《解读萨都剌》一章中又进一步提出 3 点干序为伪托的理由:(1)序文说萨都剌

---

① 与卢琦的互见诗 102 首中有 2 首是 3 人互见诗,这 2 首诗已算入与虞集和与殷尧藩的互见诗中。
② 下文再提到《雁门集》时,不再注"成化本"。
③ 下文再提到《萨天锡诗集》时,不再注"弘治本"。
④ 萨龙光编注:《雁门集》,第 402 页。
⑤ 《文学遗产》1993 年第 5 期。
⑥ 杨光辉在《萨都剌生平及著作实证研究》第 37—39 页中对桂栖鹏之说进行了反驳,但对理由之其二、其四未论,其三只反驳了族别之说,对其一的反驳过于笼统,不能说明问题。

父祖"受知于世祖。英宗命仗节铖留镇云代,君生于雁门,故以为雁门人"。此处文意似乎萨出生于元英宗时(1321—1323)这当然不可能;(2)序中提及萨作巧题百首,这百首巧题不大可能是萨所作,而是元明之际人何孟舒,或元末人谢宗可所作,伪托在萨名下;(3)序文解释萨都剌即"济善"之意,但《四库全书总目》已指出萨都剌并非蒙语"济善"之意。① 学者们对干序为伪作的结论已经提供了比较充分的证据。

在上述学者指出的干文传序诸多疑点的基础上,我们从该集的集名和文献来源的考证中进一步发现《雁门集》似是张习拼凑的伪作。

首先该本伪题集名,理由如下。第一,《雁门集》未见明代公私书目著录。《文渊阁书目》是明人杨士奇(1365—1444)于明英宗正统六年(1441)奉诏编录,共二十卷,收录书籍是据当时文渊阁所藏书籍逐一检刊,汇编而成。而当时文渊阁所藏书籍既有元奎章、崇文所藏(《明史稿》〔卷一三三〕载"明太祖既克建康,龙凤丙午,即命有司访求古今书籍。元都既定,大将军徐达尽收奎章、崇文秘书图籍,及太常法服、祭器、仪像、版籍、归之于南"),②又有明立国后太祖、成祖多次下令于民间访求的遗书,因此《文渊阁书目》可谓当时国家藏书总目,但萨都剌的作品,只有"萨天锡诗集一部一册阙",③著录两次,却未见有关《雁门集》的著录。《萨天锡诗集》首次刊刻的时间是赵兰刊刻于明成化二十一年(1485),④晚于《雁门集》一年,却已见著录,这不能不让人对《雁门集》这个孤本的来源生疑。不仅如此,《内阁书目》《秘阁书目》也均未注录《雁门集》,但《萨天锡诗集》在《秘阁书目》中又被注录为"萨天锡一"。⑤ 第二,萨都剌诗集元刻本名为《雁门集》的记载,从现存文献看,在明代首次见于干文传《雁门集序》。干文传《雁门集序》载:萨都剌"尝出其所作之诗曰《雁门集》者见示,予得以尽观","天锡其字,别号直斋。亦以生居雁门,遂取名集"。按照干文传序的说法,萨都剌因为自己籍贯雁门,所以为诗集定名《雁门集》。但这一说法与萨都剌一贯自称"燕山萨天锡"的习惯相悖。在现存的萨都剌作品中,只能看到他自认籍贯"燕山"(详见下文),从未见他提及雁门,更不曾承认自己籍贯雁门,因此怎么会如干文传说,因为自己是雁门人,而为诗集定名《雁门集》呢?再次,萨都剌"以生居雁门,遂取名集"的说法,仅见于干文传序,而干文传序又只见于《雁门集》集前,这种只能互相证明的巧合,很难令人对所谓元刻本《雁门集》

---

① 新疆人民出版社,1998年,第318—319页。
② 转引自顾力仁著《永乐大典及其辑佚书研究·绪论》,台湾文史哲出版社,1985年,第6—7页。
③ 杨士奇:《文渊阁书目》卷十,《丛书集成初编》,中华书局,1985年,第131页。
④ 据弘治本《萨天锡诗集·刘子钟序》。
⑤ 钱溥:《秘阁书目》,冯惠民、李万健等选编:《明代书目题跋丛刊》影印本,书目文献出版社,1994年,第669页。

集名来源的说法信服。基于上述理由,我们认为干文传序中所谓《雁门集》的记载,很可能是张习为自己编刊的《雁门集》作伪而作,而《雁门集》的集名根本就是张习伪题。

其次,从《雁门集》的文献来源分析,这个本子实际是张习汇集当时所见萨都刺诸种诗集的诗歌而成,为了显示自己的集子与众不同,张习还掺入了近10首伪诗充数。张习本共收诗483首,其中已见于传世文献的诗282首,从诗歌校勘异文分析,这282首诗歌主要来自以下四种文献:

1.《萨天锡石林集》(或《萨天锡石林稿》)应是张习本诗歌的主要文献来源之一。在张习本收录的未见于李举本的221首诗歌中,有3首仅见于《永乐大典·萨天锡石林集》(或《萨天锡石林稿》)名目下。《永乐大典·萨天锡石林集》(或《萨天锡石林稿》)名下共收诗5首,这5首诗只有2首见于李举本,却全部见于张习本,而且异文不多。见于《永乐大典》的《萨天锡石林集》(或《萨天锡石林稿》),是未见传世的一种萨都刺诗集版本,今借《永乐大典》只能见到其中这5首诗歌,但在张习生活的明成化年间,这种诗集版本应该并不难见到,因此以《永乐大典·萨天锡石林集》这5首诗又全部见于《雁门集》而且异文不多为依据,我们推断:张习本收录的未见于传世文献的201首诗,主要文献来源之一应是《萨天锡石林集》(或《萨天锡石林稿》)。

2. 少部分与《萨天锡诗集》为同一文献来源。弘治本是《萨天锡诗集》版本系统现存最早的诗集,李举刊刻于明弘治十六年(1503)。《雁门集》与《萨天锡诗集》重复收录的诗歌有262首,其中大部分诗歌异文较多,如《王孙曲》李本作《海棠曲》,《鹦鹉曲题杨妃绣枕》李本较张本此诗少八句,显然不是出自同一版本。但少部分诗,如:《送金事王君实之淮东》《台山怀古》《寄呈江东廉使王继学》等,基本没有异文,所以收于两种诗集的这些诗,应是来源于同一文献来源。

3. 少部分与《诗渊·燕山萨天锡诗集》为同一文献来源。张习本收录未见于李举本的诗歌221首,其中有6首只见于《诗渊》"燕山萨天锡"名下,收于两处的这6首诗,异文多少不一,其中如:《题画扇》《彭城杂咏》(其五)等,基本没有异文,因此张习本中有少部分诗应与《燕山萨天锡诗集》是同一文献来源。

4.《雁门集》的部分文献来源还与《元音》密切相关,表现如下:其一,《元音》卷七所收25首萨都刺诗歌,全部见于《雁门集》,诗歌异文差别不大。虽然这25首诗也全都见于《萨天锡诗集》,但从异文看,有些诗显然不是出自同一文献来源,如《燕姬曲》弘治本题《杨花曲》,《送宣古泉》弘治本题《送宣古木》,《宫词二首》弘治本其一题《秋词》、其二题《醉起》。《雁门集》与《元音》的异文则不但少,而且差别小,如《雁门集》(卷五)的《次韵送虞伯生入蜀》,《元音》题《次韵送虞先生入蜀代祀》,只是人称略有差别,诗题略有简化。而且《元音》误收马祖常的诗《次韵送虞先生入蜀代祀》、误收成廷珪的诗《寄句曲外史》，《雁门集》也同样误收，虽然这两首诗也被弘治本误收，但从诗集刊刻时间看，弘治本初次由赵兰刊刻的时间是成化二十一年（1485），而成化本刊刻的时间是成化二十年（1484），故当然不可能是成化本沿袭了弘治本而导致误收，而《元音》的刊刻时间虽不能确指，但《文渊阁书目》（卷二）已著录"元音一部一册"。《文渊阁书目》编录于1441年，即《元音》成书时间至少早于成化本四十年，故应是成化本沿袭了《元音》或与《元音》相同的文献来源导致误收；其二，我们作了一个统计，在《雁门集》未见于《萨天锡诗集》的221首诗中，有作者互见诗17首，其中有8首为他人之作，①3首作者存疑（上述数字，不包括与卢琦互见诗），在这8首他人之诗中，有5首在文献来源上与《元音》有密切联系，占仅见《雁门集》作者互见诗的63%。这5首诗与《元音》在文献来源上的具体联系表现为：(1)《元音》（卷十二）中有3首无名氏的诗，又被《雁门集》基本按原诗收录于萨都剌名下，这三首诗的诗题是：《凌波曲》（诗题、诗文全同）、《鹤骨笛》（有少量异文）、《天灯》（有一字异文）；(2)《元音》（卷二、卷六）收录的鲜于枢和林镇的诗，被稍作修改后，录于《雁门集》萨都剌的名下。在明代刊刻的萨都剌诗集中，始见于《雁门集》中的伪诗，占63%的作品又都与《元音》在文献来源上有种种联系，显然，用"巧合误收"来解释这种种联系，很难说的通，那么致误原因只能是张习据《元音》作伪所致。

除了上述四种主要文献来源，仅见于张习本的其他3首伪诗：马祖常的《车簇簇行》、虞集的《城东看杏花》和郑元佑的《画》，都是掠名家之诗入集，文献来源分散。探究这3首诗被错收的原因，很难只用因有诗词交往导致误收来解释。《车簇簇行》是《雁门集》中第一首诗，却早在元末就已被苏天爵收入《元文类》；《城东看杏花》属文人同题集咏，据孙承泽《春明梦余录》载"元人董宇定杏花园，在上东门外，植杏千余株。至顺辛未，王用亨与华阴杨廷镇、高安张质夫、莆阳陈众仲宴集。是日风气清美，飞英时至，巾袖杯盘之上皆有诗。虞集为之记，周伯琦、揭奚斯、欧阳玄和其诗，京师一时盛传"；②而郑元佑的诗集《侨吴集》明弘治九年（1496）本的刊刻者就是张习，张习在明初还曾刊刻著名的"明初四家集"，对元诗可以说相当熟悉，因此在收录这些诗时很难排除他的有意作伪之嫌；不仅如此，张习本（卷一）开篇的8首诗歌中有5首诗是录入他人之作或作者存疑之作：第一首《车簇簇行》（马祖常）、第四首《岁云暮矣》（张翥）、第五

---

① 虽然《鹤骨笛》为作者存疑之作，但因其非萨都剌所作，故我们将它放入"他人之作"中。
② 孙承泽：《春明梦余录》，北京古籍出版社，1992年，第1249页。

首《凌波曲》(李泂)、第七首《吴姬曲》(林镇)、第八首《洞房曲和刘致中员外作》(作者存疑),这种在诗集开篇连续收录他人诗作的情况,如果用"无意误收"解释,也过于巧合了。

提到成化张习刻本《雁门集》的真伪,不能不提《雁门集》(天顺六卷本)的萨琦序(或跋),因为在明代,它是唯一可以证明张习《雁门集》和干文传序不是伪作的文献资料,为了考述方便,录萨琦序(或跋)原文如下:

> 吾宗当有元时,累著勋伐,节镇云代。诸祖直斋公始以名进士起家,历翰林应奉、南台侍御史,旋弹劾权贵,左官闽宪幕。生平结撰诗歌无虑数十万言,尚书干文传先生尝序而传之,名曰《雁门集》。其驰驱艺苑,鼓吹休明,颇为奎章、集贤诸先正所推重,实称揭、范、张、杨之冠。但念兵燹以来,旧本散佚。不肖琦读书中秘,得窥石室之藏。谨辑遗篇,汇锓以传。编摩考订,以一体为一卷,合旧刻二十卷,总而为六。《记》曰:先祖有善而弗知,是不明也;无美而称之,是诬也。今《雁门》之集具在,博大典雅,蕴籍宏深,诬与不明之罪,庶几赖以逭责。若夫绍述之休,世守之钜,尤愿与吾宗之子若孙勗诸。天顺己卯孟秋,赐进士第、嘉议大夫、礼部右侍郎兼詹事府少詹事诸孙琦谨识。①

萨琦(1394—1457),字廷珪,其先人自西域入中原后,著籍闽县(今属福建)。宣德五年(1430)进士,入翰林为庶吉士,授编修,参与修撰《仁宗实录》,升礼部右侍郎,兼詹事府少詹事,卒于官位。

经我们考证,萨琦序(或跋)似为伪作,理由如下:首先,萨琦生活于明前期,生活的年代与萨都剌相隔不远,萨琦又是萨都剌的孙子,因此对萨都剌应该有一个基本的了解,可序文中对萨都剌历官的叙述,全部有误;②其次,据明《英宗实录》卷二七五载:萨琦卒于明天顺元年(1457)二月,但这篇序(或跋)的写作时间是明天顺己卯(1459),萨琦怎么可能在去世两年后又作此序(或跋)呢?所以此序(或跋)写作时间肯定有误;③再次,从这篇序的文献来源和出处分析,关于萨都剌生平,萨琦序(或跋)主要提供了三方面的信息:籍贯、历官和诗歌结集情况。而这三方面的内容,与干文传序的记载如出一辙(只有具体贬官情况稍有不同)。当然如果干序内容属实,那么萨琦序(或跋)内容

---

① 萨龙光编注:《雁门集》"附录一",第408页。
② 参看笔者博士论文《萨都剌文献考辨》第三章第二节"萨都剌仕履诸说辨误"相关部分。
③ 杨光辉:《萨都剌生平及著作实证研究》,高等教育出版社,2005年,第104页注〔4〕。

与干序一致,本无可厚非,可如上所证,干序在这三方面的记载都是错讹连篇,而这些错误又同样出现在了萨琦序(或跋)中,那么结论只能是干序、萨序应出自同一文献来源或出自一人之手。据载,萨琦序(或跋)原附于他自己编刻的《雁门集》(天顺六卷本),但因萨琦编刻《雁门集》(天顺六卷本)已不存,所以萨琦序(或跋)的原始出处已无法求证。于是凑巧的是,这篇出处不详的序,与干序有相同的错讹内容,而两序的内容又可以互相证明,这当然不可能是无意巧合的结果,结论似应为《雁门集》的编刊者或《雁门集》(天顺六卷本)的编刊者伪造的产物。当然无论是干文传序或萨琦序(或跋),都不宜作为证明萨都剌生平或创作问题的证据。

杨镰先生在《元佚诗研究》①一文中已指出,明人潘是仁编刻的《宋元六十一家集》是伪书,而其作伪的主要底本之一就是《元音》。在同文中,杨先生还考证出张习曾伪造了明初四杰之一——张羽的《静居集》(六卷本)。②联系明人作伪习惯和张习作伪前科,再以上述对《雁门集》三方面的考证为据,我们的结论是:仅见于干文传《雁门集序》的所谓萨都剌"以生居雁门,遂取名集"的说法,失实;只见于张习本中的多数伪诗似是张习有意作伪所致,作伪的主要底本可能就是《元音》。潘是仁毫无顾忌地从《元音》中成卷地劫掠诗歌,伪题作者后伪造《宋元六十一家集》,应是秉承了他之前明人作伪之风。《雁门集》收录的483首萨都剌诗歌(包括其中的伪诗和作者存疑诗),虽然有201首未见文献来源,但据我们对已见传世文献收录的282首诗歌研究的结果分析,《雁门集》的文献来源,应是张习据当时所能见到的诸种萨都剌诗集《萨天锡石林集》(或《萨天锡石林稿》)、《燕山萨天锡诗集》、《萨天锡诗集》和《元音》等等,拼凑而成,所谓萨都剌诗集元刻本——《雁门集》版本,本是张习作伪拼凑的产物。萨都剌诗集的所谓《雁门集》版本系统,似是源出张习作伪。

对《雁门集》的版本真伪作出结论后,在此基础上我们要对萨都剌的籍贯进行重新考证。

有着西域"回回"家世背景的萨都剌,在中原籍贯何处,主要有如下两种说法:第一,雁门(今山西省代县)说。当今学者在谈到萨都剌籍贯时,一般都主此说。此说源于干文传作的《雁门集序》。序载:"自其祖思兰不花,父阿鲁赤,世以膂力起家,累著勋伐,受知于世祖。英宗命仗节钺,留镇云、代。生君于雁门,故以为雁门人。"从文献来源来看,与"雁门说"有关的元代文献记载尚有如下几种:(1)萨都剌有诗《送外舅慎翁

---

① 《文学遗产》1997年第3期。

② 同上,第57页。

之燕京》,其中"晋府旧臣还塞北,星门娇客卧床东"一句中的"晋府旧臣"是指外舅慎翁,由此句推断,萨都刺母亲可能原籍山西。(2)张雨《句曲外史集》,《台掾萨天锡求识予面而之燕南八月十四夜风雨宿菌阁绝句七首明日追寄之》(其二),有"鹤台道民掩柴扃,雁门才子宿寒厅"之句,"雁门才子"应是指萨都刺。后世多沿用此说法,如:《雁门集》(六卷本)萨琦序(或跋)载"吾宗当有元时,累著勋伐,节镇云、代",《萨天锡诗集》李举序称他为"同郡先达",顾嗣立《元诗选》、朱彝尊《词宗》等均持这一说法。萨都刺的后裔于明清与现代先后所作《家谱》,均名为《雁门萨氏家谱》。

王叔磬先生和萨兆沨先生在上述说法基础上,还提出萨都刺客籍大都说,他们认为虽然文献记载表明萨都刺确实曾定居大都,但是占籍大都,其原籍应是雁门。①

第二,河间说。清邵远平《续宏简录》载,"祖父以勋留镇云代。遂为河间人。"②柯邵忞的《新元史》,说他"后徙居河间",③河间在今河北省河间县。

"河间说"于史无证。④"雁门说"影响虽大,但从文献来源考察,此说的主要文献依据就是干文传的《雁门集序》。如前所述,干文传序错讹太多,不似出自萨都刺好友干文传之手,应为后人伪托之作。这种伪作,我们不用来作为可征引文献证明萨都刺生平。从萨都刺的诗中,虽然可推知萨都刺母亲可能原籍山西,但其父族是否家居雁门,他本人是否如干文传序所言,生于雁门,尚无证据。

那么萨都刺籍贯应为何处呢?我们注意到在传世的萨都刺作品中,只见他自称"燕山萨天锡",从未见他称"雁门萨天锡"。举证如下:(1)萨都刺题款自署。《石渠宝笈初编》(卷十七)著录有萨都刺《严陵钓台图》款题为"至元己卯八月燕山天锡萨都刺写并题于武林"。⑤ 元人俞希鲁撰《至顺镇江志》卷十三载:"至顺元年,始扁其堂,曰善教。达鲁花赤燕山萨都刺书立"。⑥(2)萨都刺在诗作中自称。《夜坐赠秀才》有"青原故人贫且穷,燕山野客疲且聋"(《萨天锡诗集》前集),《冶城三月晦日》有"江南儿女裁苎衣,燕京游子何时归"(《雁门集》卷七),"燕山野客""燕京游子"均是自指,燕京,萨都刺又惯称为燕山(考述见下文)。

---

① 王叔磬:《关于萨都刺的族属、家世、籍贯、生卒年、一生官历问题的考证》,《内蒙古大学学报》1986年第4期。萨兆沨:《萨都刺考》,北京燕山出版社,1997年,第48页。
② 萨龙光编注:《雁门集》附录三,第428页。
③ 柯劭忞撰《新元史》卷二三八,上海书店出版社,1989年,第919页。
④ 张旭光先生在《萨都刺生平仕履考辨》中说"萨诗集中有《录囚河间还司送宪使韩仲宜调山东》诗,并未道及河间为其桑梓",见《中华文史论丛》1979年第2期,第332—333页。王叔磬先生在《关于萨都刺的族属、家世、籍贯、生卒年、一生官历问题的考证》中也说:"河间之说不确",见《内蒙古大学学报》1986年第4期,第10页。
⑤ 张照、梁诗正等编:《石渠宝笈初编》,文渊阁四库全书,第824册,第521页。
⑥ 俞希鲁:《至顺镇江志》,江苏古籍出版社,1999年,第533页。

除了萨都剌自称，还有如下文献记载萨都剌是燕山人。（1）《诗渊》的记载。《诗渊》共录有萨都剌诗歌150首，其中90题116首录于"燕山萨天锡"的名目下。① 1题3首录于"元师友集燕山萨都剌"名目下。1题1首录于"元燕山萨"的名目下，1题1首录于"元燕山"的名目下。按《诗渊》列举名目的书写习惯，"元"应是指元代，"燕山"应是指籍贯。（2）《镇江府志》载"萨都剌字天锡，燕山人"，②《镇江府志》的说法应是本于《至顺镇江志》。（3）其他诗人的称谓。元张雨《句曲外史集》，《台掾萨天锡求识予面而之燕南八月十四夜风雨宿菌阁绝句七首明日追寄之》（其三），有"巡官畏虎盛前呵，惊动燕山萨照磨"之句。清顾嗣立的《元诗选》"萨都剌小传"，称萨都剌"祖父以勋留镇云代，遂为雁门人"，③此说应是本于干文传的《雁门集序》。但在《题元百家诗集后》却道："一官落拓诗千首，爱煞燕山萨照磨"，④以萨都剌为燕山人。张雨的诗同时称他为"雁门才子"和"燕山萨照磨"，这种称谓与顾嗣立相似，很可能称其为雁门人是从其母辈角度出发，而称其为燕山人，是从其个人的情况出发。在这种称呼的分歧中，我们可以发现，其中关键的一点是萨都剌自己只承认自己是燕山人。在萨都剌现存的作品中，从未见他提及雁门，更不曾说过自己是雁门人，如果萨都剌真是出生于雁门，以他的汉文化修养和诗人性格，他这种对自己出生地只字不提的态度，则颇令人费解了。

萨都剌籍贯"燕山"的说法，虽然只有《镇江府志》主此说，现今学界也无人作出进一步的研究，但从上述五方面文献依据分析，却是证据最有力、最使人信服的观点。那么燕山是哪里呢？有学者认为燕山在雁门，⑤雁门一带，的确有燕山，但萨都剌所说"燕山萨天锡"的"燕山"，多数却非山名，而是地名。在萨都剌的诗作中，提到燕山的诗歌共有8首，除了《题喜里客厅雪山壁图》中的"一年在镇阳，燕山积雪飞太行"（《萨天锡诗集》后集）这个燕山是指山西的燕山外，《南台月》中"燕山买骏金万斛，万里西风一剑寒"（《萨天锡诗集》前集）、《题扬州驿》中"明朝走马燕山道，赢得红楼说少年"（《萨天锡诗集》后集）这两处燕山是泛指，《夜坐赠秀才》中"青原故人贫且穷，燕山野客疲且聋"（《萨天锡诗集》前集）中的燕山不能直接确认可推断指大都，其他4首诗中的燕山均指大都。《雁门集》卷七存录的《燕山客舍》在《萨天锡诗集》前集中诗题为《燕京

---

① 包括"元燕山萨天锡"和"□山萨天锡"。
② 萨龙光编注：《雁门集》附录三，第428页。
③ 顾嗣立编：《元诗选》戊集，中华书局，1986年，第1185页。
④ 萨龙光编注：《雁门集》附录三，第433页。
⑤ 张旭光先生在《萨都剌生平仕履考辨》中说："雁门一带，东连燕冀，属燕山山脉，称燕山亦即包括雁门在内"。见《中华文史论丛》1979年第2期，第333页。张双利先生在《萨都剌》中也说："雁门一带属燕山山脉，故他又自称'燕山萨都剌'"，见张双利著《萨都剌》，中华书局，1993年，第4页。

作》，燕京即大都。北京图书馆善本组据熊梦祥《析津志》所辑的《析津志辑佚》，"城池街市"载：大都"辽开泰元年，始号为燕京。海陵贞元元年定都，号为中都"，①元灭金之后，改金中都为大都，并定都于此。萨都剌在诗作中，习惯称京都为燕京，如他著名的宫词《杨花曲》（《雁门集》诗题为《燕姬曲》）称"燕京女儿十六七，颜如花红眼如漆"。又如《送友人之京》称"霜高木落河始冰，台郎别我之燕京"。而在辽称此地为"燕京"之后，北宋曾据有此地，并设"燕山府"，《大明一统志》（卷一）"顺天府""建置沿革"载："……唐武德初改为幽州总管府，开元间改州为范阳郡。乾元初复为幽州。辽升幽州为南京幽都府，后改幽都府为析津府。宋宣和中改名燕山府，寻复入金称燕京，改号中都，以析津府为大兴府。元初为燕京路，号大兴府。至元初建中都后改为大都路。"②因此萨都剌《燕山客舍》所言"燕山"从该诗不同版本的异文可知，指的就是大都，称大都为"燕京"或"燕山"，也符合萨都剌在诗中提到地名时，喜用古称的习惯。《送外舅慎翁之燕京》有"明年亦是燕山客，骑马天街踏软红"之句（《雁门集》卷五），《赠来福上人四首》（其二）为"燕山风起急如箭，驰马萧萧苜蓿枯。今日吾师应不念，毡袍冲雪过中都"。从诗中"燕京""中都"这些地名看，这两首诗中的"燕山"也是指大都。《寄靳处宜诸公》有"浩荡燕山新雨露，弥漫瘴海旧风波"（《永乐大典》卷一四三八二），该诗写于萨都剌赴任于福建时，"燕山"与"瘴海"相对，燕山代指京都，瘴海则代指福建。从以上例证可以看出，萨都剌惯以"燕山"指京都，而其自称"燕山野客""燕山客"都是说自己为大都之客。自称为"客"，原因可能是，其一，落魄京城，难以找到身为主人的归属感；其二，长年外任，难得长居京城，因此偶有机会暂回京城，却如做客了。故其自称"燕山萨天锡"，应该是说自己籍贯大都。

综上所述，萨都剌《雁门集》版本之源——成化本《雁门集》，似是张习拼凑的伪作。其中收录的萨都剌诗歌，据研究推测，其中一部分所依据的底本质量颇佳，而且存录了大量未见传世的作品，文献来源比较可靠，所以该集仍是我们整理、研究萨都剌诗歌必须凭借的重要诗集。但收入集中的、一直被视为研究萨都剌生平最重要文献的干文传序，由于出自张习伪托所作，其中涉及的萨都剌生平信息，文献来源不明，错讹连篇，似不宜用来作为证明萨都剌生平的可征引文献。以五方面的证据我们证明萨都剌的籍贯实际是燕山，即大都。这个结论实际又为干文传序的伪托和错讹之名增加了一条新证据。

---

① 北京图书馆善本组辑：《析津志辑佚》，北京古籍出版社，1983年，第1页。
② 李贤等：《大明一统志》，三秦出版社影印本，1990年，第3页。

# 当代新疆屯垦口述史
## ——跨文类的历史叙述与记忆文本

邹 赞

**提要：** 20世纪90年代以来的市场化改革与新疆生产建设兵团的高度计划管理体制形成了急剧的张力，兵团人口结构的变迁导致兵团人的主体构成发生了重大变化，兵团屯垦戍边认同的代际差异也致使新疆当代屯垦文化的主体性遭遇困境，兵团的特定历史境遇迫切要求建构一种适合外在情境变迁的文化认同，而借助于市场经济体制影响下的文化再现与当代文化生产，书写、重构有关20世纪50、60年代新疆屯垦戍边的历史记忆，成为了一种有效的表意实践。本文探析在口述史这种具有跨文类意义的历史叙述与记忆文本中，个人经验与集体记忆之间的关联。面对历史的大叙事，个人经验与个体记忆如何选择？叙述主体如何讲述？口述历史如何启动记忆/失忆机制，重构一种当下的历史叙述话语实践？

一

自20世纪八九十年代以来，学界开始关注新疆兵团屯垦文学与屯垦题材影视剧，从文本叙事、期刊研究乃至文化分析的维度，探析此类文本的文学史价值、地域文化意味以及影像的视觉再现机制，取得了一些初步研究成果。相比之下，新疆屯垦口述史的理论与实践显得相当滞后，甚至可以说已经错过最佳时机，[①]留下了难以弥补的缺憾。总的看来，新疆屯垦口述史的既有成果较少以著作形式结集出版，大多零星刊发或收录于报纸杂志、图书馆及博物馆馆刊、各师团史志与史料选辑、影视专题片等。具体包括以下几类：

---

① 如今，"新疆军垦第一代"大多步入耄耋之年，有些老人已经去世，有的虽然尚健在，也因为种种原因无法清晰回忆和讲述往事。从这个意义上说，"新疆军垦第一代口述史"是一项与时间赛跑的抢救性工程。

首先,基于特定的历史原因,新疆生产建设兵团在20世纪70年代中后期曾经一度被撤销,1981年兵团恢复建制,"以史为鉴可以知兴替",兵团在经历了近三十年的曲折发展历程后,开始重视对新疆屯垦历史记忆的保存和记录,1983年兵团正式组建党委党史资料征集委员会及其办公室,翌年成立中共新疆生产建设兵团党委党史工作办公室和兵团地方志工作办公室,各师团也相继创设史志编纂机构,逐渐启动编史修志工程,有意识地"自上而下"采集口述史,作为当代新疆屯垦史料的有益补充。虽然新疆屯垦历史悠久,它的渊源可以追溯到秦汉时期,但是新疆生产建设兵团作为一个集合党政军企职能的当代特殊建制,既无法从西域屯田的历史实践中照搬经验,也没有丰富的现成政策文献、档案资料可供查阅。一切都需要从头做起。80年代中期,兵团史志编纂委员会响应自治区颁布的《关于在全区开展地方志编纂工作的决定》文件精神,正式启动《新疆通志:生产建设兵团志》编写工程。90年代初,兵团又开启了工程浩大的"兵团史料选辑"汇编工作,截至目前已出版二十五辑,堪称了解、研究兵团历史的百科全书。这些"史料选辑"收录了大量军垦老战士的回忆录、老照片和口述访谈,比如第十三辑题为"兵团早期女兵与妇女专辑",不仅相当全面地编入中央、自治区、兵团乃至山东、湖南等内地省市有关招收女兵和动员妇女进疆的政策文件,"并从大量的历史报刊辑选了当年女兵和妇女中可歌可泣的典型人物和感人事迹。回忆、专访点击了当时人物活动的历史画面和心旅历程,旨在立体全景式地反映出那个时代。"[1]该书内容丰富,涵盖了"文献""回忆录""访谈录""口述史""历史写真""日记·歌曲""图表"等七个版块。值得注意的是,兵团所属师团也越来越重视口述史的搜集和整理工作,《回望——第十二师口述史汇编》等论著相继问世。

其次,新疆生产建设兵团屯垦戍边历史的特殊价值也日益引起大众传媒的关注,成为媒体策划和栏目选题的热点内容。一方面,《兵团日报》《当代兵团》(原为《兵团建设》)《老年康乐报》等新疆本土报纸杂志开设专栏,刊发记者对老军垦的口述访谈,大多以人物速记、回忆录的方式呈现。《兵团日报》还将此类口述访谈、回忆录文章汇编成册,出版了《兵团实录》《老兵故事》等较有影响力的著作,其宗旨就是为了传承老兵精神,"老兵精神是把兵团真正建设成为安边固疆的稳定器,凝聚各族群众的大熔炉,先进生产力和先进文化示范区源源不断的精神动力,再创兵团新甲子辉煌的法宝。"[2]另一方面,兵团屯垦戍边的历史与现状频现荧屏,成为传播兵团精神、展示团场风貌的

---

[1] 新疆生产建设兵团史志编纂委员会:《新疆生产建设兵团史料选辑·兵团早期女兵与妇女专辑》,新疆人民出版社,2003年,"前言"第3页。

[2] 郭永辉:《老兵精神永存》,载《老兵故事》,王运华主编,新疆生产建设兵团出版社,2015年,第3页。

一扇重要窗口。电视专题片《从南泥湾到莫索湾》《千古之策》《天山忠魂》《小李庄的记忆》《西行女兵》《王震》等都在影像中启用了口述史元素,为历史题材的专题纪录片增添了"在场感"和"真实性"。即便是《八千湘女上天山》①这样的电视剧也尝试加入一些口述史片段,希望借此唤起观众对剧情的历史认知和情感共鸣。

再次,一些以兵团屯垦戍边为题材的文学创作或学术研究也从不同层面触及口述史的材料与方法。就前者而言,有几部影响力较大的报告文学将视角聚焦在新疆屯垦戍边的历史与当下,比如丰收的《蓝月亮》《绿太阳》《最后的荒原》《铸剑为犁》《西上天山的女人》《王震和我们》《西长城——新疆兵团一甲子》、卢一萍的《八千湘女上天山》。虽然这些作品大多以真实的历史人物、历史事件为原型,创作者也积极走出书斋,辗转天山南北,做过大量实地调研,但它们也只能算作"报告文学"或者"纪实文学",具有思想价值和艺术审美价值,却很难作为史料直接参考。张吕、朱秋德编著的《西部女人事情》冠以"赴新疆女兵人生命运故事口述实录"的副标题,但由于该书访谈者众多,对提问标准的把握参差不齐,甚至出现了一些本该避免的讹误,②因此算不上严谨规范的"口述史"。此外,学界越来越重视兵团口述史的应用价值:新疆兵团军垦博物馆创办馆刊,组织专业研究人员赴兵团农场采录口述史。石河子大学、新疆生产建设兵团党校等大专院校成立屯垦研究机构,创办屯垦资料中心,定期开展口述史项目。新疆大学姚勇副教授专治兵团史研究,她撰写的《上海知青在新疆》、《湘鲁女兵在新疆》两部著作均采用档案文献查证和口述访谈相结合的方式,令人信服地展示了六十多年前不同人群从中国内地奔赴边疆的历史背景、政策依据以及受访者的人生经历。还有学者另辟蹊径,运用口述史料从事兵团非物质文化遗产甚至农场历史变迁研究。③从整体上看,王小平主编的《当代新疆屯垦口述史》比较规范并且受到学界重视,该书作为"新疆通史"的阶段性成果,采访对象集中在离(退)休前担任过兵团所属各师团主要领导的军垦老兵,以亲历者和见证人的视角追述兵团往事。这部"口述史"在行文框架上与新疆兵团的历史变迁密切对应,为史书记载的一些历史事件增添了翔实生动的材料,是对新疆屯垦史的有益补充。

最后值得一提的是,新疆兵团常常作为反映中国现当代历史变迁与社会转型的代

---

① 建国五十周年大庆前夕,长沙电视台女性频道推出红色青春偶像剧"八千湘女上天山",在该剧第一集的片头部分,湘女代表杜颂先出镜讲述,电视剧以黑白色调呈现"湘女群像",尝试唤起观众对那段独特历史的记忆。
② 比如说,该书将口述者"郑佩兰"误写为"关佩兰",访谈地点也不准确。由于新疆兵团口述史的整理与出版方兴未艾,因此本书在考察兵团口述史文本时,将这些准口述史文本也列入其中。
③ 参见冯开文等人撰写的《改革初期新疆国营农场的家庭农场制度——基于文献和口述史料的再思考》,载《西北农林科技大学学报》(社会科学版)2015 年第 2 期,第 146—152 页。

表性个案备受瞩目。刘小萌的《中国知青口述史》采访了上海知青欧阳琏,[①]张李玺主编的"倾听与发现：妇女口述历史丛书"专辟一卷《追寻她们的人生——新疆生产建设兵团女性卷》。另有进疆的湘鲁女兵、上海知青等群体为了追怀往事,保留当年参加生产劳动的个体记忆,以民间自发的形式编撰出版"回忆录""口述实录"等文集,代表性的有戴庆媛主编的《八千湘女进疆回忆录》、绿洲知青志愿者协会主编的《绿洲采风——在兵团大熔炉里成长》等。

尽管上述"口述实录""口述史""回忆录"的来源渠道和编撰模式各不相同,但毋庸置疑的是,这些以纸媒或影像为载体的历史叙述都为转型时期的新疆屯垦历史记忆留存提供了理想的契机。随着时间的流逝,越来越多军垦老战士的个体记忆将被无情地淹埋在历史深处,那些有幸接受访谈并留下口述文稿或音/视频的兵团老战士,他们的言说即将成为"过去的声音",是后来者探询新疆当代屯垦史不可或缺的鲜活"小历史"。由于新疆本土口述史的理论引介与个案实践相对滞后,加之从事屯垦口述史的操作者既包括专业历史学者,也广泛涉及媒体人员、文学创作者、业余人士等,因此既有的新疆屯垦(准)口述史著作也存在较为明显的问题。

其中一个最突出的问题就是缺乏操作惯例,未能形成与国际口述史规范接轨的叙述模式。《西部女人事情》《当代新疆屯垦口述史》采取的都是"第一人称"回忆性叙事,从头到尾都是受访人滔滔不绝的讲述,访谈人的声音完全消隐。《西部女人事情》尤其有意抹去现场访谈的痕迹,常常在受访人的讲述中随意添加文学色彩较浓的环境描写,"草料棚外,一大片的芦苇荡望不到尽头,坚韧的芦苇秆子比我们的大拇指还粗,简直就像由无数棵小树组成的茂密的森林"。[②]诸如此类描写显然雕琢打磨的痕迹过重,虽可在一定意义上增强文本的可读性,但却无形中逾越了"口述史"和"报告文学"的文体界限,冲淡了口述史的史学价值。《新疆生产建设兵团史料选辑·女兵史料专辑》摘选了陶先运、龙玉英、曹金妹等湖南、山东进疆女兵的人生命运故事,分别收录在"回忆录""访谈录""口述史""历史写真"等版块。令人不解的是,该书对"回忆录""口述史"等版块的命名并不清晰,缺乏条分缕析的文类辨析,其中对甘肃女兵魏玉英、金茂芳,湖南女兵戴庆媛的几篇访谈详细罗列了访谈时间、地点及访谈背景,[③]倘若在访谈稿整理

---

① 上海赴阿克苏支边青年,后来成为上海知青返城风潮的总代表。
② 张吕、朱秋德编著：《西部女人事情——赴新疆女兵人生命运故事口述实录》,解放军文艺出版社,2001年,第229页。
③ 新疆生产建设兵团史志编纂委员会：《新疆生产建设兵团史料选辑·兵团早期女兵与妇女专辑》,新疆人民出版社,2003年,第233—296页。

的过程中能加入人物的情绪变化、环境介绍等背景性因素,那么这几篇"访谈录"倒是比该书随后列出的"口述史"更像口述史了。

另一个问题是口述对象的选择偏重领导干部或知名人士,"从目前的情况来看,兵团史资料大多是当时的兵团中高级干部的口述实录或回忆录,他们有一定的文化基础,加上身居要职,对当时的上层信息的掌握更直接、更准确、更丰富,但他们所提供的这些史料多以领导者的身份去感受当时事件的发展,难免有失偏颇"。① 新疆兵团口述史的访谈对象重点选择20世纪五六十年代基于各种原因、从不同渠道进疆的军垦老战士,但是"对由人民解放军改编的部队其资料收集较为丰富,而对起义官兵、劳动改造者、政治下放者采访的就很少"。② 新疆大学刘云教授等主编的《我们成长在那个年代——新中国成立初期新疆各族妇女成长口述》被纳入新疆政协文史资料"口述新疆"专题,该书收入张秀云、魏玉英等兵团女干部的口述实录,尝试从女性视角出发,"不断修改着我们关于脚下这片土地的历史记忆,校正我们关于时代、性别、年龄、生命、职业、教育、家庭、婚姻等诸多话题的偏见和定论。"③由于主题所限,该书也未能触及普通女性尤其是底层女性的声音。《当代新疆屯垦口述史》是近年来出版的一部扎实厚重的兵团口述史著作,该书作为国家社科基金重大委托项目"新疆通史"的辅助工程,或许是受限于课题的总体要求,预设性太强,文字加工的印迹相当明显,④口述严格依循新疆生产建设兵团历史发展的线性序列展开,除了"进疆散记"收录了个别普通职工的口述回忆外,其他受访对象基本上都曾担任师团级以上干部,他们掌握的总体信息比较丰富,视野相当宏观,但是对访谈信息的筛选过滤也更加自觉,偶尔会携带官腔和政治套话。为了将"口述史"和兵团发展史严格对应,该书对这些来自兵团各行业的领军人物的全景式口述采取"切片"处理,即把受访者的口述资料分成若干段落,具体分配到兵团发展的不同历史时段。这部集众人之力的口述史著作的"阿喀琉斯之踵",就是欠缺普通人的声音,未能充分观照到普罗大众的日常生活,没有体现口述史"共享话语权"的基本宗旨。

---

① 王宗磊:《口述史学与新建生产建设兵团史研究》,载《石河子大学学报》(哲学社会科学版)2009年第4期,第26页。
② 同上,第25页。
③ 刘云等主编:《我们成长在那个年代——新中国成立初期新疆各族妇女成长口述》,兰州大学出版社,2011年,"自序"第2页。
④ 比如原新疆生产建设兵团农三师职工杨一顺的口述,"让我们惊喜的是第一次见到了真正的'新疆人',他们深目鹰鼻,个子高大,男的大多蓄着浓密的络腮胡子,戴着羊皮筒帽,披着羊皮大衣,足蹬长靴,显得粗犷彪悍,面容倒都挺和善。"参见王小平主编:《当代新疆屯垦口述史》,新疆人民出版社,2012年,第176页。

再者,既有新疆屯垦口述史著作极易混淆"口述史"与"口述访谈"(oral history interview)、"口述资料"(oral source)之间的区别。尽管它们都要求严格详细的访谈,但"口述访谈"更侧重操作方法层面,广泛应用于人类学、社会学、传播学、历史学等人文社科研究领域。比如:美国人类学家玛乔丽·肖斯塔克(Marjorie Shostak)曾先后两次、历时二十五个月深入卡拉哈里沙漠北缘一个以狩猎和采集为生的"昆人部落"(Kung),对八位昆人妇女展开细致的生活史访谈,最后完成了两部田野民族志经典之作——《尼萨》《重访尼萨》。肖斯塔克非常重视"口述访谈"在田野民族志工作中的价值,"访谈是两个人之间的互动:处于特定生命时段、具有独特人格特征和兴趣取向的一个人,回答由另一个处于特定生命时段、具有独特人格特征和兴趣取向的人所提的一组特殊的问题。"[1]在英国文化研究学派的戴维·莫利(David Morley)看来,电视受众研究不仅需要"参与者观察",也应当积极引入"口述访谈","因为这种访谈的方法使我们可以接触到受访者所用的语言和分类"。[2] 绝大多数以新疆兵团屯垦戍边为题材的非虚构文本,其创作素材往往来自创作者深入兵团农场的"口述访谈"。兵团作家丰收在《蓝月亮》的扉页上写道:"这是几位母亲的故事,讲述这些故事,我的心里充满着苍凉与温暖,崇敬与感激。"[3]虽说是经由作家艺术加工过的"故事",但书中所录蔡佩菲、陈冬茹、陶先运等军垦老战士的人生命运传奇,无不凝聚着创作者长达数年实地走访的辛勤汗水。"口述资料"是对口述访谈的纪录,也包括对"口头传统"(比如"史诗")的搜集整理。"口述史"则不仅需要整理采访内容,还注重将口述材料与文献资料做认真的参照比对,即通过查阅与受访人所述内容相关的档案文献,引用官方文件、正史资料、图片视频等对口述史料加以印证、辨误,尽最大可能增进口述信息的真实性与全面性。由此观之,新疆兵团屯垦口述史的采录、整理和出版工作仍然任重而道远。

## 二

"口述史"不等同于一般性的访谈录、回忆录、口述实录,它有自己相对清晰的发展脉络、操作规范和伦理准则。1942年,美国人乔·古尔德发明了"口述史"(oral history)这个术语,后来被哥伦比亚大学艾伦·内文斯(Allen Nevins)教授加以推广利用。内文斯颇具慧眼,率先在哥伦比亚大学建立了全美第一个口述历史研究机构,从此哥大被尊

---

[1] 定宜庄、汪润主编:《口述史读本》,北京大学出版社,2011年,第224页。
[2] [英]戴维·莫利:《电视、受众与文化研究》,史安斌主译,新华出版社,第209页。
[3] 丰收:《蓝月亮》,新疆人民出版社,2006年,扉页。

奉为口述史的重要发祥地。① 1967 年,美国成立了第一个全国性的口述史协会(OHA),该协会制订了口述史操作规范及道德伦理。20 世纪 70 年代,随着"公众(共)史学"(public history)的兴起,"口述史"愈益频繁地运用于妇女生活史、劳工运动史、城市街区变迁、少数族群日常生活等微观场域,以"自下而上"的观照视角为官方正史提供"另类声音"。"口述史"在中国内地最先是用作社会调查的一种手段,在书写"家史、厂史、社史、村史"当中发挥作用,如今广泛运用于非物质文化遗产研究、都市研究、大家族研究、女性生活史、纪录片等领域,代表性的成果有定宜庄的《老北京人的口述历史》《最后的记忆:十六名旗人妇女的口述历史》、李小江主编的"20 世纪中国妇女口述史丛书"、刘小萌的《中国知青口述史》、中国电影资料馆发起的"中国电影人口述历史丛书"、崔永元主持的纪录片《电影传奇》《我的抗战》、深圳市政协发起的"深圳口述史",等等。当前,以"口述史""口述实录"命名的书籍可谓汗牛充栋,然而其中大多数都只是一般意义上的"访谈录""回忆录""纪实写作",距离严谨规范的"口述史"相去甚远。那么,"口述史"究竟应当具备什么样的特质呢?

笔者不揣浅陋,姑且谈几点认识②:首先,"口述史"有意突破"自上而下"的精英史观,将历史话语权赋予大众,其根本要义就是"共享话语权"。"口述史"以文字、影像、声音等方式保留"亲历者"和"见证人"的言说,尤其注重将视角投向妇女、底层劳工、少数族裔、亚文化群体、草根大众的日常生活等微观情境,有效弥补官方档案、历史文献主要关注宏大叙事的不足,张扬一种边缘立场和人文关怀,在城市街区、村落变迁、女性生活、灾难记忆等领域发挥日益重要的作用。其次,"口述史"强调大众参与,渴望聆听大众的声音,人们甚至经常引用卡尔·贝克尔(Carl Becker)的名言"人人都是他自己的历史学家",试图表明这是一个大众狂欢、草根写史的年代。诚然,每个人都拥有"书写历史"以及"被历史书写"的权利,个体的经验、个体的生命故事,都有资格进入历史的观照视野,但这并不意味着"口述史"没有门槛。"人人都来做口述史",前提是"口述史"从业者必须具备良好的历史专业素养、积极主动的沟通应变能力、合理规范的口述史整理技巧,同时还应当恪守口述史的伦理道德,比方说尊重受访者的知情权和隐私权。从学科建制的意义上说,"口述史"归属于历史学范畴,"从狭义上讲,是历史学者介入的

---

① 著名华裔史学家唐德刚先生曾在哥伦比亚大学历史系攻读博士学位,他在口述史领域做出了重要贡献,其代表性作品包括《胡适口述自传》《张学良口述历史》《李宗仁回忆录》等。
② 2015 年 7 月,笔者参加了由重庆大学高研院主办的"第二届中国公众(公共)史学高校师资培训班",聆听了 Philip Scarpino 教授、李娜研究员、杨祥银博士等学者有关口述史的系列讲座。笔者对口述史的基本认识,很大程度上受惠于这次师资班,特此指出并致谢。

口述访谈,并通过历史学的方法和视角分析和使用访谈资料"。① 再次,"口述史"的选题通常是"地方性"(locality)的,很少用来处理普泛性的话题,因为这样便于在口述文本中创建一个共用空间,让不同的个体经验在此参照比对,形成有关某历史时期、历史事件或者特定对象的多维阐释。最后,"口述史"是一种交互式叙述和阐释行为。它一方面涉及访谈人和受访者之间的交流对话,这是一种显在的、比较容易捕捉的互动。另一方面,它关联着受访人如何讲述自己经历过的历史,这些过往体验如何影响到受访人的回忆性追述,以及采访人以什么样的方式将访谈过程中"听到的"转换为大众可以理解和运用的展示对象。这实际上触及到了"口述史"的社会性,"口述史学鲜明的社会性表现为它主张同各个群体尤其是下层群体进行接触,直接了解社会生活的各个层面,而大多数人(包括下层民众)提供的史料是以口头叙述为前提的,或者说是基于叙述性的基础之上的。"②

  口述资料与文字资料、实物资料并驾成为史料的三大来源,也是历史叙述的重要前提。口述史是以史学的专业态度对口述资料加以处理,使之"能提供一般研究使用、能重新加以阐释、能接受鉴定的确认"。③ 意大利史学家克罗齐(Benedetto Croce)精辟地指出:没有叙事,就没有历史。新历史主义认为历史本身就是一种叙事,历史编纂是"以叙事性散文话语为形式的一种言辞结构。"④历史叙述并非对历史事件客观真实的再现,它始终要依赖叙述者的社会立场、情感态度乃至彼时彼地的独特心境,是叙述者借助一定的话语修辞对历史事件的综合加工。从这一意义上说,口述史是一种历史叙述,其叙述主体、叙述对象和叙述方式都与官方正史有着显著差异。以新疆兵团屯垦口述史而论,它首先不同于那些由政府机构出面组织或者获得官方高度认可的、被经典化的兵团史,诸如《新疆生产建设兵团发展史》《新疆兵团屯垦戍边史》(上、下)等,后两者主要以编年史的方式记载新疆生产建设兵团的发展历程,前者则主要指向新疆当代屯垦史上的特殊群体,比如"进疆女兵""上海知青""九·二五起义官兵",记录这些特殊个体在大历史语境中的人生命运,形成对新疆兵团屯垦戍边历史的有益补充。此外,即便是在冠名为"口述史""口述实录"的新疆兵团(准)口述史著作中,由于创作者的出发点、关注对象及其对口述史的理解不同,此类口述史文本的叙述策略和文体模式也大相径庭,形成一幅交叉互渗的跨文类历史叙述景观。

---

  ① 李娜:《公众史学与口述史:跨学科的对话》,载《史林》2015年第2期,第202页。
  ② 闻伍:《历史之音——口述史学的叙述性质片论》,载《国外社会科学》2000年第3期,第2—3页。
  ③ [美]唐纳德·里奇:《大家来做口述史》,王芝芝、姚力译,当代中国出版社,2006年,第9页。
  ④ [美]海登·怀特:《元史学:十九世纪欧洲的历史想像》,陈新译,译林出版社,2004年,第2页。

其一，第一人称和第三人称叙述交叉使用，打破叙事、议论和抒情的文类界限。《当代新疆屯垦口述史》以第一人称"我"、"我们"回忆往事，但在受访人的娓娓叙述中，也会插入一些必要的议论。比如原兵团农五师副师长胡焕发在口述"天山剿匪"的事件经过时评说，"在剿匪过程中我们的损失也不少，主要原因是：一方面土匪都是骑马，我们都步行；他们熟悉地形，我们不熟悉。另一方面也是有些轻敌思想。"①《西部女人事情》收录的每一篇口述都杂糅第三人称和第一人称的叙述模式，用"第三人称"交代受访对象的基本信息，"第一人称"讲述受访者的人生命运故事，例如《一家五姐妹，四朵军营花》开篇就对访谈对象柳秀枝展开背景介绍，"她血管里流的是大户人家的血，却没有当过一天阔小姐。"②接下来的叙述主体部分以"我"展开讲述，"有人说我们来新疆是为了支援边疆建设，是为了开发边疆、建设边疆，但这些话对我来说就是大话、空话了。"③受访者在口述的末尾，总是不忘增加几句颇富哲理的议论，"怎么样过完一生，还不都是一样，人一辈子，也就是在休息和劳动的更替中继续下来的生活。"④《湘鲁女兵在新疆》呈现出相当强烈的文类混杂意识，融史学学术论文写作、报告文学及口述史于一体。其中"三湘子弟尽功臣"一章首先从史学角度梳理了左宗棠、刘锦棠、王震、陶峙岳等湘籍名人在新疆近现代历史上发挥的力挽狂澜作用，随即以极具文学性的语言生动描绘了新疆和平解放后解放军开赴新疆的历史情景，既有尊重历史事实的"材料真实"，也充分调用了"人物刻画""情节塑造""环境描写"等艺术手法，比如对新疆当时历史境况的简约勾描，"新疆，这艘在近代历经磨难、千疮百孔的航船，终于驶向了和平的彼岸。"又如对王震率领的解放军部队开赴新疆的描写："浩浩荡荡的西进大军，有坐飞机的，有乘汽车的，有赶骡马的，还有步行的，数路大军，从空中到地上，全方位地直奔新疆。千年的古丝道上，战旗猎猎，铁流滚滚，气贯长虹。"⑤最后谈到王震将军为了解决战士们的婚姻问题，主动担当起"红娘"角色时，在引用档案史料、访谈录甚至报告文学的基础上，作者积极发挥主观能动性和艺术想象力，对战士们苦闷焦虑的心理挣扎和部队领导心系下属、高瞻远瞩的优良作风展开生动细致的勾描，尝试尽最大限度重返历史现场。这种将文学性投注到史学写作的方法无疑具有一定的史传报告文学色彩，

---

① 王小平主编：《当代新疆屯垦口述史》，新疆人民出版社，2012年，第15页。
② 张吕、朱秋德编著：《西部女人事情——赴新疆女兵人生命运故事口述实录》，解放军文艺出版社，2001年，第33页。
③ 同上，第34页。
④ 同上，第266页。根据笔者近年来从事"新疆军垦第一代口述史"的实践经验，这些评论更像是采访人在整理口述文稿时添加的，或者是对受访人讲述内容的概括提炼。
⑤ 姚勇：《湘鲁女兵在新疆》，光明日报出版社，2012年，第15页。

"文学是显示真实事物的重要手段,因此,文学性越强,越有利于事实的报告,获得的艺术效果也越好。"①或许是基于本书作者的历史专业出身,尽管书中各章节穿插使用了大量第一手资料,从中可见作者前期完成了许多卓有成效的田野调查,但这些丰富的史料在正文中均以"第三人称"叙述方式呈现,只有为数不多的几篇"附录"以"第一人称"口吻讲述,这在一定程度上削弱了该书的"口述史"价值。

其二,口述史是采访人和受访者合作完成的成果,它侧重受访者的讲述,但也绝不能忽视采访人的主体性介入。如果只有受访者对往事滔滔不绝的回忆,即便内容精彩纷呈,也只能算作"独白式"个人回忆录。严谨规范的口述史应当是一次敞开心扉、互为主体的"对话",采访人和受访者围绕某个话题,展开多层面的深入交流。在这个过程中,受访人被放置在焦点地位,但是话题的牵引、个体记忆的唤起、对记忆真实性的分辨、对创伤记忆的适度把握,甚至对日常生活细节的追问,都离不开采访人的参与。对口述史文本而言,采访人就是"负责策划、准备、执行、后续处理和诠释的人。"②令人遗憾的是,《当代新疆屯垦口述史》《西部女人事情》等采用了"独白式"口述模式,采访人的声音完全被遮蔽了,让读者无法形成对整个口述访谈的现场感,这种处理方式可能有助于增强叙事的流畅性和文本的可读性,但删减了许多至关重要的背景信息,降低了口述史料的原创价值。"口述史"同样还应当与"访谈录""对话录"划清界限,"口述史"要求访谈人做到"知己知彼",擅于结合具体情景调动氛围,发挥积极能动的触媒效应,比方说访谈人要详细了解受访人的背景信息,要提前熟悉访谈主题并尽可能查阅相关档案文献以便和受访者的讲述相参照,既要善于倾听受访者的讲述,也要随时紧扣谈话主题,抓住时机提问,做到收放自如。笔者近年来完成的《穿过历史的尘烟:新疆军垦第一代口述史》(一)采取现场对话体,并有意识地融入"表演民族志"理念,"力求充分呈现访谈的整体背景,尽可能原汁原味地再现受访人的讲述,以括弧补充的方式再现受访人在口述过程中的情绪变化、动作及对周围环境的自我调适。"③在访谈的具体过程中,笔者尽量使提问简洁明了,让受访的军垦老战士能够迅速抓住问题的关键信息,绝不喧宾夺主,为受访人追述往事创造适宜的契机,同时启用"参与式观察",翔实记录受访人在讲述中的情绪起伏、访谈背景的杂音乃至有趣的花絮等等,最后以"访谈后记"的方式呈现访谈人的主观思考,帮助读者更好地掌握口述史料的整体

---

① 张德明:《报告文学的艺术》,复旦大学出版社,1984年,第337页。
② [美]唐纳德·里奇:《大家来做口述史》,王芝芝、姚力译,当代中国出版社,2006年,第15页。
③ 邹赞:《穿过历史的尘烟:新疆军垦第一代口述史》(一),暨南大学出版社,2016年,"写在前面",第13页。

历史背景。比方说对湖南女兵张美玲的口述访谈,既如实记录下老人坎坷艰辛的人生命运,又充分考虑到特定历史时期的复杂语境,在希望引起相关部门关注的同时,也对"五七排"这一特殊群体展开理性评述,"张美玲亲历过的现实困境,让我们看到了历史复杂多元的面向,任何一种新生社会制度在确立和发展的过程中,总难免遇到挫折、失误甚至短暂的政策性盲区……固然,每个人都行走在特定的生命轨道上,个体难以为大历史负责,但大历史不应该遗忘那些生命的抗争与呐喊、拼搏与奉献……"①这种点睛式的论述并非画蛇添足般"后见之明",它一方面关联着访谈人彼时彼地同受访人之间的情感互动,留存着访谈现场极为重要的隐秘信息,有助于唤起受众对口述现场的想象性再现。另一方面,"口述史"总是或多或少负载着补充历史信息甚至纠偏主流叙述的视角偏差等使命。张美玲贫困交加的生活境况既有历史的原因,更多则是由于个人家庭遭遇到接二连三的变故。访谈人只有将这些信息全方位呈现出来,才能帮助受众形成对受访者的立体印象,继而引发对历史的反思、对现实的关怀。由此观之,"口述史"的对话性决定了它不可能沿袭史传报告文学和一般性历史叙事的流畅模式,它需要借助对话体叙述,辅以括弧补充、评论干预、后记等手法,在详细再现受访人个体生命故事在大历史背景下跌宕起伏的历史图景的同时,也建构起一幅文类杂糅的叙事景观。

其三,应当严格区分"非虚构文学"(non-fictional writing)与"非虚构叙事",前者是当下颇为流行的一种写作样态,强调叙述者对日常生活的介入,借助"在场主义"的观察和体验,开启个体记忆与历史记忆的交叉互动,旨在驻足现实、触摸历史。单就新疆作家或以新疆为书写对象的非虚构文学而言,代表性作品有王族的"非虚构三部曲"——《狼》《鹰》《骆驼》,李娟的散文集《九篇雪》《阿勒泰的角落》《羊道》,杨镰的《黑戈壁》《最后的罗布人》,等等。"非虚构叙事"是与"虚构叙事"相对而言的一种叙事方式,科恩(Dorrit Cohn)曾对二者进行过令人信服的区分:虚构叙事包括"故事"和"话语"两个层面,非虚构叙事则增加了一个"参照"(reference level)层次。② 也就是说,非虚构叙事必须具备一个"外在参照"或"外在视点",即除了文本中叙述人的视点以外,还存在一个旁观视点。依此推论,新疆兵团屯垦口述史采用了"非虚构叙述",但并非典型意义上的"非虚构文学"。主要原因在于:尽管采访人以秉笔实录的态度记载受访人的讲述内容,但采访人并未亲身经历过口述事件的发生过程,他/她承担的是"触

---

① 邹赞:《穿过历史的尘烟:新疆军垦第一代口述史》(一),第 273 页。
② 海登·怀特主张虚构叙事与非虚构叙事之间的界限已经消弭,但科恩反对这种论调,他认为非虚构叙事增加了一个"外在的参照"。参见詹姆斯·费伦的《当代叙事理论指南》,申丹等译,北京大学出版社,2007 年。

媒"功能,通过设置提问引导受访人重返记忆现场。受访人侃侃而谈的是他/她自己的人生经历,至于回忆内容的准确性、讲述中的话语修辞、个体的情感态度等等,采访人凭借访谈经验和知识积累,或许可以察知其中某些面向,却无法形成一种真正意义上的"在场主义"书写。采访人聆听和记录下的历史现场,终究是受访人经历甚或建构起的历史场景,它与采访人的在场经验始终存在明显的隔阂。"口述史"作为一种历史叙事,为了有效缩减这种距离,常常采取图文并置的叙述方式,辅以"序言""跋""注释""日记""口头语""书信""附录"等"副文本"(paratexts)①形式,尝试调用文本外围因素,尽最大可能增进口述史文本的历史真实。

  随着电子传媒和消费文化的勃兴,以语言为载体的文字文本遭遇大众传媒尤其是"图像"的严峻挑战,"它(图像)可以不加商量地排挤本来属于语言的场域,或将语言文本图像化"。② 如果说,以"题画诗"为代表的中国古代文本已经明显体现出对"语—图"关系的重视;那么,现代影像技术尤其是数码革命则进一步破除了文字中心主义的壁垒,将照片等影像嵌置到文本内部,从不同面向推动口述史文本的叙事进程。众所周知,我们无法真正复现某个历史时段,但我们可以通过再现某个历史时段流行的媒介形式,以此增强文本的历史感。当代新疆屯垦历史并不久远,刚刚绵延了半个多世纪,对于那些以"军垦第一代"为访谈对象的口述史而言,这些老战士长年生活在兵团农场,散落在天山南北的戈壁深处,20世纪五六十年代,电影电视显然是奢侈品,兵团老战士间或通过广播、报纸获悉外面世界的变迁,同时以黑白照片为载体留存下那个年代的独特记忆,因此在口述史文本中刊载老照片有利于复现兵团初创时期的社会状貌。《西部女人事情》在正文前刊载了三十副具有代表性的老照片,分别冠以"军中姐妹合影留念""穿上军装留个影""向和田进军""集体婚礼""我们的第二代""姐妹们相聚在周末""晚年时光"等文字说明,旨在按照时间顺序,再现进疆女兵的生产生活状态,为读者提供了解有关赴新疆女兵这个特殊群体的初步信息。《新疆生产建设兵团史料选辑·兵团早期女兵与妇女专辑》也是在全书"前言"之前选登了二十余张照片,除了反映进疆女兵参加学习劳动的老照片以外,还重点推出了领导人慰问湖南、山东、甘肃女兵的新闻照片,如"王震副主席亲切接见湘籍女兵代表郑瑞阳""湖南党政代表团慰问

---

①  "副文本"是法国叙事学家热奈特(Gérard Genette)提出的概念,它和"正文本"相对应,指向那些不依附于文本、游离在文本外围的其他要素。"副文本"有利于丰富"正文本"的意涵,又可以进一步划分为"内副文本"(peritext)与"外文本"(epitext),前者处于正文文本内部,包括标题、小标题、前言、注释等;后者外在于正文文本,涉及书信、谈话录、采访、日记等。详见 Genette, Gérard. *Paratexts: Thresholds of Interpretation*, Trans. Jane E. Lewin. Cambridge: Cambridge University Press, 1997.

②  赵宪章:《传媒时代的"语—图"互文研究》,载《江西社会科学》2007年第9期,第9页。

'八千湘女代表'"等等。《湘鲁女兵在新疆》的"口述"部分刊出了访谈对象的个人相片。《我们成长在那个年代》涉及兵团女性的几篇口述史,比如"从西部战场到新疆屯垦戍边——张秀云自述",精心挑选受访人提供的各个时期的老照片,将照片和受访人讲述的核心事件密切对应,恰到好处地达成了"图—文"互动的叙事意图。《穿过历史的尘烟》将照片集中处理为彩色"内封",既有军垦老战士提供的珍藏相片,也有访谈现场的留影,访谈人和受访者同时出现在图片中,有望强化口述访谈的"现场感"。当然,"口述史"文本必须处理好文字和图片的比重关系,因为它毕竟不是连环画或绘本,在图像化时代,"语言作为强势符号的性质决定了它不会有损自身,图像仅仅充任了工具和载体"。① 对口述史文本而言,图片的作用在于为文字叙事服务,绝不可颠倒主次。

新疆兵团屯垦口述史著作常常使用的"副文本"样式还包括"序跋""注释""附录""书信""口头语"等。"序"和"前言"一般用于点明主旨、提升主题。笔者专门为《穿过历史的尘烟》撰写了"写在前面",试图阐明"新疆军垦第一代口述史"的选题由来以及这部口述史的独特性,"充分关注到受访者来源的丰富性,尝试全景式展示每位受访者的人生命运故事,重点突出受访者在新疆兵团的生产生活经历,通过引入新疆当代风云变幻的历史坐标,探察个体命运与大历史之间的关联。"②前文已经提到,"口述史"具有鲜明的地域性特征,受访人的口音、惯用语、叙述语气常常携带着浓郁的地方色彩,比方说湖南人称呼的"满崽"(小儿子)、陕西人讲的"浪"(闲逛)、新疆本地人口中的"谝传子"(闲聊)。有时候为了帮助读者形成对受访人的立体印象,口述史文本还特意附录受访人的回忆录和受访人亲友的书信、访谈录、日记等第一手资料。《西部女人事情》收录了"李翠花丈夫访谈录""金茂芳儿子访谈录""郑爱梅丈夫访谈录"以及陶先运本人撰写的回忆录"风雨人生路"。《穿过历史的尘烟》为了凸显兵团劳模金茂芳的跨民族婚姻,特别在"访谈后记"中摘录了两人的书信段落。此外,比较严肃的口述史著作往往附有"参考文献"和"资料汇编",例如《湘鲁女兵在新疆》全书用了大约三分之一的篇幅,翔实抄录整理了"山东省人民政府慰问信""中南军大学员名册""新疆人民政府军区司令部技术人员招聘团赴新人员清册""1952年第二批和第四批进疆山东妇女花名册"等档案信息,为学界研究新疆当代屯垦史提供了重要的文献史料。

以上讨论主要针对以文字为载体的新疆兵团屯垦口述史著作。至于带有口述性质

---

① 赵宪章:《语图互仿的顺势与逆势——文学与图像关系新论》,载《中国社会科学》2011年第3期,第170页。
② 邹赞:《穿过历史的尘烟:新疆军垦第一代口述史》(一),"写在前面"第12页。并参见[德]阿斯特莉特·埃尔,冯亚琳:《文化记忆理论读本》,北京大学出版社,2012年,第122页。

的纪录电影或电视专题片,其叙事成规因为受制于影视视听语境,需要与电影和电视的媒介特性相契合,所以表现出显著的差异性。新疆兵团屯垦题材纪录电影或电视专题片按照题材大致可以分为三类:以《天山忠魂》为代表的电视纪录片关注新疆当代屯垦戍边历史的变迁,尝试整体性勾勒兵团人可歌可泣的丰功伟绩;以著名历史人物王震、张仲瀚、"进疆女兵"、艾青等为对象,力求以特定的个体命运为中心,勾连历史与个人之间错综复杂的关系;以具有特殊历史意义的地点如小李庄、莫索湾为线索,将一系列风云变幻的历史事件汇聚起来交叉再现。口述史元素在此类影像文本中所占据的比重相差很大,有的只在片头插入口述段落,有的则以不同人物的口述贯穿始终。从影像叙事的角度上讲,口述现场基本上被剪辑处理成受访人的独白式讲述,访谈人的影像与声音均被消隐,成为"在场的缺席"。受访人在"叙境"(diegesis)中充当着次叙述角色(或"代理叙述人"),主叙述显然由"隐含作者"承担,这些"隐含作者"是由文本建构起来的个人或机构,其职责是"选择了这样的镜头角度、这种姿态、这样的灯光、这样的音响效果、这样的乐谱等,最后来合成这些画面"。① 受访人的讲述牵引着叙事进程,当受访人回忆完一段往事后,影像迅速启用闪回、蒙太奇等视听语言,插入老照片、博物馆实物展品图片、文献档案、影视片段等资料。电视专题片《从南泥湾到莫索湾》讲述诗人艾青在兵团的经历,该片使用了大量口述史片段,比方说艾青夫人高瑛、儿子艾未来的讲述,他们可以被看作"故事中的叙述者"。作为艾青的至亲,他们共同经历了在兵团农场的那段难忘岁月。高瑛和艾未来的讲述既包括与艾青有直接关联的往事,也不自觉地穿插讲述者自己的故事,形成一种"套层叙事"。另外还有一些研究艾青的专家学者的讲述,他们相当于"故事外的叙述者",由于和讲述对象有着较远的距离,讲述内容大多以文献资料为基础,叙述语气更显客观冷静。诸如此类口述片段与画外音、旁白、字幕等相结合,构成一部多视点、多层面的纪录影像。

## 三

历史的羊皮纸上,需要被不断更新符码,源源不断加入契合各个历史时代特征的关键信息,有关历史的叙述也愈益呈现出鲜明的复数性。二战后,"新史学"对传统史学过分局限于精英群体和大历史时段的弊端展开反思,倡导一种重视历史事件复杂性和平民立场的史学观念。20世纪70年代,"文化史"被重新发现,一种注重"心态、预设和

---

① [美]罗伯特·艾伦编:《重组话语频道》(第二版),牟岭译,北京大学出版社,2008年,第69页。

情感"①的"新文化史"应运而生。"新文化史"吸纳建构主义的基本理念,主张推翻既定知识系统和话语机制所预设的常识(common sense)和"权威阐释",强调以特定的社会历史语境为依据,探析"建构的主体""建构的范阈"以及建构过程中的权力协商与意识形态运作,开辟了书籍史、写作史、阅读史、劳工运动史、妇女史、日常生活史等颇具活力的研究领域。20世纪90年代,随着"记忆研究"在德国的兴起,"新文化史"也将关注重心投向社会记忆与文化记忆,尝试讨论文化身份建构、口述历史、表演政治等热门话题。

不论口述史是以文字形式还是影像形式呈现出来,它都是一种记忆文本。记忆是口述史的核心问题,如果不讨论记忆的生理和社会机制,也就不可能对口述史文本做出令人信服的解释。口述史的基本职能就是要发掘特定群体的个体记忆,并且通过文化再现和媒介转换,构建出一种不同于官方记忆的大众记忆。著名华裔史学家唐德刚先生广交社会名流,先后采访过胡适、李宗仁、张学良、顾维钧等各界精英,留下了弥足珍贵的口述史料。史特斯·特凯尔(Studs Terkel)的《艰难时代——大萧条时期的口述历史》(*Hard Times: An Oral History of the Great Depression*, New York: Pantheon Books)则另辟蹊径,将关注视角转向大萧条时期的草根民众。二者皆为口述历史,虽然视角各异,但基本的意图都是为了抢救、激活、储存某段历史以及某个群体的特定记忆,提供一个与"官方正史"有所区别的历史版本,其社会功用在于"通过曾经创造过和经历过历史的人们自己的语言,重新赋予他们在历史中的中心地位"。②

作为一种记忆文本,新疆生产建设兵团屯垦口述史通过对几代兵团人尤其是军垦老战士的访谈,以文字、声音、影像形式将这些个体记忆呈现并储存起来,通过搜集发掘受访对象的独特人生经历和尚未公开的文字、图像资料,构筑起一幅鲜活生动的兵团社会生活史画卷。鉴于记忆研究的复杂性,新疆生产建设兵团屯垦口述史面临以下几个重要问题:如何认知记忆的重构机制?记忆失真的原因是什么?如何应对有关记忆真实性的质疑?怎样处理创伤记忆?记忆何为?

首先,记忆是一种对过往经验的当下重构,它在时间的向度上既关乎过去,也涉及现在与未来。就"过去"而言,"口述采访所了解到的'过去'不仅包括口述者亲身经历的历史,也包含了口述者经由各种管道所形塑的'历史记忆',而这两者往往交织在一起。"③也

---

① [英]彼得·伯格:《什么是文化史》,蔡玉辉译,北京大学出版社,2009年,第58页。
② [英]保罗·汤普逊:《过去的声音——口述史》,覃方明等译,辽宁教育出版社,2000年,第3页。
③ 定宜庄、汪润主编:《口述史读本》,第31页。

就是说,受访人的娓娓讲述并不一定是他(她)自己的亲身体验,有可能夹杂着他(她)孩提时代的"道听途说",或者在漫长的人生旅程中从家庭教育、学校教育、大众传媒等渠道获得的间接经验。已出版的新疆兵团屯垦口述史著作都会提到"八千湘女",当年湖南女兵奔赴新疆,在东疆门户星星峡一带曾遭到土匪袭击。受访人李翠花这样回忆自己的亲眼所见:

> 从酒泉到迪化的路上,我们遭遇了马步芳的匪帮。当时我们正在驻地休息,一见土匪来了就四处逃散,土匪都骑着马,从山上直冲下来,马蹄扬起的尘土飞扬,什么都看不清,我和甜妹子被冲在一起,甜妹子个子高,辫子又长,一下子就被拽住了,甜妹子拼命挣扎,马跑得飞快,土匪一下子就把甜妹子的辫子连头皮拽了下来,满头满脸都是血,她的惨叫让我至今不能忘记。土匪又向她开了一枪,就这样我们失去了甜妹子。①

关于女兵进疆途中遭遇匪祸一事,笔者曾专门向"八千湘女"的知名代表戴庆媛求证,她说:"车队快到哈密时,据说有一辆车子被土匪牵走了,这件事在当时不准公开不准传说的,历史记载里也没有。"②此处用的是"据说",但是消息的来源不详,因此很难作为证据和其他类似说法参照比对。同样,笔者在访谈过程中多次听到受访者回忆当初在哈密的所见所闻,他(她)们常常会提到哈密发生的国民党反动官兵抢劫银行案件,以表明新疆和平解放初期哈密社会环境的艰险。值得注意的是,受访的老战士都没有亲历过这次事件,甚至大多未曾参加过剿匪行动,他(她)们的讲述有可能源于当时的"传闻"、媒体报道或者"内部消息",也有可能是讲述者后来通过老战士聚会、报纸杂志报道、屯垦题材书籍或者影视剧等途径获取相关信息。

在时间的链条上,记忆还关乎现在与未来,"他(她)们所陈述的'过去'也是相当有选择性、重建性与现实取向的"。③ 受访人所指涉的过去,既有过去的"过去性",也有过去的"现在性"和"未来性"。也就是说,这些叙述从表面上看是关于既往经验的回忆,但这种既往经验已无形中经历了叙述人的挑选和过滤,参照的标准则是现实条件乃至未来图景。对那些经常接受媒体采访或参加兵团精神宣讲的老战士来说,这种情况尤

---

① 张吕、朱秋德编著:《西部女人事情——赴新疆女兵人生命运故事口述实录》,第19页。
② 邹赞:《穿过历史的尘烟:新疆军垦第一代口述史》(一),第96页。
③ 王明珂:《谁的历史:自传、传记与口述历史的社会记忆本质》,载定宜庄、汪润主编:《口述史读本》,第65页。

其明显。笔者曾访谈过有"军垦活化石"美誉的胡友才老连长,老人退休后依然活跃在兵团文化宣传第一线,他非常清晰地认识到新疆生产建设所面临的当下困境,"现在农场包地,百分之八十来的都是内地民工,那些人干活只管赚钱,利益第一,哪会顾及什么军垦文化与兵团精神"。① 胡连长深知兵团存在相当明显的代际隔阂,当务之急就是要对兵团新生代加强屯垦戍边思想教育,因此他在接受各类访谈时反复讲述"半个馒头"的故事,讲述冷秀芬、杨化珍在生产劳动中牺牲生命的感人事迹。② 这种对叙述对象的选择,一方面缘于此类事件在受访者的人生经历中刻下了难以磨灭的印痕,另一方面则是受访者立足当下语境并寄望未来的一种自觉选择。

其次,记忆具有强烈的主观性,在口述访谈的过程中,提问内容与提问方式离不开访谈人的知识水平、人格修养和访问意图,访谈效果则又紧密牵系着受访人的个体阅历、接受心态等复杂因素。记忆的主观性容易导致口述内容的"失真",具体包括以下几种情况:一是由于现实境况不尽如人意,受访者刻意将过去美好化,所谓"记忆的浪漫倾向"。二是有意逃避或删减过去不愉快的经历,受访人受"创伤记忆"③的影响,或语焉不详,或临时推辞,或干脆闭门谢客。笔者近三年来辗转天山南北,寻访新疆军垦第一代,绝大多数兵团老战士热情参与、真诚相助,但也多次遭遇"闭门羹"。笔者有一次到石河子采访,历尽艰辛联系到了一位九十多岁的老军垦,老人是"九·二五起义"的亲历者,本来已经爽快答应次日接受访谈,但当天晚上老人打来电话,委婉谢绝了采访,理由是"文革中挨整挨怕了,不想再惹事"。尽管深感遗憾,但我们还是尊重老人的选择,政治创伤给老人留下了无法抹去的阴影,也导致了当事人的失语。还有一些老战士在访谈中娓娓道来,天马行空,等到访谈稿整理出来后,他(她)们由于多方面的担忧往往决定删去一些内容,这些内容既有婚恋故事,也有政治风波中的派系斗争,因此正式出版发行的口述史文本通常是删减之后的版本,许多重要信息难逃被删减的命运。三是由于受到大众传媒再造的"大众记忆"的影响,"过去并非能够直接记起的,而是取决于意识行为、想象重构和媒介再现"。④ 阿莱达·阿斯曼认为记忆的成功唤起必须依

---

① 邹赞:《穿过历史的尘烟:新疆军垦第一代口述史》(一),第24页。
② 详细内容可参见邹赞:《穿过历史的尘烟:新疆军垦第一代口述史》(一),第14—25页。
③ 文化记忆理论家阿莱达·阿斯曼认为记忆是文化学的核心概念,创伤记忆则是记忆研究的重要议题。"创伤代表了过去发生的事在现实中所造成的不可避免的影响,但是它又是一种特定过去的持续显现。""创伤就好像是一种两极化的回忆,它会在不幸带来的持续伤害和彻底克服了这种不幸的状态之间来回移动。"参见[德]阿莱达·阿斯曼:《记忆作为文化学的核心概念》,载阿斯特莉特·埃尔,冯亚琳:《文化记忆理论读本》,北京大学出版社,2012年,第123—126页。
④ [德]阿莱达·阿斯曼:《记忆作为文化学的核心概念》,载阿斯特莉特·埃尔,冯亚琳:《文化记忆理论读本》,北京大学出版社,2012年,第117页。

靠"载体""环境"和"支架"三要素,"载体"是指"具有大脑的生物体",也就是记忆的生理基础。"环境"是指"具有其记忆框架的社会环境",即一种记忆得以生成以及被激活的社会文化情境。"支架"由"'复习''演绎'、媒介图像等记忆策略构成",①实际上是一种激活记忆的再现机制。"再现"是记忆研究的重要问题,它以大众传媒为载体,遵循一套符号编码法则,为公众建构起有关某个特定对象的话语逻辑。作为世界上独一无二的特殊建制,新疆生产建设兵团是中国共产党治理现代国家的创新制度模式,鉴于兵团为边疆屯垦戍边事业作出了卓著贡献,其形象一直为主流媒体所关注,经历了一个被不断书写和建构的过程。通过主流媒体的文化再现,新疆当代屯垦历史的著名人物、核心事件被建构为种种"社会记忆"。"周总理在石河子接见上海支边青年"是新疆当代屯垦史上的重要事件,通过上海知青口述、电视专题片、报纸新闻、影视剧等方式,这一事件经历了持续性书写,被成功建构为"社会记忆",它反过来又会影响到受众的个体记忆,成为他(她)们回忆这段往事时情不自禁加入的插曲。② 以此观之,笔者近年来采录的"新疆军垦第一代口述史"并非完全意义上的受访人生命史,受访对象的讲述往往以个体经验为基础,以从大众传媒获得的他人叙述的经验为参照,并自觉或不自觉地启动"屏/蔽"机制,将一些话题有意遗忘,形成一种历经过滤之后的叙述。

  除了受访人的年龄和身体状况有可能导致记忆的遗失,采访人的基本素养也将直接影响到记忆能否被唤起以及被唤起的程度。这里有几个关键点应当引起特别注意:一是尽量避免"结构性提问",因为这种提问方式虽然操作起来比较方便快捷,但是过于机械,容易忽略受访者群体的差异性,很难充分展现出受访对象个人经历的独特性。访谈人在前期准备工作环节可以预先为每位受访者量身打造一个问题清单,这种方法很人性化,现在被广泛地运用于各类访谈节目和口述史计划。二是要注意提问的技巧性,可以采用国际口述史通行的两句式提问法,第一个句子作陈述,第二个句子提问。每当开始一个新的话题时,最好以一个宽泛的提问开始,这样不致于扼杀多种可能性。不要提有导向性、或指向特定答案的问题。笔者带领团队采访过湖南女兵华淑媛,当时一位学生问华阿姨:"您遇见过狼吗?"显然这不是一个好的问题,因为导向性太明确。"新疆军垦第一代"参加垦荒劳动,"戈壁荒漠变农田,积雪融化灌耕地",遇到过种种危险和困难,其中与动物发生了各种各样惊心动魄的故事,这些动物有狼、有蛇,还有被称

---

  ① [德]阿莱达·阿斯曼:《记忆的三个维度:神经维度、社会维度、文化维度》,载阿斯特莉特·埃尔、冯亚琳:《文化记忆理论读本》,北京大学出版社,2012年,第44页。
  ② 有的受访者绘声绘色谈到周总理视察石河子的详细经过,倘若访谈人继续追问,他(她)们会承认这些信息并非来源于亲身经历,或者当时从别人那里听来的,或者是后来读到相关新闻报道。

为"革命虫"的大蚊子。倘若问题直接指向"狼",就极有可能遮蔽了关于蛇、关于蚊子的故事。有经验的采访人一次只问一个问题,最忌讳连珠炮式发问,要细心启发提问者,牢牢掌握问题的主要线索,避免受访者叙述内容过于散乱。对于敏感问题,可采用"第三方"技巧,比如说"我从报纸上读到……""据称……"敏感问题一般放在访谈的中后段,因为谈话双方已初步建立起和谐的关系。至于那些特别敏感的问题,可暂时关掉摄录设备,对受访者说:"我问,你答。如果你介意,我不会继续追问。"这样会起到较好的效果。提问题的时候不要喧宾夺主,切忌过分炫耀性展示采访人的知识储备和雄辩能力,要善于倾听,一名合格的采访人首先必须是忠诚的倾听者。要留出足够的时间供受访者思考。"打破砂锅问到底"的追问精神固然可贵,但前提是必须尊重受访人的口述意愿。访谈结束时要表示诚挚的谢意。建议每次访谈时,根据受访人的身份特征,提前准备一份温馨的小礼物,这样有助于拉近距离,迅速将采访对象引入理想的讲述状态。

最后,应当结合记忆的特征,理性看待"口述史"的真实性(authenticity),并在此基础上合理评估"口述史"的价值。一方面,随着记忆研究的不断深入,人们认识到"记忆"不仅是一个再现的"文化文本",它同时还关联着"行为、表演、实践的场地","记忆相对于以单个集体为单位的历史来说,是一个复数的概念,它较统一性更趋向差异性。每个记忆由于立场不同,都是个体的、部分的,并由此决定了什么被遗忘、什么被记起。"[1]记忆能否被成功激活?记忆中储蓄的材料能否尽可能摆脱屏蔽?如何处理受访者的创伤性记忆?如何在受访者欲言又止的时候迅速抛砖引玉?如何应对受访者讲述中的错误信息、无效信息甚至是有意而为的虚假信息?这些情况都是客观存在的。另一方面,口述史料作为档案文献的一种补充,我们在运用的时候应当加以认真甄别筛选,注重两种不同来源史料之间的参照比对。除了采录受访人的回忆性讲述,还应注意搜集挖掘和访谈内容有关的文字文献及实物,如日记、家庭记账簿、家谱、老照片、纪念品、粮油票等等,争取为口述内容提供多重证据,增强口述史料的可信度。

"口述史"的魅力,不在于它能够提供又一套戴着权威面具的话语,而在于它为同一历史事件的阐释提供了多元视角、多种可能,在众声喧哗的复调场域中逼近历史的"真相"。一方面,口述史通过向受访人当面求证,结合相关支撑材料,有望使长期以来的史书误载和坊间误传得到纠偏。笔者在采访"戈壁母亲"金茂芳时就带着这样的心理准备问题,尝试澄清两点事实:金茂芳是不是全国劳动模范?第三套人民币上的女

---

[1] [德]阿斯特莉特·埃尔、冯亚琳:《文化记忆理论读本》,第122页。

拖拉机手是谁？金茂芳坦言自己是新疆维吾尔自治区和新疆生产建设兵团授予的劳动模范，不是全国劳模，媒体的相关报道有失事实。老人再三叮嘱笔者在书中一定要把这件事讲清楚，避免以讹传讹。至于人民币上的女拖拉机手究竟是谁，金茂芳这样回答笔者：

>"中央十套采访过我，记者专门给我带了一张人民币，我始终对这个问题没有承认。为啥没承认？因为这个作者不知道是谁，这个照片也不可能是我，可是媒体认为我是新疆兵团第一代女拖拉机手当中比较有代表性的人物，就这么写了……有人说照片上的女拖拉机手是东北友谊农场的梁军，梁军是全国劳模，名气很大，可是她没有开过轮胎车，她开的全是电瓶车……我也是这样理解的，这个照片不是照的，是综合起来画的。为了这个事，各种各样的猜测都有……"①

另一方面，口述史有望为某些历史上的"罗生门"事件②提供新颖的阐释路径。笔者曾有幸专访"九·二五起义"老战士胡继华，老人在访谈中颇为自豪地回顾当年活捉匪首乌斯曼的往事。他的讲述显然与笔者此前阅读过的相关史料有很大出入，笔者带着疑问查阅了大量官方史书、媒体报道以及坊间传闻，发掘出一个有关"生擒乌斯曼"的罗生门事件。《西宁晚报》撰文提到"高才章活捉匪首乌斯曼"，有的媒体则宣称"孔庆云是活捉匪首乌斯曼的英雄"，还有的报道语词含糊，只提到"解放军某部活捉了乌斯曼"。那么究竟是谁活捉了乌斯曼？笔者在"访谈后记"中这样分析：

>表面看来，"乌斯曼被捕"仿佛成了又一个"罗生门"，但是胡继华老人的口述为我们提供了新的思考路径。这首先是一场自上而下集体参与的持久追捕行动，地域上跨越了青海、新疆、甘肃，其间涌现出许多英雄事迹。其次，乌斯曼经过公开审判被处决以后，当时参加"千里追穷寇"的战士都应该受到不同程度的表彰，但是谁在台前谁在幕后？老人的自述或可为我们提供一些信息，"我们没有文化，我们也没有参加照相"。③

---

① 邹赞：《穿过历史的尘烟：新疆军垦第一代口述史》（一），第165页。
② "罗生门"语出日本导演黑泽明的同名电影，剧情围绕一桩凶杀案件展开，强盗、女人、樵夫等当事人或见证者从不同角度讲述案件发生的经过并互相指责对方是凶手，但真相一直扑朔迷离。影片以先锋实验的叙述模式挑战了传统意义上的"真实"。
③ 邹赞：《穿过历史的尘烟：新疆军垦第一代口述史》（一），第221页。

胡继华的讲述提供了一点重要的信息,即当年参加追捕乌斯曼的是一个特别行动队,大家都付出了艰辛的努力,最后被媒体宣传报道的只是其中个别人,毕竟媒体更加倾向"图文搭配"的新闻模式。同样应当注意的是,在有关同一事件的复调叙述场域中,任何一种说法都很难界定为"绝对真相",这种状况成为学界质疑口述史存在价值的重要借口。还是记住唐纳德·里奇的忠告吧,"访谈的价值就不在于故事的正确性,而是在于可当作一种工具,去分析故事遭到扭曲的根源,以及去测度在不利的感受映照下,被理想化了的自我"。①

## 【附录】口述史经典范例

### 莫向潇湘望故乡
#### ——陶先运口述

**人物档案**:陶先运,1936年出生,湖南宁乡人,高小毕业。1951年报名参军,在新疆兵团农场工作了二十多年,后调至兵团农科院从事财务工作,1991年退休。现定居石河子市。

**访谈时间**:2015年1月28日上午。

**访谈地点**:石河子市五小区。

**邹赞(以下简称"邹")**:陶阿姨的湖南口音很浓,阔别故乡六十多年了,乡音无改,听起来非常亲切。您老家是湖南哪的?

**陶先运(以下简称"陶")**:湖南宁乡高坝窑的。

陶阿姨笑声爽朗,指着客厅墙上的大幅照片介绍说,"这就是我们老家,宁乡狮子山陶家老屋,陶峙岳将军就是从这儿出来的。"自豪之情溢于言表。

**邹**:请您回顾一下您小时候的生活情况,比如说父母的职业、家庭教育。

**陶**:我记得很清晰,我出生于1936年,在家里排行老四,上面有一个哥哥,还有两个姐姐。我是婴儿的时候,我妈妈得病(据说是天花)去世了,因此我就寄居外婆家,外婆家在宁乡县朱良桥,外公酷爱阅读古书,经常在书房里读书练字,他要求我们这些子孙也要熟读古书,所以我现在还记得外公说的(一些话),什么"笑莫露齿,话莫高深""轻言

---

① [美]唐纳德·里奇:《大家来做口述史》,王芝芝、姚力译,第99页。

细语,坐莫摇身"。外婆家是书香门第,外公教我写大字、读唐诗,我至今记得小时候摇头晃脑背诵"少小离家老大回,乡音无改鬓毛衰。儿童相见不相识,笑问客从何处来"。可以说我小时候接受了良好的教育。你看我现在在家穿布鞋,不习惯穿拖鞋。为什么呢?因为老家不准拖拖鞋,家里也没有拖鞋,穿布鞋不允许踩脚后跟,否则外公会拿棒子打,说这是"痞子"。

我在宁乡县莲花乡振兴国民学校读完了七年小学,(这时候)我的爸爸有了继母,①也有了弟弟妹妹,我姨妈和一些亲戚想收养我做女儿,我爸爸觉得我妈走得早,临走的时候嘱咐四个孩子不要送人,因此我爸爸回绝了人家的好心,把我接回了高坝窑。我回到这个地方的时候已经十三岁,家里有一群弟弟妹妹了。

**邹**:您在外婆家生活了十几年,为什么会想着这时候回来?

**陶**:我十三岁时是四九年,正值土改运动,我外婆家是个小土地主出身家庭,田地被分了,舅舅舅妈也分家了,没有办法再收养我了,我自己就想着回来吧。我哥哥这时已经去了台湾,姐姐也自谋职业了,我一下子坐到一群弟弟妹妹中间,生(疏)得不行。爸爸把我带到长沙,他在民营运输社开货车。我到长沙的时候,家乡已经解放了。我爸爸儿女多,实在没能力再送我继续上学,我就去报考益阳专区地方干部学校,没想到一报名还录取了。学校的生活很充实,起早贪黑学习各门课程,讨论课上大家都要发言,就这样学了三个月,分配工作的时候说我年龄太小,很多工作干不了,紧接着我被转到中国茶叶公司长沙茶厂,当了一名捡茶工,就这样工作到了五零年冬天。

**邹**:我来采访之前查了一些资料,得知您和陶峙岳、陶晋初都是亲戚关系。您还记得第一次见到陶峙岳将军的情况吗?您后来选择参军入伍,是否受到了他们的影响?

**陶**:我和陶晋初的关系要远一些。陶峙岳和我爷爷是亲堂兄弟,我叫他叔公。我第一次见到叔公是在四九年,我那时刚从益阳专区地方干部学校学习完毕,没有分配工作,就又回到老家。有一天我听继母她们说:"今天,你的伢②要回来,还要带一个人回来喽。"我们这些小娃娃站到门口看,远远地看见高坝窑的公路上面有一个人,穿着乳白色的风衣,戴着鸭舌帽,走在我爸爸前面,一路往陶家老屋走来。我们赶快跑回家报告。一进陶家老屋,右手边住着陶峙岳的亲弟弟,是个哑巴,我们叫他满叔公。陶峙岳先进了他们家,我们家在左手边,我父亲回到家对继母说:"明六叔回来了,赶快泡点茶,他一会要过来。"大约一个多小时后,陶峙岳将军来到我们家,坐在桌子旁,父亲给叔公一

---

① 此处指母亲病故后,父亲再娶。
② 湖南方言,"父亲"的意思。

一介绍我们这些娃娃。过一会叔公就起身告辞了。这时院子里集合了好多叔叔伯伯们,我听到他们在议论:"哎呀,明六叔在外面做大官,还没有小车子,也不带随行人员,跟着侄儿拉煤的车子回来。"我后来才听说,明六叔公是在九·二五起义之后到北京去办事,回头来到长沙,顺便搭乘我爸爸拉煤的货车到陶家老屋看看。我当时根本不知道叔公在新疆,只晓得他在外面干大事。这就是我第一次见到叔公的情形。我后来到长沙茶厂工作,接触了外面的世界,才了解到新疆军区招聘团的招兵信息。

**邹:** 五零年野战军部队到长沙招文艺兵,五一年新疆军区组团来湖南招兵,宣传阵势猛烈。

**陶:** 五零年的招聘条件比较严格,要求年满十八周岁,有一定的文艺专长,我的条件达不到。五一年新疆招聘团的条件要宽松些,虽然年龄要求是十八岁,但是如有区以上人民政府的介绍信和高小文化程度,年龄要求可以稍微放低。介绍信我开得出来,高小文化程度我也具备,因此我辞了茶厂的工作,到指定地点去报名。体检时发现我身高不够、体重不足、营养不良、视力不达标,人家不要我。我和报名点的工作人员辩道理,我说身高不够体重不够还可以长,视力不达标可以慢慢调嘛,正好熊晃政委站在楼上看到了,工作人员问他该咋办,熊政委看了看说:"收下来吧,报到文工队去。"就这样我填了履历表,算是真正报到了,那是1951年4月8号。

**邹:** 您当时决定报名参军,是因为个人的理想还是为生活所迫?

**陶:** 生活所迫倒谈不上,因为我已经到茶厂当工人了,完全可以自食其力。要说是因为革命理想,为报效祖国、实现共产主义而参军,也没这么想过。但是有一点,自己确确实实想出去做事,当时全社会涌动着一股参军热,长沙街头到处在唱"三大纪律八项注意",在这种社会氛围的影响下,我明白了参军是个正经事情,走的是正道。

**邹:** 您报名参军,父亲是什么态度?

**陶:** 一切都是瞒着他的,爸爸开车也是早出晚归。我4月8号报名,报完名后分成小队,我记得我是第十三批,每一批三百多人,我的编号已经是三千几百几十号了。4月15号,小队里的人对我们讲:"你们把花花绿绿的棉袄都放到家里,把军装换上,我们车子带不动那么多东西。今天回去向爸爸妈妈辞个行,明天下午我们要乘火车从长沙出发了。"我换上军装,兴奋不已,当天晚上穿着军装回家。我们那时是在长沙租的房子,一间小小的过道房,爸爸开的单人铺,我也是单人铺。爸爸已经回来了,靠在床头抽烟,我说:"爹,我参军了,我要到新疆去了。"他一下子坐起来,"到新疆去?"我回答说我的一切手续都办好了,爸爸拍了拍我的军装,说:"新疆好冷噢!"我说我不怕,一起去的人很多,我的编号都已经是三千多了。爸爸走出屋,想找一个附近的人借两块钱,附近的那个人说:"到新疆去?雪都堆得这么高!要冻死人的,不要叫她去。"我们家孩子多负担重,我爸爸是个欠账户,附近的人没给他借钱(流泪)。爸爸无奈地叹气,"满女子,你去吧。我的六叔、你的叔公在边疆当总帅,你到了新疆去找找他,他会关照你的。"夜已经很深了,我就这样告别了爸爸(流泪)。第二天一大早,我把老百姓的衣服打包装好,离开了家。那时候心情很高兴,蹦蹦跳跳的,丝毫离愁别绪的伤感都没有。我记得日记本里写着"哈哈,我参军了!"午饭后开始在火车站排队,黄昏时分火车开出长沙车站,我以前没有坐过火车,感觉很新鲜很好奇,根本没心思去找送我的舅妈和姐姐在哪里。车灯亮了,火车咕咚咕咚地缓缓开动。

陶阿姨情绪调整得很快,回忆起当年长沙火车站的送行,她童心未泯地模仿起火车开动的情形,用肢体动作表达着当时的激动心情。

我坐在车厢里,突然本能地问了一句"我啥时候才能回来呀?"说完鼻子一酸,情不自禁地哭起来。车厢里的人受到感染,也都哭了。火车咕咚咕咚向前开,大家哭累了,睡着了,第二天早上火车到了西安站,要下车了。我们住在西安大旅社,那时候的旅社可不像现在的宾馆,一张大通铺,自带行李。我们到乐乐大饭店吃饭,吃的是馍馍,没有米饭,当时觉得没有韭菜香干和辣椒,不好好吃饭,但也不哭不闹。我到现在都感谢老部队的作风,感谢中国共产党教育的好干部,人家一点架子也没有,走到我们中间嘘寒问暖,"饭好不好吃呀?""吃饱了吗?"就像家人一样关心我们。第二天安排在西安大旅社附近的长沙饭店吃饭,大家又吃上了米饭、辣椒、韭菜香干。过去部队的优良作风让我们倍感温暖,一点想家的念头都没有。

邹:电视剧《八千湘女上天山》专门演了这一段,进疆的湖南女兵到西安后的第一顿饭吃羊肉泡馍。

陶:那时候哪有羊肉泡馍,只是吃的是北方口味,后来部队关照我们,第二顿到长沙饭店吃湖南口味(大笑)。

邹:咱们部队的思想政治工作一向做得很到位,你们过了西安,即将面临漫长而艰苦的行军,当时政委有没有给大家做思想工作,让大家对未来的困难有一个预先的心理准备?

陶:绝对没有那些理论的灌输,都是实实在在的关怀。我们的日常生活安排得很紧凑,让你根本没有想家的时间。那时候部队的教育不重言语,重实际行动,旅社里锣鼓喧天,气氛特别热烈,工作人员带我们去理发、看电影、逛街,发毛巾、水壶、搪瓷杯。我记得五一劳动节那天,我穿上以前当捡茶工时买的蓝布衣服,手里拿着一本书,扮成学生的模样到街上扭秧歌,一点也不知疲倦。大概是临走前两天,工作人员通知我们即将从西安出发了,部队给每人发了一米左右的白布,是那种两层厚的布,用来包干馍馍、大饼、咸疙瘩菜。据说是新疆军区一个团的车来拉我们,具体多少辆我们也不清楚,只知道自己乘坐的车分在哪个小队。过了五一,我们就分几个地点上车,坐敞篷车往新疆进发。

**邹**:每辆车上大概坐多少人?

**陶**:一辆车上坐两个班,三十几个人。车上装的是运往新疆的建筑材料,大家就分成几排坐在建筑材料上。车队出发了,前面红旗招展,歌声此起彼伏,一会是"团结就是力量",一会是"五星红旗迎风飘扬",宣传工作搞得特别好。每到一个地方,打前站的同志都会把吃饭睡觉的事情安排好了,哪怕是把包袱往沙地上一铺,睡得满头都是沙子,大家也毫无怨言。

**邹**:从长沙往西安的路上有山有水,大家应该能习惯,过了西安,路途越来越艰难。车队有没有遇到什么特别的困难?

**陶**:令我记忆犹新的是,车队翻越六盘山之前,部队叮嘱大家提前拿出棉袄,说是山上下雪,天气寒冷,同时安抚大家的情绪,说司机驾驶技能过硬,经验丰富,大家不必害怕。车沿着盘旋的山路缓缓行驶,大家睡意朦胧,突然间发现有雪花飘进来,寒意袭人,大家赶紧穿上棉袄,彼此紧紧靠在一起。六盘山翻了整整一天,下车时天色已晚,黑咕隆咚的,只能看见车灯。大家排队跟着小队长来到一个窗口,每人领了一晚热汤,酸酸甜甜的,也不知道是醪糟汤还是甘肃的浆水,拿上干饼就着热汤吃。那天晚上没地方睡觉,大家就在车上宿营,我掀开篷布一看,远远地从山顶到山脚有一条白光,驾驶员告诉我们那是还没有下山的后续部队。

**邹**:六盘山地势险峻,号称"山高太华三千丈,险居秦关二百重",自古是事故多发之地。你们在行军过程中有没有出现意外?

**陶**:一路上没有翻车,也没有人生病,一切都很顺利。过了六盘山,第二天清晨醒来,车队浩浩荡荡,前不见头后不见尾。我在回忆录中这样描写当时的心情:"这个古老的乡村从来没有接待过这么多的远方来客。"(爽朗大笑)车队一路歌声回荡,士气高涨,"团结就是力量""我是一个兵,来自老百姓",高亢的歌声响彻在山谷和戈壁滩上。

**邹**:部队从西安长途跋涉到兰州,在兰州要休整几天,还记得当时的情况吗?

**陶**:我记得六一是在兰州过的。到了兰州,小队长负责给大家传递信息,组织大家洗澡、看电影、理发、写家信,车队也在补充给养。

**邹**:车过兰州,进入河西走廊,满眼所及都是戈壁大漠,自然条件十分艰苦。第一次看到这么荒凉的景象,您是什么感觉?

**陶**：敞篷车从兰州出发一路西行，四周不是荒山土岭就是大戈壁滩，条件确实艰苦。大家不是鼻子流血就是嘴唇干裂，气候一下子不是很适应。我当时的感觉是好奇，想象着孙猴子西天取经都经过了哪些地点（哈哈大笑）。尽管条件艰苦卓绝，但在我周围没有出现生病的，也没有后悔的，更没有中途逃跑的，大家都很单纯乐观，负面的东西极少。我记得有一次很偶然听到了驾驶员之间的交谈，他们说我们是来到新疆的移民，当时不知道移民是啥回事，也没放在心上。

**邹**：部队抵达迪化①以后，具体是怎么安排的？

**陶**：到了迪化，车队就不走了，带我们来新疆的驾驶员都离开了，我们挺留恋的。我们在迪化休整了几天，住在招待所，招待所后面有条河，河上搭了块木板子，我蹲在板子上用毛巾沾水洗脸，毛巾一下子被流水冲走了。分队长告诉我们不要去河里洗澡，水流湍急，相当危险。大概过了两天，一辆车子把我们拉到呼图壁，呼图壁当时叫景化。到了景化，我因为年龄小被重新分到幼年组，一个姓肖的指导员负责带我们，她穿上单军衣和裙子给我们训话，十分严格，不允许大家嘻嘻哈哈。我们当时受不了这种严厉的管束，经常在一起窃窃私语，就这样训练了一个月。后来部队发了毛巾、单军装，还有一个这么厚的上面衬了金粉的笔记本，写有"安下心，扎下根，长期建设新新疆"几个字。当时没有电影看了，理论学习也开始了，负责思想政治工作的同志给我们讲新疆是个好地方，鼓励大家在新疆"安下心、扎下根"。还有一件事就是发放军属证，你是谁抚养大的，你对谁感情最深，这个军属优待证就发给谁，你可以自己选择。人们常说血浓于水，这话不假，我在外婆家呆了十几年，可是这军属证我还是毫不犹豫寄给了我的爸爸（笑）。

**邹**：当时在思想政治工作方面还有哪些举措？

**陶**：政治上开始要求大家交代以前的问题，此处交代过的事情就一笔勾销，不再算是你的错误。如果不在这里交代，以后就要查你的问题了。我坦白说我没有十七岁，虚报了两岁，所以我的年龄就是在这时候改过来的，现在人们去兵团档案馆查询"八千湘女上天山"的相关资料，常常会问："这个陶先运咋越活越年轻了呢？"（哈哈大笑）

**邹**：经过一个多月的军事训练、理论学习和政治审查，您后来被分配到了什么岗位？有没有遵照父亲的嘱咐去找明六叔公？

**陶**：我现在想来也后悔也不后悔。当时的学生队、文工队和首长办公楼紧挨着。首长办公楼外面是一道土围墙，前面有个岗楼，有时候小车子来了，就听见有人说"首长到

---

① "迪化"是"乌鲁木齐"的旧称。

了"。我还偷偷跑到围墙那边去看,"这不是明六叔公吗?"爸爸说叔公在新疆当总帅,我这时候才知道所谓总帅就是二十二兵团的司令员。我没有去找叔公,我也不知道找他能说些啥,我就像一张白纸一样,心灵干干净净。一个月的培训后我被分到二十五师,那地方叫小拐(玛纳斯河的"小拐"),也就是现在的一三六团团部所在地。那时没有公路,我们五个人坐在敞篷车上,时值八月份,雨天路滑,汽车一路咕隆咕隆,颠簸不平,泥浆呼噜呼噜,溅得到处都是。车子把我们拉到三道河子,那里有个接待站,车东拐西拐,把我们拉到一个到处都是瓜皮和苍蝇的院子。车停下来了,驾驶员待人特别热情,把我们五个女兵的行李拿到一间房子的炕上,然后带我们去吃饭。那时候没有门帘,苍蝇到处乱飞,只能采取暗道防苍蝇的办法,两堵墙中间黑洞洞的,苍蝇飞不进去,我们在伙房打了饭菜,蹲在暗道的墙根下吃。

第二天早上车又把我们往小拐拉,当天晚上我们到了二十五师师部,又下雨了,驾驶员把我们领到一个地窝子,里面点着油灯,地上铺着干草和苇叶,我们匆忙吃点自带的干粮,就在地窝子里歇息。一觉醒来天已大亮,我们走出地窝子四处看看,一条稀烂的马车道,路边几棵东倒西歪的白杨,还有半截子沙枣树、半截子胡杨,远处是高低不平的沙包,马路旁有几个小商店,卖的是莫合烟、辣椒面和肥皂。就是这般艰苦的条件,但我们一点怨言也没有,满心都是好奇。一名年龄稍大些的战士过来招呼我们,把我们领到了一间平房,接见我们的是二十五师政治部主任史骥,他热情地说:"欢迎新战士,今天我们会个餐。"不一会儿几大盆菜端来了,红萝卜炒羊肉、粉条炒羊肉、莲花白炒羊肉,主食是馍馍,这些东西新疆都有,吃得挺好。平房里既没有桌子,也没有凳子、台子,大家就蹲下围成一圈开始吃,这就叫"欢迎新战士会餐"。

**邹**:您从湖南过来,羊肉能吃习惯吗?

**陶**:习惯呐。那时候的炊事员都是从内地来的老兵,手艺不错,做的饭很合口味。

**邹**:会餐过后,分配具体的工作了吗?

**陶**:吃完饭,史骥主任亲切地问我们想干些啥,一个一个地问。他问我爱不爱唱歌跳舞,愿不愿意去文工队。我说我不爱唱歌跳舞。他接下来问我:"要不你去卫训队,去学护士吧?"我连忙答应。我们五个人有去文工队的,有当译电员的,还有两个人进了卫训队。史骥当时考察我们,了解我的基本信息后,问道:"你这个小鬼,姓陶,湖南宁乡的,你是不是我们陶峙岳司令员的亲属啊?"我回答说我爸爸告诉我有一个叔公在新疆当总帅,我就说了这么一句。

我被分到卫训队,背起背包到卫训队报到,卫训队从每个连队抽调一名战士,培训合格后到各连队当卫生员,这些人大多都参加过九·二五起义,年龄比我们要大一些。

当时二十五师的贺政委是江西籍的老革命,他回家探亲时从江西带来了几十名男女青年,我们就和这些江西青年一起被编到护训队,那时候卫训队为连队培养卫生员,护训队为各医院培养护士。我们去报到的时候,那边已经开始盖房子了,大家都在挖坑、搬土块,漫山遍野都是劳动的歌声。我们放下背包就加入到劳动队伍中,起先是剥苇子,男战士从苇子湖砍来一大捆一大捆的苇子,每根苇子有胳膊这么粗,把皮剥干净,等着给房子上梁。男同志负责挖坑、打土块,我们女同志就抬抬把子。抬把子你知道吧?两边两根苇秆,里面是红柳条编织成的,两个人抬土用的。

  陶阿姨担心我没听明白,起身比划抬把子的形状及用途。

**邹**:劳动强度大吗?

**陶**:我们开始夜以继日参加剧烈的劳动,天明起床,天黑收工,晚上睡大炕,一身泥土一身汗。我当时系小辫子,头上长了好多虱子,你看看丰收写的《蓝月亮》,里面登了我当时的照片(笑)。手上裂了一道道口子,肩上起了厚厚的老茧,两个脚板上都是泡,洗脸用的是蒸过馍馍的碱水,白衣服被洗成了黄衣服。我们要赶在新疆入冬之前把房子盖好,不然没办法过冬。房子还没有完全盖好,上面又下了任务,小拐要盖大礼堂,陶峙岳司令员要在五二年的春耕动员大会上讲话,因此务必在五一年入冬之前盖起一座十三米高、能够容纳一千多人的大礼堂。盖礼堂的所有材料全靠人工搬运,卫训队、政训队、财训队,上至领导,下到司机和炊事员,全部都参加劳动,每个人都发了根绳子,用来背土块,每个土块大约五到八公斤重,我那时才十五岁,体重只有三十几公斤,每次只能搬动四五块。我们把旧军装里的棉花掏出来,垫在肩上,背完土块背砖块。有几个少数民族老乡骑马从这边经过,他们看着我不停地笑,竖起拇指说:"尕尕的,亚克西!"我没有听懂,后面向老兵请教,他们解释说:"新疆话'尕尕的'是'小','亚克西'是'好',你小小年纪就来新疆搞建设,好样的!"后面大家就开始编着词儿唱,"什么亚克西哟,什么亚克西哟,湖南的妹子亚克西!"这么多年来,我一直想回到一三六团去看看当年的大礼堂,七·五事件后,湖南电视台的王明过来采访我,我跟他透露了自己的想法,电视台雇的车把我们拉过去,算是圆了我的心愿,但遗憾的是大礼堂已经荡然无存,废墟都找不到了。我现在想啊,等我有时间了,一定要带上孩子们从老炮台出发,去看看那些我曾经战斗过的地方。

**邹**:劳动有没有制定具体的任务?女同志有些情况比较特殊,劳动中会考虑到这些因素吗?

**陶**:劳动任务相当艰巨,从政委到战士,大家不讲任何特殊情况,尽力而为,没有硬性指标,也不存在出工不出力的现象。史骥政委也和我们一起搬土块,背得比我们多,小跑着往前走。

**邹**：您在护训队接受培训，主要学习些什么内容？这个过程当中是否需要参加其他的常规劳动？

**陶**：五一年冬天，我在护训队学习查体温、写交班记录、背阿司匹林等药物名称。培训期间，我们要到戈壁滩上背红柳条取暖，那时候新疆的天气比现在冷，班长带队，走在队伍最前面，我是副班长，走在最后，大家带上馍馍，系上皮带，穿上半截毡筒，向白茫茫的戈壁滩进发。班长负责分配任务，叮嘱大家不要跑远，因为红柳丛中有狼，我们用毡筒一顿猛踩，如果踩下的枝条是红色的，说明这个是活的，不要砍，枯死的枝条统统踩翻，然后码得整整齐齐，一捆一捆绑好，这些活都是在雪地上操作的。班长要时不时招呼大家，保证所有的人都在，开始背柴火的时候，人坐在雪地上，班长把红柳捆提起来帮大家放好，每个人都留一根粗一点的红柳，上面带个叉叉，走累了，就把红柳往地上一放，又起背上的柴捆休息一会。我们这群女兵就像是沙漠里的骆驼群，负重前行，饿了就啃几口冻得硬邦邦的馍馍，渴了就抓几个雪团团放进嘴里融化。我现在很怀念那段时光，虽然是那样冷的天气那样高强度的劳动，但我的心里暖融融的，大家天真无邪，很自觉地互相帮助。有的人背红柳跑得快，有的人力量小，走得慢，那些年龄大一些的战士尤其是起义的老兵，争先恐后返回去接走得慢的人，直到大家都平安回来了。

**邹**：护训班培训结业后，大家都分到医院工作了吗？您能否回顾下在医院工作的那段经历？

**陶**：护训班结业后，和我一起去的刘国华（音）满十八岁了，和一个看守所的指导员结婚走了，江西来的那批女同志也比我年龄大，先后由组织上介绍结婚成家，分赴天山南北。我才十五六岁，没到结婚年龄，就和一些年龄小的男同志一起分到医院里去了。医院的病房很简陋，病床就是大土炕，医院后门是玛纳斯河，再远处就是戈壁滩。我每天晚上要到戈壁滩上给病人倒屎倒尿，那时经常有狼群出没，我去倒尿时先大声咳嗽几下或者喊几声，因为狼比较害怕响动，把尿倒了赶紧往回跑，心里十分害怕。我们的医生特别好，他看我们害怕，就在前面走，让我们跟在后面，他告诉我们："世界上没有鬼，人死亡就是心脏不跳了血液不循环了。"我后来再也不害怕死人，如果有危重病人，医院就叫我去值班。我当时住在伙房一间堆放杂物的隔间，没有窗户，黑乎乎的，只有一个孔可以通风，直到五二年八月份我离开这间屋子，都没看清楚周围放的是啥东西。

兵团作家丰收当年采访我，他的书中写了"任佩莲之死"。任佩莲身患疾病，后来知道是肠梗阻，她生下娃娃就死了，娃娃的父亲是七十四团王副团长。任佩莲临死之前，她爱人都没赶来看过，等医院发去了死亡通知书，王副团长骑着马急匆匆赶过来。

他蹦起来大吼:"怎么回事?人送过来好好的,怎么会死呢?"我把娃娃抱过去给他看,他说:"大人都没了,娃娃我也不要了。"医院体谅王副团长当时的难处,住院医生劝慰他说,"王团长,你现在家里没人带娃,娃娃暂时放到医院,这样比较方便。"五十年代是供给制,国家对婴儿有包干费,医院就把带这个娃娃的任务派给了我,我当时才十六岁。

现在想想,也不能怨王团长,那个年代大家心里装的都是集体,全心扑在工作上,哪能关心到自己的妻儿?我记得王副团长赶到医院的时候风尘仆仆,头发蓬乱胡子邋遢,五十年代的军垦老兵都是这样的啊!

**邹:** 您自己还是个孩子,大孩子带小孩子,的确不容易。您带这个孩子带了多久?他后来的情况怎么样?

**陶:** 带了一年的时间,五三年我被农七师从医院抽调出来,到山东去接女兵。大难过后,必有后福,这个孩子后来长大了,我们见过面,感觉很亲切。

**邹:** 您当时只有十六岁,按理说去山东接女兵是一项极为重要的政治任务,应当抽调经验丰富的老兵才是。

**陶:** 因为我服务态度好,工作有热情,当时是出了名的小护士(笑)。有一阵医院里的男护士都去扫盲班学习了,我念过高小,有一定的文化程度,就留下来值班。值班护士经常要处理危重病人,一个病人去世了,其他住院的病号很害怕,我们就赶紧把死人抬到治疗室,我给她整理衣服、梳梳头发,当班护士长去找医生了,我就一个人坐在那里照看着,我当时想了很多,我照顾了这个病人一个多月,咋就没有想着问问她家的地址,不然我可以给她家人写封信,告诉他们这个远在新疆的女儿已经不在了,想到这里我泪如泉涌(流泪)。危重病人过世了,我们要负责将他抬到太平间,所谓的太平间就是在沙包旁边用苞谷杆围成的一个简易棚子,里面拉了个台台,台台上放担架,门是用柳条编成的……就这样我被抽调去山东乳山接女兵,这是项艰巨的政治任务,没有半点讲价钱的余地。1954年,我从山东接女兵回来,师部发了道命令,不允许抽调的干部回原单位,我们要负责把新来的女兵带到基层单位,帮助她们尽快适应农场的环境。这样我就到了独立营二连,后来又到一三五团。

但我的人生命运再次转折,我哥哥当年参加"青年军"去了台湾,从此杳无音讯,文革前夕有段时间海外政策略微放宽松些,我哥哥从台湾寄回老家一封信,打探我爸爸是否还活着。爸爸收到信后惊喜交加,就把哥哥的那封信原封不动寄给了我,我那时太单纯,收到信就去保卫部登记了,从此我就有了海外关系,它就像套在我头上的紧箍咒……文革期间,因为有海外关系,再加上陶峙岳司令员被污蔑成蒋介石留下的特务,我爸爸也莫名其妙被划成了地主分子,我顿时成了敌我矛盾的焦点,他们不由分说把我吊起来,噼哩啪啦打得我眼冒金星,我受尽折磨,一次次晕死过去……后来陶峙岳的问题弄清楚了,我的错案也被平反了,但当年那些吊我打我的人都在一三五团,我于是下决心要离开那里。我的编制在农七师,当时要从农七师调到农八师,实在是太艰难了。1976年,史骥政委重新回到工作岗位,到石河子主管统战工作,他最了解我的情况,跟统战部门的人讲:"陶先运的问题你们要想办法解决。"后来政策落实了,我调到农八师农科所从事财会业务,在这个岗位上一直干到九一年退休。

**邹**:史骥政委大致了解您的个人情况,您在新疆是什么时候见到陶司令员的?

**陶**:五二年冬天,陶司令员到师部检查工作,他关心地问起史政委我们这批湖南女兵的表现,史政委做了详细介绍并专门提到了我的情况,司令员听后心里顿时明白了八九分,他托人到处找我,有人到医院通知我去趟史政委的办公室,我拿上馍馍,整了整衣服,穿过大片的戈壁滩,来到史政委办公室。那时没有电灯,点着昏黄的油灯,我走进去一看,史政委不在,有个穿黄军裤的老头正在给炉子生火。我问了句"史政委在吗?听说他找我?"老头说:"你过来坐,今晚豫剧团来了,史政委去看戏了。是我找你。"他放下生火的铁钩子,把马灯移过来,在桌子边坐下,亲切地问我叫什么名字,我爸爸和两个伯伯都叫什么。我这一说,他赶快站起来,摸着我的头说:"满孙女啊,我是你叔公。"叔公仔细打量我,我个子小,鞋子穿得不合脚,军装长得像套了身长袍。叔公问长问短:"你现在在干啥呀?"我说:"在医院当护士。"他又问:"你在医院当护士具体都干些什么?"我如数家珍地回答:"查体温,发药,给病员提水打饭、接屎接尿、倒痰盂,扫地生炉子……有时候还要抬病号转院。"叔公叮嘱我新疆天冷地滑,要提防跌跤,还问我没有大米吃习惯不习惯。讲完后,他又亲切地摸着我的头,问:"有什么困难没有?跟叔公说。"我忙说没有。就是到现在我也敢说当时这话没有半点虚假,那时的党风民风就是这般单纯。叔公担心我晚上回去路上有狼,就留我在师部的保姆那里住了一夜。第二天大清早,我起床准备赶回去上班,叔公就在门外站着,他从口袋里掏出一张纸条,说:"满孙女,这是我在迪化的地址,有机会来找我。"叔公说完转过身去,又叹了口气,"哎,也不一定有机会。"说实在的,那时候交通不便,我一个小护士哪能有机会去迪化呀。后来师部有人到兵团开会,叔公委托他带给我一支博士牌钢笔,勉励我好好学习。

**邹**:太难得了,现在大家考学提干找工作,恨不得把远近亲疏的三姑六婆都拉上关系。您叔公是司令员,您却在兵团最基层摸爬打滚那么多年,令人敬佩!文革后陶司令员回到家乡湖南,政策也逐渐落实了,您去探望过他吗?

**陶**:七九年我回乡探亲,此时叔公已回到长沙,我爸爸带领我们去看望他。叔公见了我问长问短,还特别问了石河子的情况。我爸爸当时觉得我一个女孩子在新疆工作实在是太远了,就委婉问叔公有没有机会把我调回来。叔公说:"满孙女啊,咱一家人不说两家人的话,我回湖南时任何人都没有带,只带了你伯妈。"这个伯妈是叔公儿子的遗孀,叔公的儿子在文革中被整死了,孤儿寡母的,带她回湖南,这是人之常情啊。叔公稍微停顿了一阵,然后坚定地说:"你们都不要回来,新疆多一个劳动力,屯垦戍边事业就多一份希望!"

邹:前几年湖南省政府、湖南电视台都曾组织力量寻访当年西上天山的湘女兵,一些纪录片和电视剧里都能找到您的影子。

陶:说实话我现在只想安安静静生活,不太愿意去回想过去的事情……我现在年事已高,可以用四句话总结自己的人生:我对得起家庭,对得起子女,对得起自己的历史,尤其我对得起新疆生产建设兵团。

邹:您现在最大的心愿是什么?

陶:我想继续完成自己的回忆录,我要告诉孩子们他们不曾了解的一些事情,把当年那些苦难的经历、那些感人肺腑的故事记录下来。还有一个愿望就是盼望兵团始终铭记"吃水不忘打井人"的古训,不要怠慢这些当年为屯垦戍边奉献过青春甚至生命、如今风烛残年的军垦老兵,尤其是要真正关心那些至今生活无依、境遇凄惨的老战士。

邹:谢谢您接受访谈,您的讲述让我对兵团有了更加深入的认识。

陶:感谢你真正地想要了解兵团,也谢谢你关注我们这些老战士。

# 第二卷

# 历史与民俗卷

# 傅斯年图书馆藏回鹘文《华严经》研究*

## 阿依达尔·米尔卡马力

**提要**：回鹘文《大方广佛华严经》散落于世界各地，近几年陆续被研究和刊布。本文首先对回鹘文《华严经》在各地的收藏和研究情况进行了综述，通过分析相关材料提出回鹘文《四十华严》和《八十华严》的译者皆为安藏，且二者为一个整体的观点。同时，本文对傅斯年图书馆藏回鹘文《华严经》进行了考订，并对其中与羽田收藏回鹘文《华严经》图片可以缀合的《十地品》和《十定品》部分进行了语文学考证研究。

## 1. 回鹘文《华严经》

### 1.1 回鹘文《华严经》的刊布

《华严经》，具名《大方广佛华严经》，主要讲述世界万物之因果关系的绝对相对性，宣说一即一切，一切即一，一微尘映世界，一瞬间含永远的思想。梵文作 Buddhāvataṃsaka-nāma-mahāvāipulya-sūtram，是佛成道后在菩提场等处，藉由普贤、文殊诸大菩萨以显示佛陀的因行果德如杂华庄严，广大圆满、无尽无碍妙旨的要典，是华严宗据以立宗的重要经典。

汉文《华严经》有三种译本，其一为东晋佛驮跋陀罗(Buddhabhadra)的译本，题名《大方广佛华严经》，六十卷，为区别后来的唐译本，又被称为"旧译华严"，或被称为《六十华严》。其二为唐武周时于阗人实叉难陀(Śikṣānanda)的译本，题名《大方广佛华严经》，八十卷，被称为"新译华严"或《八十华严》。其三为唐贞元中般若(Prajñā)的译本，题曰《大方广佛华严入不思议解脱境界普贤行愿品》，四十卷，简称为《普贤行愿品》或《四十华严》。自东晋至唐代一直盛传不衰。受其影响，古代回鹘人亦将之译为回鹘文字流行。

内容接近于《八十华严》的尚有藏文本、蒙古文本和西夏文本。该文献梵文原典已

---

\* 收稿日期 2019 年 12 月 1 日。

残缺不全,仅存有关《十地品》和《入法界品》的部分内容。藏文译本,系由印度胜友、天王菩提和西藏智军合力从梵文译出,并由遍照加以复校,成一百十五卷。

回鹘文《华严经》译自汉文,译本今知者有二种,一为《四十华严》,一为《八十华严》。其中属前者的回鹘文木刻本残卷早已为国际学界所熟知。1911 年俄国的拉德洛夫发表了沙俄乌鲁木齐领事迪雅科夫(A. A. Dyakov)于吐鲁番发现的"不知名"回鹘文佛经 2 叶 84 行(Radloff, W. 19(1) pp.103-109),后经研究、辨识,知为《四十华严》的回鹘文译本残叶(石滨纯太郎 1950, pp.63-73)。1953 年,羽田亨又研究刊布了 1911—1914 年日本第三次大谷探险队成员吉川小一郎于吐鲁番所获的内容属《四十华严》第三十三卷的 5 叶半回鹘文残卷(羽田亨 1975, pp.183-205)。1965 年,阿拉特(R. R. Arat)发表第 9、13、16、21 等篇押头韵的佛教诗歌,分别出自《四十华严》之三十九、四十诸卷(Arat 1965, pp.68-79; pp.126-130; pp.162-171)。接着,茨默(Peter Zieme)又发表了柏林藏木刻本《四十华严》尾部"普贤行愿赞"的 12 行跋文,知其刻印于 1248 年,他还发现柏林所藏吐鲁番写本中尚存有其他四十华严残卷(Peter Zieme 1982, pp.601-604)。

现已刊布属于《八十华严》的回鹘文文献写、刻本不多。羽田明处藏有 9 叶贝叶式写本残卷照片,内容相当于汉文本之卷三十六、三十八、四十等(百济康義/小田寿典 1983, pp.176-205)。甘肃省博物馆藏有残卷二张(耿世民 2003, pp.363-382),在敦煌研究院文物陈列中心亦收藏有一大张(4 面),皆由耿世民刊布(耿世民 1986c, pp.59-65)。敦煌研究院考古人员在对敦煌莫高窟北区进行发掘时,在 B128 窟又发现回鹘文《八十华严》册子式写本残片一件,编号为 B128:2,由张铁山刊布(张铁山 2003, pp.112-115)。笔者与杨富学合作刊布了兰州私人收藏回鹘文写本二大张,其一属于《八十华严》第二十一卷《十无尽藏品》中的开首部分,其二属《八十华严》第十一卷《毗卢遮那品》中间的一段(阿依达尔·米尔卡马力/杨富学 2007, pp.74-80; 杨富学/阿依达尔·米尔卡马力 2007, pp.39-52)。

通过以上叙述,可以看出,《八十华严》之回鹘文译本曾以多种形式流传过。既有贝叶式写本(如日本羽田明处所藏 9 叶照片),也有册子式写本(如敦煌莫高窟北区新出土的 B128:2 号文献)和折子式写本(如甘肃省博物馆和敦煌研究院的相关藏品)。

### 1.2 文献描述

#### 1.2.1 《四十华严》

##### 1.2.1.1 拉德洛夫刊"观世音菩萨"

拉德洛夫和石滨发表的回鹘文《四十华严》是沙俄乌鲁木齐领事迪雅科夫于吐鲁番发现的。拉德洛夫在《回鹘文观世音》一书的附录 3 中用回鹘式字体铅印了 2 叶 84

行佛经,但未能考证出其究竟(Radloff 1911)。石滨于 1950 年考证出此回鹘文佛经系《四十华严·普贤行愿品》。根据拉德洛夫的记载,该佛经页长 62 厘米、宽 22 厘米,黄色纸张,连续两叶,每叶七页,页六行,共 42 行。通过石滨的研究可以看出,拉德洛夫的刊印颠倒了文书的前后顺序,拉德洛夫的第 37 行其实才是文书的开头。有趣的是,拉德洛夫刊登了该文书的部分图版,即第 43 至 48 行之间的内容。从图版可以看出,有上下边框、楷书体书写。每叶七页共 42 行看,似为折子式写本。图版左下端有一四方空白处,里面写有模糊数字,石滨推断为汉字的页数,但图版之刊登有该文字的右半部分,很难判断为何字。

1.2.1.2 羽田藏照片

羽田亨刊布的 5 叶半(11 页)《四十华严》为吉川小一郎拍摄于吐鲁番、内容第三十三卷的回鹘文残卷。从京都大学文学部欧亚文化研究中心(京都大学文学研究科附属ユーラシア文化研究センター)所藏照片看,为贝叶式写本,写本中间有穿绳预留的圆形。每页有的 13 行、有的 14 或 15 行。图版包括《四十华严》的开头部分和最后的跋文,似乎是有意摄影前后(Ⅰ和Ⅺ)而省去了中间的大半内容。与对应的汉文原典比较则可以看出,照片只包括写本的正面部分,而背面则被遗漏。羽田氏没有提供写本原件的尺寸,但羽田藏照片尺寸高 10 厘米、宽 7.5 厘米。

1.2.1.3 圣彼得堡藏品

近期,橘堂晃一(Koichi Kitsudo 2017)刊布了俄罗斯圣彼得堡藏《四十华严》残叶 28 件,分别属于《四十华严》序、卷一、五、八、十六、十九、三十七、三十八、三十九、四十,与吉川小一郎所拍摄图片属于同一写本。完整的一页尺寸为 21.9×53.3 厘米,正背面书写,每页分别为 27、28 行。

1.2.2 《八十华严》

1.2.2.1 羽田藏照片

百济、小田刊布了羽田明处藏 9 叶贝叶式写本残卷照片,内容分别属于三十六卷和三十八卷的《十地品》和四十卷的《十定品》。①原写本尺寸不明,每页 10 行。天地有上下边线。百济、小田没有交代照片拍摄地点。羽田刊布的《四十华严》照片由第三次大谷探险队成员吉川赠予羽田,据交代拍摄于吐鲁番一带。但此《八十华严》照片是否也拍摄于吐鲁番不得而知。吉川曾到达敦煌与橘瑞超会合,并从王道士那里买到一些写本,故也不能排除拍摄于敦煌的可能。笔者最近研究台北傅斯年图书馆藏敦煌出土的

---

① 百济、小田认为是册子本(1983,p.177)。

《八十华严》部分写本,发现此部分中的《十地品》和《十定品》与羽田藏《八十华严》图版可以拼接,证明为同一个文献的不同片段。因此羽田收藏的此《八十华严》照片原写本也应该是敦煌遗书。与傅斯年图书馆藏《八十华严》写本保存状态完整的情况相比,拍摄于 1910 至 1914 年之间的羽田藏照片则残缺严重,讲述着其不同的遭遇经历。

1.2.2.2　甘肃博物馆、敦煌研究院藏品

在兰州市的甘肃省博物馆藏有残卷二张,编号为 10562,据称出自莫高窟。原件为两大张(8 面),残高 34.7 厘米,长 45 厘米,每面书 13 行文字。第一张属《八十华严》卷十四,第二张属该经卷二十二。①折子式,正反两面书写。在敦煌研究院文物陈列中心收藏一张(4 面),②属《八十华严》卷十四,高 35 厘米,残片长 42 厘米,折子式,每面书 13 行文字。这一文献,同甘肃省博物馆所藏一样,纸质厚硬,呈黄褐色,四边框有红线,似为元代写本。③依各种特征看,这 3 张刻本残卷实属同一本。

1.2.2.3　兰州范军澍收藏品

敦煌莫高窟北区在 B128 窟发现回鹘文《八十华严》册子式写本残片一件。该文献编号为 B128∶2,正面为汉文,其中有 2 页背面书草体回鹘文,用软笔书写,其一存回鹘文 18 行,另一页存回鹘文 19 行。经研究,其内容属于《八十华严》第四十五卷中的一段。

近期笔者在兰州的私人收藏品中又觅得属于该文献的回鹘文写本二大张,其一属于《八十华严·十无尽藏品》(第二十一卷),其二属《八十华严·毗卢遮那品》(第十一卷)。写本楷体字、折子式,纸质厚硬,呈黄褐色,高 35.5 厘米,长 46.5 厘米,地脚 4.5 厘米,天头 4.2 厘米,朱丝栏,栏宽 1.5 厘米至 3.9 厘米,栏心 4 厘米,卷心 25.5 厘米,每面书写文字 12 行。写本字体非常优美、工整,极似印本,但《毗卢遮那品》中所出现的各种特征都表明,该文献不是印本,因为在 4 面之中,仅有 1 面在行间划有边线,而且线条不直,甚至有不少文字压线书写,非印本之特征是非常明显的。

据写本收藏者范军澍先生介绍,该残卷系其祖父范鸿印(字学宾,善古物收藏与鉴定)先生于 1947 年在兰州市城隍庙从一汪姓人氏手中购得。范鸿印去世后,将该文献连同数十件敦煌出土的汉文、藏文写本、印本一道传给长子范耕球(亦善古物收藏与鉴定),至范军澍已是三传。

---

①　耿世民:《甘肃省博物馆藏回鹘文〈八十华严〉残经研究》(一、二),分别刊《世界宗教研究》1986 年第 3 期,第 68—77 页、《中央民族学院学报》1986 年第 2 期,第 84—89 页。

②　此文献现已归入敦煌研究院文物陈列中心。

③　耿世民:《回鹘文〈八十华严〉残经研究》,《民族语文》1986 年第 3 期,第 59—65 页(收入《新疆文史论集》,中央民族大学出版社,2001 年,第 448—462 页)。

据回忆,该文献的原收藏人汪氏自称湖北人,家住兰州黄河以北,即今大沙坪一带。湖北汪氏这一因素,使我很自然地联想到敦煌文献流散过程中的一个关键人物汪宗翰。

汪宗翰,湖北省通山县人。在斯坦因于光绪三十三年(1907年)抵达敦煌之前,他即已在敦煌县令任上,曾于光绪三十年奉甘肃省藩台衙门之命前往敦煌莫高窟藏经洞检点封存那里出土的文书。斯坦因最初对敦煌文献的了解,主要是通过汪宗翰其人。汪宗翰学识渊博,深受当时甘肃学政叶昌炽的赏识,故受托为叶搜集敦煌发现的书画,先后送去的有乾德六年(968年)的水月观音像和"写经卷子本、梵叶本各二"。汪宗翰的县令身份及其与敦煌文献的接触,使我们有理由相信,我们手头的回鹘文《八十华严》写本应出自汪宗翰的私藏。

#### 1.2.2.4 傅斯年图书馆藏品

在国际敦煌项目(IDP)网页上上传了不少敦煌出土的回鹘文文献,台北傅斯年图书馆藏《华严经》写本就是其中之一。网页上已经考证出文献属性,但未提及考证人的信息。这些写本编入《西史 H.A."回鹘文佛经"》中。所有文书共18纸,其中14纸为《华严经》。其中的每一纸为折子式,每个对折页均正反两面书写,这一点与兰州藏《华严经》写本相同。1至14纸原纸宽23公分、高34公分,栏高1至2纸约29公分、3至13纸约25公分、第14纸为28公分(郑阿财2000,pp.389-390)。书名以原存袋面提名著录。根据傅斯年图书馆介绍,除《华严经》外另还若干页《般若波罗蜜经》《大智度论》《菩萨戒本》片段。文书的编号形式为"188171_a0X"等,其中188171_a01书有"畏兀儿文。西史 H.A.1—14张;15—17残页;另残页一张;另残字两小块"等字。188171_a02书有"西史 H.A.1—14张,共14张"等字眼。188171_a03至188171_a54为《华严经》写本照片。从照片判断,傅斯年图书馆藏此部分《华严经》写本为楷书体,折子式,书写在黄色厚纸上。天地有红色边线。每页行数不等,有10行、也有15行之多者。

经笔者考证,傅斯年图书馆藏《华严经》写本分别属于《世界成就品》(188171_a51—a54)、《四圣谛品》(188171_a43—a46)、《光明觉品》(188171_a15—a18)、《十无尽藏品》(188171_a35—38)、《兜率天宫品》(188171_a23—26)、《兜率宫中揭赞品》(188171_a27—a30)、《十回向品》(188171_a19—a22)、《十地品》(188171_a07—a10;188171_a31—a34)和《十定品》(188171_a11—a14;188171_a39—a42;188171_a47—a50),其中《十地品》和《十定品》与百济、小田刊布的羽田私人收藏《八十华严》照片为同一写本,可以相互拼接。① 另傅斯年图书馆藏一纸四页(188171_a03-a06)内容为《四十华严·

---

① 详见拙文《安藏与回鹘文〈华严经〉》,《西域研究》2013年第3期,第79—80页。

入不思议解脱境界普贤行愿品》(第39卷)之译本,同与已刊布的《八十华严》和羽田藏《四十华严》图片,为散文体。①

对于这些写本如何来到傅斯年图书馆没有明确的记载。傅斯年图书馆部分藏品有张大千的题记(如:188104);部分藏品属西北科学考察团向达等部分成员购自敦煌(如:188080);部分收据表明,也有藏品(据信来自李盛铎)购自北京的庆云堂书店。但对于回鹘文《华严经》(188171)之出处则没有可靠记述。羽田藏《八十华严》照片与傅斯年藏品同属一个写本,此部分照片很有可能是吉川小一郎拍摄自敦煌。这表明在20世纪初期,敦煌文物就已开始散落民间。

1.2.2.5 中国文化遗产研究院藏品

中国文化遗产研究院藏本,由张铁山和Peter Zieme合作刊布,折子式2叶,楷书体,属第十三卷《光明觉品》。据作者交代尺寸分别为27.5×18.7厘米、27.7×19.1厘米,②橘堂认为尺寸为32.7×21.9厘米、32.7×21.9厘米。③

1.2.3 韵文诗

阿拉特发表的押头韵诗中Ar.9、Ar.16、Ar.21等分别出自《四十华严》,其中第9首韵文诗出自卷三十九,第16、21首韵文诗出自卷四十,不过第16首韵文诗部分内容则出自《大方广佛华严经普贤菩萨行愿王品》。第13首诗的A、B、C皆译自《大方广佛华严经普贤菩萨行愿王品》,其余部分为安藏独立创作。茨默(Peter Zieme)又发表了柏林藏木刻本《四十华严》尾部普贤行愿赞的5行和18行跋文,知其刻印于1248年,编号分别为U4164、U4766。前者只保存有上面的粗细两条线框,后者只有一个粗的上下线框。两个残片均用楷书体。

# 2. 经名、品名

## 2.1 回鹘文《华严经》之经名

回鹘文《华严经》之译名有以下几种:

A. mxa vaipuli-a buda avatansaka tegmä uluγ bulung yïngaq sayu-qï ärtingü keng alqïγ burxan-lar-nïng linxu-a čäčäk üz-äki etigi yaratïγï atlïγ sudur nom bitig(傅斯年图书馆藏

---

① 对傅斯年图书馆藏《华严经》回鹘文写本内容的研究和考证见拙文《安藏与回鹘文〈华严经〉》,《西域研究》2013年第3期,第78—80页;《安藏・ウイグル語訳〈華厳経〉の翻訳法について》,《国語国文》2015年,第1—21页。

② 张铁山、皮特・茨默:《两叶回鹘文〈华严经・光明觉品〉写本残卷研究》,《民族语文》2012年第4期,第73—80页。

③ Koichi Kitsudo 2017, p.107.

《兜率宫中偈赞品》188171.6A）

B. mxa vaipuli-a buda avatansaka tegmä uluγ bulung yangaq sayu-qï ärtingü keng alqïγ burxan-lar-nïng linxu-a čäčäk üz-äki eṭigi yaratïγï atlïγ sudur nom bitig（兰州私人收藏《十无尽藏品》La2.01）

C. mxa vaipuli-a buda ptmalangkr-r tegmä uluγ bulung yïngaq sayuqï ärtingü keng alqïγ：burxan-lar-nïng linxu-a čäčäk üz-äki-i etigi yarat-ïγï atl(ï)γsudur nom bitig（羽田收藏图版）

D. buda avatansaka uluγ kölüngü sudur（Arat 13）

E. buda avatansaka atlïγ sudur（Arat 09）

阿拉特刊布的诗歌中《华严经》经名（D、E）以简略形式出现,这与诗歌的押韵和各行音节数目大致一致不无关系。作为正式经名 A 与 B 完全一致。C 与 A、B 大体一致,但 A、B 中的 avatansaka, C 中采用了 ptmalangkr。其中 avatansaka 来自梵语 avataṃsaka "华严""庄严",ptmalangkr 来自梵语 padmalaṇkâra"莲花庄严"。佛经中 tegmä"叫作"后面对于 mxa vaipuli-a buda avatansaka 的解释性经名 uluγ bulung yïngaq sayu-qï ärtingü keng alqïγ burxan-lar-nïng linxu-a čäčäk üz-äki etigi yaratïγï 显然是汉文名中"大方广佛华严"诸字的对译。

## 2.2 页眉

回鹘文《华严经》每页正面页眉都有简化经名和卷数的标注。对于经名所有的残片都采用了 avatansaka,但其书写格式略有不同。

A. avatansaka ikinti čir ikinti ülüš bir otuz（傅斯年图书馆《四圣谛品》）

B. avatansaka üčünč čir üčünč bir（傅斯年图书馆《兜率宫中偈赞品》）

C. avatansaka ikinti čir baštïnqï ülüš beš y(i)g(i)rmi（兰州范氏私人收藏《毗卢遮那品》）

D. avatansaka ikinti čir törtünč ülüš üč otuz（甘肃省博物馆《贤首品》）

E. törtünč čir onunč ülüš yeti ygrmi（傅斯年图书馆《十定品》）

F. törtünč čir säkiz-inč yeti qïrq（傅斯年图书馆《十地品》）

G. törtünč čir o[n]unč ülüš bi[r  ]（羽田藏图版《十定品》）

H. [törtü]nč čir säkizinč ülüš üč älig（羽田藏图版《十地品》）

I. onunč čir-ning üčünč ülüš bir（羽田藏图版《入不思议解脱境界普贤行愿品》）

J. avatansaka ikinti čir törtünč ülüš toquz kep（敦煌研究院文物陈列中心《净行品》）

可以看出,页眉完整的是 A、B、C、D,其形式为经"名+帙+卷+页数"（avatansaka +

čir + ülüš + 页)。傅斯年图书馆部分藏本、兰州范氏私人收藏本及甘肃省博物馆藏本采用了此种记述。傅斯年图书馆藏本虽属同一版本，但其记述方法并不同一。如在《十定品》(E)和《十地品》(F)中省去了前面的佛经名 avatansaka，这一点与羽田私人收藏图版《八十华严》(G、H)和《四十华严》(I)残卷一致。傅斯年图书馆藏《十地品》中除 avatansaka 省去以外，还省去了 šakizinč 后面的 ülüš"卷"。此外，羽田收藏《四十华严》图版中页眉格式与其他藏品有所不同，即 čir 后面缀接有领属格附加成分-ning。值得注意的是，傅斯年图书馆藏本《十定品》和《十地品》中的页眉与羽田私人收藏《华严经》图版页眉之间所存在的相似性。两者皆省去了代表《华严经》经名的 avatansaka。傅斯年图书馆残本有时甚至省去 ülüš(törtünč čir säkiz-inč yeti qïrq"四帙八卷三十七")，羽田残本因为残缺，无法确认页眉有无省去 ülüš，但是此种可能是存在的。这似乎暗示着傅斯年图书馆残本与羽田藏《八十华严》残本之间存在某种关联的可能性。

  čir 对应于汉语的"帙"，其实是其音译形式，这一点被广泛接受。瓦林科(Ingrid Warnke)研究的回鹘文《慈悲道场忏法》中见 on küin bir čir qïlturup bütürtdi "十卷编为一帙"，证明十卷当为一帙(Warnke, p.52)。羽田在刊布《四十华严》残片时没能转写页眉的 onunč čir 或前面的 onunč。但从其注释可以看出，他确实读出了 onunč čir，但苦于对 čir 及 onunč 的正确理解，未能转写在正文中。①百济、小田在1983年刊布羽田收藏《八十华严》藏卷之际，重新刊布了羽田藏《四十华严》残卷。他们在新刊中正确阅读了 onunč čir 这两个词。虽也明白"十卷一帙"的道理，但未能正确揭示出现 onunč čir 的原因。羽田刊布的《四十华严》属第三十三卷，故两位学者错误地假定此《四十华严》前面必定有回鹘文的《六十华严》的译文(百济康义/小田寿典1983, p.187)。其实至今没有发现任何回鹘文《六十华严》的译文片段，恐怕今后也没有发现的可能性。那么，onunč čir 到底为何意？

  笔者最近发现台北傅斯年图书馆藏有52页《华严经》残卷，除其中4页属于《四十华严•入不思议解脱境界普贤行愿品》外，其余皆属《八十华严》。从纸张、字体、语言风格及保存地来看，所有52页文书同属一个来源。有趣的是，属于《四十华严•入不思

---

① 其注释如下：ningの前に二語を存在するが、写真では判明し難く、以下偶数頁の初頭に記されてあるものもみな同様である。推讀するとonunč čar (čär)かとも思われるが、それにしてもčar (čär)の語義を解し難いのは遺憾である。言ふまでもなくこの一行は毎紙の丁づけで、この残簡は……第三章の第一葉から第五葉に及び、その前に、丁づけなしに経題を記した一葉と、別に最後に當る一葉とを存するものであること、初めに解説した如くである(羽田, pp.202-203)。

议解脱境界普贤行愿品》的页眉均写有 onunč čir。如：avatansaka onunč čir toquz-unč ülüš iki"华严经十帙九卷二"；avatansaka onunč čir tuquz-unč ülüš üč"华严经十帙九卷三"。

### 2.3 品名、卷名

A. on türlüg alqïnčsïz aγïlïq-larïγ uqïtmaq atlïγ iki otuz-unč bölük bir otuz-unč tägz-inč：(兰州私人收藏《八十华严·十无尽藏品》)

B. tužït t(ä)ngri yer-intäki ordu-ta šlok üz-ä ögmäkig uqïtmaq atlïγ tört otuz-unč bölük üč otuz-unč tägz-inč：(傅斯年图书馆藏《八十华严·兜率宫中偈赞品》)

C. saqïnγuluq-suz söz-lägülüksüz oz-maq qutrulmaq-lïγ atqanγu uγuš tegmä samanta-badre bodistv-nïng yorïq qut qolumaqlïγ nom uγuš-ïnga kirmäk atl(ï)γ：qïrq-ïnč bölük [　]"入不思议解脱境界普贤行愿品四十品……"(羽田藏图版《四十华严·入不思议解脱境界普贤行愿品》)

D. bužïlmaqsïz nom uγuš-qa kirmäk bölük (Arat 09)

例子 A 中 on türlüg alqïnčsïz aγïnčlarïγ uqïtmaq 是"十无尽藏"的译文。其后的 iki otuz-unč bölük bir otuz-unč tägz-inč 与汉文原典的"大方广佛华严经卷第二十一 十无尽藏品第二十二"相比较，就可看出 iki otuz-unč bölük 指的是"十无尽藏"后面的"第二十二"，bir otuz-unč tägz-inč 指的是"卷第二十一"。那么，bölük"品"和 tägzinč"卷"之间是什么样的关系呢？在《四十华严》中有时卷大于品，有时一品分几卷讲述。如在第二十三卷中含有"兜率宫中偈赞品（第二十四）"和"十回向品（第二十五）"；而"十地品"则分在三十四至三十九卷中。例子 B 的情况也如 A：tužït t(ä)ngri yer-intäki ordu-ta šlok üz-ä ögmäkig uqïtmaq atlïγ tört otuz-unč bölük üč otuz-unč tägz-inč"卷第二十三兜率宫中偈赞品第二十四"。

例子 C 中出现的 saqïnγuluq-suz söz-lägülüksüz oz-maq qutrulmaq-lïγ atqanγu uγuš tegmä samanta-badre bodistv-nïng yorïq qut qolumaqlïγ nom uγuš-ïnga kirmäk 直译应该是"入不思议解脱境界普贤行愿法界"，而在《四十华严》中该品名曰"入不思议解脱境界普贤行愿品"，并没有 nom uγušï 二字。有趣的是《八十华严》中的相当内容的品名叫作"入法界品"。从回鹘文的品名来看，显然是《八十华严》和《四十华严》品名组合以后的译文。更值得注意的是品名后出现的 qïrq-ïnč bölük"四十品"。羽田所刊布的该《四十华严》属于第三十三卷，且汉文原典并没有出现"四十品"的字眼。那么，回鹘文本的译者为什么增加了这二字？其实《八十华严》虽为八十卷，但为三十九品。因此可以肯定的说，回鹘文《华严经》的译者显然把此《四十华严》看作是《华严经》的最后一品。因此才出现 onunč čir "十帙"的页眉,也因此才会出现傅斯年图书馆收藏同一版本的《四十华严》《八十华严》残叶。

## 3. 内容分析

### 3.1 《四十华严》与《八十华严》的关系

对于羽田所刊布的《四十华严》中的页眉 onunč čir,百济、小田(1983)解释说,此《四十华严》前面必定有《六十华严》的回鹘文译文(p.187),但至今未发现任何《六十华严》的回鹘文写本。因此回鹘文《六十华严》还没有找到的现阶段,此《四十华严》前面的各秩(čir)(更确切的说是八秩)唯一的可能性是《八十华严》。对此有力的佐证材料是傅斯年图书馆藏13纸52页《华严经》写本中,12纸48页为《八十华严》,而1纸4页为《四十华严》,而且《四十华严》页眉同样书有 onunč čir。

羽田藏《四十华严》照片中有如此经名: saqïnɣuluq-suz söz-lägülüksüz oz-maq qutrulmaq-lïɣ atqanɣu uɣuš tegmä samanta-badre bodistv-nïng yorïq qut qolumaqlïɣ nom uɣuš-ïnga kirmäk atl(ï)ɣ: qïrq-ïnč bölük。最后的 qïrq-ïnč bölük "第四十品"指的是什么呢?《四十华严》本只有一品,曰"入不思议解脱境界普贤行愿品"。那么何来的"第四十品"。佛驮跋陀罗之《六十华严》共六十卷三十四品,而实叉难陀之《八十华严》共八十卷三十九品。因此在这里《四十华严》称为"第四十品"显然是作为《八十华严》的延续而说的。从《四十华严》中的回鹘文经名也能窥见如此,所谓的 saqïnɣuluq-suz söz-lägülüksüz oz-maq qutrulmaq-lïɣ atqanɣu uɣuš tegmä samanta-badre bodistv-nïng yorïq qut qolumaqlïɣ nom uɣuš-ïnga kirmäk 是《四十华严》的"入不思议解脱境界普贤行愿"和《八十华严》的"入法界"糅合的结果。

### 3.2 《华严经》的译者

如上所述,《华严经》回鹘文译本见有《四十华严》和《八十华严》,那么自然带来一个问题,即其译者为谁? 此问题在前人研究基础上,结合新近研究,将得到更加确切的证实。

根据已刊布的羽田藏《四十华严》跋文和阿拉特发表的《四十华严》韵文跋文可以确认回鹘文《四十华严》为安藏所译。[1] 笔者于2013年发表的《安藏与回鹘文〈华严经〉》一文中根据《四十华严》《八十华严》中的页眉、经名、品名、帙数以及傅斯年图书馆

---

[1] Juten, Oda. On the Uighur Colophon of the Buddhāvataṃsaka-sūtra in Forty-Volumes, *The Bulletin of Toyohashi Junior College*, No.2.1985: 121-127.

藏品内容的比较,提出《八十华严》的译者同样为安藏。① 依笔者见,《华严经》回鹘文写本的译者未把《华严经》分为《四十华严》和《八十华严》,而将《四十华严》,更准确地说是将"入不思议解脱境界普贤行愿品"作为《华严经》(不是《八十华严》)的一部分来处理,其理由如下:

1)《四十华严》第四十卷页眉写有 onunč čir"第十帙"。按照十卷归一帙(čir)的传统,十帙为一百卷。如果说回鹘文《华严经》由十帙一百卷组成,那么《四十华严》前面必然附有《六十华严》或《八十华严》。百济、小田两氏以此曾推测其为佛驮跋陀罗译《六十华严》,但至今未发现《六十华严》的回鹘文写本,故此《四十华严》前面所附的必然是《八十华严》。

2)羽田刊行的《四十华严》的页眉写有 qïrqïnč bölük"第四十品"。《八十华严》全书共八十卷三十九品。《四十华严》全书共四十卷,但只有一品"入不思议解脱境界普贤行愿品"。这样《八十华严》和《四十华严》就成为四十品。

3)傅斯年图书馆所藏回鹘文《华严经》中 12 纸内容为《八十华严》,1 纸内容为《四十华严》。这证明回鹘文《华严经》的译者和抄写者并未将《八十华严》和《四十华严》理解为不同的文献,而是将《四十华严》,更确切地说,把《入不思议解脱境界普贤行愿品》理解为《华严经》(不是《八十华严》)的最后一品。②

除此之外,纸张、折子式、楷书体、天地红色边线、佛教术语的使用、翻译风格等诸因素也在补充证明这一假设。因此可以说,安藏既是《四十华严》的译者,也是《八十华严》的译者。也许在安藏看来并无"四十""八十"之分,而只有十帙《华严经》。

橘堂接受了笔者的以上观点,即《八十华严》和《四十华严》为一个整体,其译者皆为安藏(橘堂晃一 2016:2;Koichi Kitsudo 2017:111 - 112)。对于十帙一百卷的问题,橘堂提出,回鹘文《华严经》收录《八十华严》五十九卷(第一品至第三十九品)和《四十华严》四十卷,即"入法界品"没有采用《八十华严》的译本,而采用了《四十华严》的译本。③ 这样《八十华严》的六十卷六帙和《四十华严》的四十卷四帙就成为了

---

① 对于回鹘文《华严经》以及其译者安藏的信息请详见拙文《安藏与回鹘文〈华严经〉》,《西域研究》2013 年第 3 期,第 74—84 页。
② 阿依达尔·米尔卡马力:《安藏与回鹘文〈华严经〉》,《西域研究》2013 年第 3 期,第 78—80 页。
③ "入法界品"部分若采用《四十华严》("入不可思议境界普贤行愿品"),那意味着《八十华严》最后一卷没有收录在此回鹘文《华严经》中。如此一来,第六帙就只有 9 卷。对此橘堂认为《八十华严》39 卷的安藏所做韵文诗被编为第 6 帙的最后一卷(Koichi Kitsudo, New Light on the Huayan jing in Old Uighur from the Krotkov Collection and Yoshikawa Photographs, *Essays on the Manuscripts written in Central Asian Languages in the Otani Collection Buddhism*, *Manichaeism*, *and Christianity*, Irisawa Takashi, Kitsudo Koichi ( eds. ), Ryukoku University, (转下页)

完整的一百卷十帙。①

## 4. 安藏与《华严经》

安藏,元代著名翻译家、诗人,字国宝,世居别石八里(今新疆吉木萨尔县北),自号龙宫老人。《元史》未为其立传,《新元史》(卷一九二)、《蒙古史记》(卷一一八)中有一传,但皆根据程文海(1250—1319)之《雪楼集》卷九之"秦国文靖公神道碑"所作。

安藏祖讳小乘都,父讳腆藏贴材护迪。安藏五岁时即从父兄学经书。"九岁始从师力学,一目十行俱下,日记万言。十三,能默诵《俱舍论》三十卷。十五,孔释之书,皆贯穿矣。十九被征,召对称旨,为特赐坐。世祖即位,进《宝藏论玄演集》一十卷,嘉叹不已。"②

他还翻译儒家政书《尚书·无逸篇》《贞观政要·申鉴篇》等献给忽必烈。还奉世祖之命,翻译呈献《资治通鉴》《难经》《本草》等。他的佛学成就很大,除受阿里不哥亲王之命译《华严经》③为回鹘文外,主要体现在以下几个方面:

1. 至元年间曾以翻译检查官的身份参与了《至元法宝勘同总录》的编纂;

2. 根据藏文汉译《圣救度佛母二十一种礼赞经》一卷,又据藏文译之为回鹘文;

3. 译《文殊所说最胜名义经》为回鹘文;

4. 创作韵文诗《十种善行赞》和《普贤行愿赞》。

阿里不哥叛乱时(1260—1264),世祖考虑骨肉亲情,不愿征伐,派遣安藏说服劝降。后成为世祖之顾问,获得翰林学士、嘉议大夫、知制诰、同脩国史、商议中书省事、翰林学士承旨、正奉大夫、领集贤院会同馆道教事等官。至元三十年(1293)去世。死后,根据皇帝之命,整理其遗书,发现诗歌偈赞颂杂文数十卷。皇帝命将这些遗物木版印刷,以广为流传(森安孝夫 1983,pp.219‑220)。延祐二年(1315)追为靖国公。

从上述可看出,安藏博学无量,精通汉、蒙、藏等语,精通佛学、历史、医学、儒家等各

---

(接上页)2017,pp.113‑114)。不过,至今未发现与其他《华严经》写本编在一起的韵文诗内容,且《华严经》回鹘文写本中将汉文原文中的所有韵文皆采用散文形式翻译,故此种可能性较低,还需依靠后续发现文献才能得以验证。

① 橘堂晃一在其论文中对圣彼得堡藏《华严经》关系的新发现跋文及安藏翻译《华严经》的背景进行了详细的分析和研究,故本文不作论述。详见橘堂晃一《古代ウイグル语〈華厳経〉研究の新展開—奥書と訳出の背景を中心に》,《東洋史苑》第86·87合併号,第1—23页。

② (元)程钜夫:《秦国文靖公神道碑》,《程雪楼文集》卷九。本传载《新元史》卷一九二。

③ 小田认为安藏翻译回鹘文《华严经》的时间为1255年。显然,此《华严经》的翻译必在阿里不哥叛乱之前(1260—1264),故小田的判断有一定道理。

种学说,在宫廷具有举足轻重的地位。那么,如此繁忙的一代圣人如何静下心来从汉语翻译《华严经》等佛教文献的呢?是否是他孤身一人整译全文,还是他有一个成熟的翻译团队?依笔者见,后者的可能性较高。安藏可能只是起着组织、监督、审阅、定稿等统领事宜。从傅斯年图书馆、甘肃博物馆、敦煌研究院和兰州私人收藏回鹘文《华严经》看,似并不是出自一人之手。比较一下各品的页眉、行数就可看出其中的差别:

表1 《华严经》各品页眉行数比较表

| 顺序 | 品名 | 页眉 | 行数 |
| --- | --- | --- | --- |
| 1 | 世界成九品 | avatansaka+čir+ülüš+页数 | 15 |
| 2 | 四圣谛品、毗卢遮那品、十无尽藏品 | avatansaka+čir+ülüš+页数 | 12 |
| 3 | 光明觉品、贤首品、兜率天宫品 | avatansaka+čir+ülüš+页数 | 13 |
| 4 | 净行品 | avatansaka+čir +ülüš+ kep | 13 |
| 5 | 兜率宫中偈赞品、十回向品 | avatansaka+čir+品数+页数 | 13 |
| 6 | 十地品(第七地) | avatansaka+ čir+ülüš+页数 | 10 |
| 7 | 十地品(第九地)、十定品 | čir+ülüš+页数 | 10 |

各品从行数比较,可分为10、12、13、15 四类,从页眉比较,根据有无经名、有无 ülüš、有无 kep 可分为四类。如果把行数和页眉的特点都计算,可归为七类。这虽不足以证明回鹘文《华严经》非安藏一人所译或一人所书,但至少表明其书写格式并不统一。

森安孝夫曾研究法国国立图书馆伯希和藏品的一封书信(P.4521),并进行了有趣的探讨。在这份书信里发信人给收信人寄去了不少佛经,其中也谈到了 antsang(安藏):

16 bir büḍün tükäl C'KY taš-lïγ tavγač C////////
17 KWYL'N bir YWW vapquaki-ning ačïγï bir Y////////
18 antsang baxšï-nïng aqḍarmïš namasanggit ////////
19 bir taypažaki qartay-ï munča nom-lar-nï ïdt[ïm]

"一つの完全なCKY石の付いた中国の……法華経の注釈書、一つの……安蔵博士の翻訳したNāmasaṃgīti……一つの大般若経の心経、以上の諸経典を(私は)送った"(森安,p.212)。

这里所言安藏所翻译的 Nāmasaṃgīti,森安提出了异议。对于该佛典的翻译在茨默刊布的跋文(U4759)中则有另一种信息：

> arïš arïγ bu nama sangit nom ärdini ačari kši karunadaz sidu üzä aqdarïlmïšï adïnčïq mungadïnčïq taydu-taqï aq stup-luγ uluγ vxar-ta adruq šim šipqan-lïγ bars yïl yetinč ay-ta alqusï barča alasïzïn tüzü yapa adaqïnga tägi uz yarašï ädgüti bütürüldi∷ sadu sadu
>
> "阿阇梨 karunadaz 司徒翻译了这神圣的 Nāmasaṃgīti 法宝。在无比惊艳之大都白塔壬寅虎年七月无一遗漏地从始至终完美译出。善哉善哉。"

karunadaz(迦鲁纳答思)在《元史》(卷一三四)有一传：精通佛教和诸国语，受安藏推荐入朝，服侍世祖。师从国师八思巴学习藏语。受命从藏语译佛经为回鹘语，木版印刷，广为颁布。1287 年成为翰林学士承旨，成宗即位后成为大司徒。1285—1287 年间编纂的《至元法宝堪同总录》中不仅有安藏的名字，还有北庭人迦鲁纳答思。在森安看来，作为同乡、同事共事于翰林院的重要成员，关系如此密切的二人同时翻译同一经典的可能性不大。出现上述情况的可能有二：一是写信人熟知安藏与迦鲁纳答思的亲密关系，未加区别；一是 Nāmasaṃgīti 的翻译是在安藏的监督下由迦鲁纳答思完成，印刷在安藏死后，因此未用安藏之名。而对此熟知的回鹘佛教徒，自然看作是安藏之作(森安孝夫 1983, p.224)。

笔者认为第二种假设的可能性较高。作为如此高位的学者或高官，很难想象亲自从事佛经的逐字翻译。《华严经》中的多种差异也表现了多人操作的痕迹。其实在翻译过程中也出现一些错译现象。有些无法翻译的地方或未能明白的地方还采用音译的方法草略经过。也有因听觉上的失误而错译的地方，让人联想到多人参与(一人阅读、一人翻译、一人书写)的译场景象。因此笔者更倾向认为回鹘文《华严经》为安藏监督下的团队之译作。

## 5. 文 献 研 究

在国际敦煌项目(IDP)网页上上载了不少敦煌出土回鹘文文献，台北傅斯年图书馆藏《华严经》写本就是其中之一。在网页上已经考证出文献属性，但未提及考证人的信息。[①] 该馆藏品图片也收录在《中研院历史语言研究所傅斯年图书馆藏敦煌遗书》上

---

① 据笔者了解应为德国学者 Peter Zieme 教授。

（方广錩主编，台北，2013年）。在傅斯年图书馆，这些写本编入《西史 H.A."回鹘文佛经"》中，所有文书共18纸，其中14纸为《华严经》。其实其中的每一只为折子式，每个对折页均正反两面书写，这一点与兰州藏《华严经》写本相同（郑阿财2000，pp.389－390）。

笔者于2009年至2011年在京都大学作博士后期间完成了题为《回鹘文〈华严经〉研究》的研究成果，该成果包括世界各地收藏的大部分回鹘文《华严经》文献的文献学研究，其中也包括台北傅斯年图书馆收藏的回鹘文《华严经》文献。由于篇幅所限，本文只限其中与羽田收藏回鹘文《华严经》图片相关联、可以缀合的《十地品》和《十定品》。具体文书的编号、原编号、行数、内容和研究情况如下表：

表2 回鹘文《华严经》文献情况表

| 本书编号 | 原编号 | 行数 | 内容 | 研究情况 |
| --- | --- | --- | --- | --- |
| H41a | Haneda Photo No.41 Recto | 10 | 华严经·十地品（第四地、卷三十六） | 百济康义/小田寿典1983 |
| H41b | No.41 Verso | 10 | 同上 | 同上 |
| H42a | Haneda Photo No.42 Recto | 10 | 华严经·十地品（第五地、卷三十六） | 同上 |
| H42b | No.42 Verso | 10 | 同上 | 同上 |
| 188171.8A | 188171_a08 | 10 | 华严经·十地品（第七地、卷三十七） | 无 |
| 188171.8B | 188171_a07 | 10 | 同上 | 无 |
| 188171.8C | 188171_a10 | 10 | 同上 | 无 |
| 188171.8D | 188171_a09 | 10 | 同上 | 无 |
| H43a | Haneda Photo No.43 Recto | 10 | 华严经·十地品（第九地、卷三十八） | 百济康义/小田寿典1983 |
| H43b | No.43 Verso | 10 | 同上 | 同上 |
| H36a | Haneda Photo No.36 Recto | 10 | 同上 | 同上 |
| H36b | No.36 Verso | 10 | 同上 | 同上 |
| 188171.8E | 188171_a34 | 10 | 同上 | 无 |
| 188171.8F | 188171_a33 | 10 | 同上 | 无 |

(续表)

| 本书编号 | 原编号 | 行数 | 内容 | 研究情况 |
|---|---|---|---|---|
| 188171.8G | 188171_a32 | 10 | 同上 | 无 |
| 188171.8H | 188171_a31 | 10 | 同上 | 无 |
| H35a | Haneda Photo No.35 Recto | 10 | 同上 | 百济康義/小田寿典1983 |
| H35b | No.35 Verso | 10 | 同上 | 同上 |
| H37a | Haneda Photo No.37 Recto | 10 | 同上 | 同上 |
| H37b | No.37 Verso | 10 | 同上 | 同上 |
| H39a | Haneda Photo No.39 Recto | 10 | 华严经·十定品(卷四十) | 同上 |
| H39b | No.39 Verso | 10 | 同上 | 同上 |
| 188171.9A | 188171_a50 | 10 | 同上 | 无 |
| 188171.9B | 188171_a49 | 10 | 同上 | 无 |
| 188171.9C | 188171_a48 | 10 | 同上 | 无 |
| 188171.9D | 188171_a47 | 10 | 同上 | 无 |
| 188171.9E | 188171_a40 | 10 | 同上 | 无 |
| 188171.9F | 188171_a39 | 10 | 同上 | 无 |
| 188171.9G | 188171_a42 | 10 | 同上 | 无 |
| 188171.9H | 188171_a41 | 10 | 同上 | 无 |
| 188171.9I | 188171_a14 | 10 | 同上 | 无 |
| 188171.9J | 188171_a13 | 10 | 同上 | 无 |
| 188171.9K | 188171_a12 | 10 | 同上 | 无 |
| 188171.9L | 188171_a11 | 10 | 同上 | 无 |
| H83a | Haneda Photo No.83 Recto | 10 | 同上 | 百济康義/小田寿典1983 |

（续表）

| 本书编号 | 原 编 号 | 行数 | 内 容 | 研究情况 |
|---|---|---|---|---|
| H83b | No.83 Verso | 10 | 同上 | 同上 |
| H40a | Haneda Photo No.40 Recto | 10 | 不详 | 同上 |
| H40b | No.40 Verso | 10 | 不详 | 同上 |

下面是对该文献的拉丁字母转写、译文、汉文原文和注释。转写中[ ]为原写本残缺之处，括号内的内容为补正内容，其中黑体字部分为由本文作者所加。汉文原文中下划线部分表示回鹘文译出的部分。汉文原文来源《大正新修大藏经》。

## 文献1：傅斯年图书馆和羽田收藏回鹘文《华严经》"十地品"研究

（第四地）

Ⅰ Haneda Photo No.41 Recto（H41a）

01(01)[　　　　kertgünč] ärklig-tä bïšrunu yorïp irmäk

02(02)[-kä tayanur-lar öngi üdrül]mäk-kä tayanur-lar öčmäk-kä tayanur

03(03)[-lar apekiš köngül-t]ä turup buyan ävirä berür-lär

04(04)[　　　　　　　　　]……k [

(05)-(10)　残缺

No.41 Verso（H41b）

(01)-(06)　残缺

07(07)[

08(08)[　　　　öngi üdrülmäk]-kä tayanur-lar öčmäk-kä

09(09)[tayanur-lar täng-l]ig köngül-tä turup buyan ävirä

10(10)[berür-lär nom-uγ adïrtlamaq tuyun]maq bölükintä qatïγlanmaq tuyunmaq

（第五地）

Ⅱ Haneda Photo No.42 Recto（H42a）

(01)-(05)　残缺

11(06)[　　　　　　　　　]l [

· 201 ·

12(07) [　　　　　　　yörüglü]g ärmäzig

13(08) [**adïrt öngi qïlur** üčün ridi] bögülänmäk-lig

14(09) [tep atanur-lar dyanïγ ädgüti bï]šrunur üčün al

15(10) [altaγ-ta uzanmaq-lïγ tep] atanur-lar：yertinčü eyin yorïqa

No.42 Verso（H42b）

16(01) [-lï uyur-lar üčün：to]d[um]-suz qanmaq-sïz tep atanur-lar：buyan

17(02) [ädgülarig ädgüti yïγar-lar üčü]n：tïnmaqsïz sön

18(03) [-mäksiz tep atanur：ürüg uza]tï bilgä biligig

19(04) [tilä-**yür**-lär üčün：**ärinmäk-siz ärmägürmäk-siz**] tep atanur

　　(05)-(10)　残缺

**译文：**

　　<sup>H41a</sup>（此菩萨）在信根中修行，依附于厌恶、依附于脱离、依附于灭寂。居于平等心，给予回向。<sup>H41b</sup>……（此菩萨依附于厌恶，）依附于解脱，依附于灭寂。居于平等心，给予回向。在择法觉品、精进觉品、（喜觉品、猗觉品、定觉品、舍觉品中修行……）<sup>H42a</sup>（……因为善知、区分有意义和）无意义者。名曰神通，因为其善修禅定。名曰方便善巧，因为可以随世间而行。<sup>H42b</sup>名曰无厌足，因为善于收集功德。名曰不休息者，因为长久追求智慧。名曰不疲倦，因为（收集大慈悲）。

**原文：**

　　[0189c11]复次,此菩萨修行欲定断行,成就神足,依止厌,依止离,依止灭,回向于舍；修行精进定、心定、观定断行,成就神足,依止厌,依止离,依止灭,回向于舍。<sup>H41a</sup>复次,此菩萨修行信根,依止厌,依止离,依止灭,回向于舍；修行精进根、念根、定根、慧根,依止厌,依止离,依止灭,回向于舍。复次,此菩萨修行信力,依止厌,依止离,依止灭,回向于舍；修行精进力、念力、定力、慧力,依止厌,依止离,依止灭,回向于舍。复次,此菩萨修行念觉分,依止厌,<sup>H41b</sup>依止离,依止灭,回向于舍；修行择法觉分、精进觉分、喜觉分、猗觉分、定觉分、舍觉分,依止厌,依止离,依止灭,回向于舍。复次,此菩萨修行正见,依止厌,依止离,依止灭,回向于舍；修行正思惟、正语、正业、正命、正精进、正念、正定,依止厌,依止离,依止灭,回向于舍。菩萨修行如是功德,为不舍一切众生故,本愿所持故,大悲为首故,大慈成就故,思念一切智智故,成就庄严佛土故,成就如来力、无所

畏、不共佛法、相好音声悉具足故,求于上上殊胜道故,随顺所闻甚深佛解脱故,思惟大智善巧方便故。

（大正新修大藏经第 10 册 No. 0279 大方广佛华严经）

［0192a12］「佛子！菩萨摩诃萨住此第五难胜地,名为：念者,不忘诸法故;名为：智者,能善决了故;名为：有趣者,知经意趣,次第连合故;名为：惭愧者,自护、护他故;名为：坚固者,不舍戒行故;名为：觉者,能观是处、非处故;名为：随智者,不随于他故;名为：随慧者,善知义 ᴴ⁴²ᵃ 非义句差别故;名为：神通者,善修禅定故;名为：方便善巧者,能随世行故; ᴴ⁴²ᵇ 名为：无厌足者,善集福德故;名为：不休息者,常求智慧故;名为：不疲倦者,集大慈悲故;名为：为他勤修者,欲令一切众生入涅槃故;名为：勤求不懈者,求如来力、无畏、不共法故;名为：发意能行者,成就庄严佛土故;名为：勤修种种善业者,能具足相好故;名为：常勤修习者,求庄严佛身、语、意故;名为：大尊重恭敬法者,于一切菩萨法师处如教而行故;名为：心无障碍者,以大方便常行世间故;名为：日夜远离馀心者,常乐教化一切众生故。

（第七地）

188171.8A（188171_a08）

20（01）öngi üdrülmiš-lär ymä inčip yana etär-lär yaraṭur

21（02）-lar niz-vanï-lïγ ot-larïγ tarγar-sar öčürsär-lär

22（03）ymä inčip yana yalïnadur-lar turγurur-lar：

23（04）nom-nïng iki-siz-in bilsär-lär qatïγlanu tavranu iš-ig

24（05）küdüg-ig išläyür burxan-lar ulušï-nïng quruγïn barča

25（06）bilsär-lär ymä elig uluš-uγ etmäk yaratmaq-ïγ sävär

26（07）-lär ät'öz-ning täprämäk-siz-in bilsärlär ymä alqu laksan

27（08）-larqa tükäl-lig bolur-lar：ün-lär-ning töz-ü-ning adï

28（09）-rïlmïš-ïn ötkürsär-lär ymä ädgüti inčä kengürü nom

29（10）nomlayur-lar bir kšan-qa kirsär-lär ymä ymä iš-ig küḍüg

188171.8B（188171_a07）

（00）avatansaka törtünč čir yetinč ülüš bir altmïš

30（01）-üg öngin öngin adïrur-lar bilgä-lär ärsär munï üz-ä

31(02) yetinč orunqa aγtïnur-lar bu nom-larïγ qolulap adïrt

32(03) -lap uqγalï bilgäli bolur-lar：kengürü qamaγ az-mïš yang

33(04) -ïlmïš-lar üčün asïγ-lïγ tusu-luγ išig išläyür：

34(05) tïnlïγ-lar uγuš-ïnga kirmägi učsïz qïďïγ-sïz bolur

35(06) burxan-lar-nïng-ïn täg öṭläp äri*g*läp asïγ tusu [   ]-

36(07) -luγ iši yma ök ülgülänčsiz tetir：el-larkä uluš-larqa

37(08) alqu nom-larqa birlä yana kalp san-ïnga taplaγ küsüš

38(09) köngül-taki yorïq-larqa barča kirgali uyur-lar：üč

39(10) kölüngü-täki nom-larïγ nom-lamaq-larï ymä ök yana

**译文：**

<sup>188171.8A</sup>……远离（三界），进行装饰。若断除疑惑之火，可又起（心）焰。若知法无二，可勤奋作业。若知佛国皆空，便乐于装饰国土。若知身之不动不摇，便可诸相具足。若通达声性之远离，便可广说善解佛法。若入一念，便可筛别各种事。<sup>188171.8B</sup>[华严经四帙七册五十一]若是智者，便可以此升七地。可观察此法，明了（其义）。为广大迷失众生谋利益。其入众生界成为无边无际。像佛一样，教化之事业也成为无量。可入国土、诸法、劫数、胜解、希望和心行。无限解说三乘之法。

**原文：**

大方广佛华严经卷第三十七 十地品第二十六之四

[0198a11]尔时，金刚藏菩萨欲重宣此义而说颂曰：

第一义智三昧道，　六地修行心满足，
即时成就方便慧，　菩萨以此入七地。
虽明三脱起慈悲，　虽等如来勤供佛，
虽观于空集福德，　菩萨以此升七地。
<sup>188171.8A</sup>远离三界而庄严，　灭除惑火而起焰，
知法无二勤作业，　了刹皆空乐严土，
解身不动具诸相，　达声性离善开演，
入于一念事各别，　<sup>188171.8B</sup>智者以此升七地。
观察此法得明了，　广为群迷兴利益，
入众生界无有边，　佛教化业亦无量。

国土诸法与劫数， 解欲心行悉能入，
说三乘法亦无限，

(第八地)

188171.8C(188171_a10)

40(01) ülgüläncsiz ärür：muntaɣ osuɣluɣ alqu tïnlïɣ-larïɣ ötläp

41(02) ärigläp asïɣ tusu qïlur-lar：bodistv-lar qatïɣlan[u]

42(03) tavranu baštïnqï yeg yolïɣ tiläyür-lär：täprädük-tä

43(04) amrïltuq-ta al altaɣ bilgä bilig[ig] titmäz-lär：birin birin

44(05) burxan-lar-nïng bodi tuymaq-ïnga buyan ävirä

45(06) berür-lär：kšan kšan sayu paramït-lar-qa tükäl-lig bolur

46(07) -lar köngül öritip buyan ävirä bermäk bušï ärür：niz-vanï

47(08) -larïɣ öčürmäk čaxšapt ärür：ämgätmämäk särinmäk ärür：

48(09) ädgü nomuɣ ärmäksiz-in tilämäk qatïɣlanmaq ärür：köni nom

49(10) -ta täpräncsiz bolmaq dyan-ta bïšrunmaq tetir：tapïrqanïp täginip

188171.8D(188171_a09)

(00) avatansaka törtünč čir yetinč ülüš iki altmïš

50(01) tuɣmaq-sïz nomuɣ bulmaq pratni-a bilgä bilig aṭanur al altaɣ

51(02) ärsär buyan avirä bermäk ärür：umunmaq küsämäk küsüš

52(03) tetir：artaɣalï uɣuluq-suz küčüg bulur-lar：uz uqtačï

53(04) bilgä bilig-lig bolur-lar muntaɣ osuɣ-luɣ-larïɣ alqu-nï

54(05) barča bitürür-lär tolɣurur-lar：baštïnqï orun-ṭaqï-lar atqaɣïn

55(06) tutup buyan ädgü qïlïnčïɣ tolɣurur-lar：ikinti orun-ṭaqï

56(07) -lar kir-tin öngi üdrülür-lär：üčünč orun-ṭaqï-lar

57(08) tigirtig amïrtɣurur-lar：törtünč orun-ṭaqï-lar yol

58(09) -qa kirür-lär bešinč orun-taqï-lar eyin udu bolup

59(10) yorïyur-lar：altïnč orun-taqï-lar tuɣmaq-sïz bilgä

译文：
**188171.8C** 可如此教化众生谋利益。诸位菩萨勤奋修行，渴求最胜之道。动摇时、歇

· 205 ·

息时不弃方便智慧。为佛菩提一一回向。在每一刹那成就波罗蜜。发心进行回向是布施。灭除疑惑是斋戒。不予加害是忍耐。不厌其烦地求善法是精进。在正法中不动摇是修禅。通过忍受得到[188171.8D][华严经四帙七册五十二]无生法名曰般若智慧。方便乃是功德回向。归依名曰求愿。可得到无法摧毁之力。可成为善解智慧拥有者。皆可以圆满成就如此一切。初地者可持(此)缘圆满功德善行。二地者可远离污垢。三地者可净息。四地者可入(正)道。五地者可顺行。六地者无生智(慧之光照耀)。

原文：

188171.8C　　　如是教化诸群生。

菩萨勤求最胜道，　　动息不舍方便慧，

一一回向佛菩提，　　念念成就波罗蜜。

发心回向是布施，　　灭惑为戒不害忍，

求善无厌斯进策，　　于道不动即修禅，

忍受[188171.8D]无生名般若，　　回向方便希求愿，

无能摧力善了智，　　如是一切皆成满。

初地攀缘功德满，　　二地离垢三诤息，

四地入道五顺行，　　第六无生智光照，

(第九地)

Ⅲ Haneda Photo No.43 Recto（H43a）

60（01）［**-kälmiš-lär-ning** bilgä biligi]n bïšrunup ögrädinip ančulayu kälmiš

61（02）［-lär-ning] kizläglig nom-ïnga kirip saqïnγalï

62（03）［sözlägäli umaγulu]q uluγ bilgä bilig-ning tözin

63（04）［qolulap adïrtlap] alqu darni tegmä tutruq nom(l)uγ

64（05）［**qapïγ-ïγ arïtur**]-lar keng uluγ ridi bögülänmäk

65（06）[**-kä tükällig bolup adïrt ö**]**ngi** yertinčü-lär-kä kirip：

66（07）[**küč-lüg qorqïnčsïz** qamaγlïγsïz no]muγ bïšrunup alqu burxan-lar

67（08）[**-nïng nom-luγ tilgän-ingä eyin bolup**] uluγ y(a)rlïqančučï köngül

68（09）[**-in töz-tä qut qolumaq-lïγ küč-üg**]titmädin bodistv-lar

69（10）[-nïng toquzunč oruntaqï bilgä b]iligdä [u]zanmaq atlγ

· 206 ·

No.43 Verso（H43b）

70（01）［orunqa kirgäli bolurlar **burxan oγlanï**］-y-a bodistv-lar

71（02）［mxastv-lar bu bilgä biligdä uz］anmaq atlïγ orun-ta

72（03）［turup ädgü ayïγ yarlïγsïz］nomluγ yorïq-ïγ aqïγlïγ

73（04）［aqïγsïz nomluγ yorïq-ïγ **yertinčü-tin tuγγ**］uluq yertinčülükdä yeg

74（05）［**adruq** nomluγ yorïq-ïγ］saqïnγalï sözlägäli

75（06）［uγuluq umaγuluq nomluγ yorïq-ïγ o］dγuraq odγuraq-sïz nomluγ

76（07）［yorïq-ïγ šravaklarnïng pratikabut］-lar-nïng nomluγ yorïq

77（08）［-ïn bodistv-lar-nïn］g yorïqu-luq nomluγ yorïq-ïn：anču

78（09）［-layu kälmiš-lär-n］ing orun-ïntaqï nomluγ yorïq-ïn etiglig

79（10）［nomluγ yorïq-ïγ etig］-siz nomluγ yorïq-ïγ［：］činïnča


Ⅳ Haneda Photo No.36 Recto（H36a）

80（01）［kertüsinčä bilirlär］bu bodistv-lar muntaγ［o］suγ-luγ bilgä

81（02）［bilig-lär üz］ä tïnlïγ-lar-nïng köngül-i-ning bärk yigi

82（03）［arïγ tängin：niz］-vanï-larï-nïng bärk yigi arïγ tängin：

83（04）［qïlïnč-larï-nïng bärk y］igi arïγ tängin：ärklig-läri

84（05）［-ning bärk yigi arïγ tängin］：uqmaq-larï-nïng bärk

85（06）［yigi arïγ tängin：tözläri］-ning bärk yigi arïγ tängin

86（07）［mängilig amranmaq-larï-nïng］bärk yigi arïγ tängin：

87（08）［eyin yattačï-larï-nïng bärk yigi］arïγ tängin tuγum

88（09）［-uγ täginmäk-läri-ning bärk yigi a］rïγ tängin：sipki

89（10）［-lar-ïγ ulatmaq-larï-nïng bärk yigi arïγ］tängin üč


**译文**：

<sup>H43a</sup>（菩萨摩诃萨）还修习（如来之）智慧，入如来之秘密法，观察不可思议广大智慧之性，净化一切叫做陀罗尼的需持有的法门，成就广大神通，入差别世界，修习强力无畏的不共之法，顺从一切佛之法轮，不弃用慈悲心所求本愿力，得入菩萨之第九善慧<sup>H43b</sup>地。诸位佛子，菩萨摩诃萨住在此善慧地真实地知晓善、不善及无记法行、有漏和无漏法行、出世间和世间最胜法行、可思议和不可思议法行、定和不定法行、声闻和独觉之法行、菩萨行之法行、如来地之法行、有为法行、无为法行。<sup>H36a</sup>这些菩萨通过如是智慧，真

实地知晓众生的心之茂林、烦恼之茂林、行为之茂林、根之茂林、了解之茂林、本性之茂林、爱欲之茂林、随眠之茂林、受生之茂林、吸气相续之茂林、三

**原文：**

[0202a12]佛子！菩萨摩诃萨以如是无量智思量观察，欲更求转胜寂灭解脱，<sup>H43a</sup>复修习如来智慧，入如来秘密法，观察不思议大智性，净诸陀罗尼三昧门，具广大神通，入差别世界，修力、无畏、不共法，随诸佛转法轮，不舍大悲本愿力，得入菩萨第九善慧地。

[0202a19]<sup>H43b</sup>佛子！菩萨摩诃萨住此善慧地，如实知善不善无记法行、有漏无漏法行、世间出世间法行、思议不思议法行、定不定法行、声闻独觉法行、菩萨行法行、如来地法行、有为法行、无为法行。<sup>H36a</sup>此菩萨以如是智慧，如实知众生心稠林、烦恼稠林、业稠林、根稠林、解稠林、性稠林、乐欲稠林、随眠稠林、受生稠林、习气相续稠林、三聚

（第十地）

No.36 Verso (H36b)

90(01) [**quvraγ-larta adïrt öngi-lär-ning**] bärk yigi arïγ

91(02) [tängin čïnïnča kertüsinčä bilir-lär：] bu bodistv-lar tïnlγ-lar

92(03) [-nïng köngül-i-ning adruq adruq bäl]gü-lärin bilir-lär：inčä

93(04) [qaltï **qatïlïš-ta turmaq** bälgüsin] tärk tavraq ävrildäči

94(05) [bälgüsin **artadačï artadačï-sïz**] bälgüsin bodï bälgüsi yoqatmaq

95(06) [**bälgüsin učsïz qïdïγ-sïz**] bälgüsin：arïγ süzük bälgü

96(07) [**-sin kir-lig kir-siz bälgüsin**]：balγuluq balmaγuluq bolmïš bälgüsin

97(08) [                    ]lmïš bälgüsin：alqu ažun-lar-ta

98(09) [**eyin tuγmïš** bälgü]-sin：munï munčulayu yüz mïng tümän

99(10) [koltï ulatï ülgü]länčsizig barča-nï [čïn]ïnča kertüsinčä

188171.8E (188171_a34)

100(01) bilir-lär：yana alqu niz-vanï-larï-nïng adruq adruq bälgü

101(02) -lärin bilir-lär：inčä qaltï ür ïraq-tïn bärü eyin yorïdačï

102(03) bälgü-lärin taplap：tuγurdačï bälgü-lärin birlä tuγup titmä

103(04) -däči bälgü-larin olur-mïš-taqï turmïš-taqï bir yörüglüg

104（05） bälgü-lärin：köngül-läri birlä birlä yaratïlmïš birlä yaratïl

105（06） -madun bälgü-lärin：až-un-larï eyin tuγum täginip

106（07） tur(m)ïš bälgü-lärin üč uγuš-taqï adïrt öngi bälgü

107（08） -lärin：az körüm biligsiz küvanč-lig oq-qa oxšatï täring

108（09） kirmiš mün-lüg qadaγ-lïγ bälgü-larin üč türlüg qïlïnč

109（10） -lïγ tïltaγ basutčï-larï-nïng üzülmämäklig bälgü-lärin

188171.8F（188171_a33）

（00） törtünč čir säkiz-inč yeti qïrq

110（01） qavïrïp sözläsär ulatï säkiz tümän tört mïng san-lïγ-ïn

111（02） barčanï čïnïnča kertüsinče bilir-lär：yana alqu qïlïnč-larï

112（03） -nïng adruq adruq bälgü-lärin bilir-lär inčä qaltï ädgü ayïγ

113（04） yarlïγ-sïz bälgü-lärin uqïtur körgitür：uqïtmaz körgitmäz

114（05） bälgü-lärin köngül birlä bir täg turup adrïlmamaq-lïγ bälgü

115（06） -sin öz töz-i kšan-ta artamïš tïltaγ-ïnta eyin

116（07） käzigčä tüš yïγïp edtürmämäklig bälgü-lärin tüš-lüg

117（08） tüš-süz bälgü-lärin qara ärip qara qïlmaq-ta ulatï qamaγ

118（09） tüš-lärig tägindürtäči bälgü-lärin：partakčan-lar-nïng töz

119（10） -ünlär-ning adïrt öngi bälgü-larin：yügärü-tä tägintürdäči

**译文：**

<sup>H36b</sup>（聚差别之茂林）。这些菩萨知晓众生心之种种相。即所谓杂起相、速转相、坏与不坏相、无形质相、无边际相、清净相、污垢与无垢相、缚与不缚相、（幻所作相、）随诸趣而生相。如是百千万亿乃至无量等皆如实<sup>188171.8E</sup>知晓。又知一切烦恼之种种相。即所谓从久远以来随行相、求索引起相、俱生不舍相、睡眠时起坐时之一义相、与心相应和与心不相应相、随世间受生而住相、三界之差别相、爱见如无知之箭深入之过失相、三种行为因缘之不绝相。<sup>188171.8F</sup>[四帙八册三十七]简略地说乃至八万四千之属等皆真实知晓。又知一切行为之种种相。即所谓善与不善无记相、有表示和无表示相、与心同生而不离相、因自性在刹那毁坏而随次第集果不失相、有报和无报相、因黑受黑等感受众报相、凡夫和圣者之差别相、现在感受、

· 209 ·

**原文：**

<sup>H36b</sup>差别稠林。此菩萨如实知众生心种种相，所谓：杂起相、速转相、坏不坏相、无形质相、无边际相、清净相、垢无垢相、缚不缚相、幻所作相、随诸趣生相；如是百千万亿乃至无量，皆如实知。<sup>188171.8E</sup>又知诸烦恼种种相，所谓：久远随行相、无边引起相、俱生不舍相、眠起一义相、与心相应不相应相、随趣受生而住相、三界差别相、爱见痴慢如箭深入过患相、三业因缘不绝相；<sup>188171.8F</sup>略说乃至八万四千，皆如实知。又知诸业种种相，所谓：善不善无记相、有表示无表示相、与心同生不离相、因自性刹那坏而次第集果不失相、有报无报相、受黑黑等众报相、如田无量相、凡圣差别相、现受

（第十一地）

188171.8G（188171_a32）

120（01） ikinti až-un-ta tägintürdäči üčünč až-un-tä tägintür

121（02） -däči bälgü-lärin: kölüngü kölüngü ärmäz: odɣuraq odɣuraq

122（03） -sïz bälgü-lärin: qavïrïp sözläsär ulatï säkiz tümän

123（04） tört mïng sanlïɣ-ïɣ barča-nï čïnïnča kertüsinče bilir-lär:

124（05） yana alqu ärglig-läri-ning yïlïɣ yumšaq yeg bälgü-lärin

125（06） öngdünki uč-taqï kenki adïrïlmïš adïrïlmaduq bälgü-lärin

126（07） baštïnqï ortunqï adaq-taqï bälgü-lärin: niz-vanï-larï

127（08） birlä tuɣup bir ikintiškä adïrïlmamaq-lïɣ bälgü-lärin:

128（09） kölüngü kölüngü ärmäz: odɣuraq odɣuraq-sïz bälgü-lärin

129（10） bïšïɣ bïšqut törülmiš yumšamïš bälgülärin: ärikliglig tor

188171.8H（188171_a31）

（00） törtünč čir säkiz-inč säkiz qïrq

130（01） -larï-nïng yeniki eyin tägšilḍäči arṭaḍačï bälgü-lärin

131（02） artuq üstün bolmaqï üz-ä artatqalï uɣuluq-suz bälgü

132（03） -lärin: taymaq taymamaq-lïɣ: adïrt öngi bälgü-lärin ïraq

133（04） eyin edärip birlä tuɣup birikmämäk-lig bälgü-lärin

134（05） qavïrïp sözläsär ulatï säkiz tümän tört mïng sanlïɣ

135（06） -ïɣ barčanï čïnïnča kertüsinče bilir-lär: yana alqu taplaɣ-larï

136（07） -nïng yumšaɣ-ïn ortunqï-sïn baštïnqï-（sïn） alqu čarit-larï

137(08) -nïng yumšaɣïn ortunqïsïn bastïnqï-sïn sävig-läri-ning

138(09) yumšaɣ-ïn ortunqï-sïn: bastïnqï-sïn qavïrïp söz-läsär

139(10) ulatï säkiz tümän tört mïng sanlïɣïɣ barčanï čïnïnča kertü-[sinčä]

//////

V Haneda Photo No.35 Recto (H35a)

(01)—(02)　残缺

140(03) [　　　　]l [　　　　**tört tïdïɣsïz**]

141(04) tïlangurmaq ädrämig [iš]lä[　？

142(05) sözlägäli üzä kengürü [**nom nomlayur-lar**: **bu bodistv**

143(06) -lar ürüg uzatï tört tï[dïɣ-sïz bilgä bilig]

144(07) -lärig ävirm[i]š-i eyin arï[　　　**titip**

145(08) öngi üdrülmäzl[är: **qayu bolur tört tep tesär**]

146(09) inčä qaltï nom-ta [tïdïɣ-sïz bilgä biliglig bolmaq]

147(10) yörügdä tïdïɣ-(sïz) bilgä [biliglig bolmaq tïlangurmaqta tïdïɣsïz]

**译文：**

　　<sup>188171.8G</sup>生界感受后界感受相、乘和非乘定和不定相。简略地说，乃至八万四千等所属皆真实知晓。又知诸根之柔软最胜相、前端后际之差别无差别相、上中下相、与烦恼同生相互不离相、乘与非乘定与不定相、纯熟调柔相、<sup>188171.8H</sup>[四帙八册三十八]根网之随轻而转坏相、成为最胜而不能毁坏相、退与不退差别相、因依顺远处共生而不同相。简略地说，乃是八万四千所属等皆真实知晓。又知诸胜解之软中上、一切行之软中上、一切乐欲之软中上。简略地说，乃至八万四千等所属一切皆真实（知晓）。

　　///////

　　<sup>H35a</sup>发起四无碍辩才，（用菩萨之言辞）广说佛法。此诸菩萨因永久转此四无碍智慧，（不会暂时舍弃）远离。若问何为此四（无碍），即所谓在法当中的成为无碍智者、在意义中成为无碍智者、在辩论中

**原文：**

　　<sup>188171.8G</sup>生受后受相、乘非乘定不定相；略说乃至八万四千，皆如实知。又知诸根软中胜相、先际后际差别无差别相、上中下相、烦恼俱生不相离相、乘非乘定不定相、淳熟

调柔相、[188171.8H]随根网轻转坏相、增上无能坏相、退不退差别相、远随共生不同相；略说乃至八万四千，皆如实知。又知诸解软中上、诸性软中上、乐欲软中上；皆略说乃至八万四千。又知诸随眠种种相，所谓：与深心共生相、与心共生相、心相应不相应差别相、久远随行相、无始不拔相、与一切禅定解脱三昧三摩钵底神通相违相、三界相续受生系缚相、令无边心相续现起相、开诸处门相、坚实难治相、地处成就不成就相、唯以圣道拔出相。

//////

[0202c17] "佛子！菩萨住此善慧地，作大法师，具法师行，善能守护如来法藏，以无量善巧智，起四[H35a]无碍辩，用菩萨言辞而演说法。此菩萨常随四无碍智转，无暂舍离。何等为四，所谓：法无碍智、义无碍智、辞

（第十二地）

No.35 Verso（H35b）

　　（00）［törtü］nč čir säkizinč ülüš üč älig

148（01） bilgä biliglig bolmaq s[**ävinü sözlämäk**-tä tïdïγsïz]

149（02） bilgä biliglig bolmaq [ärür: bu bodistvlar nomta tïdïγsïz]

150（03） bilgä biliglig bolmaq-[larï üzä alqu nomlar-nïng]

151（04） öz tözin bilir-lär [: yörügtä tïdïγsïz bilgä bilig]

152（05） -lig bolmaq-larï üzä alqu [nomlarnïng öngi]

153（06） bälgü-lärin bilir-lär: tï[langurmaqta tïdïγsïz bilgä biliglig]

154（07） bolmaq-larï üzä: tïγ[　　　**sävinü sözlämäk-tä**]

155（08） [**tïdïγsïz bilgä biliglig bolmaq-larï üz-ä**]

　　（09）—（10）　残缺

//////

Ⅵ Haneda Photo No.37 Recto（H37a）

　　（01）—（04）　残缺

156（05） ü[č uγušlar **bašlaγ-sïz-ïn turqaru**]

157（06） ulalur-ïn [

158（07） alqu ažun-l[ar-**ta tuγar-lar birök muntïn öngi üdrül**]

159（08） -sär yana tuγma[z-**lar tïnlïγ-lar-nïng üč quvraγ**]

160(09) -lar-ta turmïš-ïn：[azuča yana körüm-tä batmïš-ïn]
161(10) azu-ča yana yol-ta yorïmïš[-ïn bu orunta olurup]

No.37 Verso (H37b)
(00) [törtünč čir säkizinč ülüš …?] altmïš
162(01) ädgüti qolulap adïrtlap olar-nïng [köngül taplaγ-ïn]
163(02) ulatï ärklig-lär-in uqmaq [eyin barča-nï tïdïγsïz]
164(03) soγančïγ tïlangurmaq [üz-ä　　　adïrt]
165(04) -layu nomlayur[-lar：arslan-qa oxšatï ud-lar]
166(05) xan-ïnga är[dini-lig taγ xan-ïnga oxšatï nomluγ orun-ta]
167(06) turγur[ up
(07)—(10)　残缺

**译文：**

^H35b [四帙八册四十三]成为无知智者、在乐说中成为无碍智者。此诸菩萨通过在法中成为无碍智者，了知诸法之本性。通过在义中成为无碍智者，了知诸法之别相。通过在辩才中成为无碍智者(，不会提出谬论)。通过在乐说中成为无碍智者……

//////

^H37a 三界从无始开始就相续,(其心学习恶业就会生在)诸众生界。若能远离此等，就可不用转生。住在此地好好观察众生住在三聚、或溺于见道或修于行道(之情况)^H37b [四帙八册五十……]了知其心所想及根解次第，通过无碍妙辩才，(根据其要求)分别进行说法。如狮子、如牛王如宝山王(坐在法座)……

**原文：**

**H35b** 无碍智、乐说无碍智。此菩萨以法无碍智，知诸法自相；义无碍智，知诸法别相；辞无碍智，无错谬说；乐说无碍智，无断尽说。

//////

[0204a17]
六趣受生各差别，　　业田爱润无明覆，
识为种子名色芽，　　^H37a 三界无始恒相续。
惑业心习生诸趣，　　若离于此不复生；

众生悉在三聚中，　或溺于见或行道，<sup>H37b</sup>
住于此地善观察，　随其心乐及根解，
悉以无碍妙辩才，　如其所应差别说。
处于法座如师子，　亦如牛王宝山王，
又如龙王布密云，　霪甘露雨充大海。
善知法性及奥义，　随顺言辞能辩说，
总持百万阿僧祇，　譬如大海受众雨。"

## 文献2：傅斯年图书馆和羽田收藏回鹘文《华严经》"十定品"研究

Ⅶ Haneda Photo No.39 Recto（H39a）

168（01）bolγuluq-suz yertinčü-lär：altï [türlüg **silkinmäk täprämäk**]

169（02）ätizilmiš tängridäm oyun bädiz ün[**-läri ägsi**]k[**-läri ïraq-tïn**]

170（03）äšitildi：sözlägäli bolγuluq-suz [yert]inčü-lär [uluγ]

171（04）y(a)ruq yaltrïq-larïγ ïdtï ol y(a)ruq yaltrïq-lar oq [sözlägäli]

172（05）bolγuluq-suz yertinčü-lärig tüzü yarutdï [y(**a**)**ltrïtdï** üč]

173（06）yavlaq [**ažu**]n-lar alqu-γun barča tarïqdï [öč]di [sözlägäli bol]

174（07）[-γuluq-suz] yertinčü-lärig etmäk äri[tmaq **üz-ä sözlägäli**]

175（08）[**bolγuluq-suz bodistv-ïγ** samantab]adr[**e yorïq-ïna kigütdi**]

（09）—（10）　残缺

No.39 Verso（H39b）

（00）törtünč čir o[n]unč ülüš bi[r]

（01）—（02）　残缺

176（03）[　　　　　　　] l..l..l..[

177（04）[**bodistv**] burxan-qa inčä tep [**tedi atï kötrülmiš**]

178（05）tängrim samantabadre bodistv ärür turur täg [**uluγ čoγlïγ**]

179（06）yalïn-lïγ ädgü-tä turmïš tüzkärgülüksüz-tä tur[mïš **mün**]

180（07）-**süz**-tä turmïš taymaqs[ïz]-ta turmïš tüzülmäk-tä [turmïš]

181（08）artančsïzta turmïš alqu a[dïr]t [nom]-lar-ta [turmïš alqu]

182（09）adï[rt]sïz nom-lar-ta ymä turmïš [alqu t]ïnlγ-la[r uzanmaq]

· 214 ·

183(10) -lïγ köngül-läri-ning t[urγu]l[u]qïnta [turmïš       ]

188171.9A(188171_a50)
184(01) bodistv-lar amtï üngäli öngi üdrülgäli bolu turur-lar
185(02) kälmädük ödki bodistv-lar ken üngäli öngi üdrülgäli
186(03) bolγay-lar: qayu-lar ol on tep tesär ängilki tüz-ü-tin
187(04) yaruq-luγ uluγ samadi dyan: ikinti yeg soγančïγ yaruq-luγ uluγ
188(05) samadi dyan: üčünč eyin käz-igčä tüz-ü yapa alqu
189(06) burxan-lar uluš-ïnga bardačï ridi bögülänmäk atlïγ uluγ samadi
190(07) dyan törtünč arïγ süz-ük täring köngül üz-ä yorïmaq-lïγ
191(08) uluγ samadi dyan bešinč ärtmiš ödki etiglig yaratïγ-lïγ
192(09) aγïlïq-ïγ bilmäk-lig atlïγ samadi dyan: altïnč bilgä bilig
193(10) -lig yaruq y(a)ltïrq-lïγ aγïlïq atlïγ uluγ samadi dyan: yetinč alqu

**译文：**

<sup>H39a</sup>(不可说)世界做六种振动,从远处听到了其奏如天之音乐。不可说世界放大光明。那些光明则普照了不可说世界,令三恶世间皆得消除。通过装饰和清净不可说世界,令不可说菩萨进入了普贤菩萨之行道……<sup>H39b</sup>[四帙十册……一](那时普眼)菩萨对佛言:我佛氏尊,普贤菩萨是住在大威德者,住在没有平等者,住在无罪过者,住在不退却者,住在平等事宜者,住在不毁坏者,住在一切无差别之法者,住在一切众生精巧心之必住处者……

//////

<sup>188171.9A</sup>(因为诸位菩萨摩诃萨说此十大三昧,过去之菩萨可以出现,并远离疑惑。现在之)菩萨现在可以出现,并远离(疑惑)。未来之菩萨将来可以出现,并远离(疑惑)。若问何为十者。第一,普照光明大三昧;第二,胜妙光明大三昧;第三,名曰次第去往佛国之神通的大三昧;第四,通过甚深清净心修行的大三昧;第五,名曰知过去世间庄严藏之大三昧;第六,名曰智慧光明藏之大三昧;第七,名曰了知一切

**原文：**

[0212b13]是时,以佛大威神力及诸菩萨信解之力、普贤菩萨本愿力故,自然而雨

十千种云。所谓：种种华云、种种鬘云、种种香云、种种末香云、种种盖云、种种衣云、种种严具云、种种珍宝云、种种烧香云、种种缯彩云。<sup>H39a</sup>不可说世界六种震动；奏天音乐，其声远闻不可说世界；放大光明，其光普照不可说世界，令三恶趣悉得除灭，严净不可说世界，令不可说菩萨入普贤行，不可说菩萨成普贤行，不可说菩萨于普贤行愿悉得圆满成阿耨多罗三藐三菩提。

[0212b24]尔时，<sup>H39b</sup>普眼菩萨白佛言："世尊！普贤菩萨是住大威德者、住无等者、住无过者、住不退者、住平等者、住不坏者、住一切差别法者、住一切无差别法者、住一切众生善巧心所住者、住一切法自在解脱三昧者。"佛言："如是如是！普眼！如汝所说，普贤菩萨有阿僧祇清净功德，所谓：无等庄严功德、无量宝功德、不思议海功德、无量相功德、无边云功德、无边际不可称赞功德、无尽法功德、不可说功德、一切佛功德、称扬赞叹不可尽功德。"

//////

[0212c05]尔时，如来告普贤菩萨言："普贤！汝应为普眼及此会中诸菩萨众说十三昧，令得善入，成满普贤所有行愿。诸菩萨摩诃萨说此十大三昧故，令过去菩萨已得出离，现在<sup>188171.9A</sup>菩萨今得出离，未来菩萨当得出离。何者为十？一者普光大三昧，二者妙光大三昧，三者次第遍往诸佛国土大三昧，四者清净深心行大三昧，五者知过去庄严藏大三昧，六者智光明藏大三昧，七者了知一切

188171.9B（188171_a49）

  （00）törtünč čir onunč ülüš yeti ygrmi

194（01）yertinčütäki burxan-lar-nïng etigin yaratïγ-ïn bilmäk uqmaq

195（02）-lïγ atlïγ samadi dyan：säkiz-inč tïnlïγ-lar-nïng adïrt adïrt

196（03）ät'öz-lärin qïlmaq atlïγ uluγ samadi dyan：toquz-unč nom

197（04）uγuš-ïnta äriksinmäk-lig uluγ samadi dyan onunč tïḍïγsïz

198（05）tilgän tegli uluγ samadi dyan ärür：bu on uluγ dyan-lar-ta

199（06）alqu uluγ bodistv-lar ančulayu oq ädgüti kirgäli uyur-lar：

200（07）ärtmiš kälmädük közünür ödki alqu qamaγ burxan-lar：öngrä

201（08）nomlaḍï-lar：ken nomlaγay-lar：yüz yügärü nomlayu turur-lar

202（09）birök alqu bodistv-lar amrap sävip ayap aγïrlap bïšrunup

203（10）ögrätinip ärmägürmäk-siz bolmaq-ïntïn ötgüri tükäl-lig

188171.9C（188171_a48）

204（01） bolɣalï bolur-lar：muntaɣ yanglïɣ kiši-lär-ning atï bolur burxan
205（02） tep：ötrü atï bolurančulayu kälmiš tep ymä ök atï bolur
206（03） on küčüg bulmïš är tep ymä ök atï bolur sardavaxe tep
207（04） ymä ök atï bolur alqunï biltäči tep ymä ök atï bolur
208（05） alqunï körtäči tep ymä ök atï bolur tïḍïɣsïz-ta turmïš
209（06） tep：ymä ök atï bolur alqu atqanɣu-larïɣ ötgürmiš tep
210（07） ymä ök atï bolur alqu nom-larta ärksinmäk-lig tep
211（08） bu bodistv-lar：alqu yertinčü-lärkä tüz-ü yapa kirip
212（09） inčip yana yertinčü-lärtä yapšïnmaq-sïz bolur-lar alqu
213（10） tïnlïɣ-lar uɣuš-ïnga tüz-ü yapa kirip：inčip yana tïnlïɣ-lar

188171.9D（188171_a47）

（00） törtünč čir onunč ülüš säkiz ygrmi
214（01） -ta tïḍïɣ-sïz bolur-lar：alqu ät'öz-lär-ingä tüz-ü yapa
215（02） kirip inčip yana ät'öz-tä tïḍïlmaq（n）ï bolturmaz alqu nom uɣuš
216（03） -ïnga tüz-ü yapa kirip inčip yana nom uɣuš-ï-lïɣ učsïz
217（04） qïḍïɣsïz-ïn bilir-lär：üč ödki alqu burxan-lar-qa
218（05） yaqïn yaɣuq barïr-lar：alqu qamaɣ burxan-lar-nïng nomïn
219（06） bäkiz bälgülüg körür-lär：alqu üž-ik ak-sar-lar-ïɣ uz nomlap
220（07） alqu-nïng barča yïlayu at tänginčä ärtükin bilir-lär
221（08） ötgürür-lär alqu bodistv-lar-nïng arïɣ süz-ük yol-ïnga
222（09） tükal-lig bolur-lar：alqu bodistv-lar-nïng adïrt adïrt
223（10） yorïq-ïnta ornanïp turur-lar：bir kšan-ta alqu üč

**译文：**

**188171.9B** ［四帙十册十七］世界的佛之庄严的大三昧；第八，制作众生之种种身的大三昧；第九，在法界成为自在的大三昧；第十，名曰无碍轮之大三昧。所有大菩萨皆能善入此十大三昧。过去、未来、现在诸佛已经说法，将来说法，现在正在说法。若诸佛能爱护、尊重、修习不懈，就可以成就（此种人）。**188171.9C** 此类人之名叫作佛；或叫作如来；也叫作得到十大力量之人；也叫作导师；也叫作了知一切智者；也叫作明见一切者；也叫作住在无碍

· 217 ·

者;也叫作通达一切境界者;也叫作一切佛法中自在者。这些菩萨普入一切世界,且不沉溺于这些世界;普入一切众生界,且于众生[188171.9D][四帙十册十八]中无所阻碍。普入一切身体,且在身体中不让出现障碍;普入一切法界,且了知法界之无边无际。亲近过去、未来、现在之一切佛。清楚地看见一切诸佛法。精巧地解释一切文字,了知一切皆等同于假名。成就一切诸菩萨之清净道。安住于一切菩萨之种种行道。在刹那间得到过去、未来、现在

**原文:**

[188171.9B]世界佛庄严大三昧,八者众生差别身大三昧,九者法界自在大三昧,十者无碍轮大三昧。此十大三昧,诸大菩萨乃能善入,去、来、现在一切诸佛已说、当说、现说。若诸菩萨爱乐尊重,修习不懈,则得成就如是之人[188171.9C],则名为佛,则名如来,亦则名为得十力人,亦名导师,亦名大导师,亦名一切智,亦名一切见,亦名住无碍,亦名达诸境,亦名一切法自在。此菩萨普入一切世界,而于世界无所著;普入一切众生界,而于众生[188171.9D]无所取;普入一切身,而于身无所碍;普入一切法界,而知法界无有边。亲近三世一切佛,明见一切诸佛法,巧说一切文字,了达一切假名,成就一切菩萨清净道,安住一切菩萨差别行。于一念中,

188171.9E(188171_a40)

224(01) ödki bilgä bilig-lärig tüz-ü yapa bulur-lar: alqu üč

225(02) ödki nom-larïγ tüz-ü yapa bulur-lar: alqu qamaγ burxan

226(03) -lar-nïng nom-luγ yarlïγ-ïn tüz-ü yapa nomlayur-lar: alqu

227(04) taymaq-sïz ävrilmäk-siz tilgän-ig tüz-ü yapa ävirür-lär ärtmiš

228(05) kälmädük köz-ünür üč ödlär-tä bir bir öd ulatï

229(06) alqu bodi tuyunmaq-lïγ yol-uγ tüz-ü yapa tanuq-layur-lar:

230(07) bu bir tuyunmaq-lar-ta alqu burxan-lar-nïng nomlamïš nom-larïn

231(08) tüz-ü yapa bilir-lär: bu ärür alqu bodistv-lar-nïng nom

232(09) bälgülüg qapïγ-larï bu ärür: alqu bodistv-lar-nïng bilgä

233(10) bilig üz-ä tuyunmaq-lïγ qapïγ-larï bu ärür: alqu türlügüg biltäči

188171.9F(188171_a39)

(00) törtünč čir onunč ülüš toquz ygrmi

234(01) bilgä bilig üz-ä yegädinčsiz tuγ atlïγ qapïγ-larï bu ärür:

235（02） samantabadre bodistv-nïng alqu yorïq qut qolulamaq-lïγ qapïγ

236（03） -larï bu arür: tetimlärig qïnïmlarïγ yiti säkiz ridi bögülänmäk

237（04） -lär tanqarmaq qut küsüš öritmäk-lig qapïγ-larï bu ärür:

238（05） alqu yumḍaru tutdačï tïlangurmaq ädräm-lig qapïγ-larï bu ärür:

239（06） üč ödki alqu nom-lar-nïng adïrt adïrt qapïγ-larï bu

240（07） ärür: alqu burxan-lar-nïng körgitmäk köstürmäk-lig qapïγ

241（08） -larï bu ärür: sarvadane-a bilgä bilig üz-ä alqu tïnlïγ-larta

242（09） ornanïp turmaq-lïγ qapïγ-larï bu ärür: burxan-lar-nïng ridi

243（10） -lïγ küči üz-ä alqu yertinčü uγuš-larïn etmäk arïtmaq


188171.9G（188171_a42）

244（01） -lïγ qapïγ-larï kim qayu bodistv-lar bu samadi dyan-qa

245（02） kirsär-lär: alqïnmaq-sïz tüpükmäksiz nom uγuš-ï-lïγ küčüg

246（03） bulur-lar: tïdïγ-sïz tuduγ-suz kök qalïq täg yorïq-ïγ bulur-lar:

247（04） ülgülänčsiz ärksinmäk-lig nom xanï-nïng orun-ïn bulur-lar:

248（05） inčä qaltï yertinčüdäki töpüdä abišik qïlmïš uγuš-luγ yükänč

249（06） orun-uγ täginmiš-läri täg bulup učsuz qïdïγsïz bilgä bilig-ig

250（07） alqu-nï barča ötgürürlär topulur-lar: keng uluγ küčüg

251（08） bulup on türlüg-üg tolu tükäl qïlur-lar: tigirtsiz

252（09） köngül-kä tükäl-lig bolup öčmäk amrïlmaq-nïng ičingä kirür

253（10） -lär: uluγ yarlïqančučï köngül-läri inčä qaltï arslan-nïng täg


**译文：**

　　[188171.9E]之全部智慧。普得过去、未来、现在之一切法。全面解释一切诸佛之法教。转动一切不退不转之法轮。在过去、未来、现在等三个世间中参悟所有世间之一切菩提道。在此一一菩提中全面了知一切诸佛所说佛法。此乃诸菩萨之法相门；此乃诸菩萨借以智慧得菩提之智觉门；此乃借以种种智慧[188171.9F][四帙十册十九]成为不可胜之无胜幢门；此乃普贤菩萨之诸行愿门；勇猛、锐利、神通誓愿之门；此乃一切总持之辩才门；此乃三世诸法之差别门；此乃一切诸佛之显示门；此乃借以萨婆若智慧安住众生门；此乃借以佛之神力装饰、清净一切世界门。[188171.9G]若有菩萨入此三昧，可得到无穷无尽的法界力；可得到没有障碍的虚空行；可得到无量自在的法王之位。比如世间中灌顶授权

获得职位,得到无边无际之智慧,通达一切。得到广大力量,成就十种圆满。成就无诤之心,入灭寂之中。其大慈悲心犹如狮子

**原文:**

<sup>188171.9E</sup>普得一切三世智,普知一切三世法,普说一切诸佛教,普转一切不退轮,于去、来、现在一一世,普证一切菩提道;于此一一菩提中,普了一切佛所说。此是诸菩萨法相门,是诸菩萨智觉门,是一切种智<sup>188171.9F</sup>无胜幢门,是普贤菩萨诸行愿门,是猛利神通誓愿门,是一切总持辩才门,是三世诸法差别门,是一切诸佛示现门,是以萨婆若安立一切众生门,是以佛神力严净一切世界门。<sup>188171.9G</sup>若菩萨入此三昧,得法界力无有穷尽,得虚空行无有障碍;得法王位无量自在,譬如世间灌顶受职。得无边智,一切通达;得广大力,十种圆满;成无诤心,入寂灭际;大悲无畏,犹如师子

188171.9H ( 188171_a41 )

  ( 00 ) törtünč čir onunč ülüš ygrmi

254 ( 01 ) qorqïnčsïz bolur-lar: bilgä bilig-lig uluγ-( 1 ) ar bolmïš-lar-ïntïn

255 ( 02 ) köni nomluγ y( a )ruq yula-lar-ïγ tamturur-lar: alqu ädgü-lärin

256 ( 03 ) adruq-larïn ögüp küläp alqγuluγ-suz bolmaq-ïntïn: širavak

257 ( 04 ) -larqa piratikabud-lar-qa: näng saqïnγalï sözlägäli umaγuluq

258 ( 05 ) bolur-lar: nom uγuš-ïn biltäči bilig-ig bulup täpränčsiz učda

259 ( 06 ) turmaq-larï üz-ä yertinčü eyin adruq adruq ärür-in ača

260 ( 07 ) kengürü nom nomlaγalï uyur-lar: bälgüsüz-tä turmïš ärip /nom bälgü

261 ( 08 ) -süz-tä turmïš ärip / nom bälgüsingä uz kirür-lär: öz töz-i

262 ( 09 ) arïγ süz-ük aγïlïq-ïγ bulur-lar: ančulayu kälmiš-lär-ning arïγ

263 ( 10 ) süz-ük töz-intä uγušïnta tuγar-lar: adruq adruq adïrt …

//////

188171.9I ( 188171_a14 )

264 ( 01 ) ötgürgäli uyur-lar: köngül tegli nom yelvi täg ärür: alqu

265 ( 02 ) yertinčü alqu barča tül-kä oxšatï ärür: alqu qamaγ

266 ( 03 ) burxan-lar-nïng ünmäk bälgürmäk-läri: köligäli körkdäš-li täg

267 ( 04 ) ärür: alqu yertinčü uγuš-larï inčä qaltï bälgürtmä täg

268（05）ärür：sav söz ün ägsik-läri alqu barča yangqu täg

269（06）ärür tep munčulayu bilip čïn kertü nomïɣ körür-lär：čïn kertü

270（07）nomïɣ öz ät'öz qïlïp alqu nom-lar-nïng ilki töz-intä

271（08）ök arïɣ süz-ük ärdükin bilir-lär：ät'öz-läri-ning köngül

272（09）-läri-ning čïn kertü töz-süz ärdükin uqup bilip：ol ät'öz

273（10）-läri üz-ä tüz-ü yapa ülgülänčsiz atqanɣu uɣuš-larda

188171.9J（188171_a13）

（00）törtünč čir onunč yeti otuz

274（01）turur-lar：burxan-lar-nïng keng uluɣ yaltrïq-lïɣ bilgä bilig

275（02）-läri üz-ä alqu bodi yorïq-lar-ta arïɣ-ïn bïsrunur-lar

276（03）burxan oɣlanï-y-a bodistv-lar mxastv-lar bu samaḍi dyan

277（04）-ta turduqta：yertinčü-tin ärtärlär：käčär-lär：yertinčü

278（05）-tin ïraq öngi üḍrülür-lär：sačïlɣalï yangïlɣalï umaɣuluɣ

279（06）bolur-lar：arsïqɣalï qurtɣalï umaɣuluq bolur-lar：burxan

280（07）oɣlanï-y-a inčä qaltï toyïn-lar körüp adïrtlap ičtin

281（08）sïngarqï ät'öz-üg ašup körkdügtä turtuɣda öz ät'öz

282（09）-läri-ning alqu barča arïɣ-sïz ärdükin čïnɣaru körmiš

283（10）-i täg：bodistv-lar mxastv-lar ymä ök yana ančulayu

**译文：**

<sup>188171.9H</sup>［四帙十册二十］无所畏惧。成为智慧之大丈夫，点燃正法之明灯。赞扬一切功德，成为不可穷尽，其声闻、独觉成为不可思议。得到了知法界之智慧，借以住在无动边缘，根据世界之种种可广开演说。住在无相，但可善入法相。可得到自性清净藏。生在如来之清净界。（善开）种种差别（法门）……

//////

<sup>188171.9I</sup>（菩萨摩诃萨能够深入通达、）了知心法如幻影，一切世间皆如同梦境，一切诸佛之出现也如影像一般，一切世界犹如无而忽有，其言语声音皆如回音。（于是）见真实法，将真实法化作其身，知一切法的本性之清净，了知身心没有真实实体，于是借以其身广住无量境界。<sup>188171.9J</sup>［四帙十册二十七］借以佛之广大光明智慧在一切菩提行中清净修行。佛子，菩萨摩诃萨住在此三昧时，超越世间，远离世间。成为不纷乱、不迷惑。

成为无法欺骗、无法摧毁。佛子呀,犹如诸比丘观察内身,住在不净观时,清楚地看到其身皆不干净一样。菩萨摩诃萨也是如此。

**原文:**

[188171.9H];为智慧丈夫,然正法明灯;一切功德叹不可尽,声闻、独觉莫能思议;得法界智,住无动际,而能随俗种种开演;住于无相,善入法相;得自性清净藏,生如来清净家;善开种种差别法门,而以智慧了无所有;善知于时,常行法施开悟一切,名为智者;普摄众生,悉令清净;以方便智示成佛道,而常修行菩萨之行无有断尽;入一切智方便境界,示现种种广大神通。是故,普贤!汝今应当分别广说一切菩萨十大三昧,今此众会咸皆愿闻。

[0213b17] 佛子!阿修罗王有贪、恚、痴,具足憍慢,尚能如是变现其身;何况菩萨摩诃萨[188171.9I]能深了达心法如幻,一切世间皆悉如梦,一切诸佛出兴于世皆如影像,一切世界犹如变化,言语音声悉皆如响,见如实法,以如实法而为其身,知一切法本性清净,了知身心无有实体,其身普住无量境界,[188171.9J]以佛智慧广大光明净修一切菩提之行!

[0213c13] 佛子!菩萨摩诃萨住此三昧,超过世间,远离世间,无能惑乱,无能映夺。佛子!譬如比丘观察内身,住不净观,审见其身皆是不净。菩萨摩诃萨亦复如是,

188171.9K(188171_a12)

284(01) oq samaḍi dyan-ta turtuγda nomluγ ät'öz-üg körüp

285(02) adïrtlap: alqu yertinčü-lär-ning tüz-ü yapa öz ät'öz

286(03) -ingä kirmiš-lärin körür-lär antïn yana alqu yertinčü

287(04) -lärig ulatï yertinčü-lüg nom-larïγ bäkiz bälgülüg körüp yertinčü

288(05) -lärkä ulatï yertinčü-lüg nom-larqa barča-qa yapšïnmaz-lar

289(06) burxan oγlanï-y-a munung atï bolur bodistv-lar-nïng mxastv

290(07) -lar-nïng ängilki tüz-üdin y(a)ruq-luγ uluγ samadi dyan-ta

291(08) uzanmaq bilgä bilig-läri tep: burxan oγlanï-y-a qayu ol

292(09) bodistv-lar-nïng mxastv-lar-nïng yeg soγančïγ y(a)ruq-luγ

293(10) yaltrïq-lïγ samaḍi dyanï tep tesär burxan oγlanï-y-a bu

188171.9L(188171_a11)

(00) törtünč čir onunč säkiz otuz

294(01) bodistv-lar mxastv-lar üč mïng uluγ mïng yertinčü-lär-ning

295(02) parmanu-larï san-ïnča üč mïng uluγ mïng yertinčü [uγušïng-a]

296(03) kirgäli uyur-lar: birär birär yertinčü-lärtä üč mïng uluγ

297(04) mïng yertinčü-lärning parmanu-larï sanïnča ät'öz-lärig

298(05) körgitür-lär birär birär ät'öz-lär-intin üč mïng

299(06) uluγ mïng yertinčü-lär-ning parmanu-larï sanïnča y(a)ruq yaltrïq

300(07) -larïγ ïdar-lar: birär birär y(a)ruq yaltrïq-lar-ta *üč*

301(08) mïng uluγ mïng yertinčü-ning parmanu-larï sanïnča öng-lärin

302(09) körgitür-lär bir bir öng-lärintä üč mïng uluγ mïng

303(10) yertinčü-lär-ning parmanu-larï sanïnča yertinčü-lärig yaltïrtur

Ⅷ Haneda Photo No.83 Recto (H83a)

304(01) -lar: birär bir[är yertinčü-lär ičintä üč mïng uluγ mïng]

305(02) yertinčü-nüng parmanu-larï s[**anïnča tïnlïγ-lar-ïγ** turuldurur-lar]

306(03) yavalturur-lar bu alqu yer[tinčü **adruq adruq ärür**]

307(04) [-**in**] bir täg ärmäz-in [bo]distv [**barča bilir-lär**]

308(05) [inčä] qaltï yertinčü-nüng kirig[mäk-in yertinčü-nüng]

309(06) [**arïγ süzük-in**] yertinčü-nüng tïltaγ-ï[n yertinčü-nüng ///**turmaq-ïn**]

310(07) yertinčü-nüng bir täg turmaq-ïn [yertinčü-nüng **y(a)ruq öngün**]

311(08) yertinčü-nüng kälmäk barmaq-[ïn: **muntaγ osuγluq alqu-nï**]

312(09) bodistv-lar: al[q]u-γun [bilir-lär bodistv-lar alquγ]

313(10) -**u**n kirür-lär bu alqu [**yertinčü-lär ymä ök barča kälip**]

**译文:**

[188171.9K]住在三昧时,观察法身,看见所有世间皆入其身。还明见一切世间及世间法。对于诸世间及世间法皆不沉溺。佛子呀,此乃名曰菩萨摩诃萨在第一普光大三昧中的巧智慧。佛子呀,若问何为菩萨摩诃萨之妙光明三昧。佛子呀,[188171.9L][四帙十册二十八]菩萨摩诃萨能入三千大千世界微尘数般的三千大千世界。在一一世界显示三千大千世界微尘数身。从一一身释放三千大千世界微尘数光明。在一一光明中显示三千大千世界微尘数色(物质的存在)。在一一色中照耀三千大千世界微尘数世界。[H83a] 在一一世界中调伏三千大千世界微尘数众生。菩萨皆知此诸世界种种,各不相同。所谓世界之污浊、世界之清净、世界之因缘、世界之建立、世界之同住、世界之光色、世界之

往来等如此一切菩萨皆知、菩萨皆入。此诸世界俱来。

**原文：**

[188171.9K]住此三昧，观察法身，见诸世间普入其身，于中明见一切世间及世间法，于诸世间及世间法皆无所著。佛子！是名菩萨摩诃萨第一普光明大三昧善巧智。

[0213c21] 佛子！云何为菩萨摩诃萨妙光明三昧？佛子！[188171.9L]此菩萨摩诃萨能入三千大千世界微尘数三千大千世界，于一一世界现三千大千世界微尘数身，一一身放三千大千世界微尘数光，一一光现三千大千世界微尘数色，一一色照三千大千世界微尘数世界，[H83a]一一世界中调伏三千大千世界微尘数众生。是诸世界种种不同，菩萨悉知，所谓：世界杂染、世界清净、世界所因、世界建立、世界同住、世界光色、世界来往；如是一切，菩萨悉知，菩萨悉入。是诸世界亦悉来

No.83 Verso (H83b)

(00) törtünč čir [onunč ülüš t]oquz otuz

314(01) bodistv-lar-nïng ä[t'özi-**läringä kirür-lär alqu qamaγ**]

315(02) yertinčü-lär-ning qatïl[**ïšsïz bulγašsïz-ïn örtäyür-lär alqu**]

316(03) nom-lar ymä ök artamaz[**-lar öčmäz-lär: burxan oγlanï-y-a**]

317(04) kün t(ä)ngri tuγu[p sumer taγ**-ïγ qavšurtuq-ta yeti ärdini-lig**]

318(05) [taγ**-lar**ïγ] yarutduqta ol yeti ärdin[**i-lig taγlar-ta ulatï ärdini**]

319(06) [-lig] taγ-lar-[nïng] ara-lar-ïnta [**alquγun barča yaruq kö**]

320(07) -l[ügä] bäkiz bälgülüg yal[t]rïyu k[özünür-**lär ol ärdini-lig taγ**]

321(08) -lar-nïng üzä-sintäki q[**ayu barïnča kün kölügäsi**]

322(09) alqu barča taγ-lar ikin [ara

323(10) közünür: ol yeti [**ärdini-lig taγ-lar arasïntaqï qayu barïnča**]

Ⅸ Haneda Photo No.40 Recto (H40a)

(01)—(09) 残缺

324(10) adruq (?) [         ]..l [

No.40 Verso (H40b)

325(01) [ö]güp (?) [         ]..dyr [

(02)—(10) 残缺

**译文：**

<sup>H83b</sup>[四帙十册二十九]入菩萨之身，燃尽一切世界之杂乱。种种佛法也将不会坏灭。佛子呀，如日出环绕须弥山、照耀七宝山时，那七宝山等宝山中间皆出现分外明亮光影。其诸宝山上面的所有日影，无不显现在山间影像中。那七宝山之间的所有……

**原文：**

<sup>H83b</sup>入菩萨之身，然诸世界无有杂乱，种种诸法亦不坏灭。佛子！譬如日出绕须弥山、照七宝山，其七宝山及宝山间皆有光影分明显现，其宝山上所有日影莫不显现山间影中，其七山间所有日影亦悉显现山上影中；如是展转，更相影现，或说日影出七宝山，或说日影出七山间，或说日影入七宝山，或说日影入七山间；但此日影更相照现，无有边际，体性非有，亦复非无，不住于山，不离于山，不住于水，亦不离水。

**注释：**

01) irmäk："厌"。有 ir-对应"苛"的例子：irmämäk toyïn-lar-nïng irindi-sin toyïn yeniklämäk učuz-lamamaq"不诃比丘诃 不诃比丘轻慢"（阿依达尔·米尔卡马力 2010，p.14）。İr-与 münä-结合对应汉语的"毁骂"：uzadï tiltäki qïlïnč üzä ir-är münä-yür ärti "常以语业毁骂"（庄垣内正弘 1993，p.269）

02) tayan-："依止"，依存于有力有德者，并休止于那里。

03) [apekiš köngül-t]ä tur-："舍"，指心的平静。百济、小田把残缺的部分根据"舍"的意义补正为 tänglig köngül（百济康義/小田寿典 1983），但笔者研究的兰州私人收藏《华严经·毗卢遮那品》中"大舍"译作 uluγ apekiš köngil（阿依达尔·米尔卡马力/杨富学 2007，p.50）。因此百济、小田之构拟很难成立。但需要注意的是 apekiš 为 upekš〈 skt.upekṣā 的误写。

10) [nom-uγ adïrtlamaq tuyun]maq bölüki："择法觉分"，选择法之真伪，丢弃虚伪，进入觉悟。补正部分采用了百济、小田，具体注释见百济、小田文（1983，p.179）。

13) [adïrt öngi qïlur]：此处对应于"善知义非义句差别故，名为神通者"。在回鹘文《华严经》中"差别"常对应于 adïrt öngi qïl-，故补正作此。

19) [ärinmäk-siz ärmägürmäk-siz]：此处为"名为不疲倦者"之译文。在此回鹘文《华严经》中"不疲倦"固定对应于 ärinmäk-siz ärmägürmäk-siz，故作此补正，其对应例子见词汇集。

22）yalïnadur-lar turɣurur-lar:"起焰"。"起"显然是"焰"的修饰动词，译者把二字作为同位语 yalïnad-"使起焰"和 turɣur-"使起来"，显然显示了译者过分拘泥每个汉字意义的翻译方式。

37）taplaɣ:"解"，也译作"胜解"。"胜解"在小乘俱舍论中是十大法地之一，表示为了解对象为何物而进行的确认、了解的心的作用(中村元 1981, p.723)。

38）köngül-taki yorïq:"心行"。

48）qatïɣlanmaq:"进策"，同"精进"，有时译作"勤"，表示做勤，即努力向善向上。köni nom:"道"。在此《华严经》对应 köni nom 的是正法。

50）tuɣmaq-sïz nom:"无生"，同"空"，指事物本质为空，故无生灭变化。pratny-a bilgä bilig:"般若"，pratny-a < Skt. prajñā "般若、智慧"(中村元 1981, p.1116)。其实 pratny-a 和 bilgä bilig 都是智慧，在此译者两者俱用，将 pratny-a 来修饰 bilgä bilig。

63）darni tegmä tutruq nom(l)uɣ [qapïɣ-ïɣ arïtur]-: tutruq nom 是 darni 的意译，对应汉字为"总持"，指心里想着佛法，永不忘记。百济、小田转写为 darni tegmä tutruq nomuɣ。这里对应于原文的"陀罗尼三昧门"。若百济、小田的转写正确的话，抄写者应该漏写了 nomluɣ 中 l 字的尾巴。"三昧门"应译作 tutruq nom(l)uɣ [qapïɣ]。

65）[tükällig bolup adïrt ö]ngi yertinčü-lär-kä kir-: 黑体字部分百济、小田没有补正。此处对应"具广大神通，入差别世界"。此《华严经》中"具"固定对应 tükällig bol-，"差别"固定对应 adïrt öngi，故补正如此，对应情况详见词汇集条目。

81）bärk yigi arïɣ tängin:"稠林"，可直译为茂密的森林，意指众生的错误见解、烦恼之频现。

87—88）tuɣum[-uɣ täginmäk]:"受生"，接受生老病死等苦(中村, p.638)。

93）[qatïlïš-ta turmaq bälgüsi]:"杂起相"。此《华严经》中"杂"对应 qatïlïš，故作了此种补正。

94）[artadačï artadačï-sïz] bälgüsi:"坏不坏相"。羽田刊布《四十华严》中"不坏"译作 artamaz(H83b.3)，故作了此种补正。

102）taplap tuɣurdačï bälgü-läri:"无边引起相"。taplap tuɣurdačï 无疑是"引起"的译文。tapla-多对应"胜解""解""许""乐""忍"等字，但也有对应"引"的情况：azu bir qïlïnč uɣrïnta täk taplal-ur bir tuɣum mu azu taplal-ur üküš tuɣum mu "为由一业但引一生为引多生"(庄垣内正弘 2008, p.651)。

116）此行"如田无量相"未做翻译。

119—120) yügärü-tä tägintürdäči ikinti až-un-ta tägintürdäči üčünč až-un-tä tägintürdäči bälgü-läri:"现受生受后受相",其中"生""后"分别译作 ikinti ažun, üčünč ažun 值得关注。

124) yïlïγ yumšaq yeg bälgü-läri:"软中胜相"。"软中胜"为物质、状态之三种形式,也做"软中上"。其中"软"指极度细微、谦虚。译者未翻译其中的"中"。yïlïγ yumšaq:"软",比较哈萨克语：jïlï jumsaq"软的"。

129) bïšïγ bïšqut törülmiš yumšamïš bälgüläri:"淳熟调柔相",其中 törülmiš yumšamïš 对应"调柔"。

139) čarit：这里"性"字译作 čarit。čarit < Skt.carita"行",表示"行道"。而"性"在回鹘文文献中普遍译作 töz。译者似把"性"误解为"行",出现了错译。

"性"《广韵》息正切,心母,声母可构拟为[s],"行"有多音,与"性"接近的读音《广韵》下孟切,匣母,声母可构拟为[γ]。二字韵母同韵,但声母不同,似没有混同可能。《中原音韵》中二字声母也有所不同,"性"念 siəŋ,"行"念 xiəŋ（宁继福 1985, p.268; p.317）。

143) tört tï[dïγ-sïz bilgä bilig]:"四无碍智",指四种没有障碍的理解表现力,即 nom-ta-ta tïdïγ-sïz bilgä bilig"法无碍智"、yörügdä tïdïγ-sïz bilgä bilig"义无碍智"、tïlangurmaqta tïdïγsïz bilgä bilig"辞无碍智"、s[ävinü sözlämäk-tä tïdïγsïz] bilgä bilig"乐说无碍智"。对此百济、小田有注释,详见（百济康义/小田寿典 1983, p.183）。不过二位没能复原残缺的"乐说无碍智"。作为实动词前面的修饰动词,"乐"字在此《华严经》中多对应 säv-：sävä taplayu körgülüg bol-"所乐见"（188171.6D.1）；sävä taplayu qolula-"乐观"（188171.3C.10）；sävig-läri-ning yumšaγ-ï ortunqï-sï baštïnqï-sï"乐欲软中上"（188171.8H.8）。

145) [qayu bolur tört tep tesär]:"何等为四"。在《十回向品》中"何等为十"译作 qayu bolur on tep tesär,据此做如此补正。

168) altï [türlüg silkinmäk täprämäk]:"六种震动"。大地的六种震动,亦指佛在说法时的六种形态：动、起、涌、觉（或击）、震、吼（中村元 1981, p.1453）。

169) ün[-läri ägsi]k[-läri ïraq-tïn]:"其声远闻"。ün"声音"后面残缺,中间只见一k 字。因 ün 和 ägsik 固定对应于"声",故可补正为 ün[-läri ägsi]k-läri。百济、小田（1983, p.184）补作[...nï]ng,似有些勉强。

172－173) [üč] yavlaq [ažu]n-lar:"三恶趣",作为在生之年的恶行之结果,死后的世界叫"趣",即三种罪恶世界,即地狱、饿鬼、畜生（中村元 1981, pp.454－455）。

186）qayu-lar ol on："何等为十"。此处的"十"指十种大三昧,即普光大三昧、妙光大三昧、次第遍往诸佛国土大三昧、清净深心行大三昧、知过去庄严藏大三昧、智光明藏大三昧、了知一切世界佛庄严大三昧、众生差别身大三昧、法界自在大三昧、无碍轮大三昧。

200—201）öngrä nomladï-lar；ken nomlaγay-lar；yüz yügärü nomlayu turur-lar："已说当说现说"。属固定翻译模式：öngrä V+dïlar ken V+γaylar yüz yügärü（amtï）V+yu turur。比较：

öngrä nomlayu tügätdi-lär；ken nomlaγay-lar；amtï nomlayu turur-lar

"已说、当说、今说"；

öngrä bulu tügädmiš-lär；amtï bulu turur-lar；ken bultačï-lar；öngrä yertünčü-tä ünä tügädmiš-lär；amtï yirtünčüṭä ünä turur-lar；ken yertünčü-tä ünḍäči-lär. öngrä nirvan-qa kirü tügädmiš-lär；amtï nirvan-qa kirü turur-lar；ken nirvan-qa kirdäči-lär

"已得、今得、当得,已出世、今出世、当出世,已入涅槃、今入涅槃、当入涅槃"。

206）on küčüg bulmïš är："十力人",佛所具有的十种智力：处非处智力、业异熟智力、静虑解脱等持等至智力、根上下智力、种种胜解智力、种种界智力、遍趣行智力、宿住随念智力、死生智力、漏尽智力。

214）tïḍïγ-sïz："无所取",指没有囚禁、没有拘禁。从字面意义看,tïḍïγ-sïz 表示"无碍",其意同"无所取"。

220）yïlayu at："假名"。alqu-nïng barča yïlayu at tänginčä ärtükin bilir-lär"了达一切假名"。"假名"同"空名",只有名称,没有实体。

222—223）adïrt adïrt yorïq："差别行",特别重视的实践。实践的十种阶段中,菩萨注重特定的一种波罗蜜多进行修行（中村元 1981, p.605）。

226）nom-luγ yarlïγ-ï："佛教",佛所说的教义,为成为佛所需要的教义（中村元 1981, p.1191）。

227）taymaq-sïz ävrilmäk-siz tilgän："不退转",指在佛道修行之过程中不会丢失已经得到的功德。

231—232）nom bälgülüg qapïγ："法相门"。"法相"指一切事物的真实形相,真理的特质。

236）tetimlärig qïnïmlarïγ yiti säkiz："猛利"。《兜率宫中偈赞品》中 qïnïmlïγ 有与 tetimlig 连用对应"勇猛"的例子：tetimlig qïnïmlïγ tuuγ bodistv"勇猛幢菩萨"。yiti säkiz 对应于"利",表示锐利。

241) sarvadane-a bilgä bilig:"萨婆若",知晓一切的人,一切智者。

248—249) yertinčüdäki töpüdä abišik qïlmïš uγuš-luγ yükänč orun-uγ täginmiš-läri täg:"比如世间灌顶受职"。

251) on türlüg-üg tolu tükäl qïlur:"十种圆满"。

252) öčmäk amrïlmaq:"寂灭"。"寂灭"同"静寂",指消灭烦恼之火,停止所有身心之活动,处于平静的状态。亦为佛的境地(中村元 1981, p.618)。在第 218 行"入寂灭"译作 nirvan-**q**a kir-:。

264) köngül tegli nom yelvi täg ärür:"心法如幻"。经典以外所传授的佛法,一切诸法,分为色法和心法二种。色法是指一切有形的物质,心法是指一切无形的精神。

275) bodi yorïq-lar-ta:"菩提行",为得到觉悟所作的实践,同"菩萨行"。

315) yertinčü-lär-ning qatïl[ïššïz bulγaššïz-ïn örtäyür-lär]:"然诸世界无有杂乱"。"然"同"燃",在回鹘文《华严经》中为 örtä-对应"必然"。虽也有对应 tamtur-"点燃"的例子,但根据语义范围,补正为 örtä-。

319—320) [kö]-l[ügä]:"影"。第 320 行开头只见 l 字,319 行末尾残缺,此处因对应"影"字,故补正为köligä。

## 参 考 文 献

Abdurishid Yakup 2014, "On the Old Uyghur Translations of the Buddhāvataṃsaka Sūtra". In: *East Asian Studies: Festschrift in Honor of the Retirement of Professor Takata Tokio*. Kyoto.

Arat, R.R. 1965, *Eski Türk Şiiri*, Ankara.

Edwin G. Pulleyblank 1969, *Lexicon of Reconstructed Pronunciation in Early Middle Chinese, Late Chinese and Early Mandarin*. UBC Press: Vancouver.

Juten, O. 1985, "On the Uighur Colophon of the Buddhāvataṃsaka-sūtra in Forty-volumes", *The Bulletin of Toyohashi Junior College*, No.2.

Koichi Kitsudo 2017, "New Light on the Huayan Jing in Old Uighur from the Krotkov Collection and Yoshikawa Photographs", *Essays on the Manuscripts written in Central Asian Languages in the Otani Collection Buddhism, Manichaeism, and Christianity*, Irisawa Takashi, Kitsudo Koichi (eds.), Ryukoku University, pp.105–150.

Moriyasu, T. 1982, "An Uigur Buddhist's Letter of the Yüan Dynasty from Tun-huang (Supplement to "Uigurica from Tun-huang")". *Memoirs of the Research Department of the Toyo Bunko*, No.40.

Radloff, W. 1911, *Kuan-ši-im Pusar. Eine türkische Übersetzung des XXV. Kapitels der chinesischen Ausgabe des Saddharmapundarīka*. St. Petersburg.

Warnke, I. 1978, *Eine buddhistische Lehrschrift über das Bekennen der Sünden*, *Fragmente der uigurischen Version des Cibei-daochang-chanfa*, Dissertation Akademie der Wissenschaften der DDR (unpublished).

Peter Zieme 1982, "Zum uigurischen Samantabhadracaryāpraṇidhāna", *Studia Turcologica Memoriae Alexii Bombaci Dicta*. Mapoli.

阿依达尔·米尔卡马力 2010,《普林斯顿大学图书馆藏回鹘文〈中阿含经〉研究》,京都大学言語学研究,第 29 号。

阿依达尔·米尔卡马力 2013,《安藏与回鹘文〈华严经〉》,《西域研究》2013 年第 3 期。

阿依达尔·米尔卡马力 2015,『安藏・ウイグル語訳〈華厳経〉の翻訳法について』,『国語国文』2015 年。

阿依达尔·米尔卡马力/杨富学 2007,『回鹘文「华严经・毗卢遮那品」残叶研究』,『内陸アジア言語の研究』,第 25 号。

百济康义/小田寿典 1983,『ウイグル語訳八十華厳残簡』.『佛教文化研究所紀要』22.

(元) 程钜夫,《秦国文靖公神道碑》,《程雪楼文集(卷九)》,台北,1970 年。本传载《新元史》卷一九二。

耿世民 1986a,《甘肃省博物馆藏回鹘文〈八十华严〉残经研究(一)》,《世界宗教研究》,第 3 期。

耿世民 1986b,《回鹘文〈八十华严〉残经研究》,《民族语文》,第 3 期。

耿世民 1986c,《甘肃省博物馆藏回鹘文〈八十华严〉残经研究(二)》,《中央民族学院学报》,第 2 期。

耿世民 2003,《维吾尔古代文献研究》,北京:中央民族大学出版社。

橘堂晃一 2016,『古代ウイグル語「華厳経」研究の新展開—奥書と訳出の背景を中心に』,『東洋史苑』第 86・87 合併号。

宁继福 1985,《中原音韵表稿》,吉林文史出版社。

森安孝夫 1983,『元代ウイグル仏教徒の一書簡』,『内陸アジア・西アジアの社会と文化』,ed. by M. Mori, Yamakawa Shuppansha, Tokyo.

石滨純太郎 1950,『回鹘文普賢行愿品残卷』,『羽田博士頌寿記念東洋史論叢』,東京:東洋史研究会。

杨富学/阿依达尔·米尔卡马力 2007,《回鹘文〈华严经・十无尽藏品〉写本残卷研究》,《敦煌研究》第 3 期,第 74—80 页。

羽田亨 1975,『トルコ文华严经断簡』,『羽田博士史学論文集』,下卷,京都:同朋舍。

张铁山 2003,《莫高窟北区 B128 窟出土回鹘文〈八十华严〉残页研究》,《中央民族大学学报》第 4 期,第 112—115 页。

张铁山、皮特·茨默 2012,《两叶回鹘文〈华严经・光明觉品〉写本残卷研究》,《民族语文》第 4 期,第 73—80 页。

郑阿财 2000,《台北中研究傅斯年图书馆藏敦煌卷子题记》,《吴其昱先生八秩华诞敦煌学特刊》,文津出版社,第 389—390 页。

中村元 1981,『佛教語大辞典』,东京:东京书籍。

庄垣内正弘 1993,『古代ウイグル文阿毘達磨倶舎論実義疏の研究』Ⅱ,松香堂:京都。

庄垣内正弘 2003,『ロシア所蔵ウイグル語文献の研究—ウイグル文字表記漢文とウイグル語仏典テキスト—』,『ユーラシア古語文献研究叢書』1,京都。

庄垣内正弘 2008,『ウイグル文アビダルマ論書の文献学的研究』,京都:松香堂。

# 新疆地区出土的先秦时期马具研究

艾克拜尔·尼牙孜

**提要**：近年来随着新疆地区考古发掘的不断深入展开，出土了众多的与马具相关的实物资料，但是对于出土马具的系统研究工作，尚未展开，"新疆地区出土的先秦时期马具研究"正好填补这一研究领域的空白。

论文首先从考古类型学研究的角度对新疆地区青铜至早期铁器时代出土的马具进行了型式划分。其次，依据各地出土马具的考古实物墓地与墓葬资料，对出土马具进行初步的分期，在分期的基础上再结合马具出土所在区域的考古学文化，对马具的形态演变进行了较为细致的分析。

研究表明，马具的出现与新疆地区早期游牧化的进程有着密切的关系，而且新疆地区马具的演变在不同区域也存在着差异。与欧亚草原地带的马具的演变与发展相比，新疆地区马具的演进在时间上几乎呈现同步的趋势，另外，从推动马具发展的外部因素来看，欧亚草原地区的马具类型对新疆地区马具的演进具有极其重要的影响作用。

新疆地区出土的先秦时期各类马具，绝大部分出自墓葬，这些墓葬都有相应的区域考古学文化背景，马具的演变与各地的考古学文化发展有密切关系。根据出土马具的墓葬分布区域并结合各地考古学文化的特点，可初步分为东部天山、中部天山、西部天山、天山南麓山前地带、昆仑山北麓、准格尔盆地西北部这六大区域（图一）。数量上以马镳最多，有80余件；其次为马衔和马鞭，数量在50件左右；另外还发现有30余件辔头、20多件节约，以及少量的马鞍子和饰件等。

本文将从马具的类型式分析、区域特点以及典型马具的演变几个方面进行论述。

## 一、马具的型式划分

### （一）衔

出土马衔的墓地共32个，其中铜马衔36件、铁马衔13件、角质马衔4件。以铜马

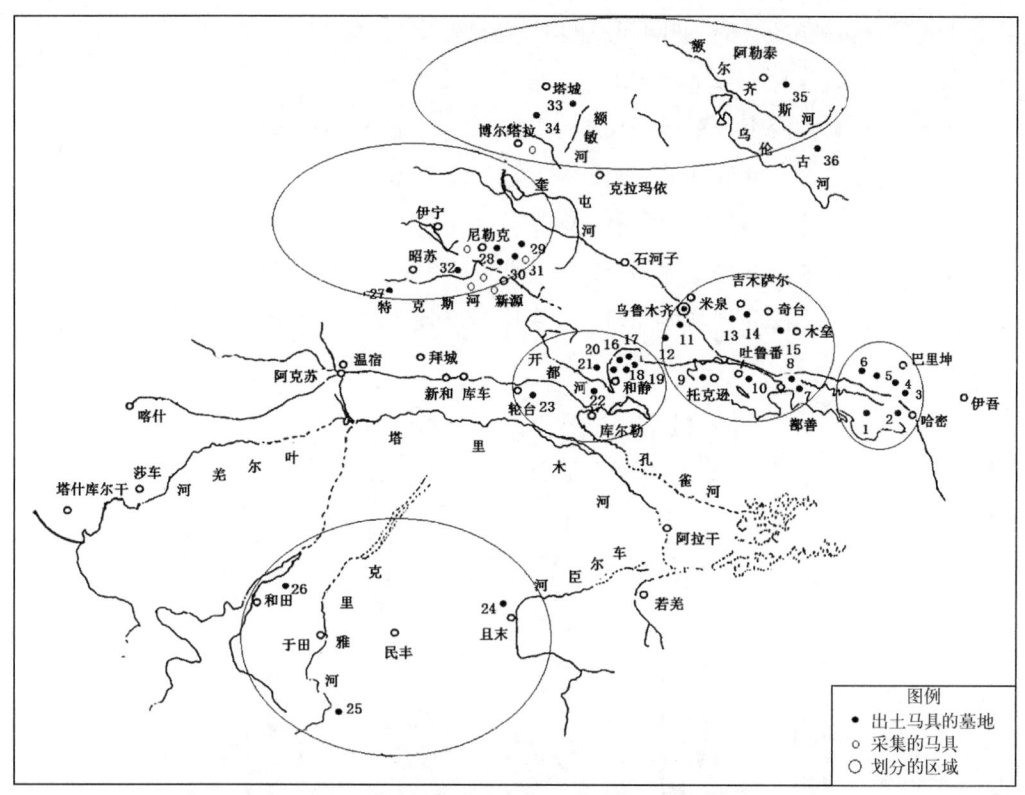

**图一　出土马具的墓地与区域划分示意图**

1. 五堡墓地　2. 寒气沟墓地　3. 寒气沟西口墓地　4. 小东沟南口墓地　5. 东黑沟遗址墓葬　6. 黑沟梁墓地　7. 洋海墓地　8. 苏贝希墓地　9. 阿拉沟墓地　10. 交河沟北墓地　11. 萨恩萨依墓地　12. 乌拉泊水库墓地　13. 吉木萨尔大龙口墓地　14. 吉木萨尔二工河墓地　15. 木垒县南郊墓地　16. 察吾呼Ⅴ号墓地　17. 察吾呼Ⅳ号墓地　18. 察吾呼Ⅰ号墓地　19. 察吾呼Ⅱ号墓地　20. 察吾呼Ⅲ号墓地　21. 莫呼查汗水库墓地　22. 拜勒其尔墓地　23. 群巴克墓地　24. 扎滚鲁克墓地　25. 流水墓地　26. 山普拉墓地　27. 斯木塔斯水电站墓地　28. 穷科克墓地　29. 铁木里克沟口墓地　30. 加勒克斯卡茵特山北麓墓地　31. 恰甫其海A区Ⅸ号墓地　32. 巴咯勒克水库墓地(康盖墓地)　33. 额敏铁厂沟墓地　34. 阿勒腾也木勒墓地　35. 克孜加尔墓地　36. 哲勒尔巴什墓地

衔为数最多、铁马衔次之。根据质地不同可将马衔分为甲、乙两类。甲类系由骨、角、木质材料制作,乙类由铜、铁质金属材料制作。甲类,按连接方式仅有一种,即由一根衔杆及其外端两环构成的单节式马衔。乙类马衔从连接方式可分为a、b两类,a类是指由两根衔杆相连接构成的双节式马衔;b类是指与甲类相同的单节式马衔。

**甲类　单节式**

根据环孔的变化可分为二式,此类马衔均出土于鄯善洋海墓地。[①]

---

[①] 新疆文物考古研究所、吐鲁番地区文物局:《吐鲁番考古新收获——鄯善县洋海墓地发掘简报》,《吐鲁番学研究》2004年第1期。

Ⅰ式：3件。角质,环孔椭圆形或圆形,孔径较小。

标本一,出自洋海Ⅰ号墓地 M29∶2,残长 13.2 厘米(图二.1)。

标本二,出自洋海Ⅰ号墓地 M163∶12,残长 12.5 厘米(图二.2)。

标本三,出自洋海Ⅱ号墓地 M138∶8,残长 17 厘米(图二.3)。

Ⅱ式：2件。木质,环孔圆形,孔径较大。

标本一,出自洋海Ⅱ号墓地 M152∶7,残长 23.2 厘米(图二.4)。

标本二,出自洋海Ⅱ号墓地 M212.5,残长 17.7 厘米(图二.5)。

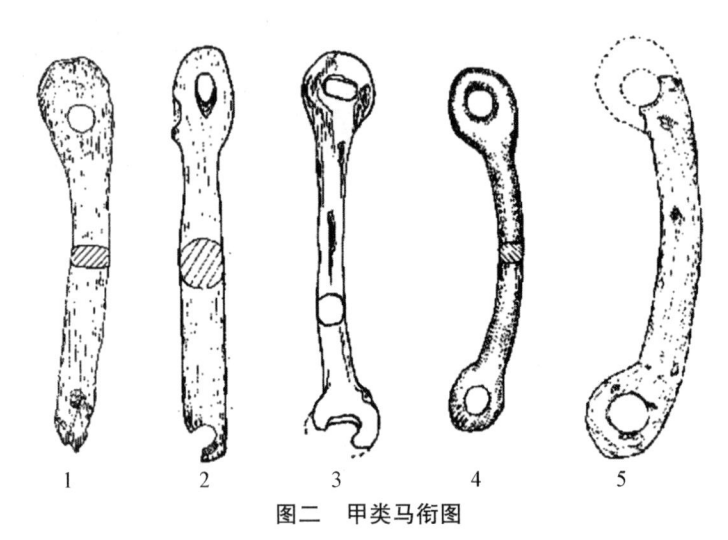

图二 甲类马衔图

Ⅰ式：1. 洋海Ⅰ号墓地 M29∶2　2. 洋海Ⅰ号墓地 M163∶13　3. 洋海Ⅱ号墓地 M138∶8
Ⅱ式：4. 洋海Ⅱ号墓地 M152∶7　5. 洋海Ⅱ号墓地 M212∶5

## 乙 a 类　双节式

根据内外环的变化,可分为 A、B 两型。

A 型：内环呈圆形,外环形状大体呈马镫形。据外环的变化,可分为 Aa、Ab、Ac 三个亚型。

Aa 型：内环圆形,外环为单孔。依据外环环孔变化可分三式。

Ⅰ式：1件,铜质,外环孔呈长圆形。标本,洋海Ⅰ号墓地[1] M5∶7,长 19.7 厘米(图三.1)。

Ⅱ式：4件,铜质,外环孔呈等腰三角形。

---

[1] 新疆文物考古研究所、吐鲁番地区文物局:《吐鲁番考古新收获——鄯善县洋海墓地发掘简报》,《吐鲁番学研究》2004 年第 1 期。

图三 乙a类 Aa型马衔图

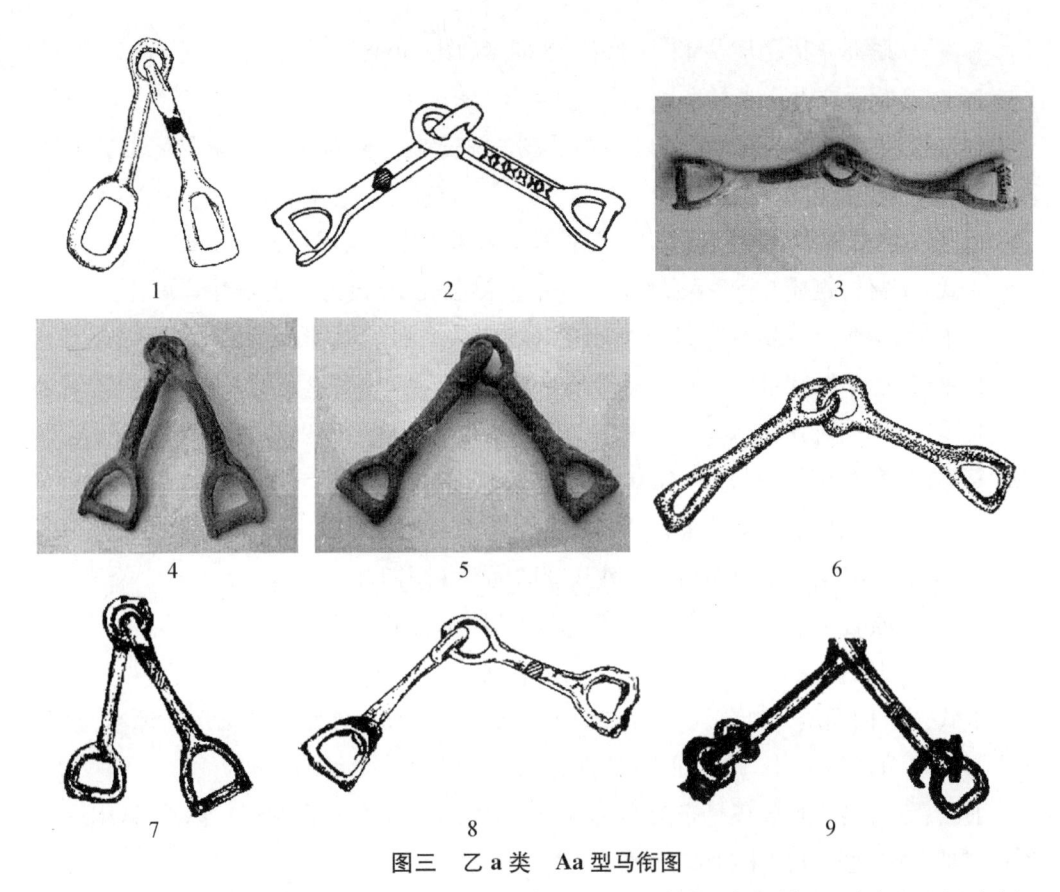

Ⅰ式: 1. 洋海Ⅰ号墓地 M5∶7　Ⅱ式: 2. 群巴克Ⅰ号墓地 M5C∶2　3. 伊犁河流域采集　4. 木垒县照壁山乡南闸一队　5. 吉木萨尔大龙口墓地 M10　Ⅲ式: 6. 洋海Ⅰ号墓地 M189∶10　7. 萨恩萨伊墓地 M22∶1　8. 萨恩萨伊墓地 M6∶2　9. 萨恩萨伊墓地 M113∶5

标本一, 群巴克Ⅰ号墓地① M5C∶2, 长 18.2 厘米(图三.2)。

标本二, 伊犁河流域采集,② 出土地点与尺寸不明(图三.3)。

标本三, 木垒县照壁山南闸一队采集③, 编号与尺寸不明(图三.4)。

标本四, 吉木萨尔大龙口墓地④ M10, 编号与尺寸不明(图三.5)。

Ⅲ式: 5 件, 铜质, 外环孔呈半圆形。

---

① 中国社会科学院考古研究所新疆工作队:《新疆轮台县群巴克墓葬第二、三次发掘简报》,《考古》1991 年第 8 期。
② 伊犁州博物馆馆藏。
③ 木垒县文管所馆藏。
④ 新疆文物考古研究所:《新疆吉木萨尔县大龙口古墓葬》,《考古》1997 年第 9 期。

标本一,萨恩萨伊墓地① M32∶1,长 18 厘米(图三.6)。

标本二,萨恩萨伊墓地 M22∶1,长 17.2 厘米(图三.7)。

标本三,萨恩萨伊墓地 M6∶2,长 17.4 厘米(图三.8)。标本四,萨恩萨伊墓地 M113∶5,长 18.2 厘米(图三.9)。

Ab 型:内环圆形,外环有两孔。依据外环端和环孔的构成可分为三式。

Ⅰ式:13 件,铜质,外环呈蹬形,有双孔,内侧圆孔、外侧为不规则"凹"形孔。

标本一,洋海Ⅰ号墓地② M163∶3,长 16.5、径 0.8 厘米长(图四.1)。

标本二,巴喀勒克水库墓地,③墓葬编号与尺寸不明(图四.2)。

标本三,特克斯齐勒乌泽克乡采集,④编号与尺寸不明(图四.3)。

标本四,察吾乎⑤Ⅴ号墓地 M10∶4,长 9.2 厘米(图四.4)。

标本五,察吾乎Ⅰ号墓地采集∶3,长 18.8 厘米(图四.5)。

标本六,洋海Ⅱ号墓地 M14∶2,残长 20.1 厘米(图四.6)。

标本七,察吾乎Ⅳ号墓地 M247∶5,长 19.7 厘米(图四.7)。

标本八,群巴克Ⅰ号墓地⑥ M9∶2,长 20.8 厘米(图四.8)。

Ⅱ式:2 件,铜质,外环呈葫芦形,有双孔,内侧孔圆形,外侧孔长圆形。标本,察吾乎Ⅳ号墓地 M114∶6,长 18.2 厘米(图四.9)。

Ⅲ式:5 件,铜质,外环呈半圆形,有双孔,内侧和外侧孔均椭圆形。标本,铁木里克沟口墓地⑦ M2,长 10 厘米(图四.10)。

Ac 型:2 件,铜质,内环为圆形,外环呈方形,内侧有横沿,环为单孔方形。

标本一,特克斯齐勒乌泽克乡采集,⑧长 11 厘米(图五.1)。

标本二,木垒县东城乡采集,⑨马衔尺寸不明(图五.2)。

B 型:内外环均为圆形。依据孔径和衔杆的差异,可分为三式。

---

① 新疆文物考古研究所:《乌鲁木齐市萨恩萨伊墓地发掘简报》,《新疆文物》2010 年第 2 期。
② 新疆文物考古研究所、吐鲁番地区文物局:《吐鲁番考古新收获——鄯善县洋海墓地发掘简报》,《吐鲁番学研究》2004 年第 1 期。
③ 新疆文物考古研究所:《文物考古年报》,2011 年。
④ 特克斯县博物馆馆藏。
⑤ 新疆文物考古研究所:《新疆察吾乎——大型氏族墓地发掘报告》,东方出版社,1999 年。
⑥ 中国社会科学院考古研究所新疆工作队等:《新疆轮台县群巴克墓葬第二、三次发掘简报》,《考古》1991 年第 8 期。
⑦ 周小明:《新疆尼勒克县加里格斯哈音特和铁木里克沟墓地发掘成果简报》,《西域研究》2004 年第 2 期。
⑧ 特克斯县博物馆馆藏。
⑨ 昌吉州博物馆馆藏。

图四 乙a类 Ab型马衔图

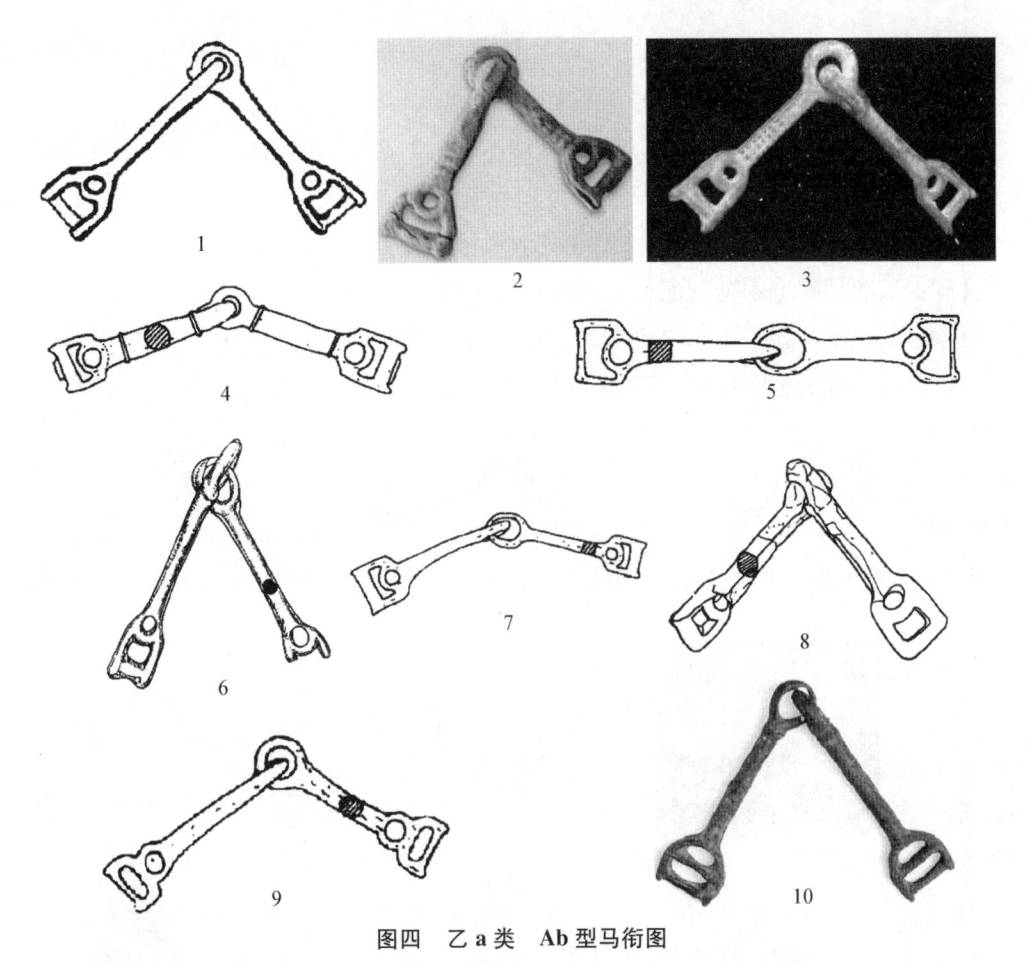

Ⅰ式：1. 洋海Ⅰ号墓地 M163∶3　2. 巴喀勒克水库墓地　3. 特克斯齐勒乌泽克乡采集　4. 察吾呼Ⅴ号墓地 M10∶4　5. 察吾呼Ⅰ号墓地采集∶3　6. 洋海Ⅱ号墓地 M14∶2　7. 察吾呼Ⅳ号墓地 M247∶5　8. 群巴克Ⅰ号墓地 M9∶2　Ⅱ式∶9. 察吾呼Ⅳ号墓地 M114∶6　Ⅲ式∶10. 铁木里克沟口墓地 M2

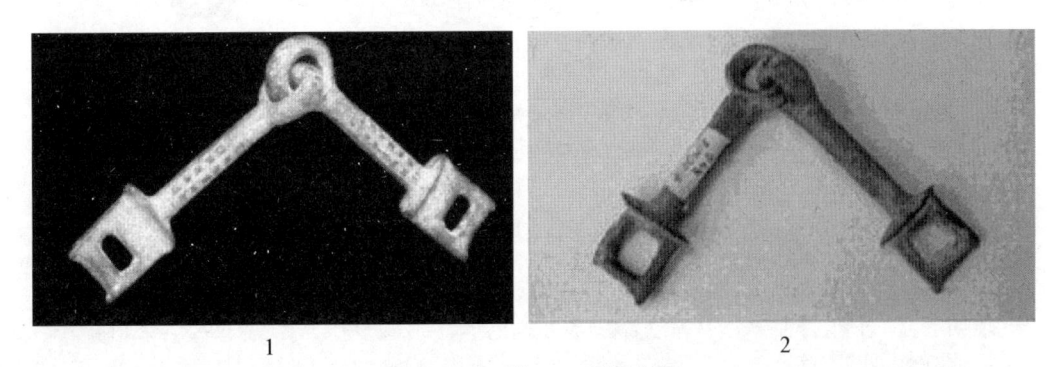

图五 乙a类 Ac型马衔图

1. 特克斯齐勒乌泽克乡采集　2. 木垒县东城乡采集

Ⅰ式：3件，铜质，衔杆较长。

标本一，莫呼查汗墓地①，墓号与马衔尺寸不明（图六.1）。

标本二，察吾乎Ⅰ号墓地②采集，长12厘米（图六.2）。

标本三，巩留县阿尕尔森乡采集③，尺寸不明（图六.3）。

Ⅱ式：3件，铜质，衔杆较短，内环小外环大。

标本一，阿勒腾也木勒墓地④，墓号与尺寸不明（图六.4）。

标本二，流水墓地⑤M10，长9厘米（图六.5）。

标本三，乌拉泊水库墓地，长8厘米（图六.6）。

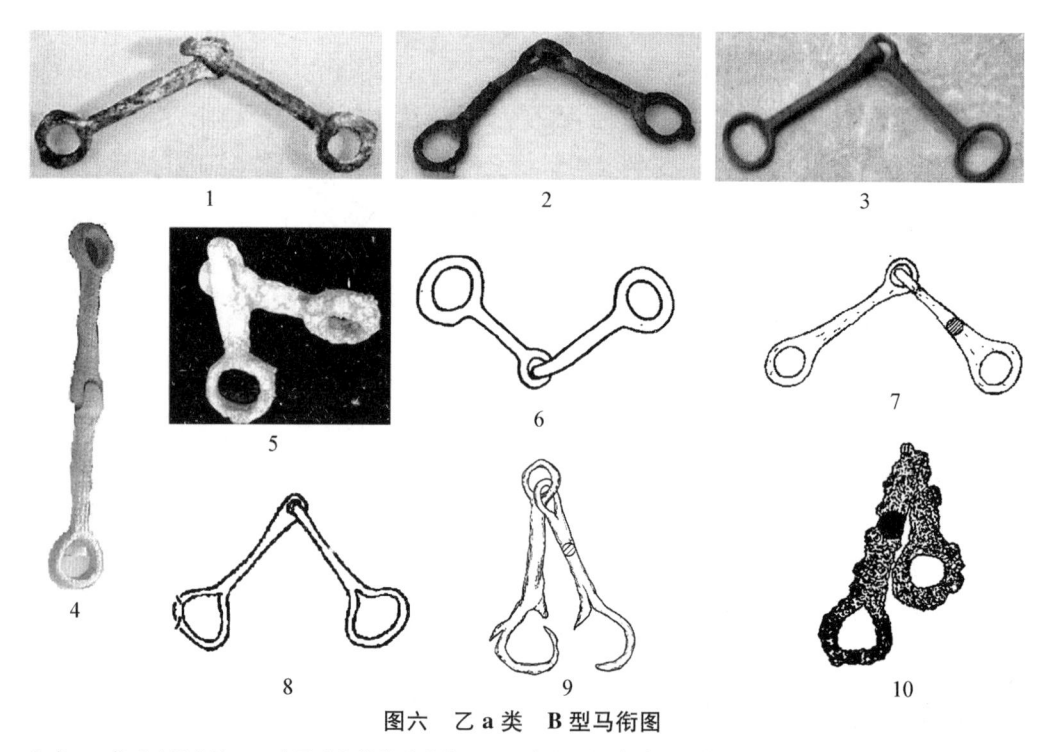

图六 乙a类 B型马衔图

Ⅰ式：1. 莫呼查汗墓地 2. 察吾乎Ⅰ号墓地采集 3. 巩留县阿尕尔森乡采集 Ⅱ式：4. 阿勒腾也木勒墓地 5. 流水墓地M10 6. 乌拉泊水库墓地 7. 察吾乎Ⅳ号墓地M8∶2 Ⅲ式：8. 洋海Ⅲ号墓地M1∶1 9. 东黑沟遗址墓M001∶7

---

① 新疆文物考古研究所：《文物考古年报》，2011年。
② 中国社会科学院考古所新疆队等：《新疆和静县察吾乎沟口一号墓地》，《考古学报》1988年第1期。
③ 伊犁州博物馆馆藏。
④ 新疆文物考古研究所：《文物考古年报》，2011年。
⑤ 中国社会科学院考古研究所新疆队：《新疆于田县流水青铜时代墓地》，《考古》2006年第7期。

标本四,察吾乎Ⅳ号墓地 M8:2,长 10.8 厘米(图六.7)。

Ⅲ式:5 件,铁质,衔杆较长,外环较大。

标本一,苏贝希Ⅰ号墓地① M10,长 17 厘米(图六.8)。

标本二,洋海Ⅲ号墓地② M1:1,长 19.8 厘米(图六.9)。

标本三,东黑沟遗址墓葬③ M001:7,长 12.7 厘米(图六.10)。

### 乙 b 类　单节式

目前仅发现三件,均为铁质。形制与甲类马衔一致,环呈圆形,孔径较大。

标本一,克孜加尔墓地④ K-M1:6,长 15.5 厘米(图七.1)。

标本二,小东沟南口墓地⑤,残长 8.8 厘米(图七.2)。

图七　乙 b 类　马衔图
1. 克孜加尔墓地 K-M1:6　2. 小东沟南口墓地

## (二) 镳

出土马镳的墓地有 23 个。所见一般成对出现,其中铜马镳 14 件、铁马镳 4 件、角质马镳 27 件、木质马镳 30 件、骨质马镳 37 件,以骨质最多,其后依次为木、角、铜、铁质地。

根据质地材料的构成不同,可分为甲类(由骨、角、木等有机质材料制作的马镳)和乙类(由铜、铁质材料制作的马镳)。根据制作方法的不同,可分为 a 类(槽形镳)和 b 类(孔形镳)两种。a 类(槽形镳)仅发现于甲类马镳中。

### 甲 a 类　槽形镳

仅见于洋海墓地。⑥ 共 3 件,均为木质。镳呈柱状,在镳的两端及正中位置各刻有一道浅槽。

---

① 新疆文物考古研究所:《鄯善苏贝希一号墓地发掘简报》,《新疆文物》1993 年第 4 期。
② 新疆文物考古研究所、吐鲁番地区文物局:《吐鲁番考古新收获——鄯善县洋海墓地发掘简报》,《吐鲁番学研究》2004 年第 1 期。
③ 新疆文物考古研究所等:《新疆巴里坤县东黑沟遗址 2006—2007 发掘简报》,《考古》2009 年第 1 期。
④ 新疆文物考古研究所:《2009 年阿勒泰市克孜加尔墓地发掘简报》,《新疆文物》2010 年第 1 期。
⑤ 新疆文物考古研究所、哈密地区文管所:《哈密—巴里坤公路改线考古调查》,《新疆文物考古新收获(续)1990—1996》,新疆美术出版社,1997 年。
⑥ 吐鲁番学研究院、新疆文物考古研究所:《新疆鄯善洋海墓地发掘报告》,《考古学报》2011 年第 1 期。

标本一，洋海Ⅰ号墓地 M208∶5，长13、直径1.8厘米(图八.1)。

标本二，洋海Ⅰ号墓地 M208∶9，长13厘米(图八.2)。

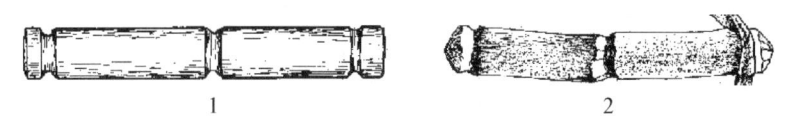

图八　甲a类　马镳图

1. 洋海Ⅰ号墓地 M208∶5　2. 洋海Ⅰ号墓地 M208∶9

**甲b类　孔形镳**

依镳头、镳身和镳孔的变化，可分为 A、B、C 三型。

A 型：三孔，孔之间距离较宽。根据镳头变化可分为二式。

Ⅰ式：3件，镳头呈蘑菇帽状。

标本一，莫呼查汗水库墓地，① 编号与尺寸不明(图九.1)。

标本二，察吾乎Ⅳ号墓地② M129∶10，长11.8厘米，孔径1厘米(图九.2)。

标本三，洋海Ⅰ号墓地③ M5∶8，长10.3厘米(图九.3)。

Ⅱ式：7件。镳头呈兽首状。

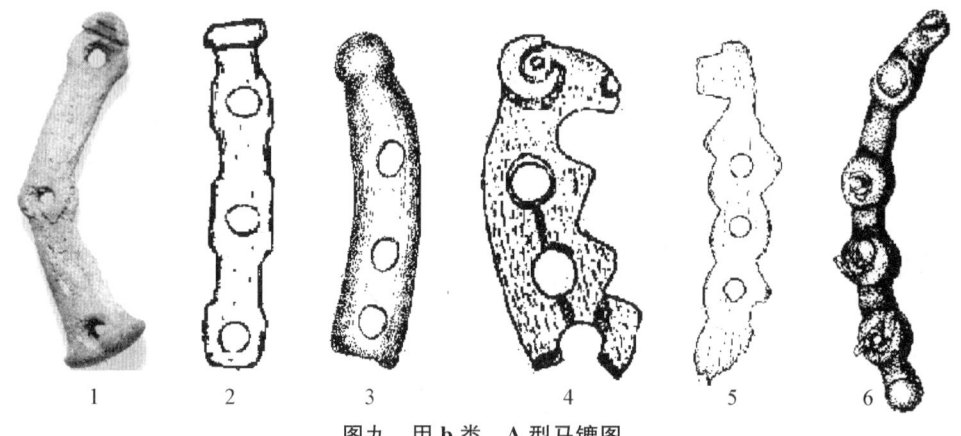

图九　甲b类　A型马镳图

Ⅰ式：1. 莫呼查汗水库墓地　2. 察吾乎Ⅳ号墓地 M129∶10　3. 洋海Ⅰ号墓地 M5∶8　Ⅱ式：4. 察吾乎Ⅰ号墓地 M30∶24　5. 洋海Ⅰ号墓地 M29.1　6. 洋海Ⅰ号墓地 M90∶6

---

① 新疆文物考古研究所：《文物考古年报》，2011年。
② 新疆文物考古研究所：《新疆察吾乎——大型氏族墓地发掘报告》，东方出版社，1999年。
③ 吐鲁番学研究院、新疆文物考古研究所：《新疆鄯善洋海墓地发掘报告》，《考古学报》2011年第1期。

标本一，察吾乎Ⅰ号墓地①M30∶24，长8厘米（图九.4）。

标本二，洋海Ⅰ号墓地M29.1，残长14.5、孔径0.9厘米（图九.5）。

标本三，洋海Ⅰ号墓地M90∶6，长17厘米（图九.6）。

B型：镳身呈长条柱状或扁平状。根据镳孔变化分为二式。

Ⅰ式：三孔，18件。

标本一，五堡墓地，②编号不明，长16.7、宽1.7厘米（图十.1）。

标本二，洋海Ⅱ墓地M138.18，长14.7、直径2.1厘米（图十.2）。

标本三，拜勒其尔墓地③M206∶59，长11.9、直径1.9、孔径0.9厘米（图十.3）；察吾乎Ⅳ号墓地M93∶1，长11.6厘米（图十.4）。

Ⅱ式：8件，双孔。

标本一，洋海Ⅱ号墓地M62∶3，残长12、宽2.4厘米（图十.5）。

标本二，苏贝希Ⅰ号墓地④M10∶8，长12厘米（图十.6）。

标本三，寒气沟墓地⑤M4∶1，长15.2厘米（图十.7）。

标本四，扎滚鲁克Ⅰ号墓地M94∶1，长18.8厘米（图十.8）。

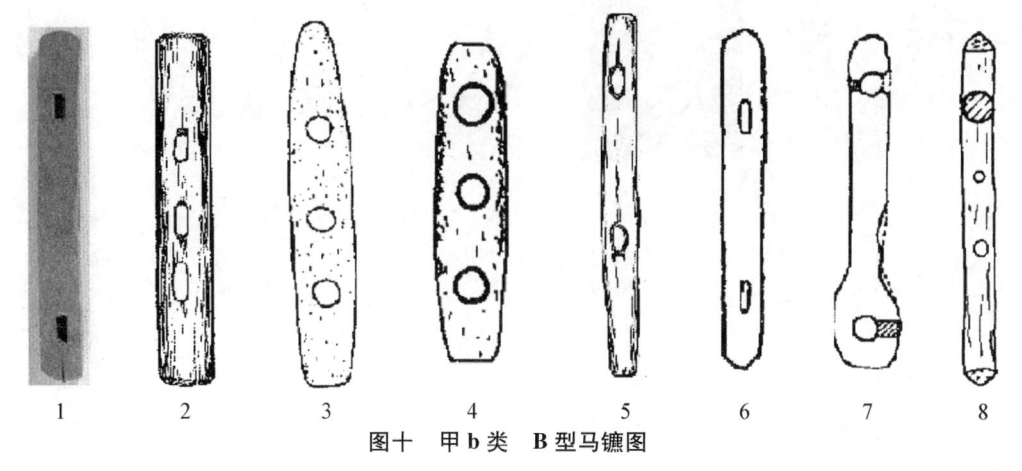

图十　甲b类　B型马镳图

Ⅰ式：1. 五堡墓地　2. 洋海Ⅱ墓地M138.18　3. 拜勒其尔墓M206∶59　4. 察吾乎Ⅳ号墓地M93∶1　Ⅱ式：5. 洋海Ⅱ号墓地M62∶3　6. 苏贝希Ⅰ号墓地M10∶8　7. 寒气沟墓地M4∶1　8. 扎滚鲁克Ⅰ号墓地M94∶1

---

① 中国社会科学院考古所新疆队等：《新疆和静县察吾乎沟口一号墓地》，《考古学报》1988年第1期。

② 哈密地区博物馆馆藏。

③ 新疆文物考古研究所：《和静县拜勒其尔石围墓发掘简报》，《新疆文物》1999年第3、4期。

④ 新疆文物考古研究所、吐鲁番地区博物馆：《鄯善县苏贝希遗址及墓地》，《考古》2002年第6期。

⑤ 新疆文物考古研究所：《新疆哈密市寒气沟墓地发掘简报》，《考古》1997年第9期。

C 型：镳头呈尖状，镳身有一定弯曲度。根据镳孔变化可分为二式。

Ⅰ式：三孔，14 件。

标本一，洋海Ⅰ号墓地① M163：4，长 18 厘米（图十一.1）。

标本二，群巴克Ⅰ号墓地② M7：8，长 16 厘米（图十一.2）。

标本三，流水墓地③ M16，编号不明，长 17.5 厘米（图十一.3）。

标本四，察吾乎Ⅰ号墓地 M272：1，长 13.6、宽 2.1 厘米（图十一.4）。

标本五，察吾乎Ⅳ号墓地 M161：13，长 18.3 厘米（图十一.5）。

Ⅱ式：双孔，10 件。

标本一，洋海Ⅱ号墓地 M152：14，长 14.76、直径 1.6 厘米（图十一.6）。

标本二，察吾乎Ⅳ号墓地 M51：5，长 9.3 厘米（图十一.7）。

标本三，黑沟梁Ⅱ号墓地④ M2：25，尺寸不明（图十一.8）。

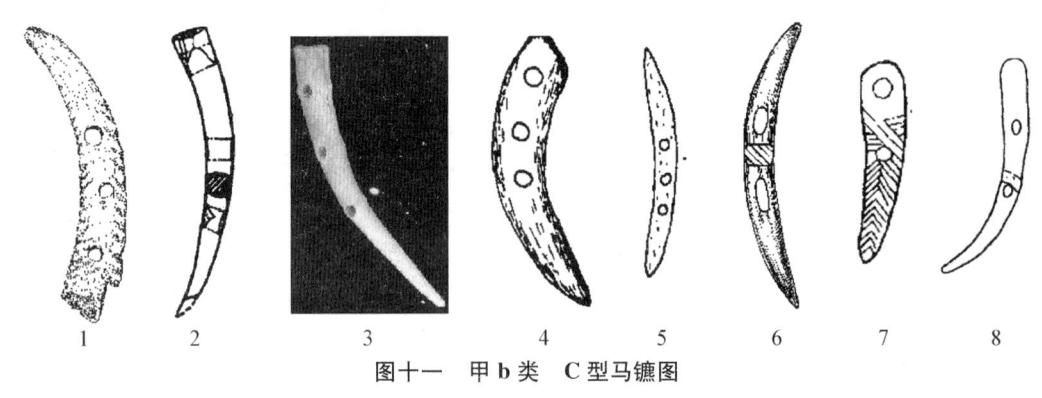

图十一　甲 b 类　C 型马镳图

Ⅰ式：1. 洋海Ⅰ号墓地 M163：4　2. 群巴克Ⅰ号墓地 M7：8　3. 流水墓地 M16　4. 察吾乎Ⅰ号墓地 M272：1　5. 察吾乎Ⅳ号墓地 M161：13　Ⅱ式：6. 洋海Ⅱ号墓地 M152：14　7. 察吾乎Ⅳ号墓地 M51：5　8. 黑沟梁Ⅱ号墓地 M2：25

**乙 b 类　孔形镳**

依镳头、镳身和镳孔的变化，可分为五式。

Ⅰ式：1 件，铜质，三孔，镳头呈盖帽状。标本，莫呼查汗墓地，编号与尺寸不明（图十二.1）。

---

① 新疆文物考古研究所、吐鲁番地区文物局：《吐鲁番考古新收获——鄯善县洋海墓地发掘简报》，《吐鲁番学研究》2004 年第 1 期。

② 中国社会科学院考古研究所新疆工作队：《新疆轮台县群巴克墓葬第二、三次发掘简报》，《考古》1991 年第 8 期。

③ 中国社会科学院考古研究所新疆队：《新疆于田县流水青铜时代墓地》，《考古》2006 年第 7 期。

④ 任萌：《从黑沟梁墓地、东黑沟遗址看西汉前期东天山地区匈奴文化》，西北大学硕士学位论文，2008 年。

Ⅱ式：3件，铜质，三孔，镳头呈兽首状。

标本一，流水墓地 M10∶7，长 14 厘米（图十二.2）。

标本二，哈巴河县萨尔布拉克乡加朗阿什村采集①，编号与尺寸不明（图十二.3）。

Ⅲ式：4件，铜质，三孔，镳头与镳底部呈菱形突起。

标本一，温泉县查干格乡采集，②编号不明，长 19 厘米（图十二.4）。

标本二，莫呼查汗墓地，编号与尺寸不明（图十二.5）。

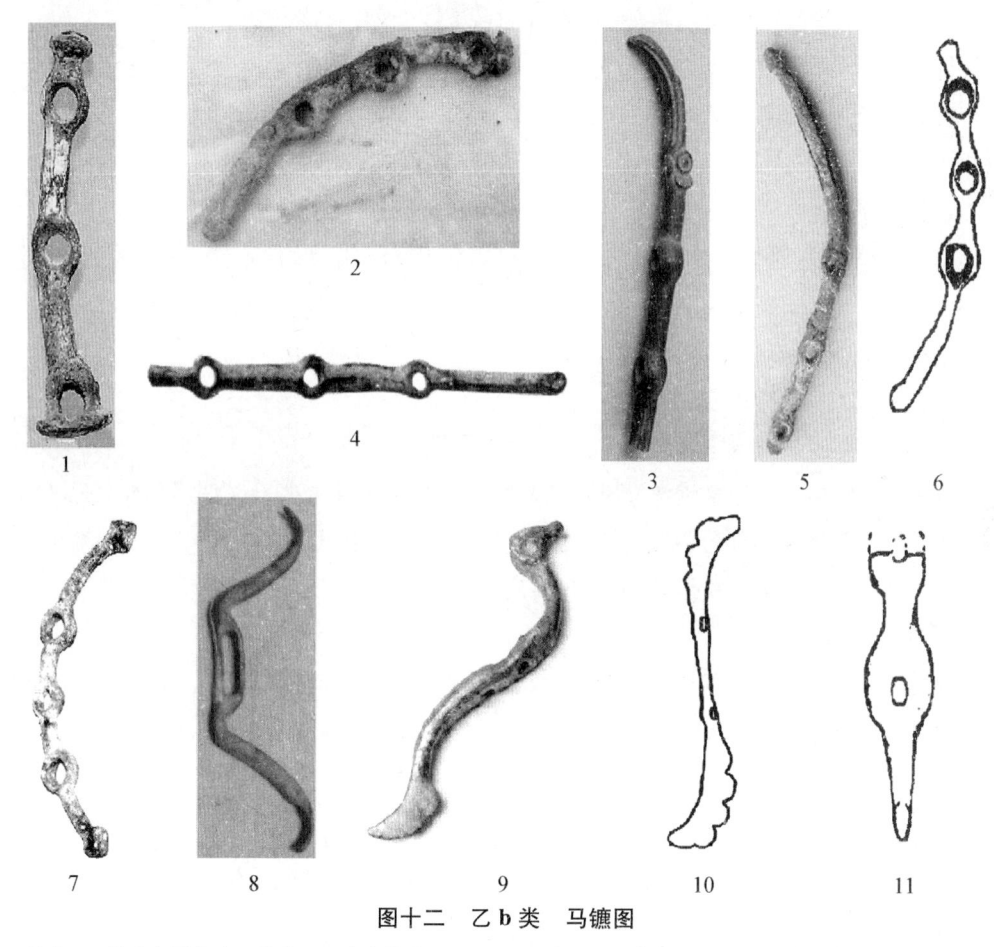

图十二　乙b类　马镳图

Ⅰ式：1. 莫呼查汗墓地　Ⅱ式：2. 流水墓地 M10∶7　3. 哈巴河县萨尔布拉克乡加朗阿什村采集　Ⅲ式：4. 温泉县查干格乡采集　5. 莫呼查汗墓地　6. 萨恩萨伊墓地 M14∶6　7. 铁木里克沟口墓地 M2　Ⅳ式：8. 木垒县东城乡采集　Ⅴ式：9. 木垒县博斯坦乡采集　10. 洋海墓地 87SAYC　11. 小东沟南口墓地

---

① 哈巴河县文管所藏。
② 博尔塔拉州博物馆馆藏。

标本三,萨恩萨伊墓地① M14∶6,长 8.6 厘米(图十二.6)。

标本四,铁木里克沟口墓地② M2,编号与尺寸不明(图十二.7)。

Ⅳ式:2 件,铜质,弓形,三孔,镳的上部与下部呈弯曲状,中部平直,上部与下部的镳孔为圆形,中部位置的镳孔呈长圆形。标本木垒县东城乡采集,③编号与尺寸不明(图十二.8)。

Ⅴ式:6 件,双孔。

标本一,木垒县博斯坦乡采集,编号不明(图十二.9)。

标本二,洋海墓地采集,④编号为 87SAYC,尺寸不明(图十二.10)。

标本三,小东沟南口墓地,编号不明,残长 7.9 厘米(图十二.11)。

### (三) 节约

出土节约的墓地有 8 个,采集品有 2 处。其中,铜质节约 18 件,骨质 8 件,共计 26 件。

依据节约底部的变化,可分为二式。

Ⅰ式:12 件,均为铜质,圜底。

标本一,莫呼查汗水库墓地,⑤编号与尺寸不明(图十三.1)。

标本二,察吾乎Ⅰ号墓地⑥ M245∶10,底径 2.1、上宽 1.7、厚 1.4 厘米(图十三.2)。

标本三,新源县康苏乡采集,⑦编号与尺寸不明(图十三.3)。

标本四,穷科克Ⅰ号墓地,⑧直径 3.5、高 1.8 厘米(图十三.4)。

Ⅱ式:11 件,方底。

标本一,察吾乎Ⅰ号墓地 M8∶8,长 2、宽 1.7 厘米(图十三.5)。

标本二,群巴克Ⅰ号墓地⑨ M17∶21,直径 3.2、高 1.8 厘米(图十三.6)。

---

① 新疆文物考古研究所:《乌鲁木齐市萨恩萨伊墓地发掘简报》,《新疆文物》2010 年第 2 期。
② 周小明:《新疆尼勒克县加里格斯哈音特和铁木里克沟墓地发掘成果简报》,《西域研究》2004 年第 2 期。
③ 昌吉州博物馆馆藏。
④ 新疆文物考古研究所、吐鲁番地区文物局:《吐鲁番考古新收获——鄯善县洋海墓地发掘简报》,《吐鲁番学研究》2004 年第 1 期。
⑤ 新疆文物考古研究所:《文物考古年报》,2011 年。
⑥ 新疆文物考古研究所:《新疆察吾乎——大型氏族墓地发掘报告》,东方出版社,1999 年。
⑦ 新源县文管所馆藏。
⑧ 新疆文物考古研究所:《尼勒克县穷科克Ⅰ号墓地考古发掘报告》,《新疆文物》2002 年第 3—4 期。
⑨ 中国社会科学院考古研究所新疆工作队:《新疆轮台县群巴克墓葬第二、三次发掘简报》,《考古》1991 年第 8 期。

图十三 节约分式图

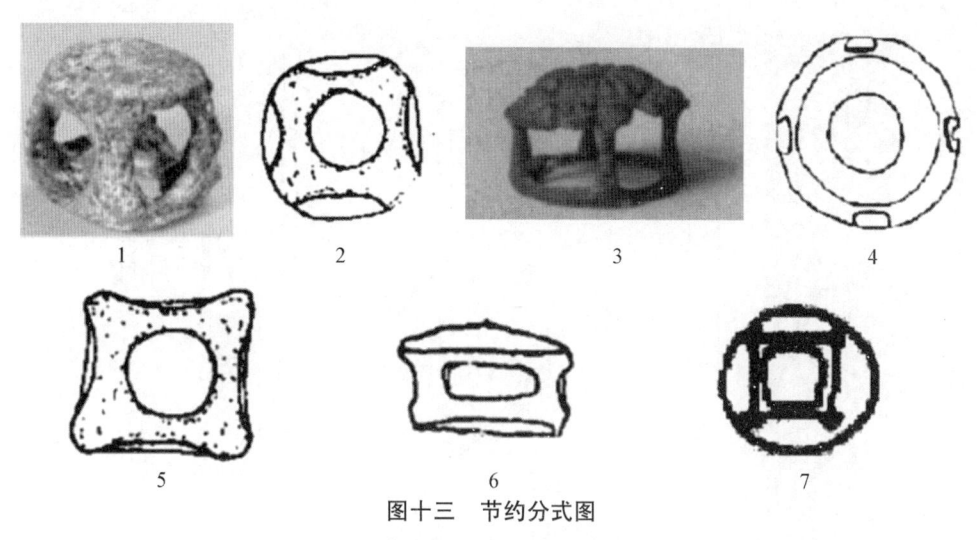

Ⅰ式：1. 莫呼查汗水库墓地　2. 察吾乎Ⅰ号墓地 M245∶10　3. 新源县康苏乡采集　4. 穷科克Ⅰ号墓地 M35∶2　Ⅱ式：5. 察吾乎Ⅰ号墓地 M8∶8　6. 群巴克Ⅰ号墓地 M17∶21　7. 黑沟梁墓地 M18∶19

标本三，黑沟梁墓地① M18∶19，尺寸不明（图十三.7）。

## （四）马鞭

出土马鞭的墓地有 4 个。所见均为木质，共计 55 件。这些马鞭大多出自鄯善洋海墓地。马鞭由木质鞭杆和皮质鞭绳两部分组成，依据鞭杆和鞭绳的结合部分，可分为四式。

Ⅰ式：21 件，上端刻槽，用以系鞭绳。

标本一，出自洋海Ⅰ号墓地② M21∶10，鞭杆长 30.4 厘米（图十四.1）。

标本二，出自哈密五堡墓地，③墓号不明，鞭杆长 44 厘米，鞭稍长 54 厘米（图十四.2）。

Ⅱ式：28 件，上、下两端均有刻槽，上端刻槽用来系鞭绳，下端刻槽用来系挂套手的皮环。标本如洋海Ⅰ号墓地④ M11∶18，鞭杆长 31.8 厘米，鞭稍长 50 厘米（图十四.3）。

Ⅲ式：2 件，无槽，鞭绳捆挷在鞭杆顶端。标本如洋海Ⅱ号墓地⑤ M138∶4，鞭杆长 26.7 厘米，鞭稍长 67 厘米（图十四.4）。

Ⅳ式：4 件，上端有穿孔 2，用于穿、扎鞭绳，下端穿孔或刻槽，用来系挂套手的皮环。

---

① 任萌：《从黑沟梁墓地、东黑沟遗址看西汉前期东天山地区匈奴文化》，西北大学硕士学位论文，2008 年。
② 吐鲁番学研究院、新疆文物考古研究所：《新疆鄯善洋海墓地发掘报告》，《考古学报》2011 年第 1 期。
③ 哈密博物馆馆藏。
④ 新疆文物考古研究所、吐鲁番地区文物局：《吐鲁番考古新收获——鄯善洋海墓地发掘简报》，《吐鲁番学研究》2004 年第 1 期。
⑤ 吐鲁番学研究院、新疆文物考古研究所：《新疆鄯善洋海墓地发掘报告》，《考古学报》2011 年第 1 期。

图十四　马鞭分式图

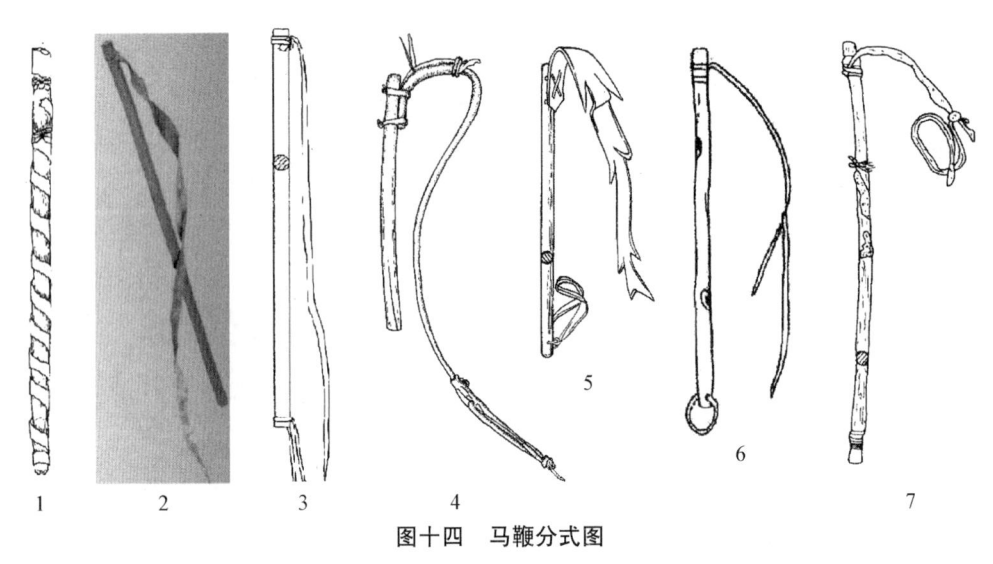

Ⅰ式：1. 洋海Ⅰ号墓地 M21：10　2. 五堡墓地　Ⅱ式：3. 洋海Ⅰ号墓地 M11：18　Ⅲ式：4. 洋海Ⅱ号墓地 M138：4　Ⅳ式：5. 洋海Ⅱ号墓地 M40：1　6. 苏贝希Ⅰ号墓地 M11：3　7. 扎滚鲁克Ⅰ号墓地 M90C：4

标本一，出自洋海Ⅱ号墓地①M40：1，鞭杆长30.2厘米，鞭稍长38.2厘米（图十四.5）。

标本二，苏贝希Ⅰ号墓地 M11：3，尺寸不明（图十四.6）。

标本三，扎滚鲁克Ⅰ号墓地 M90C：4，长48厘米（图十四.7）。

## （五）马鞍

出土马鞍的墓地仅有3个，共计出土6件，依其制作和形制的变化可分为四式。

Ⅰ式：1件，牛皮质地，外层用横、纵分布的小块皮革缝缀而成。附着于内层的整张皮革之上。标本如洋海Ⅱ号墓地 M127：11，长109.9、宽75.2厘米（图十五.1）。

Ⅱ式：4件，牛皮质地，缝制，分为形状相同的两扇，内填碎皮革和鹿毛，可以上下活动。鞍子边缘缀有皮条饰。标本如洋海Ⅱ号墓地 M205：20，长43.2、宽46厘米（图十五.2）。

Ⅲ式：1件，牛皮质地，鞍子用皮革缝制而成，分为形状相同的两扇，前后桥高跷。鞍子内填充鹿毛。鞍子下部毡鞍垫衬。标本如苏贝希Ⅰ号墓地②M10：8，尺寸不明（图十五.3）。

Ⅳ式：1件，鞍桥和鞍体均用木料制成。桥体呈弓形，两端窄、中间宽。下部钻有系

---

① 新疆文物考古研究所、吐鲁番地区文物局：《吐鲁番考古新收获——鄯善洋海墓地发掘简报》，《吐鲁番学研究》2004年第1期。

② 新疆文物考古研究所、吐鲁番地区博物馆：《新疆鄯善县苏贝希遗址及墓地》，《考古》2002年第6期。

**图十五 马鞍分式图**

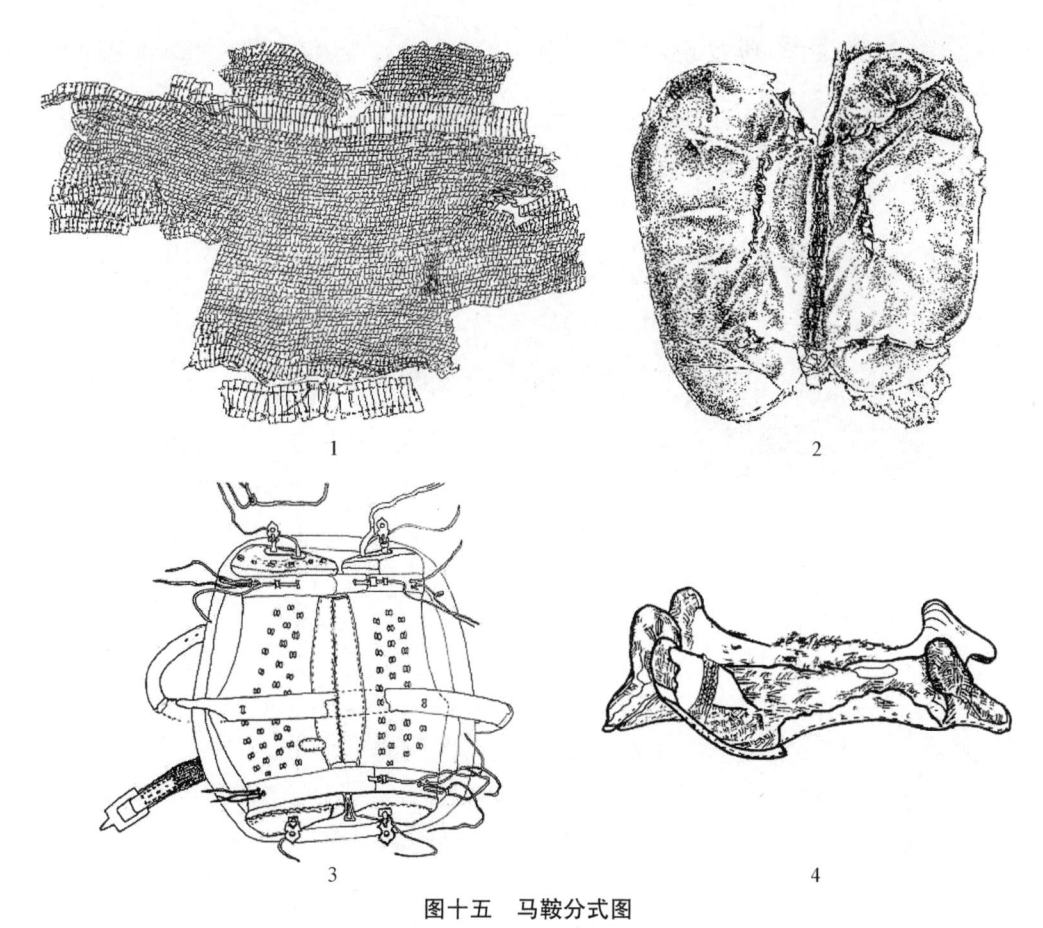

Ⅰ式：1. 洋海Ⅱ号墓地 M127∶11　Ⅱ式：2. 洋海Ⅱ号墓地 M205∶20　Ⅲ式：3. 苏贝希Ⅰ号墓地 M10∶8

孔。标本如山普拉墓地①84LS1K2∶2，马鞍长74、宽23—49、鞍桥高15厘米（图十五.4）。

## （六）辔头

出土辔头的墓地也仅有3个。所见均为皮质，共计31件。其中，29件出自鄯善洋海墓地。辔头的制作材料均为动物皮革。基本结构系由横、纵分布的条状皮革通过穿孔打结、皮扣或节约连接。根据辔头的连接部位可分为二式。

Ⅰ式：7件，在横、纵皮条之间穿孔，再打结。标本如哈密五堡墓地，②墓号不明（图十六.1）。

---

① 新疆维吾尔自治区博物馆、新疆文物考古研究所：《中国新疆山普拉》，新疆人民出版社，2001年。
② 哈密博物馆馆藏。

Ⅱ式：22件，在横、纵皮条之间用皮扣或节约连接。标本如鄯善洋海Ⅰ号墓地①M204：4(图十六.2)。

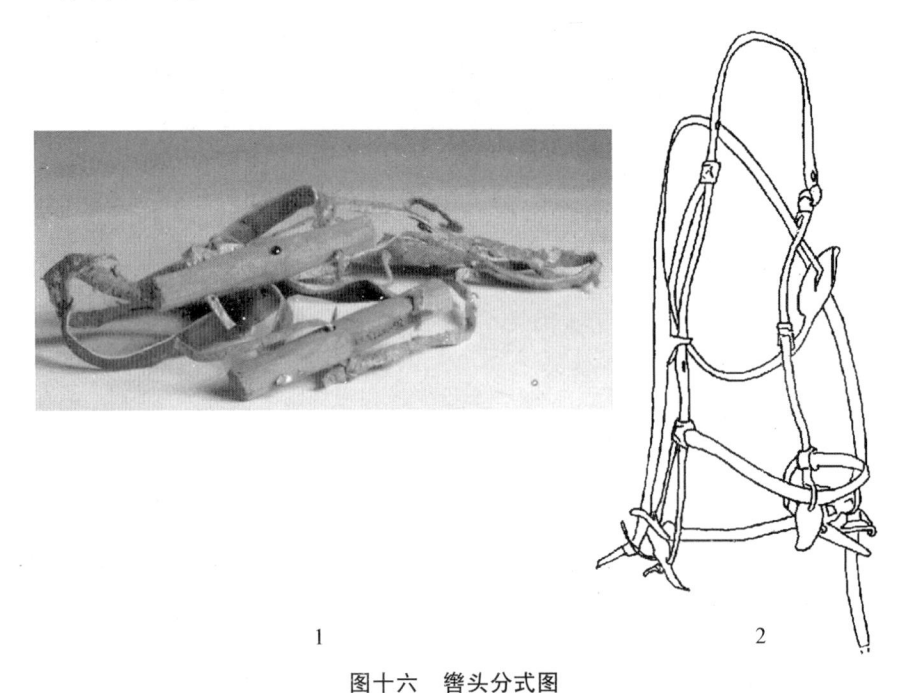

图十六　辔头分式图

Ⅰ式：1. 五堡墓地　　Ⅱ式：2. 洋海Ⅰ号墓地 M204：4

## 二、马具的区域特征

### (一) 东部天山

以巴里坤山和哈里克山为界，分南北两个区域。北部由巴里坤和伊吾谷地组成，巴里坤谷地势由东南向西北倾斜，发源于谷地两侧山麓的河流多汇集于谷地低洼处，形成泉水和湖泊，其北为巴里坤山，山前缓坡地带有大片的草原牧场和山地森林，是非常适宜牧业生产的Ⅰ、Ⅱ级宜牧地带，②围绕这些宜牧地带的周边，均发现有不同时期的古代遗存、遗迹，如东黑沟、兰州湾子、南湾、岳公台、黑沟梁等众多的居址、墓葬、岩画聚落遗址。伊吾谷地南高北低，西高东低，南部为高山区，中部为北天山及丘陵山区，由西向东倾斜形成起伏不平的波浪式谷地，沿河谷和绿洲地带分布有淖毛湖的卡尔桑、盐池的

---

① 吐鲁番学研究院、新疆文物考古研究所：《新疆鄯善洋海墓地发掘报告》，《考古学报》2011年第1期。
② 新疆维吾尔自治区农业区划委员会：《新疆土地资源》，新疆人民出版社，1989年4月，第195页。

阔拉、吐葫芦的拜其尔墓地等史前遗迹。

南部从西向东呈条带状依次分布有五堡、二堡、哈密绿洲、塔尔纳沁（沁城）等10余个较大的绿洲。这些绿洲的水源均来自巴里坤山和哈里克山南麓的高山融雪和溪流，部分河水出山口后渗入地下变为潜流，在绿洲低洼地带溢出成为泉水河。在这些泉水河流域往往分布有古代遗迹。如白杨沟河源头就位于巴里坤山南麓的四道沟，其上游有3条小支流，出山口后向西南流，潜入戈壁平原，在绿洲边缘出露后汇入东、西白杨沟河，在流经四堡、五堡以后注入水库。① 目前在白杨沟河流域已发现四堡拉甫乔克遗址、焉不拉克墓地、五堡墓地和艾斯克霞尔墓地等遗存。

## 考古学文化及其分期

在巴里坤山和哈里克山以南的哈密绿洲发现了本区年代最早的天山北路墓地。墓地位于哈密市火车站南侧、雅满苏矿和哈密林场办事处院内。该墓地的墓葬分为长方形竖穴土坑和竖穴土坯两种形制，葬式以侧身屈肢单人葬为主，陶器以平底双耳罐为特征，金属器主要为青铜工具和武器，包括短剑、刀、锛、镰、凿、锥等。碳十四数据表明[②]该墓地的年代为公元前19世纪至前15世纪之间。李水城认为天山北路墓地一期遗存可能存在来自新疆北部和南西伯利亚一带的文化因素。[③] 从墓地普遍随葬动物，尤其是羊骨[④]来看，天山北路墓地所属人群中有一定的畜牧经济成分。

公元前13世纪以后，本区考古文化的共性特征逐渐增多，如墓葬多为竖穴土坑二层台、土坯或石室，流行单人葬、多人合葬，葬式基本为屈肢葬。具有代表性的典型陶器有单耳罐、复耳罐等；典型铜器有镞、刀、斧等，铁器出现也比较早，本区具有上述考古学文化特征的遗存被称为焉不拉克文化。目前，学者对焉不拉克文化的分期还没有一致看法，[⑤]但从时间段上大致可分为三个阶段：早期为公元前13世纪左右，中期为公元前8世纪左右，晚期为公元前5世纪左右。属于该文化并经过发掘的墓地有：焉不拉克墓地、艾斯克霞尔墓地、五堡墓地、南湾墓地、寒气沟墓地、拜其尔墓地、上庙尔沟一号墓地、腐殖酸

---

① 高鹏：《哈密市四道沟流域水文特性》，《新疆水利》2010年第5期，第23页。
② 中国社会科学院考古研究所科技实验研究中心：《放射性碳素测定年代报告》（二三），《考古》1996年第7期，第70页。
③ 李水城：《从考古发现看公元前二千纪东西方文化的碰撞与交流》，《新疆文物》1999年第1期，第60—62页。
④ 墓地发掘主持人常喜恩相告，特以致谢。
⑤ 关于焉不拉克文化的具体分期参见，新疆维吾尔自治区文化厅文物处等：《哈密焉不拉克墓地发掘报告》，《考古学报》1989年第3期；陈戈：《略论焉不拉克文化》，《西域研究》1991年第1期；王博：《哈密焉不拉克墓葬的分期问题》，《新疆文物》1990年第3期；邵会秋：《新疆史前时期文化格局的演进及其与周邻地区文化的关系》，吉林大学博士学位论文，2007年。

厂墓地、沁城白山遗址、四堡拉甫乔克墓地、五堡哈拉墩遗址和脱呼齐村西墓地等。

## 出土马具的墓地

五堡墓地：

　　属于焉不拉克文化早期，位于哈密市五堡乡克孜尔确卡村西北附近的戈壁滩之上，墓地分布面积约1万平方米，墓葬呈密集状分布。1978年，考古人员在此探索性发掘墓葬20余座，墓室形制为竖穴土坑式，规模不大，长约2米、宽约1米，墓穴上盖有棺木；葬者肢体极为卷曲，这一现象为极度干燥的环境导致，形体保存相对较为完好，可见有浅色头发梳辫、身穿彩色毛布衣袍、外套有裘皮大衣等。随葬品有彩陶罐、木桶、铜刀，以及编织精细的毛织物。[①] 1986年、1991年，考古人员又先后在此发掘墓葬116座，并出土了大量生产工具、生活用具以及粮食作物，为了解当时农业生产发展水平提供了珍贵的实物资料。马具出现在五堡墓地，类型为甲b类B型Ⅰ式木马镳、Ⅰ式皮辔头、Ⅰ式木鞭。甲b类B型Ⅰ式的三孔马镳形制为两横孔一竖孔。此种形制的马镳在其他区域还未曾发现。

寒气沟墓地：

　　属于焉不拉克文化中期，位于哈密市天山区白石头乡，墓葬有长方形竖穴土坑墓和长方形竖穴石室墓。墓葬埋葬习俗盛行多个体男女合葬，葬式以屈肢葬为主，头向北。墓室内随葬羊、马的现象普遍存在。类型有甲b类B型Ⅱ式骨马镳、乙b类Ⅴ式铁马镳和乙b类铁马衔，其中乙b类Ⅴ式铁马镳仅在本区域出现，马镳呈扁方体，镳身中部有两孔，端部弯曲成直角凸起。

　　这一时期，巴里坤山和哈里克山南北的经济已形成了南农北牧的格局。如南部以焉不拉克、艾斯克霞尔、拉甫乔克墓地、哈拉墩遗址、腐殖酸厂墓地为代表的农业族群和北部及山前地带以寒气沟、寒气沟西口和小东沟南口墓地、拜其尔墓地为代表的游牧族群。

东黑沟墓地：

　　属于焉不拉克文化晚期，地处哈密市巴里坤县石人子村南，东天山北麓东黑沟山前台地之上。其与石筑高台、石围居址、岩画石块等遗迹错落分布在南北长约5千米、东西宽约3.5千米的山谷内及山前坡地之上。2005年7—9月，考古人员曾对所存遗迹进行了系统的调查，共发现有石筑高台3座、石围居址140座、岩画石块2 485块、墓葬遗址1 666座，[②]由此

---

[①] 王炳华：《新疆考古散记》，中华书局，2007年，第101—102页。
[②] 新疆文物考古研究所、西北大学文化遗产与考古学研究中心：《新疆巴里坤县东黑沟遗址2006—2007年发掘简报》，《考古》2009年第1期，第3页。

可见规模之大。墓葬地表均有较为明显的封堆标志,主要分为环形石堆、圆丘形石堆、圆锥形石堆三大类型。环形石堆墓共计518座,主要分布在东黑沟、直沟内以及河滩南部,直径大多为4—8米之间,亦有个别规模较大,直径8—11米不等;圆丘形石堆墓244座,分布在北部和河滩南部及中部,直径大致多在3—9米;圆锥形石堆墓共计902座,主要分布在东黑沟河滩北部地势相对较缓之地,部分地表已开垦为农田,封堆直径多在3—8米之间。

所见马具类型为乙b类B型Ⅱ式铁马衔、甲b类C型Ⅱ式骨马镳、Ⅱ式铜节约。有学者认为此期墓葬与匈奴文化有关,如墓中随葬砸碎的铜镜,这种"毁镜"习俗与北方地区、蒙古及俄罗斯外贝加尔地区的匈奴文化一致。同时,在黑沟梁Ⅰ号墓地所出铜镜有中原地区的羽状地纹镜,这与文献记载的匈奴到达天山地区的年代相一致。①

### (二) 中部天山

此区包括博格达山北麓的木垒、奇台、吉木萨尔、阜康、米泉,博格达山西南麓由南向北的达坂城、柴窝堡、乌鲁木齐的峡谷以及喀拉乌成山与博格达山之间的吐鲁番、鄯善、托克逊盆地。博格达山北麓地貌分异明显,海拔1 800—3 600米的中高山带草甸植被发育完善,分布有夏季高山牧场;600—1 800米低山、丘陵地带为草原、荒漠草原,分布有春秋季牧场;600米以下为高山融雪和降雨形成的河流冲积平原。达坂城、柴窝堡、乌鲁木齐峡谷地带的主要河流有乌鲁木齐河和白杨河。根据第三次文物普查资料,博格达山北麓600—3 000米地带,分布许多早期游牧文化遗存,遗存多发现于乌鲁木齐河、白杨河中上游和柴窝堡湖周边地带。② 喀拉乌成山与博格达山之间的吐鲁番、鄯善、托克逊盆地的水源主要来自北部的博格达山和南部的喀拉乌成山,在火焰山南北麓、喀拉乌成山的山间和山前地带分布有很多早期遗址,如墩买来、奇格曼古、苏贝希、胜金店、洋海、艾丁湖、喀格恰克、鱼儿沟、阿拉沟等墓地。

### 考古学文化及其分期

此区代表性的考古学文化是苏贝希文化。③ 据研究该文化被分为三期:④早期为公

---

① 张坤:《东天山地区第二类早期游牧文化墓葬研究》,西北大学硕士学位论文,2011年,第50页。
② 新疆维吾尔自治区文物局:《新疆古墓葬》,科学出版社,2011年,第57—72页。
③ 陈戈:《新疆史前时期又一考古学文化——苏贝希文化试析》,《苏秉琦与当代中国考古学》,科学出版社,2001年,第153—171页。
④ 关于苏贝希文化的具体分期参见韩建业:《新疆的青铜时代和早期铁器时代的文化》,文物出(转下页)

元前12—前8世纪;中期为公元前7—前4世纪;晚期为公元前3—前1世纪。经发掘的墓地和遗址有:苏贝希遗址、苏贝希Ⅰ、Ⅱ、Ⅲ号墓地、洋海Ⅰ、Ⅱ、Ⅲ号墓地、三个桥墓地、艾丁湖墓地、喀格拉克墓地、英亚依拉克墓地、阿拉沟墓地、交河故城沟北和沟西墓地、柴窝堡墓地、柴窝堡林场墓地、乌拉泊水库墓地、萨恩萨伊墓地、阜北农场基建队遗址、阜康三工乡墓地、大龙口墓地、奇台半截沟遗址、木垒四道沟遗址。从苏贝希文化不同时期墓地出土的随葬品看,既有与畜牧业经济相关的皮、毛、毡制品和各类马具,又有与农耕经济有关的青稞、小麦、黍子及葡萄[①]和石磨、木耜、三角形掘土器等生产工具。因此,本区在先秦时期的经济形态,总体是以牧为主、兼营农业的混合型经济。

出土马具的墓地

洋海墓地:

苏贝希文化早中晚三期代表性的墓地。位于天山东部的吐鲁番盆地火焰山山前戈壁台地上,墓葬主要分布在相对独立并毗邻的三块略高出周围地面的台地上,分别被编号为Ⅰ号、Ⅱ号、Ⅲ号墓地。2003年的发掘是由吕恩国主持,他在研究论文[②]中指出洋海墓地的墓葬可分成A、B、C、D四种类型,A型是椭圆形竖穴二层台墓,B型是长方形竖穴二层台墓,C型是长方形竖穴墓,D型是竖穴偏室墓。对于出土彩陶的特点,张铁男[③]根据被盗墓葬中出土的材料指出这些彩陶器型中的钵、单耳罐、豆以及纹饰的三角纹特点与吐鲁番盆地、哈密盆地内发现的先秦时期墓地出土的彩陶有着明显的相同性,另外在洋海墓地出土了许多在制作方法、类型上很有特点的马具,结合墓地出土的青铜兵器和带有动物纹的器物,可以推测洋海墓地所属的古代人群除了自身的地域特色之外,与周边地区也有着密切的关系。

洋海墓地共出土142件马具,其中主要包括衔、镳、鞭、辔头、鞍。衔的材质分为铜、角、木三种,镳有骨、角、木三种,鞭由木质的鞭杆和皮质的鞭绳两部分组成,辔头由皮革制成,鞍由牛皮革缝制而成。墓地出土的马具中镳占多数,即45%,仅次于镳的是辔头

---

(接上页)版社,2007年,第57—61页;刘学堂:《五世纪中叶以前吐鲁番地区考古、历史述论》,《交河故城保护与研究》,新疆人民出版社,1999年,第423页;郭物:《新疆史前晚期社会的考古学研究》,上海古籍出版社,2012年,第102页。

① 蒋洪恩、李肖等:《新疆吐鲁番洋海墓地出土的粮食作物及其古环境意义》,《古地理学报》第9卷5期,第557页。

② 吕恩国:《吐鲁番史前考古的新进展》,《吐鲁番学研究第二届吐鲁番学研究国际学术研讨会论文集》,第246页。

③ 张铁男:《鄯善县古墓被盗案中部分文物之介绍》,《新疆文物》1989年第4期,第41页。

和鞭,分别为18%、26%,鞍的数量较少。值得注意的是衔的数量和与之相配的镳的数量之间相差很大,这种现象也许与衔的材质有关,因为墓地中出现过角质和木制的马衔,这两种材质马衔由于马牙的长期咀嚼而很难保存,但是有些研究者①认为在金属马衔之前应该有皮制马衔存在(图十七)。

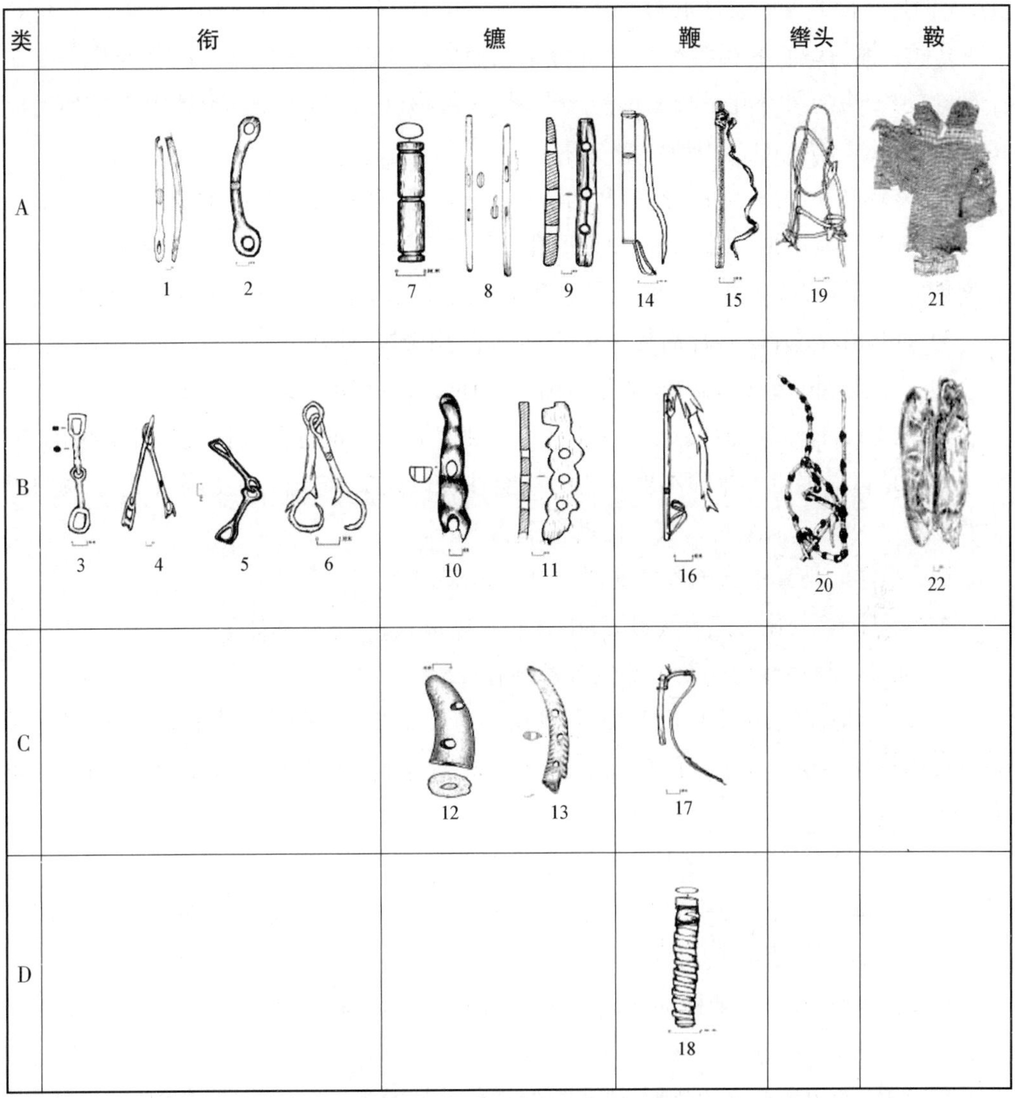

| 类 | 衔 | 镳 | 鞭 | 辔头 | 鞍 |
|---|---|---|---|---|---|
| A | 1　2 | 7　8　9 | 14　15 | 19 | 21 |
| B | 3　4　5　6 | 10　11 | 16 | 20 | 22 |
| C |  | 12　13 | 17 |  |  |
| D |  |  | 18 |  |  |

图十七　洋海出土马具的分类图

---

① 郭宝钧:《殷周车器研究》,文物出版社,1998年,第162页。

衔：马衔按材料和形制可以分为2类。

A类：角、木类，有角质和木质两种，角质的是将动物角磨制成型，两端钻出圆形的孔，木质的是用木头削刻、在两端钻出圆形的孔。特点是马衔只是由一个部分组成。目前这类马衔在新疆境内的早期墓地中仅发现于洋海墓地。这类马衔取材方便、制作简单，应该是马衔的一种原始形态。

B类：铜、铁类，这类马衔由两部分结合而成，中间以圆环相套。形制变化主要在于两端的外环，有外环孔呈长圆形的、外端呈马蹄形、由圆形孔和方形孔上下排列组成的、外环孔呈马镫形的、椭圆形大环4种。

1）外环孔长圆形，青铜制，中间两圆环相套咬合，两端环呈长圆形。

2）外端呈马蹄形，由圆形孔和方形孔上下排列组成，青铜制，这种形制的马衔在天山南麓的察吾乎墓地[①]早期和天山北部塔城地区额敏河流域早期墓葬中也有发现。

3）外环孔呈马镫形，青铜制，中间部分两环相套接，外环呈马镫形。

4）椭圆形外环，铁制，中间部分由两个小环套接，外端为较大的圆形环。

墓地出土的金属马衔仅6件，形制上与欧亚草原同一时期的马衔类似，因此可能来源于这些地区。但也不排除本地制造的可能性，因为在墓地出土了用来冶炼金属的坩埚和泥质鼓风管，[②]而墓主人很可能就是金属工匠。

镳：是洋海马具中出土最多的器物，可以分为3类。

A类：柱形，变化方式有无孔、2孔、3孔三种形式，具体变化如下：

1）无孔，呈柱状，两端及中部位置各刻有浅槽。

2）2孔，呈柱状，由木棍削制而成，两端各有2个孔，这种两孔的木质马镳，目前在新疆境内早期墓地中除了洋海墓地之外，在哈密盆地的五堡墓地也有发现，形制上与洋海墓地相同。

3）3孔，呈柱状，三孔分别钻于两端和中部。

A类马镳的材料来源主要是木材，出土量少并且只是做了简单的钻孔，没有任何装饰，应该是比较原始形态的马镳。

B类：动物头形，以某种动物的头形作为镳头的装饰，变化方式有2孔、3孔两种形式。

1）2孔，两边为连续的弧形，镳头类似某种动物的头形。材料来源主要是动物骨、

---

[①]《新疆察吾呼—大型氏族墓地发掘报告》，新疆文物考古研究所，东方出版社，1999年，第17页。
[②] 新疆文物考古研究所、吐鲁番地区文物局：《吐鲁番考古新收获——鄯善县洋海墓地发掘简报》，《吐鲁番学研究》2004年第1期，第40页。

角和木材。

2) 3孔,两边为连续的弧形,镳头修饰成鸟、猴、马的头形。材料来源主要是木材动物骨和角。

与B类马镳类似的有昆仑山北麓和田克里雅河上游的流水墓地。[①] 出土的青铜马镳的镳头都为动物头形。

C类:弧形,这类马镳基本上都有一定的弧度,材料选择上以动物角为主。变化方式有2孔、3孔两种形式:

1) 2孔,呈弧形,两端钻孔。

2) 3孔,呈弧形,镳面钻三个圆孔。

马鞭:

洋海出土的马鞭数量仅次于马镳,马鞭由鞭杆和鞭绳两部分组成,相对于鞭绳,鞭杆的变化很有特色。鞭杆的材料来源为木材中的杨树、胡杨和柳树,制作方法是在鞭杆的上端和下端,用刀子削出一圈凹槽,凹槽处用来绑鞭绳。根据鞭杆和鞭绳的结合方式可以分为四类。

A类:鞭杆削槽,系扣鞭绳。一种是上、下端削出槽,上端槽用来系鞭绳,下端槽用来系挂在手上的皮环。这种马鞭在察吾乎早期的墓葬中出现过。另外在位于塔里木盆地东南部的扎滚鲁克墓地中属于公元前7世纪的墓葬中也有发现。另外一种是上端削出槽、下端无槽,上端槽用来系鞭绳,下端平直。

B类:鞭杆穿孔,鞭绳穿孔系扣。上端穿孔,用于穿、扎鞭绳,鞭绳为牛皮裁制的分段箭头形长条带。下端穿孔,穿有牛皮绳扣。

C类:无槽、无孔,鞭绳加皮套捆挷于鞭杆。

D类:带装饰的鞭杆,一种是上端刻槽,鞭杆上缠绕铜片。另一种是上端刻槽,顶部削成圆形,鞭杆上用红彩绘有一道螺旋形线条。

辔头:

洋海墓地出土的辔头制作材料是动物皮革,基本结构由横、纵的条状皮革通过穿孔打结、皮扣或节约来连接。横向皮条是勒在马的鼻子上方与额头部位,纵向皮条在马口部位通过镳与衔,贴着马的双颊,越过双耳固定。根据辔头的连接方式可以分为两类。

A类:穿孔打结,将一条皮条穿孔,另一皮条穿过孔打结。这类辔头的制作较为简单实用,镳与衔也多是木质或角质材料,类似的辔头在五堡墓地和扎滚鲁克墓地也有

---

① 《新疆于田县流水青铜时代墓地》,《考古》2006年第7期,第36—37页。

出土。

B 类：皮条之间的连接用皮扣或铜节约连接。

鞍：

马鞍是骑马时的重要配具，最早的时候应该是没有马鞍的，后来出现了类似褥垫或坐垫的东西，随着对鞍垫的完善，逐步形成了障泥、鞯、靳、鞴、镫等其他组成部分。洋海墓地出土的马鞍按照制作方式可以分为两类。

A 类：制作材料来源于牛皮，外层有横、纵的小块皮革缝缀而成，附着在内层整张皮革上。这类马鞍的严格来说应该是作为鞍垫来使用的，也许它原本不是专门作为鞍来使用，对此有研究者[①]认为其前身可能是某种皮甲，破损后可能经过再加工后制作成了鞍垫。

B 类：由牛皮革缝制而成，分相同的两扇，内填碎革和鹿毛，可上下活动，鞍边缘缀有皮条。类似的马鞍在苏巴什墓地[②]也有发现。

苏贝希Ⅰ号墓地：

位于吐鲁番盆地火焰山腹地的吐峪沟河西岸，由遗址和Ⅰ、Ⅱ、Ⅲ号墓地组成。Ⅰ号墓地位于遗址北 600 米，西临山岗，东邻吐峪沟河。墓葬形制分为竖穴土坑和竖穴偏室两种。葬式有仰身直肢双人葬或多人合葬。陶器以素面陶居多，彩陶较少，器类主要有单耳罐、无耳罐、钵、勺、杯和单耳筒形杯等。铜器较少，铁器占优。共计发掘墓葬 13 座，出土马具墓 2 座，1 座竖穴偏室墓，1 座竖穴土坑墓。马具类型有乙 a 类 B 型Ⅲ式马衔、甲 b 类 B 型Ⅱ式马镳、Ⅲ式马鞍、Ⅳ式马鞭。

萨恩萨伊墓地：

与苏贝希文化有密切联系，墓地位于乌鲁木齐市南郊板房沟乡东白杨沟村三队萨恩萨伊沟口南侧二级台地及山坡上。共发掘墓葬 182 座，其中 21 座为无墓室墓，实际发掘墓葬 161 座，发掘者将墓葬分为早中晚三期，中期墓葬数量较多，计 63 座。中期墓葬地表均有封堆标志，按形制可分为石堆和石圈石堆两种。从发掘看，地位身份较高的埋在东部，其封堆、墓室规格相对较大，随葬品也较丰富，殉牲数量（马头、羊头、蹄骨）数量明显多于一般墓葬。一般墓葬规模较小，随葬品较少。墓室形制可以分为圆角长

---

① 吐鲁番学研究院编：《第三届吐鲁番学暨欧亚游牧民族的起源与迁徙国际学术研讨会论文集》，上海古籍出版社，2010 年，第 155 页。

② 《交河古城保护与研究》，新疆人民出版社，1999 年，第 372 页。

方形竖穴土坑、竖穴石室两种。一座封堆下只有一个墓室,墓向以西向为主。马具主要出于墓地中期的墓葬,中期墓的年代大致在公元前7世纪左右。[①] 有8座出有马具,其中7座为竖穴土坑墓、1座为竖穴石室墓,共计17件,包括马衔、马镳及马饰件。[②]

马衔,5件,分为三式。

Ⅰ式:1件相同两部分组成,中间两小环相套咬合,连杆成方形,衔端各有一马镫形环孔。

Ⅱ式:3件相同两部分组成,中间两小环相套咬合,连杆成圆形,衔端各有一马镫形环孔。

Ⅲ式:1件,相同两部分组成,中间两小环相套咬合,连杆圆形和扁长方形,两端各有一马镫形环孔。

马镳,3件,铸制,分为二式。

Ⅰ式:1件,微弯曲,三孔。

Ⅱ式:2件,骨质,弯月形,上钻3个圆孔。

节约,4件,圆柱状,中空,圆盖帽下四面对穿孔。

铜带环,2件,圆形,上有一方形穿,圆环背面有凹槽,其中一个圆环正面下方有一圆凸。

吉木萨尔大龙口墓地:

位于吉木萨尔县城以南约8公里的大龙口村,墓葬分布在大龙口村至村北长约1公里的范围内。墓葬地表封堆分为大、小两类。墓葬形制分为椭圆形竖穴土坑、石室和木椁三类。葬式有单人仰身直肢葬和二次葬两种。随葬品主要为陶器。器形为单耳罐和双耳罐。金属器较少,典型器有铜镞,分双翼镞和三棱镞两种。[③] 发掘墓葬10座,出土马具的墓1座,为竖穴石室墓,所出马具为内环呈圆形,外环形状大体呈马镫形的马衔。大龙口墓地尚无碳十四年代检测数据。发掘者通过对出有马具的10号墓所出铜镜和铜马衔与群巴克墓葬所出同类器对比,推测该墓地的时代为公元前6世纪左右。

---

① 新疆文物考古研究所:《乌鲁木齐市萨恩萨伊墓地发掘简报》,《新疆文物》2010年第2期,第24页。

② 同上。

③ 新疆文物考古研究所等:《吉木萨尔县大龙口古墓葬》,《新疆文物》1994年第4期,第1—11页;迟文杰:《吉木萨尔县大龙口大型石堆墓调查简记》,《新疆文物》1994年第3期,第36—37页。

呼图壁石门子墓地：

位于呼图壁县雀尔沟镇雀尔沟村东南约 15 公里约天山山谷之中,源于天山雪水的呼图壁河自南向北等越石门子。墓地所处的呼图壁河两岸,地势较为开阔平坦,牧草茂盛。这处墓地共分布墓葬 94 座,墓的形制和结构以竖穴土坑墓为主,还有石棺墓、石室墓和无墓室墓多种。从保存较好的墓葬看,葬式主要是仰身直肢,头西脚东,个别为侧身屈肢。出土马具的墓葬 1 座。出土马具 6 件。

马衔,2 件,分为二式。

Ⅰ式：1 件,整件套环相连,中间呈柱状,一端残损,另一端有菇形组纽。

Ⅱ式：1 件,十字花状,中心微鼓,中心外四部分,一端呈钩形,其他三处均有一环,并各与一"8"字形套环的一环相扣连,"8"字形套环的另一环亦扣连一环,此环连接一柱状铜条、另一端还有一环。

马镳,1 件,条柱形,两端有孔,中部为方形环。

节约 2 件,分为二式。

Ⅰ式：1 件,十字花形,一端呈圆角方形,其他三处各有一环,并与一环相扣连,此环连接一柱状铜条,另一端为蘑菇形纽。

Ⅱ式：1 件,十字花形、中心外四部分各有一环、并各与一"8"字形套环的一环相扣连。其中一个"8"字形套环外还扣连一环,此环连接一柱状铜条,另一端残损。

### （三）天山南麓山前

此区包括天山南麓山前地带与焉耆、库尔勒、轮台绿洲北部边缘地带。此区地势北部和西部高,东部和南部低。地貌特征为天山山地,山间分布有大小尤尔都斯盆地、焉耆、库尔勒、轮台等倾斜冲积平原。山间盆地和谷地有优质草场资源[①],如尤勒都斯山间盆地的巴音布鲁克草原等。本区主要河流为发源于北部和西部伊连哈比尔尕、那拉提、科克铁克等山脉的开都河,其上游穿越天山山地的大、小尤勒都斯盆地,中游为高山峡谷,下游进入山前平原,注入博斯腾湖。本区发现的古遗址大多分布在开都河的中下游,包括小山口水库墓地、察汗乌苏墓地、察吾呼墓地、哈布其罕墓地、莫呼查汗墓地、拜勒其尔墓地、巴仑台墓地、冷库墓地等。另外,在库尔勒、轮台绿洲北部边缘分布有上户乡墓地、群巴克墓地等。

---

① 新疆维吾尔自治区农业区划委员会：《新疆土地资源》,新疆人民出版社,1989 年 4 月,第 208 页。

## 考古学文化及其分期

本区目前发现最早的遗存是位于焉耆北部的新塔拉类遗址,年代在公元前15—前10世纪左右。从公元前10世纪开始,本区始形成以马镫形石围、竖穴石室墓和带流陶器为突出特征的地域考古学文化,即察吾乎文化。该文化大致分为三期[①],早期的年代为公元前10—前8世纪,中期的年代为公元前7—前6世纪,晚期的年代为公元前5—前4世纪。本区经过发掘的墓地有:察吾乎Ⅰ、Ⅱ、Ⅲ、Ⅳ、Ⅴ号墓地、哈布其罕Ⅰ、Ⅱ号墓地、拜勒其尔墓地、莫呼查汗墓地、巴仑台墓地、小山口水库墓地、冷库墓地、群巴克Ⅰ、Ⅱ号墓地、上户乡墓地、克孜尔吐尔墓地等。察吾乎文化的经济形态分为两种,分布在山前地带的墓地所属族群以游牧经济为主,根据是普遍随葬有与畜牧业相关的刀、锥、砺石等工具,以及随葬牛、马、羊家畜;分布在绿洲边缘地带的墓地所属族群则经营农业并兼营畜牧业,属于混合型经济。证据是出土有小麦等农作物,以及发现有农业工具类的镰刀等。此外,后者也出土有与畜牧业相关的刀、锥、砺石等工具,并随葬有牛、马、羊等家畜。

## 出土马具的墓地

莫呼查汗墓地:

属于察吾乎文化早中期阶段,墓地位于和静县县城西北直线距离58 000米的莫呼查汗乌孙沟内,墓地因此而得名。Ⅰ号墓地和Ⅱ号墓地的南部,依据南北两区墓葬的地表形制和墓室营造的方法,墓葬可以分为两期。

一期墓葬主要集中分布在南区Ⅰ号墓地,墓葬的地表形制主要以圆形石围、椭圆形石围和熨斗形石围墓葬为主。墓葬墓室的构筑形制大部分为墓室较深的竖穴石室,少量的是石室暴露于地表的圆形石室墓。葬式、葬俗以单人葬为主,以及部分的双人同性、异性合葬。葬俗以侧身屈肢葬、仰身屈肢葬、俯身屈肢葬为主,个别的双人合葬墓中见推挤葬的现象,即为了将后面去世的亡者埋入墓室,将最先埋入的亡者推挤到墓室的一侧。

---

① 关于察吾乎文化的具体分期参见:新疆文物考古研究所:《新疆察吾乎——大型氏族墓地发掘报告》,东方出版社,1999年;陈戈:《察吾乎沟口文化的类型划分和分期问题》,《考古与文物》2001年5期;郭物:《新疆史前晚期社会的考古学研究》,上海古籍出版社,2012年3月;邵会秋:《新疆史前时期文化格局的演进及其与周邻地区文化的关系》,吉林大学博士学位论文,2007年;韩建业:《新疆的青铜时代和早期铁器时代的文化》,文物出版社,2007年。

再者一期祭祀坑的现象也少,均是在墓室石室东西两侧发现有祭祀的马头、羊头和质地为铜、骨质的马衔、马镳、节约等现象。

二期墓葬均分布在北区Ⅱ号墓地,墓葬地表形制主要以马镫形石围、熨斗形石围墓葬为主,石围东西向排列有序。墓室均为墓穴较深的竖穴土坑石室,马镫形石围南端的石圈为祭祀坑,祭祀坑内均葬有1—3个马头及铜、骨质的马衔、马镳、节约等马具。葬式、葬俗主要还是以单人葬为主,有少量的双人葬。葬式有侧身屈肢葬、仰身屈肢葬、俯身屈肢葬等。这种地表为马镫形石围的形制,在南区一期墓葬地表不见。在二期墓葬中出现了多人葬和多人二次葬的现象,多人葬和多人二次葬的墓室用砾石围砌,一般较浅且大多呈圆形。多人葬的墓葬从人骨叠压摆放的现象观察,是按时间先后逐个埋葬的。

马具主要出土于青铜时代的墓葬,出土马具60件(图十八)。

马衔,7件。

Ⅰ式:5件,带孔为马镫形;Ⅱ式:2件,带孔为双孔。

马镳,4件,铸制,弓形,一端如伞状,另一端如蘑菇状,中如柱状,两端及中部个各有一孔。有铜质和骨质两种,均为三孔。

带扣,2件,圆形。

节约,7件。

Ⅰ式:小方面,大方底,上下面各一孔,四立柱面各有一不规则圆孔。

Ⅱ式:面圆凸起,带不规则圆孔,平底,立面各有一不规则圆孔。

Ⅲ式:小方面,大方底,上下面各有一不规则圆孔,四立柱面各有一不规则圆孔。

马饰件,40件,有方形铜铐饰、半圆形铜铐饰、拱形铜铐饰、铜带环等。对于该墓地的年代,发掘者根据墓葬形制和随葬品认为与察吾乎一期墓葬时代接近或更早。而后者的年代大致为公元前11—前8世纪。①

察吾呼墓地:

位于和静县的哈尔莫墩乡北部纵穿天山谷地的沟谷台地上。1983年新疆维吾尔自治区文物考古研究所的考古工作者在和静县进行考古调查期间,发现了后来编为Ⅰ、Ⅱ、Ⅲ号的墓地。1986年新疆维吾尔自治区文物考古研究所在进行Ⅰ号墓地发掘的同时又相继调查发现了Ⅳ、Ⅴ号墓地。

---

① 陈戈:《察吾乎沟口文化的类型划分和分期问题》,《考古与文物》2001年第5期,第34页。

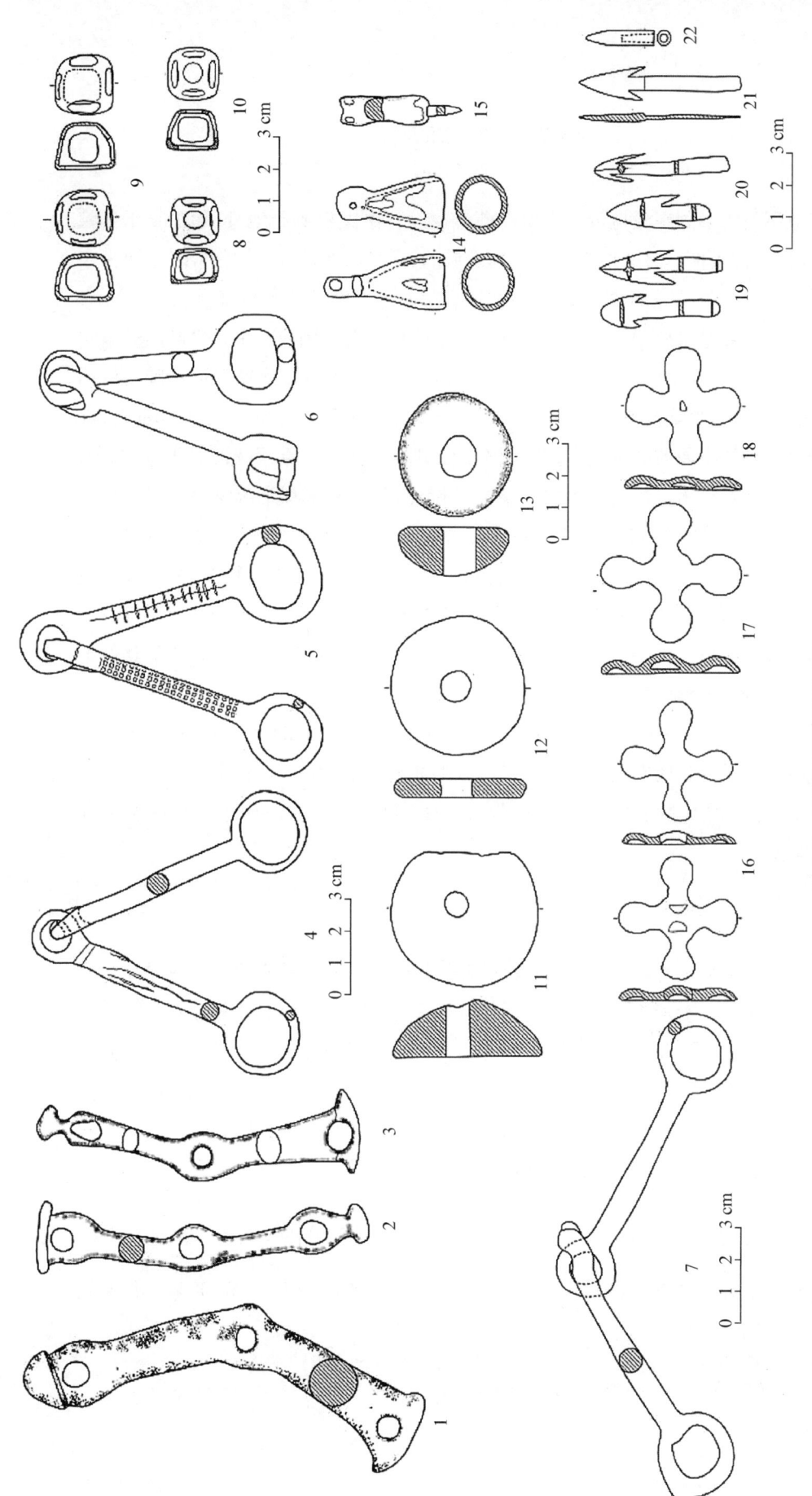

图十八 莫呼查汗墓地出土物

1. M46:2 骨马镳  2. M46:5 铜马镳  3. M54:6 铜马镳  4. M46:3 铜马衔  5. M54:1 铜马衔  6. M54:3 铜马衔  7. M54:5 铜马衔  8. M46:4 铜节约  9. M54:4 铜节约  10. M76:1 铜节约
11. M109:2 骨纺轮  12. M150:8 骨纺轮  13. ⅡM15:3 骨纺轮  14. M150:4-5 铜铃铛  15. ⅡM69:11 骨柄铜锥  16. M26:3 十字形铜饰  17. M128:4 十字形铜饰  18. M128:5 十字形铜饰
19. M148:3 铜箭镞  20. ⅡM54:2 铜箭镞  21. ⅡM48:4 骨箭镞  22. M54:3 骨箭镞

从墓地所属沟谷到绿洲地带是天山南麓普遍发育的戈壁砾石地带,除少量干旱植物外,无任何种植条件。整个地势呈现北高南低的倾斜状,并被分别切割成若干块大小台地。

Ⅰ、Ⅳ、Ⅴ及Ⅱ号墓地中的部分共同特征即墓葬地表有石围或石堆、土堆标志;墓室用卵石砌成石室,竖穴土坑,或竖穴土坯墓室;墓室口部封盖石板或短门道。殉马坑内埋一个或数个马头;早期流行单人一次葬,此后合葬墓出现并流行。一、二次葬都有,葬式以仰身直肢和侧身屈肢葬为主;随葬品种类有陶器、铜器、骨器、石器、木器、铁器等,其中陶器出土数量最多。最具特色的是单耳带流器,陶器有单耳带流杯、单耳带流罐、单耳罐、单耳勺杯、釜、壶。随葬品多放置在死者的头前,常见器物组合形式及放置情况是大陶罐居中,单耳带流陶杯、木盆、勺杯、铜刀、羊肋骨围置;彩陶比较发达,多饰红色陶衣,暗红色或黑色图案,纹样以棋盘格、网格、菱形格、三角、云纹等直线几何形构成不同的通体彩或局部彩。以单耳带流陶器为代表的器物组合和彩陶装饰不同于其他地域,具有明显的本地特征。

一期出土马具墓有6座,包括甲b类A型Ⅰ式马镳和Ⅰ式节约。出土马具的墓有6座,类型有乙a类Ab型Ⅰ式马衔、乙a类Ab型Ⅱ式马衔、甲b类A型Ⅱ式、B型Ⅰ式和C型Ⅰ式、乙a类B型Ⅰ式马镳、Ⅱ式节约。察吾呼二、三期墓的年代大致为公元前8—前6世纪。[①]

拜勒其尔墓地:

位于和静县城西南拜勒其尔村、开都河南岸戈壁上。墓葬呈西北—东南向片状分布,现存墓50余座。葬地表面有石堆标志,石围呈椭圆形或圆形。墓葬形制分竖穴土坑、竖穴土坯两种。葬式以仰身屈肢为主,多合葬墓。随葬品以陶器、铜器为主,陶器流行单耳带流器,素面为主,彩陶不多。铜器的铜刀数量较多,有直背、短柄、宽身和长柄、弧背、窄身两类。此外还有长铤、三翼铜镞。[②] 发掘墓葬8座,出马具的墓1座,为竖穴土坯二层台墓,马具类型为甲b类B型Ⅰ式马镳。

群巴克Ⅰ号墓地:

位于轮台县西北的群巴克乡境内,包括三处墓地,分别编号为Ⅰ、Ⅱ、Ⅲ号。每座墓

---

[①] 中国社会科学院考古研究所:《中国考古学中碳十四数据集(1965—1991)》,文物出版社,1991年。
[②] 新疆文物考古研究所等:《和静县拜勒其尔石围墓发掘简报新疆文物》1999年第3—4期,第30—54页。

地有墓葬十余座或四五十座不等。Ⅰ号墓地已发掘的墓分为竖穴土坑墓、带短浅墓道竖穴土坑墓和地面起建墓室三种形制。葬式以仰身屈肢为主。彩陶数量较多,以单耳带流罐为主,铜器有啄戈、弓形饰等。① Ⅰ号墓地共发掘墓葬43座,出土马具的墓3座,1座为带短浅墓道的竖穴土坑墓,2座为竖穴土坑墓。马具类型有乙a类Aa型Ⅱ式和Ab型Ⅰ式马衔、甲b类C型Ⅰ式马镳、Ⅱ式节约。韩建业②根据各墓发表陶器特征,将该墓地分为早晚两个阶段。Ⅰ号墓地的多数墓属于早段,碳十四数据显示其年代在公元前8—前6世纪之间。

## (四) 昆仑山北麓

本区包括昆仑山山脉及支脉阿尔金山北麓的倾斜平原、河谷平原、沙漠等地理区域。本区的主要河流有:克里雅河、尼雅河、车尔臣河等。克里雅河源头的冰雪融水分别补给了普鲁河和喀什塔什河,在纵向的山间盆地中形成一些高山湖泊,湖盆周边为优良的高山牧场。③ 如流水墓地就位于喀什塔什河东侧台地上。从普鲁经山前洪积扇到于田绿洲属于中游;自于田绿洲以下到大河沿以北的沙漠地带属于下游。

根据考古调查资料,本区的早期遗址多分布在克里雅河中下游,如喀拉墩、圆沙遗址和墓地等。④ 车尔臣河南起昆仑山和阿尔金山山脉,向北深入到塔克拉玛干大沙漠,西临且末县的喀拉米兰河,东北部在若羌境内与塔里木河流域连接,最终注入台特马湖。⑤ 车尔臣河流域的早期遗存包括扎滚鲁克Ⅰ号墓地、扎滚鲁克Ⅱ号墓地、加瓦艾日克墓地等。

### 考古学文化及其分期

截至目前,本区发现年代最早的遗址是流水墓地。该墓地与扎滚鲁克墓地之间似乎存在一定程度的继承关系,如陶器中折肩(腹)圜底钵较为类似。⑥ 此外,流水墓地的碳十四检测数据虽然表明该墓地的年代在公元前10—前7世纪,但根据随葬品,尤其是马具的形制看,可能存在早晚的时间差异。克里雅河中下游发现的圆沙古城、圆沙墓

---

① 中国社会科学院考古研究所等:《新疆轮台群巴克古墓葬第一次发掘简报》,《考古》1987年7期;《新疆轮台县群巴克墓葬第二、三次发掘简报》,《考古》1991年8期。
② 韩建业:《新疆青铜时代——早期铁器时代文化的分期和谱系》,《新疆文物》2005年第3期,第57—99页。
③ 杨逸畴:《克里雅河地貌的形成与演化》,《干旱区地理》第13卷第1期,第39页。
④ 中法克里雅河考古队:《新疆克里雅河流域考古调查概述》,《考古》1998年第12期,第29页。
⑤ 阿依努尔买买提、瓦哈甫哈力克等:《车尔臣河流域气候变化及其对河流径流量的影响》,《新疆农业科学》2010年第5期,47卷,第998页。
⑥ 中国社会科学院考古研究所新疆队:《新疆于田县流水青铜时代墓地》,《考古》2006年第7期,第37页。

地中早期墓葬的主要葬式都是仰身屈肢,随葬褐色或黑色陶罐,特点是侈口、束颈、折肩、斜腹。① 其特征与车尔臣河流域的扎滚鲁克Ⅰ号墓地、扎滚鲁克Ⅱ号墓地、加瓦艾日克墓地基本一致,表现出较多的共同地域特色。故有研究者将其称为扎滚鲁克文化。② 扎滚鲁克文化大致可分为早、中、晚三期:早期年代为公元前 8—前 7 世纪;中期年代为公元前 6—前 3 世纪;晚期年代为公元前 2 世纪以后。流水墓地所处位置与墓地所出随葬品反映这批人主要从事游牧业经济。扎滚鲁克墓地位于绿洲,周围是由胡杨、灰杨及林下灌草组成的草地植被,③非常适宜畜牧业生产。结合墓地所出随葬品看,其经济形态应为农牧业兼营的方式。

## 出土马具的墓地

流水墓地:

位于和田地区于田县阿羌乡昆仑山深处的流水村附近,地处克里雅河上游与流水河交汇处的阿克布拉克台地上。根据地表堆积可分为石堆墓和石围墓两类。墓室均为竖穴土坑,平面多呈椭圆形或圆角长方形。以多人合葬为主,人骨多以二次葬的形式分层下葬,多为仰身屈肢。随葬品主要有铜器、陶器、石器;陶器以夹砂红陶圜底罐为主,器类组合包括罐、钵、杯、盆等。器表纹饰主要为戳刺或刻划纹。铜器有环首刀和直首刀、带耳管銎斧等。④ 共发掘墓葬 52 座,出土马具的墓 5 座,类型器有乙 a 类 B 型 Ⅱ 式马衔、甲 b 类 C 型 Ⅰ 式和乙 b 类 Ⅱ 式马镳。林梅村⑤根据该墓地出土铜马衔的形制推测该墓地的年代为公元前 5 世纪。但据碳十四检测数据⑥看,该墓地的年代应在公元前 9—前 7 世纪之间。

扎滚鲁克墓地:

墓地位于昆仑山北麓,车尔臣河西岸的绿洲边缘,分布大小不同的五处古墓群,分别编号为Ⅰ、Ⅱ、Ⅲ、Ⅳ、Ⅴ号墓地。主要发掘了Ⅰ号墓地,共发掘墓葬 102 座。发掘者根据墓葬形制与随葬品特点将墓地分为早、中、晚三期。⑦

---

① 中法克里雅河考古队:《新疆克里雅河流域考古调查概述》,《考古》1998 年第 12 期,第 34 页。
② 邵会秋:《新疆扎滚鲁克文化初论》,《边疆考古研究》2008 年第 7 辑。
③ 张立运:《塔里木盆地诸大河沿岸的天然草地及其人为活动的影响》,《干旱区资源与环境》第 4 卷第 1 期,第 70 页。
④ 中国社会科学院考古研究所新疆队:《新疆于田县流水青铜时代墓地》,《考古》2006 年第 7 期,第 31—38 页。
⑤ 林梅村:《丝绸之路考古十五讲》,北京大学出版社,2006 年,第 188 页。
⑥ 中国社会科学院考古研究所:《中国考古学中碳十四数据集(1965—1991)》,文物出版社,1991 年。
⑦ 新疆维吾尔自治区博物馆等:《新疆且末扎滚鲁克一号墓地发掘报告》,《考古学报》2003 年第 1 期,第 89—136 页。

二期墓葬形制主要为长方形竖穴土坑、长方形竖穴土坑棚架、单墓道长方形竖穴棚架三种。葬式有单人葬、合葬等,以仰身屈肢葬为主。随葬品以木器和陶器为主。陶器较有特点的器物是折肩钵,形制上分深腹和浅腹两种。金属器中铜器较少,主要为刀和装饰品。铁器数量较多,以刀为主。出土马具的墓有3座,分别出于1座长方形竖穴土坑棚架二层台墓、1座长方形竖穴土坑墓、1座单墓道长方形竖穴棚架墓,器类有乙a类B型Ⅲ式马衔、甲b类B型Ⅱ式马镳和Ⅳ式马鞭。根据二期墓葬的碳十四检测数据看,其年代大致在公元前6—前3世纪前后。①

山普拉墓地:

位于昆仑山山前地带洛浦县西南14公里的戈壁台地上。墓地分布范围很广,东西绵延达6公里余,南北宽达1公里,总面积6平方公里。发掘者依据发掘先后和发掘位置,将墓地由东向西编为Ⅰ号、Ⅱ号和Ⅲ号墓地。墓葬形制分为刀把形竖穴土坑墓、长方形竖穴土坑墓两种。葬式以单人仰身直肢葬为主。②

早期墓葬形制多为刀把形竖穴土坑墓,葬具以尸床、原木棺、半原木棺为主,陶器皆为手制,以黑陶为主。马具出自刀把形竖穴土坑大墓(M01号)一侧的2座殉马坑内。马具类型有Ⅳ式马鞍和马配饰。早期墓的碳十四检测数据表明墓葬年代在公元前1—2世纪前后。③

## (五) 天山西段

本区位于北天山与南天山之间,地理范围包括尼勒克谷地、巩乃斯谷地、伊犁谷地和昭苏盆地。本区的主要河流为伊犁河。伊犁河由三条大的支流——特克斯河、巩乃斯河和喀什河汇集而成。南侧支流特克斯河为主流,发源于天山西段的汗腾格里峰北坡,流经特克斯谷地后与中间的支流——发源于那拉提山、流经巩乃斯谷地的巩乃斯河在卡甫其海以下汇合而称伊犁河。北侧支流喀什河源于依连哈比尔尕山,流经尼勒克谷地后、在雅马渡汇入伊犁河。至此进入宽广的伊犁河谷平原,在接纳霍尔果斯河之后流向哈萨克斯坦共和国,注入巴尔喀什湖。④ 伊犁河流域自然地理条件优越,气候温和

---

① 新疆维吾尔自治区博物馆等:《新疆且末扎滚鲁克一号墓地发掘报告》,《考古学报》2003年第1期,第132页。
② 新疆维吾尔自治区博物馆、新疆文物考古研究所:《中国新疆山普拉》,新疆人民出版社,2001年,第30页。
③ 新疆维吾尔自治区博物馆、新疆文物考古研究所:《中国新疆山普拉》,第45页。
④ 新疆维吾尔自治区农业区划委员会:《新疆土地资源》,新疆人民出版社,1989年,第158页。

湿润,植被繁茂,可利用的草场集中在尼勒克县、昭苏县、新源县、特克斯县一带的山间盆地和丘陵区域。①

现有的文物普查资料显示,②早期遗存大多分布在伊犁河流域的山前地带和河谷两岸,如新源县巩乃斯种羊场墓地、七十一团一连渔场遗址、铁木里克墓地、黑山头墓地、勒克哈拉图拜墓地,特克斯牧场墓葬、昭苏县喀拉苏墓葬、夏台墓葬、波马墓葬、萨尔霍布墓葬、种马厂墓葬、察布查尔县的索墩布拉克墓地、琼博拉墓地,以及霍城县的大西沟墓地等。

## 考古学文化及其分期

本区以公元前9世纪为界,可分为两个不同的历史文化阶段。公元前9世纪之前的墓葬,葬式均流行侧身屈肢,头向朝西或朝西南。随葬组合为大口圆腹小底罐和直壁微鼓腹缸形器。器类比较单一,具有典型的安德罗诺沃文化特征。公元前9—前1世纪,本区形成了以土石结构封堆为特征的墓地,墓葬形制为竖穴土坑、竖穴偏室、竖穴石棺墓,流行仰身直肢葬,随葬陶器多带红衣,彩陶较多,器类包括单耳杯、无耳壶(罐)、无耳钵等,形成具有同一区域特色的考古学文化,即被称为伊犁河流域文化③或索墩布拉克文化。④ 伊犁河流域文化大致可分为早晚两期。⑤ 早期的年代在公元前9—前5世纪,晚期的年代在公元前5—前1世纪。

## 出土马具的墓地

铁木里克沟口墓地:

位于尼勒克县喀什河南岸,铁木里克沟口山前台地上。墓葬大体呈南北链状排列,地表有石圈或石环封堆作标志。墓室为竖穴石室和竖穴偏室两种结构。葬具有木棺和木床两种。多为单人一次仰身直肢葬。随葬品有陶器、木器、铁器、铜器等。彩陶较少,

---

① 孙慧兰、陈亚宁等:《新疆伊犁河流域草地类型特征及其生态服务价值研究》,《中国沙漠》第31卷第5期,第1275页。
② 新疆维吾尔自治区文物局:《新疆古墓葬》,科学出版社,2011年,第159—201页。
③ 陈戈:《新疆伊犁河流域文化初论》,《欧亚学刊》第二辑,中华书局,2000年,第1—35页。
④ 郭物:《新疆天山地区公元前一千纪的考古学文化研究》,中国社会科学院研究生院博士学位论文,2005年,第77—90页。
⑤ 关于伊犁河流域文化的分期参见陈戈:《新疆伊犁河流域文化初论》,《欧亚学刊》第二辑,中华书局;邵会秋:《新疆史前时期文化格局的演进及其与周邻地区文化的关系》,吉林大学博士学位论文,2007年;韩建业:《新疆的青铜时代和早期铁器时代的文化》,文物出版社,2007年;刘学堂:《伊犁河上游史前考古新发现及其初步研究》,《新疆文物》2011年第1期。

器类组合有壶、钵、杯等。①

墓地东部有一座大型封堆建筑,现存直径 35 米,高 2 米余。封堆外侧有圆形石环和向外伸出的四条大体对称的石条带。封堆下面发现一具马骨架,在其口部位置出土一副青铜马衔和马镳。马衔为乙 a 类 Ab 型Ⅲ式,马镳为乙 b 类Ⅱ式。该墓地的发掘资料尚未发表,因此不清楚墓地与封堆建筑间是否存在关联。封堆建筑下面所出的马镳与萨恩萨伊中期墓出土的马镳形制类似,其年代很可能比较接近,即公元前 7 世纪前后。

穷科克Ⅰ号墓地:

位于尼勒克县喀什河南岸的台地上,沿河东西向分布。位于一级台地的为Ⅰ号墓地,位于二级台地的为Ⅱ号墓地。Ⅰ号墓地发现祭坛 2 处。墓地表面大多有封堆标志,封堆下的墓室分为多室墓和单室墓两类。多室墓是指一个封堆下有 2—3 个、甚至 4 个墓室。墓葬形制分竖穴石棺墓、竖穴土坑墓和竖穴偏室墓三种。葬式主要为单人仰身直肢。随葬品有陶器、铁器、铜器等。陶器中彩陶为数不多,多为夹砂素面红陶,器类主要为罐和钵。罐类器为直口、鼓腹、圜底,无耳。钵为直口、大圜底。② 金属器中铁器数量较多,铜器仅发现 1 件。在发掘的 55 座墓葬中,出有马具的墓 4 座,分别出自 2 座竖穴偏室二层台墓、1 座竖穴土坑墓、1 座竖穴石棺墓。所见马具类型单一,均为Ⅰ式节约。穷科克Ⅰ号墓地的年代跨度较大。陈戈③认为,该墓地的年代应在公元前 8—前 1 世纪前后;刘学堂④认为,该墓地可划分为早、晚两个阶段,早段年代在公元前 9—前 5 世纪之间,晚段年代在公元前 5—前 1 世纪之间。如果就出土马具的墓葬形制及随葬品而言,仰身直肢、偏室及圜底粗径壶均属于该墓地的晚期特征,年代应在公元前 5 世纪以后。

巴喀勒克水库墓地(康盖墓地):

位于特克斯县齐勒乌泽克乡巴喀勒克牧业村,特克斯河一级支流巴喀勒克沟中游河段,地处巴喀勒克河谷两岸的台地上。依地表封堆形制的差异分为石圈土堆墓和石圈石堆墓两种类型,墓穴形制分为竖穴土坑、偏室、木棺三种。墓内大多葬入一人,均仰身直肢

---

① 周小明:《新疆尼勒克县加里格斯哈音特和铁木里克沟墓地发掘成果简报》,《西域研究》2004 年第 2 期。
② 新疆文物考古研究所:《穷科克墓地一号墓地考古发掘报告》,《新疆文物》2002 年第 3、4 期,第 13—51 页。
③ 陈戈:《新疆伊犁河流域文化初论》,《欧亚学刊》第三辑。
④ 刘学堂:《伊犁河上游史前考古新发现及其初步研究》,《新疆文物》2011 年第 1 期,第 84 页。

葬,随葬品有陶器、铜器、骨器、石器等。陶器以罐类为主,铜器主要为马饰,骨器多为骨锥,石器以装饰珠为主。① 发掘墓葬20座。其中竖穴土坑墓16座,马具出自1座竖穴土坑墓,类型为乙a类Ab型Ⅰ式马衔。该墓地的资料尚未发表,从马衔形制来看,与洋海墓地Ⅰ号墓地M163所出马衔一致。后者的碳十四测定年代为公元前8—前6世纪。

额敏铁厂沟墓地:

位于额敏县城到铁厂沟之间区域,在这一区间发现一百余座墓葬,墓地表面有石、土封堆,有的封堆上还立有长条立石。墓葬形制为竖穴土坑墓,葬式分为单人葬、多人合葬,包括一次葬和二次葬,均仰身直肢。随葬品有铜器、骨器、石器等。铜器有带柄铜镜、扁平铤铜镞、剖面为有脊三角形镞等。② 在1座竖穴土坑墓出有端头有双孔、外侧孔长条形、内侧孔圆形的铜马衔,其形制与洋海墓地Ⅰ号墓地M163所出马衔一致,属乙a类Ab型Ⅰ式马衔。M163的碳十四测定年代为公元前8—前6世纪。

### (六)准格尔盆地西北

本区包括阿勒泰山南麓、塔尔巴哈台山、阿拉套山之间的山间盆地和草原。本区主要河流有额尔齐斯河、额敏河和博尔塔拉河。额尔齐斯河发源于阿尔泰山南麓,有两个源头:喀依尔特河和库依尔齐斯河汇聚而成,在富蕴县城附近出山口后折向西,流经阿勒泰地区的富蕴县、福海县、阿勒泰市、北屯镇、布尔津县和哈巴河县,从哈巴河县北湾出境流入哈萨克斯坦境内,最后注入斋桑湖。新疆境内的额尔齐斯河在流经途中的支流主要分布在主河道北侧,形成梳状水系,包括喀拉额尔齐斯河、布尔津河、哈巴河和别列则克河等。③ 在这些河流及山前坡地上发现许多与克尔木齐墓葬类型的遗存。④

额敏河位于准格尔盆地西部,该流域三面环山,北面有塔尔巴哈台山,东南有乌日可下亦山、巴尔鲁克山和玛依勒山,这些山脉呈平行带状分布,西部与哈萨克草原连接,⑤古遗址多分布在三山相夹的山谷草场上,⑥如铁厂沟墓地等。

博尔塔拉河发源于阿拉套山与别珍套山交界的洪别林达坂,尾闾为艾比湖。自西

---

① 新疆文物考古研究所:《裕民县阿勒腾也木勒水库墓地考古发掘》,《文物考古年报》2011年,第10页。
② 刘学堂、托呼提:《新疆额敏河流域发现早期游牧民族的墓葬》,《西域研究》2002年第3期,第115页。
③ 井学辉:《新疆额尔齐斯河流域植被景观格局与生物多样性空间变化规律研究》,中国林业科学研究院,博士学位论文,2008年,第23—24页。
④ 李征:《阿勒泰地区石人墓调查简报》,《文物》1962年第7—8期,第103—108页。
⑤ 阿依夏:《额敏河流域水文特性》,《水文》第22卷第2期,第1页。
⑥ 新疆维吾尔自治区文物局:《新疆古墓葬》,科学出版社,2011年,第230—242页。

向东依次流经温泉县、博乐市和精河县。流域内南、西、北三面环山,向东呈喇叭口敞开,西南是西天山的北段,东部与准噶尔平原西部连接。①古遗址多发现在温泉县境内,②如阿敦乔鲁墓地等。

考古学文化及其分期

本区的青铜时代至早期铁器时代遗址与墓葬的发掘资料极为贫乏,主要是考古调查资料。根据少数墓地的发掘和考古调查看,本区的考古学文化③大致可以分为早、中、晚三个时期:早期以克尔木齐早期遗存为代表,即克尔木齐文化,年代在公元前20—前13世纪;中、晚期遗存明显受伊犁河流域文化影响,年代也比较接近。中期的年代在公元前10—前5世纪;晚期的年代在公元前4世纪以后。

出土马具的墓地

阿勒腾也木勒墓地:

位于裕民县阿勒腾也木勒乡以南、阿勒腾也木勒河东岸一级台地上。发掘墓葬98座,地表有石堆和石圈两种标志,封堆下为墓穴,分为无墓室和有墓室两种。有墓室者又分为竖穴土坑、竖穴石棺和竖穴偏室三种。出土物有陶器、铜器、铁器、骨器等。④该墓地发现的1件铜马衔出自无墓室封堆之下,形制为乙 a 类 B 型 II 马衔。发掘者认为,封堆下无墓室墓属早期阶段,年代为公元前7世纪左右。⑤

## 三、典型马具的演变分析

纵观马具在新疆境内各区域内的演变和发展,马衔、马镳和马鞍在各地都存在一些自身的演变特点,以下将结合上面的介绍,对以上三种典型马具的时空演变进行初步的探索。

### (一)马衔

在不同时期和空间范围的分布看,第一期未发现单节式马衔,最先出现的为双节式

---

① 朱永生:《博尔塔拉河流域水文水资源分析》,《现代农业科技》2010年第7期,第295页。
② 温泉县人民政府编:《温泉古代草原文明》,新疆电子音像出版社,2008年。
③ 关于本区域不同时期文化的影响参见王博:《切木尔切克文化初探》,《考古文物研究——纪念西北大学考古专业成立四十周年文集》,三秦出版社,1991年;林梅村:《吐火罗人的起源与迁徙》,《丝绸之路考古十五讲》,北京大学出版社,2006年;郭物:《新疆史前晚期社会的考古学研究》,上海古籍出版社,2012年;邵会秋:《新疆史前时期文化格局的演进及其与周邻地区文化的关系》,吉林大学博士学位论文,2007年。
④ 新疆文物考古研究所:《裕民县阿勒腾也木勒水库墓地考古发掘》,《文物考古年报》,2011年,第14页。
⑤ 墓地发掘主持人胡兴军告知,特此致谢。

乙 a 类 Aa 型 I 式和乙 a 类 B 型 I 式金属马衔,这两种马衔仅分布在天山中段和天山南麓山前地带。进入第二期,开始出现单节式马衔,但仅限于天山中段的洋海墓地;而双节式马衔中的乙 a 类 Aa 型、Ab 型、B 型则广泛分布于除天山东段以外的区域。到了第三期,甲类 I 式单节式马衔继续存在于天山中段的洋海墓地,而前一阶段广泛流行的乙 a 类 Aa 型、Ab 型马衔在各区域基本消失,随后出现了外环端呈方形、内侧有横沿的乙类 Ac 型马衔,但也仅限于天山中段的木垒和天山西段的特克斯。第四期出现了单节式乙 b 类铁质马衔,不见乙 a 类 A 型马衔,而乙 a 类 B 型 Ⅲ 式铁质马衔则广泛分布在各个区域。

从马衔的形制发展变化看,单节式马衔出现时间较晚,但延续时间较长,这种马衔的质地以骨质、木质为主,制作比较简单。双节式乙 a 类马衔的 A 型和 B 型各有其演变规律;A 型由外环单孔 Aa 型演变到双孔 Ab 型;Aa 型与 Ab 型一直并存,直到被方孔 Ac 型取代为止。B 型与 A 型马衔同时出现,并且从第一期开始直到第四期都有。其中,Ⅱ 式的延续时间较长。在第二期和第三期都有出现,到了第四期,由于铁器普及,马衔变为以铁质为主的 Ⅴ 式(图十九)。

### (二)马镳

从马镳在不同时期和空间分布看,第一期在天山中段的洋海墓地出现了棒状甲 a 类槽形马镳,但三孔马镳则带有明显的地域特点。天山东段的五堡墓地出土两横孔一竖孔的甲 b 类 B 型 I 式,天山南麓山前地带莫呼查汗墓地出土的镳头呈盖帽状的甲 b 类 A 型 I 式和乙 b 类 I 式。进入第二期,除天山东段以外,其他区域均广泛流行兽首形甲 b 类 A 型 Ⅱ 式和三孔甲 b 类 C 型 I 式。到了第三期,兽首形甲 b 类 A 型 Ⅱ 式和三孔甲 b 类 C 型 I 式基本消失,取而代之的是外环端呈方形、内侧有横沿的乙类 Ac 型和弓形三孔的乙 b 类 Ⅳ 式。但这类马镳仅见于天山中段和天山西段。本期马镳的一个重要变化是,由三孔变为双孔的甲 b 类 B 型和 C 型 Ⅱ 式,并在各个区域都有发现。第四期中的甲 b 类 A 型、B 型均消失,仅甲 b 类 C 型 Ⅱ 式骨质双孔马镳继续存在。乙 b 类 Ⅳ 式铜马镳演变为乙 b 类 Ⅴ 式铁质双孔马镳。

从马镳的形制变化看,从一开始就显示出不同区域的形制特点,如天山中段的甲 a 类、天山东段的甲 b 类 B 型、天山南麓山前地带的甲 b 类 A 型和乙 b 类。甲 b 类 A 型与乙 a 类的早期演变形式较为接近,均由镳头呈带帽状 I 式演变为镳头呈兽首形 Ⅱ 式。其中,乙 a 类马镳有着完整的演变序列,即由镳头呈带帽状 I 式演变为镳头呈兽首形 Ⅱ 式,到镳头与镳底呈菱状突起的 Ⅲ 式,再到镳身呈弓形带三孔的 Ⅳ 式,最后为双孔 Ⅴ 式。甲 b 类 B 型和 C 型的演变形式比较接近,即由 I 式三孔演变为双孔 Ⅱ 式(图二十)。

| 型式 | 单节式 | | 双 节 式 | | | | |
|---|---|---|---|---|---|---|---|
| 分期 | | 甲类 | Ｚa类 Aa型 | Ｚa类 Ab型 | Ｚa类 Ac型 | Ｚa类 B型 | |
| 第一期 | | 洋海Ⅰ号墓地M163:12 | 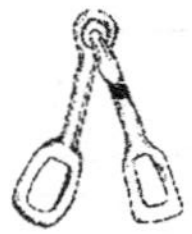 Ⅰ式：洋海Ⅰ号墓地M5:7 |  Ⅰ式：洋海Ⅰ号墓地M163:3 | | Ⅰ式：莫呼查汗墓地 | |
| 第二期 | | |  Ⅱ式：群巴克Ⅰ号墓地M5C:2 　Ⅲ式：萨恩萨伊墓地M22:1 | Ⅱ式：察吾平Ⅳ号墓地M114:6　Ⅲ式：铁木里克沟口墓地M:2 | 特克斯齐勒乌泽克乡采集 | 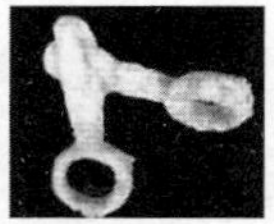 Ⅱ式：流水墓地M10 | |
| 第三期 | |  洋海Ⅱ号墓地M152:7 | | | 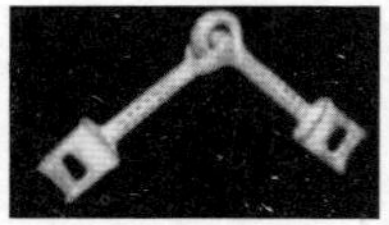 | 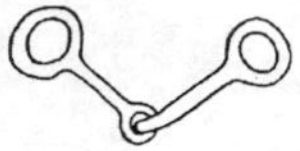 Ⅱ式：乌拉泊水库墓地 | |
| 第四期 | Ｚb类  克孜加尔墓地K-M1:6 | | | | |  Ⅲ式：洋海Ⅲ号墓地M1:1 | |

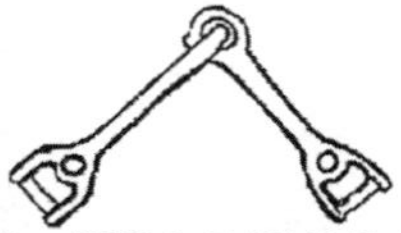

图十九　马衔的演变图

| 型式 | 槽形镳（a 类） | 孔 形 镳（b 类） | | | |
|---|---|---|---|---|---|
| 分期 | 甲 a 类 | 甲 b 类 A 型 | 甲 b 类 B 型 | 甲 b 类 C 型 | 乙 b 类 |
| 第一期 |  Ⅰ式：洋海Ⅰ号墓地M208:5 |  Ⅰ式：莫呼查汗水库墓地 | Ⅰ式：五堡墓地 | |  Ⅰ式：莫呼查汗墓地 |
| 第二期 | |  Ⅱ式：察吾平Ⅰ号墓地M30:24 |  Ⅰ式：察吾平Ⅳ号墓地M93:1 |  Ⅰ式：洋海Ⅰ号墓地M163:4 | 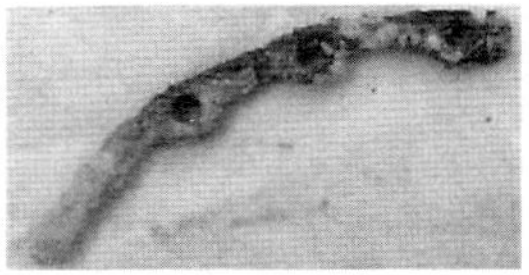 Ⅱ式：流水墓地M10:7 |
| 第三期 | | | Ⅱ式：洋海Ⅱ号墓地M62:3 |  Ⅱ式：洋海Ⅱ号墓地M152:14 | Ⅲ式：铁木里克沟口墓地M2 |
| 第四期 | | | | Ⅱ式：黑沟梁Ⅱ号墓地M2:25 | Ⅳ式：木垒县东城乡采集 |
| | | | | | Ⅴ式：洋海墓地87SAYC |

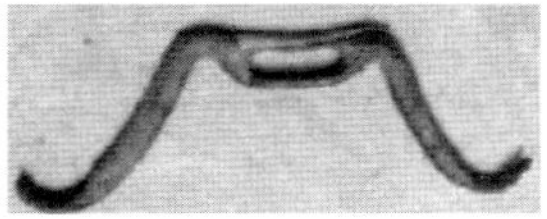

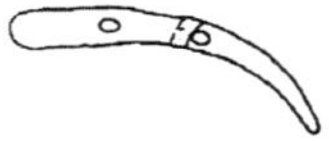

图二十　马镳的演变图

## （三）马鞍

第一期未见马鞍。第二期、第三期出现Ⅰ式、Ⅱ式、Ⅲ式。在空间上仅见于天山中段苏贝希文化的洋海墓地和苏贝希墓地。洋海墓地发现Ⅰ式马鞍，或许它原本并非专门作为马鞍使用。有研究者[①]认为，其前身很有可能是某种皮甲，在破损后经再次加工改制而成马鞍。第四期的Ⅳ式马鞍也仅见于昆仑山北麓的山普拉墓地。

马鞍的演变特点是：从类似鞍垫的Ⅰ式演进到可以上下活动、由两扇组成的Ⅱ式，Ⅲ式则出现前后高跷的鞍桥。Ⅰ式、Ⅱ式、Ⅲ式马鞍的质地主要为兽皮和毛组成，可称之为软式马鞍。而带有弓形桥体、前后有高鞍桥的Ⅳ式马鞍的鞍桥和鞍体均用木料制作，这种马鞍可称为硬式马鞍（图二十一）。

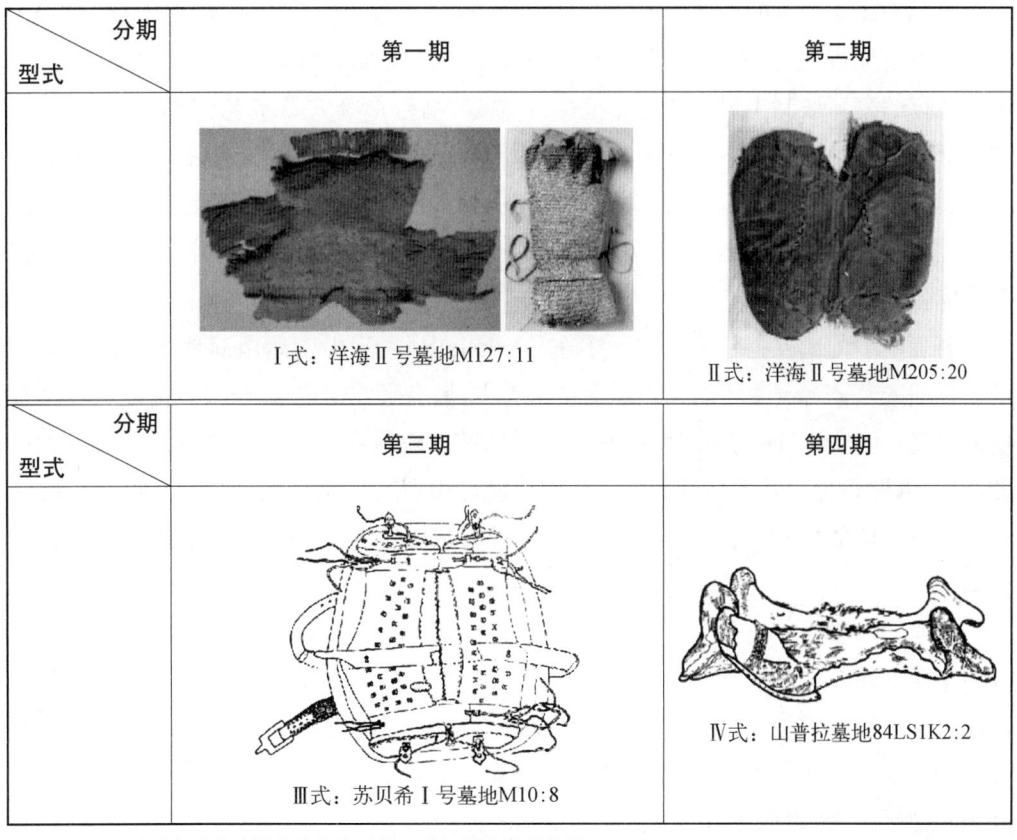

| 分期<br>型式 | 第一期 | 第二期 |
|---|---|---|
| | Ⅰ式：洋海Ⅱ号墓地M127:11 | Ⅱ式：洋海Ⅱ号墓地M205:20 |

| 分期<br>型式 | 第三期 | 第四期 |
|---|---|---|
| | Ⅲ式：苏贝希Ⅰ号墓地M10:8 | Ⅳ式：山普拉墓地84LS1K2:2 |

注：1. 美国纽约大都会艺术博物馆藏公元前6世纪斯基泰式皮甲。

**图二十一　马鞍的演变图**

① 吐鲁番学研究院编：《第三届吐鲁番学暨欧亚游牧民族的起源与迁徙国际学术研讨会论文集》，上海古籍出版社，2010年，第155页。

## 四、结　语

　　总体而言,马具在第一期发现数量很少,分布也相对分散,在各个地区有很多的空白点。主要见于天山东段、天山中段和天山南麓的山前地带。此期各种遗存特征较为接近,如墓葬形制主要为椭圆形竖穴土坑墓、长方形二层台墓、马镫形竖穴石室墓,葬式以侧身屈肢为主,兼有仰身屈肢,陶器中彩陶数量较少,以素面为主,金属器以铜器为主,基本不见铁器。但另一方面是马具类型各有特点,如五堡墓地与洋海墓地的马衔和马镳以木质和骨质为主;莫呼查汗墓地和察吾乎墓地早期墓葬的马衔与马镳多为铜质。显示各个文化遗存的马具来源不尽相同。

　　第二期出土马具的种类较多,覆盖面积也较大。除天山东段之外,在天山中段、天山南麓山前地带、昆仑山北麓、天山西段和准噶尔盆地西北都发现了这一时期的马具。本期遗存的墓葬形制主要为长方形竖穴土坑墓、马镫形竖穴石室墓、带墓道竖穴土坑墓。葬式以仰身屈肢为主,出现仰身直肢葬。陶器中彩陶数量增加,金属器仍以铜器为主,铁器数量增加。出土马具数量增多。在质地上,青铜马衔较多,马镳则以骨质和角质为主。马具类型比较丰富,包括马衔、马鞍、马镳、木鞭、辔头和节约等,开始形成一整套较完备的马具。

　　第三期中的遗存主要分布在天山东段、天山中段、天山南麓山前地带和昆仑山北麓。本期的墓葬形制主要以竖穴偏室结构为主,另有竖穴土坑墓、竖穴石棺墓和竖穴土坑棚架墓。葬式以仰身直肢为主,兼有仰身屈肢。陶器中彩陶数量减少。金属器以铁器为主,铜器较少。随葬马具的墓葬在各个遗址中所占比例较低,与之相对应的是,各遗址中殉马坑的数量增加,暗示这一时期的埋葬习俗发生了变化,由原先随葬马具转为殉马。

　　第四期的遗存主要分布在天山东段、天山中段、天山南麓山前地带、昆仑山北麓和准格尔盆地西北。本期遗存的墓葬主要以竖穴偏室为主,仍有少量竖穴土坑墓。葬式以仰身直肢为主,陶器中彩陶少见,金属器以铁器为主,铜器很少。马衔均为铁质,马镳则铁质与骨质双孔马镳共存,马鞍在制作材料上多选用木材。随葬马具的墓在各个遗址中数量较少,随葬马具的习俗逐渐被殉马所取代。

# 南疆四地州民俗旅游概况

朱贺琴

**提要**：本文从经济发展与民俗文化、经济发展与民俗旅游资源开发的关系出发，介绍了新疆"南疆四地州"（喀什地区、和田地区、阿克苏地区和克孜勒苏柯尔克孜自治州——简称"克州"）的民俗旅游概况。从地区概况、自然景观、历史人文景观及其民族民俗风情和美食特产等方面对"南疆四地州"的民俗旅游资源做了详细生动的描述，即呈现了"南疆四地州"丰富的自然景观、历史人文景观和其中独具特色的民族民俗风情和特产美食，也为如何开发民俗旅游资源、促进经济发展提供了相应的思路。

## 一、经济发展与新疆南疆四地州的民俗旅游

随着中国社会由计划经济向市场经济的过渡，经济转型引发了一场重大而深刻的文化变迁，这场文化变迁使新疆南疆四地州民俗旅游迎来一个空前活跃与繁荣的时期，民俗产品的热销、民俗产业的开发，民俗文化中最精彩、最活跃的要素得以弘扬。

### （一）经济发展与民俗文化

经济发展是时代趋势的使然，网络信息技术的普及、交通旅游行业的兴起、工商金融资本的积累使人与人之间的时空距离相对缩短，人际网络的快速建立为经济发展提供了可能。物质生活的丰富与经济交往的频繁极大地刺激了人们的消费欲望，为满足人们日益膨胀的精神需求，一部分与经济联系紧密的文化产业逐渐走向市场。通过市场经济杠杆的衡量选择，不同资源的配置趋于合理，以无形文化成本作为投资，文化产业对知识产品、道德产品、文娱产品等精神产品的开发，使附加在文化产品中的潜在文化价值以资本的形式快速增值。当文化交易的双方在交易中维护了各自所追求的智力价值、道德价值、伦理价值、信仰价值时，文化消费亦被人们认可和接受，并在人们消费份额中的比重愈来愈大。

随着现代科技的运用，文化消费走向快餐化，文化产业中的复制能力被无限扩大，但重复开发同一种文化资源只会更快地失去消费者的信赖，为了激发消费者的购买热

情,满足不同消费者的不同层次需求,文化产业的开发者开始寻找具有观赏价值、艺术价值、民俗价值、实用价值的稀缺文化资源。对稀缺文化资源的发现无疑促进了民俗文化的发展。因为在稀缺文化资源中,民俗文化的独特性、差异性被张扬,不同地域环境、不同历史内容、不同生活习性、不同情感性格、不同心理素质、不同思维方式的民俗文化产品得到关注。

虽然旅游民俗倡导文化的立体开发,但是拉动旅游消费的还是那些能产生成交金额的民俗实物。显然目前对衣食住行等物质民俗的利用要远远大于对非物质民俗的开发。市场经济的杠杆往往具有极强的调节功能。对物质民俗的过热开发迅速使非物质民俗沦为稀缺文化资源。物以稀为贵,于是在大巴扎宴会厅欣赏民族歌舞表演的价格远远超出了几顿美味的民族小吃,纯粹以观光休闲的想法游览新疆地方民俗博物馆的游人渐多,不远千里慕名去麦盖提县欣赏刀郎歌舞的游者,去和田、喀什逛巴扎、游乡村、过节日的国外游客大有人在。

经济发展与民俗旅游相互依存、相互影响、相互促进。经济发展为民俗旅游的繁荣奠定了坚实的物质基础,为旅游民俗的发展创造了机会,也带来了一些问题。如旅游消费将批量生产的维吾尔族花帽、英吉沙小刀、和田玉器当成新疆土特产的代名词,当丰富的民俗产品已被简单的器物符号所代替,民俗产品中能参与经济交往对话的种类亦被随之固定,随着时间的流逝,那些远在民间且又有着很高民俗价值的事物由于得不到开发,挤不进主流文化场域,渐次会被人们淡忘甚至消失,如和田地区的桑皮纸制造、洛浦的印花布等便面临着失传的境地。

### (二)经济发展与旅游民俗资源的开发

经济发展注重产品价值的增值,而民俗旅游资源是一笔丰厚的不动产。对旅游民俗的开发无需投入大量的资金和技术,只需维持当地民族独特的本真生活状貌,满足旅游者寻求"异质文化"的审美意愿与探秘访奇的文化休闲行为即可。关于旅游民俗,我国著名民俗学家刘锡诚认为,"旅游实际上就是民俗旅游。没有一种旅游行为是能脱离开所到地区或民族的民俗文化的。这就注定了民俗旅游将成为未来中国旅游的主潮。民俗与旅游是一对孪生子,民俗文化的发掘是开展旅游的契机和条件。"[①]随着山水风光游、文物古迹游、度假休闲游、田园农家游、民俗风情游等的陆续推出,民俗旅游开发已成为民族地区脱贫致富、地方经济创收发展的重要项目。

民俗旅游资源是一种不可再生资源,一旦外来或移植的文化改变了现有的生活方

---

① 刘锡诚:《民俗旅游与旅游民俗》,《民间文化论坛》1995年第1期,第16—17页。

式,若再想倒退回初始的原生形态是很难做到的,失去的习俗是无法恢复和挽回的,破坏性开发将使民俗传承的锁链断裂,即使民俗博物馆能保留部分民俗实物,但是鲜活流动的民俗是不能被完整再现的。

为保证可持续性的经济收益,民俗旅游规划应考虑周全。没有一成不变的习俗,尤其是拥有独特民俗文化的地区,在现代生活方式的冲击下,那里的居民也想提高自己的生活质量,不能为满足游客的猎奇心理,我们就责备民族地区的人民抛弃了传统生活,盲目追随现代潮流,因为我们自己就享受着现代文明的荫庇。

纵观新疆各地州对民俗旅游资源的开发,由于囿于资金的限制,基本上是适度有节制地规划。如阿克苏地区提出保护库车老街、全力打造龟兹故地之西域精粹的旅游品牌;喀什地区牢固树立"大旅游"观念,培育以喀什市风情、小刀和土陶等特色工艺、莎车阿曼尼沙罕陵等精品民俗旅游;和田地区则结合"巴扎新风"的文化教育活动,加快开发"和墨洛"三县一市(和田市、和田县、洛浦县、墨玉县)及策勒、于田、民丰的民俗旅游经济区。

在进行旅游开发时,应使旅游适应民俗文化,而非民俗文化迎合旅游设计。要知道,民俗事象不是因为旅游才存在的,没有旅游文化的介入,淳朴的民风不会受到异质文化的侵扰。可是被旅游商品化了的民俗事项,当为了利益突出商业气氛并做出迎合商业功能的选择时,其自身已经发生异变,异变会使民族文化吸引游客的独特张力消失,而独特性的消失又给复写与模仿创造了机会,于是复制的人造民俗便代替了原生民俗。当运作的商业文化失去消费者的信赖与支持时,其显在后果便是销售利润的大幅下降,当收支的亏空继续扩大时,刚刚起步的旅游民俗便会因资金短缺而陷入后继乏力的发展困境。

在经济发展中,开发旅游民俗的直接目的就是要改善人民的生活。那么该如何开发旅游民俗,才能使旅游经济持续升温? 其实,方法很简单,只要遵循民俗文化的发展规律,改善旅游投资环境,丰富民俗旅游资源便可。譬如阿克苏地区投入大量的人力物力开展"创森"工作,其城周的柯柯牙绿化工程是西北地区唯一可在卫星图片上看到的人造景观。此外库克瓦什防护林与三北防护林体系的持续建设已使阿克苏城市绿化覆盖率达45%,人均公共绿地面积达15平方米。[①] 随着森林规模的不断扩大,人居环境的不断改善,美化的城区乡村也为森林生态游、城郊乡村游、民俗风情游开辟了新的发

---

① "建设街头绿地 提升城市'颜值'——阿克苏市倾力打造宜居宜业中心城市",阿克苏政府网,http://www.aks.gov.cn/,2017.11.16。

展空间。宜居的生存环境不仅激发了当地民众建设家乡的热情,也吸引了游客的视线。为开发沙漠绿洲多彩的文化资源,展现朴实的民风民情,多浪人家、齐曼扎休闲园、姑墨农家乐等一大批具有浓郁民族特色的庄园成了游客驻足休闲的乐园。为提高旅游文化质量,深入挖掘旅游文化的历史内涵,阿克苏地区重点推出"龟兹文化""多浪文化"两大特色文化品牌,并分别在库车县、阿瓦提县成立非物质文化遗产保护和传承中心,加强对非物质文化遗产的保护力度。

### (三)新兴节日与民俗旅游产品的开发

随着现代市场经营方式的多样化、人们休闲娱乐消费的随意性,越来越多的新兴节日举着弘扬传统文化、发展地方经济的旗帜频繁走入人们的视线。仅新疆南疆四地州涌现出名目繁多的"花节"便让人目不暇接,如英吉沙县的杏花节、乌什县杏花节、叶城县的石榴花节、策勒县的石榴花节等。如何让富有地方特色的民俗文化注入这些以经济发展为目的的新兴"花节"中,新疆南疆四地州几乎同时打出了"民俗风情游"的王牌。譬如在这些以"花"为媒的节日中,英吉沙县的杏花节除了招商引资外,亦在艾古斯乡进行手工艺品展销、杏花形象大使选拔、达瓦孜表演、文化笔会、歌舞摔跤助兴、"杏花之恋"集体婚礼以及斗鸡斗狗游园活动等;叶城县的石榴花节除了关注以甜石榴为主的特产展卖会,还举办赏石榴花、"阿娜尔"乡村古丽选拔赛、昆仑宝玉奇石品鉴会、维吾尔族歌舞演唱、万人游园活动等。显然这些"花节"上的主角是当地的乡镇企业与农林牧场,借助视觉观赏效果极佳的鲜花促成"旅游牵线,民俗展示,经贸主导"的节日盛会,并广交四海宾朋、提升产品优势、树立城市形象、繁荣县域经济。

由于民俗风情游因旅游者的经济、文化水平不同和旅游意识目的各异,分为三种类型:参观观赏型、了解领略型与参与体验型。[①] 在新疆这些以"花"为主题的节日中,各县市的"花节"依花期长短与当地的旅游资源的开发程度,分属不同类型,如参观观赏型在民俗旅游中注重开发民俗风情的民族性与审美性,在短暂的花期内,期望旅游者畅游在花的海洋中,从中品味新疆各民族文化的独特魅力并获得美的享受;了解领略型注重开发民俗风情的乡土性与多样性,在花园乐园中,让游人获得朴实自然的感受与理解;参与体验型注重开发民俗风情的大众性与社会性,使游客真正融入"花"与"景"营造的"民纯俗美"活动中。

受花期影响,新疆南疆四地州新兴"花节"在旅游产品的开发中存在如下问题:一,气候因素导致花期提前或推后,节日不能完全固定在某一月份,若宣传媒体滞后,极

---

① 邓永进等著:《民俗风情旅游》,云南大学出版社,1997年。

有可能导致游人错过节庆,如英吉沙县的杏花节便在三月底或四月初前后波动,裕民县的山花节则有百天之长。二,过分注重节日的经济效应,一些节日已完全由政府与客商策划布局,节日的规模取决于支持财力的大小,节目重复设置,民间自娱自乐的喜庆与推销商品挂钩,长此以往势必降低游客的重游兴趣。如展销会在每年"花节"上的分量越来越重,大量的农产品、玉石、民族手工艺品成为节庆的主角。三,仅停留在景点观光层面上的节庆活动会形成节前节后的巨大反差,一些门庭冷落的偏僻旅游场所会抱着"三年不开张,开张吃三年"的敛财心理,从而导致一些错误经营意识的滋生。四,新疆南疆四地州民俗旅游资源丰富,但是一些以体验为主的乡村生产生活旅游、乡村竞技游戏旅游、乡村手工技艺旅游、乡村礼仪文化旅游等明显开发不足,同时一些人文历史景点与自然生态景观的游览亦被大块的购买交易时间所挤占。

由于民俗旅游是一种文化旅游,"它以一个国家或地区的民俗事象和民俗活动为旅游资源,在内容和形式上具有鲜明、突出的民族性和独特性,给人一种与众不同的新鲜感,它的魅力就在于其深厚的文化内涵"。① 因此,将新疆南疆四地州新兴"花节"纳入民俗旅游的架构中,以悠久的传统文化为其发展动力,将是一个开发节庆文化的长远规划。当游客徜徉在花瓣飞舞的热闹场景中,身穿新疆特有的艾迪莱斯绸,吃着烤馕抓饭,在"阿依旺"式民居的屋檐下观看麦西来甫歌舞,是否就是一种民俗旅游呢?民俗旅游绝不是一些单个民族元素的陈列展示,它是一种多样化的互动式的参与,那么,该如何开发新疆新兴"花节"中的民俗旅游产品呢?

应实现民俗旅游产品的多样化。事实证明将民俗文化同商业交易剥离或将民俗文化屈从于商业利益之下,都不利于地方经济的稳定发展。一旦民俗文化为经济利益左右,地方特色也将随之趋于同化,失去了差异便不再丰富,没有了丰富,多样性民俗产品的开发便成了空谈。试想如果新疆南疆四地州"花节"仅剩一个"花姑娘"的评选活动时该多么乏味。当节日策划者将不同地域的民俗风情集中呈现在游者面前时,一道真正的旅游大餐才正式端出。由于节庆活动的最终目的是提升城市品牌价值和地方综合实力,因此开发多样化的民俗旅游产品便是节庆文化的最好包装。

民俗旅游产品有物质民俗产品、社会民俗产品、意识民俗产品、民俗服务产品。②若一味以利益的眼光盯住物质产品的开发,将会使以后旅游产业的开发流于形式的模仿,如果新疆南疆四地州很多"花节"都以斗鸡、斗羊来博取游客的喝彩,对这种简单民间

---

① 温锦英:《文化,民俗旅游开发的灵魂》,《广东民族学院学报》1997年第3期。
② 巴兆祥主编:《中国民俗旅游》,福建人民出版社,1999年。

娱乐文化的复制现象一旦普及推广,那么策划者必将忽视对高品位旅游产品的开发。可喜的是新疆新兴"花节"已经注意到对多层民俗旅游产品的开发,譬如伊宁县的杏花节不仅有阵容巨大的都塔尔与赛乃姆、千人麦西来甫表演,还有各色的伊犁美食、农家乐餐饮及杏乡书画摄影展;英吉沙县的杏花节上有手工刺绣与土织布的现场印染、英吉沙小刀工艺的展示、达瓦孜民族传统体育项目的表演。如何让民间文艺家及各种民俗艺术活动走向节庆活动的前台,充分挖掘当地富有民族特色与发展前景的民俗活动,除了多样化民俗旅游产品的开发,还需要积极调动游客的兴致。

应实现参与体验产品的品牌化。参与式体验是一种深入其境的尝试,入乡随俗的感同身受可以消弭游客与本地居民的心理距离,并将游客已有的经验与新认知融合,引导旅游者对当地文化产生理解与尊重的情感体验。参与式民俗旅游产品开发的主题来源于富有地方特色的文化表现形态,如新疆特有的草原文化、绿洲文化、游牧文化、农耕文化等,围绕"花节",以互动参与为基础,打品牌战略,无疑是竖地方美誉度的有效途径之一。譬如叶城县的石榴花节像一个巴扎盛会,在火一样热烈的石榴花丛中,男女老幼汇聚在石榴树旁,没有刻意的修饰,只有眉宇间的喜悦与娱乐时的欢笑,让游人在精彩纷呈的民俗活动中,真切感受群众文化的浓厚氛围。其实办好新疆"花节"不求年年出新,也不需照搬照抄,立足本地风情,抓好产品质量,做好宣传推介,自会游人如织财源不断。

新疆南疆四地州旅游资源丰富,种类齐全,除了文中提及的"花节"外,库车县的白杏节、轮台县的杏子文化节、和田市的玉石节、阿克苏市的龟兹旅游文化节、阿合奇县的猎鹰节等更是不胜枚举,而大力开发民俗旅游产品不仅可丰富节庆文化形式,亦可推动节庆产品的深度开发,而民俗旅游与节庆文化的互赢共生,又为新疆旅游业的健康发展打开了更为广阔的空间。

## 二、喀什地区旅游资源概况

### (一) 喀什地区与各城区概况

1. 喀什地区概况

喀什全称"喀什噶尔",意为"玉石集聚的地方"。喀什地区位于中国新疆西南部,北接天山,南依喀喇昆仑山脉,西连帕米尔高原,东临塔克拉玛干沙漠;与塔吉克斯坦、阿富汗等国接壤,有喀什航空口岸、红其拉甫口岸、卡拉苏陆路口岸,这三个重要口岸连接了喀什地区与中亚、西亚和南亚的贸易通道。

喀什地区现辖1市11县,面积约11万平方千米,其中塔什库尔干塔吉克自治县面积最大,其次为叶城县和巴楚县,泽普县面积最小。喀什地区人口约421万人,有维吾尔、汉、塔吉克、回、柯尔克孜、乌孜别克、哈萨克等民族。

喀什地区北、西、南部三面环山,东部敞开,北有天山南脉横卧,西有帕米尔高原耸立,南部是喀喇昆仑山,东部为塔克拉玛干大沙漠。在帕米尔高原东侧、昆仑山西端耸峙着被称为"冰川之父"的慕士塔格山,在喀喇昆仑山脉的中段屹立着号称"高大雄伟山峰"的世界第二高山峰——乔戈里峰。诸山和沙漠环绕着喀什噶尔河、叶尔羌河的冲积平原,美丽富饶的喀什噶尔绿洲、叶尔羌绿洲等呈扇形环绕在塔里木盆地边缘。虽然喀什噶尔河水系包括克孜河、恰克马克河、博谷孜河、盖孜河、库山河、依格孜牙河等;叶尔羌河水系包括叶尔羌河、提孜那甫河、乌鲁克河、克勒青河、塔什库尔干河、棋盘河等,但是季节性径流的分配不均、蒸发量与降水量的严重失衡还是形成了喀什地区干旱少雨的暖温带大陆性气候。

喀什地区地形复杂,物产富饶,矿产资源蕴含丰富,主要分布于塔什库尔干县、叶城县、巴楚县、伽师县、莎车县。石油、天然气、大理石、花岗岩、磁铁矿、硫铁矿、玉石等储量丰富,石膏、蛇纹岩储量居全国前列。

喀什作为古丝绸之路的交通要冲与历史文化名城一直都是中外商人云集的国际商埠。维吾尔族与塔吉克族独特的民俗风情、歌舞艺术与建筑风格为喀什赢来"不到喀什,就不算到新疆"的美誉。1986年喀什被评为中国历史文化名城,2004年荣获全国优秀旅游城市。

喀什大部分地区属暖温带干旱大陆性气候,夏季炎热冬无严寒,降水少日照长,多大风浮尘天气。因喀什地区平原、山地、沙漠、戈壁地形多样,所以各县域气候差异较大,平原、沙漠、戈壁地区一年四季均可旅游,高原山区旅游则夏秋季适宜。

喀什地区节庆活动丰富,除传统的古尔邦节、肉孜节、诺鲁孜节外,每年四月初,有赏杏花、看达瓦孜等民俗表演、推销色买提杏的英吉沙县杏花节;有赏巴旦姆花、看麦西来甫表演、推介巴旦姆订货的莎车县巴旦姆花节。每年六月,有赏石榴花、看阿娜尔古丽(石榴姑娘)民族服饰秀、推介石榴产品的叶城石榴花节;有赏沙漠风光、品岳普湖特产的岳普湖县达瓦昆沙漠旅游节;为加强东西部合作,推动中亚南亚区域经济互动,扩大对外贸易,促进国际贸易交流与合作而举办的喀交会即中国新疆喀什·中亚南亚商品交易会。每年八月,有品尝伽师瓜、欣赏民族歌舞、开展订货会的伽师县伽师瓜文化旅游节;有围绕喀什文化和古丝绸之路文化,举办旅游文化论坛、民间体育活动、旅游商品展示、旅游形象大使选拔大赛等活动的喀什噶尔国际文化旅游节。每年十月,有赏金胡杨、看民俗表演、推介巴楚特产的巴楚县胡杨文化旅游节;有品红枣、赏胡杨、看民俗表演、推介泽普有机红枣的泽普县红枣节暨金胡杨旅游文化节;有为推进十二木卡姆民间文化艺术的传承打造莎车十二木卡姆文化旅游品牌的莎车县十二木卡姆文化艺术节等。

2. 喀什地区部分城市概况

喀什城区地处克孜勒河冲积平原上,克孜勒河与吐曼河从南北市区穿过。城区辖9乡2镇,8个街道办事处,地势西南高东北低,东部毗邻伽师县,南与疏勒县相交,西邻疏附县,北接阿图什市。城区四季分明、冬短夏长,属暖温带大陆性干旱气候。喀什市旅游资源丰富,人民广场、艾提尕尔广场、东湖公园、香妃园景区、盘橐城、大漠绿洲生态园、布拉克贝希泉景区、中西亚国际贸易市场、喀什老城区等都是人们旅游休闲与娱乐购物的主要场所。喀什新城区是近年来大力建设,改善当地老百姓生活的新型现代化示范城市。老城区民族风情浓郁,尤以维吾尔族的民居建筑、服饰、饮食文化等著称。城区主要街道几乎都通向艾提尕尔广场,其中吾斯塘博依街区更以加工制造各种民族手工艺品著称。喀什老城区保留了世界上最大的生土民居建筑群,错落有致的平顶房屋与过街楼,曲折盘绕的巷道小路,以及当地居民延续着的缓慢有序的传统生活方式,使老城区被誉为"活着的古城"。

莎车城区位于"丝绸之路"南道要冲,处于叶尔羌河流域中上游,塔克拉玛干沙漠西部,境内有叶尔羌河、提孜那甫河,有维吾尔、汉等民族。城区辖8镇21乡,地势西高东低,东北与麦盖提县相接,北邻巴楚县,西北接岳普湖县与疏勒县,东邻英吉沙县与阿克陶县,西南与塔什库尔干塔吉克自治县毗邻,东南与泽普县和叶城县相望。城区是世界非物质文化遗产"维吾尔族十二木卡姆"的故乡,是喀什地区南部的政治、经济、文化中心城市。莎车气候干燥、蒸发量大,盛产甜如蜜糖的"西开西"甜瓜,纸皮巴旦姆、软壳巴旦姆与双仁巴旦姆。此外,莎车鲜香嫩滑的烤乳鸽、滋补软糯的诺鲁孜粥等都是舌尖上的美味。另莎车还有灌木丛生的莎车国家湿地公园、可饱览民俗风情表演的木卡姆民俗风情度假村、大漠风光无限的喀尔苏塔克拉玛干旅游风景区、有"新疆的都江堰"之称的叶尔羌河喀群引水枢纽、有金碧辉煌的莎车非遗博览园等。

叶城因叶尔羌河得名,为叶尔羌的简称,处于叶尔羌河上游,境内有棋盘河、柯克亚河、提孜那甫河,城区辖4镇17乡,地势南高北低,北接麦盖提县,西北与泽普县和莎车县相邻、西南与塔什库尔干塔吉克自治县相依,南与克什米尔地区接壤,东临皮山县。叶城日照充足、无霜期长,物产资源丰富,是新疆核桃种植面积最大的县,所产核桃个大皮薄,蟠桃味甜汁多,棋盘无籽黄梨肉厚酥脆,黑叶杏酸甜爽口,甜石榴籽粒饱满。叶城不仅是核桃之乡、石榴之乡,更是歌舞之乡,叶城赛乃姆、喀喇昆仑山区歌舞、阿格马克舞等使叶城的民间歌舞更具地方特色。此外,叶城有红色文化教育基地邓缵先纪念园,有"福、禄、寿、喜、和、安、康"的七仙核桃园,有茂林幽谷的坡陇原始森林生态旅游风景区,有仿古城与原遗址相邻的锡提亚谜城景区,有青少年爱国主义教育基地的叶城烈士陵园,有高大雄伟的乔戈里峰,有凿于直壁土崖上的棋盘千佛洞,有一年四季泉流不歇的宗朗灵泉等。

巴楚即巴尔楚克的简称,意为"水草丰饶、一切全有"。县城位于喀什噶尔河与叶尔羌河下游,塔里木盆地和塔克拉玛干沙漠的西北边缘,属暖温带气候,干燥少雨、光热充足。城区辖4镇8乡,地势西南高东北低,东接阿瓦提县与墨玉县,南邻麦盖提县、莎车县与皮山县,西连伽师县与岳普湖县,北依柯坪县、阿合奇县与阿图什市。县城盛产能平肝降压的罗布麻茶、被称为"沙漠人参"的巴楚胡杨蘑菇、采食草药的巴楚胡杨鸡、滋味鲜美的巴尔楚克羊。巴楚县是维吾尔族刀郎舞的故乡,新疆胡杨文化的源起地,也是维吾尔族叼羊、维吾尔刀郎麦西来甫、维吾尔卡龙琴制作技艺的传承地。巴楚县有极高考古价值的唐王城遗址、世界连片面积最大的巴楚胡杨林国家森林公园、保存完整野生胡杨林区的夏河沙漠胡杨林生态旅游景点、以休闲度假为目的的曲尔盖金色胡杨岛旅游风景区、风景秀丽并可饱尝巴楚烤鱼的红海湾水上乐园旅游景区、可探险寻得七彩玛瑙的黑山、"美丽花园"之称的恰尔巴格乡沙山,还有深入"死亡之海"塔克拉玛干沙漠的奇趣之旅。

伽师源于境内的伽师河,维吾尔语称"排孜阿瓦提",意为"美丽富饶的地方"。城区位于喀什地区西北部,地势西北高东南低,喀什噶尔河横贯城区,城区东部毗邻巴楚县,西与喀什市、疏勒县相交,北邻阿图什市,南与岳普湖县为邻。城区在喀什噶尔河中下游的冲积平原上,土质肥沃,以灌溉农业为主,主要种植小麦、棉花、玉米、伽师瓜、杏、葡萄、酸梅等农作物,城区辖2镇11乡,G314国道、S213省道贯通全境,便利的交通为农户们经营农家乐创造了条件,政府为助推旅游业已经连续举办了八届伽师瓜文化旅游节。城区旅游景区类型多样,如莫尔通古城遗址,内有坍塌的烽火台与古城墙;西克尔魔幻大峡谷景区,内有平静的西克尔湖河与神奇的七彩山脉;玉代克力克乡的红柳滩,每年五至七月红柳开花时,万亩红柳姹紫嫣红;溪水游鱼与石子路、水库四周密密匝匝的胡杨林使邦克尔水库成为旅游休闲的好去处。

塔什库尔干塔吉克自治县又称"石头城",因城北有古代石砌城堡而得名,地处帕米尔高原西部,属高原高寒半干旱气候,冬季漫长寒冷,春秋短暂多风。城区辖2镇10乡,地势西南高东北低,东与叶城县与莎车县相交,南与巴基斯坦相连,西与阿富汗相接,西北与塔吉克斯坦相邻,北依阿克陶县。城区与巴基斯坦、阿富汗、塔吉克斯坦三国接壤,是中国和巴基斯坦重要的国际通道。城区位于塔什库尔干河西岸的平川地带、四面环山,海拔3 240米,塔什库尔干河、塔合曼河、瓦恰河、库勒青河流经县域。塔县以塔吉克族居多,有维吾尔、柯尔克孜、汉等多个民族,塔吉克族妇女喜穿红色服饰,戴"库勒塔"帽,男子善吹鹰笛,跳鹰舞,他们自称"太阳部落""鹰的民族"。塔县的公主堡、红其拉甫口岸、慕士塔格山与卡拉库里湖、塔合曼温泉、石头城与城下的阿拉尔金草滩等都是令游客向往的旅游名胜。

### (二)喀什地区旅游景点简介

喀什地区旅游资源极为丰富,有丝路古道遗迹、古建筑集群、高原冰川、大漠草原等各类旅游资源446处,其中地文景观33处,遗址遗迹80处,建筑与设施137处,生物水域景观82处,景区景点数量为116处,其中国家5A级景区2个,4A级7个,3A级31个,2A级11处。有岳普湖县区的达瓦昆沙漠景区,其内浩瀚的大漠与天然湖泊沙水相间;有叶城县宗朗灵泉景区,砾石土山上自然渗出的汨汨清流滋养着千年古柳;有泽普县境内的金胡杨国家森林公园,其内的水乡胡杨极富西域风情;有塔什库尔干塔吉克自治县的卡拉库里湖景区,在巍峨的慕士塔格山脚下碧水银峰,湖光山色浑然一体;有喀什市区东北角的喀什大巴扎与香妃墓、东南郊的盘橐城、市区中心的喀什老城区等。

#### 1. 自然景观类

金胡杨国家森林公园为国家5A级旅游景区,位于泽普县城36千米处的亚斯墩林场境内,叶尔羌河(泽勒善普)的冲积扇上缘,景区内胡杨面积达1.8万亩,2003年被评为国家森林公园,2013年进入国家5A级景区行列。每到金秋十月,胡杨林景区成了一片金黄的海洋,吸引了来自五湖四海的艺术家和摄影家来此寻找灵感,在雪域昆仑和叶尔羌河水的共同哺育下,这里的胡杨王诉说着它的传奇,胡杨的精神也给生活在这片乐土上的人民赋予了新的含义。此外,金索桥、银索桥、垂钓园、湖心岛和沙枣廊等景点也为金胡杨国家森林公园增添了浓郁的现代生活气息。

达瓦昆沙漠旅游风景区位于岳普湖县铁力木乡,为国家4A级旅游景区,距喀什市100千米。景区有2 000亩的水面、4万亩的沙漠,并且沙水相连,有沙漠探险、骆驼探险、水上娱乐等旅游项目,是以沙漠风光为特色,荟萃自然湖泊、文化古迹、维吾尔族风情和原始胡杨林等旅游资源为一体的风景区。景区比较有特点的是其内的一个自然湖泊,它无水源注入,却永远不枯竭,人入水中,不会下沉。以达瓦昆为中心,辐射周边13个景点,有1 800年的千年胡杨王、古墓群、700年历史的圣池和古战场遗址、1 500年的千年柳树王,其原始古朴的大漠风光组成了恢宏壮美的风景。

红海湾水上乐园旅游景区位于巴楚县阿纳库勒乡14村,为国家4A级旅游景区,距离县城12千米,占地面积达40平方千米,是集餐饮、水上娱乐为一体的国家4A级景区。该景区内有世界连片面积最大的天然胡杨林,号称"胡杨海",有红海水库、喀河湿地,在此不仅可游泳、垂钓,还可品尝滋味鲜美的巴楚烤鱼以及巴尔楚克烤肥羊。总之,清水碧草、戈壁湿地、胡杨古树为景区增添了独特的魅力。

2. 人文景观类

喀什噶尔老城景区为国家5A级旅游景区,位于喀什市中心,面积为4.25平方千米,其内两三百条巷道交错密织,约有居民13万人。喀什噶尔的灵魂在喀什老城,它代表了这个城市古老的过去,平静的现在。老城区街巷四通八达,纵横交错,看似随意延伸的巷道,实际都方便着城区内屋主的进出。屹立在街道两旁土木、砖木结构的房屋有不少已有百年以上的历史,城中安闲自在的居民慢节奏生活,为老城涂上一抹闲适安详的色彩。城区有保存完整的迷宫式城市街区,徜徉在老城内,犹如置身于一幅古朴生动的民俗画卷中。老城里的民居允许游客游览。一般民居大门开闭含义为:两扇门都打开,则代表男主人在家;一扇门打开,表示只有女主人在家;大门前挂了布帘,则代表正有客人来访。老城容易迷路,脚下的砖就是行路的方向标,沿着六角的砖向前走能走出老城,沿着四角的砖向前走是死胡同。

香妃墓为国家4A级旅游景区,自治区重点文物保护单位,位于喀什市东郊5千米的浩罕村。香妃墓传说葬有乾隆皇帝的爱妃"香妃"而得名(香妃确切的葬地是在清东陵的裕妃园寝)。陵墓始建于1640年前后,占地2公顷,由门楼、小礼拜寺、大礼拜寺、教经堂和主墓室5部分组成,为一处古建筑群,主墓室外墙和层顶全部用绿色、蓝色琉璃砖贴面,琉璃砖花纹各异,在阳光的反射下显得富丽堂皇。大小礼拜寺内的木雕、砖雕、彩绘,虽然难抵岁月的侵蚀,但依稀可辨昔日的神采。粗大木柱上的雕花、横梁上的彩绘、门楼上的拼砖图案等等极为精美。墓内葬有同一家族的五代72人(实际只见大小58个墓穴),又称为"阿帕克霍加墓"。

中西亚国际贸易市场为国家3A级旅游景区,位于喀什市东北吐曼河东岩。中西亚国际贸易市场俗称"喀什大巴扎",位于喀什市东门,又称"东门巴扎"。"巴扎"维吾尔语意为"集市",1992年前,因东门巴扎只在星期天开市,故又被称为"星期天巴扎"。现今巴扎每天都开市营业,但最为热闹的还是星期天。人头攒动的客商和赶巴扎闲逛的乡亲把巴扎挤得水泄不通,电动车、驴车、小贩的推车把通往巴扎的路占得满满当当,如果转完21个市场,一天的时间都不富裕。巴扎内的商品种类繁多,应有尽有,且不说精美的民族工艺品、艳丽的服饰,单是自家扎的扫把、自家种的果子、自家加工的土肥皂、自家炮制的酸奶冰等便非常吸引眼球,而热闹的巴扎也吸引了国内外的诸多游人。

可以说大巴扎是喀什地区购物、观光、体验民俗风情的理想场所。

喀什地区博物馆位于喀什市塔吾古孜路19号,该馆建于1992年,建筑面积2 360平方米,大楼坐西朝东,钢筋混凝土结构,包括地下一层共三层,展厅一室,实用面积850平方米。基本陈列为《新疆丝路历史文物展览》,展出新疆各地出土的石器时代、青铜时代、汉唐时期以及宋明元清的文物数百件,再现丝绸之路辉煌灿烂的历史。馆藏的镇馆之宝为西周时期的石祖柄石杵、北朝时期的三耳压花陶罐、北宋时期饰缂丝边缘绢棉长袍。1996年博物馆被喀什地区命名为"爱国主义宣传教育阵地"。

艾提尕尔广场景区为国家4A级旅游景区,位于喀什市中心。艾提尕尔又称为"艾提尕""艾提卡尔",意为"节日欢聚的广场"。广场景区主要包括艾提尕清真寺、艾提尕广场、艾提尕民俗产品一条街、黄金首饰一条街等。每当传统节日来临,艾提尕尔广场便成了欢歌乐舞的海洋,几百人同时起舞的场面非常震撼。广场旁边的吾斯塘博依古街更是享有盛名,老街中叮叮当当的红铜器敲打声不绝于耳,此外,乐器加工、铁皮加工、旋木加工、花帽制作、鞋靴制作使老街无愧民俗产品一条街的称号,而琴声、鼓声、歌声、叫卖声更使老街充满生气。

石头城为国家4A级旅游景区,位于塔什库尔干塔吉克自治县城东北侧,海拔3 100米,城堡建在高高的山丘上,在巍巍雪峰、莽莽绿树的映衬下颇显壮美之姿。此外,石头城下有景色颇佳的金草滩、大型的山道、蜿蜒的河流,地理环境极具战略优势。据考证,该城筑于汉代,唐、元、清代都对旧城进行了修葺改造,大量的文书与钱币在此出土,塔什库尔干也因这一石头城堡而得名。如今昔日繁华不在,只剩断壁颓垣屹立不倒。步入城中,哨所、炮台、寺院、道路、城门等依稀可见,并静静地诉说古丝路的繁华。

刀郎画乡景区为国家4A级旅游景区,位于麦盖提县库木库萨尔乡,以创作、培训、展示、销售农民画为主,位于城南7千米处,核心区占地500余亩,内部设有塔克拉玛干沙漠探险纪念馆、农民画创作体验区、农民画展区、葫芦画展区、农民画及工艺品销售区、"帕普孜"(维吾尔曲棍球)活动场地、"萨哈尔迪"(维吾尔转轮秋千)活动场地等。农民画的创作主体是农民画家,画家们可在纸、木板、布、葫芦等材料上作画,作品内容多以展示农民们丰富多彩的生产生活为主,画面色彩鲜艳、线条流畅、形象生动、寓意深刻,非常受当地百姓的欢迎。在欣赏农民画的同时,景区还推出了刀郎歌舞助兴表演,让游客充分领略画中载歌载舞的艺术氛围。

**(三)喀什地区美食特产简介**

喀什地区阳光充足,气候适宜,为瓜果生产提供了良好的自然条件,瓜果品种繁多,质地优良，营养丰富，一年四季干鲜瓜果不绝于市，是著名的"瓜果之乡"，如伽师县的伽师甜瓜、莎车县的巴旦姆与甜瓜、英吉沙县的色买提杏、叶城县的核桃、蟠桃、甜石榴与棋盘梨、疏附县的阿月浑子等；喀什又是一个美食荟萃的地方，有巴楚县的烤鱼与巴尔楚克羊、莎车县鲜香嫩滑的烤塔里木鸽、岳普湖县的疆岳驴、麦盖提县的多浪羊、塔什库尔干塔吉克自治县的塔什库尔干大尾羊等；此外喀什红铜器、喀什民族乐器、喀什花帽、喀什土陶、英吉沙小刀、莎车买买提折刀、麦盖提农民画等民族工艺品亦有很高的欣赏价值；此外，巴楚的胡杨蘑菇、岳普湖县的小茴香、伽师县的西酸梅等也为喀什味道增色不少。

1. 瓜果类

伽师瓜栽培历史悠久，因产地在伽师县而得名，其皮色墨绿、网纹少、每年九、十月份成熟、肉脆汁甜、耐于储藏，是老百姓的待客上品。元代诗人耶律楚材曾就伽师瓜的越冬存储吟出"鲜瓜出于当年秋，可度来年又一春"的诗句，恰恰是这一品性，伽师瓜被誉为"西域珍品"，清代更是作为贡品被世人熟知，如今已畅销海内外成了伽师县的品牌形象。2006年伽师瓜正式获批国家质检总局颁发的国家地理标志保护产品标识。

巴旦姆又称巴旦杏、扁桃。莎车县有中国最大的巴旦姆种植基地，盛产纸皮巴旦姆、软壳巴旦姆、双仁巴旦姆等。巴旦桃每年四月初开花、八月中旬采摘，因其果肉干涩不宜食用，故果农待果皮自然开裂时采果。巴旦姆果核营养价值很高，非常适宜体虚身弱的人食用。维吾尔民间医药大量采用巴旦姆入药搭配，民间也有每天嚼食巴旦姆强身健体的偏方，如今巴旦姆已经成为莎车县的支柱产业。2007年莎车巴旦姆正式获批国家质检总局颁发的国家地理标志保护产品标识。

色买提杏是英吉沙县特产之一，有"冰山玉珠"之美称，被誉为"中国第一杏"。色买提杏以育杏人色买提而得名。杏向阳面色泽偏红、果形中等、果肉橘黄色、核小味甜，含人体所需的多种维生素、蛋白质及微量元素，既是鲜食佳品，又可制干和加工成杏脯、杏原汁、杏仁奶等。2007年英吉沙色买提杏正式获批国家质检总局颁发的国家地理标志保护产品标识。

喀什石榴的主要产地在叶城县、疏附县，有大籽甜石榴和酸石榴。甜石榴圆球形，皮色淡粉、果粒大而透亮、汁多味甜；酸石榴扁圆形，皮色偏红、果粒鲜红、汁多味酸甜。石榴汁中含有大量有益于身体的有机酸，故喀什街头有很多鲜榨石榴汁的小摊，鲜红的石榴汁酸甜适口很受民众的喜爱。2006年疏附县石榴通过国家有机食品认证，2009年叶城石榴等获得国家有机产品认证证书。（图一）

图一　喀什石榴

2. 美食类

喀什鸽子汤是喀什地区一道地方名菜。鸽子坐在盘中,优雅的颈项伸在空中,身体趴在一堆酥软的鹰嘴豆上,姿态优美,令人不忍动箸。鸽肉经高温蒸汽蒸熟,入口酥烂、肉质细嫩、无半点腥味,非常美味;盘里的鹰嘴豆也很好吃,绵软香甜。最后,还有一盘馕,把金黄的馕片掰碎浸泡入鸽子汤中,饱吸了鸽子汤鲜美的酥馕,酥而不散香气扑鼻,总之,鸽子、鸽汤、鸽汤泡馕无一不美味。

喀什羊肉味道鲜美,用其烧制的馕焖全羊、胡辣羊蹄、清炖羊肉、烤肉串等别具风味、令人难忘。喀什地区盛产多浪羊与巴尔楚克羊。多浪羊主产地在麦盖提县,因此又被称为麦盖提羊。多浪羊体大肉多且肉质鲜美、耳长、头及四肢多灰黑色,繁殖率高、成长快、毛质好、含绒多,是肉毛兼用的优良畜种。巴尔楚克羊主产地在巴楚,毛白体型适中,因眼鼻唇耳处有黑斑故又被称为"熊猫羊"。巴尔楚克羊耐粗饲、耐盐碱、肉质细嫩、低脂无膻味,是食用佳品。

3. 工艺品类

喀什红铜器是喀什街头巷尾常见的民间工艺品。红铜又名紫铜,杂质较少,因其具有玫瑰红色,氧化后呈现紫色,故名紫铜。红铜延展性、可塑性极好。喀什技艺高超的红铜匠人正是利用红铜这一特性,通过手工捶打、刻花、打磨等工序,一件熠熠生辉的红铜器便加工完成了。红铜一般被打磨成阿不都瓦壶(洗手壶)和其拉布奇盆(接水盆),质量好的铜壶可以家传几代人,此外铜花瓶、铜盘、铜锅、铜制烧水壶等亦是红铜匠人钟爱打制的器具,为了显示自己高超的红铜加工技艺,店主人往往会在店门口放几只做工精美的巨型阿不都瓦壶充当店铺的形象招牌。(图二)

图二 喀什红铜器

英吉沙小刀因产地在英吉沙县而得名,是喀什地区的传统手工艺品之一,约有400多年的历史。英吉沙的小刀以不锈钢为制作刀刃的原材料,之后进行磨光和淬火,经过淬火过的小刀会非常的锋利,双面以流水槽为主,在刀身上进行刻字。它选料精良,做工考究,造型美观,纹饰秀丽,具有浓郁的民族风格。在造型上,英吉沙的小刀的刀柄可以分为骨柄或者铜柄,镶嵌有玉器、宝石、银铜等,小刀主要分为弯式、直式、箭式和鸽式等。英吉沙传统小刀制作工艺于2008年国务院批准列入第二批国家级非物质文化遗产名录。购买心仪的刀具,记得要以邮递的方式寄送。(图三)

模戳彩色印花布是维吾尔民间特有的手工技艺,按印制工艺分镂版单色印花与

图三　英吉沙小刀

模戳多色印花。由于模戳多色印花工艺复杂,几近失传,现仅英吉沙县还保留着模戳彩色印花技艺。模戳彩色印花即在家织土白布上,用各种图案的木戳沾上事先配制好的矿物质或植物染料,按先后顺序印制在白布上,印花高手能套印不同的色彩在同一块布面上,由于染料配比恰当,一块印制好的彩色印花布可保持百年不褪色。印布的木头模戳大都是匠人自己刻制的,模戳图案有几何纹、花卉纹、蔬果纹、器皿纹等,印出的花布多用于墙围、腰巾、餐单、褥垫、窗帘等的制作。因不同的模戳组合可印制不同的印花,故当地百姓对这种物美价廉、经济实用、色彩鲜艳的彩色印花布青睐有加。

乔鲁克靴意为"用皮子制作的靴子",新疆很多民族都有制作并穿乔鲁克靴的习惯,但最精美的乔鲁克靴的制靴艺人却在叶城县。乔鲁克靴不用任何粘合剂,全靠艺人们精巧的针线缝合而成。叶城乔鲁克靴不分左右,鞋头上翘,无鞋跟、鞋帮,鞋靴为整块皮子,鞋底缝在靴筒与靴帮上,并在鞋头处有三角形的缝合面,鞋后跟有便于提鞋的鞋襻,为了使鞋子更加美观,制鞋艺人会在鞋腰上装饰彩色皮条或毛线,制成的皮靴还要经过定型、抛光等工序才能售出。由于鞋子贴合脚型,防潮防滑、耐磨轻巧,特别受牧民

的喜爱,如今很多游客也会买双漂亮的乔鲁克靴当成工艺品收藏起来。(图四)

### (四)喀什地区的民俗风情

喀什地区是一个多民族聚居区,各民族在长期的交往交融中形成了具有浓郁地方特色的民俗文化。早在魏晋南北朝时,疏勒乐舞便在中原广为流传。隋唐时期,用胡琴、琵琶、胡笳、羯鼓演奏乐曲风靡一时,"疏勒乐"成为隋朝宫廷的"十部乐"之一。宋元时期,融入各种音乐元素的木卡姆音乐套曲被广泛传唱。伴随着激昂的乐曲,当地百姓用"纳孜乐库姆舞"庆丰收,用"刀郎舞"模仿狩猎过程,用"萨玛舞"庆祝节日,用"顶碗舞""击石舞""木勺舞"模拟劳动,除了生活中必不可少的欢歌乐舞外,聪明的当地民众还用各种各样的

图四 乔鲁克靴

精巧工艺品装点生活、装扮自身。在阿以旺民居中,精雕的旋木装饰着廊柱,艳丽的挂毯铺满了客房,庭外的花草生机勃勃。在节日与婚礼的盛装中,男子的巴旦姆花帽和奇曼花帽绣工精致,女子的艾德莱斯绸裙随风轻扬。在日常生活与邻里交往活动中,各种各样的特产与工艺品都可以当成礼品馈赠,如新打的馕、新收的核桃与杏干、新绣的枕套、画工精美的葫芦画、闪闪发光的红铜器、图案粗犷的彩陶等。在喜庆聚会的广场上,达瓦孜高空走索、萨哈尔地空中转轮等节目会激起阵阵喝彩。若有闲暇,在各乡镇赶周一到周日的巴扎最是有趣,在巴扎上总能发现一些特别的精彩。

1. 塔吉克民俗风情

在喀什地区的塔什库尔干塔吉克自治县,塔吉克族世居于此。塔什库尔干县完整保留了塔吉克族民间的文化样态。塔吉克族以畜牧业为主,兼营农业,其住房有村落和牧场两种,多为土木和石木结构平顶屋,顶部开窗。特色饮食有奶粥、奶面片、酥油奶糊、抓饭等,吃饭前必须洗手,以洗三次为标准,不能多也不能少,洗后须用毛巾擦干。由于高原气候恶劣,很少见到陌生人,故塔吉克人对待客人热情尚礼。很多人家都有为留宿客人准备的被褥,其礼节亲切质朴,男子见面互吻手背,女子相见,平辈互吻面颊。塔吉克服饰极具特色,妇女头戴高平顶"库塔勒"帽,帽顶披覆红色长头巾,喜穿红色长连衣裙,男子头戴"吐玛克"皮帽,穿"袷袢"(无领无口袋无扣大衣),腰间系三角腰巾,脚穿长筒皮靴。塔吉克妇女擅长刺绣,由她们绣制的衣领、衣襟、花帽、鞋靴等装点着塔

吉克服饰，2011年塔吉克服饰成功入选第三批国家级非遗名录。塔吉克族的主要节日有迄脱乞迪尔节（春节）、引水节、播种节、肉孜节、巴罗提节（灯节）、古尔邦节等，在过节时，屋主人会用白色面粉洒在墙壁上，预示着吉祥如意。此外，塔吉克族以翱翔在天际的雄鹰自喻，在鹰笛和手鼓的伴奏下，男女老幼跳起了鹰舞，由于其独特的舞姿动作，鹰舞2006年便入选首批国家级非遗名录。

2. 喀什土陶烧制技艺

喀什土陶烧制艺人主要集中在喀什老城的东南部的阔孜其亚贝希巷。阔孜其亚贝希意为"悬崖上的土陶"，在高40多米、长800多米黄土高崖上多是制陶艺人们与从事陶器交易者后代们的民居，又被称为高台民居，民居依崖而建，随着家族人口的增多，子孙们便在祖辈的房上加盖一层楼，这样一代一代，房连房，楼连楼，层层叠叠，形成了奇特的民居建筑。这里巷道狭窄弯曲，过街楼、小胡同、手工作坊随处可见，最醒目的还是要数土崖下的土陶店。由于吐曼河淤积的泥沙非常适宜烧制土陶，为便于掘取黄泥，制陶匠人们便在高台上搭建民居，久而久之，高台民居群便密密麻麻地铺满整个土崖。在

图五　喀什土陶器

土陶匠人不断的烧制尝试下,极具有特色的维吾尔模制法土陶烧制技艺日趋成熟。土陶分素陶、釉陶和彩陶三种,器形有陶缸、陶碗、陶碟、陶盆、陶瓶、陶壶、陶罐、陶灯等,有小大、圆扁、低高之分,彩陶色以青、黄、绿、红为主,色泽古朴大有唐三彩的遗风,图案以手工绘制,线条流畅信手拈来自由奔放。在土陶的加工过程中,从选泥、和泥、揉泥、制坯、阴干到彩绘、上釉、烧制,每一个环节都离不开艺人们的掌控,可以说,一件件精美的土陶艺术品,汇集了千年的智慧。维吾尔模制法土陶烧制技艺于2006年入选首批国家级非物质文化遗产名录。(图五)

## 三、和田地区旅游资源概况

### (一)和田地区与各城区概况

#### 1. 和田地区概况

和田地区位于中国新疆南部,"和田"古时被称作"于阗",藏语之意为"盛产玉石的地方"。和田地区北部为阿克苏地区,南与西藏自治区相交,东临巴音郭楞蒙古自治州,西部与喀什地区毗邻,西北部与克什米尔地区相接。和田地区地势西南高,东北低,山区山地、盆地沙漠界限明显,和田境内有大小河流36条,较大的河流有和田河、喀拉喀什河、克里雅河、玉龙喀什河、牙通古孜河、尼雅河、安迪尔河等,上述河流全部为内陆河,很多河流消失在塔克拉玛干沙漠腹地,河流季节性径流量变化极大,夏季易洪涝,春秋冬季干旱。

和田地区辖1个县级市、7个县,即民丰县、和田县、皮山县、于田县、策勒县、墨玉县、洛浦县、和田市,其面积大小依次排列,其中民丰县面积最大,和田市面积最小。和田地区除维吾尔族以外,还生活着汉族、回族、蒙古族、哈萨克族、柯尔克孜族以及乌孜别克族等民族。

和田地区生物资源、矿产资源、光热资源丰富,其和田玉、金、煤、天然气、石油、石英、石膏等矿藏储量可观;野生动物资源有野骆驼、野牦牛、藏羚、北山羊、塔里木兔等,野生植物资源有肉苁蓉、红柳、甘草、沙枣、骆驼刺等。

和田地区位于塔克拉玛干沙漠地区,南枕昆仑、北卧大漠,地形南宽北窄,地势南高北低,全年干旱少雨,属暖温带极端干旱荒漠气候,夏季干燥炎热,冬季干燥寒冷,春夏多大风沙暴与浮尘天气,降水量小,日照充沛,无霜期长,昼夜温差大,便于农作物营养的累积,使果树品质较高。全年均可旅游,但应避开初春时的沙尘天气,除去浮尘大风天气,和田地区全年有日照的晴天可达250—300天。

和田地区旅游节日众多,每年3月8日各市县、乡镇、村委会在大大小小的文化广场举办"三八妇女节"庆祝会,身着靓丽服饰的女性载歌载舞,非常热闹;每年春分日有传统的诺鲁孜节,节日期间各市县群众会分享大锅诺鲁孜饭,唱民歌、跳民族舞蹈;每年3月底有洛浦县多鲁乡杏花节,可赏杏花,品美食,看民俗表演;每年5月1日,各市县群众会在广场举办表彰会、歌舞会、美食汇庆祝"五一劳动节";每年五月底在策勒县策勒乡康喀拉村有石榴花节,游客可赏石榴花,了解策勒石榴产品;每年8月有和田玉石文化旅游节,节日以玉石为媒介,全面推介和田文化;每年9月中下旬有策勒县美食节,可品特色餐饮;每年10月1日,各市县广场会有升旗仪式,在国庆黄金周,喧闹的街道与巴扎是最热闹的地方。

2. 和田地区部分城区概况

和田市位于玉龙喀什河西岸,地势南高北低,辖5乡3镇,其西部为和田县,东部与洛浦县相邻,玉龙喀什河穿城而过。城区虽说占地面积是和田地区最小的,但却是整个地区的政治、经济、文化、交通和金融中心。和田机场位于市区南12千米处,有便捷的铁路、航空、公路运输网。无论是"老三宝"(玉石、地毯、艾德莱丝绸),还是"新三宝"(维吾尔医药、大芸、阿胶),和田地区各县的特产都可在市区买到。和田市的团结广场是各项重大活动的举办场地也是市民娱乐休闲的活动场所,夏季的傍晚,这里灯火阑珊,游人如织。和田大巴扎与和田夜市上,各种精巧的工艺品与地方特色美食品种繁多,热腾腾的烧烤、甜滋滋的麻糖、香气扑鼻的抓饭、五颜六色的凉粉等等令人眼花缭乱。此外,市区的和田博物馆、喷泉广场、和田玉文化墙、昆仑湖公园、玉泉休闲广场、和田玉石交易中心、和田市肖尔巴格乡香格里拉休闲庄园等文化景观,更是为今日的和田增添了道道靓丽的风景线。

皮山县位于喀喇昆仑山北麓,地势西南高东北低,辖16个乡镇,其中有2个民族乡,即垴阿巴提塔吉克族乡、康克尔柯尔克孜族乡。县城东部毗邻墨玉县与和田县,西接叶城县,北邻巴楚县与麦盖提县,南与克什米尔地区交界,在赛图拉镇南部,海拔5380米的喀喇昆仑山上建有神仙湾哨所,在这片生命禁区,边防军人用自己的青春和生命为哨所赢得了"喀喇昆仑钢铁哨卡"的荣誉。城区境内有喀拉喀什河、桑珠河、杜瓦河、阔什塔格河等五条中小型冰川融雪河,但由于蒸发量大,降水稀少,故气候干燥是皮山经济发展的最大掣肘。作为农业县,城区除种植小麦、棉花外,还种有红枣、葡萄、核桃、山药、雪菊、石榴、甜瓜、大芸等特色经济作物。皮山县煤炭、石膏、玉石、石英岩矿储量可观。城区作为古丝绸之路的重镇之一,历史遗迹众多,有桑株岩画、亚尔其乌依吕克古城、藏桂古城、玉吉米力克古城、阿瓦提地主庄园等。皮山县的烤羊肉、薄皮包子、烤三蛋(鸡蛋、鸭蛋、鹅蛋)、酸奶等亦独具风味。

墨玉县得名于喀拉喀什河,"喀拉喀什"即为"黑色的玉石"。墨玉城区地势南高北低,下辖5镇11乡,和田河与喀拉喀什河作为墨玉县与洛浦县的界河,东邻和田县与洛浦县,西接皮山县,南依喀喇昆仑山北麓,北抵阿瓦提县。城区以农业种植为主,属典型的灌溉农业,除玉米、小麦、水稻外,还有核桃、杏、葡萄、石榴、红花、小茴香、大芸、胡麻、罗布麻等特色经济作物。城区盛产黑云母、石灰石、黄金等矿产资源。城区各种旅游资源独特,有巍峨昆仑山上的冰川雪景,有绵延起伏的大漠沙丘,有动植物品种丰富的拉里昆国家湿地公园,有神秘奇特的麻扎塔格山(红白山),有保存完整的夏合勒克封建庄园,有阿克萨拉依乡古勒巴格村的千年梧桐王,有仍可使用的二十八盘古水磨,有精致小巧的奎牙小刀,有传承千年的桑皮纸制造技艺,有集中推介桑皮纸兼民俗工艺品的桑皮纸文化一条街,有美食美味齐聚的博斯坦美食城等。

于田县又名克里雅,克里雅河是于田境内的主要大河,维吾尔语意为"漂移不定"。于田城区地势南高北低,下辖13个乡、2个镇、3个场,东邻民丰县,西接策勒县,南依西藏自治区,北抵塔克拉玛干大沙漠。城区以绿洲农业种植为主,农牧渔兼营,有大芸、苜蓿、葡萄、杏、枣、甘草、小茴香等经济作物。境内玉石、煤、石灰岩、铜、金、黄铁矿等储量丰富。城区各种类型旅游资源兼具,自然景观有秀丽明媚的乌鲁克湖、风光绮丽的希吾勒龙湖风景区、我国大陆上最年轻的阿其克库勒火山群、瀚海沙漠上的胡杨林,丝绸古道上的历史遗迹有唐僧西天取经来过的喀孜拉克遗址、几乎被沙丘覆盖的尤木拉克库木古城、唐兰城镇遗址即伯什托胡拉克古城、被称为黑沙丘的喀拉墩遗址等,民俗体验区有姹紫嫣红的沙漠玫瑰园、达里亚博依乡的大河沿民俗村、长寿人聚居的拉伊苏"长寿村"、县城老街等。

民丰古称尼雅,其境内的尼雅遗址驰名中外。城区地势南高北低,下辖6个乡、1个镇,东邻且末县,西接于田县,南依西藏自治区,北抵沙雅县。境内有安迪尔河、尼雅河、牙通古斯河、叶兰胡加河、叶亦克河等内陆河,河流水量季节性分配不均,因水汽来源少,形成典型的大陆干旱性沙漠气候。城区以绿洲农业为主,除小麦、玉米外,还有恰玛菇、雪菊、土豆、红薯、大蒜等经济作物。境内石油、天然气、沙金等储量丰富。城区的尼雅国家湿地公园风光旖旎、草木葱茏;由五个湖水味道不同的小湖构成勒吾则克乡渔湖,渔湖环境幽美、水质甘洌;若克雅乡草湖潭水清澈、碧草如茵;尼雅乡托皮村的沙海古树虬枝沧桑;安迪尔乡与尼雅乡的原始胡杨林枝繁叶茂;沙漠公园内人工制沙工程成果卓著;而阿克阔其卡古城、夏央塔克古城、安迪尔古城堡、尼雅古城等遗址证明了民丰曾经的辉煌文明。此外,城区还有银丝擀面、烤南瓜、黄萝卜酱、哈勒瓦(特质甜面糊)、羊杂碎等特色小吃。

### （二）和田地区旅游景点简介

和田地区拥有全国 A 级景区 36 处，其中 4A 级景区 6 处，3A 级景区 19 处，2A 级景区 11 处，旅游资源种类齐全。古堡遗址类景区有：民丰县喀巴阿斯卡村汉晋时期的尼雅遗址、安迪尔牧场的汉唐时期的安迪尔古城；和田县巴格其乡汉唐时期的约特干遗址、汉代玛利克瓦特故城、汉至南北朝时期的玛坚勒克遗址；洛浦县汉代的阿克斯皮力古城、玉龙喀什镇南北朝至唐代的热瓦克佛寺遗址、汉代的山普拉古墓群；策勒县的汉代老达玛沟古遗址群、唐代的丹丹乌里克遗址；皮山县的汉代的亚尕其乌依吕克古城；于田县大河沿乡汉代尤木拉克库木古城与汉至南北朝时期的喀拉墩古城等。自然风景类景区有：和田县乌鲁瓦提风景区与英艾日克乡玉沙滩旅游景区、策勒县人文生态旅游园区、洛浦县多鲁乡的玉龙湾风景区、于田县阿其克库勒火山等。民俗文化类景区有：和田市吉亚乡生产艾特莱斯丝绸的传统作坊与人潮涌动的和田市大巴扎、和田县民俗一条街、于田县塔克拉玛干沙漠深处的大河沿民俗村、墨玉县阿克萨拉依乡的其娜民俗风情园、皮山县塔吉克民族风情园等。

#### 1. 自然景观类

乌鲁瓦提风景区为国家水利风景区，位于和田县浪如乡境内，距和田市 71 千米，核心景点是乌鲁瓦提水库。乌鲁瓦提水库是国家重点水利建设工程，海拔 1 900 米，属山谷拦河水库，具有防洪、发电、灌溉、生态保护、旅游等功能。乌鲁瓦提水库景点有拦谷大坝、索龙桥、泄洪道、大坝飞瀑、怪石滩、十八湾、小三峡、红柳滩等，在此可探险、漂流、游泳、垂钓，或到农家乐度假，到体育运动场健身等。水库区南部有几个湖中小岛，岛上植物茂盛、水草丛生，是水鸟们栖息生长的乐园。水库四周低山环绕，来到景区，面对苍莽的群山、波光粼粼水面、湛蓝的天空，不禁让人心旷神怡，整个画面壮美中不失秀丽，是和田地区夏季避暑的好地方。

玉龙湾景区为国家 4A 级旅游风景区，位于洛浦县多鲁乡，是一个自然湖泊，景区占地 17 平方千米，距县城 12 千米，景区分枯水期与丰水期，丰水期时湖泊充盈，湖面碧波荡漾，水鸟飞翔，周围的沙岸、灌木丛、胡杨林、远山构成一幅美丽的画卷；枯水期时，湖岸中的高地突起，湖岸后退，一片片水洼连成一串，牛羊在岸边吃草，芦苇荡与红柳丛密密匝匝，也呈现出一幅田园牧歌的场景。因玉龙湾景区在塔克拉玛干沙漠深处，故其独特的沙漠公园景观吸引着远道而来的游客。玉龙湾景区将沙漠、沙地、沼泽、湖泊、绿洲各种类型的景观集于一身，在这里，既无沙漠的灼热，又可沙疗、度假、钓鱼、体验民俗。目前玉龙湾景区已被列为国家沙漠公园的试建点。

### 2. 历史景观类

尼雅遗址位于民丰县喀巴阿斯卡村以北20千米的沙漠处，为古精绝故城遗址，"尼雅"维吾尔语意为"遥不可及的地方"，尼雅是一个谜一样的存在，关于尼雅遗址有各种神奇的讲述，尤其是汉代蜀地织锦护臂"五星出东方利中国"的发现，让人对这几千年前的预言倍感信服。遗址以佛塔为中心，方圆数千米区域内发现了民居、寺庙、墓地、果园、畜圈等遗址遗存，还出土了各种金属器具和汉文、佉卢文、于阗文等珍贵资料实物，除此之外这里也发现了蔓菁、麦子等食物遗物。这座古城遗址的发现为研究中原王朝与西域诸城间关系，以及丝绸之路上东西方文明的交流提供了珍贵的史料价值，同时有助于研究者揭开精绝国兴衰之谜的面纱和对西域文明的进一步了解和认识。进入尼雅遗址参观前需要在和田文物管理所或和田国际旅行社办理审批文件，价格昂贵，为了监督旅游者，文管所会派遣一人随行，尼雅遗址位于沙漠腹地，要避开炎热季节，要准备好各种御寒和防晒衣物及充足的饮食，要与向导一并前往，以免迷路。

达玛沟遗址群位于策勒县达玛沟乡，达玛为"达摩"的音译，达玛沟即"佛法汇聚之地"。达玛沟遗址群长100千米，宽20千米，在这里分布着大约20多处汉唐时期建筑遗址，这些建筑以佛寺遗址为主，如托普鲁克墩佛寺、丹丹乌里克佛寺、老达玛沟遗址等，其中最为著名的是托普鲁克墩佛寺，整个佛寺虽不足4平方米，却保存完整，在残损的壁画中有"千手千眼观音像"，有身着唐代服饰的壁画人物象等；丹丹乌里克佛寺遗址出土了大量的木板画、古钱币与各种文书；其中鼠头神像与唐代人物像木板画绘制的颇具神采；老达玛沟遗址群中有两处佛寺遗址，出土了汉自唐代的各种钱币、生活用品与古文书等。总之，达玛沟遗址群是全国汉唐时期佛教寺院遗址数量最多的地区。

库尔班·吐鲁木纪念馆位于和田地区于田县托格日尕孜乡托格日尕孜村库尔班·吐鲁木故居，距于田县城14千米，是自治区爱国主义教育基地，2017年入选《全国红色旅游经典景区名录》。库尔班大叔上北京是当地广为流传的一段佳话。为了继承和发扬库尔班大叔的爱国情怀，1993年，县政府为库尔班大叔修建了墓碑，1995年建成了库尔班与毛主席亲切握手的雕像，2003年建成了库尔班大叔纪念室，同年被评为2A级景区，2016年对原有的纪念馆进行了扩建。馆内陈列了库尔班大叔的生平简介、历史图片和文献资料，从多方面和多角度展示和宣传库尔班大叔的爱国精神。纪念馆经过几度扩建后形成了如今的规模，如今这里已成为新时代开展和宣传民族团结的爱国主义教育基地。

皮山县古核桃园位于桑株乡色依提拉村，距乡政府3千米，占地面积50亩，园内生长着37株500年以上的古核桃树。这些核桃树枝繁叶茂，除了树干粗壮、树冠高大外，未见任何衰退的迹象。核桃园内古树参天,树荫下凉风习习,漫步其间,仿佛来到了世外桃源。古树在当地人心目的地位很高,人们认为古树结的核桃最美味,据说园中最大的一颗核桃树年产核桃五万个。在农闲时节,核桃树下也是乡民们聚会娱乐的好地方,人们会举办热闹的游园会,在树下唱歌跳舞等。

3. 民俗景观类

其娜民俗风情园坐落于墨玉县阿克萨拉依乡其娜巴格村,占地面积约 40 亩。园中有一棵千年古梧桐树,当地人称其为其娜,就是梧桐的音译。这颗千年古梧桐是和田"三王树"(核桃王树、无花果王树)中的"宝中之宝"。经中科院植物研究所测算该树的树龄有 1 460 岁,树高 30 米,树干直径达 3 到 5 米,需要 7 个人手拉手才能围抱起来,树冠遮盖地面达 1.5 亩。虽然为千年古树且历经沧桑,但是至今依然枝叶繁茂。人们自觉地照顾看护它们,认为它们是和田富裕丰饶的象征。2007 年其娜民俗风情园被自治区评为 3A 级旅游景区。

大河沿民俗村在于田县达里雅布依乡境内,距离县城 250 千米左右,位于塔克拉玛干沙漠腹地。因深居沙漠中心,大河沿村居民很少同外界联系,故长期的封闭式生活使村落民俗保持完整,村民们的衣食住行都与城市的维吾尔人不同。村民们沿克里雅河而居,以放牧打鱼为生,村民们的牧场就是河岸边茂密的胡杨林。这里的房屋大多为木骨泥墙式平顶建筑,胡杨木为骨,红柳枝编成篱笆墙,墙上覆以薄泥,火塘在居室的中间,没有炉灶,故村民们所食用的馕饼也是在热灰中烤熟的,当地人称"库麦琪"。村民们的屋内几乎没有什么家具,只是简单地用胡杨木和粘土垒一个平台,上铺毛毡与地毯。大河沿民俗村至今仍保留着原汁原味的传统生活习俗。村内因交通不便,村民们不懂种植,故蔬菜价格较高。

和田艾德莱斯绸手工作坊位于和田市吉亚乡,艾德莱斯绸是新疆极富地域特色的文化符号,深受广大维吾尔女性的喜爱。吉亚乡手工作坊已沿用千年,2007 年 12 月获得全国工业旅游示范点和国家 3A 级景区的荣誉。该景点主要展示了和田艾德莱斯绸的制作工艺流程,大致为煮丝、缫丝、并丝、捆扎、扎染、拼图和纺织七道程序,整个工序都是通过手工完成,有助于人们对艾德莱斯绸古老的纺织与织染工艺深入了解,同时也便于产品的宣传推销。吉亚乡有一个展销大厅,专门用于陈列以艾德莱斯制作的各类传统与创意产品,如连衣裙、花帽、丝巾、领带、手提包、雨伞等应有尽有。

和田巴扎在和田地区各县市、乡镇都有。不同巴扎开放的时间不同,人们会用星期称呼巴扎,最热闹的是星期天巴扎。在巴扎上可以看到各种稀奇的东西,乡民们携家带口逛巴扎,每到巴扎天,通往巴扎的主干道会被堵得水泄不通。逛巴扎时最吸引人的就是巴扎上的小吃摊。和田巴扎上除了瓜果梨桃、凉粉、酸奶、烤肉、烤鱼、麻辣烫外,切成块的烤全羊、烤三蛋、蜜糖粽子、酸奶冰、玫瑰花馕等,无一不刺激着人们的食欲。在凉棚下休息时,可以要一杯酸奶冰,吃些凉面或凉粉,一边纳凉,一边感受这淳朴的民风。到了晚上,各县市中心都会有夜市巴扎,一如白天,夜市里灯火通明,各种食物的香味扑面而来,待逛完一条夜市街,肚子也会被各种宵夜塞满。来和田,各种巴扎是不能错过的景观。

### (三) 和田地区美食特产简介

和田地区各种类型的资源丰富,产出许多极富地域特色的产品。如和田玉久负盛名,尤其是和田羊脂玉已经成了炙手可热的收藏品,和田地毯既实用又美观,和田的艾德莱斯绸使维吾尔女性成为最靓丽的移动风景,此外和田的骏枣、核桃、楹桲、甜瓜、大芸、玫瑰、药茶、雪菊、桑皮纸、细毛羊、黑鸡、塔里木双峰驼、麻鸭、青驴、玉米菜粥、包谷面馕、玫瑰馅月饼和玫瑰馅馕、玫瑰酱、薄荷酱等都是和田地区的名优特产。

#### 1. 瓜果美食类

和田大枣以其外形较大、果肉紧实、口感香甜、皮薄核小而闻名全国。因和田气候土壤适宜大枣的生长,加之和田地区大枣种植面积大,大枣品质高,干枣与鲜枣果型差别不大,枣内的干物质含量高,故和田大枣畅销全国。

和田是有名的"核桃之乡",是中国最早种植核桃的地区之一,其种植历史长达千年之久,经过长期的选育栽培,和田核桃树挂果早、结果多、适应性及抗病性强,现已在全区推广。和田核桃主要有纸皮核桃、薄壳核桃、早熟核桃等品种,其壳薄、果大、含油量高,深受区内外消费者的喜爱。

和田黑鸡主要分布在民丰和洛浦两县,有尼雅黑鸡和洛浦黑鸡之称,因鸡身羽毛皆为黑色,故称黑鸡。黑鸡属肉蛋兼用型地方品种,有长期的饲养史,据考证尼雅遗址中便发现了黑鸡的毛与骨。黑鸡具有抗病性强、适应性强、耐粗饲、耐寒冷等特点,当地居民多用粗放式散养方式饲养,因此鸡肉紧实鲜嫩,脂肪含量少。因和田黑鸡未与其他地方品种杂交,遗传特性稳定,故2009年被列入新疆维吾尔自治区遗传资源保护名录。当地居民会用黑鸡做大盘黑鸡、卤鸡、馕坑烤鸡等佳肴。

和田的馕很有特色,馕是新疆很多民族喜欢的主食,和田最有名的馕是杂克尔玉米馕和库麦琪肉馕。杂克尔馕以墨玉县的最好吃,墨玉县盛产甜玉米,在喀拉喀什河上有二十八盘古石磨,这些石磨至今仍在加工谷物,用石磨磨出的粮食有天然的谷香,打出的馕也特别香甜。杂克尔馕外表金黄,为增加营养,当地居民还会在里面添加洋葱条、羊尾巴油丁、南瓜条等,吃起来糯香有嚼劲,很受和田民众的喜爱。此外库麦琪馕是于田县达里雅布依乡民们喜爱的食物,他们在两张面饼间填入用孜然和盐拌好的羊肉条、洋葱条后,捏紧面皮,埋入热沙中烤熟,吹掉灰土便可食用。库麦琪馕因直接在热灰中烤熟,故面皮上会有一些糊斑,但这并不影响它的口感。库麦琪馕营养丰富,既有肉菜,又有面食,被誉为"沙漠比萨"。

2. 药材保健类

和田大芸学名是管花肉苁蓉,属寄生植物,喜寄生在红柳、沙拐枣等植物的根部,在地下生长时,不能进行光合作用,待其鳞状茎伸出地面,长久不见阳光的黄褐色管茎会变成青紫色。人们多在大芸开花前采挖,一旦大芸开花,其药效便会降低,故每年四月份是大芸的集中采挖期。挖出的大芸要及时阳光下翻晒,晒干后可入药装运。大芸的生长离不开红柳林,而红柳又是防风固沙保墒的常用植物,为此和田区政府为发展地方经济大力推广红柳大芸的连种模式,使和田大芸产量逐年增高。大芸药用价值非常高,民间常用其炖汤、泡酒、配制药茶,用以治疗肾虚头晕、腰痛带下等症。

和田玫瑰的栽培历史悠久。和田玫瑰为粉玫瑰,其对土质要求不高,只要水肥充足便能生长,由于和田特殊的地理气候,和田玫瑰花型大、生长快、花期长,且香气馥郁,花朵精油含量高。玫瑰花的采摘期是每年五月初,带花苞窜出,未开欲开时是采摘的良机,摘下的花朵放在太阳地晒干便可收藏。由于玫瑰花的花期比较集中,民间会用已盛开的花朵与蜂蜜熬煮制成玫瑰酱,玫瑰酱可用于制馅、冲饮。玫瑰花还可用于提炼精油,用玫瑰精油制成的香水,玫瑰花香迷人。在和田有一个专门用于交易玫瑰花的市场,即玫瑰花巴扎,大片的紫红色铺满了整个花市,满眼的玫瑰伴随着浓郁的花香,恍若来到一个童话世界。

昆仑雪菊学名双色金鸡菊,产于和田地区昆仑山北麓,以皮山县的克里阳乡品质最好。雪菊对生长条件要求较高,喜欢海拔高、无污染的环境,因此品质较高,有独特药用价值。昆仑雪菊每年八九月花朵初开时采收,收下的雪菊晾晒干便可收藏使用了。雪菊是维吾尔医药常用的养生保健植物,对治疗冠心病、高血压、糖尿病等都具有一定的辅助疗效。雪菊常用的方法是沸水冲饮,品质好的雪菊茶汤呈清澈的绛红色,入口清香,因此又被称为"血菊"。雪菊因生长在气候寒冷的山区,故其属性平和,属温性茶饮,可长期引用。

3. 民间工艺品类

和田地毯,又被称作"东方式地毯",以其独特的风格和精湛的技艺闻名于世,并且远销世界各地。和田地毯编织的历史十分悠久,1959 年和田地区出土了一块东汉时期的地毯残片,同时出土的木简上也出现了"地毯""和田地毯"等字样。和田地毯的选料十分的考究,如选取的和田细毛羊的羊毛为原材料,用这种羊毛制作的地毯质地很柔软,弹力十足;使用天然矿物和植物颜料的古老织线染色法使地毯上色自然、不易褪色;运用立机织作和结扣法编织地毯,即使地毯一部分损坏也不影响使用;地毯的图案风格独特,多以植物的花、枝叶和果实为主,同时穿插着变化多端的几何纹理,显得既丰富多彩又美观大方。

和田艾德莱斯丝绸享有盛名,艾德莱斯在维吾尔语中是"扎染"的意思,又叫做"玉波甫能卡娜古丽",意为布谷鸟翅膀的花,它名字的由来正是因为这种丝绸色彩绚丽夺目,花纹奇特。艾德莱斯绸分彩色和黑白两种。彩色艾德莱斯绸主要由黑、红、黄、蓝四种颜色构成。黑色的艾德莱斯绸历史最为悠久,在民间被称作"安集延艾德莱斯",相传这种丝绸是从中亚地区的乌兹别克斯坦传入;红、黄和蓝色的艾德莱斯绸多是以红黄蓝各底色,配上独特的图案和花纹,色彩鲜艳。艾德莱斯绸的图案十分丰富,植物图案主要有巴旦木、苹果、梨、枝叶等;饰物图案以宝石、木梳、耳坠为主;工具图案有镰刀、锤子等;乐器图案为热瓦普、都塔尔琴等。和田市的吉亚乡保存着古老的传统工艺和手工作坊,家家户户都会制作艾德莱斯绸,精湛的技艺和做工使吉亚乡成为和田地区重要民俗旅游地。(图六)

图六 和田艾德莱斯丝绸

和田桑皮纸用桑树皮为原料,新疆的主产地是和田地区墨玉县,至今墨玉县的桑皮纸艺人仍用传统的方法生产桑皮纸,因当地有农桑传统,桑树种植较多,故原材料取用方便。制纸首先要取桑皮,制造者会从新鲜的桑树枝上剥取树皮,然后浸泡,为使桑皮变得柔软要锅煮并反复捶打,直到桑皮纤维纸浆变得细腻,接着要发酵纸浆,然后使纸浆均匀地铺满细网筛,晾晒干并裁剪好,一张桑皮纸就制成了。由于桑皮纸非常有韧性,不易变形,吸水性好,耐撕拉,故常用作传统字画的书写材料,此外民间在生活的各个方面都喜用桑皮纸,如做帽子的衬垫,划烂的小伤口会贴上桑皮纸消炎止痛等。2006年和田桑皮纸入选国家级非物质文化遗产名录。

和田玉是玉中珍品,其按产出地可分为山料、山流水料、子料、戈壁料;其按颜色可分为白玉、青白玉、青玉、碧玉、糖玉、墨玉;其中白玉中的子料品质最高,细腻洁白的被称为羊脂白玉,经过河水的长期冲刷打磨,子料表皮光滑,因在水中长期浸泡,子料上往往会有一层薄薄的糖皮。山流水料较接近原生矿脉,个头较子料大得多,不如子料光滑;山料是直接从矿脉上采出的,棱角分明,润泽度远不如山流水料。选购和田玉,除了看润泽度、透明度、光泽度,还要看玉中有没有杂质,裂痕、石花、水纹等都是影响玉品质的重要因素。因和田玉早在秦汉时期便被作为贡品,因此和田玉文化非常丰富,和田民间也有很多技艺高超的琢玉大师。

### (四) 和田地区的民俗风情

和田地区作为古代丝绸之路的重要交通枢纽,在长期的多民族聚居和中西文化的交流下,形成了丰富多元的民族文化和民俗风情,并在衣食住行等方面呈现出浓郁的地方特色。和田地区的艾德莱斯绸艳丽多彩,女孩子们最喜欢用其做连衣裙,在民丰一代已婚妇女们举行完居宛托依仪式(少妇礼)会穿戴蓝色或黑色的"箭服",戴"台里派克"羊皮小花帽;男子们的袷袢(长袍)也很有特色,整件衣服没有扣子,年轻男子用漂亮的绣花腰带扎在腰间,老年男子用颜色较深的素色腰带。和田地区夏季干燥炎热,老百姓喜欢吃牛羊肉烧烤、喝酸奶刨冰,为防止冷食与热食伤害身体,和田特有的药茶帮了人们的大忙,吃肉串喝药茶,不仅可帮助消化,还能调理身体;而和田的果西格尔地(圆形烤包子)、杂克尔(玉米面馕)、卡瓦甫(烤鱼、烤全牛)、烤三蛋等也很美味。和田地区的传统民居由外向内主要有五部分组成,即欧伊拉(庭院)、辟希阿依旺(外廊)、阿克塞乃(无顶的内部空间)、开攀斯阿依旺(屋顶有笼式小天窗的空间)、阿依旺(屋顶有大天窗的空间)。和田地区独有的歌舞艺术有和田赛乃姆、维吾尔族山区民歌、巴拉曼音乐、皮山克里阳麦西来甫等;和田地区的传统工艺有阿依旺赛来民居营造技艺、传统玉雕技艺、胡尔捃制作技艺、桑皮纸制作技艺、维吾尔族地毯制作技艺、维吾尔族艾德莱斯绸织染技艺、维吾尔族铁器制作技艺、维吾尔族木雕技艺等。此外和田民众除喜欢摔跤、叼羊、斗鸡等娱乐外,还喜欢举行曲马克比赛,类似于现代的曲棍球运动,喜欢牛肺拳击,即纱布裹着牛肺做成像拳头样,两位选手以此互击对方后背,纱布先破者获胜。

1. 阿依旺赛来民居营造技艺

维吾尔族民居建筑技艺是我国多民族多地域传统建筑技艺中的重要组成部分。为了与当地昼夜温差大、沙漠地区降雨量少的自然环境相适应,新疆地区维吾尔人的房屋建筑多具有脱水性强、土质黏着性强的特点。阿依旺赛来是一种维吾尔族传统民居建筑。"阿依旺"意为"明亮的处所",指房屋顶部开有天窗,"赛来"是招待宾客时的客厅,这种建筑技艺主要保存于塔里木盆地周边的乡镇农村。阿依旺赛来民居的建筑结构和布局,是为适应和田地区的自然环境和气候,具有挡风沙的效果,为居住者营造一种舒适的居住环境。阿依旺赛来分为室内和室外两种空间结构。室内为居室,室外为庭院。居室由多个房屋相连接嵌套而成,中间有走廊和过道,居室又可以分为封闭式和内庭式的两种格局,按功能又可细分为冬居室、夏居室、厨房、餐室、储藏室等;房屋的木柱承重框架结构分大小两种,房屋的外墙为土坯制成,还有以树条编笆抹泥作墙;阿依旺赛来民居建筑十分注重装修和美观,在屋顶、柱子、栏杆上都雕刻着精美的图案和花纹,其营造的手法结合了中原、中亚以及阿拉伯等多方面的元素,是多元文化交流融合的代表性建筑。2011年,维吾尔族阿依旺赛来民居建筑技艺被列入第三批国家级非物质文化遗产名录。

2. 于田维吾尔族妇女服饰

新疆于田维吾尔族妇女的服饰特征明显、别具一格,其主要分为两部分小帽(克其克台里拜克)和长袍(派里间)。中法联合考古队曾在"喀拉墩"遗址处发现了头戴小帽,身穿派里间的妇女塑像。这种独特的服饰只有在女子结婚之后并育有子女,举行完少妇礼后才有资格穿。"克其克台里拜克"是一种形似酒盅的小帽,帽子的表面多用黑色的羊羔皮制作而成,帽子四周要用黑棉线卷绕出细细的花纹,帽高约10厘米,帽口直径约10厘米,在帽子的顶端要缝上不同颜色的布料,为蓝、绿、白和黄四种颜色,不同的场合、不同年龄段的人戴不同颜色的花帽,日常可以带蓝色或绿色的帽子,丧礼的时候戴白色小帽,年轻妇女戴黄色的克其克太里派克,年长的戴蓝、绿顶的黑色小帽。"派里间"是一种宽松的"袷袢",和田妇女所穿的派里间多用黑色、蓝色的丝绸或者其他面料制作而成,交领且长及膝盖,胸口缝制有7道对称的蓝色条纹,袖口或衣领处也镶有蓝边。当地妇女头戴克其克太里派克小帽,外穿派里间长袍,内穿白色长衬裙,显得既优雅又神秘。关于这种服饰的由来,有专家认为源于古代的太阳崇拜,妇女们头上戴的小帽象征着太阳,衣服上的 7 道蓝色的条纹代表着七层天;还有人认为这种服饰来自一种狩猎服饰,派里间又称作"箭服",服饰上的 7 道蓝条,原为猎人的箭袋,后来演变为装饰。于田的维吾尔族妇女服饰于 2008 年列入了第二批国家非物质文化遗产名录。

## 四、阿克苏地区旅游资源概况

### (一)阿克苏地区与各城区概况

1. 阿克苏地区概况

阿克苏维吾尔语意为"白色的水",因阿克苏河在境内流过而得名。阿克苏地区位于新疆中部,北接伊犁哈萨克自治州,南近和田地区,西临克孜勒苏柯尔克孜自治州、东邻巴音郭楞蒙古自治州,西南靠近喀什地区;在其西北处与吉尔吉斯斯坦、哈萨克斯坦两国接壤,有乌什县别迭里口岸与中亚相连接。阿克苏地区现辖 2 市 7 县,面积约 13.3 万平方千米,其中沙雅县面积最大,其次为拜城县和库车县,新和县面积最小。阿克苏地区的人口约 260 万人,有维吾尔族、汉族、回族、柯尔克孜族、乌孜别克族等民族。

阿克苏地区地形北高南低,北部多为山峰,中部由平原、绿洲和戈壁组成,南部为塔克拉玛干沙漠。阿克苏地区境内共有冰川约 1 300 条,高山冰川和天山的积雪为地表进行了大量的水源补给,此外,阿克苏河、昆玛力克河和渭干河三大水系从境内流过,国内最长的内陆河——塔里木河穿境而过,由此形成了许多湖泊、河流,为当地的农业发展提供了重要的灌溉用水。

阿克苏地区物产资源丰富,已经发现的矿产达 79 种,主要为磷矿、锑矿、玄武岩、花岗岩、大理石、麦饭石、红柱石、明矾石、刚玉、萤石、重晶石、金云母等,其煤炭、天然气和石油资源占全国储量的前列。

阿克苏地区属温带大陆性气候,全年干旱少雨,光照时间长,每年的无霜期达二百余天,年平均气温 10℃左右,其中 1 月的气温最低,7 月温度最高,最好的旅游季节在 5—9 月,这时气温回升,瓜果飘香,气候宜人。全区地势南高北低,西北向东南倾斜,北部为山峰,南部是塔克拉玛干沙漠,山区、平原、沙漠的降水量依次递减,最高处为托木尔峰,最低处为塔里木河平原。节假日期间很多景区都会举行旅游节庆活动。如每年 4 月份有能欣赏美丽杏花、踏青赏春旅游的乌什县杏花节,有围绕库车县的历史文化和独特的美食特产举办的库车县龟兹汽车音乐美食节;每年 6 月份有围绕一带一路、世界遗产等主题,向游客展示丝路文化带上的文化遗产,建地方名片的天山世界遗产之旅;每年 7 月份会举办阿克苏地区旅游业职业技术大赛;每年 8 月份有推介温宿县特产,举行赛马、叼羊、斗鸡、斗羊、民俗美食展、摄影展的温宿县托木尔文化旅游节;每年 10 月份有可欣赏胡杨林的美景,感受大漠风光的沙雅县国际胡杨节;阿克苏市每年会不定期围绕多浪和龟兹文化举办"多浪·龟兹"文化旅游节。

2. 阿克苏地区部分城区概况

阿克苏市是具有悠久历史文化的老城,是丝绸之路上商贸来往的重镇。因其地势平坦、平原多、日照常、水源丰富、无霜期长,素有"塞外江南""瓜果之城""鱼米之乡"的美称。阿克苏市旅游资源丰富,有图地旦故城遗址、图鲁克旦木古堡、托木尔峰、胡杨公园、东城公园、多浪公园、柯柯牙绿色生态工程、新世纪购物中心、供销商厦、都市时代广场、美食美尚餐饮广场等,都是人们休闲旅游的好去处。近些年来阿克苏市正在积极地打造现代化的都市,以优美的环境和繁荣的商业吸引着各地游客。市区内高楼林立,道路两旁种植的法国梧桐枝叶茂密,遍布着各种大小型的商场和步行街;夜晚的广场灯光灿烂、喷泉洒落,无愧于"水韵之城"的雅号;多浪公园中浓郁的民俗风情与生态美景完美融合;各大博物馆、展览馆和民俗馆不时举办各种展览,力争把最美的阿克苏呈现给游人。目前阿克苏市已经获得了"全国造林绿化先进城市""全国双拥模范城""国家卫生城市"和"中国旅游城市"等荣誉称号。

库车古称"龟兹",是我国丝路文化带上的重镇,也是历史上著名的"安西四镇"之一。库车县位于塔里木盆地的北部,属于温带大陆性气候,冬冷夏热,干燥少雨,县内的主要河流有塔里木河、渭干河和库车河,城区复杂的地形形成了区域性的小气候。城区辖8镇、6乡,地势北高南低,东临轮台县,东南接尉犁县,南邻沙雅县,西依新和县与拜城县,北与和静县毗邻。库车县的龟兹乐舞举世闻名,现存于龟兹壁画中的"天宫伎乐""伎乐飞天"和相关的乐器不仅本身具有欣赏价值,也是游客直观了解龟兹乐舞的主要载体,是旅游的好去处。走进库车仿佛走进了一本史书,烽火台、王府、佛洞、古城堡星罗棋布,除此之外还有天山神秘大峡谷、森木赛姆千佛洞、盐水沟、大小龙池、林基路纪念馆等各类景区。同时,库车县也是棉花、麻、粮的生产基地,库车药桑、库车白杏、库车花帽也是当地有名的地方特产。

拜城,在维吾尔语里意为"巴依",即"一块美丽富庶之地"。城区处于天山南麓,辖4镇10乡,地势西北高东南低,东临库车县,南接新和县,西临温宿县,北与昭苏县、特克斯县相连,境内有木扎提河、喀拉苏河、克孜勒河和喀普斯浪河等水系。拜城县的矿藏资源富饶,有天然气、霞石、岩盐、煤矿等,其中原煤的储量丰富,使其享有"南疆煤都"的荣称。拜城县气候干燥,冬冷夏凉,旅游资源丰富,名胜古迹和自然资源众多,克孜尔水库是南疆最大的水库,在此可以感受水天一色的人间仙境;前往克孜尔千佛洞感受独具魅力的石窟和壁画,龟兹文化尽收眼底;察尔齐雅丹地貌向世人昭示了绚烂多姿、形态各异的自然变迁风光;在铁热克温泉区,舒服的温泉不仅美容养颜,也可以帮你洗去一身的疲惫和烦恼。当地的赛里木老酸奶、裕润葡萄蒸馏酒、马铃薯、白瓜子、油鸡等美食特产也非常有名。

沙雅城区位于阿克苏地区的东南部,辖 7 镇 4 乡,北依新和县与库车县,西接阿克苏市与阿拉尔市,南邻策勒县、于田县、民丰县,东与尉犁县、且末县相交。城区由塔里木河平原、塔克拉玛干沙漠和渭干河冲积扇平原三个部分组成,受周边沙漠的影响,气候干燥,降水量少。沙雅县的旅游资源丰富,塔里木河穿境流过,有帕曼湖、结然力克湖、达热依湖等湖泊;有博斯坦托格拉克古城、塔什墩古城、艾吉乃姆古墓群、托依堡园艺场、古力巴克园度假村等景点;有被誉为"中国塔里木胡杨之乡"的世界最大胡杨林国家自然保护区。因所产的小麦、玉米、尖椒、棉花等质量上乘,沙雅县还有"塞外粮仓"的称号,也是著名的瓜果之乡,有红枣、核桃、甜瓜等,其中"阿克拜丽"甜瓜曾荣获水果金奖。

温宿位于阿克苏地区西北部,辖 13 个乡镇,地势北高南低,其东邻拜城县与新河县,南接阿克苏市,西依托什干河与乌什县毗邻,北部与吉尔吉斯斯坦、哈萨克斯坦接壤并隔阿拉喀尔他乌山与昭苏县相望。城区水资源丰富,有大小河流 50 余条,阿克苏河、喀拉玉尔滚河、帕克勒克苏河、台兰河等穿境而过,城区以农业为主,兼营牧业,有耕地、宜耕荒地、天然草场、森林,是棉花、水稻、核桃、绒山羊的生产基地。城区矿产资源储量丰富,煤、石油、天然气、岩盐、花岗石等颇具开发前景。城区有各种类型的旅游资源,如有古木参天的天山神木园森林公园、神奇险峻的天山托木尔大峡谷、地质构造复杂的温宿大峡谷、终年积雪冰川遍布的托木尔峰、旅游设施齐全的帕克勒克草原牧场、夏塔古道上的破城子古城遗址、围沙造田的柯柯牙绿化人工绿化工程、托乎拉乡稻香园度假景区、温宿县民俗村风情园等。

**(二)阿克苏地区旅游景点简介**

阿克苏地区旅游资源十分丰富,旅游景点占全疆景点的 11%,有自然资源、古迹建筑、水域风光、休闲景观等共 126 处,其中人文景观 16 处,水域风光 23 处,生物景观 27 处,古迹建筑 49 处,休闲科普类 9 处,购物类 2 处等,其中国家 4A 级旅游景区 15 个,3A 级 27 个,2A 级 3 个。有库车县的天山神秘大峡谷,有阿瓦提县的刀郎部落,有温宿县天山神木园,有拜城县的克孜尔水库,除此之外还有库车大寺、克孜尔千佛洞、新和县天籁加依景区等。作为丝路文化重要的交通枢纽地,阿克苏地区融东西方文化于一体,形成了独具特色的龟兹文化与多浪文化。正如冯其庸所言:"看尽龟兹十万峰,始知五岳也平庸。他年欲作徐霞客,步遍天西再向东。"(《冯其庸文集》卷 6,青岛出版社,2013年,第 401 页)

1. 自然景观类

库车县天山神秘大峡谷为国家 4A 级旅游景区，又称作"克孜利亚大峡谷"，意为"红色的山崖"，位于阿克苏库车县，距离县城约 64 千米，也是独库公路必经路。大峡谷都是由红褐色的山岩组成，是典型的丹霞地貌，在太阳的照射下，红、黄、橙、绿等多种颜色被重叠的峰峦折射，显得神异迷幻。峡谷地区平均海拔约 1 600 米，最高的山峰有 2 048 米，大峡谷整体上看犹如熊熊燃烧的火焰，峡谷整体呈南北弧形的走向，全长约 5 千米，由主谷和七条支谷组成，谷端到谷口的落差约在 200 米以上，谷底的宽度在 0.4 米至 53 米之间，有时仅容一人弯曲侧身而过。在距谷口不远处的墙壁上完整地保存着唐朝时期的千佛洞遗址，其中的壁画记载了古代西域和中原地区文化的交流与融合。大峡谷地区还有南天门、幽灵谷、魔天洞、玉女泉、卧驼峰、显灵洞、神犬守鼓等自然景观，此外谷内山体及沙土层共鸣时产生的怪异声音、光影交叠时的奇怪影像、莫名其妙吹来的谷内神风也十分神秘。整个天山大峡谷，融神、奇、险、古、雄、幽于一体，是个不可错过的景点。

温宿县大峡谷为国家 4A 级旅游景区，又称作"库都鲁克大峡谷"，在维吾尔语中有"神秘""险峻"的意思，它位于温宿县境内，总面积约 200 平方千米，原是通往木扎特古道的必经之地。此外，温宿大峡谷又被称作"新疆地质演变史博物馆"，原来，温宿大峡谷自身融合了在国内罕见的远古岩盐地质、雅丹地质和独有的巨型岩溶蚀地质于一身，是我国西部最美的雅丹地貌和岩盐喀斯特地质。经过长期的变动和雨水冲积，景区内形成了英雄谷、紫澜山、千年古堡、双塔争锋、二意柱、三心石等上百种自然景观，大峡谷的景色绝佳处为英雄谷、男人谷和情人谷。来此参观的游客，不仅可以目睹独特的自然峡谷景观，同时徒步跋涉也是一场勇气和力量的考验。

温宿县天山神木园为国家 4A 级旅游景区，位于阿克苏地区的温宿县博孜敦柯尔克孜民族乡境内，距离市中心约 70 千米，整个神木园占地面积约 600 亩，是由千姿百态的巨型灌木形成的小树林。神木园的历史悠久，上百年的树木众多，以此形成了盘根错节、形状各异的姿态，如千年箭杨、鹿角怪树、鳄鱼出潭、还魂柳、旋风柳、定情树等，园内还有榆树、杨树、杏树、白蜡树等树种，在树木的周围还包围着大片沙漠戈壁，独特的自然风光和历史文化是游客们观光的好去处，目前有许多的游客来此拍照留念，林间空地还四散着毡房，毡房是供游客就餐、休息的地方。如果想更加深入地了解神木的造型可以请导游讲解，但是需付讲解费。

乌什县沙棘林湿地景区为国家 4A 级旅游景区。在距离乌什县城 26 千米的奥特贝希乡境内生长着众多的野生沙棘林，大约占地 67 平方千米，是新疆最大的国家级沙棘林湿地保护景区,景区内到处都是小溪河流,野鸡随处可见,每当沙棘红了,成串成串的挂在枝头,远望红彤彤的一片,与当地的红柳、柳树、牧草、小溪、沙滩等融为一体,甚是壮观。除此之外,景区还有沙棘典故园、天然沙棘园、沙棘功能园、花镜景观和湿地景观等五个部分,在空旷平坦的绿草地上还有白毡房供游客休息住宿,在水塘、湖畔也可以进行露营、钓鱼、赏鸟等娱乐休闲活动。在沙棘果成熟的季节,不仅可欣赏层林尽染的美景,还可以采摘购买,因为沙棘果的药用价值非常高,可以降低血压、软化血管。金秋时节是最好的旅游季,秋高气爽、不干不燥、景色如画,游客可在乌什县城乘坐专门的景点大巴前往,此地是游客进行观光、休息和摄影的好地方。

燕泉山景区为国家 4A 级旅游景区,位于乌什县境内、塔里木盆地的边缘地带,占地面积约 1 000 亩。燕泉山是蚌壳化石山,是地球在长期的运动中形成的,山上到处都可以见到远古时期的贝壳化石;此外景区内还分布着各种特色景点,如燕子山、燕化石、避暑山庄、奇树示范园、杏园、苹果园、九眼泉、"远迈汉唐"碑、点将台、烽火台,景区不仅展示了多种的自然资源,也积淀了深厚的历史文化。当地的气候冬暖夏凉,非常适合休闲旅游、纳凉避暑。最好的旅游时间在夏秋季,可欣赏景区内的亭台楼榭与奇山峻石组成独特的风景。

拜城县克孜尔水库风景区为国家 3A 级旅游景区,位于新疆拜城县内境内,水库全长 2 208 米,坝高 44 米,水源是来自天山的雪水,水面面积最大时约 44 平方千米,天山南麓 5 条河流融汇于此,整个水库的库容量约 6 亿—7 亿立方米。水库是渭干河流域上的一座综合性的水利枢纽,主要用来灌溉、防洪、水力发电、旅游等,整个坝建立在地震区和断裂带上,在国内为首例,所以又有在活断层建坝"亚洲第一,世界第三"的称号。水库 1985 年建立,耗时十年于 1995 年完工,除了利于生产生活外,还有一个最大的功效,即形成了一片风景区。克孜尔水库风景区周围景色优美,群山环抱一湾碧水,浅滩绿草悦人耳目。景区内有狮头峡谷、鳄鱼梁、湖滨度假村等景点,向外又与克孜尔千佛洞相邻,是游客休闲旅游的首要选择。

2. 人文景观类

克孜尔千佛洞位于拜城县克孜尔乡明屋塔格山上,洞窟凿于木扎特河谷北岸悬崖上。洞窟大约开凿于公元 3 世纪,整个洞窟完成持续了近 600 年时间,是龟兹石窟的典型代表,也是新疆石窟遗址中规模最大的一座石窟群,其内共有四个石窟区,正式编号的石窟有 236 个,壁画保存较好的石窟约 80 个。在对外开放的石窟中,游客们可以看到大量的壁画,这些壁画基本上以佛本生故事为原型,以绘制精美的连环画的形式讲述故事的主要内容。壁画中有罗汉、菩萨、供养人像、长翅膀的飞天神、二牛抬杠耕地图以及反映民间世俗生活的壁画。克孜尔千佛洞是国家首批重点保护文物。

库车王府为国家4A级旅游景区,位于库车县老城区内,全称为"库车世袭回部亲王府",是1795年清王朝乾隆皇帝为嘉奖库车王而建立的。最初的库车王府只剩下一些颓垣断壁,现在的库车王府是按当地居民的回忆在原址重建的,深入景区可以了解居住在此12代库车王的历史状况。库车王府占地面积约40平方千米,其建筑是中原、维吾尔、俄罗斯等多种风格的结合体,景点内可任意拍照。王府的参观整体分为三部分,即龟兹文化展览区、王府参观区、老城墙。龟兹文化展览区通过文物、文字和图片等向游客展示了我国古代龟兹的历史民俗文化;王府参观区内通过蜡像和生活物品的展示再现了亲王府内人们的最初的生活方式,展示了王府最初的模样;老城墙是王府内最古老的建筑,通过它可以感受到深厚的历史积淀;整个参观过程大约2小时。

库车县龟兹绿洲生态园为国家4A级旅游景区,位于库车县塔化路附近,离县中心不远,是自然与人文两种景观相结合的生态旅游地,生态园本身不作为旅游景点对外开放,前来就餐的客人可以免费参观和游览。生态园到处都是绿树环绕、假山林立、亭台楼榭、小桥流水,园内分为婚礼大厅、王府大院、农家民俗等多个参观区域,集餐饮、娱乐、休闲为一体,整体上营造了一种江南水乡、秀丽柔美的景观,让游客远离城市的喧嚣和浮躁,体会自然、生态、清新、和谐的传统意境美。在生态园内,游客可以一边欣赏龟兹歌舞,一边品尝特色的新疆美食,美味的菜品与绿色有机的瓜果蔬菜搭配,不仅是味蕾上的盛宴,更赋予游客以精神上的愉悦。

阿瓦提县刀郎部落景区为国家4A级旅游景区,位于阿瓦提县玉满甸口,在景区内,可以感受到多姿多彩的刀郎文化,如刀郎木卡姆、刀郎麦西来甫、刀郎热瓦甫、慕萨莱思技艺、刀郎人居住、饮食、服饰、手工艺、民间交通等各方面的民俗;还可以欣赏浩瀚的沙漠、胡杨林、河流等自然风光,景区内风景优美,娱乐活动众多。主要的景点有刀郎文化展览馆、农民画长廊、射箭场、民俗展馆、民俗体育馆、千年胡杨区、胡杨观光塔、水上娱乐区、刀郎部落胡杨村、葡萄园、无花果园、垂钓区等。景区的西边有百果园、沙雕公园、林则徐雕像等;东部有一处刀郎村,生动地再现了刀郎人大漠生活的日常场景。

新和县天籁加依景区为国家3A级旅游景区,位于新和县的依其艾日克乡加依村,在新和县火车站的旁边,是一个以制作新疆民间乐器为主的村落,具有"新疆民族乐器手工制作第一村"的美称,游客们到此不仅可以亲眼看到精美的民间乐器手工艺制作的全过程,还能欣赏用各种乐器演奏的民间歌曲,体验独具魅力的龟兹歌舞和丝路文化。景区手工做房内主要生产弹拨尔、热瓦甫、都塔尔、艾捷克、卡龙琴、达普手鼓等拉弦乐器、弹拨乐器、打击乐器。维吾尔乐器制作工艺已于2006年被列入自治区级的非物质文化遗产名录,2008年被列入了国家级非物质文化遗产名录。整个景区可以分为三个主要部分,其中办公厅、接待处、生态停车场和马车换乘处属于游客接待中心;核心区主要包括民族民风、龟兹遗韵、民族歌舞、非遗传承、音乐家窟、乐窟、西域文化等功能区;最后是对主要非遗传承人的访问。这是一个集生态旅游和民间文化体验为一体的景区,可以获得不一般的感受。

**(三)阿克苏地区美食特产简介**

阿克苏地区位于天山南麓,光照时间长,境内绿洲农业区多在冲积平原上,土地肥沃,且有三大水系提供的灌溉资源,这些为瓜果的生长提供了良好的环境。阿克苏地区瓜果主要有阿克苏的苹果、沙棘、红枣和核桃,库车县的小白杏、酸梅和药桑,新和县的葡萄,温宿红葡萄,阿瓦提的刀郎原枣等。阿克苏地区的特产有坪县的羔羊肉、沙雅县的塔克拉玛依干绒山羊、温宿县的大米、沙雅县的罗布麻茶和蜂蜜、柯坪县的恰玛古、乌什县的鹰嘴豆、拜城县的马铃薯等,此外,拜城县的赛里木老酸奶、阿瓦提县的慕萨莱思、库车县的米特尔喀瓦甫(大串烤肉)与库车汤面等都是不错的餐饮美味。新河县的民间乐器、阿克苏的根雕、沙雅县的小刀与卡拉库尔胎羔皮帽、柯坪县的库休克(木勺)等亦做工精美。

1. 瓜果美食类

阿克苏苹果汁多甘甜、色红皮脆、甜香浓郁。苹果色泽亮丽皮,表面光滑,果点隐约可见;果肉色泽略黄,咀嚼后基本不留残渣;果核周围呈透明状,这是一种糖化现象,是阿克苏当地的苹果与内地苹果之间最大的区别。因为阿克苏高海拔区域昼夜温差大,光照时间长,土壤肥沃,在此生长的苹果含糖量高,再加上冰川雪水灌溉和沙土种植,使苹果果核部分糖分堆积形成了"糖心"苹果;加之苹果的采摘时间严格地控制在每年10月的中下旬,生长期得到了延长,此时气温较低,阻止了苹果的过度氧化同时锁住了苹果的水分,使苹果脆甜爽口。

库车素有"中国白杏之乡"的称号,当地种植杏子已有上千年的历史,现今保留下来的优质的杏种约有20多种,如银杏、扁杏、白杏、辣椒杏等,其中以当地生产的阿克其米西小白杏最为著名。这种杏表面光滑,多为黄白色或浅橙色,果肉多、吃起来汁多肉甜,轻轻地咬上一小口顿时香味散满整个口中,正所谓口齿留香、润泽五脏,使人久久不能忘怀。每到六月白杏成熟之时,当地人都要到杏园中去,主人也喜欢用这种白杏招待客人,库车小白杏中还含有丰富的矿物质和维生素。新鲜的小白杏也可以晒制成杏干、杏脯等食物,品种包括黄、黑、包仁三大类,库车县的另一件美食包仁杏干便是用的这种白杏加工制作而成。俗话说"库车白杏赛蜜糖",怕是尝上一个就会停不住嘴。

阿克苏红枣一直深受人们的喜爱，它的营养价值高，含有丰富的维生素，同时服用红枣又可以补血养气、降压润肤，具有重要的药用价值。阿克苏地区的日照时间长，昼夜温差大，天山雪水的灌溉，使得在此种植的红枣个大、皮薄肉厚、质地紧密、色泽亮丽、芳香，烘干后的红枣也十分的好吃不硬，其打造的"雪枣"品牌是新疆地区的第一大红枣品牌，红枣的种植区域主要是阿克苏地区的库车县、沙雅县、温宿县等，红枣种植不使用任何的农药，安全无污染，是天然绿色有机食品，除了本地的红枣之外，当地也引进了一些其他品种的红枣，如灰枣、哈密大枣、沾化冬枣等，2008年阿克苏的红枣还入选了奥运会指定果品，获得了中华名果的称号。

库车酸梅是欧洲李的变种，酸梅果型椭圆，果皮黑紫色，皮薄肉厚核小，吃起来酸甜可口，肉脆汁多。阿克苏地区库车县，从北起伊西哈拉镇，南及哈尼哈塔木乡，东到乌恰镇，西至阿拉哈格镇都是种植酸梅的地域。酸梅抗碱耐旱，富含人体所需氨基酸、维生素、蛋白质、碳水化合物、无机盐和有机酸等，具有生津止渴、刺激食欲、缓解疲劳、防止晕车、利于醒酒的特点。到了库车县，品尝一下库车的酸梅，可以给你带来不一样的味蕾感受，同时库车的酸梅也是国家地理的标志产品。

柯坪县的羊肉是阿克苏地区有名的特产，尤其是当地的肥羔羊肉在新疆地区享有盛誉。柯坪县饲养绵羊的历史悠久，村村落落、家家户户都用地产草料养羊。柯坪当地处于盐碱地带，盛产大量高盐分牧草，羊长期吃含有盐碱的草，喝碱水，对其畜肉品质影响较大，并形成肉质鲜嫩、胆固醇含量低、肥瘦均匀且没有任何的腥膻味的特点。吃柯坪县的羊肉，可用当地的恰玛古一起炖煮，不添加任何的作料，撒上一些盐便可食用，鲜美的羊肉与绵软的恰玛古是绝好的搭配。

2. 药食保健类

柯坪恰玛古又称作大头菜、蔓菁等，它形似萝卜，是一种草本植物，是新疆当地民众普遍喜食的一种蔬菜，其根部是白色的球状体，它的根部、花、种子都可入药。新疆当地种植恰玛古已有上千年的历史，长期服用可以强身健体、润肺解毒、清肝明目、百病不生，是一种很特殊的保健品。阿克苏地区的柯坪县盛产恰玛古，县区特殊的生长环境和种植技术，使种植出的恰玛古个体直径约5—7厘米，因当地人长期的种植和食用恰玛古，所以柯坪县又被喻为长寿乡。柯坪县几位百岁老人的养身之道就是喝恰玛古泡的茶。恰玛古生食多感觉到脆甜、生涩，除了做传统的家常菜外，也可以制作成口服液、胶囊等药品，因其是高碱性食物，可以中和酸性体质，达到身体的酸碱平衡，少生疾病。

库车药桑不仅是一种重要的药用保健水果，也是我国维医药中的重要药材。库车县乌恰镇、伊西哈拉镇、阿拉哈格镇等地区种植的药桑是南疆地区重要的药用果树，当地分布着约 10 万株药桑树,是中国最大面积的药桑种植地,这里种植的药桑的周期长,并且桑果的糖分、果肉量、维生素成分和氨基酸成分都高于其他地区的,桑果的生长周期长,口感酸甜、品质上乘,具有补血、镇定安神的很强的药用保健价值。现在库车县当地的龟兹酒业和其他公司合作,利用药桑制作出大量的桑葚罐头和药桑葚酒销往全国各地,是天然的绿色食品。药桑也可以制作成桑葚糕、桑葚点心,或者做成粥、茶与别的食物一起搭配食用。

阿克苏地区的乌什县鹰嘴豆种植历史悠久,在维语中鹰嘴豆又叫做"诺胡提",是一种豆科类植物,它表面呈褶皱状,果实坚硬,外表看起来与鹰嘴相似因而被人们称作"鹰嘴豆"。由于我国阿克苏地区常年的干旱少雨,昼夜温差较大,光照时间充分,十分符合鹰嘴豆喜爱在干旱地区生长的特点,尤其是乌什县种植的鹰嘴豆品质优良,远销全国各地。鹰嘴豆除了日常的食用外,它还是我国维吾尔族传统医药中的重要药材之一,具有纳理温性、调理补气的效果,可以用来防止消化不良、糖尿病、高血压、皮肤病和长期失眠等症状,可以作为粥类、煲汤的原材料。用鹰嘴豆磨制成的豆粉易于吸收,可作为营养品补品送给老人和小孩。鹰嘴豆拌凉粉、鹰嘴豆煮羊肉、干炒鹰嘴豆等都是不错的美味。

沙雅罗布麻茶入药的历史很久,《本草纲目》中曾记载到罗布麻茶具有平衡血压血脂、强心健脾、缓解疲劳,延缓衰老的保健效果。沙雅县现共拥有 35 万亩的野生罗布麻,因其地势较高利于排水,土壤中钾元素含量丰富,且是透气性好的沙质土壤,最适合罗布麻茶的生长。罗布麻浑身是宝,其叶、花、果可入药,茎可纺麻织布,药用价值最高的是罗布麻叶,其叶对生椭披针形,每年 6 月与 9 月采收两次。采收新鲜叶片需及时炒干、阴干,保持绿色完整形态。罗布麻茶水色金黄,有淡淡的清香,并带有一丝的咸味。茶中含有大量的芦丁、儿茶素、钾、槲皮素等成分,是沙雅县农业地理标识产品。

慕萨莱思是阿瓦提县的特产,它是一种纯天然的色香味淳、具有极强的药用效果的绿色葡萄饮品,富含人体需要的氨基酸、维生素和葡萄糖等营养成分。古有"葡萄美酒夜光杯",慕萨莱思就是一种地产的西域葡萄酒,是中国酒文化的原始标本,每到金秋阿瓦提的葡萄熟了,当地就出现了家家户户煮酒忙的场景,大家把采摘下来的葡萄洗净晾干,挤出葡萄汁,将过滤的果汁放在大锅里熬煮,静置放凉后倒入干净的大缸中,密封发酵近四十天,待能听到缸内有咕嘟声,便可取出饮用。为提高药效,当地人会在缸内放红花、大芸、乳鸽血、羊腿等材料,制成的慕萨莱思色泽金黄、酒香浓郁、淳厚甘美。

### (四)阿克苏地区的民俗风情

阿克苏地区是西域龟兹文化和多浪文化的源起地,作为塔里木文化圈的一部分,其传统民俗文化内容丰富，形式多样，所辖各县市里都有独特的民俗风情，如有阿克苏市喜好动物模拟舞的维吾尔族却日库木村麦西来甫，库车县传统维吾尔族民歌和萨玛瓦尔舞（顶茶壶舞），阿瓦提县刀郎热瓦普（弹拨乐器）艺术和幕萨莱斯（葡萄饮品）酿造工艺，沙雅县卡拉库勒羊胎羔皮帽制作技艺、传统的捕鱼习俗及苇编技艺，柯坪县的库休克（木勺）制作技艺、维吾尔族花毡制作技艺及恰皮塔（薄馕）制作技艺，拜城县的帕拉孜纺织技艺以及维吾尔族开克力克宿库西吐如西（斗鸡比赛），温宿县的柯尔克孜族绣花布单和马鞍制作技艺，新河县维吾尔族赛乃姆舞蹈与维吾尔乐器制作技艺，乌什县的维吾尔族匹尔舞等。此外，在各城区的巴扎（集市）里，可以品尝独具地方风味的小吃，每逢古尔邦节、肉孜节、诺鲁孜节等传统节日前夕，采购节日物品的民众更是把巴扎挤得水泄不通，琳琅满目的货品让人难以选择。在各城区的文化广场上，在一些旅游节的开幕式上，各民族歌舞艺术争相斗艳，各民族工艺美术品美不胜收，让人大饱眼福。

1. 维吾尔族卡拉库尔胎羔皮帽制作技艺

卡拉库尔胎羔皮帽制作技艺是维吾尔民间的传统技艺，主要流传在新疆阿克苏地区的沙雅县等地。沙雅县素有中国"卡拉库尔羊之乡"的美称。早在两千多年前的汉代古城玉奇喀特古城中就曾发现用卡拉库尔胎羔皮制作成的帽子，在当地有民谣："吐鲁番的葡萄哈密的瓜，龟兹的羊羔一朵花。"这里的羊羔即卡拉库尔胎羔皮，因羔皮毛色黝黑且打着弯曲的小卷，恰似一朵朵盛开在皮面上的小花。制帽的羊皮的取自卡拉库尔母羊自然早产一周左右的胎羔，取皮者采用特殊的方法，让母羊提前娩出胎羔，这种早产的羔皮毛卷细密，皮板轻柔。

卡拉库尔胎羔皮帽制作的工艺繁杂，所需的工具包括剪子、棒子、梳子、锥子、模子、钉子、石头等十八种工具。制作过程主要分为四部分，首先将羔羊皮放入加了玉米面的淡盐水中浸泡，之后取出进行鞣制压平；第二步为剪裁，根据所要制作的皮帽样式按模子剪裁；第三步为上帽里子，帽里子使用的是带毛的皮子，先将里子套在木制的模具上，抹上面胶，粘上棉布和毡子，再套上皮面补边；最后剪掉参差不齐的毛边，进行烫压等工序。这样，一个具有美丽花纹的卡拉库尔胎羔皮帽就制作成了。2008年卡拉库尔胎羔皮帽制作技艺被列入我国非物质文化遗产的保护名录。

2. 柯坪维吾尔库休克（木勺）制作技艺

库休克即木勺，多采用杏木纯手工制作而成，其加工制作技艺以阿克苏地区柯坪县最为精湛。柯坪县的库休克不仅可以在吃饭的时候使用，也可以作为一种乐器在麦西来甫中进行伴奏。

制作库休克要选用质量上乘的杏木，将杏木锯成段，长约15—20厘米，宽约7厘米;再用斧头将左右削平,将顶端凿成圆形,形成木勺的初样;接着用一种名为阿塔勒嘎的砍砍子做出勺子的头部,对勺头和其他部位进行打磨光滑,这样一把质量好、形状美的木勺就做出来了。加工木勺需要锯子、斧头、砍砍子、阿塔勒嘎(一种弯曲的砍砍子)和卡西卡特(雕刻勺子内壁的工具)。制作出来的库休克一般为白色,随着使用时间的变长会渐变成红色。与铁勺相比,木勺具有隔热防烫功能。柯坪县的木勺分为大木勺和小木勺两种,大木勺通常用于盛饭或者舀水;小木勺一般用来吃饭、喝酸奶。库休克(木勺)是维吾尔人民生活中必不可少的食具,它不仅轻巧耐用,形式多样的木勺也有很高的审美价值。柯坪维吾尔族库休克制作工艺已被列入了自治区级的非物质文化遗产保护名录。

3. 维吾尔族茶壶舞

茶壶舞又称作萨玛瓦尔舞,是一种古老的民间舞蹈,独存于新疆库车县。库车古代称作"龟兹",在唐朝时曾被称作"西域乐都",享有"歌舞之乡"的称号。库车是龟兹乐舞的起源地,萨玛瓦尔舞就源于此地,在克孜尔千佛洞的第38号洞窟的壁画中可以看到这种舞蹈的雏形。萨玛瓦尔舞最初是由茶馆或食堂中的厨师进行表演,他们将盘子顶在头上,在手臂上放着大小不同的水碗,来来回回行走而不掉下来。现在的萨玛瓦尔舞多是男子单人舞,伴随着音乐,表演者首先要在头上放置一盛有"萨玛瓦尔茶壶"的大茶盘,周围在放上小茶碗,其次在手臂和手上都要放上茶碗,茶碗内盛满水,最后舞者要伴随着节奏展开臂膀,做前后左右走动、旋转跳跃的动作,不管舞者如何的抖动,他头上的茶壶、茶碗和水都不会洒落,这不仅需要表演者有高超的技艺,也需要舞者有深厚的舞蹈功底。萨玛瓦尔舞已于2007年列入了自治区级的非物质文化遗产保护名录之中。

# 五、克州地区旅游资源概况

## (一)克州地区与各城区概况

1. 克州地区概况

克孜勒苏柯尔克孜自治州(简称"克州")是新疆地区下辖的一个民族自治州,因境内有柯尔克孜河流过而得名,在柯尔克孜语中"克孜勒苏"有"红色河水"之意。克州位于新疆地区的西南部,其北面与阿克苏地区临界,东、南两面与喀什地区相邻,西面与吉尔吉斯斯坦和塔吉克斯坦两国接壤,边境线长达近1 200千米,有吐尔尕特口岸和伊尔克什坦口岸,属国家一类通商口岸,是促进中国与中亚地区贸易往来的交通要津,是当地对外开放的窗口,更是丝绸之路上的咽喉要道。

克州是新疆地区5个民族自治州之一，以我国的柯尔克孜族为自治民族，对"柯尔克孜"这一族称的意义有许多不同的解释，主要有"四十""四十个部落"或者"四十个姑娘"等。克州现辖1个县级市和3个县，以阿图什市为首府城市，面积达7万平方千米，其中阿克陶县面积最大，其次为乌恰县和阿图什市，阿合奇县的面积最小。截至2019年，克州地区的常住人口62万人，生活着维吾尔族、汉族、柯尔克孜族、哈萨克族、蒙古族和回族等多个民族，其中柯尔克孜族占总人口的四分之一多。

克州地处欧亚大陆的腹地，境内地形地貌种类丰富，集高山、冰川、戈壁、荒漠、山谷、盆地为一体，有帕米尔高原坐落于此。克州境内山地较多，占总面积的一半以上，被誉为"冰川之父"的慕士塔格峰在境内巍峨耸立，其与公格尔山和公格尔九别峰并称为"昆仑三雄"。克州境内的河流较多，有克孜勒苏河、托什干河、恰克玛克河、盖孜河、叶尔羌河、博古孜河和库山河等，七大主要水系交错纵横，其次还有喀拉库勒湖、布伦库勒湖等湖泊，分布在阿图什市的硝尔库勒湖和吐孜苏盖特湖是当地两大咸水湖，虽不能饮用，但却是一道独特的风景线。

克州地区的各类资源都十分丰富，从农业资源上来看，阿图什市和阿克陶县是当地的瓜果之乡，盛产无花果、石榴、葡萄、沙枣、甜瓜、梨和西瓜等，尤其是阿图什的无花果和木纳格葡萄、阿克陶县的巴仁杏等品质优良；从动物资源上来看，由于克州地区天然草场面积广阔、草质优良，除了畜牧生产中不可缺少的马、羊、牛等牲畜外，还有雪豹、猞猁、天鹅和疣鼻雕等40多种野生珍稀动物；从矿产资源上看，克州境内矿产富饶、种类齐全，除普通石油、煤矿、石灰石、蛇纹石、芒硝、盐和金银铁铜等矿产外，还有冰洲石、绿柱石等珍稀矿产。克州有着辉煌的过去，四大文明和东西方文化在此荟萃融合，古老的玛纳斯史诗在这片土地上传唱不歇、历久弥新。作为"边防大州""战略重州"的克州在经济蓬勃发展的同时正向着"希望之州"迈进。

受复杂的地形地貌的影响，克州地区平原和山区的气候差异较大。平原地区四季较为分明，春季升温快，夏季炎热干燥，秋季凉爽，冬季寒冷漫长，全年风沙天气较多；山区全年气温较低，无明显的季节之分，冬夏两季交替进行。克州地区光照时间长，最冷月为每年的1月份，最好的旅游季节是在6—10月份，当地的旅游节庆和民俗活动丰富多样。每年一月有乌恰县帕米尔高原冰雪民俗旅游节；每年3月7日至9日，有为纪念柯尔克孜民族英雄掉罗勃左的掉罗勃左节；每年3月20日有阿合奇县猎鹰节，活动期间有猎鹰捕兔、猎鹰捉狐狸以及千人演唱《玛纳斯》和跳火堆等活动；每年5月22日有马奶节，节日期间柯尔克孜人宰羊煮肉，分发奶制品和油炸品，热情招待客人，并举行赛马、叼羊等活动；每年7月中旬有阿克陶县荷花节，当地白山湖中盛开的荷花是难得一见的美景,旅游节以此为切入点,通过民俗手工艺品展、摄影展、小吃展和垂钓农家乐等形式让游客对当地的民俗风情有着更深的体验;每年8月底有无花果旅游节,可品尝甘甜美味的阿图什无花果和木纳格葡萄;每年9月中下旬有玛纳斯国际文化旅游节,节日以柯尔克孜族的英雄史诗《玛纳斯》为主题,邀请民间艺人进行演唱,同时举办赛马、叼羊和摔跤等体育竞技等活动,传承柯尔克孜族的民俗文化。

2. 克州地区各城区概况

阿图什在柯尔克孜语中"阿图什"有"山岭"之意。城区位于克州地区的中部,背倚天山山脉,地势北高南低,山地、平原、盆地相间。阿图什市现辖1镇6乡2个街道,其北面毗邻阿合奇县和吉尔吉斯斯坦,南面靠近喀什地区的伽师县,东面与柯坪县和巴楚县相邻,西面与乌恰县相接。阿图什市是克州地区政治、经济、文化和交通中心,因与中亚等地贸易往来频繁而被誉为"西部商都"和"香港巴扎",是帕米尔高原上著名的商品集散地。城区境内有博古孜河和恰克玛克河两大水系,但由于降水量少,河流地区分布不均匀等原因,使得当地南部多荒漠地区。近些年政府修建了一些水利设施,如水库、水电站和灌溉渠等,扩大了绿洲灌溉面积。当地除种植小麦、水稻、玉米和豌豆等主要农作物外,还大量种植无花果、木纳格葡萄、胡安纳杏、甜瓜等经济作物,因无花果产量大、质量好,城区获得了"中国无花果之乡"的美誉。城区矿产资源丰富,多集中北部山区,主要有金、铜、稀土、云母、湖盐、水晶、冰洲石和石膏等。作为丝绸之路和中西文明的融合地,城区历史遗迹众多,自然风光优美,有宋代喀拉汗王廷遗址、三仙洞、阿图什大峡谷、阿图什天门、喀拉铁克山、奥依塔克风景区、博古孜河、硝尔库勒湖等。此外,当地柯尔克孜族的酥油糖饼、奶油稀饭、纳仁、酸奶面条、烤全羊、包孜酒等都是不可错过的美食。

阿克陶系柯尔克孜语,有"白山""雪山"的意思,因境内"冰川之父"慕士塔格峰而得名。阿克陶县位于帕米尔高原的东部,地势西南高、东北低,山地面积广阔,城区现辖11个乡和2个镇,其北面毗邻乌恰县,南面与塔什库尔干塔吉克自治县相接,东面靠近英吉沙县和莎车县等地,西南面与吉尔吉斯斯坦和塔吉克斯坦接壤,边境线长达380千米。城区处于克州黄金要道,是连接中国与中亚各国的重要窗口,国道G315线和中巴国际公路穿境而过。阿克陶县属温带大陆性气候,全年干旱少雨,气候日变化大,境内主要有叶尔羌河、依格孜牙河、盖孜河、库山河等大型水系,塔什库尔干河、恰尔隆河、卡拉塔布河、木吉河等河流从境内川流而过,为当地提供了丰富的生活生产用水。城区农业生产历史悠久,东汉时期的班超曾在此屯田种植,是塔里木盆地最古老的农业种植区,除种植小麦、水稻、玉米和胡麻等主要农作物外,当地生产的巴仁杏味道甜美,因此也获得了"中国巴仁杏之乡"的美誉。阿克陶县矿产资源丰富,磷、刚玉、石棉、云母、石膏、锌、铁铜矿、冰洲石和水晶储量丰富,矿点多达百余处。城区境内旅游资源丰富,神秘的帕米尔高原巍峨耸立,仿佛保家卫国、屹立不倒的战士;奥依塔克风景区、慕士塔格峰景区、公格尔峰、喀拉库勒湖和布伦库勒湖都是著名的旅游风景区。

乌恰全称"乌鲁克恰提",在柯尔克孜语中有"大山沟分叉口"之意,因境内的克孜勒苏河在此分为三道沟壑而得名。城区位于天山和昆仑山的交界处,三面环山,地势西北高、东南低,是祖国最西面的一座城市,辖2镇9乡,城区东面与阿图什市相接,南面与阿克陶县为邻,北面和西面都与吉尔吉斯斯坦接壤,边境线长达470千米,我国两大一类口岸即吐尔尕特口岸和伊尔克什坦口岸分别位于其北、西两面,是克州促进中亚贸易往来的桥头堡与对外开放的重要门户。城区境内河流众多,克孜勒苏河和恰克玛干河是当地两大主要水系,密密麻麻的溪流河道在此纵横交错,为当地农牧业生产提供了充足的水源。城区土壤肥沃,除种植小麦、高粱和玉米等农作物外,还种植雪菊、玛卡、阿魏菇、沙枣、核桃和红枣等经济作物,城区阿魏菇更是当地草原上富产的野生菌类。城区矿产资源丰富,煤、油页岩、天然气、金、石油、陶瓷土、天青石、沙金和硫磺等储量可观。城区境内有玉其塔什草原、加斯山地景观、红山谷景区、盖孜峡谷、五彩山、古海遗址贝壳山、托云地质公园等旅游景点。

阿合奇是柯尔克孜语,具有"白芨芨草"之意,因其境内过去有成片的芨芨草滩而得名。城区位于天山南麓,地势西高东低,是典型的"两山夹一谷"的地貌,现辖1镇5乡,其南面靠近阿图什市,东面毗邻阿克苏地区,北面和西面都与吉尔吉斯斯坦接壤,边境线长约300千米。城区水资源丰富,托什干河水系从全境川流而过,为当地农业灌溉和日常生活提供了充足的水源,这也使得当地的小麦、玉米和高粱的产量较高,与此同时这块肥沃的土地也生长着甘草、锁阳、雪莲和党参等珍贵药材。城区内矿产资源丰富,目前已探明有铜铁矿、蛇纹岩、粘土矿、大理石、石膏、金矿等20多种矿藏。城区是柯尔克孜族主要聚居地之一,在当地形成了独特的柯尔克孜文化。城区是我国知名的"玛纳斯之乡",柯尔克孜族的英雄史诗在此广泛传唱。在演唱史诗的同时,玛纳斯奇还会奏响动人的库姆孜琴,它是柯尔克孜人日常生活中不可缺少的乐器,独特的弹奏技艺和精湛的制作工艺让当地获得了"库姆孜之乡"的美誉;驯鹰是柯尔克孜猎人古老的风俗,当地猎人身怀猎鹰和驯鹰的绝技,城区又被称为"猎鹰之乡";城区的柯尔克孜族刺绣在国内享有盛誉,其花色、图案和绣法独树一帜,因而又被誉为"中国柯尔克孜刺绣之乡"。此外,当地还有千年古树、托什干河谷、斯尔卡克将军墓、乌赤古城遗址、木孜力克岩画和吉鲁苏温泉等自然人文景观。

### (二)克州地区旅游景点简介

克州地区现有国家 4A 级旅游景区有 1 处，3A 级 11 处，自然景观类型丰富多样，民俗风情富有地域特色。神秘的阿图什市是我国著名的无花果之乡，在品尝美味的瓜果之时，还可以欣赏当地的阿图什天门、阿湖水库、哈拉峻怪石林和阿图什大峡谷等景区景点；具有猎鹰之乡美誉的阿合奇县内旅游资源丰富，巴勒根迪古炮台、科尔更古城堡和别迭里布拉力烽火台是历史留给我们最好的礼物，托什干河谷风光每到冬季银装素裹，富有北国春光；此外还有阿克陶县的奥依塔克风景区、慕士塔格风景区、布伦库勒湖；乌恰县的玉其塔什草原和托云地质公园等景点。

1. 自然景观类

奥依塔克森林公园风景区为国家 4A 级旅游景区，坐落于阿克陶县奥依塔克镇的奥依塔克村，距离县中心约 50 千米，在柯尔克孜语中奥依塔克有"山间洼地"的意思，因景区位于帕米尔高原的群山环绕中而得名。景区风景优美，集雄伟、幽静、奇特、险峻为一体，巍巍雪山延绵起伏，一道道的冰川镶嵌其中。景区内的阿依拉尼什雪山分布着世界最壮观的现代冰川，我国境内最低的冰川"克拉孜冰川"也伫立于此，每年 7 月份，只要天气晴朗，在晌午时分都可欣赏宏美壮丽的冰川雪景；位于克拉孜冰川西面的峭壁上，托热瀑布是新疆境内海拔最高的瀑布，长约上百米，飞流直下时宛如一匹狂奔的白马，气势磅礴，异常壮观；相传在景区内的奥吞切主峰中埋葬着一位名叫古里巧绕的民族英雄，他是赛麦台依身边的一位勇士，为保卫家乡和人民献出了自己的生命。每年的 4—10 月份，是来此地游玩、摄影和登山徒步的最佳时节。从喀什市包车沿 314 国道前往塔什库尔干方向行驶 90 公里左右便可以看到奥依塔克河和路标，顺河谷向上行驶 30 公里就到达奥依塔克森林公园门口。

阿图什天门风景区为国家 3A 级旅游景区，位于克州首府阿图什市境内的喀尔果勒村，距离市区约 73 千米。阿图什天门又称希普顿石拱门，是新疆境内跨度最大的天然石拱门，如今已被公认为是世界上最高的天然石拱门。"天门"呈"门"字形，其右壁上有像蜂巢一般的石穴，每当你敲击石块和说话时都能听到回声，轻轻的回声宛如天籁之音；爬上大峡谷口前的六条登天木梯后，可以看见石拱门后方有巨大的天坑，雄鹰在天坑中盘旋翱翔；每到天气回暖之时，当地贫瘠的峭壁上开满美丽的骆驼刺花，在这片土地上显得十分的惹眼；天门景区耸立在天山与昆仑山的交界之处，北倚昆仑山，朝天山而开，站在石门口仰望天空，仿佛进入天上宫阙，跨过天门就可到达我国著名的昆仑山。天门风景区是徒步旅行、乘车越野和拍照摄影的好去处，是大自然赐予人类最好的礼物，行走在其中让人不得不感慨大自然的鬼斧神工。

阿图什大峡谷位于阿图什吐古买提乡的西南方,距离市中心约38千米。大峡谷整体上呈南北走向,长约6千米,谷深2.5千米左右,集自然风光、历史遗迹和丰富的矿产资源为一体。峡谷面积广阔,谷口有一棵老树,经历过千年风吹雨打依然身姿挺拔,仿佛是大峡谷的守护神;每到冬季,大峡谷内还会形成大小迥异的乳白冰柱,经过日光的折射如同一盏盏明灯照亮了整个峡谷。阿图什大峡谷的矿泉资源丰富,多条涌出的泉水汇成数条涓涓细流,泉水含有丰富的矿物质和微量元素,为当地人提供了纯天然的饮用水源。景区内现设立了垂钓台、避暑山庄和其他娱乐场所,同时定期举办大型的民俗活动,吸引了不少游客。

慕士塔格峰和卡拉库里湖景区位于阿克陶县布伦口乡,慕士塔格峰在民间有"冰川之父"的美誉,在维吾尔语中也具有"冰山"之意。慕士塔格峰形成的历史悠久,其雄壮宏伟的山脉上长期覆盖着茫茫白雪。在慕士塔格峰的山脚下横卧着美丽的卡拉库里湖,卡拉库里在柯尔克孜语中有"黑水湖"的意思,因其湖水深幽而得名。卡拉库里湖是受当地冰川消融堵塞而形成两个相连的冰碛湖,又被称作"姊妹湖",湖内没有任何生物迹象。姊妹湖是两个善变的湖泊,从日出到日落,在太阳的照射下湖水时黄、时蓝、时红,美丽湖面上反射出大自然淳朴的三原色。美丽的卡拉库里湖在群山的环绕下显得柔美神奇,每到春夏时节,湖岸绿草如茵,皑皑的雪峰倒影在湖中,水天一色,构成了中巴公路上一道美丽的风景线,令人神往。

布伦库勒湖位于阿克陶县的布伦口乡境内,在柯尔克孜语中布伦库勒具有"山脚下的湖"的意思,因其在横卧于帕米尔高原公格尔峰的山脚下而得名。布伦库勒湖占地面积约12平方千米,其三面环山,仿佛一颗纯净的明珠镶嵌在这块神奇的土地上。关于布伦库勒湖的起源,民间传说曾经中原有位国王路过此地,他在这里遇到了盛情款待,在宴会上国王端起酒杯敬奉自然,洒下的美酒形成了一条美丽的湖泊。每到春夏时节,布伦库勒湖两岸花草繁茂,飞鸟翔集、鱼翔浅底,形成一幅生机勃勃的壮美画面。但是让人惊奇的是,距离布伦库勒湖不远处的喀拉库拉湖却是全年一片死寂,虽然两地的距离相近、气候环境相同,但是却形成了截然不同的两种景观。布伦库勒湖景观优美,茂密的水草下游荡着当地独有的"大腹鱼",是一个集垂钓、登山和感受自然美景的好去处。

玉其塔什草原风景区坐落于乌恰县西北面的乌鲁恰提乡境内,距离县城约150千米,与吉尔吉斯斯坦相邻。在柯尔克孜语中,玉其塔什有"三个石头"的意思,因其三面都有雪山环绕而得名。玉其塔什草原地形开阔,丰富的植被和肥沃的土壤使其成为牧民放牧的宝地。夏季清晨空气清新,每当太阳升起时,万道霞光映射在整个草原之上,从毡房中升起的缕缕白烟,给清晨的草原增添了一丝烟火的气息。牧民们赶着自家牛羊,兴高采烈地从各个乡来到这里,美丽的柯尔克孜族毡房数不胜数,牧羊人挥着鞭子穿梭在牧群间,古老的柯尔克孜民间歌谣在草原上飘荡。毡房里,柯尔克孜族的牧民为客人端上炖肉、奶酒、酸奶和酥油等美味的食物;毡房外,男人们围绕玛纳斯奇扎堆而坐,在草原上唱起柯尔克孜族古老的英雄史诗《玛纳斯》。玉其塔什草原风景区风景优美,是享受田园风光和体验民俗风情的好去处。玉其塔什草原是柯尔克孜人重要的夏牧场,在此不仅可亲身体验到柯尔克孜人的游牧文化,也可品尝到正宗的柯尔克孜美食。

2. 人文景观类

阿图什三仙洞位于阿图什市上阿图什乡塔合提云村附近,当地人称其为"玉其莫日万千佛洞",是一座在恰克玛克河陡峭的河岸上修建的洞窟。据悉当地的三仙洞是我国西部地区保存下来汉代佛教石窟,开凿时间早于敦煌莫高窟,历史价值十分突出。三仙洞洞窟修建形式单一,采用并排修建的格局,单个洞窟高约两米,宽约一米,洞口呈"门"字形,每个洞均由前室和后室构成,前室比后室大一半左右。在三仙洞右边的两个洞窟中均保存着完整的佛教壁画,其内容和形式上都很大程度上受到了犍陀罗艺术风格的影响。除壁画之外,洞窟内还保存了用回鹘文、汉文、蒙文等文字记录的文章,对于研究新疆地区的历史文化具有重要的意义。阿图什三仙洞的修建风格和洞窟中的内容既有早期佛教理念的因素,又有新疆地区佛窟的特点,对于研究我国佛教石窟艺术有着极其珍贵的考察价值,1957年三仙洞已被自治区列入第一批文物保护单位的名录。

科克乔库尔民俗文化村位于阿合奇县阿合奇镇,是克州唯一入选"中国少数民族特色村寨"的特色村,以展示和体验柯尔克孜族民俗文化为主,该村有猎鹰场看台、猎鹰展示馆、赛马场看台、居素甫·玛玛依纪念广场等景点,游客在村子里可聆听库姆孜琴伴奏下的《玛纳斯》史诗演唱,观看驯鹰老人展示猎鹰捕猎的绝技,购买精美的柯尔克孜刺绣精品,品尝柯尔克孜族的美食。在这里,有千亩特色果林、特色观光桥、石头民居院落、农家乐等,是柯尔克孜族猎鹰文化、玛纳斯文化、库姆孜艺术、传统毡秀和刺绣的集中展示平台,游客在此可深切体会柯尔克孜族浓厚的民俗文化。

伊尔克什坦口岸原称"斯姆哈纳口岸",有"石头房子"之意,因其位于我国西北边陲乌恰县的吉根乡的斯姆哈纳村而得名。伊尔克什坦口岸历史悠久,是我国古代丝绸之路上的重要驿站,因此在柯尔克孜语中"伊尔克什坦"又具有"驿站"的意思。此口岸于2002年正式对外开放,与中亚的吉尔吉斯斯坦隔岸相望,大大地促进了两国之间经贸上的往来。当你驱车前往口岸之时,路上会穿越崎岖的峡谷,看到高耸的北山与巍峨的南山,蜿蜒起伏的道路让旅行充满了趣味和未知;进入口岸前必须通过哨所,老哨所以前是一片荒凉地,经过哨所官兵这些年来的辛勤开垦后,四周树木枝繁叶茂,院内种满了花花草草,形成一幅郁郁葱葱、生机勃勃的景象;免税店是伊尔克什坦口岸区游客最集中的地方,这里有巧克力、糖果、烟酒、香水、化妆品等诸多进口商品,琳琅满目的商品物美价廉,使顾客眼花缭乱、应接不暇,不亚于一些大城市机场免税店。伊尔克什坦口岸所处的地理位置很特殊,在党和政府的领导支持下,已成为新疆地区重要的对外开放口岸。

吐尔尕特口岸位于乌恰县境内,吐尔尕特系柯尔克孜语,具有"枣红色的达坂"之意,因其所在境内独特地貌而得名。吐尔尕特口岸位于乌恰县的伊尔克什坦大河大峡谷中,地处祖国最西部,属于国家一类口岸。在前往吐尔尕特口岸的路途中,你会看见高速公路两旁重峦叠嶂的高山山体呈枣红色,不同于克州地区多见的雅丹地貌,它们多是一种极为罕见的红色岩石层原貌;到达目的地后首先要前往口岸大厅,大厅前是个广场,这里是行人的通道,车辆通道在另一侧的公路上,如果要出关,需下车进前往大厅办理出关手续。吐尔尕特口岸属于公路口岸,大型货车熙熙攘攘,一年四季均可进出,是中国通往中亚、南亚、西亚、欧洲各国的门户口岸,该口岸又被称为"中国最后一缕阳光",因在全国范围内日落时段最晚而得名,是旅人观赏和拍摄日落的最佳地点。

### (三)克州地区美食特产简介

独特的地理位置和气候条件使得克州当地人生产出许多富有地域特色的产品。受大陆性气候的影响,克州地区常年干旱少雨,又因位于帕米尔高原之上,优质的冰川雪水为当地的瓜果生长提供了天然的灌溉水,产生了一些如无花果、木纳格葡萄、阿扎克葡萄、巴仁杏、胡安纳杏、甜瓜、沙枣、西瓜、矮沙冬青、阿魏菇、白蒜和青稞等优质的水果蔬菜产品,其中许多还是地理标志产品。克州境内有着丰富的畜牧资源,一望无际的玉其塔什大草原上孕育了优良的畜产品种,主要有帕米尔冰川牦牛、阿克陶斗鸡、柯尔克孜马等,以上述食材为原料制作的美食肉质鲜嫩,营养价值高。长期生活在此的柯尔克孜族人也形成具有本民族特色的美食产品,如抓饭、酥油食品、包孜饮料、肖奴帕(大块肉)、库尔达克、库尔玛(锅烤羊肉)等,别具一番风味。

1. 瓜果类

阿图什无花果又称文仙果或奶浆果,在维吾尔语中称为"安居尔",是人类最早种植的瓜果之一,早在唐朝时期就传入我国。我国种植无花果的地域较多,但由于分布不集中、种植面积小而发展不均匀,新疆地区的阿图什市是我国种植无花果最为集中的地方,因当地生产的无花果质量上乘、汁多味美而被誉为中国的"无花果之乡"。阿图什市现有许多百年无花果树,每到夏季时绿盖如阴,产量可观,集观赏和食用价值为一身。阿图什无花果皮薄肉厚、甜而不腻,果肉中富含多种人体所需的赖氨酸和维生素,胡萝卜素的含量较高,有降血压、恢复精气神、舒放身心的作用;无花果的果实虽然含糖量高但热量却很低,因此有抗衰老、排毒养颜和减脂的功效,非常适合老人和小孩的食用。无花果除了直接食用以外,当地供应商积极推出了无花果干、果酱、果汁和果酒等产品供游客选择。

图七 阿图什无花果

阿图什盛产木纳格葡萄。阿图什市位于帕米尔高原的东部以及塔里木盆地的西北边缘地区,处在天山脚下的绿洲之上,充足的光热资源和独特的地理位置为木纳格葡萄的生长提供了优良的自然条件与肥沃的土壤。"木纳格"在当地维吾尔语中有"晶莹剔透"之意,也称其为"戈壁葡萄"。其莹润光泽、果实丰满、粒大籽小,虽然手感较硬但吃起来爽脆多汁,以颜色为标准划分可分为红木纳格葡萄、黄木纳格葡萄、绿木纳格葡萄等。木纳格葡萄被视为新疆葡萄品种中的珍品,深受当地人的喜爱,木纳格葡萄虽然含糖量高但却甜而不腻,表皮较薄却富有嚼劲,新鲜度高且耐于储藏,葡萄中含有丰富的钙、铁、锌等矿物质以及维生素,定期适量的食用葡萄会达到美容养颜、延年益寿的作用。在新疆的炎炎夏日,木纳格葡萄是消暑纳凉、驱除烦闷最好的水果。

克州地区的阿克陶县是我国著名的"巴仁杏之乡",当地种植的巴仁杏口感纯正、品质优良,深受各族人民的喜爱。阿克陶县位于帕米尔高原的东面,与塔里木盆地相邻,独特的地理位置使得当地全年气温较高,这为当地的巴仁杏生长提供了充足周期;较大的昼夜温差有利于果物进行光合作用,足够的糖分积累使得巴仁杏含糖量较高,但却不甜腻。阿克陶县的巴仁杏个头较大,表面呈黄红色,杏子的外皮为油皮质,内部果肉醇厚,吃起来酸甜可口。当地的巴仁杏以"苏卡亚格里克"(光皮杏)和"赛买提玉鲁克"(巴仁银杏)最为著名,现在除了直接食用外,阿克陶县当地的技术人员还对其进行深加工,制作了一系列如巴仁杏干、杏子酒和果酱等产品供游客选择,是纯天然的绿色产品。

2. 美食类

柯尔克孜族的酥油食品很有特色。柯尔克孜族主要从事畜牧生产,兼营农业与手工业,因此他们的饮食也多以畜产品为主,喜欢吃奶制品,如鲜奶、酸奶、奶疙瘩、奶皮子、酥油等,食用酥油时尤其喜欢酥油面食。酥油是从牛奶中提炼出来的,其色泽金黄、香味浓郁,柯尔克孜人善用酥油制成各种美味。如酥油糖饼即"居布卡",是将面团擀成薄饼,放在锅里烤熟,在刚出锅的热饼上抹酥油撒白糖后,折成三角便可食用。酥油卷即"卡特玛",是将在擀好的面饼上抹上酥油,卷成卷烤熟,或是将几张抹上酥油的薄饼叠在一起烤熟,两种吃法都很美味。酥油饭即"沙尔阔勒",把牛奶大米煮好的粘饭堆在盘子四周,中间放一块黄灿灿的酥油,酥油被白饭的热气融化,如同金色的湖水,食用时用饭团沾湖水,奶香扑鼻,老少皆宜。

包孜饮料是柯尔克孜族的传统饮料,其主要材料为麦芽粉、小米、包谷面等,麦芽粉需要提前制作,将新收的小麦粒洗净,再用温水浸湿,轻轻捏干保留一些湿气,用被单捂严,待露出五毫米麦芽时,晒干并磨粉。制包孜饮料时,将上述几种材料加水熬煮,煮时要不停地搅拌,防止糊锅,待到成稠糊状,自然冷却后方可倒入干净的大缸,加入以前的包孜酵头,盖好缸盖,夏季一天便可制成,冬季需要三四天,食用时用干净纱布滤去渣子,便可饮用。包孜饮料因用粮食发酵而成,故有轻微的酒香,喝起来酸甜适口,不仅是夏季生津解渴的植物饮料,还是牧民们养生保健的日常营养品。柯尔克孜家家户户都会做包孜饮料,每逢节日或重要日子,包孜饮料不仅是重要的饮品,也是待客的佳品。

柯尔克孜美食多以畜肉和奶制品为主,肖奴帕就是其中之一。肖奴帕即大块手抓肉,是把羊肉切成大块之后,将羊头、羊肝、羊蹄、大小腿骨、脊骨和肋骨等放在一起煮制。做肖奴帕时一般采用的是肉骨凉水下锅,这样煮熟的肖奴帕肉鲜嫩而不烂;煮好的肖奴帕要放在一口较大的容器中并放在餐布的中央,所有的人围绕着餐布而坐。在柯尔克孜族人的传统中,一家人餐布的大小要与那一家的毡房大小等同,否则就会被认为是小气吝啬。每当柯尔克孜族宴请客人之时,首先要准备的就是一块超大的餐布和一锅美味的肖奴帕,进食时要按照主客关系以及家庭辈分来分配不同部位的羊肉,客人一般是最先分配并得到最好的部分。现在的柯尔克孜人在外出放牧时也会带肖奴帕肉和馕作为自己的干粮,是不可缺少的一道美食。

巴尔脊是我国柯尔克孜族的一道传统美食,以大米和羊肠子作为主要原材料。在制作巴尔脊时,第一步要将大米和羊肠子洗干净,并将羊肉、辣子、西红柿和洋葱等配菜剁碎或者切成块状,用适量的盐入味;第二步将大米和切好的辅料进行混合,等到充分均匀的混合后灌入羊肠子中并用线封口;最后将羊米肠放入浓郁的羊汤中煮制约20分钟后捞出,切成片状后即可食用。在品尝这道美食时,每个人可以根据自己的爱好选择适当的调料,主要有各色的辣子酱和孜然粉等。巴尔脊一般很少出现在日常的饮食中,其制作工序繁多,配料讲究,多由家中辈分较高的女性进行搭配制作,每年在宰牲节或者大型婚礼时会制作这道美食,是我国柯尔克孜族人民待客时必不可少的一道美食。

### 3. 特产类

阿合奇白蒜与嘉定蒜、太仓蒜和山东大蒜并称为中国的"四大名蒜",而克州境内的阿合奇县就是生产这种优质白皮大蒜的主产地,因而当地获得了"白蒜之乡"的美誉。阿合奇县较为湿润的气候以及丰富的水资源和肥沃的土壤等因素,为白蒜的生长提供了优质的生长条件,当地种植白蒜的历史悠久且面积广阔,经自治区的批准,当地现已成为著名的"无公害产品生长基地"和"新疆白蒜产业基地"。阿合奇白蒜个头较大,外表呈白色,内部肉质紧密,气味浓烈,不仅是日常生活中不可或缺的一种蔬菜,更是中医药里重要的一味药材。阿合奇白蒜营养价值高,含有丰富的大蒜素和氨基酸,具有去除腥味、杀毒抗菌和增强免疫力等功效。在阿合奇县当地的特色美食中,经常会出现白蒜的身影。

阿合奇青稞品质好、产量高。青稞又称元麦、米大麦,广泛的生长于我国的西藏、甘肃等地,由于独特地理位置和气候条件,我国新疆克州地区的阿合奇县也有大面积的青稞种植基地。阿合奇县属于温带大陆性气候,光照时间充足、无霜期长,托什干河从境内川流而过,为青稞的生长带来了丰富的灌溉水资源,当地的土壤肥沃,土地中含有锌、铜和硼等微量元素,非常的适合青稞的生长。青稞含有丰富的营养价值,是柯尔克孜人制作包孜饮料的重要原材料;青稞也可以用来酿酒,纯正美味的青稞酒含有丰富的氨基酸和矿物质,对促进新陈代谢和美容排毒有重要作用;青稞也是当地牧民饲养畜牧时的重要饲草,其秸秆的营养价值远高于玉米。每到金秋时节,成片的青稞田一片金黄,孩子们在地里追逐嬉闹,大人们忙碌地收割,一幅美丽的丰收图呈现在人们面前。

乌恰矮沙冬青又称小沙冬青或矮黄花木,是一种仅分布于我国新疆克州境内乌恰县境内的稀有植物。矮沙冬青是一种十分珍贵的孑遗种,高约半米,分支多且呈灰绿色,叶子椭圆状,根系发达且喜欢生长在荒漠之中。矮沙冬青的叶子味苦,因含有丰富的生物碱而深受医药界的喜爱,具有活血祛瘀、杀虫的功效;其次矮沙冬青的叶子也是很好的助燃剂,点燃率高;其枝叶较苦,因此不受动物的喜爱且不容易被破坏,这对于新疆地区的防风固沙活动具有重要的作用,是绿化荒山戈壁最为优质的选择。现当地已经建立起第一个矮沙冬青人工种植园,不仅为游客提供了参观的场所,对于保护矮沙冬青也有重要的意义。

### (四)克州地区的民俗风情

克州各民族在长期的生产和生活实践中,形成、发展和传承了独具特色的地方文化,许多民俗风情只有在当地才能一睹真容。柯尔克孜族在古代又被称作"鬲昆"或者"黠戛斯",他们在民间文学、住房饮食、传统音乐舞蹈、工艺美术和体育竞技等方面都很有特色。在生活中,柯尔克孜族的饮食以奶茶和奶制品为主,招待客人时喜欢用纳仁和库尔达克;柯尔克孜族的服饰中以黑、红和蓝色为主,在日常生活中男女老少都爱戴帽子;他们住在一种叫"勃孜吾"的传统毡房中,这种民居顶部高而尖,上部为塔形,下半部呈圆形,象征着柯尔克孜人民家乡壮丽的山峰,当地的毡房制作技艺独特;在传统的手工艺品之中,柯尔克孜人的绣花布单、马鞍、约尔麦克(毛线编织)、毡绣、布绣和白毡帽的制作技艺以精湛的手艺和独特的样式而成为本民族工艺品的代表;来到克州,著名的玛纳斯史诗传唱经久不衰,还可聆听当地独有的柯尔克孜约隆歌、奥孜库姆孜(口弦)等动人的乐曲,奏响古老的库姆孜琴;当地的民间体育活动也丰富多样,古老的驯鹰习俗经久不衰,是一场勇气和力气的比拼;与驯鹰相比,柯尔克孜族的托古孜库尔阔勒(九巢棋)显得沉稳含蓄,多了智力和耐力的比拼;孩子们则喜欢玩奥尔朵(攻打皇宫游戏)。除柯尔克孜族外,克州地区也是新疆维吾尔族的聚居地,独特的维吾尔民俗风情同样在此大放光彩,主要有维吾尔民歌和达斯坦(叙事长诗)、维吾尔族阿图什民间舞蹈、维吾尔族模制法土陶烧制技艺、斯尔开(葡萄果酱)制作技艺和维吾尔医药等。

#### 1. 柯尔克孜族库姆孜艺术

我国的柯尔克孜族是一个热爱音乐的民族,音乐贯穿于他们生活的方方面面。在民间,柯尔克孜族所有的传说、故事、民歌等在传唱时都需要专业的歌手,歌手在演唱的时候经常使用库姆孜琴伴奏,在柯尔克孜族的民间一直流传着这样一句谚语:"伴随你生与死的,是一把库姆孜琴",可见库姆孜琴地位的重要性。"库姆孜"系柯尔克孜语,最早又被称作"库吾孜",意为"美丽的乐器",主要流传于新疆克州阿克陶县、乌恰县和阿合奇县的柯尔克孜族聚居地。关于库姆孜琴的来源,根据专家们的研究考证,早期漠北草原上的游牧民族多喜欢使用一种名为"火不思"的乐器,后来随着各民族经济和音乐文化的繁荣发展,柯尔克孜人将其发展演变为自己的库姆孜琴。库姆孜琴是一种用红木制作的三弦弹拨乐器,类型众多,现在较为普遍使用的是全木质三弦琴,全长约一米左右,全身呈扁状似梨形,上方为一细长的颈,以前使用羊肠做琴弦,现在多为丝弦。使用库姆孜进行表演时没有固定的场合和歌词,要根据表演的场合和事情进行即兴创作,在表演时既可以独奏,也可以合奏、对奏、弹唱和弹跳等;不仅可以用来表演民间音乐,也可用来与名为"多兀勒巴斯"的战鼓共同演奏以振奋士气。柯尔克孜族人民中有弹奏库姆孜琴的能手,多者甚至能演奏出 200 多种曲调。用库姆孜琴伴奏演唱的英雄史诗《玛纳斯》更是满怀豪情,代表性的曲目主要有《枣骝马驹》《夜莺曲》等。充满魅力的库姆孜琴奏起了动人的旋律,柯尔克孜族人民的欢声笑语在草原回荡。

2. 柯尔克孜族驯鹰习俗

驯鹰的习俗在世界上存在已久,但由于缺乏文字的记载而逐年消失,但是在我国的柯尔克孜民众中却一直保存着古老的口头驯鹰绝技。很久以前,柯尔克孜人就通过巡养猎鹰来为自己捕猎和寻找食物。新疆阿合奇县的苏木塔什乡是我国著名的"猎鹰之乡",夏秋季节为柯尔克孜猎人的驯鹰季,整个驯鹰过程分为打鹰、熬鹰、养鹰、驯鹰和放鹰等五个部分,因此一个出色的驯鹰者必须同时兼备勇气、耐心和沉稳的特质。首先猎人需要捕捉一只鹰,在柯尔克孜族人和鹰之间有一个规定,就是猎者只能拿走自己最满意的那只幼鹰进行驯养,不能伤害其他的鹰。鹰攻击性强、喜好在峭壁上建窝,捕捉难度大。打鹰者一般要在山上守候多时,用鸽子作诱饵,在鹰扑下来捕食鸽子时将其抓获。捕捉到鹰之后采用"熬鹰"的办法消磨它的野性,刚抓回来的鹰心气高傲,不吃人类喂的食物。猎人常把鹰绑在一根晃动的木棍上,使它无法站立和睡觉,待经历十天以上的磨炼后,鹰会变得精疲力竭,但是此时也不能让它闭眼休息。此后还要经历十到十二天,只给鹰提供盐水或者茶水,不提供食物。此后鹰的脂肪大都被"熬"掉了,身体变得敏捷,野性也去掉了很多。熬鹰结束后,驯鹰人进入"养鹰"阶段,此时驯鹰人将鲜肉放在手臂皮套上吸引鹰前来捕食,许久没有进食的鹰会向前扑食,猎者会一次次将距离拉远,以此重复多次直至鹰飞起来吃到肉。在进行驯鹰时,要用绳子将鹰尾的羽毛缝起来,以防其飞走,然后用绳子拴着活兔子让鹰从空中扑下来捕捉,经过反复训练后再将鹰尾处的绳子拆掉,在鹰的腿上绑一根绳子,在猎人的控制下捕捉猎物,经过一段时间的配合和训练后就成了真正的猎鹰。在鹰为主人猎物五年后会被重新放归大自然中,让它求偶生存。2011 年阿合奇县柯尔克孜族人的驯鹰习俗被列入第三批国家级非物质文化遗产保护名录。

第三卷

文化与教育卷

# 新疆双语教育史研究

廖冬梅　赵　平　吴晓林

**提要**：本文探讨中国古代新疆的双语教育史，集中探讨其中具有代表性的历史阶段：两汉、唐朝和清朝。汉朝在对西域实施管理中的过程中，政治交往、屯垦移民等，促成了汉语和汉文化在西域的传播。至唐代，汉语文在西域的传播更是得到加强，伊、西、庭三州儒学兴起，汉文学也在西域有广泛的影响。清朝政府的语文政策及其实践，在新疆培育了一批双语人才。中国古代新疆的双语教育，古代政府双语教育，在政策模式上呈现出德化怀柔、协和万邦、核心辐射、边缘内附，因地制宜、因势利导的特点。

新疆维吾尔自治区是我国西北最边远的省区，汉称西域，唐称碛西，清初以天山为界，北称准部，南称回疆，清道光皇帝1821年定名"新疆"后，沿用至今。早在张骞"凿空"和西域都护府创置之前，汉人已西渡流沙，加入了新疆多民族大家庭的行列。魏、晋之世，汉人渐渐聚拢于高昌和伊吾，并取代了那里的车师和柔然人，成为吐鲁番、哈密盆地的主体居民。入唐后，汉人移民数量更增，足迹一度扩展至天山北麓东段，置伊、西、庭三州。与此同时，焉耆、龟兹、于阗、疏勒等四大绿洲也增加了许多汉军，设置安西四镇。但唐祚转衰，回鹘西迁以后，这批汉人也选择了回鹘化的道路，融入近世的维吾尔族。清朝时一些非土著新族体大量涌入新疆，形成多民族杂居的社会人文景观的新时代。其中主要有土尔扈特部蒙古族人，还有从漠南徙入的察合台蒙古族，从东北徙入的满、索伦、锡伯等族，加上从内地徙入的汉人，可见至鸦片战争，已初步奠定了现代新疆多民族交错杂居的基本格局。

双语的存在与发展受各种社会因素的制约。新疆双语的产生与发展，是由新疆各个时期政治、经济、文化的发展决定的。新疆自古以来就是一个多民族聚居地，也是语言交汇地区，汉藏语系、印欧语系、阿尔泰语系、闪含语系在这里共存。新疆双语基本上是在各种语系及语族、语支的交叉碰撞中发生的，它丰富多彩，始终伴随着新疆社会历史发展而不断发展，从未间断过。因此，双语成为新疆历史的一个重要内容。

## 一、古代新疆双语教育的历史

在秦汉时期,新疆的民汉双语教育尚不发达,还不可能具备规范的语言教学方式、系统的语言教学模式和完善的语言教学方法,但它已经属于一种有意识的教育活动,即人们已经意识到这种双语教育对促进社会进步的作用,并有组织地开展教学活动。

最早记载关于新疆民汉双语教学情况的文献是《汉书·西域传》。汉武帝元封六年(前105),江都王刘建之女细君以公主身份嫁给乌孙王,由于"言语不通",无法与乌孙王直接交谈。汉宣帝元康二年(前64),乌孙王翁归靡派出300多人的代表团到长安迎娶汉朝少公主,汉宣帝接受了当年细君公主因与乌孙王"言语不通"的教训,"置官属侍御百余人,舍上林中,学乌孙言"。①

自西汉开始,西域诸国的国王将自己的子弟作为质子送往中原王朝。京城便集中安排质子学习汉语、汉文和中华文化。各国质子和随同返回西域后,有的当了国王,有的成为文臣武将,他们大多都能以对中原王朝的深厚感情,或在自己国家推行中原文化,或以娴熟的汉语做自己的管理工作。如《后汉书·西域传》记载,"莎车王延元帝时尝为侍子,长于京师,慕乐中国,亦复参其典法。常敕诸子当世奉汉家,不可负也。"

魏晋时期,内地战乱频仍,河西至西域一带相对比较安定。内地人西迁到高昌落户,使高昌地区汉族人口骤增。汉族人阚伯周曾做了高昌国王,北魏孝文帝太和二十三年(499),汉族人麴嘉建立了麴氏高昌王国,高昌"国有八城,皆有华人"。② 麴嘉崇尚中原文化,极力推行会堂教育,他向北魏王朝"求借《五经》、诸史,并请国子助教刘燮以为博士",于是,高昌出现了"文字亦同华夏,兼用胡书"。③

公元552年突厥汗国成立后,高昌国成为突厥汗国的属国,突厥人大量进入高昌地区,突厥文成为高昌地区通用语文,汉族人开始学习和使用突厥语文。《周书·异域列传》记叙,高昌"有《毛诗》《论语》《孝经》,置学官弟子,以相教授。虽习读之,而皆为胡语"。

汉在西域实行屯田制,各地屯田士卒由数百人增加到千余人或数千人不等。汉宣帝时,常惠率三千军士屯田于乌孙赤谷城。据统计,仅西汉在西域的屯田士卒就有两万多人。屯田官吏和士卒大多是从军西域的汉人,此外还有内地普通百姓、部分刑徒及家属,他们与屯田士卒一起,在西域垦荒拓土,推广生产技术,自然也是汉语汉文的使用者

---

① (东汉)班固:《汉书·西域传》,中华书局,1974年,第3217页。
② (唐)李延寿:《北史·西域传》,中华书局,1974年,第3217页。
③ 同上,第3220页。

和传播者,在这里他们保留着自己的传统文化。在罗布泊地区考古发掘出土的"九九"口诀残件和《急就篇》《论语》《左传》《战国策》残卷等,大都是训诫之词和儒家经典读物,这说明汉族屯戍者尚不忘记对戍卒和儿童进行汉语传统文化的教育。

西域少数民族的一些上层分子除使用自己的语言文字外,还同时兼用汉语文,特别是一些与汉族长期相邻杂居的少数民族,往往都学习使用汉语,掌握本族语和汉语两种语言。吐鲁番、尼雅、楼兰等地出土的大批汉字文书和简牍,有民间买卖田园、牲畜、粮食、纺织品的契约及官方屯田、收受供祀账,可见汉语文使用相当广泛。尼雅出土的木简,有的就是在少数民族中来往的汉文书信,如其中一件木简的文字是:"休乌宋耶谨以琅玕一致问"(面),"小大子九健持一"(背)。① 休乌宋耶为人名,显然是少数民族,说明少数民族中兼用汉文。从出土的于阗文献来看,其中不少文书掺用汉文,使用汉文年号,甚至用汉文和于阗文共同书写。于阗文书中的许多名称,如长史、节度使、宰相、都督、大德、世尊等都采用了汉文,其中还有《汉语-于阗语词汇》的对译词书。② 以上事实说明,生活在西域的一些少数民族在学习和广泛使用着汉语文。

## 二、汉朝在西域实施管理中的文化传播

古代新疆在公元前60年就处于西汉政府的管辖之下,中原汉人与当地民族共同创造了新疆绿洲文化。由于这种文化亲缘在漫长的历史时期连绵不断,汉文化才得以在新疆大力传播,特别是从深层次的文化背景上进行全方位交流,融会贯通,逐渐形成了与中原统一的文化体系。处于这个体系中的新疆各民族文化不是孤立的,它是中华文化体系中不可或缺的组成部分。在统一的中华文化体系中的新疆文化既有与中华文化共同的性质,又有各民族文化独有的个性,这就形成了生动活泼、奔腾不息的多元一体的中华大文化。

季羡林说:"世界历史悠久、地域辽阔、自成体系、影响深远的文化体系只有四个:中国、印度、希腊、伊斯兰,再没有第五个;而这四个文化体系汇流的地方只有一个,就是中国的敦煌和新疆地区,再没有第二个。"③

世界是动态的,文化发生交融、变异也是必然的。但是,像新疆这样从语言、人种到宗教在不同历史时代发生如此彻底的变异,实属少有。下面根据传世文献及汉简资料对汉代汉文化在西域辐射的影响作一初步探讨。

---

① 黄烈:《中国古代民族史研究》,人民出版社,1987年,第429页。
② 《中国民族古文字》,天津古籍出版社,1987年,第166页。
③ 季羡林:《敦煌学、吐鲁番学在中国文化史上的地位和作用》,《红旗》1986年第3期。

## (一) 两汉与西域的政治交往为汉文化的传播创造了条件

两汉时期,西域对中原王朝的朝觐和纳贡,是当时政治生活的重要内容。朝觐和纳贡都需要其中的一方懂得另一方的语言文化,或双方互懂对方的语言文化。

**1. 两汉时期送王子作质子是西域各国政治生活中的一件大事**

西域各国,长期受匈奴的奴役。当汉朝的势力扩大到西域以后,匈奴与汉争夺对西域的控制权异常激烈。西域一些小国既怕得罪匈奴,又怕得罪汉朝政权。为了保持平衡,有些国家便把王子分送到匈奴和汉朝,既表示臣服匈奴,也表示臣服汉朝。同时也是为了保持不偏不倚的外交政策,唯恐失衡,会给自己的城郭带来灾难。

贰师将军李广利征大宛以后,大宛国遣子入侍。《汉书·西域传》载:

> 贰师既斩宛王,更立贵人素遇汉善者名昧蔡为宛王。后岁余,宛贵人以为昧蔡谄,使我国遇屠,相与共杀昧蔡,立毋寡(原贰师所立之宛王)弟蝉封为王,遣子入侍,质于汉,汉因使使赂赐镇抚之。

危须、尉犁、楼兰六国也曾遣王子入侍汉朝。《汉书·西域传》载,匈奴介和王降汉以后,被封为开陵侯,后来,开陵侯奉命西征车师时:

> 危须、尉犁、楼兰六国子弟在京师者皆先归,发畜食迎汉军。又自发兵,凡数万人,王各自将,共围车师,降其王。

到了东汉,还在刘秀政权立足未稳时,西域诸国便提出了入侍的要求。《后汉书·西域传》这样记载:

> 二十一年冬,车师前王、鄯善、焉耆等十八国俱遣子入侍,献其珍宝。及得见,皆流涕稽首,愿得都护。天子以中国初定,北边未服,皆还其侍子,厚赏赐之。是时贤自负兵强,欲并兼西域,攻击益甚。诸国闻都护不出,而侍子皆还,大忧恐,乃与敦煌太守檄,愿留侍子以示莎车,言侍子见留,都护寻出,冀且息其兵。裴遵以状闻,天子许之。

《后汉书·西域传》中还有记载疏勒王遣子入侍详细内容的史料:

顺帝永建老天拔地二年,臣磐遣使奉献,帝拜臣磐为大都尉,兄子臣勋为守国司马。五年,臣磐遣侍子与大宛、莎车使俱诣阙贡献。

总之,东汉秉承了西汉治理西域的制度和方法,除在西域设置都护外,还接纳了西域的大批侍子,这在客观上为西域人掌握汉语和汉文化提供了方便条件,这些质子无疑都能使用汉语。正由于他们广泛接触了汉文化,不少人回归西域后,自然也就成了汉文化的传播者。

2. 通婚打破了地域界限,密切了民族关系

汉和西域少数民族的通婚起源很早,民族文化交流可以说自古以来就在不断进行着。汉族和西域民族进行通婚的例子很多,两族间的通婚进一步增进了民族间的血统融合以及经济、文化方面的交流。我们可以通过文献记载了解到西汉时期乌孙人与汉族的几次比较大的联姻情况。

在汉与西域各国的关系中,尤其与乌孙的关系最为密切,时间最为长久。大概从汉武帝中期直到汉平帝末期,历时100多年,汉与乌孙间的频繁联姻,并由此引起的人口迁徙是值得一提的。正是这种纽带关系,把汉与乌孙之间紧密地联系在一起。同时,中央政权亦给乌孙在许多方面以大力支持和帮助,使得乌孙政权长期存在,不受其他民族的侵扰,因而乌孙人在长达100多年的安定环境中创造了灿烂的乌孙文化。

据《汉书·张骞传》记载,元狩四年(前119)拜张骞为中郎将出使西域。张骞将三百人、马各二匹,牛羊以万数,"赍金币帛直数千巨万,多持节副使,道可使,使遗遣之他旁国。"张骞来到乌孙后,献上财物,并说明了汉武帝的意图,"乌孙能东居故地,则汉遣公主为夫人,结为昆弟,共距匈奴,不足破也"。

当时因乌孙西迁之后,离汉朝更远了,不了解汉朝的情况,加之靠近匈奴,臣服匈奴日久,大臣们不赞成迁回原住地(即敦煌祁连间),所以没有答应汉王朝提出的联姻主张。张骞回国时,"乌孙发导译送骞",并派出数十人组成的使团,带上马数十匹献给汉朝,表示回谢,实际是窥探汉朝的情况。乌孙的使者"见汉人众富厚,归其国,其国后乃益重汉",为日后的联姻打下了基础。

后来乌孙以马1 000匹送到长安,作为聘礼。汉武帝元封年间,汉王朝派遣江都王刘建之女细君公主出嫁乌孙。临行时,赠送甚盛,皇帝"赐乘舆服御物,为备官属宦官侍御数百人"。

细君到乌孙之后,特意自治宫室居处,置酒饮食,并以币帛赐给昆莫的左右贵人。细君死后,汉朝又将楚王刘戊之孙女解忧公主嫁给了乌孙昆莫岑陬。

元康二年(前64),乌孙国王上书,请求让汉外孙元贵靡为嗣,并希望娶汉公主为妻,可以说这是乌孙第三次向汉求公主为婚了,于是又以马骡各千匹为聘礼。乌孙国请求与汉朝和亲,叛绝匈奴,这得到汉天子的允准。于是昆弥及太子、左右大将、都尉皆遣使,共有300多人,入汉迎娶公主。汉天子以解忧公主妹妹的女儿相夫为公主,打算护送到乌孙,这次随行的人员不下100人。汉朝政府"置官属侍御百余人,舍上林中,学乌孙言"。汉与乌孙通婚,不但乌孙王与汉公主完婚,而且陪同公主的女子有些也嫁给了乌孙人,解忧公主的侍者冯嫽便是明证。文献记载,冯嫽是解忧公主的随行人员,她懂史书,很有外交才能,嫁给了乌孙的右大将为妻。她曾劝说翁归靡胡妇所生的儿子乌就屠放弃王位,立解忧公主的儿子元贵靡为乌孙王。既然冯嫽可以嫁给乌孙的贵人,那么随从女子也都有这种可能。据说,在细君出嫁乌孙时,"为备官属宦者侍御数百人"。当解忧公主妹妹的女儿相夫出嫁乌孙元贵靡时,"置官属侍御百余人"。因为事情有变,元贵靡没有继承上王位,所以后来并未成行。但由此我们可以推测,汉朝既然前后多次嫁女予乌孙王,那么随行人员恐怕就非常多了。这些人后来都留在西域,血统的混合和文化的交流就是情理之中的事了。在这种漫长的民族交往过程中,都离不开语言文化的接触,因而汉文化在西域的进一步传播是必然的。

### (二)两汉时期西域的屯垦移民与汉文化的传播

西域都护府建立后,伴随着轰轰烈烈的屯田活动,汉语汉文作为汉代的官方用语也随着"汉之号令班西域"而开始在西域广泛传播使用。当时西域各国大到王侯,小到译长,各国官吏皆由汉中央王朝颁布印绶,汉语汉文自然就成为当时官方的通行用语而正式进入西域新疆。《汉书·西域传》载:"最凡国五十。自译长、城长、君、监、吏、大禄、百长、千长、都尉、且渠、当户、将、相至侯、王皆佩汉印绶,凡三百七十六人。"考古工作者在新疆沙雅县于什格提汉代遗址内发现的"汉归义羌长"印就是汉朝颁发给西域羌族首领的印章。

屯田,是西域都护府最主要的军事建设和生产建设措施,也是西域都护府存在的物质基础,标志着中央政府在新疆统治的完全确立,也标志着汉语汉文官方用语地位的确立。

#### 1. 渠犁屯田

在河西四郡的基础上,西汉政府为了加强对西域的控制,又把移民屯田扩展到了西域,西域的移民屯田始自李广利征大宛以后,而最早的屯田地点是在渠犁,《汉书·郑吉传》有这样的记载:

> 自张骞通西域,李广利征伐之后,初置校尉,屯田渠犁。至宣帝时,吉以侍郎田渠犁,积谷……

查阅《资治通鉴》的系年,李广利征伐大宛的时间是在公元前104年,也就是说,在此年之后,西汉便在西域实行屯田,屯田的地点是在渠犁。《汉书·西域传》记载渠犁的情况是这样的:有户130,有口1 480人,150兵员人,城都尉1人。东北与尉犁、东南与且末、南与精绝接。

西汉在渠犁屯田,史书当中屡次出现,大概是因为该地地理位置重要、作用大的缘故,所以成为西汉的主要屯田区。在宣帝地节二年(前68)时,《后汉书·西域传》中,还有运用田士击车师的记载:

> 汉遣侍郎郑吉、校尉司马熹,将免刑罪人田渠犁,积谷,欲以攻车师。至秋收谷,吉、熹发城郭诸国兵万余人,自与所将田士千五百人共击车师。攻交河城,破之。王尚在其北石城中,未得,会军食尽,吉等且罢兵,归渠犁田。

上述史料,说明渠犁地区不但在汉武帝时成为首辟的屯田场所,而且在宣帝时期,仍然坚持前代的做法,继续在这一地区屯田。

2. 轮台屯田

轮台是西汉在西域屯田的另一重要场所,轮台之屯田大致经历了兴、废、兴这样几个阶段。轮台当初被辟为屯田场所,在汉武帝派贰师将军李广利征伐大宛取胜之后,西域各国皆感到惊恐,多遣使来汉朝贡献,而汉朝派出到西域的人也得到了官职。在这种情况下:

> 於是自敦煌西至盐泽,往往起亭。而轮台、渠犁皆有田卒数百人,置使者校尉护,以给使外国者。①

由此看来,轮台屯田的规模并不算小。

轮台屯田的废弃是在武帝征和二年时,该年贰师将军李广利因为战败,率部投降匈奴,汉武帝对于这样的远征感到后悔。《汉书·西域传》载文:

---

① 《汉书》卷九十六上《西域传第六十六上》,中华书局,1962年,第3781页。

> 是以末年(指武帝末年),遂弃轮台之地,而下哀痛之诏,岂非仁圣之所悔哉!

从此诏文来看,汉武帝末年,轮台的屯田被放弃了。

轮台屯田的复兴是在西汉昭帝时候,汉昭帝采纳了桑弘羊以前的建议,在轮台屯田,并且让西域扜弥的太子赖丹为校尉将军,负责轮台的屯田事务。扜弥国的太子赖丹是汉朝质子,汉昭帝恢复轮台屯田后,便派赖丹负责轮台的屯田事务。轮台与渠犁相距不远,龟兹人感到西汉的屯田对自己是个威胁,所以龟兹贵人姑翼劝龟兹王杀了赖丹,并上书汉朝道歉,从此可以了解到,昭帝时轮台的屯田确在复兴中。

3. 移民屯田于北胥鞬、莎车

移民西域进行屯田,创于汉武帝时期,而宣帝时期的屯田、移民大为增加,北胥鞬、莎车的移民屯田点就是在宣帝时候开设的。《汉书·西域传》记载比较详细:

> 至宣帝时,遣卫司马使护鄯善以西数国。及破姑师,未尽殄,分为车师前后王及山北六国。时汉独护南道,未能尽并北道也,然匈奴不自安矣。其后日逐王畔单于,将众来降,护鄯善以西使者郑吉迎之。既至汉,封日逐王为归德侯,吉为安远侯,是岁神爵三年也。乃因使吉并护北道,故号曰都护。都护之起,自吉置矣。僮仆都尉由此罢,匈奴益弱,不得近西域。於是徙屯田,田于北胥鞬,披莎车之地,屯田校尉始属都护。

4. 移民屯田伊循城

伊循城的屯田移民,是在汉宣帝元凤年间开设的,而且也是受鄯善王之邀在此进行屯田的。其原因是:因为楼兰王背叛汉朝,在元凤四年(前77年)的时候,大将军霍光派平乐监傅介子去刺杀楼兰王。傅介子斩杀楼兰王尝归以后,当即宣布立在汉的楼兰王的弟弟尉屠耆为王,而且还把楼兰的国名也更改为鄯善国,且重新刻就印章等,西汉王朝还把宫女赐给新立的鄯善王尉屠耆为夫人。尉屠耆回国即位的时候,汉朝为他备好了车骑辎重。就在这时,尉屠耆又向汉天子提出了请求,言自己在汉日久,现在回国即位,势力单薄,并言说鄯善国中有一个地方叫伊循城,其地肥美,如果汉朝能派一将在伊循城屯田积谷,这样自己便可依靠汉朝的威势,不至于被尝归的儿子所杀。汉天子觉得其言之有理,便恩准了尉屠耆的请求,于是派遣司马1人、吏士40人屯田伊循城,以便镇抚鄯善,后来又设置了都尉官。

### 5. 移民屯田赤谷城、焉耆国

赤谷城是乌孙的都城,自从汉与乌孙结为婚姻关系以后,两国之间的关系比较融洽,而西汉在赤谷城和焉耆的屯田见诸《汉书·辛庆忌传》:

> 辛庆忌,字子真,少以父任为右校丞,随长罗侯常惠屯田乌孙赤谷城。与歙侯战,陷阵却敌,惠奏其功,拜为侍郎,迁校尉,将吏士屯焉耆国。

### 6. 姑墨的屯田与移民

姑墨的屯田与移民,是在乌孙出现两个昆弥,内部斗争激烈的情况下汉王朝所采取的一项措施。在宣帝的时候,楚主解忧的儿子元贵靡即位为乌孙的大昆弥,立翁归靡与匈奴妇所生之子乌就屠为小昆弥。当元贵靡之孙雌栗靡即位当乌孙的大昆弥时,小昆弥乌就屠死了,乌就屠的儿子拊离依据规定,代立为小昆弥。但因为兄弟之间的争位斗争,他被其弟日贰所杀,汉朝于是扶立拊离的儿子安日为小昆弥。而日贰后来逃到康居,并依靠康居的势力对乌孙构成威胁。在这种情势下,西汉政府决定屯田姑墨。姑墨与乌孙接近,其目的是在乌孙方面起到一定的作用。

### 7. 屯田车师与移民

车师的屯田也是在郑吉任职时期所进行的,其原因是,车师降汉以后,车师王恐怕匈奴兵复至而被杀,所以便单骑投奔乌孙。郑吉迎接车师王的妻子,将其安置在渠犁,并把这些情况赶忙向西汉政府汇报,得到的答复是:

> 有诏还田渠犁及车师,益积谷以安西国,侵匈奴。吉还,传送车师王妻子诣长安,赏赐甚厚。每朝会四夷,常尊显以示之,于是吉始使吏卒三百人别田车师。①

车师土地肥沃,接近匈奴,汉政府在车师屯田积谷发展势力,对匈奴当然不利,所以匈奴为争夺对车师的控制权,便派骑兵袭击汉朝在车师的屯田民。郑吉为了对抗匈奴,和校尉一起,把渠犁地区的屯田吏士1 500人全部带到车师屯田。

以上我们简单叙述了西汉时期的屯田概况,叙述屯田的目的在于弄清西汉时期因屯田而带来的人口迁移。移民比较集中,自然会形成一种语言势力和文化势力,形成汉文化对西域的辐射和影响。

---

① 《汉书》卷九十六下《西域传第六十六下·车师后国》。

东汉王朝时期,为了加强对西域的控制,和保护丝绸之路的商旅要道,仍然遵西汉时期的传统,在西域进行屯田。东汉时期在西域的屯田,并不是从建武年间开始的,而是在汉明帝永平十六年(73)开始的。

武帝时,西域内属,有三十六国汉为置使者、校尉领护之。宣帝改曰都护。元帝又置戊己二校尉,田于车师前王庭。哀、平自相分裂为五十五国。王莽篡位,贬易侯王,由于西域怨叛,与中国遂绝,并复役属匈奴……(永平)十六年,明帝乃命将帅,北征匈奴,取伊吾庐地,置宜禾都尉以屯田,遂通西域。于阗诸国皆遣子入侍,西域自绝六十五载,乃复通焉。

东汉政府继永平屯田西域之后,大概是在永元三年(91),再次在伊吾屯田,《后汉书·南匈奴传》叙述了永元三年屯田的过程,也就是说,在永元三年之时,北单于被右校尉耿夔所破,逃亡不知所在,北单于的弟弟右谷蠡王于除鞬自立为单于,率领右温禺鞬王、骨都侯等数千人止于蒲类海,并派人向汉表示愿意归服。

继元初年间屯田之后,可能在伊吾的屯田又遭废弃,而重新开屯的时间是在顺帝永建六年(131)。其原因是顺帝永建二年时,班勇打败并降服了焉耆、龟兹、疏勒、于阗、莎车等国皆来服从。在这种情况下,顺帝认为伊吾再次屯田的时机已经成熟,于是在永建二年时:

> 帝以伊吾旧膏腴之地,傍近西域,匈奴资之,以为钞暴,复令开屯田如永元时事,置伊吾司马一人。(《后汉书·西域传》)

东汉政府除了在伊吾屯田外,见于史籍记载的还曾在柳中和且固城进行屯田。安帝延光年间(122—126),皇帝采纳了陈忠的建议:

> 乃以班勇为西域长史,将弛刑士五百人,西屯柳中。勇遂破平车师。《后汉书·西域传》

另外永兴元年(153),"车师后部王阿罗多与戊部侯严皓不相得,遂忿戾反叛,攻围汉屯田且固城,杀伤吏士"。《后汉书·西域传》的记载看,东汉政府在且固城亦有屯田。

从东汉的情况看,当时在西域之屯田地点不如西汉时期多,但就每个点上屯田民之数量与西汉时期比相差不多。上言班索将千余人屯伊吾,班勇率五百人屯柳中等,基本上每个屯田点的屯田人数与西汉时差不多,每个点有近千人到几百人不等。由东向西,每起一个亭,每设一个站,都无疑是一个文化支撑点的开通。民间自发的、互通有无的经济文化交流更是占有重要地位,它进一步促进了民族文化的交流和发展。

**（三）两汉时期西域教育与汉文化的传播**

汉代西域是一个部落与民族的集散地,也是一个多种语言交汇的地区。根据史书记载,当时的部落与民族主要有:塞、月氏、乌孙、羌、匈奴和汉人。这些部落或民族"言语异声"或"文字异形"。汉人作为西域的古老民族之一,虽然早就"身涉流沙地",践迹西域,但汉语汉文在西域广泛的传播使用却是始于汉代的西域屯垦活动,从那以后,汉语汉文就一直作为西域的通行语言之一,在这块多种语言交汇的地区使用,经久不息、长盛不衰。

汉在西域实行屯田制,各地屯田士卒由数百人增加到千余人或数千人不等。轮台屯田最盛时,士卒就达 3 000 多人。汉宣帝时,常惠率三千治军屯田于乌孙赤谷城。据统计,仅西汉在西域的屯田士卒就有两万多人。屯田官吏和士卒大多是从军西域的汉人,此外,还有内地普通百姓、部分刑徒、家属,他们与屯田士卒一起,在西域垦荒拓土,推广生产技术,自然就是汉语汉文化的使用者和传播者,这在当时可以算是为数不少的汉文化群体。这些汉人虽然远离内地,但都一直保留着自己的传统文化。在罗布淖尔地区的考古发掘中,那里出土的"九九"口诀残件,《急就篇》《论语》《左传》《战国策》残卷、残诗,以及算术、阴阳书、占书、相马经、医方等反映汉族文化的典籍残件。"九九"口诀残件,字体歪斜幼稚,似儿童或初学者所写。《急就篇》是东汉以后流行的文化教材。王国维先生认为,残卷大都是训诫之词,似属家教一类残文,说明汉族屯戍者尚不忘记对戍卒和儿童进行汉语传统文化的教育。为了保持和发扬这种传统文化,有可能出现以上述教材为内容的初级私学。

一些少数民族统治者、上层分子除使用自己的语言文字外,还同时兼用汉语文,特别是一些与汉族长期相邻杂居的少数民族,往往很早学习使用本族语和汉语两种语言。吐鲁番、尼雅、楼兰等地出土的大批汉文字书写的文书、简牍,涉及民间买卖田园、牲畜、粮食、纺织品的契约,官方屯田、收受供祀账、邮政、籍账等内容,[①]可见汉语文使用相当广泛。如尼雅出土的木简,有的就是在少数民族中来往的汉文书信,如一简简文为:

---

① 国家文物局古文字研究室:《吐鲁番出土文书》,第一册,1983 年,第 17、138 页。

1. 王母谨以琅玕 l,致问王
2. 臣承德叩头,谨以玫瑰 l,再拜致问大王
3. 休乌宋耶谨以琅玕 l 致问小太子九健持
4. 君华谨以琅玕 l,致问且末夫人
5. 太子美夫人叩头,谨以琅玕 l 致问夫人春君
6. 苏且谨以琅玕 l,致问春君
7. 苏且谨以黄琅玕 l,致问春君
8. 奉谨以琅玕 l,致问春君,幸毋相忘①

休乌宋耶为人名,显然是少数民族,说明少数民族中兼用汉文。这八枚木札,罗振玉、王国维、史树青均曾作过分析。罗、王除盛称木札文字"隶书至精"外,并据书法分析"似汉末人书"。② 史树青则认为从八支木札书法看,"与西汉或莽"时期简文相似,与西汉后期长沙刘骄墓出土"被绛函"比较,不仅书体近,而且功用相同。③ 我们具体分析木札所涉及的人名,有"休乌宋耶""九健持""君华""春君""苏且""奉""承德"。这些人名,有的明显为精绝土著人名,如"休乌宋耶""九健持""苏且"等,另一些则明显为汉名,如"春君""承德"。看来当年在塔克拉玛干沙漠深处的尼雅精绝境内,确实有深谙汉文化的中原来人在辅佐精绝君王工作,如自称"臣承德"者,很可能就是中原来人。否则,很难想象精绝国内,会有那样汉文书法高手。"苍颉篇"文字,同样可以支持这一推论。

从出土的于阗文献来看,其中不少文书掺用汉文,使用汉文年号,甚至用汉文和于阗文共同书写。于阗文书中的许多名称,如长使、节度使、宰相、都督、大德、世尊等采用了汉文,其中还有一本《汉语——于阗语词汇》的对译词书。④ 以上事实说明,生活在西域的一些少数民族在学习和广泛使用汉语文接受汉文化。

20 世纪内,在塔克拉玛干沙漠中,尼雅考古的工作收获是较为丰硕的,只从文字资料看,斯坦因在这里发现过七百多件佉卢文简牍,近六十件汉、晋木简。在近几年的尼雅考古工作中,又发现数十件佉卢文简和一些汉文木简。从这些资料看,精绝城邦当年尚无自己的文字,在汉王朝统辖西域时,他们曾经以汉文作为自己的文字工具,并与中

---

① 黄烈:《中国古代民族史研究》,《流沙》释三,人民出版社,1987 年,第 429 页。
② 罗振玉、王国维编著,《流沙坠简》,中华书局,1993 年,第 225—245 页。
③ 史树青:《谈新疆民丰尼雅遗址》,《文物》1962 年 7—8 期合刊,第 20—27 页。
④ 《中国民族古文字》,天津古籍出版社,1987 年,第 166 页。

原大地一样,采用"苍颉篇"作为文字课本。在汉王朝力量不能顾及西域后,可能受一度强大的贵霜王朝影响,他们又曾借佉卢文字来标注自己的语言,使用佉卢文简于日常生活的各个方面。这一现象,与文献记录中所显示的历史发展过程也可以统一。文献记录说明,西域各地城邦,都设置有"译长",他们承担着语言、文字翻译的工作。至于这种双语人才如何培养,则不得而知。尼雅精绝故址出土的"苍颉篇",给我们提供了一个重要的资料,它说明:在统一西域、设置西域都护后,两汉王朝曾努力在各有关城邦小国内推行汉语文化教育,以利于王朝政令的贯彻实施。

汉代西域语言文化传播所反映出的文化与民族发展、国家兴衰的重大关系,告诫我们应认真审视长期不为我们重视的语言文化的地位和作用。

从新疆与西域的中亚两地区的历史命运来看,更能深层次地启迪我们:文化维系力的强弱,与边疆命运、国家领土息息相关。古代中国汉、唐、清大一统王朝都精心经营过西域,包括今新疆与中亚。在沙俄侵略下,新疆保住了,而原西域的中亚地区却被分割。我们认为这与文化发展、实施文化经营密切相关。如武帝时江都王建之女细君公主,其后的解忧公主及解忧公主之女弟史等都嫁给了西域的国王。公主们离开中原时,有大批随行侍从及护卫。

## 三、唐代西域文化教育及汉语文的传播

汉文化作为世界的灿烂文明之一,不仅是华夏民族世代传承和发展的成果,而且也是凝聚多民族统一国家的重要精神纽带。入唐以后,由于重新实现了政治融合,这一文化更得到了空前的普及和繁荣,汉语文成为西域各族之间的政治交际语,儒学在伊、西、庭三州乃至四镇地区蔚为显学。汉传佛教、道教、汉历法、汉医学、汉风艺术等也都西被流沙,大放异彩,在大唐帝国西北边陲争芳斗艳。"永和贞观碣重重,博望残碑碧薛封"[1];"谁知石烂山枯后,独有残碑纪汉唐"[2]。

### (一)汉语文的普及与伊、西、庭三州儒学的兴起

汉语文乃汉文化的载体,儒学则乃汉文化的主体。汉语文的普及与儒学的兴盛乃是碛西并入唐朝版图后最引人注目的社会现象。

1. 碛西汉语文的普及

早在两汉之际,随着汉人的大批西来和西域都护府、戊已校尉府的建立,汉语文已

---

[1] 曹麟开:《竹枝词30首》,《三州辑略》卷八《艺文》。
[2] 李銮宣:《塞上四首》,《三州辑略》卷九《艺文》。

开始在西域有了初步的传播。汉、晋虽亡,碛西却出现了一个汉人聚居的高昌国,"有五经,历代史,诸子集"①,"置学官弟子以相教授"②。说明汉语文是高昌的国语、国文。入唐以后形势又发生了翻天覆地的变化,至迟在贞观、显庆之世,唐朝已发展为华夷一统的多民族国家,不仅东亚大陆,乃至北亚、中亚、东南亚诸国也大都成为唐之藩属或纳贡国,汉语文也随之成为这一古老大陆的交际语文。史载入仕于唐的各族上层人士,绝大多数都通晓汉语文。例如铁勒首领、唐朝名将契苾何力虽为一赳赳武夫,亦可随口诵出"白杨多悲风,萧萧愁杀人"③的诗句。又如唐代疏勒僧人慧琳撰《一切经音义》,通篇全以汉语文写成,且旁征博引,显示了浓厚的汉学功底。为了进一步推广汉语、汉文,广泛接纳周邻诸国贵族子弟入国学读书,④唐朝还培养了一大批精通汉语文的少数民族人才。薛谦光在奏疏中说,这些人"服改毡裘,语兼中夏,明习汉法,睹衣冠之仪,目览朝章,知经国之要。窥成败于国史,察安危于古今,识边塞之盈虚,知山川之险易"。⑤著名的突厥谋臣阿史德元珍、暾欲谷等都在长安受过很好的汉文化教育,可知汉语文确已得到广泛的传播,出现了"花门将军善胡歌,叶河蕃王解汉语"⑥的局面。《册府元龟》中保存了许多西域国国王以汉语写成的表文,诸如康国国王乌勒伽、安国国王笃灌波提、俱密国国王那罗延、吐火罗侍子阿史那仆罗、吐火罗叶护夫里尝伽罗、处木昆酋长律啜(即莫贺达干)、石国国王伊捺吐屯等,皆辞足意达。当然,很可能其中有些表文经过翻译,但这也可以说明翻译当时遍布各国。直至10世纪,"秦人文字"仍在天山南北的回鹘聚落中通用。这在马合木德·喀什噶里的《突厥语大词典》中有明确的反映。这时阿拉伯语、回鹘语早已兴起,但汉语、汉文的影响犹未全衰。

2. 办学校、兴科举是推动汉语文迅速传播的重要因素

唐朝建国之初,于碛西置伊、西、庭三州,其中伊州辖伊吾、纳职、柔远三县,西州辖高昌、柳中、交河、蒲昌、天山五县,庭州辖轮台、金满、蒲类、西海四县,又设焉耆、龟兹、毗沙(于阗)、疏勒等四镇都督府,一度还设立了西州都督府。依唐制这些地区皆须设学校。其中西州属上郡,学生定额60员;庭州中郡,学生定额50员;伊州下郡,40员学生。再以四镇都督府各以学生50员计,入州学者已350人之多,再以碛西十二县各按中县30人计,入县学者又有360人。至于三州乡数,虽无总的统计,然据《太平寰宇记》

---

① 《梁书》,卷五十四《高昌传》。
② 《北史》,卷九十七《高昌传》。
③ 《新唐书》,卷一百十《契苾何力传》。
④ 《通典》,卷五十三《吉礼十二》。
⑤ 《册府元龟》,卷五百四十四《谏诤部·直谏十一》。
⑥ 岑参:《与独孤渐道别长句,兼呈严八侍御史》,见《全唐诗》卷一百九十九。

卷一五三、一五六记载,伊州三县共辖 17 乡,其中伊吾县 4 乡,纳职县 3 乡,柔远县 10 乡,西州五县辖 17 乡,庭州四县辖 9 乡,合之共 43 乡。如以每乡生员 20 人计,总数何止千人。兴学校的目的在于兴科举。唐朝废止了汉、魏以来沿袭的选士制度,开明经、进士二科,以儒学取士,这就更加促进了全国学子学习汉文化的积极性。近年新疆各地出土了大量唐人的习字残纸和启蒙读物,应是当年碛西学子学习汉语文的遗物。例如吐鲁番阿斯塔那 179 号墓出土的武周时代学生的习字,其中九片为汉化了的鲜卑令狐慈敏的手迹,写有"三月十七日　令狐慈敏作书",另一人名和阇利,大约是个少数民族学生。① 又如阿斯塔那 216 号墓出土编号为 TAM216 的 212/10 号文书,仅存三行。第一行尽写"张"字,第二行尽写"寒"字,第三行尽写"来"字,都是学生练笔之作。再如阿斯塔那 208 号墓出土编号为 73TAM208 的 12 号文书,存三行。第一行写"敕 写 急 就 章、遂不得与师书耳,但卫不能拔赏,随子者孔子曰者语",其义无从索解,唯知《急就章》乃古字书,大约也是"上大人孔乙己"之类的字帖仿描。吐鲁番出土文书中还发现了几种启蒙读物。其一是《千字文》,乃我国最古老的启蒙课本之一,通篇四言,全文千字,以"天地玄黄,宇宙鸿荒"开篇,由自然而人事,而以儒家思想为核心,内容包罗万象,融知识性、趣味性和哲理性于一体。阿斯塔那 151 号墓还出土了该书的习字残卷。另一重要启蒙读本乃《开蒙要训》,特点是同类型字归并在其中,重视生活实用性,例如"馄饨"列在其中,说明早在唐朝馄饨已成为餐桌美味。阿斯塔那 67 号墓出土了编号为 66TAM67 的 3 号文书即为此书写本。另外还有一本题为《太公家教》的书,属箴言集性质,有"勤耕之人,必丰谷食,勤学之人,必居官职"和"勤是无价之宝,学是明月神珠,凡人不可貌相,海水不可斗量"等,②语言非常通俗。

　　应当指出的是,在我国封建社会中并非所有的人都享有平等受教育的权利。唐制规定,学生是免课役的,而只有官员子弟(包括勋官)才享有这种特权。《唐令拾遗·赋役令》二十一条载,"诸内外六品以下及京司诸色职掌人,合免课役",文中的"以下"义不可通,显然是"以上"的讹写。六品以上官,地位固然不低,但它的实际内涵不仅包括拥有实权的职事官,还包括大量平民出身、以战功得进的"勋官"。碛西战事频繁,从军者众,获勋者也多,六品勋官根本不算什么,但却可以获得免役,乃至不课口的特权。因此,入学者大多都属勋官子弟。前引文书中令狐慈敏、和阇利等似乎都是这种人家出身的,故可跻身州、县或乡级学生行列。

---

① 《吐鲁番出土文书》,第七册,文物出版社,1987 年,第 120、124 页。
② 《鸣沙石室佚书》,第四册。

### 3. 唐代碛西的儒学及儒学经典

儒学乃汉文化的主体,而这一以天人合一和宗法伦理为特征的学派渊源于周代教化之官,所奉经典主要如《诗》《书》《礼》《易》《春秋》五种,称为五经。汉朝儒学上升到至圣至尊的地位。《礼》又分为《礼记》《周礼》《仪礼》三种,谓之三礼。《春秋》传有公羊、谷梁两家,再添以古文《左传》谓之三传,合在一起成了九经,唐朝即以此九经取士。吐鲁番出土文书证实了高昌与唐代流行的儒家经典完全一致。然而奇怪的是,碛西地区并入唐朝版图乃显庆三年(658)之事,是在《五经正义》颁布之后,然西州士子研习的经典却仍宗郑玄,短缺《正义》,依旧师承高昌国时代古文经学的历史传统。这是唐代碛西儒学的一大重要特色。

唐写本《礼记》,出土于阿斯塔那 222 号墓,为《檀弓》篇残卷下,郑玄注,存 100 行,抄于咸亨二年,由十一张残纸连缀拼合而成。唐朝考试的《礼记》也是郑玄注本,李文瓘曾上言:"今明经所习,务在出身,咸以《礼记》文少,人皆竞读"①,在诸经中最为热门。

小经中发现最多的为《尚书》,吐鲁番阿斯塔那 179 号墓出土了《尚书》孔氏传的唐人写本,孔氏传,指王肃假托孔安国所作之注文,今存《禹贡》《甘誓》残卷各一。《禹贡》起自"至于猪野",止于"言天功成",②凡 23 行,古字极多,当属"隶古定"本。中经中发现最多的为《毛诗》,早在黄文弼赴吐鲁番考察时就在雅尔湖故城中发现《简兮》残纸一份,现存《旄上》四章,四角俱残,起"章四句",止"饯于祢",共九行,③无《正义》。除此三经外,高昌国时代盛行的《孝经》,亦沿袭不辍,阿斯塔那 67 号墓曾出土了《孝经》残卷,共二纸,一为《感应》篇及《事君》残卷,另一为《丧亲》篇。④《孝经》成书时间虽然很早,初仅作为乡学(庠)的教材,西晋时期始正式列入国学,置国子助教。唐调露二年(680)以后《孝经》同《论语》一起,列入明经科的正式考试科目。

吐鲁番出土的各种儒家经典中,最多的一种是《论语》。不仅数量多,而且不同系统的本子也多,仅文物出版社刊行的《吐鲁番出土文书》所收的就有以下几种:

(1) 阿斯塔那 19 号墓出土《唐写本郑氏注〈论语·公冶长〉篇》,载六册,539 页。

(2) 阿斯塔那 363 号墓出土《唐景龙四年(710 年)卜天寿抄孔氏本郑氏注〈论语〉》,载七册,533 页。

(3) 阿斯塔那 67 号墓出土《古写本〈论语禁解〉残卷》,载七册,304 页。

---

① 《通典》,卷十五《选举典》。
② 《吐鲁番出土文书》,第七册,第 120、124 页。
③ 黄文弼:《吐鲁番盆地考古记》,中国科学院出版,1954 年,第 17 页。
④ 《吐鲁番出土文书》,第七册,第 307—310 页。

(4) 阿斯塔那 186 号墓出土《唐写本〈论语〉郑氏注〈雍也〉〈述而〉篇残卷》,载八册,297 页。

(5) 阿斯塔那 27 号墓出土《唐景龙二年(708 年)写本郑氏注〈雍也〉〈述而〉〈泰伯〉〈子罕〉〈乡党〉残卷》,载八册,331 页;《唐经义〈论语〉对策残卷》,载八册,324 页;《唐开元四年(716 年)写本〈论语〉郑氏注〈雍也〉〈述而〉〈泰伯〉〈子罕〉〈乡党〉残卷》,载八册,348 页;《唐写本〈论语〉郑氏注〈雍也〉〈述而〉残卷》,载八册,359 页;《唐写本〈论语〉郑氏注〈论语·雍也〉残卷》,载八册,365 页。

至今《吐鲁番出土文书》尚未出全,很可能还有一些更重要的本子尚未公布,而仅此目录已足可窥知唐代碛西研习《论语》风气之盛。其中数量最多的一种抄本为《论语》郑氏注本,已知《雍也》篇四种,《述而》篇三种,《乡党》《泰伯》《子罕》《公冶长》篇各两种,《为政》《里仁》篇各一种。有的残缺不多,相当完整,编号为 72TAM184 的《雍也》抄本即为其例。吐鲁番不仅出土了今已亡佚的郑注《论语》,也出土了何注《论语》,阿斯塔那 67 号墓就出土了该书残卷。同墓出土的还有武周时期西州天山县南平乡的大量遗物,可以确定该书乃武周时期的抄本。更重要的是,阿斯塔那 27 号墓还出土了《唐经义〈论语〉对策残卷》,字迹颇有异同,似未必尽出一人手笔,但内容相接,残存九片,可以拼缀成文。

如果说碛西的儒学研究保持了自身的某些地区特色,那么随着中原与高昌的政治统一,在语言文字上同内地的差别则日益缩小。这是近年来学术界通过吐鲁番出土儒家经典,经过认真研究达到的共同结论。例如中国科学院考古研究所资料室曾对《唐景龙四年(710 年)写本〈论语〉郑氏注》(即卜天寿抄本)作了详细校勘,发现这一抄本中俗字的写法"绝大部分见于北朝及唐代的碑志(据《增订碑别字》),与内地流行的写法完全相同"。① 龙晦又从语言学的角度深入研究了卜天寿《论语·郑氏注》抄本,根据"百四十四对互注字,仔细研究的结果,只发现了十五对字有音变,占互注字的十分之一,《训》里有四百三十七对互注音字,而音变的字有二百四十一对,占全部互注字的一半以上。"这说明"8 世纪西北语音是与内地一致的,晚期的变化就大了。"②经典注音未必代表当地的实际语音,但至少说明,随着中原与高昌重新实现政治统一,在汉语文教育方面已完全遵照唐代官定范音的讲法,推动着语文教育走向统一。③

---

① 中国社会科学院考古研究所资料室:《唐景龙四年写本〈论语郑氏注〉的说明》,见《新疆考古三十年》,新疆人民出版社,1983 年。
② 龙晦:《唐西北方音与卜天寿〈论语〉写本》,见《新疆考古三十年》。
③ 薛宗正:《安西与北庭——唐代西陲边政研究》,黑龙江教育出版社,1998 年,第 444—454 页。

## (二) 汉文学的传播

汉文学的西传始自汉代,《细君公主歌》即其滥觞。高昌郡、高昌国时期以汉语文为通用语言文字,汉文学更有了新的发展。从《麴斌造寺碑》雍容典雅的文字风格看来,已经达到了相当水平。

入唐以后,碛西汉语军民人数大增,汉文学水平更有了进一步的提高。阿斯塔那230号墓出土的森玄虚《海赋》①抄本残卷,共二片,存九行,显然是录自南朝梁昭明太子主编的《文选》一书。赋乃一种散文化的楚辞,或者说是带有楚辞色彩的散文,以铺陈扬厉为特征,辞藻华丽,极尽描摹状物之能事,乃古代士子学习汉文化的基本功。《海赋》的发现说明西州士子的汉文化水平已经很高。阿斯塔那263号墓出土的唐景龙四年西州义学生卜天寿的诗歌创作则又说明五言诗在这一地区也非常流行。卜天寿年仅十二岁,学习非常勤苦,曾手抄《论语》郑氏注,并抄有五言绝句六首。其一是:

写书今日了,先生莫咸池(嫌迟)。
明日是贾(假)日,早放学生归。

文中虽有错别字,但意思明了,反映了学生忙完作业、急盼放假回家的心情,一派天真,洋溢纸上。这也说明当时西州学校制度已较完善,有官学和私学(义学),教育内容也和内地一致,学校还有假日规定。其二是:

伯(百)鸟头(投)林宿,各各觅高支(枝)。
(五)更分散去,苦落(乐)不想(相)知。

其三是:

日落西山夏(下),潢(黄)河东海流。
人(生)不满百,恒作万年优(忧)。

其四是:

---

① 《吐鲁番出土文书》,第八册,文物出版社,1987年,第190页。

高门出己(杰)子,好木出良才(材)。
交口学敏(问)去,三公河(何)处来。

其五是:

他道侧(札?)书易,我道侧(札?)书(难)。
侧(札?)书还侧(札?)读,还须侧(札?)眼看。

其六是:

学问非今日,维须迹(积)年多。
(请)看阡(千)简(涧)水,万合始城(成)河。①

其中的第二首反映人生无常的思想,第三首反映了唐代阀阅观念的流行,第五、第六首都是充满儒家思想的劝学箴言歌。

卜天寿诗抄中还有一首题为《十二月三台词》的六言体诗歌,形式类似于词,非常引人注目:

正月年首初春,□□改故迎新。
李玄附录求学,树下乃逢子珍。
项托七岁知事,甘罗十二相秦。
若无良妻解梦,冯唐宁得忠臣。②

这首诗的内容实亦箴言,同启蒙书《太公家教》类似。史载唐之乡学皆以寒门鄙儒为之,这些"鄙儒"学问不高,却会编些劝学俗歌,此六言诗或即出自乡学塾师手笔。卜天寿是西域人,年仅十二岁,便能以比较正规的书法抄写《论语》,又能基本上合乎平仄地赋诗述怀,而且他只是一名在义学里读书的学生,并不是豪门子弟。由此可以充分证明,当时西域的汉文化程度是十分深入而普及的,和内地没有太大差别。

---

① 《新疆考古三十年》,新疆人民出版社,1983年,第368页。
② 《新疆考古三十年》,第368页。

我们还可以从柳洪亮先生《新出吐鲁番文书及其研究》一书中对"交河故城出土唐写本《孝经》残卷跋"①的研究,更具体地了解到当时的教育状况。

1968年,吐鲁番交河故城遗址废墟中出土文书一件,残高18厘米、残长65厘米,存墨书汉文30行。文书上部基本完整,有一道乌丝栏,下部残缺。阅读文字,知为《孝经》残卷,起于《诸侯章第三》末尾"如履薄冰"句的"如"字,止于《孝治章第八》"治国者,不敢侮于鳏寡,而况于士民乎"句的"况"字。对校《十三经注疏》本,②交河故城出土的抄本无注无疏,正文稍有差异,条例如下:

(1)《十三经注疏》本:孝无终始,而患不及者,未之有也。

交河本:而患不及己者。

(2)《十三经注疏》本:夫孝,天之经也,地之义也,民之行也。

交河本:天之经、地之义、人之行。

(3)《十三经注疏》本:导之以礼乐而民和睦,示之以好恶而民知禁。

交河本:民作人。

(4)《十三经注疏》本:诗云:"赫赫师尹,民具尔瞻。"

交河本:民作人。

《孝经》,相传为孔子所述作,是我国近三千年封建社会的经典著作之一。交河抄本以行楷体书写,与吐鲁番出土的大量文书比较,呈唐代书法特点。抄本中,"民"字均写作"人"字,就是避李世民的名讳。

交河抄本采用顿句法,是其另一特点。这种顿号有前后两次,第一次是与正文相同的墨色,第二次是朱色,覆盖在墨色顿号之上。古代书籍没有标点符号,但阅读朗诵时仍然要断句,断句是小学生的必修课程。墨色顿号标点明显有错误之处,譬如《孝经》原文是"非先王之法服,不敢服;非先王之法言,不敢道;非先王之德行,不敢行",而抄本在"非先王"之下都点了顿号。其次,文中有些应该断句的地方也没有断开。譬如"《诗》云:'夙夜匪懈,以事一人'","《诗》云"之下,第一次并没有加点断开,第二次断句时才补加了朱色顿号。但是,对于第一次断错的地方,并未改正过来,而是继续断错,如上例所示,第二次标点时在"非先王"之下墨色顿号上又覆盖了红色顿号。由此可以看出,这很可能是小学生进行基础训练的学习簿记。

交河抄本《孝经》残卷作为小学生学习过程中进行断句练习的实物标本,其在教育

---

① 柳洪亮:《交河故城出土唐写本〈孝经〉残卷跋》,《新出吐鲁番文书及其研究》,新疆人民出版社,1997年,第382—385页。

② (清)阮元校刻:《十三经注疏》,中华书局,1980年。

史研究方面有着重要的史料价值,它反映了唐代西域和内地文化、教育方面的密切关系,不失为一件珍贵的历史文物。

## 四、清朝政府的语文政策及其实践与双语教育

清政府统一天山南北后,实施了一系列军事、政治、经济、文化措施。军事措施有:军事机构地位的确立,指挥系统的构成,兵力的配备,对战略要冲的控制,最大限度在保证交通联系;政治措施有:确立行政建制,制约地方封建势力;经济措施有:屯垦政策,税收政策,货币政策,商业政策;文化措施有:宗教政策,语文政策。

清朝是以我国北方少数民族满族为主建立的政权。按他们的社会文化发展阶段,加上人口相对较少,在文化上很难与汉民族匹敌,在汉族地区,清朝政府认可了汉族语言、文字在当地社会生活中的地位;在新疆,确认了维吾尔族等新疆各少数民族语言在当地社会生活中的地位。从征集粮赋、催办差役的行政活动到审讯判决等司法活动中,维吾尔语言等各民族语言都是当地的通用语言。

无论是新疆的重大案件的审理,还是《五体清文鉴》的完成,都清楚地表明了这样一个事实,即清朝的新疆地方当局,因为拥有一批兼通本民族语言和汉语的双语人才,才得以完成诸如张格尔案审理的工作。特别是由于完成了像《五体清文鉴》这样高难度的语文工具书的编纂工作,从而显示出当时新疆地区双语人才的整体水平。

但是,就数量来讲,这一时期新疆地方双语人才是极为有限的,最早的一批高水平的新疆双语人才主要出自哈密、吐鲁番、库车、乌什、拜城、和田等地的膺获清朝爵位的维吾尔王公贵族家族。赴北京晋见清朝最高统治者是他们的家族成员学习汉语的主要机遇和环境。其中尤为突出的是较早奉调迁居北京的霍集斯家族,是较早熟练掌握汉语的家族群体。

由于政府行为具有权威性、导向性和向心力、凝聚力,所以它常常为双语教育创造了有利的社会环境。由政府行为带来的双语教育有极大的普及性,完善了汉维等语言文字的交流职能,增进了各族人民之间的相互了解,加强了各族人民之间的团结,促进了新疆的社会发展。

## 五、古代政府双语教育政策文化模式

1. 德化怀柔,协和万邦

在汉朝,汉文帝就汉朝与匈奴关系提出了"使两国之民若一家子"。[①] 在隋朝,隋炀

---

① 司马迁:《史记》,中华书局,1982年,第2913、2921页。

帝采纳了裴矩"无隔华夷""混一戎夏"的建议,作为制订民族文化教育的指导理念。在唐朝,唐太宗提出"推恩示信""爱之如一"的思想。针对"非我族类,其心必异"的旧观念,唐太宗指出:"人主患德泽不加,不必猜忌异类。盖德泽洽,则四夷可使如一家,猜忌多,则骨肉不免为仇敌。"①唐太宗"推恩示信""爱之如一"的思想对唐朝多民族教育取得辉煌成就起着指导性作用。明朝中央政府提出"华夷一家""一视同仁"的民族观。元朝和清朝以"德化怀柔、协和万邦"作为文治理念,在协调汉族与少数民族、少数民族与少数民族的关系方面,做出了积极的努力,积累了丰富的经验。

2. 核心辐射,边缘内附,双向建构

历朝历代中国政府以"一核多元,协和万邦"为主流文化思想,向周边民族地区传播中原文化,尤其是儒学。其文化教育政策的形式有兴学、科举制度、移民实边等。

兴学政策包括在民族地区开办儒学以及在京师等城市为民族地区生员开办学校。元代在京师设立回回国子学;在西域按路、府、州、县四级行政区划相应设置地方官学传播儒学。

3. 因地制宜,因俗而治,因势利导

汉朝在西域设立都护府,实行羁縻与怀柔政策,这对统一的多民族国家的形成和巩固在各族人民中奠定了良好的心理与文化基础,使"西域思汉威德,咸乐内属"。②

4. 多元互动,互相学习,相得益彰

中原历代与西域相互通婚,经贸频繁,形成你中有我、我中有你、相互依赖、优势互补的多元一体的文化格局。除了和亲政策,民间通婚更是广泛。

汉与乌孙、唐与回鹘和亲,佳话连连。清朝民间芳名远播的乾隆帝的"香妃",也就是容妃(1734—1788),就是维吾尔族人。和亲政策带来了和平,也促进了民族之间友好往来,架起了文化互动的"鹊桥"。

古丝绸之路商贸活动,是西北各民族经济互市与文化交往的友谊之路,天然地构成了多民族多文化大教育的走廊,为中国古代政府采取"多元互动、相互学习"的文教政策奠定了广泛而深厚的社会基础。

综上所述,中国古代朝代众多,既有汉族统治者主政,也有少数民族主政的时期,为什么中华民族的文明一脉相传,绵绵不绝?其中有中华大地特殊的地理位置等自然因

---

① 司马光:《资治通鉴》,中华书局,1956年,第6247、6216、6215、6153页。
② 班固:《汉书》,中华书局,1962年,第3626、2483、2777、3930页。

素,也有政治、经济、军事等因素,而更多的原因则是由于历朝历代的政府所实行的多民族文化教育政策的核心理念及其价值观有共通与共同的地方。古代多民族文化教育政策模式对今天建设有中国特色的多元文化教育理论与实践体系有借鉴意义和重要的参考价值。

# 第二语言习得中的偏误分析研究
## ——以维吾尔族习得汉语为例

夏迪娅·伊布拉音

**提要**：语言学习是一种心理过程，所学语言在很大程度上是这种过程的表现，反映学习者在学习过程中所采用的策略和程序。在第二语言教学中我们不难发现，学习者在第二语言习得中所犯的错误，正是他们学习第二语言的难点，也是教学的重点。本研究在应用语言学、心理学以及偏误分析理论的指导下，对维吾尔族学生在汉语学习中出现的词汇、语法、语用方面的偏误进行了宏观动态分析。主要分析出偏误的类型、特点以及偏误产生的原因。

## 引　言

在第二语言（汉语）教学的实践活动中，长期以来着重考虑的是"教"的问题，而不是"学"的问题。这不仅影响到正确处理教与学的关系，而且由于对学习主体的需要和特点缺乏认识，使"教"很难做到有针对性，最终导致语言教学达不到预期的目标。所以，我们在第二语言教学中，应该多重视学习者的"学"。除此之外，在第二语言教学中，我们不难发现，学习者由于母语和其他因素的干扰，会犯很多带有规律性的错误。传统教学法认为，凡是不符合规则的语言现象都是错误的（即偏误）。这些错误被看成学习者学习语言的缺陷，而错误的出现又反映了教学方法上存在的问题。如果有了好的教学方法，就能做到防患于未然，不出现或少出现错误。因此，教师应该潜下心来研究自己的教学方法，防止错误出现。20世纪60年代末期，英国语言学家科德（Pit Corder）提出偏误在第二语言习得过程中的作用。他依据认知心理学理论阐明了学习者偏误的性质、特点和分类，并且提出了一套比较完整的进行偏误分析的方法。

所以，偏误分析理论的建立是第二语言教学的一个大发展，它丰富了第二语言教学的理论，并已成为第二语言习得研究中的一个重要组成部分。把偏误分析理论应用到维吾尔族学生的汉语学习上，找出他们学习的内在规律，是一项相当重要和紧迫的任务。

## 第一节 习得与学习

一般传统的看法,认为"学习"是通过研究、实际经验和教学而获得一门学科的知识或一种技能。心理学家认为,学习是指动物和人的经验获得及行为的变化过程,而人类学习是一种来自经验的在知识或行为上相对持久的变化过程。综合分析关于"学习"的各种定义,可以概括为以下几点:[①]

1. 学习是获得。
2. 学习是信息或技能的保持。
3. 保持包括储存系统、记忆、认知组织。
4. 学习包括能动地、自觉地、精力集中地参与有机体内外的活动。
5. 学习是相对持久的,但也是容易遗忘的。
6. 学习包括一些实践形式或强化实践。
7. 学习是行为的变化。

近年来,随着语言教学理论研究的深入发展,不少学者把"学习"跟"习得"区分开来。"习得"(acquisition)一词由来已久。较早对这两个概念进行区分的是兰姆波特(Lambert 1966),而后科德(S. P. Corder 1973)和克拉申(S. D. Krashen 1978,1981)又进一步加以区分,并加强区分的意义。

那么什么是"习得"呢?它跟"学习"究竟有什么不同?为什么区分这两个概念?

许多学者认为,"习得"是小孩子不自觉地自然地掌握母语的过程和方法。"习得"是一种特殊的过程,使用特殊的方式:

1. 小孩子有一种内在的语言学习能力。
2. 小孩子不必专门教,也不必专门给他们纠正错误。
3. 小孩子用接触语言的方式学习。
4. 语言学规则的掌握是无意识的。
5. 小孩子运用语言交际。
6. 习得过程由不自觉到自觉。

心理学家、语言学家和应用语言学家注意区分这两个概念,目的在于探索母语习得的规律和方法,以此作为第二语言学习的借鉴,改进第二语言教学。

到了20世纪70年代,语言教学理论研究的重点由"教"转向"学",强调以"学"为

---

① 盛炎:《语言教学原理》,重庆出版社,1996年,第23页。

重点。不少学者认为,第二语言学习者不是被动地服从教师的主观安排,而是像小孩子习得母语一样,也有一个所谓的"内在大纲"(built-in syllabus),他有自己的获得目的语的途径。如果教师输入的东西不符合"内在大纲"要求,学生就不会接受。因此,我们的语言教学应该满足学生的需要。从这个意义讲,"学习"又跟"习得"一致。所以,有些学者把第二语言学习也称为第二语言习得。

其实,"学习"与"习得"的区分是相对的,二者不能截然分开。在学校环境中,第二语言初学者"学习"的成分多一些,而随着语言水平的提高,"习得"的成分会逐渐加大。少数民族学生学习汉语,"学习"和"习得"方式兼而有之,比较理想的方法是把二者有机地结合起来,而且要逐渐加大"习得"的成分,以期最后形成汉语自动化熟巧。(笔者结合"学习"和"习得"的概念,认为"习得"更能恰当地表达少数民族掌握汉语的过程,因此,在本文中采用了"习得"这个术语。)

## 第二节 第二语言习得与偏误分析

第二语言(汉语)教学包括"教"和"学"两个方面,过去的语言教学核心是"教"的问题,而不是"学"的问题。长期以来,"以教为主""重教轻学"的传统观念束缚着大家的教育思想,人们习惯把教师看成是教学活动的主宰,把教师的教学方法看成是语言学习成败的关键,只重视对教师如何教的研究,而不注意学生如何学习的问题。这样做不仅影响到正确处理"教"与"学"的关系,而且由于对学习主体的需要和特点缺乏认识,使"教"很难做到有针对性,最终导致语言教学达不到预期目标。20世纪50年代末、60年代初,认知心理学的发展和强调语言学习内在因素的乔姆斯基语言学习理论的提出,逐渐改变了人们的看法。人们认识到学习语言的过程并非学习者被动接受知识、听任教师来塑造的过程,而是学习者能力、性格、主动性和创造性发挥的过程。真正决定语言教学成败的是学习者。我们在研究教师的"教"以前,应该先了解学生"学"的过程和规律。因而,维吾尔民族汉语教学中,对学生"学"的过程的研究有着特殊的意义。半个世纪以来我国的维吾尔民族汉语教学花费了那么大的力量,但效果却不太理想,虽然原因是多方面的,但关键在于我们对维吾尔民族学习汉语的规律和方法研究不够。教学法一变再变,而实际的教学效果却很难提高和改变。因此,在维吾尔民族汉语教学中,我们应当承认对"教"的研究必须要植根于"学"的研究基础上,这样才能使维吾尔民族汉语教学能有长足的发展。

### 一、偏误分析理论

下面我们来了解 EA(偏误分析)产生的背景及理论基础:

众所周知,20世纪50、60年代对比分析(Contrastive Analysis,简称CA)作为语言研究的一种主要方法被广泛应用于对第二语言学习者错误的分析,其最初目的是为第二语言教学服务。Robert Lado 在1957年出版的 *Linguistics Across Cultures* 一书被人们看成是现代意义上的CA的标志。他提出的著名论点是:目的语中与学习者母语相似的成分对学习者来说是简单的,而与母语相异的成分对学习者来说则是困难的。他要研究的是第二语言学习者母语对目的语学习的影响,正如他所强调的那样,如果第二语言教师把学习者母语和目的语进行比较,能更清楚学习中存在的真正问题并能找到解决它们的办法。Lado 的对比分析方法以早期行为主义观点为基础,提出了一种语言学习理论,他认为语言的学习是一种习惯的形成过程,要掌握一套语法结构,就要反复不断地进行机械练习,形成一套完整的语言习惯。当学生处于某一语言情景时,就会出现条件反射,所形成的语言习惯会在不需要任何思维的情况下自动地产生。按照这一套理论,语言的习得是一种语言习惯的积累的过程:1+1=2+1=3+1=4。这一理论忽视了人的能动性和人类头脑的创造力。人的大脑对语言信息的吸收不仅仅是积累的过程,而且是通过对其分析进行再创造的过程。也就是说大脑对语言信息处理的公式不是简单的1+1=2,而是1+1>2。

由于对比分析法对第二语言习得不论是在实际预测中还是在理论上,都过于简单化,人们便开始探索新的理论。到了70年代,不少学者,像 Nemser、Selinker、Corder 开始意识到,对第二语言习得的研究不能只注重第一语言与第二语言之间的关系,即它们之间的异同。他们认为在学习过程中的某一个特定阶段,学生使用的实际上是一套独立的语言体系。这套体系既不是学生母语的语言体系,也不是第二语言的体系,而是学生自己的一套语言体系。因此,这些学者便开始把学生自己产生的语言作为研究重点。1972年 Selinker 提出了一个叫"中介语"的理论,他指出学生自己产生的语言是一套具有结构特性的语言体系。这套体系中的一些特性是无法在学生的母语和第二语言中找到的。这个语言系统在语音、词语、语法和文化等方面都有不同的表现,但它又不是固定不变的,而是随着学习者学习程度的加深、逐渐向目的语的正确形式方面靠拢。这个过程是一个渐进、演化的过程,是动态的语言系统,即学生在学习过程中,会不断地调整自己的语言行为,使这种语言行为适合于目的语的表达习惯,由错误逐渐向正确方向转化。这种语言系统是介于母语和目的语之间,所以称之为"中介语"。

中介语理论启发人们从因重视母语的干扰而只集中于目的语和母语的对比,转向直接研究学习者本身的语言体系,重视对学习者所产生的语言运用的偏误进行系统分析研究,从而发展第二语言的习得过程。这就标志着第二语言学习研究由对比发展到偏误分析。

在第二语言习得过程中,学习者产生偏误的原因是多方面的,总结起来主要有以下几个方面:

1. 语间迁移

学习者将母语中的规则、结构套用到目的语中,这种心理过程就是通常所说的母语干扰。

2. 语内迁移

随着学习者在语言使用方面的不断进步,他们的语间迁移偏误会越来越少,但是学习者会产生另一种偏误,即由学习者对目的语整个系统或它的某些方面掌握不全面所引起的偏误。

3. 学习环境

这里的环境指的是学校、教师以及教师和教材所构成的教学环境,或社会语言环境。在学习环境中,教师或教材可能会导致学习者形成语言的"错误假设",将此假设称为"错误概念",或称为"诱导偏误"。学生的偏误主要是由教师误导性的解释、教材不恰当的呈现,甚至是由死记硬背的句型在实际情景中不适当的运用引起的。

4. 文化迁移

不同的民族、不同的文化各有其源远流长的历史,形成了不同的风俗、习惯,初学者有时会将本民族的文化套用到第二语言中去,从而导致偏误的产生。

## 二、偏误分析的步骤

1. 采集学习者偏误的样本

进行偏误分析研究,首先要采集学习者偏误的样本。采集什么样的偏误样本以及如何采集偏误样本在很大程度上影响到研究结论的质量和准确性。偏误分析采集的样本应该是,自然条件下产生的学习者的语言素材。这种素材必须尽可能降低研究者和其他人为因素的干扰和影响。这样才能保证采集的语言素材的客观性。如何采集偏误样本是一个方式问题。一般来说,样本采取的方式有两种,即"横向研究"的方式和"纵向研究"的方式。大多数偏误分析研究的偏误样本以"横向研究"方式采集。由于用这种方式采集的语言素材是学习者语言发展过程中某一阶段的截面,所以不能全面准确地反映学习者在语言发展各个阶段出现偏误的实际情况,有一定的缺陷和片面性。"纵向研究"的方式采集偏误样本,能历史地反映学习者学习和出现偏误的过程,相对客观地反映学习者的第二语言学习的实际状况。因此,以"纵向研究"的方式采集学习者语言学习中偏误样本是比较可取的。

2. 确认偏误

确认偏误需从语法和交际两个方面来进行，首先要看句子是否符合语法，如果不符合，则有偏误；如果句子符合语法，还要进一步检查它在交际语境中是否用得恰当，如果不恰当，也应看成是偏误。

在第二语言所犯的形形色色的语误中，有必要将偏误和错误区分开来。区分偏误和错误的认知意义在于，偏误往往是学习者试图对第二语言体系进行认知与判断的体现，是他们对所接触到的语言材料进行归纳并试图使之规范的表现。因此，偏误反映了学习者所掌握的第二语言体系的程度，而错误不尽如此。应用语言学家科德在论文《学习者偏误的意义》中，对"偏误"和"错误"作了比较全面的描述。他认为，"错误"具有偶然性，应属于语言运用的范畴。犯"错误"的人往往能意识到自己所犯的"错误"，并在必要时纠正这些"错误"。而"偏误"则具有系统性，属于语言能力的范畴。出现"偏误"的人一般意识不到自己所出的"偏误"，而且这些"偏误"往往会重复出现。

认识偏误的基本特征、了解偏误与错误的区别，我们才能在第二语言教学和研究过程中对学习者形形色色的语误有一个完整的把握，从而实施有效的偏误分析。

3. 描述偏误

在确认偏误之后，我们才可以对偏误进行描述和分类。在描述偏误前，必须建立一套描述偏误的体系。此体系着眼于可以观察到的偏误的语言截面特征，并为对偏误进行解释提供基础。学习者所犯的偏误是多种多样的，导致偏误出现的原因也是各种各样的。只有对偏误素材进行分类，我们才能了解学习者在什么样的学习阶段或在什么样的情况下出现什么样的偏误，以便使我们对偏误产生的原因进行分析和解释。对偏误进行分类是描述偏误的关键环节。

4. 解释偏误

偏误分析的目的是找出产生偏误的原因所在。因此，对"偏误"原因的解释实际上是第二语言习得过程研究的一个极其重要的内容，也是第二语言习得研究的最为关注的问题。偏误产生的原因可以根据不同的语言学理论从多个角度进行解释。当然，在偏误分析的过程中应主要从心理语言学的角度对偏误产生的原因进行解释。

根据引起偏误的不同过程将偏误产生的原因归为：语间迁移、语内迁移、学习环境和文化迁移四大类。这一点在上面已作过阐述，此处不再重复。

5. 对偏误的评价

偏误分析的最后一个步骤是对偏误的评价。偏误不是孤立的现象,它存在于具体的语境中。在不同的语境中,偏误的严重程度和不自然程度也是不一样的。有些偏误不太影响理解,有些偏误则影响理解。对理解影响不大的往往是局部性偏误(句中个别成分出现的偏误),对理解影响程度严重的或导致语义无法理解的大都是整体性偏误(句子结构主要成分或句子整体结构出现的偏误)。①

## 三、第二语言习得与偏误分析的意义

第二语言习得是指人们提高其第二语言或外语熟练程度的过程。第二语言习得有别于第一语言习得。不管是第一语言习得过程还是第二语言学习过程,都是一个心理过程、认知过程和语言综合技能发展过程。第二语言习得理论系统研究第二语言习得的本质,尤其是第二语言习得的具体过程。应该说,对第二语言习得过程研究的目的试图从中得到对语言教学和学习有益的东西,以提高第二语言习得的效益。那么,这种研究的切入点在哪儿?大多数第二语言习得的研究者都把偏误分析作为第二语言习得研究的切入点和突破口。

为什么要把研究的重点放在学习者出错的方面呢?这是有充分理由的。首先,在第二语言习得的过程中,学习者出现偏误是一个极为普遍的现象,因为出现偏误是语言学习的一个显著特点。这就产生了这样一个重要的问题:学习者为什么会出偏误?其次,了解学习者出什么样的偏误、什么原因导致学习者出这样的偏误,这对教学和研究人员的教学设计和调整来说是很有指导意义的。再次,由于语言偏误较真实地反映了学习者对第二语言体系的认识、判断和掌握程度,分析学习者的语言偏误对了解和研究第二语言习得规律具有极其重要的意义。因此,选择偏误分析作为第二语言习得研究的切入点和突破口是正确的。

## 四、维吾尔民族汉语偏误分析研究回顾

偏误分析这个在应用语言学中使用的概念来自语言学理论和母语习得研究。它的目的是帮助我们去构建第二语言习得者的语言能力。"学习者的偏误给我们提供了确定他在学习过程中的特定时期使用的语言系统的证据。"上面我们已经阐述了"偏误分析"是研究汉语作为第二语言习得规律的突破口,在对外汉语教学界已经走过了20年。那么,作为第二语言教学的一个重要组成部分的对少数民族(维吾尔民族)汉语教学中的汉语偏误分析研究也已经走过了10多年的历程。这期间,学者们立足于汉语本身的

---

① S·皮特·科德:《应用语言学导论》,上海外语教育出版社,1983年,第246—290页。

特点,深入探讨了少数民族学生在学习汉语过程中出现的偏误现象、偏误原因,实践上积累了宝贵的经验,也取得了不少成果。下面主要以1990年以来有关论文为依据,回顾一下这10多年来在维吾尔民族汉语教学过程中学者们在偏误分析的类型、特点、原因等方面取得的研究成果和存在的问题,以便能更好地了解维吾尔民族汉语教学偏误分析研究的现状,在这基础上进行偏误分析的进一步研究。

(1) 相关统计

笔者对1990—2006年《语言与翻译》《新疆大学学报》《汉语学习》《中南民族大学学报》《民族教育研究》等刊物进行阅读调查、统计分析,列出有关维吾尔民族汉语教学偏误分析方面的文章内容分类篇数如下:

表1 文章内容分类篇数比率

|  | 语音偏误 | 汉字偏误 | 语法偏误 | 其 他 |
|---|---|---|---|---|
| 1990—2000年 | 2 |  | 5 | 2 |
| 2001—2006年 | 5 | 2 | 17 | 6 |
| 合计 | 7 | 2 | 22 | 8 |
| 所占比例 | 17.95% | 5.13% | 56.41% | 20.51% |

(2) 偏误分析研究的类型

一、理论介绍型 主要是对偏误分析的思想来源、观点和方法的介绍。其中,有的还对列举的维吾尔民族学生出现的偏误进行了说明,有的则以某一理论方法为基础,具体分析汉语偏误。论文《中介语理论与民族学生学习汉语的语法偏误分析初探》(《语言与翻译》1995年第2期)中引入了"中介语""偏误分析"概念,介绍了中介语的内涵和影响其产生的原因。与此同时还指出,学生学习过程中的语言,实际上是介于母语和目的语之间的一种"过度语言",从共时静态研究出发,阐述书面作业里出现的语法偏误,并加以分析。

二、事实分析型 主要从教学方面的偏误实例分析出发,在汉语教学过程中将学生的偏误收集起来进行整理,通过对比进行分类、解释、寻找教学策略。如论文《民族学生汉语口语语音偏误分析及教学对策》(《新疆大学学报》2003年增刊)、《少数民族预科学生汉字偏误分析》(《语言与翻译》2005年第1期)、《第二语言学习者使用虚词的偏误分析》(《语言与翻译》2003年第1期)、《第二语言学习者语法偏误分析及维汉语对比》(《新疆大学学报》2002年增刊)都属于此类研究。

三、创新型 借鉴新的语言学研究成果,即利用配价语法理论,对新疆民族学生学习动词过程中出现的偏误进行归纳和分析。如论文《新疆民族学生汉语习得中的动词句配价偏误分析》(《中南民族大学学报》2003年增刊)和《新疆汉语学习者二价动词配价偏误分析》(《汉语学习》2004年第4期)。

(3)语料搜集分析方法

第一,偏误语料的搜集。

目前,对维吾尔族学生汉语学习过程中出现的偏误的搜集工作一般是通过以下几种方式进行的。

① 教学中,搜集学生的书面和口头表达中的偏误。

② 通过设计调查表、提问,统计某些偏误类型。

第二,偏误语料的分析。

对维吾尔族学生汉语学习过程中出现的偏误进行分析时,主要通过对比汉语偏误与学生母语在语音、词法、句法等方面的异同,寻找出现问题的根源。这是研究偏误的一种常见方法,也是到目前为止,对维吾尔族学生汉语学习过程中所出现的偏误进行分析的主要方法。

(4)偏误分析的类别

一、语音偏误 主要以维吾尔族学生汉语口语语音偏误为研究对象,分析其韵母和辅音使用中的偏误现象(《民族学生汉语口语语音偏误分析及教学对策》,《新疆大学学报》2003年增刊)。

二、汉字偏误 主要从维吾尔族预科学生掌握汉字的状况及预科阶段加强汉字教学的重要性、必要性入手,对预科生误读、书写、使用汉字时出现的偏误及原因进行阐述(《少数民族预科学生汉字偏误分析》,《语言与翻译》2005年第1期)。

三、语法偏误 主要针对词或句法成分的(《第二语言学习者语法偏误分析及维汉语对比》,《新疆大学学报》2002年增刊;《新疆民族学生汉语习得中的动词句配价偏误分析》,《中南民族大学学报》2003年增刊;《第二语言学习者使用虚词的偏误分析》,《语言与翻译》2003年第1期;《维吾尔学生学习趋向补语的偏误分析》,《新疆石油教育学院学报》2004年第4期;《否定副词"不、没"的差异及使用偏误分析》,《石河子大学学报》2004年第4期;《对少数民族学生运用汉语介词的错误的分析》,《语言与翻译》1996年第2期)和对句法偏误和特殊句式偏误进行分析(《对维吾尔族学生汉语学习中的偏误分析》,《语言与翻译》2000年第1期;《对维吾尔族学生学习汉语的错句探析》,《语言与翻译》,1996年第2期等)。

（5）偏误产生原因的诠释

对偏误原因的诠释,通常是采用客观和主观的分类标准进行的,前者主要是分析引起偏误的外因,后者主要是分析导致偏误产生的内因。

① 母语的干扰　母语的干扰是偏误产生的主要原因,在偏误分析中证实并研究了母语的具体影响情况。

② 目的语的干扰　学习汉语的民族学生由于对汉语的认知程度不够,容易把学到的某一规则错误地套用到另一规则中,造成所谓的"泛化"(《也谈民族学生汉语习得中的常见偏误》,《新疆教育学院学报》2002年第3期)。

③ 语释误导　每个教学环节的失误,如授课内容、方法以及练习方式、作业批改方式的失误,都可能诱发偏误的产生(《对维吾尔族学生汉语学习中的偏误分析》,《语言与翻译》2000年第1期)。

④ 认知策略　学生为了保护自我,防止错误的发生,常常采取一些不恰当的认知策略,如回避、以简代繁、预制模式(《对维吾尔族学生汉语学习中的偏误分析》,《语言与翻译》2000年第1期)。

（6）纠正偏误的教学策略和建议

① 通过对比找到语音偏误的原因后,教师要正面引导,采取以旧代新的方法,防止学生把母语语音带到汉语语音中,促使母语的正迁移。

② 在汉字偏误上,要适时、适量地将汉字讲解融于词汇、语法、课文教学中,开展形式多样、寓教于乐的汉字学习活动。同时,教师要严格要求自己,丰富自身的汉字知识,使用规范语言,书写工整汉字。

③ 语法上,关注词的语法结构和语义结构之间的对应关系,进一步强化学习者正确使用词语的意识。应着重培养民族学生的汉语语感和用汉语思维的习惯,增强学生生成汉语、活用汉语词语和语法知识的能力,达到由母语思维模式向目的语思维模式的转变。

④ 在培养语言应用能力上,应着重进行基本词汇、基本语法的综合训练,同时应注意解决句子如何有机地连接、段落如何紧密地衔接、语气如何自然地贯通的问题。

（7）取得的成就与存在的问题

十几年来,在对维吾尔族学生汉语偏误分析研究中取得了显著成绩。

第一,在研究方法上,借鉴新的语言学研究成果,通过理论指导进行验证性分析,使理论探讨与实际汉语教学的结合越来越密切。

第二,在偏误搜集的来源上,既有来自实际教学中的学生口头语料,也有书面语语料。

第三,在偏误现象的描写上,从静态研究出发,探讨如何提高民族学生的汉语表达能力问题。

第四,在偏误原因解释上,以母语干扰和目的语的泛化为主,开始注意认知解释。

在看到成绩的同时,我们不应该回避问题。就目前的研究状况来看,还是存在着不少问题。

第一,对偏误分析的理论研究和偏误原因的解释不够,对学生母语在文化、思维方式和交际策略等方面引起的偏误研究得不够。

第二,缺乏宏观动态研究,应该从历时方面去探索学生不同语言能力的偏误在初、中、高三个阶段的演变规律,弄清哪些偏误是可克服纠正的、哪些是自行消解的、哪些是贯穿三个阶段的,这对确定各个阶段的教学重点很有意义。

第三,缺乏系统的整体研究。分析了语音和汉字的偏误,没有从整体意识出发去研究词汇、语法、语篇三个方面的关联性。应通过对比偏误发生率,把语音、汉字、词、篇等方面的偏误整合起来研究。

第四,由于心理学、认知语言学等相关学科研究的滞后,使得我们对学习心理的研究还停留在起步阶段,缺乏对学生内在的心理运行机制的系统研究。所以,对学生的认知策略、学习态度、简单推理和回避引起的偏误研究得不够。

第五,无可否认,数量不少的论文,停留于个人的个体经验中,缺乏普遍性。也有些论文只凭个人的某些实践和体会,没有什么"量"(数据)的依据,缺乏说服力。

**五、本文偏误语料的来源及其分析方法**

本文获得的偏误语料来自实际教学,主要是搜集学生在书面表达,即作业、考卷以及作文中的偏误。为了偏误分析所得的结论具有正确性、普遍性、可行性和说服力,语料主要从以下三个地区,即和田地区(少数民族语言地区)、吐鲁番地区(双语发展地区)和乌鲁木齐市(双语地区)搜集的。

搜集语料时,遵循了以下几个原则:

1. 语料收集对象要有针对性

语料收集对象是以第二语言(汉语)学习阶段来划分的,即汉语学习初级阶段(小学阶段)、中级阶段(中学阶段)和高级阶段(大学阶段),这三个阶段的学生是语料收集的主要对象。

2. 语料收集方法要有可行性

文章中的语料样本是通过定量分析的概率取样挑选出来的。概率取样选择一个样本,往往采用随机选择的方法。概率取样的方法有几种,本文选用的是分层随机取样的方法。也就是说,将语料分成几个层次,然后从每个层次中随机取样。

**六、搜集语料过程中的相关数字**

1. 人数

语料取材于和田地区、吐鲁番地区和乌鲁木齐市的15所维吾尔族学校和民汉合校的学校。总人数是965人(32个集体),其中小学154人(7个集体),初中487人(16个集体),高中141人(4个集体),大学183人(5个集体)。

2. 字数

文中分析的材料来自学生的练习、考卷以及作文。其中高级阶段的语料字数为40 000字,中级阶段(初中,高中)的语料字数为78 000字,初级阶段的语料字数为20 000字,共118 000字。

表2  总的偏误数量及偏误比率

| 偏误类型 | 词语偏误 | 汉字偏误 | 语法偏误 | 其 他 |
|---|---|---|---|---|
| 偏误数量 | 187 | 547 | 746 | 44 |
| 偏误比率 | 12.27% | 35.89% | 48.95% | 2.89% |

(计算公式:偏误比率=偏误数量/总偏误数量×100%。)

## 第三节 维吾尔族学生汉语词语偏误分析

词汇是语言的最基本的构成要素,是语言的建筑材料。学习第二语言,必须学习它的词汇。而第二语言中的词汇学习,最基本的活动过程规律是,要进行语码(词的读音与书写形式)的转换和意义注释,即把目的语的词转换成母语的词或词组的形式,然后用母语的词或词组的意义去注解目的语词的意义。然而语码的转换和意义的注解并不都是一对一的关系,常常是一对多,或多对一的关系。再加上两种语言的词在感情色彩、语体风格上的差异,以及语用规则的差别,这便不可避免地使第二语言学习者在对目的语词汇的理解和掌握上出现这样或那样的问题,在运用目的语的词语作言语表达时常常出现"偏误"。

**一、词语偏误统计结果**

通过调查分析学生的实际语料,总结出了1 524例偏误,其中词语偏误占总偏误量的12.27%。汉语学习初级阶段的词语偏误率最低,是5.35%;中级阶段最高,是82.89%(初中51.34%,高中31.55%);高级阶段的词语偏误率是11.76%(计算公式:不同阶段出现的词语偏误率＝不同阶段出现的词语偏误/总词语偏误）。

表3　词语偏误调查情况统计表

|  | 小学阶段 | 初中阶段 | 高中阶段 | 大学阶段 |
| --- | --- | --- | --- | --- |
| 偏误率 | 5.35% | 51.34% | 31.55% | 11.76% |

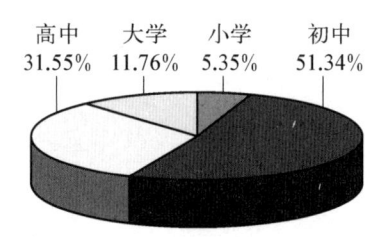

图1　词语偏误情况比例图

## 二、词语偏误的类型

下面对统计结果进行分析,看一看词语偏误有哪些类型(这些类型是按照学生偏误出现率从高到低的顺序排列下来的)。

1. 维汉两种语言中,对应词的搭配关系不同。维吾尔族学生常常把母语中某个词与其他词的搭配关系套到目的语(汉语)中的对应词上。一般套用有两种情况,一种是"想当然"地套用,一种是由于使用中不知道用哪个词搭配而"被迫"套用,而"被迫"使用的词又往往符合自己母语中的搭配习惯。① 如：

(1) 我<u>取得</u>了一个足球。(得到)

(2) 老师<u>发动</u>我们去劳动。(动员)

(3) 我们<u>逐渐</u>地前进着。(缓慢)

(4) 他的学习很好,<u>德育</u>也很好。(品德)

(5) 他<u>明显</u>地知道了原因。(清楚)

以上各例句中,划线的词语是用得不正确的词语。如例句(1)中的"取得"与维语中的"eriʃmɛk"是对应的,但汉语"取得"一般搭配的对象是"成绩、经验"等抽象词语,而"eriʃmɛk"除了抽象名词以外,也可以跟具体名词,如"top"(球)等词语搭配,而学生

---

① 王建勤主编：《汉语作为第二语言的习得研究》,北京语言文化大学出版社,1997年,第67页。

套用"取得"就发生了偏误。例句(2)中的"发动"与维语中的"sɛpɛrwɛr qilmaq"是对应的,但汉语"发动"一般多跟"战斗、攻势"等规模宏大的行动搭配,而"sɛrwɛr qilmaq"也可以跟"tazliq"等词语搭配,学生同样套用"发动"就发生了偏误。同样,例句(3)(4)(5)中的"逐渐、德育、明显"是分别跟维语中的"asta, ɛxlaq, eniq"词语对应。两种语言中对应词的搭配关系不尽相同,学生套用的结果就发生了偏误。

2. 维汉语言中意义上有对应关系的词语,用法也不一定相同。维吾尔族学生在汉语词语的使用上所发生的偏误,往往是由于仿效母语词的用法去使用汉语词。如:

(6) 我们社会有很多<u>生命的</u>雷锋。(活)
(7) 在过几个月,我就要<u>考</u>高考了。(参加)
(8) 这件事<u>只是</u>你才解决。(只有)
(9) 每天<u>做学习</u>是好习惯。(学习)
(10) 这两幅画有没有<u>相当</u>的地方?(相同)

以上的例句中划线的部分是不正确的,因为学生把母语中的"hajat, imtihan bɛrmɛk, pɛqɛt, øginiʃqiliʃ, oxʃaʃ"等词的用法加在汉语中,导致偏误的出现。

3. 汉语里的有些双音词、单音词或字跟维语的有些词在意义上大体对应,但汉语的双音词、单音词或字在用法上却有自己的特点,学生把它们等同起来,造成偏误。如:

(11) 我是1992年8月12日<u>生</u>了。(出生)
(12) 融化的雪渗入了<u>土地</u>里。(土)
(13) 我妈妈在<u>家庭</u>是好妈妈,在学校是好老师。(家)
(14) 我们是这里<u>养</u>的。(养育)
(15) 这个东西的<u>面</u>很粗糙。(表面)

上述例句中,划线的词与字和括号里的词的意义大体是一致的,如"生"和"出生","家庭"和"家","养"和"养育","面"和"表面"。可是这些词汇意义大体相近的汉语词在使用上却是有区别的。例如:"生"表示"生育","出生"表示"胎儿从母体中分离出来","生"表示的语义范围比"出生"表示的语义范围要广,表达的具体意义也有所不同。那么,维吾尔族学生为什么会犯这种错误呢? 主要是因为那些单音节词都能表达跟双音节词相似的意义,而且都跟学生母语的某个词的意义大体相当。在用汉语表达时,什么时候用单音节词,什么时候用双音节词,这方面的规则学生还难以掌握。

4. 在对汉语词形相近、词义不同的词的使用上,也会出现混用现象。如:

(16) 我很赞同他的<u>特点</u>。(观点)
(17) 你别打扰我,我<u>绝非</u>去。(绝不)
(18) 每次回家她<u>凡是</u>把饭做好。(总是)
(19) 家里打电话催我回家,<u>显得</u>出了什么事。(显然)
(20) 北斗星<u>虽然</u>绕着北极星慢慢地转动。(果然)

这种情况在学生的偏误中也是比较常见的,出现这些偏误的原因可能是各方面的,我们将在下面进行分析。

5. 其他情况。除了以上四种情况以外,导致学生出现词语偏误的还有,汉语的词和维语的词之间在意义上互有交叉,或两种语言中的对应词语,在感情色彩、语体色彩、使用场合等方面有差别,或对目的语中的有些词语不懂得怎么表达,只好用自己原有的知识来代替等。如:

(21) 他<u>穿了</u>一顶帽子。(戴了)
(22) 他爷爷两年前<u>死了</u>。(去世了)
(23) 小老虎喝了<u>妈老虎</u>的奶。(母老虎)
(24) 很多动物都从自己的<u>家</u>出来了。(窝)
(25) 他<u>从早上到晚上</u>的工作。(从早到晚)

在例句(21)中,学生简单地从自己的母语出发理解和使用目的语的词"穿"。在教材中"穿"的维语对应词是"kijmɛk",学习者错误地认为"kijmɛk"所有意义都与"穿"的意思相对应,所以出现了上述病句。例句(22)(23)(24)中的划线词语,在语体色彩、使用场合等方面的差异导致了上述病句的出现。而例句(25)中,学生因为没有注意到,汉语中的有些词语在长期使用中不断调整组合,已逐渐成为较固定的结构,在音节上发生了变化,所以导致了"从早上到晚上"这样的错误。

通过对维吾尔族学生的词语偏误进行归类和分析,我们把具有普遍性特点的偏误分成了五类。上述每个病句中还可能有其他不正确的地方,为了讨论的方便和需要,别的偏误我们在此不做分析。

表 4　词语偏误类型统计表

| 词语偏误类型 | 偏　误　率 |
| --- | --- |
| 两种语言中对应词的搭配关系不同造成的偏误 | 31.02% |
| 两种语言中意义上有对应关系的词语,用法不同造成的偏误 | 17.11% |
| 意义上大体对应的汉语的双音词、单音词或字在用法上各不同 | 16.04% |
| 汉语中词形相近,但词义不同的词的使用上 | 11.23% |
| 其他情况 | 24.60% |

表 5　词语偏误成因统计表

| 词语偏误成因 | 偏　误　率 |
| --- | --- |
| 词的语素义 | 16.04% |
| 词的色彩义 | 24.60% |
| 词的运用 | 59.36% |

### 三、词语偏误分析

通过分析我们发现,学生在习得汉语词语过程中除了出现以上的几种偏误外,还发现了一个偏误出现的规律。在汉语学习的初级(小学)阶段,因为学习内容有限,学生所犯的词语偏误无论在数量还是在类型上都呈现出偏误率低的现象。初级阶段所犯的偏误一般来说,大多是以"维汉语言中对应词的搭配关系不同"和"维汉语言中意义上有对应关系的词语,用法不同"这两种情况为主。而到了中级(初中、高中)阶段,在偏误的数量和类型上偏误率最高,也就是说学习的中级阶段是出现偏误率的高峰期,到了高级(大学)阶段,虽然在偏误的类型上不会有太多变化,但在数量上有明显下降的现象,就是说词语偏误在学生学习汉语的初级、中级和高级阶段的分布率为弧形状。从中我们可以得出词语偏误的出现规律。偏误是随着学习活动的开始而发生,随着词汇量的增加,发生的偏误也会越来越多。当学习者的汉语水平进一步提高之后,词语方面的偏误又会逐渐减少(请参阅词语偏误情况比例图)。

### 四、词语偏误产生的原因

将维吾尔族学生学习汉语时的词语偏误加以分析,就能找出这些偏误产生的原因。

1. 语间负迁移

迁移是心理学的一个概念,指的是已经获得的知识、技能乃至学习方法和态度对学习新知识、新技能的影响。如果这种影响是积极的,就叫正迁移,也可简称为迁移;反之,便叫负迁移,或称干扰。①

母语的负迁移(干扰)是影响中介语词语的主要因素。开始学习第二语言的词语时,学生只有母语的语言知识和经验。当他已经有了一些目的语知识的时候,这有限的目的语知识对学习和使用新的目的语形式的干扰便开始出现。

维吾尔族学生学习汉语词语时出现偏误,无非是词义理解和词语用法方面的问题,首先是词义的问题。因为词义的理解和掌握出现问题时,那词语的使用也很自然会出现问题。

对初学阶段的学生来说,用他们的母语(维语)解释目的语的词义,是词义教学的重要途径,是实现语码转换和意义联系的最简便的方法。一些表抽象概念的名词、形容词、表示心理活动的动词以及虚词等,无法用形象说明的方式让学生理解词义。由于词汇量的限制,这个时期用汉语来解释词义也相当困难,有时候甚至不可能。即使勉强用汉语解释,效果也未必好。这时用学生的母语来解释汉语词义,是必然的过渡阶段。但是,由于目前在使用学生的母语来解释汉语时,主要采取对应的方式,导致了大量偏误的产生。因为这种方法使用不当会使学生不能准确理解汉语词语的原意。不同语言之间,除了某些专用名词和单义的术语外,基本上不存在简单的对应关系。两种语言中有一定对应关系的词,除了语音、书写形式上不同之外,在语义范围、搭配关系、使用范围、感情色彩、语体色彩等方面都有许多差异。如果仅仅根据母语的词与目的语词的意义的对应来理解汉语的词义,而不了解二者之间存在的差异,就不能准确理解汉语词语的意义,在使用汉语词语时就会出现偏误,而这些偏误的大部分是来自母语的干扰。

2. 语内负迁移

学生由于掌握目的语知识的不足,把他所学的不充分的、有限的目的语知识,套用在新的语言现象上,结果产生偏误。这种偏误在心理学上叫做"过渡泛化"。

汉语词汇中有很多词形相近,但词义不同的词。学生在学习过程中遇到这类词时,根据自己原有的知识来类推,误认为这些词语是同义词,也会出现偏误。如例句(16)至(20)的句子中出现的偏误,就是因为学生的过渡泛化造成的。

3. 教学失误造成的偏误

每一个教学环节的失误,如授课内容、方法、难易程度不当和练习方式、批改作业的失误,都可能诱发偏误。通过对学生和大量语料的分析来看,维吾尔族学生对汉语中的

---

① 王建勤主编:《汉语作为第二语言的习得研究》,北京语言文化大学出版社,1997年,第67页。

同义词、反义词的掌握和使用不太理想。造成这种情况的产生可能有几个方面的原因，但是由同义词或反义词使用不当造成的偏误如此之广泛，不能不引起关注。如有些学生在练习中，把"顿时"的同义词写成"准时"，把"老半天"的同义词写成"大半天"，把"胖"的反义词写成"薄"，把"厚"的反义词写成"瘦"等。我们知道，各种语言里都有很多多义词，汉语里很多，维语里也很多。很多汉语词语的意义之间本来没有多少联系，但转换成维语时，维语里的一个词就分别对应着汉语的几个词的不同义项。如维语里的动词"kijmɛk"分别相当于汉语的"穿、戴"等词的意义。教师在教学过程中，不讲清楚这些词的意义和用法，学生在使用过程中，就按自己原有的知识去类推，导致偏误出现。

4. 错误的学习策略导致的偏误

有的学生为了保护自我，防止偏误的发生，常常采取一些不恰当的学习策略。如遇到疑难词，不知道怎么表达时，学生往往采取回避、以简代繁、以易代难等学习策略。如学生想用汉语来表达"用布、皮、塑料等制成的，有提梁的包"时，不知道怎么说，就采取回避的策略，说成了"手包"。例如学生不知道"terilγu"（农耕）这个词用汉语怎么说，就采取了以易代难的方法，造出了类似于"春天是农民事的开始"这样的句子。这种学生采用错误的学习策略，导致乱用词语的情况是比较常见的。如：

（26）他做了<u>所作所位</u>的事。
（27）我们<u>哪人</u>有钱。（谁）
（28）我现在<u>中学的学生</u>，不是<u>小学的学生</u>。（中学生，小学生）
（29）我利用<u>放假的时间</u>来学习汉语。（假期）

## 第四节  维吾尔族学生汉字偏误分析

汉字是人类古老而使用时间最长的文字之一。汉字是一种自源、自善、自足的文字。它是汉民族集体智慧凝聚的结晶，又是我们中华民族古往今来创造的文化成果。它为中华民族古老文化的形成作出了不朽的贡献。汉字是记录汉语的与汉语的联系是约定俗成的一种符号。

语言是一种音义结合体，而文字则是用一定的形式结构来记录某种音义的结合体，因此，文字必然是一种形、音、义的结合体。也可以说，文字是记录语言的符号。不同语言的文字往往用不同的形式结构（符号）表示一定的音和义。一种文字的性质是由它所记录的是什么样的语言单位决定的。维吾尔语言所采用的文字是拼音文字，拼音文字记录的语言单位是音位,即用一个或几个字母代表一个或几个音位,用一个或几个字母构成一个词,代表一定的意思。拼音字母代表一定的发音,所以它的"形"和"音"之间有明显的联系。汉字不是由字母构成的拼音文字,而是用笔画组成的方块字,它所记录的是语言的另一个层级单位——语素。语素是语言中最小的音义结合体,语素可分为成词语素和不成词语素,成词语素独立运用时就是词。汉字用不同的形式表示不同的语素,它不但能区分不同的语素,也能区分读音相同的语素。如:"和、合、河、何"都读"hé",但是意义不同,是四个不同的语素,就写成四个不同的汉字。当某个汉字被用来表示某个语素时,这个语素的音和义就成了这个汉字的音和义。汉字的形体和它所表示的语素的音和义紧密结合在一起,所以说汉字是形、音、义的统一体。

汉字发展到今天,虽然常用字不过几千,但总数却在六七万左右。这么庞大的数量的汉字,其笔画和部件的数量并不是很多,它们在一个汉字内部的排列也不是杂乱无章的。汉字的基本笔画只有横、竖、点、撇、折、捺、钩、挑八种,再加上复合笔画横折竖钩、横折斜钩、竖弯钩、撇折、横折撇、横折折撇、横折竖弯钩、横折斜弯钩也不过二三十种,这二三十种笔画就足以构成千千万万个汉字。但是,汉字不是各种笔画的简单的堆积,也不是各种部件的简单叠加,而是由各构形要素相互联系、相互作用构成的整体。

在对维吾尔族学生汉语教学过程中,不难发现学生在学习汉字和书写上,会出现很多偏误,而这些偏误很可能是学生学习汉字的重点和难点。在众多有关汉语教学的研究中,有关汉字的文章比例不大。而且这些研究中以探讨"教"方面的研究居多,从学生的学习和使用角度去研究的内容就很少。在本文的研究中笔者对学生的实际语料中搜集到的用例做进一步分析,试图找出汉字学习中的难点。

## 一、汉字偏误统计结果

通过调查分析学生的实际语料,在 1 524 例偏误中,汉字偏误占总偏误量的 35.89%。其中汉语学习初级阶段(小学)的汉字偏误率是 14.81%;中级阶段是 68.92%(初中 44.42%,高中 24.50%);高级阶段(大学)的汉字偏误率是 16.27%。(计算公式:汉字偏误率=汉字偏误/总偏误×100%)

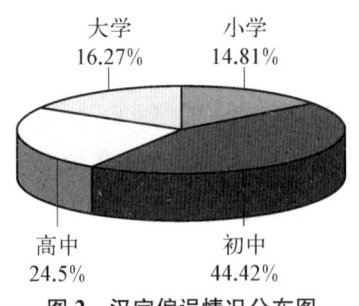

图 2　汉字偏误情况分布图

## 二、汉字偏误的类型

汉字偏误的类型,笔者从学生写错汉字和用错汉字两个方面进行了分析。在对汉字偏误分析过程中发现,学生因写错而导致的偏误是 53.19%,因用错而导致的偏误是 46.81%。

**表6　汉字偏误类型统计表**

| 偏误类型 | 写错汉字偏误类型 | | | | | | 用错汉字偏误类型 | | |
|---|---|---|---|---|---|---|---|---|---|
| | 部件增加 | 部件减损 | 部件改换 | 笔画增减 | 笔画有别 | 部件变位 | 读音相同字形不同 | 读音相近字形不同 | 读音不同字形不同 |
| 偏误率 | 8.96% | 11.7% | 23.58% | 7.31% | 1.46% | 0.18% | 20.10% | 18.30% | 8.41% |

下面分别来看一看,学生在学习的不同阶段出现的汉字总偏误率和在学习的不同阶段出现的每一种偏误的比例:

（一）学生在学习的不同阶段出现汉字的总偏误率

**表7　汉字偏误比重统计表**

| | 小学阶段 | 初中阶段 | 高中阶段 | 大学阶段 |
|---|---|---|---|---|
| 偏误率 | 15.09% | 43.82% | 24.91% | 16.18% |

（计算公式:不同阶段出现的汉字偏误率=不同阶段出现的汉字偏误/总偏误×100%。）

（二）学生在学习的不同阶段出现的每种偏误的比率

**表8　学生在不同阶段出现的各种偏误统计表**

| 各种偏误率 | 小学阶段 | 初中阶段 | 高中阶段 | 大学阶段 |
|---|---|---|---|---|
| 1.部件增加偏误率 | 13.51% | 40.54% | 10.81% | 35.14% |
| 2.部件减损偏误率 | 11.84% | 48.68% | 23.69% | 15.79% |
| 3.部件改换偏误率 | 12.71% | 48.31% | 22.88% | 16.10% |
| 4.笔画增减偏误率 | 30.95% | 30.95% | 28.58% | 9.52% |
| 5.笔画有别和部件变位偏误率 | 87.50% | 12.50% | 0.00% | 0.00% |
| 6.读音相同,字形不同偏误率 | 10.30% | 44.30% | 28.00% | 17.40% |
| 7.读音相近,字形不同偏误率 | 24.45% | 44.44% | 26.67% | 4.44% |
| 8.读音不同,字形不同偏误率 | 0.00% | 33.33% | 66.67% | 0.00% |

（计算公式:一种汉字偏误在不同阶段出现的偏误率=在不同阶段出现的一种汉字偏误/一种汉字偏误的综合×100%。）

## 三、汉字偏误分析

（一）汉字写错偏误

汉字写错偏误又可分为六种情况:部件的增加、部件的减损、部件的改换、笔画的增减、笔画有别和部件变位。

1. 部件增加(8.96%)

部件增加主要指在书写过程中增加某个字的意符。比如：公芹(斤)、嘴吧(巴)、注(主)席、器(哭)、放(方)面、歌(哥)、融花(化)、毕(比)赛、态(太)小、之涧(间)、葱(忽)闪、称攒(赞)、道里(理)、响(向)来、教(孝)顺、优(尤)其是、伴(半)天、会赶(干)、倒(到)底、遵(尊)敬等。出现部件增加主要是由于上下文的影响而增加某个字的意符。如以上的：放(方)面、歌(哥)歌(哥)、融花(化)、毕(比)赛、态(太)小、之涧(间)等。除此之外,出现部件增加的另一个原因是,产生于学生已经内化的语言知识,如以上的：教(孝)顺、葱(忽)闪、会赶(干)等。

2. 部件减损(11.70%)

部件的减损主要指在书写过程中减损某个字的意符。比如：青(晴)朗、写子(字)、录(绿)树、气(汽)车、主(注)意、理相(想)、雪连(莲)、一中(种)、酸每(梅)、巨(距)离、洗采(菜)、母(每)次、吗(骂)人、人(认)真、票(漂)亮、原(愿)望、则(厕)所、成(盛)开、平(苹)果、亭(停)止、旦(但)是。出现部件减损的主要原因也是上下文的影响。

3. 部件改换(23.58%,其中意符的改换是 15.36%,声符的改换是 8.22%)

这类偏误主要是由于上下文的影响而改换某个字的意符或声符。通过对大量的偏误分析,我们发现被改换的部件绝大多数都是意符,而改换声符的偏误就不是太多。比如改换意符的有：坏(环)境、组(祖)先、刚(钢)笔、跳运(远)、关健(键)、作(昨)天、团团传(转)、看特(待)、水探(深)、请帖(贴)、车箱(厢)、降底(低)、抢(枪)声、彩红(虹)、五屋(层)、盼(吩)咐、饶(烧)水、商点(店)、原凉(谅)、旗雹(袍)、干躁(燥)、他(她)等。改换声符的有：施胞(肥)、比寒(赛)、故(敌)人、造(选)择、状(壮)观、脏(肚)子、时侯(候)等。

意符和声符换用之所以存在如此差异,可能跟以下几个问题有关。一、万业馨[1]指出,形声字意符的数量远低于音符的数量,说明意符的构词能力比音符强。换句话说,意符的类推性和能产性比声符强,这就导致学习者所重视其内化,常出现改换意符的偏误。二、汉语中存在大量的音同音近的汉字,这为汉字的同音代替提供了方便。维吾尔学生的偏误中存在的大量别字,正是书写者由音及形而不得其意的体现。这也为书写者提笔忘字的困境找到了适当的出路。

---

[1] 万业馨:《汉字字符分工与部件教学》,《语言教学与研究》1999 年第 4 期。

4. 笔画增减(7.31%,其中笔画的增加是 4.02%,笔画的减损是 3.29%)

笔画的增加指的是写字时不注意随便多写一笔或少写一笔。比如:"鼻"字中的"自"写成"白",把"定"字写成"定",把"丘"字写成"乓",把"眉"字写成"眉",把在"自"字写成"白",把"作"字写成"作",把"植"写成"槙",把"累"字写成"曑",把"难"字写成"难",把"雀"字的下面部件写成"雀"、把"今"字写成"令"等。

5. 笔画有别和部件变位(笔画有别是 1.46%,部件变位是 0.18%)

笔画有别是指有些字写错一个笔画,使这个字变成了错别字。比如:"祖"字是"礻"旁,把"礻"旁的"、"写成"提"就成了错字。部件变位是指将左右结构的汉字的部件位置颠倒。比如:"顶"字的"丁"和"页"部件的位置颠倒等。笔者收集的上述类型的汉字偏误,一般多出现在汉语初学阶段,随着学习者学习汉语水平进一步提高,这一类偏误就会慢慢消失。

(二)汉字错用偏误

汉字错用偏误又可分为三种情况:读音相同、字形不同;读音相近、字形不同;读音不同、字形不同。

1. 读音相同、字形不同(20.10%)

读音相同、字形不同是指读音完全相同,即声母、韵母和声调完全相同,但字形不同的汉字。比如:做(作)业、勇赶(敢)、就(救)人、一到(道)题、观(关)键、办工(公)室、望(忘)不了、同(童)年等。

2. 读音相近、字形不同(18.30%)

读音相近、字形不同是指读音上有相同的地方,但字形却不同的汉字。比如:弄(农)民(声调不同)、教室(师)(声调不同)、快了(乐)(声调不同)、今(经)常(韵母不同)、游(永)远(韵母和声调不同)、多(都)来(韵母不同)、来里(了)(韵母不同)、注(重)视(韵母不同)、着(知)道(韵母不同)、去(出)来(声母不同)、技(治)疗(声母不同)、错(做)人(声母不同)等。

3. 读音不同、字形不同(8.41%)

读音不同、字形不同是指不仅读音不相同,而且字形也不同的汉字。这类字比起上面两种,它的出现频率很低。比如:从(所)以、着(焦)急、经效(济)等。

## 四、汉字偏误产生的原因

出现汉字偏误的原因,一般来说有以下几种:

1. 母语带来的偏误

语言是一种音义结合体,而文字则是用一定的形式结构来记录某种音义结合体。

不同语言的文字往往用不同形式结构来表示一定的音和义。维吾尔语所采用的文字是拼音文字,而汉语是表意文字。拼音文字和表意文字的根本差异是导致维吾尔族学生在学习汉语时出现书写偏误的一个原因,因为拼音文字选择语音为记词的基本手段,而表意文字选择意义为记词的基本手段。维吾尔族学生由于对汉字"以形别义"的区别方式不敏感或不习惯,从而忽视了一些形体区别要素,导致了错别字的出现。

除此之外,汉字具有"形、音、义"三个要素,其中"音"要素也是学习汉字过程中的一个难题。记写现代汉语汉字,其字音有以下四个特点:存在复杂的音、形、义关系;表示指称音(指字典上所注的读音);是整体认读的带声调的单音节;有丰富的聚合类。① 汉字字音的这些特点跟汉语语音有密切联系,因为维汉语两种语言的音位系统不大相同,即维语把音段音位分为元音和辅音两类,汉语则把一个字音分为声母和韵母,并加上超音段音位的字调,而且两种语言在音位组合方式上也是有区别的,②这些音位系统上的差异往往造成维吾尔学生在学习汉字字音时受到母语语音的影响而出现偏误。

2. 对汉字本身的构意功能理解不当带来的偏误

汉字构形的最大特点是根据意义构形,因此,汉字的形体总是携带着可供分析的意义信息。③ 汉字构形学把部件承担的构意类别称作部件的"构意功能"。正确掌握汉字的形体必须从构形和构意两个角度去理解,除了准确地辨识部件的形状以外,还需要弄清楚特定构形体现何种造字意图、带有哪些意义信息、又采用何种手段与相似字和同类字相区别。只有从构形和构意两个角度正确地把握汉字的形体,汉字的识别与书写才能真正实现理性化。学生把"编织"的"编"写成"遍","编"和"遍"都是义音合成字,"编"字本义为"用丝线把竹简按照顺序组织起来",其中"纟"(绞丝旁)是表义部件。"遍"字本义为"走边、周遍",其中"辶"(走之底)是表义部件。有的学生把"米饭"写成"米饮","米饭"的"饭"字是义音合成字,其中"反"是表音部件,"饣"(食字旁)是表义部件。"饮"字是会意合成字,只要区别了"饭"和"饮"字的构意功能,就不会混用两个字。以上的这些偏误虽然简单,但却反映了理解汉字的构意功能在掌握汉字方面的重要性和必要性。

3. 汉字中同音异形字带来的偏误

汉字是表意文字。表意文字的每一个字,都具有"形、音、义"三个要素。每个字

---

① 易洪川:《字音特点及其教学策略》,《语言文字应用》1999年第4期。
② 高莉琴:《汉语作为第二语言学习的语音研究》,《语言与翻译》2000年第2期。
③ 王宁:《汉字构形理据与现代汉字部件拆分》,《语文建设》1997年第3期。

却是"形、音、义"的合成体。汉字中有许多同音异形字,这些同音异形字实际上是读音相同,而语义不同的字。像"做—作,赶—敢,就—救,到—道,观—关,他—它,工—公,想—响,望—忘,同—童",这些字虽然读音完全相同,但是它们的语义都有不同趋向的选择。学生在使用时不了解这些字的语义趋向,混用这些字,导致大量汉字偏误出现。

4. 教学中不规范训练导致的偏误

人们评议汉字往往说"写得好看",汉语教师给学生打分,一般也只看写成的字是否正确、规范。其实这只是书写的静态结果,字的规范与否取决于书写技能。所谓书写技能,认知上指的是视动协调的写字动作。维吾尔学生学习汉字书写技能之前,已经掌握了拼音文字的书写技能。拼音文字是一种线形文字,汉字是一种平面文字,两者存在着巨大的区别,在书写单位、书写方向和结构关系上也不相同。从动态过程看,初学者的错误往往表现为书写的无序性,即笔画、笔顺、部件与结构的逆向书写。这种无序书写容易导致汉字形体不完整,如笔画、部件的增加、减损或换位,结构的松散或扭曲。在基础汉字教学中教学者和学习者往往只注重书写的静态结果,而忽视导致结果的书写过程。这就是因不正确、不规范地训练使学生从初学阶段开始出现汉字偏误的原因之一。

5. 学生本身原因导致的偏误

有的学生为了防止偏误的发生,常常采取一些不恰当的学习策略。如遇难写的字或不知道写哪个字时,学生往往采取回避、类推、以简代难等学习策略,这也是导致偏误出现的原因。

## 第五节 维吾尔族学生汉语语法偏误分析

语法是音义结合的各结构单位之间的组织规则的汇集,它包括词的构形、构词规则、词组合成词组、词组组合成句子、句子组合成句群的规则。一些传统的语法学家把这几种规则分为两类:一类是词的变化和构造规则,另一类是组词成句的规则,并把前者叫做词法,后者叫做句法。

语法是语言的"骨架",它具有以下特点:

一、抽象性(概括性)。语法是对各语法单位之间的聚合、组合规则和共同格式的概括,所以具有抽象性。

二、生成性。用有限的语法规则可以生成无限的句子,同样的语法规则可以重复使用。

三、稳定性。语法是语言中最稳定的结构因素,它的变化比基本词汇还要慢。

四、民族性。各民族语言都有语法。各种语法既有共同性,又有区别于其他语言的民族性。

本节以偏误分析理论为依据,试图探究学习汉语的维吾尔族学生的语法偏误在各种语法形式上的表现。笔者的做法是,收集学生学习汉语过程中的实际语料,对其进行分析,从而对学生的语法偏误做形式上的归纳。归纳结果有746项语法偏误。

### 一、语法偏误统计结果

通过调查分析学生的实际语料,在总结出的1 524例偏误中,语法偏误占总偏误量的48.95%(计算公式为:语法偏误率=语法偏误/总偏误×100%)。其中汉语学习初级阶段(小学)的语法偏误率是13.27%,中级阶段是74.93%(初中50%,高中24.93%),高级阶段(大学)的语法偏误率是11.80%(计算公式为:不同阶段的语法偏误率=不同阶段的语法偏误/语法总偏误×100%)。

表9 语法偏误比重统计表

|  | 小学阶段 | 初中阶段 | 高中阶段 | 大学阶段 |
| --- | --- | --- | --- | --- |
| 偏误率 | 13.27% | 50% | 24.93% | 11.80% |

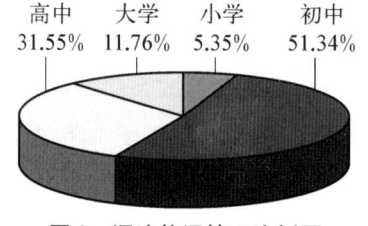

图3 语法偏误情况比例图

### 二、语法偏误的类型

通过对学生的实际语料进行分析,发现学生的语法偏误的类型主要有以下四种。其一,遗漏偏误,其二,混用偏误,其三,语序不当偏误,其四,泛用偏误。这四种情况中遗漏偏误所占的比率最高,占总语法偏误的36.46%,其他的依次是34.32%(混用偏误)、14.61%(语序不当偏误)和14.61%(泛用偏误)。下面就以偏误的四种类型为基本框架,对维吾尔族学生学习汉语语法的偏误进行分析。

(一)遗漏偏误

遗漏偏误是指由于在词语或句子中遗漏了某个或几个成分导致的偏误。遗漏偏误出现在下列情况中:

1. 实词遗漏偏误(41.91%)

通过对学生语料的分析,实词遗漏偏误主要出现在动词、量词的遗漏上。下面一一分析实词遗漏偏误。

第一,动词遗漏偏误(26.47%)。

动词遗漏偏误在遗漏偏误中的比率是比较高的,而在动词遗漏偏误中最常见的偏误是动结式动词或动趋式动词中[①]的第一或第二部分的遗漏及判断动词"是"的遗漏。比如:

(1) 春天到处都[开]满了花。(注:[ ]中的成分为被遗漏者,下同。)
(2) 我们来[到]了喀什。
(3) 他从树上摘[下]苹果,就吃了。
(4) 我[是]从六岁开始上学的。
(5) 这个[是]我的笔。
(6) 这些东西[是]你的吗?

以上例句中,有的是动结式动词成分的遗漏偏误,如(1);有的是动趋式动词成分的遗漏偏误,如(2)(3)。而例句(5)(6)则是判断动词"是"的遗漏偏误。

第二,量词或数量词遗漏偏误(15.44%)。

量词或数量词遗漏是指在句中该用量词的地方不用量词或该用数量词的地方不用数量词的情况。比如:

(1) 家人为我弄了[一次]宴会。
(2) 我们学校是[一所]高中学校。
(3) 我们班有十一[名]男生,十六[名]女生。

2. 虚词遗漏偏误(36.40%)

通过对语料的分析,虚词遗漏偏误主要出现在助词、介词和一部分连词或关联词语的遗漏上。

第一,助词的遗漏偏误(16.91%)。

---

① 吕叔湘:《现代汉语八百词》,商务印书馆,1996年,第10、11页。

在助词遗漏偏误中最常见的偏误是结构助词"的、地、得"和动态助词"着、了、过"的遗漏。比如：

(1) 他所做[的]事使我很感动。
(2) 我和艾力[的]学习成绩差不多。
(3) 他听[了]这个话振奋的跳了起来。
(4) 我们非常高兴[地]回家了。
(5) 他的书读[得]越来越慢。
(6) 我们有[过]一次吵架。
(7) 星星一眨一眨的看[着]我。

第二,介词的遗漏偏误(15.81%)。

(1) 小草[从]地底下长出来[了]。
(2) 他的假面已经[被]揭穿了。
(3) 这件衣服[对]我很合适。
(4) 他[在]道路上边走边玩。
(5) 我长大以后,[为]争光祖国。

第三,连词、关联词语的遗漏偏误(3.68%)。

(1) 我们为我们的未来[而]斗争。
(2) [如果]这里的水没有,我们[就]会死。
(3) [不管]我们做什么,他们也不肯认输。
(4) [如果]每个人向雷锋学习的话,信任我们的生活会很快乐。

3. 其他成分的遗漏偏误(21.69%)

这里指的其他成分主要是句子中的各类句子成分的遗漏,如状语、谓语、补语和宾语成分的遗漏。其中状语和谓语的遗漏情况比较多。

第一,状语成分的遗漏(10.29%)。

比如：

(1) 所有树［都］在春天发芽。
(2) 她没有孩子,家里［只］有一个人。
(3) 我们国家的发展会［很］快。

第二,谓语成分的遗漏(5.52%)。
比如:

(1) 我们家乡打开的花儿［有］很多。
(2) 他的方法很相当［好］,我支持他。
(3) 我［做了］许多好事,给人民带来了欢乐。
(4) 这件事情绝对［正确］。
(5) 他们笑着［说］孩子我们相信你。

第三,补语、定语和宾语成分的遗漏(5.88%)。
比如:

(1) 我们的欢乐是劳动创造［出来的］。
(2) 弟弟先洗［了］［手］,然后吃［了］饭。
(3) 他关心［我们的］生活,还是［还］关心［我们的］学习。

(二) 混用偏误

混用偏误是由于两个或几个形式中选取了不适合于特定语言环境的一个所造成的偏误现象。这两个或几个形式,或者意义相同或相近,但用法不同;或者只是形式上有某种共同之处(如字同),而意义和用法不同;或者是用法相同,意义却不同。混用偏误出现在下列情况中:

1. 词语的混用(53.52%)

在收集到的语料中,学生的词语混用现象比较常见,笔者在出现偏误的这些语料中找出了发生混用的词语有:

(1) 量词的混用

主要是名量词,还有一少部分动量词。量词的混用情况最常见,出现率是32.03%,量词的混用主要有以下几种情况:

第一,个体量词的混用。

"只"与"支"、"棵"与"颗"、"件"与"间"、"名"与"位"、"条"与"根"混用。比如:

① 我买了两只(支)笔。

② 他们家养了一支(只)猫。

③ 小明在纸上画了四棵(颗)五角星。

④ 昨天我们班参加了植树劳动,每人种了三颗(棵)树。

⑤ 我是一位(名)小组长。

⑥ 我们学校要来一名(位)科学家做报告。

⑦ 我七八岁的时候,曾经干过一间(件)危险的事情。

⑧ 这个房子里有三件(间)房。

第二,集合量词的混用。

"对"与"双"的混用。比如:

① 她有一对(双)可爱的小手。

② 他们俩是一双(对)小夫妻。

第三,专职量词的混用。

"只、条、头、匹"、"辆、列"混用。比如:

① 他们家有四匹(头)牛。

② 我看到了一条(匹)白马。

③ 我画了一辆(列)火车。

以上的量词都是名量词之间的混用偏误,除此之外,还有一少部分是动量词之间的混用,比如:

(1) 次/顿,比如:

我悄悄地走过去,把他打了一次(顿)。

(2) 在/再,比如:

别在(再)骂我了。

(3) 不/别,比如:

你还是不(别)去吧!

(4) 还/才,比如:

因为这件事,我还(才)能够继续读书了。

(5) 没/不,比如:

① 他还不(没)到,饭就做好了。

② 他整夜没(不)睡觉做作业了。

(6) 吗/呢,比如:

① 我穿着合适呢(吗)?

② 我要去看电影,你去呢(吗)?

(7) 他/她/它,比如:

① 我养了一条狗,他(它)非常喜欢吃肉。

② 他(她)是一个善良的好姑娘。

(8) 是/在,比如:

① 我们学校在(是)城里唯一的(一所)学校。

② 我是(在)十四小学上学。

(9) 又/还,比如:

我以后又(还)要来。

(10) 还/还是,比如:

老师关心我们的学习,还是(还)关心我们的生活。

(11) 起来/下来,比如:

① 他从床上掉了起来(下来)。

② 你们一定要振奋下来(起来)。

(12) 往/向,比如:

他不停地往(向)前进。

(13) 给/把,比如:

爸爸把(给)妈妈治病了。

(14) 朝/从,比如:

它能朝(从)笼子里钻出来。

(15) 不定代词的混用,比如:

① 我今天很累,休息一点(回)。

② 我比较美一些(点)而已。

(16) 被/给,比如:

我给(被)狗咬了一口。

(17) 上来/出来,比如:

叶子长了上来(出来)。

2. 语法形式的混用(44.92%)

(1) 的/地,比如:

他满不在乎的(地)出去了。

(2) 的/得,比如:

燕子飞的(得)很低。

(3) 得/地,比如:

你听地(得)懂,还是听不懂。

(4) 关联词语的混用

① 他病了,由于(所以)来不了学校。

② 只要(只有)你,就(才)办得到这件事。

③ 雨没有停,反而(但是)比刚才小多了。

(5) 着/了,比如:

她背了(着)新书报,大模大样的(地)进了教室。

(6) ……上/……里,比如:

书架里(上)书摆得整整齐齐。

(7) 在……里/在……,比如:

我在阿图什里(×)找到了很多朋友。

(8) 从……中/从……里,比如:

我从梦里(中)醒来,看到他不在了。

(三) 语序不当偏误

语序不当偏误指的是由于句中的某个或某几个成分放错了位置所造成的偏误。语序不当偏误出现在下列情况中:

1. 句子成分的语序不当(71.56%)

(1) 宾语和谓语的位置颠倒:汉语中,宾语一般在谓语后面,而维吾尔学生常常把宾语放在谓语前面,甚至还放在主语前面。比如:

① 他[我的意见]同意。

② 我们的有些同学长跑,有些同学短跑[参加了]。

(2) 状语的位置不当 汉语中,状语一般在谓语前面,只有时间状语和地点状语的位置比较灵活,可以放在句首,但维吾尔学生常常把状语放错位置。比如:

① 他宣布[(向)大家]一件事。(括号里的部分是笔者后加上去的)

② 你不要顶嘴[大人]。

③ [实在]我不能做吗?

(3) 定语的位置不当:定语的位置不当表现为定语和中心语的位置颠倒或把定语错放在状语的位置上。比如:

① 菜市场有[菜]西红柿,还有豆角。

② 他[两个小时]参加了政治学习。

(4) 补语的位置不当:汉语中,补语的位置较固定,一般出现在谓语后面。维语中没有补语成分,所以有些学生在母语的干扰下却颠倒谓语和补语的位置。比如:

① 他[很深的地方]掉进去了。

2. 词语的语序不当(18.35%)

(1) 助词"了"的位置不当

汉语中助词"了"一般粘附在谓语动词之后,表示动作的完成。如果谓语动词之后有宾语时,"了"会在谓语动词和宾语之间。而有些学生却把助词"了"放在宾语的后面。比如:

① 我们下车[了],去了奶奶家。

② 他才让我进家[了]。

③ 我们参加庆祝[了]大会。

④ 姐姐给我[了]五十元。

(2) "把"字的位置不当

介词"把"在句子中应该在"把"的宾语前出现,如果句子中有否定成分"不",它们的语序是:"不"+"把"+宾语。但是有的学生却把"把"的宾语放在"不"和"把"的前面。比如:

我书不把弄脏。

(3) 连词"由于"的位置不当

汉语中,"由于"出现在表示因果关系的复句里,引出原因部分。学生受到母语的影响,不是将"由于"加在表示原因部分前面,而是后面。比如:

他病了[由于]没来学校。

（4）语气词"了"的位置不当

语气词"了"一般放在句尾,表示一种肯定、确定的语气。有些学生不太了解这种情况,往往把"了"放在了谓语和宾语之间。比如:

你不用担心[了]我。

3. 组合成分的语序不当(10.09%)

（1）并列成分的位置不当

汉语存在着中多重定语和多重状语的现象,多重定语和多重状语的顺序是比较固定的。多重定语的顺序是:

表示领属关系的名词（代词）——动词短语/介词短语——指示代词——数量词组——（动词短语/介词短语）——表示修饰关系的形容词（名词）+（中心语）

但在实际语景中,学生往往将多重定语中各个定语的位置搞错,从而发生语序不当的偏误。比如:

① 我收到很可爱的一只猫。（中心语"猫"前面有两项定语,学生把数量词组"一只"和修饰关系的形容词"可爱"位置颠倒了。）

② 姐姐给我又漂亮、又大的一个礼物。

③ 我妈妈漂亮地一个女人。

跟多重定语一样,多重状语中的各个状语也是按一定顺序排列的,否则就会出现偏误。比如:

④ 那只猫让人很喜欢。（那只猫很招人喜欢。）

⑤ 小鱼游到水面上都来了。（小鱼都游到水面上来了。）

（2）词组内部成分的语序不当

这类偏误主要出现在短语、数量词组语序上,一般为初级阶段的学生所犯的。比如:

① 我[非不可做]这件事。（非做不可）

② 我[一次去过]他的家。（去过一次）

③ 改革开放[从]来……（从改革开放[以]来）

（四）泛用偏误

泛用偏误是指,在一些语法形式中,可以或必须使用某个成分,但在特定情况下又一定不能使用这个成分。学生不了解这种情况,因而导致偏误出现。这种偏误一般从词语、语法形式和句子成分的泛用三个方面表现出来。

1. 语法形式的泛用(57.49%)

语法形式的泛用主要指动态助词、结构助词和复数词缀"们"的泛用上。比如:

(1) 他是我们［的］邻居的孩子。
(2) 我听了这首歌忍不住［得］哭了起来。
(3) 她幼小的心灵像［着］河水一样纯真。
(4) 我常常［地］看新闻。
(5) 我和妈妈很高兴［了］。
(6) 树［们］又皮上了绿色的外衣。
(7) 你们是我的好孩子［们］。

2. 句子成分的泛用(42.51%)

句子成分的泛用是指句子成分(主要是谓语、状语、补语和宾语成分)的过渡泛化。

(1) 这次运动会参加了很多学生［参加了］很多老师。
(2) 为人民［奉献给］一条生命。
(3) 我今天［很］难受极了。
(4) 他的个子［很］不高。
(5) 他很容易就会解决［起来］。
(6) 他走了一阵［路］。
(7) 他快答应［出了］。
(8) 你再这样做［下去］，必定要吃大亏。
(9) 他住了院［不长时间］还不到几天就走了。

上面,我们对维吾尔族学生的语法偏误进行了归类和分析,把具有普遍性的偏误分为四类。实际上,上述的每个病句中还可能会有其他不正确的地方,为了讨论的方便和需要,别的偏误我们在此不做分析。

### 三、语法偏误分析

上面,我们对维吾尔族学生在学习汉语过程中出现的语法偏误及其原因进行了论述。在研究过程中笔者发现,这些偏误虽然出现在不同阶段,但都是有规律的,也就是说在汉语学习初级阶段(小学),因为学习内容有限(词汇、句型),学生所犯的语法偏误在数量上不是很多。而到了中级阶段(初中、高中),在偏误的数量和类型上偏误率最高,也就是说学习中级阶段是出现偏误率的高峰期。到了高级阶段(大学),虽然在偏误的类型上不会有太多变化,但在数量上有明显下降的趋势,就是说,语法偏误与词语偏误一样,在学生学习汉语的初级、中级和高级阶段呈弧形分布状态。下面让我们来分析一下偏误产生的规律。

1. 遗漏偏误方面

（1）不同学习阶段出现的遗漏偏误情况

表 10　不同阶段出现的遗漏偏误情况统计表

|  | 实词的遗漏 | 虚词的遗漏 | 其他成分的遗漏 |
| --- | --- | --- | --- |
| 小学阶段 | 36.18% | 32.78% | 31.04% |
| 初中阶段 | 44.47% | 42.96% | 12.57% |
| 高中阶段 | 30.58% | 36.71% | 32.71% |
| 大学阶段 | 52% | 36% | 12% |

（计算公式：不同阶段出现的一种遗漏偏误率＝不同阶段出现的一种遗漏偏误/总的遗漏偏误×100%。）

（2）每个学习阶段所占的遗漏偏误比率

表 11　不同阶段出现的遗漏偏误比率统计表

|  | 小学阶段 | 初中阶段 | 高中阶段 | 大学阶段 |
| --- | --- | --- | --- | --- |
| 遗漏偏误比率 | 14.23% | 51.69% | 26.59% | 7.49% |

（计算公式：不同阶段出现的遗漏偏误率＝不同阶段出现的遗漏偏误/总的遗漏偏误×100%。）

2. 混用偏误方面

（1）不同学习阶段出现的混用偏误情况

表 12　不同阶段出现的混用偏误情况统计表

|  | 词语的混用 | 语法形式的混用 |
| --- | --- | --- |
| 小学阶段 | 67.65% | 32.35% |
| 初中阶段 | 62.26% | 37.74% |
| 高中阶段 | 76% | 24% |
| 大学阶段 | 39.22% | 60.78% |

（计算公式：不同阶段出现的一种混用偏误率＝不同阶段出现的一种混用偏误/总的混用偏误×100%。）

（2）每个学习阶段所占的混用偏误比率

表 13　不同阶段出现的混用偏误比率统计表

|  | 小学阶段 | 初中阶段 | 高中阶段 | 大学阶段 |
| --- | --- | --- | --- | --- |
| 混用偏误比率 | 13.82% | 45.12% | 20.33% | 20.73% |

（计算公式：不同阶段出现的混用偏误率＝不同阶段出现的混用偏误/总的混用偏误×100%。）

3. 语序偏误方面

(1) 不同学习阶段出现的语序偏误情况

表 14　不同阶段出现的语序偏误情况统计表

|  | 句子成分的语序不当 | 某一词语的语序不当 | 组合成分的语序不当 |
| --- | --- | --- | --- |
| 小学阶段 | 70% | 10% | 20% |
| 初中阶段 | 79.63% | 18.52% | 1.85% |
| 高中阶段 | 71.43% | 19.05% | 9.52% |
| 大学阶段 | 50% | 50% | 0% |

(计算公式：不同阶段出现的一种语序偏误率=不同阶段出现的一种语序偏误/总的语序偏误×100%。)

(2) 每个学习阶段所占的语序偏误比率

表 15　不同阶段出现的语序偏误比率统计表

|  | 小学阶段 | 初中阶段 | 高中阶段 | 大学阶段 |
| --- | --- | --- | --- | --- |
| 语序偏误比率 | 10.75% | 58.07% | 22.58% | 8.60% |

(计算公式：不同阶段出现的语序偏误率=不同阶段出现的语序偏误/总的语序偏误×100%。)

4. 泛用偏误方面

(1) 不同学习阶段出现的泛用偏误情况

表 16　学生在不同阶段出现的泛用偏误情况统计表

|  | 语法形式的泛用 | 句子成分的泛用 |
| --- | --- | --- |
| 小学阶段 | 30% | 70% |
| 初中阶段 | 40.47% | 59.53% |
| 高中阶段 | 50.23% | 49.77% |
| 大学阶段 | 62.23% | 37.77% |

(计算公式：不同阶段出现的一种泛用偏误率=不同阶段出现的一种泛用偏误/总的泛用偏误×100%。)

(2) 每个学习阶段所占的泛用偏误比率

表 17　不同阶段出现的泛用偏误比率统计表

|  | 小学阶段 | 初中阶段 | 高中阶段 | 大学阶段 |
| --- | --- | --- | --- | --- |
| 泛用偏误比率 | 12.15% | 40.19% | 39.25% | 8.41% |

(计算公式：不同阶段出现的泛用偏误率=不同阶段出现的泛用偏误/总的泛用偏误×100%。)

**四、语法偏误产生的原因**

从以上例句中我们可以看到,学生语法偏误产生的主要原因有母语干扰、不完善的汉语知识对学习新语法的干扰、教学失误对学习的干扰和学生本身的原因(学习动机、学习态度)等。下面我们从学生的偏误类型出发,来论述出现这些偏误的原因。

1. 语间负迁移

母语的干扰在偏误类型中是比较常见的,比如量词的遗漏。在现代汉语里,不论计算事物的数量或者动作行为的数量,在数词的后边一般都要跟上一个量词。有的民族语言虽然也使用量词,像维吾尔语中数词和量词之间的关系就比较密切,但维语的量词却不像汉语的那么多、那么丰富、那么复杂。因此,维吾尔族学生在学习汉语的初级阶段,受语间负迁移的影响,会出现许多量词遗漏现象,也就是说该用量词的地方,不用量词。如:

① 我有<u>一哥哥</u>,他是军人。
② 这里停着<u>四汽车</u>。
③ 她买了<u>一毛巾</u>,<u>两香皂</u>。
④ 过节时,我们家宰了<u>一羊</u>。

除此之外,在语序不当偏误中,造成句子成分语序不当的原因,大多数是学生母语的干扰造成的,如"宾语的前置""谓语的后置""状语的前置或后置"等。

① 因为[坏]路,火车推迟了两个小时。
② [实在]我不能做吗?

2. 目的语的过度泛化

除了母语干扰带来的偏误外,比较常见的原因是过度泛化。比如,量词的泛化。量词的泛化主要表现在量词"个"的使用上。"个"一般用于没有专用量词的名词(有些名词除了专用量词之外也能用"个"),如:"三个苹果,一个理想,两个星期"等。量词"个"的使用范围很广,还兼有许多其他量词的功能,像"两位客人,一种错误想法,一座宝塔,三件案子,一枚奖章,一具尸体"中的量词都可以用"个"替代。有些维吾尔族学生看到这些,又因为掌握的量词不够或不善于准确地运用量词,就不管对什么事物,都用"个"去表量,这就产生泛用量词"个"的现象。如:

① 一个(×)树叶从树上落了下来。

有些量词同音异形,同音异形词实际上是语音相同,而语义不同的词。① 如:"只—

---

① 何杰著:《现代汉语量词研究》,民族出版社,2000年,第58页。

支、棵—颗、件—间、副—幅"虽然语音相同,但是它们的语义都有不同趋向的选择。下面分别对上述每组量词做一个比较:

只:

用于动物(包括飞禽):一~小鸟/羊/猫/狗

用于人体成对器官的一个:一~脚/手/耳朵

用于某些成对东西的一个:一~鞋/手套/耳环

支:

用于细长的制品:一~笔/枪/蜡烛

用于类似长状的事物:一~队伍/人马

用于抽象的表量对象:一~歌/乐曲

棵:

用于表植物的名词:一~树

颗:

用于强调颗粒状态的表物名词:一~星/牙

件:

用于个体事物:一~事/衣裳

间:

用于房屋的最小单位:一~房/卧室

副:

用于面部表情:一~笑脸/模样

用于成套的东西:一~手套/眼镜

幅:

用于布帛、呢绒、图面等:一~地图/画

通过比较可以看出,它们都有不同的表量义项。正是由于学生不了解这些量词表量义项不同的缘故,出现了"病句"。例如:

① 我买了两只(×)笔。

② 他们家养了一支(×)猫。

③ 小明在纸上画了四棵(×)五角星。

④ 昨天我们班参加了植树劳动,每人种了三颗(×)树。

除此之外,在初级阶段,句式的混用偏误常常表现为,在该使用某种句式时没有使用,而是用已经熟悉的、通常也是比较简单、比较容易的句式代替。与此相反的情况是,

在不该使用某个句式时却使用了。这两种情况的结果就出现了汉族人不能接受的句子。让我们以"把"字句的使用为例:

① 他把这件事很明显的知道了。

② 我们要把动物加以保护。

③ 每次儿童节时,把我带到公园去玩。

这几个错句是由于学生没有把握"把"字句的使用条件,对他们所知道的不完全的"把"字句的使用规则进行过度泛化造成的。

"的""地"和"得"分别是定语、状语和补语的标志,但也不是任何情况下都要用它们作标志。有些学生有时候不顾需要,硬是加上"的""地"和"得",因而造成过度泛化。如:

① 我听了这首歌忍不住[得]哭了起来。

② 我常常[地]看新闻。

3. 学生本身原因造成的偏误

有的学生为了防止偏误的发生,常常采取一些不恰当的学习策略。遇到不太懂和不太了解的内容时,学生往往采取回避、类推、以简代繁等学习策略。这也是导致偏误出现的原因之一。比如,在汉语中,动结式动词或动趋式动词的两个部分,在语义上互为主次,而次要成分往往又比较"虚"。维吾尔族学生学习这些动词时,由于还不熟悉或还没有掌握这种结构的动词,或者还不能从意义上把已经学过的单音节动词和这些动结式动词或动趋式动词区分开来,就采用已知的内容来代替这些新内容。如:

① 春天到处都[开]满了花。

② 我们来[到]了喀什。

③ 他从树上摘[下]苹果,就吃了。

在量词的使用上,由于还没有完全掌握量词的使用方法,往往发生遗漏和混用现象。这都是由学生的学习策略造成的。

4. 教学不当导致偏误出现

在收集的这些语法偏误中,我们可以发现,有些语法偏误的出现率高且具有连续性。比如,结构助词"的、地、得"的混用,动态助词"着、了、过"的遗漏和混用、量词的错位等,不管是初级阶段的学生,还是中级或高级阶段的学生都犯这样的偏误。尽管造成这些偏误的原因不同,但我们应该看到,这些偏误的重复出现肯定与教学方法或教学模式的不当有关。

# 第六节　维吾尔学生汉语标点符号书写和使用偏误分析

标点符号是书面语言的重要组成部分,是书面语言不可缺少的辅助工具,是文字发展到一定程度的产物。标点符号的作用不是记录语言单位,而是标示言语的意义切分,或标志语调以及某些特殊意味。例如句号表示句子的结束,标明句子和句子之间的界限。问号和感叹号表示句子的疑问语调和感叹语调等。标点符号能帮助人们更加确切地表达自己的思想感情,准确地理解别人的语言。

但是对标点符号重要性的一致认识并没有在教学上得到体现。首先是教材在教学内容上大都没有编排标点符号的专项教学,即便个别教材涉及这个问题,也仅是一些对标点符号知识的一般介绍。其次,在教学活动中教师对标点符号的讲解十分有限,关于汉语标点符号的具体用法,大都是在碰到具体问题时才作一些说明,极少进行有关标点符号功能、用法的系统讲授。教材中相关教学内容缺乏,课堂教学中教师讲课又不足,在这种情况下,维吾尔族学生在使用汉语标点符号时,便会频频出现使用和书写偏误。

目前汉语使用的标点符号共有 16 种,[①]分为点号和标号两大类。点号的作用在于把一连串话点断,表示各种停顿和不同的语气,点号包括句号、逗号、顿号、分号、冒号、问号和感叹号七种。标号是给词语作个标记,表示词语的特殊性质和作用,标号有引号、括号、省略号、破折号、连接号、书名号、间隔号、着重号和专名号九种。在分析学生的实际语料中,笔者发现学生在书写和使用汉语标点符号时,会出现这样或那样的偏误。这些偏误看似不起眼,但这会从另一面表明语言使用者语言基本知识的缺乏,所以标点符号规范使用也应该得到汉语教学与学习者的重视。下面我们就以学生出现的偏误为基础,看一看学生在书写和使用标点符号时,会出现哪些偏误。

## 一、标点符号偏误类型

### 1. 顿号和逗号的混用偏误

顿号和逗号都是句子中间的停顿号,但逗号的使用范围远远大于顿号的使用范围,如用在主语和谓语之间,用在句首状语之后,用在联合短语之间,用在独立词语的前面、后面或前后都用,用在倒装的句子成分或分句之间等。而顿号只用在句中较短的并列词语之间或次序语之后。维吾尔族学生在一般情况下很少用顿号,需要用顿号的地方,反而用了逗号。比如:

---

[①] 黄伯荣、廖序东主编:《现代汉语》,高等教育出版社,1997 年,第 183、184 页。

(1) 我买了书,(、)本子,(、)尺子和铅笔。

(2) 春姑娘飞过了大山,(、)长河,(、)田野(,)它去到哪里那里就变绿色。

(3) 她在学习,(、)劳动,(、)体育方面都有能力。

2. 句号的书写偏误

汉语中句号一般用在句末,表示停顿。句号的书写形体一般是小圆圈。但是维吾尔族学生常把句号的小圆圈写成小圆点。比如:

(4) 他把书放在桌上.(。)

(5) 我的脸一下子亮了起来.(。)

3. 冒号的遗漏偏误

冒号一般表示提示性话语后或总括语前面的停顿,用在书信、发言稿开头的称呼语后面或用在"某某说"后面提示下面是某某的话。但是维吾尔学生在自己的文章中,如果出现要提示下面是某某的话时,有时候会不写冒号。比如:

(6) 校长说(:)"这次比赛就到此结束,你们回去吧。"

4. 引号的遗漏偏误

引号表示文中直接引用的话。学生的引号遗漏偏误有两种形式,一种是全部遗漏,一种是部分遗漏。比如:

(7) 妈妈说(:)(")儿子一定拿奖啊。(!)(")

(8) 他热情地说:"我们一起玩吧。(")

5. 逗号的泛用或遗漏偏误

逗号的使用情况非常普遍,因此偏误出现的频率也很高。在学生的实际语料中发现的逗号使用和书写偏误中,除了跟顿号混用以外,还有逗号的泛用或遗漏偏误。比如:

(9) 爸爸,妈妈,和姐姐我们全家人去公园玩儿。

(10) 水里很深,和很冷。

(11) 他在我身边站,一会儿就不见了。

(12) 同学们说:对!,对……

6. 省略号的书写偏误

省略号表示文中省略的部分。省略号的偏误,主要出现在省略号的书写形式上。省略号的正确书写形式是应占两格子的位置,并位于字格中间,一共六个圆点。而学生往往将省略号写成三点到六点不等,因而省略号只能占到一个字格的位置,并且书写位置居左偏下,而不是居中。比如:

(13) 我们家乡的苹果,(、)李子,(、)西瓜,…(……)是很多。

(14) 我去过很多城市,如北京,上海,大连……。

7. 引号与书名号的混用偏误

引号表示文中直接引用的话,而书名号表示书籍、篇章、报刊、剧作、歌曲的名称。维吾尔族学生常常把引号与书名号混用。比如:

(15) 有人说:《一年之计,在于春》。(" ")

8. 其他类型的偏误

除了以上情况外,维吾尔族学生出现的标点符号偏误还有句号与逗号的混用,句号与问号的混用等情况。比如:

(16) 每年春天开始时会过春节。(,)还放大家。(,)还会开春节晚会。

(17) 星期天我要去看电影,你去吗。(?)

上述的每个病句中还可能会有其他不正确的地方,为了讨论的方便和需要,其他偏误我们在此不做分析。

## 二、标点符号的使用和书写偏误产生的原因

维吾尔族学生标点符号的使用和书写偏误类型较多,数量也较多。出现这些偏误现象的原因主要有以下几点。

1. 母语的干扰作用

表18  维汉常用语言标点符号类型比较

| | 逗号 | 句号 | 引号 | 冒号 | 问号 | 括号 | 叹号 | 顿号 | 省略号 | 分号 | 破折号 | 着重号 | 书名号 | 连接号 | 间隔号 | 专名号 |
|---|---|---|---|---|---|---|---|---|---|---|---|---|---|---|---|---|
| 汉语 | , | 。 | " " | : | ? | ( ) | ! | 、 | …… | ; | —— | . | 《》 | - | · | _ |
| 维语 | ' | . | 《》 | : | ? | ( ) | ! | | | | —— | | 《》 | - | · | |

从以上的图表中我们可以看出,维吾尔语标点符号与汉语标点符号有相似之处。这些相似会让学生掉以轻心,在书写和使用标点符号时,会用母语标点符号系统来书写汉语标点符号。如大部分句号的书写偏误都是母语干扰所产生的。因为维语中句号都写成圆点,他们经常参照母语句号的书写形式来书写汉语句号,写成实心点。又如维语中的引号与汉语中的引号,不管在运用范围的大小上,还是在书写上都有区别,这些区别在缺乏足够的教学指导下,会导致学生用母语的标点符号来代替。

2. 学生对标点符号书面印刷体的认知偏差

除了母语带来的偏误外,学生本身在认知过程中,因没有得到足够的教学指导的原

因,会在标点符号形体的认知上凭自我判断,这种判断在大部分情况下也会导致偏误的出现。如省略号的六个点写成三点到六点不等的实心点。

3. 学生的学习策略不当导致的偏误

有些学生在认知过程中,因不太重视标点符号的作用,所以在书写时或根本不用标点符号,或任意地书写,或"张冠李戴"似的混用标点符号。总之,这种偏误比较常见,如句号与逗号的混用,句号与问号的混用等。

4. 教学上的不足导致的偏误

维吾尔族学生在对标点符号的书写和使用上出现了多种多样的偏误。我们认为,这和少数民族汉语教学中标点符号的教学不受重视有密切关系。教学讲解的不足让学生无从学习汉语标点符号书写和使用的基本规则,难以形成对汉语标点符号的书写和使用的正确认识,他们只能根据自己的理解去书写和使用汉语标点符号,因此就出现了以上种种偏误。

### 三、对标点符号教学的几点建议

1. 重视汉语标点符号的教学。当前少数民族汉语教学中,不管是教学内容上,还是教材上,都缺乏系统的教学项目和教学安排作指导。有的只是不完整、不系统的一些零零碎碎的内容,不能满足于当前的学习需要。为此,在重视汉语标点符号的教学基础上,有必要把汉语标点符号的书写和使用列入汉语教学内容里,帮助教师确定讲授步骤与重点,让学生明确学习任务和目标,以便提高学生正确使用标点符号的水平。

2. 对比维汉两种语言中的标点符号,找出异同点,在这基础上突出教学重点。王力先生曾指出,在第二语言(外语)教学中"最有效的方法就是两种语言的比较教学"。我们从表16中可以看出,维吾尔族学生母语标点符号系统与汉语标点符号系统有很多相似之处,在对这两种语言的标点符号进行对比,找出同中之异、异中之同,在这基础上进行有重点的针对性教学。如汉维语中的冒号、感叹号、括号、连接号、间隔号、破折号的书写形式相同,这是这两种语言之间的标点符号系统的相似性。但还有像句号、逗号、问号、分号在两种语言中的书写形式的差异,还有汉语标点符号中有而维语标点符号中没有的,像顿号、着重号和专名号,这些就是汉语标点符号和维语标点符号之间存在的显著区别,它们应该成为标点符号教学的重点。

3. 提高教师自身的标点符号的书写和使用水平。在学生心目中,教师的语言就是标准语言。每一位汉语教师都要意识到自己在学生心目中的地位,要以作一个语言范本的标准来要求自己的言语和书写行为。标点符号的书写和使用也是如此。课堂板书或批改作业时,教师要像写规范汉字的一撇一捺那样来规范书写标点符号,并努力提高正确使用标点符号的水平。

# 参 考 文 献

**一、著作**

[1] 戴庆厦：《第二语言(汉语)教学概论》,民族出版社,1999年。

[2] 盛炎著：《语言教学原理》,重庆出版社,1996年。

[3] S·皮特·科德著：《应用语言学导论》,上海外语教育出版社,1983年。

[4] 王建勤主编：《汉语作为第二语言的习得研究》,北京语言文化大学出版社,1997年。

[5] 吕叔湘：《现代汉语八百词》,商务印书馆,1996年。

[6] 何杰著：《现代汉语量词研究》,民族出版社,2000年。

[7] 黄伯荣、廖序东主编：《现代汉语》(上下册),高等教育出版社,1997年。

[8] 许余龙：《对比语言学》,上海外语教育出版社,2002年。

[9] 赵艳芳：《认知语言学概论》,上海外语教育出版社,2001年。

[10] 刘珣：《汉语作为第二语言教学简论》,北京语言文化大学出版社,2002年。

[11] 吕叔湘：《汉语语法分析问题》,商务印书馆,1979年。

[12] 朱德熙：《现代汉语语法研究》,商务印书馆,2001年。

[13] 苏培成：《现代汉字学纲要》,北京大学出版社,1994年。

[14] 崔永华：《汉字与汉字教学研究论文集》,北京大学出版社,1999年。

[15] 戴庆厦主编：《第二语言(汉语)教学论集》,民族出版社,1996年。

[16] 李开编著：《汉语语言学和对外汉语教学论》,中国社会语言学出版社,2002年。

[17] 俞理明编著：《语言迁移与二语习得》,上海外语教育出版社,2004年。

[18] 徐子亮：《汉语作为外语教学的认知理论研究》,华语教学出版社,2000年。

[19] 戴汝潜：《汉字教与学》,山东教育出版社,2000年。

**二、论文**

[1] 戴曼纯：《论第二语言词汇习得研究》,《外语教学与研究》2000年第2期。

[2] 万业馨：《汉语字符分工与部件教学》,《语言教学与研究》1999年第4期。

[3] 易洪川：《字音特点及其教学策略》,《语言文字应用》1999年第4期。

[4] 高莉琴：《汉语作为第二语言学习的语音研究》,《语言与翻译》2000年第2期。

[5] 王宁：《汉字构形理据与现代汉字部件拆分》,《语文建设》1997年第3期。

[6] 郑继娥：《汉字认知研究成果与汉字教学》,《成都教育学院学报》2001年第2期。

# 面向中亚国家汉语教育的师资问题研究

赵永亮

**提要**：本文结合吉尔吉斯斯坦孔子学院的发展概况,探讨面向中亚国家汉语教育的师资问题。从三个方面展开：国际汉语教师的跨文化传播适应、国际汉语教师的语言修养、国际汉语教师的本土化问题。结论是国际汉语教师的跨文化适应策略应是双向的、多维度的综合集成;语言修养提升是国际汉语教师终身追求的目标;师资本土化是解决汉语境外传播瓶颈问题的有效途径。并论证了汉语教学师资本土化的可行性及相关对策。

近年来,随着国家综合实力的不断增强,全球范围内掀起了"汉语热",汉语国际推广工作顺应时代的潮流,也在蓬勃展开。从2004年的第一家孔子学院的开办以来,已在全球共建设511所孔子学院,对外汉语教学的任务和教学策略发生了改变,汉语教学的语境也发生改变——即在学生母语语境下学习汉语,学生的汉语习得过程主要体现在汉语教学课堂上。对外汉语教学术语名称也随之改为国际汉语教学。汉语国际教育教学质量的提升随之成为当务之急,与此同时,汉语和中华文化的传播也需要大量的国际汉语教师,目前海外师资是公认的制约海外汉语传播的瓶颈。那么,如何既能满足海外国际汉语教师的需求,又能不断提升国际汉语教学质量,就成为亟待解决的一个研究课题。本研究拟围绕面向中亚国家汉语教育的师资问题展开分析,具体以吉尔吉斯斯坦孔子学院为例,探寻解决问题的思路、方法及对策。

## 一、吉尔吉斯斯坦孔子学院概况及中华文化传播适应

### （一）吉尔吉斯斯坦孔子学院概况

吉尔吉斯斯坦比什凯克人文大学孔子学院和吉尔吉斯斯坦国立民族大学孔子学院,是根据上海合作组织2007年10月26日比什凯克峰会上,中吉两国国家元首达成

的共识而筹建的。2008年6月15日暨上海合作组织成立纪念日第一所在吉尔吉斯斯坦孔子学院——比什凯克人文大学孔子学院顺利揭牌成立,中方合作院校为新疆大学。吉尔吉斯斯坦国立民族大学孔子学院于2009年揭牌,中方合作大学为新疆师范大学。2013年新疆师范大学在吉尔吉斯斯坦第二大省市奥什州与吉尔吉斯斯坦奥什国立大学合作成立奥什国立大学孔子学院,2016年新疆大学在吉尔吉斯斯坦第三大省市贾拉拉巴德州合作建立吉尔吉斯斯坦贾拉拉巴德国立大学孔子学院。

截至2016年年底,吉尔吉斯斯坦四所孔子学院下设17个孔子课堂,40多个汉语教学点,遍布吉尔吉斯斯坦六州(吉尔吉斯斯坦共七州:楚河州、伊塞克湖州、那伦州、塔拉斯州、奥什州、贾拉拉巴德州、巴特肯州)。注册学员达15 000人/年。四所孔子学院都建立了全面规范的管理制度,教学和文化活动的开展井然有序,主要特色项目有:比什凯克人文大学孔院组织的牧区儿童夏令营、电影展播项目;吉尔吉斯斯坦国立民族大学孔院名师讲坛项目;奥什国立大学孔院的家访活动、武术课程、本科教学项目等。

### (二) 孔子学院汉语文化及中华文化主题活动

吉尔吉斯斯坦4所孔子学院年举办200多场次汉语及中华文化主题活动。特色项目丰富多彩,如吉尔吉斯斯坦国立民族大学孔子学院每年邀请中吉著名专家学者开展名师讲坛活动,阐释中亚国家国情与中国国情、价值观、发展道路、内外政策,增加中华文化在中亚国家中的影响力。比什凯克人文大学孔子学院特色项目——牧区儿童夏令营,从2015年到2016年,更是深入到吉全国。下面详细介绍这项中华文化主题活动。

吉尔吉斯斯坦是高山之国,其大部分领土属于天山山脉,大约90%领土海拔超过1 500米,其中约1/3地区海拔超过3 000米。全国人口约580万,城市人口占34.1%。吉尔吉斯人主要从事农牧业生产,是典型的农牧业经济。吉尔吉斯斯坦0—7岁儿童87万,占人口总数的1/4,仅有14%儿童上幼儿园,多数是城市儿童。贫困山区牧民儿童,无法获得学前教育和全面发展的机会。山区无电、无幼儿园、无游乐场,也没有书、文具和电脑,更缺乏教师。学前教育是培养个人竞争力的重要因素之一,学前教育将决定未来教育的质量,由此能确保他们能接受中等教育。贫困山区儿童接受学前教育的条件有限,面临教育机会不均衡的问题,将导致社会分化。

为解决上述问题,"萝扎·奥通巴耶娃国际公益基金会"从2013年起实施名为"牧区草原幼儿园"计划,旨在为山区贫困儿童创造平等的教育条件,在每年的6—8月期间,提供教学设备较齐全的"学前基础教育毡房",每个幼儿园配备1名经验丰富的老师,教儿童识字、外语和各种生活技能,让牧区儿童了解世界。2014年开设35所幼儿园,惠及800名儿童,2015年开设87所幼儿园,惠及2 200名儿童。基金会邀请世界各国政府和相关机构提供帮助。2015年比什凯克人文大学孔子学院在孔子学院总部/国家汉办支持下,与萝扎·奥通巴耶娃国际公益基金会合作,开展了国际教育展览、中国眼保健操、剪纸全吉教师培训班。2015年6—8月,2016年4—8月,深入6个州近20个牧业夏令营点,行程5 000多公里,孔院公派教师和志愿者们把汉语课堂带到了大山深处:吹葫芦丝、中国电影、中医义诊、剪纸、书法、编中国结、汉语儿歌和日常问候语、抖空竹,内容丰富、生动、活泼,让大山深处的孩子们在轻松愉悦的氛围里亲身体验到了与自己山水相连的中华文化,这不仅是一项公益事业,更重要的是让吉尔吉斯斯坦儿童感受中华文化,开阔孩子们的视野,铺垫他们健康成长的美好心灵之路。萝扎·奥通巴耶娃(前吉尔吉斯斯坦总统)、吉尔吉斯斯坦副总理、各州州长等官员参加该项活动,吉尔吉斯斯坦国家电视台和各州电视台进行了新闻报道。各营点要求明年孔院能在他们的点停留数周,为孩子们传授更多的中华文化。2015年、2016年中外方院长获得萝扎·奥通巴耶娃国际公益基金会颁发的"吉尔吉斯斯坦牧区儿童教育发展贡献奖"。吉尔吉斯斯坦孔子学院积极组织参加民间交流活动,使吉尔吉斯斯坦民众深刻感受到汉语和中华文化的魅力,提升了公共外交活动的效果。

### (三)孔子学院中吉教师队伍建设

吉尔吉斯斯坦现共有4所孔子学院,17所孔子课堂,成为中亚孔子课堂最多的国家。吉尔吉斯斯坦孔子学院已告别规模扩张时期,进入内涵式发展阶段。汉语和中华文化的传播需要中吉教师,目前海外师资是公认的制约海外汉语传播的瓶颈,由于吉尔吉斯斯坦汉语教育需求逐年上升,教师的缺口很大,大量汉语教师志愿者担任一线汉语和中华文化的传播工作,取得了很好的效果,但是,从长远的角度看,无论是从经济角度考虑,还是从实际效果考虑,都应该变"输血"为"造血",加强吉尔吉斯斯坦中文教育自我发展能力,为此,比什凯克人文大学孔子学院采取1+1或1+2的方式,对中方教师和孔院本土教师进行合理安排,如从2016年9月,比什凯克市第66中学孔子课堂,1位公派教师配2位孔院本土教师,比什凯克市第28中学、62中学、伊塞克湖州乔里番阿塔市基洛夫中学3所孔子课堂,1位汉语教师志愿者配1位孔院本土教师,取长补短,互相学习,一起备课,一起商量组织开展中华文化活动,效果良好。吉尔吉斯斯坦孔子学院也在积极筹备申请建立中亚地区汉语文化与跨文化传播培训基地。无论是在中亚建立培训基地,还是在中国培训,都应该有一批对汉语文化与跨文化适应有深刻体悟的培训官,据笔者了解,国内对外汉语专业的跨文化培养教育比较注重表象的文化形式差异的比较,而对深层的文化普遍性的深刻理解不到位,对汉语教材和汉语教学重视,却忽视教师在对外汉语教学和传播中对自身跨文化认知水平与能力的调整与提高。

### (四) 孔子学院教师跨文化传播与适应能力分析

吉尔吉斯斯坦孔子学院汉语教师由三部分人员构成：一是中方公派教师，二是汉语教师志愿者，第三部分是经孔子学院总部批准聘任的本土汉语教师(简称孔院本土教师)。

四所孔子学院公派教师近60人/年，来自中国合作院校和孔子学院总部在全国选派的高校教师、中小学校教师，以及有两年志愿者工作经验的公派教师；汉语教师志愿者70多人，来自国内高校在读汉语国际教育硕士、对外汉语教学本科以及俄语专业本科毕业生。这两部分教师，都具备相当综合素质(个人修养、知识积累、沟通能力)与专业素质(中文水平、专业知识、教学实践能力和外语水平)，大部分教师也具备较强的独立能力和适应能力，但也发现个别教师在社会文化适应方面，不太能适应异国他乡的文化，最常见问题，在公交车和公共场所，习惯性地大声说话，而比较严重的问题是在跨文化交际中缺乏自我文化的内省和洞察力、缺乏自我文化对他人产生的影响的敏感性。

有一个案例分享给大家：2015年5月，由孔子学院承办第八届世界中学生汉语桥吉尔吉斯斯坦赛区选拔赛，中吉双方院长商量，为了在中学生中扩大影响力，该项活动由孔子学院下设在某中学的孔子课堂负责，该中学校长非常重视，亲自负责这项工作，选二位该中学学习汉语的初一学生、和一位已经学习了两年汉语的高二学生，同该孔子课堂工作的汉语教师志愿者一起主持这场比赛，比赛前三天，中学校长提出换掉主持人——中方汉语教师志愿者，我们立即了解情况，原来，该中学校长对这项工作严格把关，亲自给汉语教师志愿者选配主持服装，试穿了十几套，可是我们的汉语教师志愿者坚持要穿自己租借的主持服装。了解完情况后，我们告诉汉语教师志愿者，说服她要尊重当地的文化习惯，主持比赛时一定要身着学校选配的服装。因为在吉尔吉斯斯坦中学校园中，学生着装一定要简朴、清新、大方，上学时一般着校服，举办活动主持人都是白上衣，黑裙子，你所要穿的主持服装是华丽的礼服，与另外3位中学生服装不相配。随后举办的选拔赛非常成功，比什凯克市各中学都派出学生参加，能容纳600多人的音乐厅，来了700多人，对4位主持人的表现评价非常高。第八届世界中学生汉语桥中文比赛吉尔吉斯斯坦代表队取得团体综合三等奖，个人比赛二等奖，网络人气个人第一的优异成绩。在以后对孔院教师的培训中，我们都会将此作为案例。老师们在理论上都知道孔子学院的使命——助力推广多彩的中华文化，为促进中吉语言文化交流和合作作出贡献，但在实际工作中缺乏有意识地对所在国文化的认识，不能同外方有效交际沟通。通过这一事例，我们采用每周六例会、建立QQ群、微信群，多渠道、有意识、有效地将案例及时通告大家，使老师们从认知、情感和行为三个方面更加有效地提高自身在跨文化环境中的学习和工作。

孔子学院建立后即开展学分汉语教学,与下设孔子课堂和大中学校汉语教学点紧密合作,培养本土教师,2016年暑期,派出本土教师(吉尔吉斯斯坦高校、中小学校聘任者)赴新疆大学、新疆师范大学进行培训,通过培训他们的汉语水平和中华文化知识都有了大幅提高,回吉尔吉斯斯坦后,老师们专程来学院表示感谢,他们说,会将所学知识传授给学生。2016年8月,比什凯克人文大学孔子学院在孔子学院总部的支持下,聘请了6名孔院本土教师,8月25日至30日,对孔院本土教师、新到志愿者和公派教师进行了"汉语知识及教学法""汉语课堂教学技巧与游戏""HSK辅导方法""吉尔吉斯斯坦文化知识""中吉跨文化交际"等专题培训。

随着孔院本土教师的增多,出现了一些新的问题。这些孔院本土教师,大都是孔子学院奖学金——汉语国际教育硕士应届毕业生,HSK成绩达到6级,但是,他们没有在中国学校工作的经历,因此对孔子学院的人事管理制度不能适应,比如:在8月底的培训中,一位老师就打电话来请假,不能参加当天的培训,理由是姐姐有事,要让她帮助照管2岁的孩子。开学后,又出现孔院本土教师提出请假,理由是去外地参加朋友的婚礼(吉尔吉斯斯坦婚礼很多不在星期六、星期天举办)。孔院本土教师在中国留学期间,学校只告诉他们学生应该遵守的纪律,而对中国教师劳动纪律的规章制度都不太了解,吉尔吉斯斯坦建国25年,国家经济主要以农牧业为主,个体、家庭利益更重要,整体、团队意识不够强。孔子学院针对这些问题,对教师们进行"从表象的文化形式差异比较到深层的文化普遍性的深刻理解"的培训,让教师们意识到对自身跨文化适应的调整,实际上是在拓展自己的认知空间。孔子学院既要尊重所在国的文化,也要求教师要开放心态,用包容的胸怀学习中华文化。文化既有民族性,又有时代性。一个民族自己创造文化,并不断发展,成为传统文化,这是文化的民族性。一个民族创造文化,同时在发展过程中它又必然接受别的民族的文化,要进行文化交流,这就是文化的时代性,民族性与时代性的矛盾,既统一,又缺一不可。继承传统文化,就是保持文化的民族性;吸收外来文化,进行文化交流,就是保持文化的时代性。孔子学院的文化价值功能,就是要使中国文明能和世界上其他文明达到互相沟通和理解。事实上,在自己认知拓展的同时,也丰富了整个社会知识。在孔子学院总部师资处指导下,根据吉尔吉斯斯坦法律,完成"本土教师任教协议书"的起草,并与本土教师签订协议书。一种语言传播程度,可以从教学的本土化程度上得到证明,语言传播得越广越深入,其本土化程度也越高。中方公派教师和志愿者为汉语国际传播事业作出了巨大贡献,要进一步推动汉语国际传播事业的发展,必须大力推进本土化进程,而本土化的核心是教师本土化,建议在孔院本土教师选拔培训过程中,除了严把汉语知识关外,增加对选拔者的行为和心理特点及作为教师应该具备的行为素质的内容进行培训考评。

### (五)孔子学院教师跨文化传播适应对策

关于跨文化适应策略研究,前人的研究主要有三种。一是 Grodon 的单维模型策略。二是 Berry 的二维跨文化适应模型策略。三是 Pintkowski 的相对跨文化适应扩展模型等。

Grodon 的单维模型策略理论认为,跨文化适应是单向的,即跨文化适应者最终要脱离自身原有的文化完全融入目的语国家或地区主流文化之中,实现同化。显然这种理论策略,对孔子学院汉语教师来说,是无法实现的。孔子学院汉语教师在国外的任职时间是有限的,一般是两至三年,最长也不过两个任期,大概六年左右。这一理论的出发点是针对移民而言的,与孔子学院教师跨文化适应有着本质的区别,缺乏针对性,不能完全照搬该理论。

Berry 的二维跨文化适应策略理论认为:跨文化适应者原有的自身传统文化的倾向性认同与目的语国家或地区主流文化倾向性认同是两个独立的维度。即对某种文化的认同高并不能表明对其他文化的认同就低,为此其就跨文化适应者在这两个维度上的倾向性又分为了四种不同的跨文化适应策略:整合、同化、分离和边缘化。Berry 指出的整合、同化策略的本质上也是单向的,即趋于主流文化;而分离、边缘化也是单向的,即趋于跨文化适应者自身传统文化的趋向性认同,而与目的语国家或地区的主流文化相对或相异而独立存在。比如:某些国家的特有文化社区(China town)的一部分人群。

而 pointkowski 等人指出的相对跨文化适应扩展策略理论则是针对 Berry 理论的"分离"策略理论进行了进一步完善和补充,将社会文化领域分成七个(政治、政府系统、工作、经济、家庭、社会、意识形态)领域考虑其中,提出"硬核文化"和"外围文化"两个概念。指出"硬核"文化成分(指政治、政府系统、工作、经济、社会等)在新的社会环境中无法改变,仅能趋于主流文化;而"外围"文化成分(指家庭、意识形态)允许分离,可以保留自身最传统的文化。这种理论认为跨文化适应是有选择的或是相对的。

从上述三种跨文化适应策略理论来看,这三种理论的研究对象都是针对移民而言的,而与将孔子学院的汉语教师作为研究对象提出的跨文化传播适应策略有着本质的不同,有其特殊性和多样性的特征,适宜于在欧美国家孔子学院汉语教师的跨文化适应策略,未必适宜于在亚洲或者非洲国家的孔子学院汉语教师跨文化适应策略。鉴于此我们认为承载跨文化传播功能的孔子学院汉语教师的跨文化适应策略应当是双向的、多维度的综合策略的集成。

为更好地阐明本文的观点,下面以吉尔吉斯斯坦孔子学院汉语教师的跨文化传播适应策略作为研究范例,做一些具体的探讨。

1. 孔子学院汉语教师应主动适应当地文化

(1) 深入熟悉了解吉尔吉斯斯坦国情、文化、语言、习俗习惯等。

吉尔吉斯共和国,通称"吉尔吉斯斯坦",是中亚的一个内陆国。1991年从苏联独立,首都为比什凯克。全国划分为7州2市:楚河州、塔拉斯州、奥什州、贾拉拉巴德州、纳伦州、伊塞克湖州、巴特肯州、首都比什凯克市、奥什市。

吉尔吉斯斯坦位于中亚东北部的欧亚大陆的腹心地带,北邻哈萨克斯坦、西南邻塔吉克斯坦,西邻乌兹别克斯坦,东南面和东面与中国新疆维吾尔自治区接壤。东西长900公里,南北宽410公里。其不仅是连接欧亚大陆和中东的要冲,还是大国势力东进西出、南下北上的必经之地,面积为19.85万平方公里。

吉尔吉斯斯坦农产品加工是工业化经济的重要部分,有丰富的矿藏,但缺乏石油等。吉尔吉斯人均水资源居全球前列。

吉尔吉斯斯坦全国人口576.7万人,人口主要分布在楚河州、奥什州和贾拉拉巴德州。根据2013年统计,首都比什凯克市人口约87.44万,南部奥什市人口25.58万。(截至2014年1月)。民族有90多个民族,其中吉尔吉斯族人口为419.3万人,占总人口72.6%;乌孜别克族人口为83.6万人,占总人口14.4%;俄罗斯族人口为36.9万人,占总人口6.4%。1999年至2009年的10年间,吉尔吉斯斯坦的俄罗斯族人口减少了16.334 1万人,而乌孜别克族人口则增加10.174 1万人。乌克兰族2.290 5万人、塔塔尔族3.384 8万人、东干族6.117万人、维吾尔族5.189 9万人、哈萨克族3.860 3万人、塔吉克族4.850 2万人、土耳其族3.672 4万人、阿塞拜疆族1.674 5人、朝鲜族1.857万人、德意志族1.112 8万人。除上述民族外,吉尔吉斯斯坦还居住着白俄罗斯族、土库曼族、摩尔多瓦族和格鲁吉亚族等。吉尔吉斯斯坦人口中男性占49.4%,女性占50.6%。

70%左右的居民信仰伊斯兰教,多数属逊尼派,其次为东正教和天主教。国语为吉尔吉斯语,俄语为官方语言。重大节日有宪法日:5月5日;建军节:5月29日;独立日:8月31日。此外还有肉孜节、纳乌鲁斯节、古尔邦节等传统节日。

文化习俗主要是以伊斯兰文化为主,但由于历史原因,斯拉夫(俄罗斯文化)影响较为深远,语言文字仍然用斯拉夫字母。虽然独立后有去俄罗斯文化的倾向,但因国家经济发展相对落后,对俄罗斯依赖性强,仍保留俄罗斯语言文化的成分。这一点在北部城市首都比什凯克,较为明显。

虽然文化习俗上延续伊斯兰文化习俗,但实际信奉伊斯兰教的教民人数不占较大比例,全境清真寺数量也不是很多。

俄语和吉尔吉斯语并用的情况较为普遍。北部等地区仍然较多使用俄语。而南部地区较多使用吉尔吉斯语和部分使用乌兹别克语(南部乌孜别克人占有较多人口)。

对于来自新疆的汉语教师和志愿者教师来说,对当地的文化习俗有较多的认知与了解,而对于来自内地的部分汉语教师或志愿者教师来说,就得加紧补足这一短板,注意当地文化禁忌。

（2）日常生活细节应主动适应当地文化环境,以赢得对方的好感。

① 在吉尔吉斯斯坦,由于受俄罗斯文化影响,人们大都比较注意个人的仪表和个人卫生习惯。当地人在外出或者去公共场合,衣着整洁,比较讲究。男士一般西装革履打领带,女士高跟鞋、套裙或礼裙并要化妆。这方面孔子学院汉语教师应多学习借鉴并加以注意,别像个别汉语教师一双运动鞋从冬穿到夏,白色变成黑色也不清洗,会引起反感。

② 邻居间友好待人。哪怕遇到陌生人也较多相互问候,故应尽量与之呼应。

③ 在餐厅就餐注重秩序和排队。尤其进餐时切忌大声说话或发出吃饭咀嚼声音。

④ 乘坐公共交通工具,应尊重老年人,主动给予让座。尤其是年轻的志愿者汉语教师在这方面要特别注意。另外,在车上切忌大声说话。

⑤ 得到他人帮助后,要随口回应谢之。

2. 孔子学院汉语教师应引导当地学习者适应中华文化

承前所述,孔子学院汉语教师的跨文化适应策略是双向的、多维度的、综合策略的集成。即孔子学院汉语教师自身不但要主动适应当地文化,还要引导学习者逐步认知和适应中华文化。主动适应赴任国当地文化的目的,是为更好地发挥个人的人格影响力,较好地与当地人群或学习者交往交流,使其不至于产生厌恶和反感的情绪,进而进行引导认知适应,以至喜爱并认同中华文化。

（1）注重自身对中华文化的认知与素养提高,是跨文化传播适应的重要前提之一。

作为孔子学院汉语教师,首要任务是通过汉语教学而达到传播中华文化的目的。在汉语课堂进行汉语教学的过程中,其实对于学习者来说是逐步接触认知、接受与适应中华文化的过程。因此汉语课堂作为一个特殊的中华文化环境,就要求传授者自身要具备中华文化的素养,以此来引导学习者逐渐适应。如:中华文化各种主题活动的开展,鼓励汉语学习者参与其中,得到初步的感性认知、进而引发或提高汉语学习者对中华文化的兴趣。

(2) 强化汉语教学内功,使学习者能较快较好地运用汉语交流思想,并深入学习和感受中华文化的魅力。

汉语教学作为一门应用语言学学科分支,不是作为一个中国人就能完全胜任的,非得下一番工夫不可。况且,孔子学院汉语教师国内选拔的对象大都是外语专业毕业生或外语教学教师,仅有一部分是国际汉语专业毕业者,再加上极少数本土汉语教师。即便是国际汉语专业毕业者,在教师经验及教学理论研究方面的功底也不是太深。众所周知,国内国际汉语专业硕士招生与培养也仅不过是10年左右。因此强化汉语教学功底,不断提高汉语教育教学质量,增强中华文化传播效果等问题日渐突出。

(3) 增强孔子学院汉语教师个人的人格魅力。

就如何增强孔子即汉语教师个人人格魅力,我们认为应从以下几个方面予以重视:

① 个人的道德品行方面:应是一个充满爱心、正直、遵纪守法、遵守社会公德,具有良好道德行为规范的践行者。

② 个人的汉语语言修养方面:(在下文中有专题研究阐述)

③ 个人仪容仪表方面:应穿着朴素整洁,注意个人卫生习惯,切忌出现蓬头垢面,白衬衣的衣领黝黑黝黑,身上散发着异味等。

(4) 提高跨文化交际技巧。

跨文化交际能力在跨文化适应过程中也起着非常重要的作用,善于交际的人能在较短时间内建立起社会关系网络,可以迅速融入当地社会。同时还能在信念、价值观、态度等方面进行广泛的交流与互动。

## 二、国际汉语教师语言修养对策研究

国内许多专家学者著书立说认为课堂教学是一门艺术。那么同样,国际汉语教学课堂也可以被看成是一门专门从事汉语言教学的艺术。既然是艺术,那么国际汉语教师在汉语课堂教学过程中所使用的教学语言——汉语,就要充分运用汉语自身的语音特点——音韵美、节奏美,让学生体验美的感受;就要充分发挥教师自身丰富的汉语言和汉文化知识的内在功底和素养,增强学生对汉语知识的理解,引起学生对所学汉语的兴趣,以达到最高的教学效果,这是一个国际汉语教师的终身追求目标。国际汉语教师自然流畅的语调、抑扬顿挫的汉语声调节奏能使国际学生处在优美的学习语境中,使汉语教学的语言信息在传输的过程中发挥较好的效果。因此,国际汉语教师要用优美的、准确的语言去讲解知识内容,来引起学生的兴趣;要用充满激情的语言去演绎汉语言、汉文化的博大精深,来激发学生的求知欲,才能不断提高汉语学习者的汉语水平。

### (一）关于国际汉语教师的语言修养

国际汉语教师的语言修养是指能够较为准确地使用汉语普通话语音规范,熟练运用汉语自身的语音特点——音韵、节奏,具有丰富的汉语言、汉文化和教学理论知识,能充分恰当驾驭各种教学手段和策略,具备良好个性、品质的综合素养的总称。由此看来,国际汉语教师的语言修养是衡量汉语教学水平高低的重要标准之一,也是评价汉语教学效果优良的参考依据之一,更是加强师生感情的沟通交流、创设良好教学氛围、稳步推进汉语国际推广的重要途径。

因此,国际汉语教师语言修养也可以被看成是国际汉语教师职业修养的重要组成部分,是教师在国外汉语教学职业生涯中,在与国际学生交往过程时所应遵循的行为规范或准则,以及在此基础上所表现出来的观念意识和行为品质的综合表现。

### (二）国际汉语教师语言修养的核心

国际汉语教师语言修养的核心是增强汉文化传播力。即在遵循国际汉语教学规律、维护国家的整体形象的同时,国际汉语教师要勤学善思,潜心研究在国际汉语教育教学实践中规范自己的语言表达,自觉主动地提升语言修养,不断提高国际汉语教学效果,在增强汉文化传播力过程中发挥积极作用。

### (三）国际汉语教师语言修养的表现

"教师语言修养主要体现在教师的口头语言、书面语言以及教师的体态语言三个方面。"[①]同样,国际汉语教师语言修养也主要体现在教师的口头语言、书面语言以及教师的体态语言三个方面。

1. 国际汉语教师的口头语言

国际汉语教师的口头语言是通过汉语语音形式表现出来的。国际汉语教师口头语言应该准确、清晰,发音应该符合汉语普通话语音规范。凭借汉语语音的声调变化、语速的快慢、语调的高低等语音上的细小区别,传递给国际学生富有优美韵律的汉语语句或篇章内容以及思想情感,充分展现汉语语音的节奏感和音韵美。比如:带领学生朗读唐朝诗人李白的五言绝句诗歌《静夜思》,体验汉语的音韵美,就深受国际学生的喜爱。还有朱自清的散文《春》《荷塘月色》等。此外,如若条件许可的话,还可利用音响相关设备播放影音文件《春》《荷塘月色》,那效果更好。

2. 国际汉语教师的书面语言

国际汉语教师的书面语言是通过具体的文字形式表现的,通俗地讲,就是汉字书写

---

① 李滢、徐晓俊、郭海峰、郭辉:《教师语言修养初探》,《辽宁农业职业技术学院学报》,2012(3):56。

功底、课堂板书、以及书面文字表达。国际汉语教师的书面语言,一要写字规范,符合现代汉语简体字的书写笔顺、格式要求等,作为国际汉语教师你自己写的汉字都不规范、漂亮,如何要求学生模仿书写呢?更何况汉字书写是国际学生学习的难点。二要表达准确、清晰、明白、简洁。你针对的是国际学生,要根据不同国家不同汉语水平的学生的具体实际情况进行表达。比如:对学生作业的评语、词汇教学中的遣词造句、语法修辞的运用等,尽量做到表述准确、明白,同时还要符合一定的逻辑思维性。因为不同的种族在逻辑思维上的细微差别是客观存在的。

3. 国际汉语教师的体态语言

我们每个国际汉语教师在与国际学生进行语言沟通交流过程中,难免要使用表情、动作、体态、手势等一些辅助手段,达到交流思想、传递信息、沟通感情、增强表达能力的目的。

国际汉语教师的体态语言主要包括眼神、表情、手势、身姿、距离、音调节奏、衣着服饰等等,它是一种肢体语言。国际汉语教师得体、优雅的举止,会拉近与国际学生的心理距离。国际汉语教师的举止散漫,蓬头垢面、不修边幅或衣着不洁等,都会有损国际汉语教师在国际学生心目中的中国形象,会出现排斥的心理现象。在和我一起出国担任孔子学院教师的一位同事,一件毛衣从秋天穿到春天,一双白色的旅游鞋从白穿到黑,从未换洗过,成为学生中间闲聊的话题。国际汉语教师的体态语言是一种无声的语言,也是一把双刃剑,在某些时候确实能起到传递有效信息的作用,以此来弥补有声语言的不足。反之,效果会适得其反。

### (四)国际汉语教师语言的特性

1. 规范性

国际汉语教师语言最重要的特性是规范性,也就是国际汉语教师在从事汉语教育教学活动中必须使用相对标准的汉语普通话,尽量做到发音标准、口齿清晰。

2. 简明性

国际汉语教师语言的简明性是国际汉语教师语言修养的内在要求。国际汉语教师语言简明性的具体要求就是语言运用要简单明了、鲜明,简洁,通俗易懂,易于交流,才能让国际学生准确地接受和理解。

3. 严谨逻辑性

国际汉语教师语言的严谨逻辑性表现在说话、行文方面具有条理性、层次性。具体表现主要出现在新课导入和教学小结环节以及高年级学生的写作课程教学环节中。国际汉语教师具有严谨逻辑性的教学课堂语言能够启发学生的思维,积极思考,引发兴趣。

4. 艺术性

语言教学可谓是一门艺术。针对汉语水平相对较高的国际学生运用准确而简练的汉语言,能使国际学生对所学的汉语知识一目了然;生动形象的语言,能使国际学生如临其境;语言幽默风趣富于启发,能使国际学生在轻松、和谐的教学氛围中兴趣盎然,举一反三,内化新知。国际汉语教师语言富于艺术性,汉语教育教学才会有感染力和吸引力,才能将丰富的知识融入汉语教学中,就像春雨一样"润物细无声",激起国际学生的求知欲望。反之,单调、枯燥、呆板或程式化的汉语课堂语言,引不起国际学生的注意和深入的思考,影响汉语教育教学效果。

5. 科学性

语言是一门科学。既然是科学,那么在进行汉语教学过程中教师所使用的教学语言也要讲究科学。这就要求国际汉语教师对汉语知识的描述和界定要准确、科学,并注意使用恰当的语言学和汉语语言研究学科的专业术语。尤其在讲解汉语语音、词汇、语法、修辞等内容时,切勿使用口语化的言语,切勿使用不确定性的或含糊性的言辞,比如"大致""也许"之类的语词。

6. 针对性

国际汉语教学语言是传递汉语教学知识信息的工具,要使之能达到预期的效果,所用的语言必须能为学生所接受,那就是根据学生汉语水平的不同程度,教师要采取具有针对性的教学语言。对于初级汉语水平的或零起点的学生,上课讲解时,就不能大量地使用汉语语法术语,不能采用正常的语调、语速,要注重适度性。

此外,国际汉语教师"要能根据教学的具体需要,选用灵活多样的语言表达方式。如,说明文教学,课堂语言要平实、严谨;议论文教学,课堂语言要雄辩有力;文学作品鉴赏课教学,课堂语言则要感情充沛。教师还应根据上课时间早晚、空间的大小、听课人数多少等因素来控制课堂语言的高低缓急和抑扬顿挫。"[①]

**(五)国际汉语教师语言运用的基本要求**

1. 精炼汉语教学课堂教学用语——强化内功

国际汉语教师要善于不断从教学语言信息中筛选、归纳一些常用语。其中包括一些根据不同的课型所使用的课堂教学用语;也包括一些教学评价常用语;还包括一些课堂礼貌用语等。起初,学生可能还听不懂,通过多次的重复之后,自然就能理解了,渐渐

---

① 张静:《教师的课堂语言艺术》,《河南商业高等专科学校学报》,2004,17(4):85。

地就能建立学习的信心。

2. 精心设计提问点——增强国际学生的参与积极性

课堂教学提问要根据学生汉语不同程度精心设计。提问点选取往往是重点考查学生对知识点信息掌握情况,是检验教学效果的必要手段。"5W"提问法是针对初、中级水平学生设计的,而对于高年级(较高水平)阶段学生效果不大,不能充分地启发学生积极思考,很难做到让学生参与到教学活动中,也就无法提高学生的思维认知和判断能力。学生回答如若不符合题意,那正是"师者解惑"之时,正如有学者提出"课堂是允许学生出错的地方。教师的价值恰恰就是在学生模糊之处着手,偏差之处纠正。教学不是把学生的思维固化和单一化的过程,恰恰是通过鼓励、赞赏、讨论和思辨引导学生思维更活跃、思路更开阔、方法更多元的过程。"①

3. 热忱而充满激情的教学语言——感染国际学生

国际汉语教师课堂上充满激情的精神状态,能感染学生的学习热情,也能让学生处在兴奋状态。根据二语习得的相关理论,非智力因素对学习的效果也起着积极作用。因此,国际汉语教师在课堂上,就应该像运动员在赛场一样,要善于运用富有表现力、形象生动的语言,调动和活跃课堂教学气氛。这样既能激发学生学习兴趣,又能感染学生增强教学效果,进而促进学生汉语交流表达能力的提高。

此外,国际汉语教师还要努力克服自身方言的影响,努力练习说好汉语普通话,做到语音标准、口齿清晰、声音洪亮。

4. 千锤百炼——形成个性色彩鲜明的教学风格

由于国际汉语教师个人在性别、年龄、性格、学科背景和知识结构等方面存在差异和不同,因此每个人的语言表达都会有自己的个性色彩。形成自己所特有的汉语教学风格,需要一段较长时间地揣摩,需要不断地锤炼,方能奏效。这应该成为每一个国际汉语教师所努力的目标和方向,这也是我们这个特殊职业使然,是你身上所肩负的责任和使命使然。

5. 根据汉语教学的不同环节,汉语教学语言应有所不同

(1) 汉语课堂内容导入环节的汉语教学语言

课堂内容导入环节直接影响着汉语课堂教学的效度。课堂导入环节的汉语教学语言必须要有一定的启发性,既要体现汉语知识的连贯性,又要体现不同性。比如:上节课,我们学习了中国的茶文化,知道了中国人是如何种茶、选茶、洗茶、品茶,以及中国茶

---

① 张斌、陈萍:《论教师专业发展视域下的语言素养修炼》,《中国教育学刊》,2015(10):83—87。

的分类、茶具的选用与禁忌文化等。那我们这节课就来了解一下中国的戏剧文化,看看中国的戏剧文化有些分类与不同呢?这样做既能激活学生已有的知识,又能激发学生的兴趣和好奇心。

(2)汉语课堂教学讲解环节的汉语教学语言

汉语课堂教学的一个重要环节是教师讲解环节,这是整个教学过程中教学重点与难点的重要体现。按第二语言习得理论来说——也可属于语言信息的输入过程,这需要教师提供准确而严谨的知识理论信息。因此,教学语言的组织和运用就显得格外重要了,这直接关系到教学效果的优劣。比如:关联词语的正确选择与运用;事例的举例与论证逻辑关系;知识理论体系组织讲述的条理性、层次性、有序性,与学生的可接受性关联时,要体现内容简明、语言简洁明晰、例句简单(尽量使用学生已学过的词语)等。切忌用学生未知的信息(词语)讲述未知的术语、概念或理论知识内容。

(3)汉语课堂小结环节的教学语言运用

课堂小结是汉语课堂教学的另一个重要环节。本环节的汉语教学语言不仅要精炼准确,而且要高度概括本节课(或单元)的主要内容;促使国际学生准确把握所学的新知识,帮助国际学生完成课后作业;再次重申本课(或单元)汉语教学的重点与难点,能起到画龙点睛的作用。

### (六)国际汉语教师语言对学生的影响

1. 良好的国际汉语教师语言对学生产生积极的影响

大量研究证实:鼓励的语言催人奋进,生动的语言使人清晰,严密的语言使人可信,乐观的语言使人向上。国际汉语教师语言,在课堂以及与国际学生交往中都有着举足轻重的位置,是交流的主要工具,更是情感的纽带。

2. 国际汉语教师的不良语言习惯对国际学生产生消极影响

高尔基说,语言的真正美,在于言辞的清晰准确。如若国际汉语教师语言不够准确,不仅会让国际学生学习知识时产生迷惑,而且能够潜移默化地影响学生的汉语言运用能力,进而影响他们对汉语学习的兴趣和热情。

3. 智慧的汉语课堂评价对国际学生的影响

(1)评价应客观公正

国际汉语教师对学生课堂表现的评价,尽量不要带有主观感情色彩,要有遵循一定的原则。既评价语言应根据学生的具体语言表达,客观、公正、准确、实事求是地指出学生的正确与错误,既要对学生表现特别之处给予肯定或赞扬,同时又要给学生提示和纠正其错误之处;或提出具体的修改意见(怎样改)、建议;说明理由(为什么这样改)等。

（2）评价应具体而有针对性

汉语课堂教师评价要针对的是具体的学生言语表达（一个句子或一段话或某一观点），不能针对学生本人，应体现"对事不对人"的原则，评价语言应具体，使之成为国际学生获得汉语学习方法和习惯的正确导向。比如，一位国际汉语教师对学生的朗读活动进行了这样的评价：（针对一名学生的朗读）"读得流利，感情表达的也恰当，很好（真不错）！那么有没有读错的地方？"请给这名学生指正，或请别的学生指正后，教师作单一评价；或再请一位同学朗读，教师作综合评价："这两位同学的朗读有一个共同的特点，都能较为流利地朗读，而且还有情感。"教师的评价针对了具体的对象——学生的朗读活动，评价内容具体；又从流利和情感两个方面作了点评。这样的评价，才能引导学生进行有效的学习活动。

（3）评价语言要彰显关爱感

俗话说"语言的魅力是无穷的"，国际汉语教师要特别注重对自己课堂评价用语的修炼。无论学生的课堂语言表达正确与错误，教师都要用积极的、充满关爱的评价语言鼓励学生，以此来激发学生参与课堂教学活动的兴趣和积极性。这样做不但活跃了课堂气氛，还可以让汉语课堂成为学生有效进行汉语实际操练和言语交际的场所。

### （七）提高国际汉语教师语言修养的策略

提高国际汉语教师语言修养本质上不是仅仅使用规范化的课堂用语或者教师职业语言，最重要的是提高国际汉语教师的个人素养。

1. 基本策略

（1）强化自我诊断，形成良好个性风格

一个人的良好个性不是一朝一夕形成的，但作为国际汉语教师，一旦将国际汉语教学作为自己所从事职业的话，除了遵循教师职业道德规范之外，还要逐步确立和完善具有良好个性的综合素养。也许有人会提出异议，认为是不是要求过于苛刻。但我们认为作为社会的一个普通人，都要受到这个社会集团的行为规范约束，何况自己身上肩负着重要使命呢？

古人云："吾日三省吾身"。我们看就不必如此了。只要做到不断完善、逐步修正即可。记得曾经有人说过：一个人的知识不足，可以用品德来弥补，但是一个人品德不行，却无法用知识弥补。

在此，我们所谓的良好个性风格即指良好的个人品德和较好的教风、教态。所谓的良好教风是指教学态度端正、认真、严谨；教态指仪容仪表整洁、表情丰富而积极、热情等。国际汉语教师要在这方面下大工夫，主要做法就是多请教同行、专家，多听他们的一些意见和指正。俗话说"不识庐山真面目，只缘身在此山中"，讲的就是这个道理。

此外,还可对着家里的穿衣镜试讲,观察自己的表情和体态,自我修正。

(2) 丰富内在积淀,增益语言内涵

① 精读专业书籍,夯实底气

作为国际汉语专业教师,首先必须阅读自己所从事的汉语教学学科的专业书籍,如:汉语课程论、汉语教学论、现代汉语语法、对外汉语教学语法、汉英语法对比(或汉——外语法对比)、语言教学交际法、汉语音韵学、汉语修辞、语言学、语义学、语用学等。其次,还应当精读教育学、心理学等书籍。

② 涉猎文化书籍,涵养大气

中华文化历史悠久,博大浩瀚,如:中华文化概论(要略)、唐诗宋词(或古代文学作品选)、中国现当代文学作品选读、汉字文化、茶文化、酒文化、苏州园林艺术概览、中国地理、中国历史、中国戏曲艺术鉴赏、中国武术等等,国际汉语教师只有不断增加人文素养,这样才能更好地传播中华文化。

③ 不断增强艺术欣赏水平,有意识地滋养艺术气息

真、善、美始终是艺术追求的永恒主题。国际汉语教师除了提升自身的艺术鉴赏品位外,还可在课余或课上进行简单的艺术形式展示,丰富学生的汉语学习生活。比如:配乐诗朗诵、演唱歌曲、戏曲联唱、舞蹈表演或武术、剪纸、汉字书法等等。

2. 勤学苦练,刻意锤炼语言

国际汉语教师尽量做到勤于练习和勤于钻研。

(1) 勤于练习

国际汉语教师的讲课也属于语言的"表演"艺术,教师要像演员那样刻苦练功,多在课后下功夫,不断锤炼自己的汉语教学语言。有些汉语教师带有浓重的方言口音,要多听、多模仿电视或电台播音员的发音。

(2) 勤于钻研

若要较好地掌握汉语言艺术,除加强语言实践和锻炼外,还要将它作为国际汉语教育教学研究的重要课题。要努力钻研国际汉语教育教学与教法,不断形成自己的学术研究专长,拓宽自身研究领域,逐步提高自身的国际汉语教育教学学科素养。

## 三、吉尔吉斯汉语教学发展与汉语师资本土化问题探讨

### (一) 目前吉尔吉斯斯坦汉语国际推广情况

目前国家汉办/孔子学院总部在吉尔吉斯斯坦设有四家孔子学院,共下设12所孔

子课堂以及30多个教学点,注册学员总数已超过一万多人,汉语推广的范围辐射吉尔吉斯斯坦全境。近几年来,随着国家政局趋于稳定,尤其是吉尔吉斯斯坦作为上海合作组织成员国与中国结成的战略合作伙伴关系日益加强,经贸往来、文化交流日益增多和加深,学习汉语的热情也在不断高涨。社会需求的层面也在发生变化,已不仅仅局限于大中专院校和中学,国家政府机关以及社会各界对汉语学习的需求也有不同程度的增加,比如:吉尔吉斯斯坦外交部、国家缉毒总局、吉尔吉斯警察干部管理学院、华人华侨协会等,甚至就连美国在吉尔吉斯斯坦建的吉美大学、中亚大学,俄罗斯在吉尔吉斯建的斯拉夫大学,土耳其在吉尔吉斯斯坦建的玛纳斯大学也都有汉语学习的需求。

因此,汉语国际推广目前在吉尔吉斯斯坦正处于需求较旺的发展时期。

### (二) 汉语教学师资本土化问题

根据国家汉办汉语国际推广发展纲要的规划,当前的发展模式只是一个过渡阶段,今后的汉语国际推广发展模式是最终要走向本土化的。

就目前我们所掌握的吉尔吉斯斯坦有关汉语教学本土化的情况来看,大致是这样的。在吉尔吉斯斯坦的40多所高校中大概有10所高校开设了汉语教学专业课程。吉尔吉斯斯坦从独立后的1991年起,出于与中国交往的利益的需要,尤其是因为地缘政治环境、经济的交往,学习汉语和中国文化的人越来越多,学习积极性越来越高,因此,汉语教学就开始了。高等学校中的汉语教学由最初的1所学校(吉尔吉斯国立民族大学)发展到目前已有了10所高校,开设了不同层次的汉语教学课程。这些高校是比什凯克人文大学(1993年开始开设汉语课程)吉汉系(以前叫东方学系);吉尔吉斯国立民族大学(1991年开始)东方学系、海关系、国际关系系,现统称吉中学院;吉尔吉斯师范大学(1998年开始)经济管理和国际关系系;吉尔吉斯—美国联合大学也叫吉美大学(1998年开始)经济管理和国际关系系;奥什工业大学(1997年开始)国际关系系;奥什国立大学(1998年开始)东方学系;吉尔吉斯国际大学(1996年开始)国际系;贾拉勒阿巴德国立大学(1996年开始)东方学系;土耳其—吉尔吉斯玛纳斯大学语言系;托克马克中亚大学(私立)。

这些高校相当数量的汉语课程都是由本土汉语教师任教。但是本土的汉语教师无论从个人的汉语水平来讲,还是从实际的汉语教学能力来讲,都有待于提高。探究其原因,主要有以下几个方面:一是经济方面的,由于整个国家经济基础薄弱,对教育的投入相对较少,因此教师工资收入较低,月收入大概在150美元左右,刚参加工作的还不到100美元。所以本国人大都不愿意从事教师工作。汉语水平高的人大都倾向于在和汉语有关的国家政府部门工作或从事边贸翻译以及在中国的公司或企业里任职。二是语言环境方面的,吉尔吉斯斯坦的国语是母语吉尔吉斯语,官方语言还是通行的俄语。汉语作为外语还没有形成较为强势的语言环境,实际运用汉语进行交际的场合并不是很多。就以首都比什凯克电视有线网为例,众多的电视频道里没有汉语语种的频道,更别说汉语广播了,根本就收不到。三是汉语的汉字比较难写、难认、难记,对于习惯操拼音语言文字的人来说是很困难的。对于汉语水平的进一步提高就产生了较大的负迁移作用,尤其是针对本土汉语教师来说,本身利用汉语交际说话的机会就很少,更别提汉字的书写及书面语运用了。四是本土汉语教师讲课时大部分是运用本国的语言,而且本土汉语教师由于受其母语影响较深,有的人对汉语的发音尤其是4个声调掌握得不够纯正,即我们所说的洋腔洋调。另外,由于对汉语的文化、历史等缺乏深刻了解,有时对汉语中的成语、惯用语、熟语等的掌握运用还不够理想。可想而知,汉语教学的质量和效果了。

虽然2008年之后,随着比什凯克人文大学孔子学院、吉尔吉斯国立民族大学孔子学院、奥什国立大学孔子学院的相继建立,以及孔子课堂和汉语教学点的建立,国家公派汉语教师和志愿者汉语教师数量的不断增加,但仍然不能完全解决汉语教学师资不足的状况。我们的孔子学院、孔子课堂和教学点的汉语教学任务仍然需要补充一定数量的本土汉语师资,更何况一些专业汉语课程的汉语教学任务呢? 由于中国的汉语老师和志愿者无法承担专业汉语课程,所以,汉语教学师资本土化问题就日渐突显出来。

### (三) 汉语教学师资本土化的对策

为落实国家"汉语加快走向世界,增强我国文化影响力、提高国家软实力,提高汉语国际地位"的战略部署,遵循国家汉办汉语国际推广发展纲要的规划,应当在吉尔吉斯积极加紧加快建设汉语教学师资本土化培养教育基地或中心,进一步加强培养和提高本土汉语师资的汉语教学水平,稳定和逐步扩大本土汉语教学师资队伍。这是一条汉语教学师资本土化的必经之路。

汉语国际推广工作这些年来在世界各国如火如荼地蓬勃开展,这说明世界正在进一步认知和了解中国,更加认同中国文化给世界文明所带来的影响。同时,"从2003年开始,国家汉办开始实施'汉语走向世界'为目标的'汉语桥'工程,从2004年到2009年,应世界各国有关机构的要求,国家汉办派出汉语志愿者达6 000多人,但是相对于海外4 000多万的汉语学习者,还是远远不够的。因此应该转变汉语国际教学师资力量的培养模式,逐渐走向输出与培育相结合的师资培训模式。迅速有效地培养一批适合当地政治文化的本土教师是发展汉语国际教育事业、解决国际汉语师资缺口的重要举措。"①

那么,如何建设好吉尔吉斯斯坦汉语教学师资本土化基地或中心建设呢?可以考虑从以下几个方面入手:

一,汉语教学师资本土化培养教育基地或中心建设的定位和模式。

当前的汉语推广工作已形成汉语国际化的趋势,所以,汉语教学师资本土化培养教育基地或中心建设的定位应该是重点放在国外(海外)本土化汉语师资的培养和教育方面,因为国家汉办派出的汉语教师和志愿者远远满足不了实际的社会需求。

汉语教学师资本土化培养教育基地或中心建设的模式上应当体现区域性和针对性。所谓区域性和针对性,就是汉语教学师资本土化培养教育基地或中心培养的师资所从事的汉语教学服务辐射的区域,比如中亚、西亚、东欧、西欧、北美、南美、北非、中非、东亚、东南亚等。之所以这样细分,主要是考虑区域性文化的特点相同或相似,或语言相通,在汉语言偏误上出现较多的相同性,便于针对性地展开实施有效的汉语教育教学,注重实效性,提高汉语教育教学的培养质量。

这样可以整合区域内各国孔子学院的教育教学资源为汉语教学师资本土化培养教育基地或中心建设服务,比如提供各类有关汉语国际推广教育教学案例、汉语社会需求、文化传播交流情况等信息资料,便于汉语教学师资本土化培养教育基地或中心建设不断发展创新。

二,汉语教学师资本土化培养教育基地或中心培养教育管理模式建设。

汉语教学师资本土化培养教育基地或中心建设的培养教育要突出非汉语语境下的汉语教育教学实践性的特点。这不同于对外汉语的教学模式,国内的对外汉语的教学模式已形成多年,而且不论从理论还是实践都已经积累了丰富的经验。这是我们的宝贵财富,这对于指导非汉语语境下的国外(海外)本土化汉语师资教育教学和培养切实起到了引领作用。比如,北京大学、北京师范大学、北京语言大学、华东师范大学、厦门大学、海南师范大学、云南师范大学、西安外国语学院、大连外国语学院等国内知名大学,在此方面都取得了骄人的成绩,作出了创造性的探索,值得借鉴。

另外,在汉语教学师资本土化培养教育基地或中心的教育服务功能上进行拓展,利用现代技术手段,通过互联网创建网络汉语课堂,比如网络汉语口语交际课堂以及汉语疑难问题交互式辅导答疑等,以解决非汉语语境下本土化汉语教师汉语培训教育的持

---

① 唐燕儿、程辰:《论汉语传播视角下对外汉语专业的新定位》,《广州广播电视大学学报》,2012(3):32。

续性、长期性等后续问题。探索中文信息处理技术在汉语师资培训的应用,提升汉语教学及师资培训的智能化水平,构建服务于教学培训、评估和资源建设的网络平台。

此外,在培养教育管理方面,可考虑实行半封闭式管理模式。若疏于有效性管理,那么培训教育质量就很难得到保证。

三,汉语教学师资本土化培养教育基地或中心课程体系设置的建设。

课程体系设置的建设,不但要重点突出汉语教学的实践性,还要突出汉语教学的强化性;也不能完全抛弃理论课程的教学。课时量要饱满,否则就失去了强化性的特点。

在教学安排上,体现课程多样化和趣味性,除了汉语技能课和必要的汉语理论课程外,还可设置文化活动课程,如:书法绘画、学唱汉语歌曲、舞蹈课、武术、乐器学习等,要求每位学员都要参加一个文化活动课程,以增强对汉文化的兴趣。

在教学组织与实施中,要把汉语教学法理论与实践作为重点,强化试讲环节,教学观摩与讲评相结合。还可采用专题讲座、分组讨论、与在国外孔子学院任教的一线教师面对面交流等多种教学形式,注重理论和实践相结合,尤其注重实际教学方法和教学技能的训练,使学员了解汉语课堂教学的全貌,把握不同课型课堂教学各主要环节的步骤及操作。

## (四)汉语教学师资本土化培养教育基地或中心建设的可行性

根据目前的吉尔吉斯斯坦对汉语的社会需求状况而言,迫切需要一定数量并且相对稳定的本土化汉语教学师资队伍。而培训基地或中心建设的条件业已基本具备。

一,是国家汉办的汉语教学资源相当丰富,基本上能够满足国际汉语教学的需要。国家汉办通过这几年的密集研发,无论从汉语教学课程大纲、标准的研究制定出版,还是教材编写的多样性、实用性、层次性、科学性,以至教学课件和网络汉语课堂创建等方面都达到了较高水平。

二,是汉语培训师的资历和数量已具备条件,孔子学院的到岗教师中不乏一些汉语专业的或相关专业的专家、学者,并且还具有多年的丰富教学经验,完全能够胜任培训工作。况且还有国家汉办大量的师资储备以及孔子学院所属国内高校的师资。

三,是现代教学技术手段和环境也已具备。现在是互联网时代,即便在吉尔吉斯斯坦也是这样。只要稍作投入,网络汉语口语交际课堂语言环境的创设以及汉语教学疑难问题交互式辅导解答已不是什么问题。

四,是生源组织相对便利和容易。现吉尔吉斯斯坦的10所高校开设有汉语专业的本土汉语教师数量就有近100多人,再加上汉语专业的应历届毕业生或有志于从事汉语国际推广且汉语功底较扎实的本国在校大学生以及孔子学院总部国际汉语硕士奖学金毕业学生等。只要国家汉办的补贴政策上稍有一定的倾斜,就大有吸引力。

五,国家汉办的支持力度不断增加。

国家汉办已出台了相关支持汉语教师本土化的政策。一是不断增加国际汉语硕士留学奖学金名额和数量。这无疑对汉语教师本土化师资储备奠定了基础。二是国家汉办政策规定同意批准给予各孔子学院每年申报的符合条件的本土汉语教师补贴一定数额的费用。

### (五)汉语教学师资本土化培养教育基地或中心建设的重要性

中国和吉尔吉斯斯坦是友好邻邦,接壤的边境线绵延1 100多公里,本国的吉尔吉斯人和中国新疆的柯尔克孜族同属一个民族,有着文化上的族缘关系。而且吉尔吉斯斯坦国家经济的发展也需要中国这样一个经济大国的提携与帮助。今后未来汉语推广的覆盖面还会向纵深发展,本国对汉语人才的需求还会进一步加大,而汉语教学师资本土化培养教育基地或中心的建设,正是顺势而生。这也完全符合国家汉办致力于汉语推广国际化、本土化的发展规划纲要要求。

汉语教学师资本土化培养教育基地或中心建设的重要意义在于不仅能节省大量人员出国经费的开支,而且运用较少的投入,就能保证基地培训教育工作的周期性、常态化、不间断运作。

此外,汉语教学师资本土化培养教育基地或中心建设的重大意义还在于对接受培训教育的本土汉语教师个人而言,对他个人人生的职业发展、生存需要的发展都带来深远的影响,甚至还可以说对他的家庭、亲属也带来较大的影响。中国有一个古代谚语"授之以鱼,不如授之以渔",讲的就是这个道理。

## 四、结　　论

### (一)孔子学院汉语教师的跨文化适应策略是双向的、多维度的、综合策略的集成

孔子学院汉语教师自身不但要主动适应当地文化,还要引导学习者逐步认知和适应中华文化。主动适应赴任国当地文化的目的,是为更好地进行引导汉语学习者认知、适应以至喜爱并认同中华文化。孔子学院汉语教师跨文化传播适应策略的研究在理论上属社会心理学、文化心理学、文化传播学的研究范畴;在研究方法上属个性化或个案研究,缺乏普遍性,因此在客观性指导上仍显不足。但作为一个交叉领域,孔子学院汉语教师的跨文化适应策略研究只有借鉴其他学科的研究方法和理论知识体系支撑才更

具有针对性和普遍性。

### （二）国际汉语教师的语言修养提升是国际汉语教师终身追求的目标

国际汉语教学是一门语言艺术，国际汉语教师运用汉语的韵律美、节奏美，使学习者感受到汉语的艺术性、增强对汉语知识的理解、激发汉语学习的兴趣，达到较好的教学效果，此乃国际汉语教师语言修养之本。本文就国际汉语教师语言修养的核心、具体表现，国际汉语教师语言的特性、语言运用的基本要求，国际汉语教师提高语言修养的策略等多方面展开研究，旨在强调国际汉语教师语言修养的重要性，以利于提升国际汉语教育教学质量。

此外，国际汉语教师的语言修养提升需要经过相当长的一个过程，绝非一蹴而就，可作为任何一个国际汉语教师终身追求的目标。国际汉语教师所承担的教学工作任重而道远，身上所肩负的使命承载着国家和民族的意志。国际汉语教师语言修养不但蕴含了汉语教师学识、个性品德、教学风格，还蕴含着自身丰富的汉语言和汉文化知识的内在功底和艺术素养，是多种素养融合为一体的综合反映。只有不断提高国家汉语教师语言修养，汉语教育教学活动才能获得更大的成功，学生才能获得更多的收获，才能使我国的汉语国际推广工作得到有效的推进。

### （三）汉语师资本土化是解决海外汉语传播瓶颈问题的有效途径

国际汉语推广工作离不开本土化汉语教师的辛勤工作，如何更好地、长期有效地持续开展国际汉语推广工作，本土化汉语教师师资队伍所发挥的作用是不可低估的。因此，高度重视汉语教学本土师资问题，有效地解决这一问题是解决制约海外汉语传播的瓶颈问题的有效途径。

## 参 考 文 献

[1] 李加莉.跨文化传播学中文化适应研究的路径与问题[J].南京社会科学,2012(9)：80-87.

[2] R. F. 墨菲.文化与社会人类学引论[M].王卓君,译.北京：商务印书馆,2009：260-262.

[3] 夏天成,马晓梅,克力比努尔.文化适应及其影响因素探析[J].山西高等学校社会科学学报,2014(7)：91-93.

[4] 黄宏.浅议对外汉语公派出国教师的跨文化交际问题及其对策[J].海外华文教育,2002(1)：45-50.

[5] 李萍,孙芳萍.跨文化适应研究[J].杭州电子科技大学学报（社会科学版）,2008(12)：15-18.

[6] 叶海,吴荣先.浅论提高跨文化适应能力的策略[J].沿海企业与科技,2006(2)：155-156.

[7] 李力,姜洪.教师语言特征的研究[J].长春大学学报,2006(11).

[8] 王芳.课堂永远的生命色彩——浅谈教师的语言智慧[J].读与写:教育教学刊,2012(5).

[9] 蒋再琪,王琳.浅析教师的语言修养对学生的影响[J].科技视界,2014(34):188-189.

[10] 林黎春.教师口头语言修养刍议[J].中国职业技术教育,2005(9)(总第193期,旬刊):39-40.

[11] 王艺寰.近十年来国内教师语言研究综述[J].中国校外教育,2013(6):32-33.

[12] 董晓敏.近三十年来教师语言研究述评[J].南京师范大学文学院学报,2007(1):180-183.

[13] 国家教委师范教育司.师范院校教师口语课程建设论文选编[M].北京:北京师范大学出版社,1994.

[14] 解晓莉.教师的语速影响课堂教学效果[J].新课程学习,2011(8):112.

[15] 张静.教师的课堂语言艺术[J].河南商业高等专科学校学报,2004,17(4):85-86.

[16] 张锐,朱家钰.谈教师语言艺术[J].课程.教材.教法,1991(3):43-46.

[17] 范晓玲,古丽妮莎·加玛勒.吉尔吉斯斯坦汉语教学现状及思考[J].新疆社会科学,2010(4).

[18] 孟长勇,中亚汉学研究的历史和现状[J].俄罗斯中亚东欧研究,2011(1).

[19] 王亚娟,刘伟刚.吉尔吉斯斯坦高校中的汉语教学[J].俄罗斯中亚东欧研究,2000(3).

[20] 国家汉办.孔子学院发展规划(2012—2020),光明日报,2013年2月28日,7版.

# 维吾尔语情感语义资源建设与分析方法研究

冯冠军　田生伟

**提要**：本文运用情感语义分析方法,对维吾尔语文本进行词语级、句子级的文本情感分析,并对评价对象进行抽取工作。具体方法是首先建立维吾尔语情感语义资源库,探索维吾尔语情感词的识别方法、维吾尔语文本情感自动识别和维吾尔语情感倾向强度分析方法以及维吾尔语比较句识别方法。同时,也研究了维吾尔语情感主观性关系抽取、如何抽取维吾尔语情感语料中的评价对象、评价主题和"评价对象—评价主题"关系等问题。成果对网络信息监控具有理论和现实意义。

# 一　引　言

## 1.1　研究背景和意义

新疆历来是多民族聚居、多种文化并存地区,是多语言、多文字地区,目前,新疆各民族主要使用10种语言和文字,少数民族语言文字在司法、行政、教育、新闻出版、广播电视、互联网、社会公共事务等领域得到广泛使用。随着新疆通信事业的迅速发展,网络通信设施已经延伸到全疆各地州、市和大部分城镇、村庄。大量基于少数民族语言文字特别是维吾尔语语言文字的网站和通信平台不断建立,且一般都具备发帖和跟帖等交互功能,这些通信平台上出现的交互内容大多带有情感倾向,能够营造一定的舆论氛围,从而进一步左右阅读者情感。

在当前复杂的国际国内环境下我们必须采用现代科技手段,监控不良信息的传播,及时定位和取证负面信息,发现处于"未然态"的各种危机因素。目前,国家安全部门已开始用网监软件对中文嫌疑站点进行主动核查。但是,相关的维吾尔语监控软件还有待科技人员开发。传统的采用人工监控维吾尔语不良信息的方法,效率很低。由于维吾尔文语言的特殊性,我们无法直接套用现有的中文监控核查技术对维吾尔语不良信息进行监督。为了解决上述问题,我们必须在维吾尔语情感词汇的鉴别和文档情感分析等方面进行深入的研究。

"维吾尔语情感语义资源建设与分析方法研究"研究了维语情感语义资源的建设体系、收集加工规范、文本情感自动识别等关键技术。研究成果能对维语文本进行有效的情感分析,帮助相关部门在产品推荐、民意调查、报刊编辑等工作中起到快捷的分类作用,帮助政府、国家安全部门及时发现网民的舆论倾向、为信息监控、邮件过滤和侦查等工作提供基础资源以及技术支撑,对推进这些研究的实用化具有重要意义。同时,研究成果对新疆的发展和稳定,国家统一和民族团结有着重要的理论和现实意义。

### 1.2 国内外研究现状

情感语义资源分析作为一个多学科交叉的研究领域,涉及自然语言处理、计算语言学、统计学、语义学、信息检索、机器学习和人工智能等多个领域。按照被处理文本的粒度不同,情感分析可分为词语级、句子级、篇章级三个研究层次。本文主要进行词语级、句子级的维吾尔语文本情感分析和评价对象(主题)抽取工作,故以下主要对这三个方面的研究现状作概要介绍,并分析当前研究存在的问题。

#### 1.2.1 词语级情感分析研究现状

词语级情感分析的研究对象主要是带有情感色彩的词语,即情感词。判别词语的情感极性是句子级、段落级、篇章级情感分析的基础。这些情感词主要为形容词、动词、名词以及一些俗语、惯用语、歇后语等。词语级情感分析的主要方法有基于语料库的方法、基于词典或本体知识库的方法。

(1) 基于语料库的方法主要是利用词语之间的连词、统计特征以及词语的共现关系、搭配关系或者语义关系来判别词语的情感极性。由连词连接的词语的情感极性具有一定的关联性。例如,并列连词"和"等连接的词语具有相同的情感,而由转折连词"但是"等连接的词语的情感则相反。基于该思想,Turney 通过分析词汇上下文信息研究其情感倾向,采用 PMI - IR 方法,使用两个词汇作为种子来判断其他短语的语义倾向。Yuen 等在 Turney 的工作基础上,对汉语极性词的自动获取进行了研究。利用点互信息,用小规模的语料库来判别词语的情感极性。具体算法是将情感极性已确定且情感色彩强烈的词语作为种子词,通过计算需要判断情感极性的词语与这些种子词的互信息。文献利用信息抽取技术从语料中产生特征词汇,以 Bayes 网络为工具分析各词汇与已标定情感类别文档之间的关系,进而计算各词汇的得分用于判定词汇的语义倾向。张靖等建立了基于二元语法依赖关系的情感倾向互信息特征模型,利用特征集合描述情感极性,通过机器学习方法训练分类器,采用机器学习方式实现了汉语词语情感倾向自动判断。陈建美等首先分析了情感词汇的一般语法规律,如词性规律、词汇规律、否定词与词性搭配规律、程度副词修饰规律等,然后在情感词汇的这些语法规律的基础上,运用 CRF 模型实现了情感词汇的自动获取。

(2) 基于词典或本体知识库的方法是利用已建好的语义词典或语义网资源(例如英文的 WordNet、汉语的 HowNet 或其他语义资源)提供的语义相似度或者层次结构来判别词语的情感极性。朱嫣岚等提出了基于语义相似度和语义相关场的两种词汇语义倾向性计算方法,通过计算目标词汇与 HowNet 中已标注褒贬性词汇(基准词)间的相似度,获取目标词汇的倾向性,这种方法很大程度上依赖于基准词汇的选择。实验表明,基于 HowNet 语义相似度的方法比基于语义相关场的方法准确率更高,词频加权后的判别准确率可达 80% 以上。李纯等利用 HowNet 中的对词语的定义与描述,建立褒贬倾向比较强烈的词语组成种子词,并结合上下文的影响,采用一种计算方法来计算普通词与种子词之间的语义相似度来判别普通词的褒贬极性。杜伟夫等提出了一个可扩展的词语语义情感极性计算框架,将词语语义情感极性计算问题转化为优化问题。通过基于 HowNet 提供的语义相似度和基于共现率的语义相似度建词语的无向网,利用以最小切分为目标的目标函数对无向图进行划分,使用模拟退火算法求解目标函数。宋晓雷等提出两种基于概率潜在语义分析的情感词分析模型。模型一:首先借助概率潜在语义分析构建候选词和种子词之间的相似度矩阵,然后利用投票法决定其情感极性,即若候选词与种子词中积极词汇相似的数量多,则该词是积极极性,反之亦然;模型二:利用概率潜在语义分析获取候选词的语义聚类,然后借鉴基于同义词的词汇情感倾向判别方法判断候选词的情感倾向。该模型不借助情感语义资源实现词汇极性判断,但是数据稀疏影响相似度度量,进而影响词汇情感极性判断。

### 1.2.2 句子级情感分析研究现状

词语级情感分析的处理对象时单独的词语、实体或短语,而句子级情感分析的处理对象则是在特定上下文中出现的句子。句子的情感极性主要依赖于句子中的情感词及其数量、句子的结构、句子的句型、所使用的修辞手法、是否含有否定词(否定成分)或转折连词及其数量等。目前,针对句子级的情感分析工作研究已相继展开,但是大部分工作还集中在对句子的极性分析和极性强度分析上。文献对句子的褒贬度分类做了一定的工作,其主要思想是"在上下文中,相邻的句子应该具有相同的褒贬类别"。文献把句子的褒贬标记看作一个情感流问题,并利用序列 CRFs 回归模型来给篇章中的每个句子进行打分。王根等出了一种基于多重冗余标记的 CRFs 模型,并将其应用于情感分析任务。这个分级模型不仅能够有效地解决有序标记的分类问题,而且将句子情感倾向分析中的主客观分类、褒贬分类和褒贬强弱统一在一起。首先对主客观句子进行分类,然后对其中的主观句进行褒贬分类,最后再对褒贬句进行强度分类。在多个子任务上寻求联合最优,限制每级分类中的误差的传播。针对传统的基于分类的句子褒贬度分析方法不能完全考虑上下文信息的问题,以及基于单层模型的句子褒贬度分类方法中的由于标记冗余引起的分类精度不高问题,刘康等提出了基于层叠式 CRFs 模型的句子褒贬度分析方法。该方法利用多个 CRFs 模型从粗到细分步地判断句子的褒贬类别及其褒贬强度,其中层叠式框架可以考虑句子褒贬类别与褒贬强度类别之间的层级冗余关系,而 CRFs 模型可以利用上下文信息对于句子褒贬类别和强度的影响。

G. Fu 等提出基于模糊集的情感句分析模型。首先根据从细到粗的策略(Fine-to-coarse Strategy)估计句子的情感强度;然后基于模糊分布构建三个模糊集隶属函数,分别度量句子情感极性(积极、消极和中性)的隶属程度,最后通过最大隶属原则来判断句子的情感极性。H. Guo 等采用无监督方法从无标注的语料中抽取各种领域专属的多级潜在情感线索,进而提出句子情感分析的领域适应模型。多级潜在情感线索包括高频词特征和一般的情感特征(情感词、情感词数量、否定词或否定标记、领域专属情感词、领域专属情感词数量和情感词分布)。R. Socher 等提出基于递归自动编码的半监督情感句分析模型,将句子中词递归的两两合并构建短语树,提取短语节点特征预测句子情感极性。该模型不使用任何人工构建的情感词典以及语法分析器等辅助工具,具有良好的可扩展性,且不局限于二分类;但是编码比较复杂,并且长句编码后节点树较大、种类较多,使得需要计算的节点增加,分析效率下降。

#### 1.2.3 评价对象(主题)抽取研究现状

评价对象(Opinion Target),在意见挖掘中又称为主题(Topic),是指某段评论中所讨论的主题,具体表现为评论文本中评价词语所修饰的对象。它是情感分析中情感信息的一个重要组成部分。由于监督方法需要人工构建大型有标记的数据集合或相关领域知识,代价十分昂贵。同时,监督的学习方法对标注数据的依赖性很强,可移植性差。因此,大量评价对象抽取的研究工作主要采用无监督或半监督的方法进行。

一种无监督的思想是通过发现频繁的名词术语和可能的依赖关系,利用关联规则挖掘实现评价对象的抽取。该方法能够有效地提取出意见文本中频繁的名词性评价对象,但对非频繁的评价对象的识别效果欠佳。此外,评价对象并非都是名词性词语,还包含如动词或其他词性的词语。LDA(Latent Dirichlet Allocation,LDA)模型及其改进模型近年来被广泛地应用于意见挖掘的主题抽取任务中。Titov 等采用多粒度的主题模型抽取网络评论中的篇章级全局主题和滑动窗口内的局部主题。但该方法的粒度较粗,同时也未建立全局主题和局部主题之间的关系。为更好满足意见挖掘领域的主题抽取需求,Jo 等提出了句子级的 LDA（Sentence-LDA）,假设一个句子中的所有词都由同一个主题词生成。而实际上,一个句子中可能存在一个以上的主题词。Mukherjee 等在 LDA 模型中引入了种子集合（Seed Sets）,提出的 SAS 模型（Seeded Aspect and Sentiment Model,SAS）和加入了最大熵（Maximum Entropy）组件的 ME-SAS 模型,该方法同时对主题词进行了聚类。但是,基于 LDA 主题模型的主题抽取方法粒度都较粗,提取出的主题词也无法对应其意见陈述。

基于传播和自举学习的方法则是半监督的思想,它需要人工提供一些种子信息。Qiu 等和 Li 等通过深入分析主题词和意见词的语法关系,采用 Bootstrapping 算法对主题词和意见词进行双向扩充。该方法能够识别非频繁的主题词和非名词性主题词,但其提取效果的好坏完全取决于句法依赖性分析结果。而来源于网民的网络评论书写很随意,不拘泥于语法规则,给句法依赖性分析增加了难度。因此,该方法不适用于句法分析器性能还不够优越的维吾尔语等少数民族小语种。Zhu 等首先提取名词、动词、形容词、副词以及词频较高的多词词项（multiword terms）作为候选的主题相关词项,然后采用 SAB（Single-Aspect Bootstrapping）算法对候选相关词项进行扩充,得到主题相关词项集合 ARTs,再采用 MAB（Multi-Aspect Bootstrapping）算法得到主题词项集合。该方法不需要深入的句法分析,只需简单的词法分析,因此对基础研究资源相对较弱的维吾尔语同样适用。但是该方法提取的主题词是粗颗粒度的,抽取的主题词无法与其对应的意见陈述建立一一对应关系。

另一些关于评价对象提取的研究则结合了语义或句法。为了提高评价对象抽取的性能,徐冰等提出的系统模型在词语级语言学特征基础上,引入了浅层句法信息和启发式位置信息,同时在不增加领域词典的情况下,有效提高系统的精确率。赵妍妍等为提升已有的基于手工模板和规则方法的抽取性能,提出了一种基于句法路径的情感评价单元自动识别方法。该方法自动获取句法路径来描述评价对象及其评价词语之间的修饰关系,并通过计算句法路径编辑距离来改进情感。实验结果表明:（1）句法路径能够有效描述评价对象及其评价词语之间的关系,对情感评价单元的识别有很大帮助;（2）基于编辑距离的句法路径改进策略能够进一步提高情感评价单元识别的系统性能。

目前的研究绝大多数都是针对显式评价对象抽取,而隐式评价对象抽取的相关研究工作相对较少。Su 等提出构建一个评价词和相应评价对象的关联集合,用以通过给定的评价词推断评价对象,而评价对象和评价词的相关性通过共现信息获得。他们工作的主要贡献在于通过迭代地在评价对象和评价词上应用相互加强聚类算法得到评价对象词簇和评价词词簇。因此,单个评价对象和评价词的关联可扩展为簇间的关联。仇光等扩展了该方法,在建立普通词与评价对象之间的关联时,不仅考虑了评价词,同时也考虑了其他非评价词。

#### 1.2.4 存在的问题

虽然在国内外所进行的情感分析方法、技术和应用研究中已取得了相当的进展,但还存在一定的不足之处,主要是:

- 情感分析主要还集中在褒贬分类和褒贬强弱分类上,但词语或句子的情感并不是非褒即贬,还可能是乐、哀、怒、恐、惊等其他情感;
- 分析句子情感时主要考虑了上下文句子情感的影响,而忽略了句子内部情感词汇、句型、转折连词、修辞手法等对句子情感的影响;
- 评价对象抽取的精度和鲁棒性还不如人意;
- 绝大多数的研究都是针对显式评价对象抽取,且取得了丰硕的成果。但隐式评价对象抽取的研究甚少;
- 情感分析的研究主要针对汉语或英语等大语种,而对诸如维吾尔语的少数民族语言的研究甚少。虽然一些和语言无关的研究方法具有通用性,但效果没有结合语言规律的学习方法有优势。

综上所述,国内外针对英语、汉语文本情感语义资源建设和情感分析研究已经取得了一定成果,而国内针对少数民族语言的文本情感语义资源的建设和分析研究还尚未起步。因此,面向维吾尔语文本的情感语义资源库的建设和情感分析方法亟待展开。

## 二 维吾尔语情感语料库的建设

维吾尔语情感语料库的建设包括确定情感语料的来源、制定情感标注规范、选择标注集、约束规则,开发标注工具及标注过程中的质量监控技术。在此基础之上,利用标注工具标注部分维吾尔语文本的篇章级、句子级、词汇级别语料,作为初始语义资源。然后,研究资源库自动构建技术,扩大语义资源库。

### 2.1 确定维吾尔语情感语料的来源

构建维吾尔语情感语料库,其首要任务便是语料本身的选择,即确定语料的来源和语料的收集。在提供优质训练集和提供统计规律以及常识性知识方面,语料库的优势是巨大的,同时也可以进一步提高情感词汇本体的质量和规模。语料的收集工作是指选择合适的语料、做预处理、为语料的标注提前做好准备。

研究语料的来源主要是各大维吾尔语门户网站、大型电子交易平台和博客等网页文本。选取上述网页文本的原因主要由以下两点：

首先，这类的语料信息更关注一些常见的评价事件，贴近实际，博客作者更希望了解时效性新闻事件的发展，一般会将最新的消息发布或更新，对一些即时的评价事件，官方的播报速度可能不及博客对相关事件的发布速度；其次，个人写的博客类事件信息，其内容不及新闻报道详细，一些分类手段不能有效地对这些内容给予合适的分类，且博客作者可以写任何想写的东西，有些不适合发布的信息或者虚假恶意信息也被写入博客，这就需要研究者在进行研究时加以甄别，从而在客观上将促使研究者挖掘相应的新方法解决上述问题，以便更加合理地利用博客类信息，为更好地构建合适的情感语义资源库，提供最有实用价值的决策指导信息。

研究者选取的情感对象主要有手机、家电、化妆品等典型的产品评论语句。在风格方面，尽可能选择用词比较规范、严谨的评论，但消费者在线评论的口语特征比较明显，尤其是维吾尔语口语，形式多样，书写比较随意，值得我们深入研究。总的来说，语料的选择偏重情感表达丰富多彩的维吾尔语评论性句子。

### 2.2 维吾尔语情感语义资源库构建基础

#### 2.2.1 指定网页文本的获取

在确定维吾尔语情感语料的来源后，研究者采用网络爬虫抓取指定网页的文本内容。网络爬虫（又被称为网页蜘蛛，网络机器人，在 FOAF 社区中间，更经常的称为网页追逐者），是一种按照一定的规则，自动地抓取万维网信息的程序或者脚本。另外一些不常使用的名字还有蚂蚁、自动索引、模拟程序或者蠕虫。

具体过程如图 2.1 所示。

图 2.1 中网络爬虫 Crawler 在 Internet 上抓取原始网页并存储；网页解析器 HTMLParser 对存储的原始网页进行解析，并存储解析结果；索引器 IndexManager 将解析后网页中内嵌的 URL 超链进行整理并创建索引，而后将索引加入 Anchor 队列中，供网络爬虫 Crawler 继续抓取网页。

网络爬虫 Crawler、网页解析器 HTMLParser 和索引器 IndexManager 三者构成了一个相互依附的循环工作链，相互影响，相互制约。网络爬虫 Crawler 向网页解析器 HTMLParser 提供网页，网页解析器 HTMLParser 向索引器提供新 URL 超链接，而索引器 IndexManager 向网络爬虫 Crawler 提供有序的 Anchor 队列。研究者使用了功能比较完备的 Heritrix 作为网络爬虫，实现网页抓取，获取指定网页和内嵌相链接的网页。

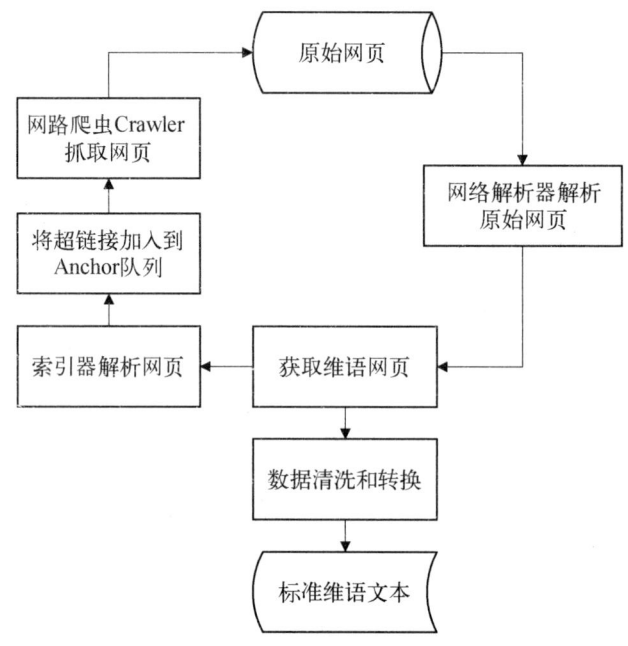

**图 2.1　维吾尔语情感语料的获取**

### 2.2.2　情感文本的去噪处理

有网页爬虫抓取的网页并不能够被直接使用,需要对其进行数据清洗,即过滤网页的图片、视频、表格等噪声信息,获得维吾尔语标准纯文本。

虽然 XML 发展很快,但目前 WEB 上大量存在的页面仍由 HTML 写成。由于 HTML 本身不具备自描述的特性,因此页面在书写时负责显示和承担主题描述的信息混在一起,并且设计者可随意把各类内容加入页面中,因此网页中充满与主题无关的噪声是个常见的现象。网页噪声根据其划分粒度的不同,可从整个 WEB 和单一页面本身来加以定义:

定义 1:全局噪声

在对 WEB 上得到的一组页面集进行挖掘或聚类时,若一个网页所存留的副本,如镜像网站、复制的页面及旧版本的页面也在此页面集中,则这些副本成为噪声数据。

定义 2:局部噪声

在一个页面内与页面主题无关的区域及项为噪声数据。这些噪声包括广告栏、导航条、修饰作用的图片等。本文中由于是对单一页面进行处理,因此主要针对的噪声为局部噪声。在一个页面中常见噪声信息包括这样几类:

- 导航类：为了维持网页间的链接关系，方便浏览者对网站进行浏览而设置的链接。
- 修饰类：为了美化页面而采用的背景、修饰图片、动画等。如站点标志图片、广告条等。
- 交互类：为了收集用户提交信息或提供站内搜索服务的表单等。如在线的问卷调查表。
- 其他类：网页中声明的版权信息、创建时间、作者等描述性信息。

虽然网页中的噪声很多，且网页设计没有统一规范，但设计者大部分都将噪声信息放在页面中的次要位置，以突出主题。如版权信息一般在页面底部，广告栏一般在顶部等。这种设计习惯也为我们利用布局信息去除噪声带来了便利。

噪声字符数相对于包含主体信息的字符数而言，噪声字符数较少。例如，导航条中的链接通常包含在一个表格或列表中，且每个链接所在的层次结构反复出现，每个链接的字数也比较少。不可见的噪声特征比较明显，在 html 源文件中有特定的标签反映这类信息。例如，⟨script⟩⟨/script⟩（脚本区），⟨style⟩⟨/style⟩（样式区），⟨! -- --!⟩（html 注释区）。

### 2.2.3 非标准码向标准编码转换

随着维吾尔语 Unicode 编码的标准化和普及化，越来越多的网站开始采用标准化的 Unicode 编码。但是，现行网络中维吾尔语编码形式种类繁多，在表达中存在没有严格使用统一标准编码的形式。而且，早期维吾尔语由于使用拉丁文字书写，通常采用西文输入法就可以直接录入数据。因此，许多网民仍保留了这一习惯，常常会在电子邮件、QQ 通信和一些网站上，使用拉丁字母作为载体发表意见和观点等。因此，研究者需要将文本中的非标准编码转换成标准编码，最终形成规范的维吾尔语标准编码文本。

研究者采取了一一对应的方法，对原有的以拉丁字母为载体的维吾尔语文本进行了标准 Unicode 编码转换。具体的对应转换关系如表 2.1 所示。

表 2.1 维吾尔语标准编码转换对照表

| 0632 | 0631 | 062F | 062E | 0686 | 062C | 062A | 067E | 0628 | 0605 | 0627 | Unicode |
|---|---|---|---|---|---|---|---|---|---|---|---|
| ز | ر | د | خ | چ | ج | ت | پ | ب | ە | ا | ASU |
| z | r | d | x | ch | j | t | p | b | e | a | LSU |

（续表）

| 0645 | 0644 | 06AD | 06AF | 0643 | 0652 | 0641 | 063A | 0634 | 0633 | 0698 | Unicode |
|------|------|------|------|------|------|------|------|------|------|------|---------|
| م | ل | ڭ | گ | ك | ق | ف | غ | ش | س | ژ | ASU |
| m | l | ng | g | k | q | f | gh | sh | s | j/zh | LSU |
| | 064A | 0649 | 06D0 | 06CB | 06C8 | 06C6 | 06C7 | 0648 | 0647 | 0646 | Unicode |
| | ي | ى | ې | ۋ | ۈ | ۆ | ۇ | و | ھ | ن | ASU |
| | y | i | é | w | ü | ö | u | o | h | n | LSU |

## 2.3 维吾尔语情感语料构建和标记要点

通过网络爬虫抓取指定情感网页和对其进行去噪处理，我们得到了基本满足要求的维吾尔语情感语料，接下来将对这些语料文本进行标记，使之能够支持研究者的理论分析和验证实验。

### 2.3.1 情感语料标注规范

研究发现，由于情感的复杂性和不同人群对情感认识的差异，情感分类还没有统一标准，也很难制定标准。情感类别无论多少，始终无法避免多种情感的交叉，即一些表达用词同时具有几种情感，并且不同的人对同一表达用词的情感认识也不尽相同，情感种类分类越多，这种现象就越突出。研究者尝试将情感类别定义为 18 种类别，然而实验表明，操维吾尔语的人群对这些情感的认同度并不一致，平均在 70% 以下，某些类别情感的认同度不足 50%。

为了减少情感类别过细划分带来的混乱，降低对研究带来的干扰，同时考虑褒、贬两种情感的巨大应用空间，研究者将情感类别划分为 7 类：褒、贬、乐、哀、怒、恐、惊，详见表 2.2。

表 2.2 情 感 类 别

| 情感类别 | 释 义 | 例 子 |
|---------|-------|-------|
| 褒 | 赞美,称赞,尊敬,推崇 | 勇敢,优秀,美丽,恭敬,敬仰 |
| 贬 | 厌恶,斥责,贬低,反感 | 黑心,丑陋,笨蛋,阴险,耻辱 |
| 乐 | 快乐,喜欢,安心,相信,踏实感,有信心 | 乐滋滋,甜蜜蜜,信任,可靠 |
| 哀 | 痛苦,悲哀,内疚,思念,忧虑,歉意,惭愧,伤心 | 嚎啕大哭,忧伤,想念,怀念,担心,同情 |

(续表)

| 情感类别 | 释　　义 | 例　　子 |
|---|---|---|
| 怒 | 气愤,生气,恼怒,嫉妒 | 暴跳如雷,恼羞成怒 |
| 恐 | 害怕,心慌,害臊,害羞 | 胆怯,胆小,惧怕,羞得脸红 |
| 惊 | 惊讶,惊叹,吃惊,觉得奇怪 | 瞠目结舌,大吃一惊,不可思议 |

#### 2.3.2 标注集选择

理想的情感标注体系是在标注前事先确定,在标注过程中保持不变,这样可以保证标注的一致性。但是由于语料的多样性和复杂性,标注规范也需要多次修正,这就可能导致语料库的质量下降。为了充分考虑各种特殊情况,研究者预先标注了部分语料,在总结标注中发现问题的基础上,综合考虑其他类型语料的标注经验和研究语料情感标注自身特点,制定了如下标注集:

① 篇章级文本的情感标注集:作者、文章来源、作品时代、发表时间、风格、态度、立场和情感类别。其中态度分为积极、消极和中性;立场分为正面、负面和中性。

② 句子级别的情感标注集:态度、立场、句型结构、修辞方法、病句特征和情感类别。

③ 词汇和短语级情感标注集:词汇和短语的词性、词干和情感类别。

#### 2.3.3 规则约束

研究人员分析发现,在句子级别的标注时,"褒"和"贬"、"乐"和"哀"类别的标注往往是互斥的,而贬和怒伴随发生的概率比较高;积极和负面,消极和正面互斥的概率较高。因此,在程序设计中采用伴随发生和互斥约束规则,对人工标注的结果进行检验,一旦出现违反约束规则的结果,就提示标注人员进行校对。

#### 2.3.4 标注工具及质量监控技术

为了能够全面地建立准确的情感语义资源库,情感语料的标注由专业人员进行情感词汇查找和筛选,同时研究者还开发了情感词汇查找、标注等辅助软件。辅助软件的功能就是帮助专业语言人员,查找和筛选维吾尔语情感词汇,建立情感词汇库。研究者维吾尔语专业人员通过辅助软件可以直接获得文本中的词汇,标注情感词所属话题类别等信息,能避免一些繁琐的粘贴复制工作。研究者开发的标注辅助软件具备篇章级、句子级、词汇和短语级别的情感标注功能,实现了半自动、人工辅助标注功能,如图2.2所示。

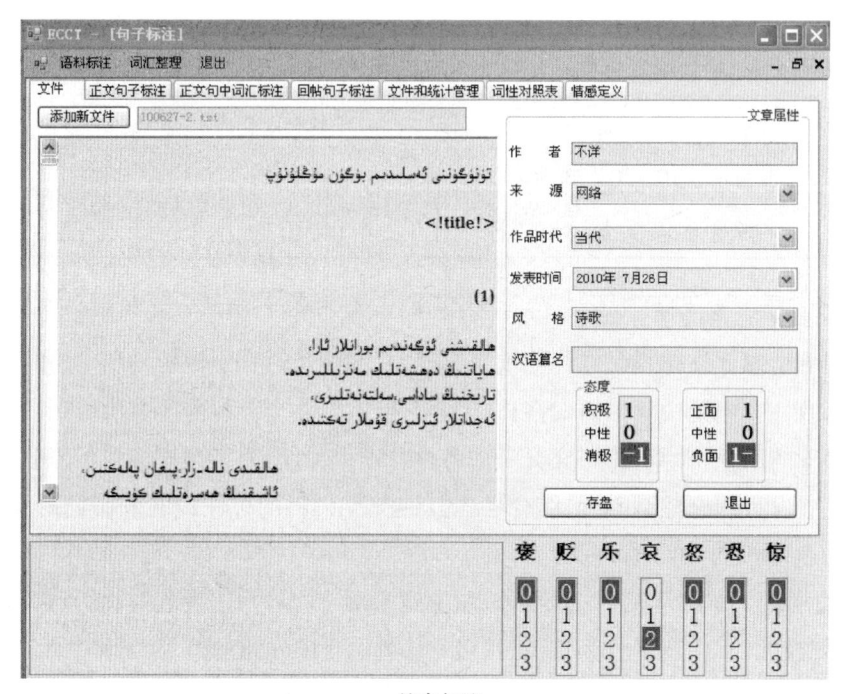

a. 篇章标注

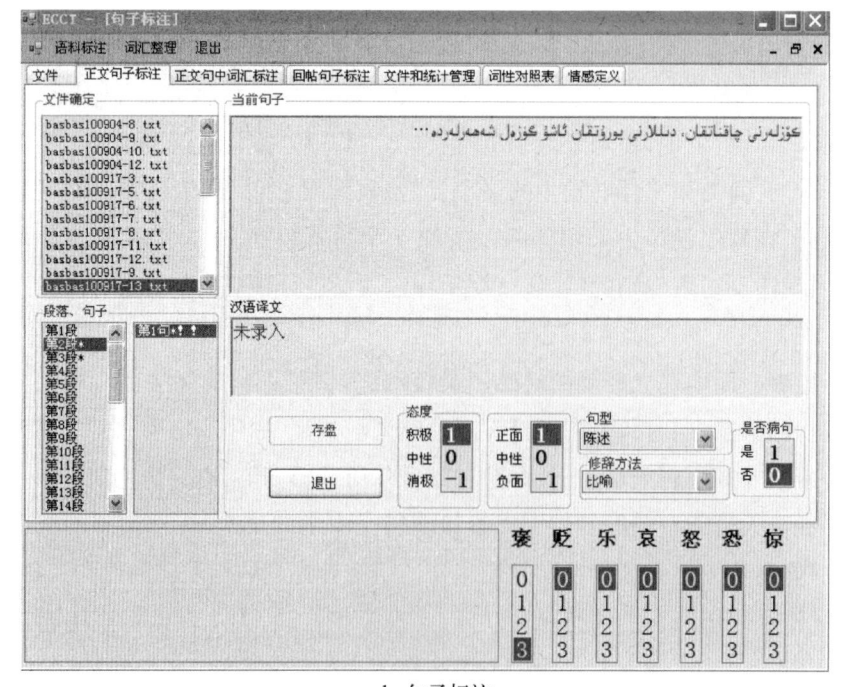

b. 句子标注

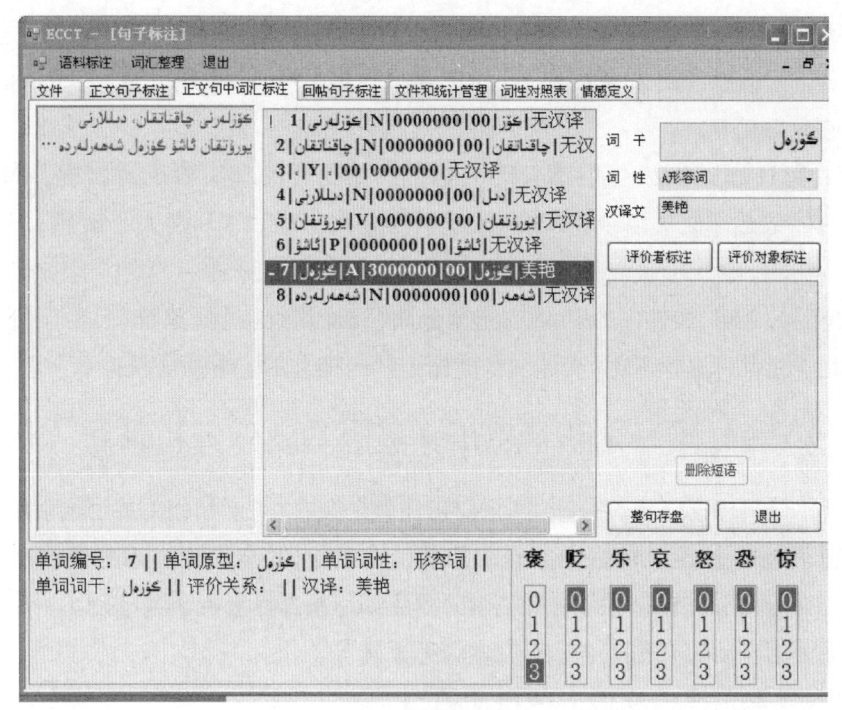

c. 词汇和短语标注

图 2.2 维语情感标注辅助软件界面

值得注意的是,由于不同个体对同一文本的情感判断存在差异,导致标注结果不一致。为了减少不一致现象,可以采用人工双重标注方法,即对同一语料采用双人分别标注,若标注结果一致,则通过,否则采用第三人校对加以更正。

### 2.4 语料的存储

维吾尔语情感语料不同于一般的网页语料,其携带的信息量大,需要标记的种类繁多。为此,我们必须选定合适可靠的存储工具对建立的语料库进行存储和管理。而 XML 文件将作为我们的首选。

可扩展标记语言 XML,是标准通用标记语言的子集,一种用于标记电子文件使其具有结构性的标记语言。它可以用来标记数据、定义数据类型,是一种允许用户对自己的标记语言进行定义的源语言。它非常适合万维网传输,提供统一的方法来描述和交换独立于应用程序或供应商的结构化数据。XML 与 Access,Oracle 和 SQL Server 等数据库不同,数据库提供了更强有力的数据存储和分析能力,例如:数据索引、排序、查找、相关一致性等,XML 仅仅是存储数据。事实上 XML 与其他数据表现形式最大的不同是:它极其简单,这是一个看上去有点琐细的优点,但正是这点使 XML 与众不同。

XML 与 HTML 的设计区别是：XML 被设计为传输和存储数据，其焦点是数据的内容。而 HTML 被设计用来显示数据，其焦点是数据的外观。HTML 旨在显示信息，而 XML 旨在传输信息。

XML 和 HTML 语法区别：HTML 的标记不是所有的都需要成对出现，XML 则要求所有的标记必须成对出现；HTML 标记不区分大小写，XML 则大小敏感，即区分大小写。

正是因为 XML 文件内容和结构完全分离，互操作性强，规范统一，易于阅读和扩展。因此研究者将选择 XML 文件来存储标记后的维吾尔语情感语料。

## 三、维吾尔语情感语义资源基础分析和研究

维吾尔语情感语义资源分析，其主要工作就是文本、句子和相关短语词汇中情感词汇的识别和判断，这也是情感倾向研究的基础性工作，其在语料整理过程中工作量最大，全人工标注成本极高。因此，研究者开展了如何根据已有种子情感词汇进行维吾尔语情感词汇的自动扩充和维吾尔语文本情感识别等工作。

### 3.1 维吾尔语情感词汇的自动识别

#### 3.1.1 情感词汇自动发现技术的相关研究

在 Internet 前期成长阶段，情感词汇识别一直采用人工方式进行。然而，随着网络的快速发展，人工方式越来越难以满足要求，尤其是在网络安全方面，这种趋势尤为显著。因此，情感词汇自动发现技术的出现就成为一种必然。现有的情感词汇自动发现技术主要有基于文本挖掘的方法、基于统计的方法、基于规则的方法、基于统计和规则相结合的方法等。

（1）基于文本挖掘的方法。将数据挖掘技术应用于大规模文本的技术即称为文本挖掘。文本挖掘是一项综合性技术，它涉及数据挖掘、自然语言处理、计算语言学、信息检索及分类、知识管理等多个领域。

（2）基于统计的方法。统计方法即通过对词共现概率进行统计而实现。该方法不受领域限制，速度快，容易实现，符合当前自然语言处理面向大规模实用语料的趋势。但是，基于统计的方法需要大量训练语料，并且发现的情感词汇质量不是很高。

（3）基于规则的方法。基于规则的方法是通过标注词典以及词间规则来识别情感词汇。其核心是根据语言学原理和知识制定一系列共性规则和个性规则，以实现自动处理分析中遇到的各种语言现象问题。一般情况下，基于规则的方法通过领域专家共同制定的规则，可以发现较高质量的新情感词，但规则一般是针对特定领域制定的，灵

活性较差,可移植性不强。

（4）基于统计和规则相结合的方法。通过统计和规则相结合的方法发现情感词汇,是目前最常用的情感词汇方法。将两种方法融合起来可以弥补各自的不足。实现时,以快速统计为基础,自动获取特定领域的情感词,并使用语言学规则过滤,这样既可获取高质量的情感词汇。

研究者对这些方法都进行了研究,并做了基本的验证试验,发现这些方法并不能很好地自动识别维吾尔语文本中的情感词汇。为此,研究者在深入分析维吾尔语言特征和语用特征的情况下,提出了新的维吾尔语文本中情感词汇的自动识别方法。

3.1.2　维语情感词汇的自动识别

研究者为了能够有效地对维吾尔语文本中情感词汇进行识别,研究设计了多种自动识别方法。限于篇幅,仅在此详细介绍其中两种效果相对较好的方法。这些方法利用已经建立好的情感词汇种子库,采用基于统计和规则相结合的方法,并在局部做优化和改进,结合维吾尔语本身的特性对新情感词汇进行自动识别。经实验证明,改进的算法能够达到了预期的效果,能够在一定程度上满足实际需求。

方法一具体步骤如下：

**步骤 1**：对获取的语料进行预处理,依次进行文本去噪、粗切分、词性标注（POS）和停用词过滤（Stop Words Filtering）；

**步骤 2**：串分割和改进的互信息（Mutual Information,MI）值、对数似然比（Loglikelihood Ratio,LLR）值计算；

**步骤 3**：根据维吾尔语情感词汇的构成规则（模式）、MI 与 LLR 联合阈值获取候选维吾尔语情感词汇；

**步骤 4**：计算候选维吾尔语情感词汇的相对词频差值 RFD,根据计算值进行排位,获取尽可能多的维吾尔语情感词汇；

**步骤 5**：计算情感词汇的 C_value 值,处理嵌套串和单词附加成分的分离,得到真正的新的维吾尔语情感词汇。示例流程图 3.4 如下。

其中,MI、LLR 值和词性模式是为了确保识别的新情感词汇具有语言完备性,而 RFD 和 C_value 值则是为了保证被识别的情感词汇具有领域性。这里对 MI 和 LLR 做一个简要研究分析。

MI 是衡量的是某个词和类别之间的统计独立关系,某个词 t 和某个类别 Ci 传统的互信息定义如下：互信息是计算语言学模型分析的常用方法,它度量两个对象之间的相互性。在过滤问题中用于度量特征对于主题的区分度。互信息的定义与交叉熵近

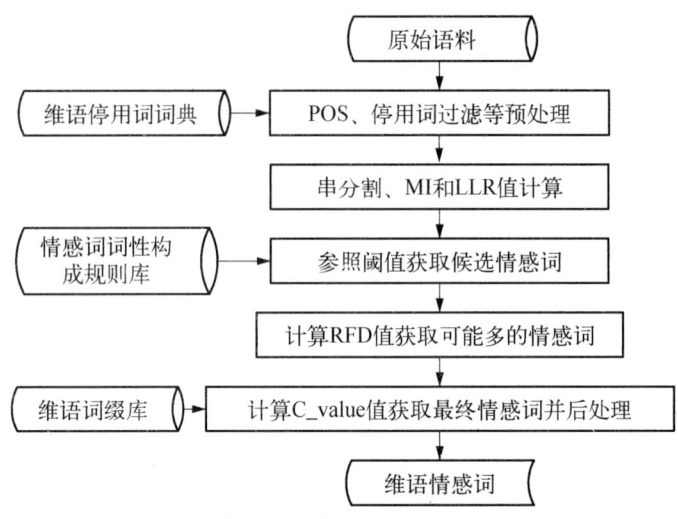

```
                      ┌─────────┐
                      │ 原始语料 │
                      └────┬────┘
                           ↓
┌──────────────┐    ┌──────────────────────┐
│维语停用词词典│───→│POS、停用词过滤等预处理│
└──────────────┘    └──────────┬───────────┘
                               ↓
                    ┌──────────────────────┐
                    │ 串分割、MI和LLR值计算 │
                    └──────────┬───────────┘
                               ↓
┌──────────────┐    ┌──────────────────────┐
│情感词词性构成│───→│参照阈值获取候选情感词 │
│   成规则库   │    │                      │
└──────────────┘    └──────────┬───────────┘
                               ↓
                    ┌──────────────────────┐
                    │计算RFD值获取可能多的情感词│
                    └──────────┬───────────┘
                               ↓
┌──────────────┐    ┌──────────────────────────┐
│ 维语词缀库   │───→│计算C_value值获取最终情感词并后处理│
└──────────────┘    └──────────┬───────────────┘
                               ↓
                         ┌──────────┐
                         │ 维语情感词 │
                         └──────────┘
```

图 3.1 维吾尔语情感词汇自动识别流程

似。互信息本来是信息论中的一个概念,用于表示信息之间的关系,是两个随机变量统计相关性的测度,使用互信息理论进行特征抽取是基于如下假设:在某个特定类别出现频率高,但在其他类别出现频率比较低的词条与该类的互信息比较大。通常用互信息作为特征词和类别之间的测度,如果特征词属于该类的话,它们的互信息量最大。由于该方法不需要对特征词和类别之间关系的性质作任何假设,因此非常适合于文本分类的特征和类别的配准工作。

LLR 虽然是一个简单的比值,但可以表达出一个假设的可能性比其他假设大多少。对数似然比率方法适合于稀疏数据计算,对于那些很少相邻出现的情感词,其值很高,因此该方法对抽取时漏掉的一些低频词比较有效,而且,计算出来的对数似然比率统计值有清晰直观的可解释性。对于给定的 2—4 元子串,我们可以用对数似然比率来判断子串是否可以作为一个情感词,其计算如下:

$$Loglike = 2 \cdot (\log l(pf1, kf1, nf1) \\ + \log l(pf2, kf2, nf2) - \log l(pf, kf1, nf1) \\ - \log l(pf, kf2, nf2)) \tag{3.1}$$

上式中各个参数的计算如下所示:

$$kf1 = f(w_1 \cdots w_n) \tag{3.2}$$

$$kf2 = A\nu x - kf1 \tag{3.3}$$

$$nf1 = A\nu y \tag{3.4}$$

$$pf = \frac{kf1 + kf2}{N} = A\nu x \tag{3.5}$$

$$A\nu x = \frac{1}{n-1} \cdot \sum_{i=1}^{n-1} f(w_1 \cdots w_i) \tag{3.6}$$

$$A\nu y = \frac{1}{n-1} \cdot \sum_{i=2}^{n} f(w_i \cdots w_n) \tag{3.7}$$

$$pf2 = \frac{kf2}{nf2} \tag{3.8}$$

$$nf2 = N - nf1 \tag{3.9}$$

$$pf1 = \frac{kf1}{nf1} \tag{3.10}$$

其中 $f(w_1 \cdots w_i)$ 是字串 $w_1 \cdots w_n (n = 2, 3, 4)$ 在语料文本中出现的次数，$N$ 是语料中单词的个数。带入 $f(w_1 \cdots w_i)$ 和 $N$ 值就可以逐次求出公式(3.2—3.10)的参数值，进而获取子串的对数似然比率。

研究者按照上述实验步骤进行了维吾尔语情感词的抽取实验，详细结果如图 3.5 所示。从图 3.5 中我们可以看出，本文提出的方法对于 2—4 词的维吾尔语情感词有非常好的抽取效果。实验的准确率都在 80% 以上，尤其是对于 2 元情感词，准确率更是高达 88.85%，召回率达 81.94%。因为对于 2 元情感词而言，其简单紧凑，词内部结构稳定，而且可以选择出现频繁的词性构成模式作为抽取规则。

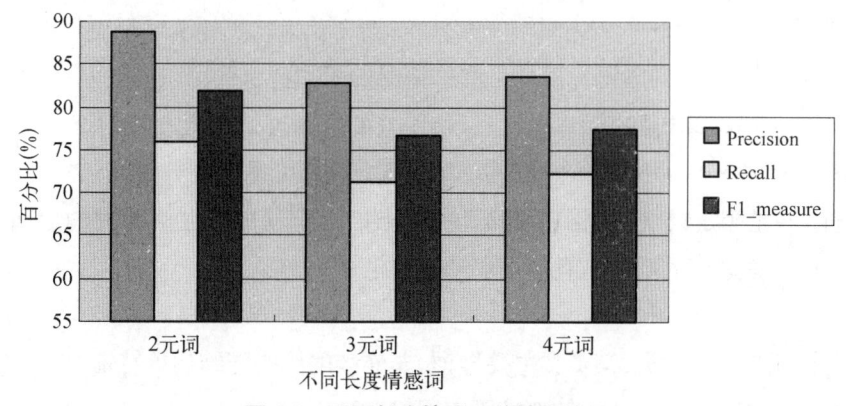

图 3.2　不同长度情感词的抽取结果

从图 3.5 中也可以看出,对于 3 元情感词,抽取的准确率和召回率同 2 元和 4 元情感词相比,其结果要低大约 6 个百分点。其原因在于,维吾尔语多词情感词在词数上几乎都是偶数的,且 3 元情感词在文本中出现的频率相对要小于 2 元和 4 元情感词,从而导致 3 元情感词的数据稀疏性更严重。如果仅仅利用统计方法,对 3 元情感词左右边界进行识别,其准确率没有 2 元和 4 元情感词高。再加上 3 元情感词的词性构成模式结构比较松散,在词性模式的选择上会有缺失,这些原因都导致了 3 元情感词抽取的准确率相对较低。对于 4 元情感词,由于词串内部的凝聚力下降,结构变化相应增多,而且在数量上不及 2 元和 3 元情感词,所以抽取的结果不及 2 元情感词。从整体效果来看,本文提出的方法取得了令人满意的效果,达到了我们实验的预期目的。

方法二具体介绍如下:

研究者从维语情感词汇的特征、自动发现的方法和词汇的特征模板三方面入手,进行维吾尔语情感词汇的自动识别。该方法涉及情感词的特征有词性特征、副词修饰特征等,采用的自动发现算法为条件随机场(Conditional Random Fields,CRFs)。具体的情感词的特征分析,特征模板与算法的应用介绍如下:

(1) 情感词汇特征

① 词性特征

分析发现维吾尔语情感词汇多分布在形容词、名词动词中,在其他词性词汇中分布较少,这种特征使得词汇词性规律可以用于情感词汇的识别。

② 词和词性特征

情感词汇本身和其附近词汇、词性也存在一定规律,此也可作为识别特征。

③ 副词修饰特征

副词修饰的中心词往往是具有主观用意的情感词汇。

例如:كۆل كۆك ئاسما ئىستاۋ ئۆپىشى بىلەن تېخىمۇ كۆزسكە كىر كەندى/湖在蓝天的烘托下显得更加美丽。

因此,副词与形容词等词性的词汇修饰搭配的规律能作为情感词汇发现的特征。

④ 否定词搭配结构特征

ئۇ ئىقتىسادچىل ۋە ئاددى سادالىمىكىن بىخىل ئەمەس/人家是勤朴素,可并不是贫气。

单词 ئەمەس 是否定词,和英语、汉语不一样,维语否定词出现在修饰词的后面。否定词和修饰词及其词性的配可以有效识别情感词汇。

⑤ 特定特征

特定特征包含 2 大类,第 1 类主要连词、非连续的固搭配结构等特征。

例如:كېلىن ھەمجەر ئىلىق ھەم ئاقىلىق/新娘既美丽又聪明。

单词ﻭ作为连词，其前后的形容词均为情感词汇，类似的词汇还有ﻭﻯ等。

第 2 类主要是形态否定式特征。

例如：بىلمەس=سىز + بىلىم/无知的 = 无（否定词缀）+知识（名词）

词缀附加在一个名词后面，则构成否定形容词。外还有动词否定词缀、动名词词缀、形动词词缀等。这些定特征往往包含情感词汇，可以作为识别特征。

（2）条件随机场模型

条件随机场最早由 Lafferty 等人于 2001 年提出的，其模型思想的主要来源是最大熵模型，模型的三个基本问题的解决用到了 HMMs 模型中提到的方法如 Forward-Backward 和 Viterbi。我们可以把条件随机场看成是一个无向图模型或马尔可夫随机场，它是一种用来标记和切分序列化数据的统计模型。该模型是在给定需要标记的观察序列的条件下，计算整个标记序列的联合概率，而不是在给定当前状态条件下，定义下一个状态的分布。标记序列（Label Sequence）的分布条件属性，可以让 CRFs 很好地拟和现实数据，而在这些数据中，标记序列的条件概率信赖于观察序列中非独立的、相互作用的特征，并通过赋予特征以不同权值来表示特征的重要程度。

CRFs 模型通过局部特征向量 f 与相应的权重向量 λ 来表示。在 CRFs 模型中，f 被分为状态特征 s(y, x, i) 与转移特征 t(y, y′, x, i)，其中 y 与 y′ 是句子中词语的情感标记序列，$x$ 是当前输入的句子中的词语序列，i 是当前词的位置。其形式化表述如下：

$$s(y, x, i) = s(y_i, x, i) \quad (3.11)$$

$$t(y, x, i) = \begin{cases} t(y_{i-1}, y_i, x, i) & i > 1 \\ 0 & i = 0 \end{cases} \quad (3.12)$$

根据公式(3.1)与(3.2)的局部特征，输入句子的词语序列 X 与词语情感序列 Y 的全局特征为：$F(y, x) = \sum_i f(y, x, i)$

此时在(X, Y)上，CRFs 的条件概率分布为：

$$P_\lambda(Y \mid X) = \frac{\exp(\lambda * F(Y, X))}{Z_\lambda(X)} \quad (3.13)$$

其中 $Z_\lambda(X) = \sum_y \exp(\lambda * F(y, x))$ 为归一化因子。

对于输入的句子的词语序列 X，最佳词语情感标注序列 Y 满足如下公式：

$$Y = \arg\max_y P_\lambda(y \mid x) \quad (3.14)$$

（3）特征模板

利用 CRFs 模型,特征模板的选择对于情感词汇发现的性能起着至关重要的作用。依据对维吾尔语语料的分析,制定了 5 个特征集,如表 3.1 所示。

表 3.1 特征模板

| 序号 | 特征描述 | 特征模板 | 说明 |
| --- | --- | --- | --- |
| 1 | 词性搭配特征（窗口最大为3） | %x[-1,1] | 情感词的前面1个词词性 |
| | | %x[1,1] | 情感词的后面1个词词性 |
| | | %x[0,1]%x[1,1]%x[2,1] | 情感词与后面的第1,2个词词性搭配 |
| | | %x[-2,1]%x[-1,1]%x[0,1] | 情感词与前面的第1,2个词词性搭配 |
| | | %x[-1,1]%x[0,1]%x[1,1] | 情感词与前后词词性搭配 |
| 2 | 词和词性特征 | %x[-1,0] | 情感词与前面1个词 |
| | | %x[-2,1] | 情感词与前面第2个词 |
| | | %x[1,0] | 情感词与后面1个词 |
| | | %x[2,0] | 情感词与后面第2个词 |
| | | %x[-1,0]%x[0,1] | 情感词与前1个词词性 |
| | | %x[1,0]%x[0,1] | 情感词与后面1个词词性 |
| 3 | 副词修饰特征 | %x[-1,2] | 情感词前面1个词是否是副词 |
| | | %x[0,1]%x[-1,2] | 情感词词性和情感词前面1个词是否是副词 |
| 4 | 否定结构特征 | %x[0,1]%x[1,3] | 情感词后面1个词是否是否定词 |
| | | %x[0,1]%x[2,3] | 情感词词性和后面第2个词是否是否定词 |
| 5 | 特定特征 | 数量较多,限于篇幅此处略 | 符合特定特征 |

本项目组通过使用这些技术,取得的非常好的结果,大大提高了自动发现维吾尔语情感词汇的能力。

（4）实验结果和分析

利用 C#改写了 Taku Kudo 的"CRF++"程序,开发了维吾尔语情感词汇识别系统。数据采用研究者前期搜集的维吾尔语主观语料 305 篇,10 128 个句子。首先利用研究者开发的词性标注系统对语料进行词性标注,并对所有句子中的单词进行词干抽取,将词干作为一个特征。然后人工标注其中的情感词汇,作为训练和测试的语料。实验采用5倍交叉验证法。实验采用的特征集逐步在上一级特征集扩展,即下级采用的特征集包含上级所有特征集。实验结果分别如表 3.2 和表 3.3 所示,其中表 3.2 表示未加入词干特征的情感词汇识别结果,表 3.3 表示加入词干特征的情感词汇识别结果。

表 3.2  未加入词干特征的情感词汇识别结果(%)

| 特 征 集 | 正确率 | 召回率 | $FB1$ |
| --- | --- | --- | --- |
| 词性搭配特征 | 50.7 | 49.3 | 50.0 |
| 词和词性特征 | 53.3 | 52.5 | 52.9 |
| 副词修饰特征 | 58.2 | 52.2 | 55.0 |
| 否定结构特征 | 59.8 | 54.6 | 57.1 |
| 特定句式特征 | 61.2 | 54.8 | 57.8 |

表 3.3  加入词干特征的情感词汇识别结果(%)

| 特 征 集 | 正确率 | 召回率 | $FB1$ |
| --- | --- | --- | --- |
| 词性搭配特征 | 54.2 | 51.1 | 52.6 |
| 词和词性特征 | 59.6 | 55.6 | 57.4 |
| 副词修饰特征 | 64.2 | 55.2 | 59.4 |
| 否定结构特征 | 65.5 | 55.5 | 60.1 |
| 特定句式特征 | 67.6 | 55.9 | 61.2 |

从表 3.2 和表 3.3 的结果中可以看出,未加入词干特征的正确率低于加入后的正确率。分析发现,这是由于维吾尔语词汇的多形态造成的特征严重稀疏所致。

在表 3.2 中,随着特征集的不断扩展,情感词汇发现的正确率不断提高。特征集 1 的识别率达到了 54.2%,加入特征集 2、特征集 3 后,正确率和召回率有了较大提高,随着特征集 4 和特征集 5 的加入,识别率达到了 67.6% 和 55.9%。实验结果说明寻找的特征集合是有效的。

### 3.2 维吾尔语文本情感自动识别

#### 3.2.1 维吾尔语文本的表示方法

研究者经过研究,将维吾尔语文本表示的具体步骤分为两个阶段进行。首先找出维吾尔语文本中的特征,然后将每个特征对应空间中的一维,形成一种特征空间。每篇维吾尔语文本对应特征空间中一个向量,具体的对应关系如图3.6:

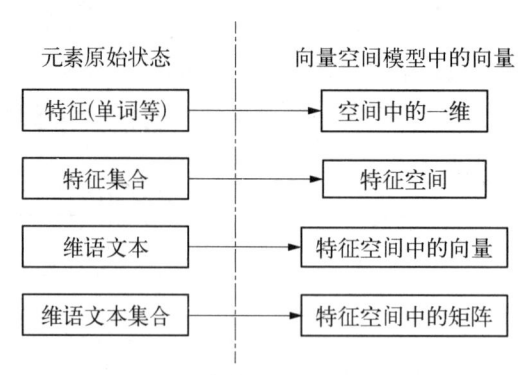

**图 3.3 元素在向量空间中的对应**

由图可知,在维吾尔语文本向量空间表示时,每一维都对应一个特征。而每一个特征在某个对应的文本中都有特定的量化值,代表性的量化值计算方法有词频(TF)、逆文档频率(IDF)、互信息(MI)等。其中最为经典的是词频与逆文档频率相结合所形成的 TF-IDF 特征值计算方法。

TF-IDF 是在 20 世纪中期由 Salton 提出的,TF-IDF 的计算公式如下:

$$
\begin{aligned}
W(w, d) &= TF \cdot IDF(w, d) \\
&= tf(w, d) \times idf(w) \\
&= tf(w, d) * \log\left(\frac{N}{n}\right)
\end{aligned}
\quad (3.15)
$$

其中,$W(w, d)$代表词 w 在维吾尔语文本 d 中的权重,$tf(w, d)$代表词 w 在维吾尔语文本 d 中出现的次数,n 代表出现词 w 的维吾尔语文本数目,N 代表所有文档的数目,$idf(w)$是词 w 的逆文档频率,即 $\log(N/n)$。研究者采用这种基于 TF-IDF 的向量空间模型,把维吾尔语文本转换为便于计算机处理的向量空间形式。

### 3.2.2 维吾尔语文本特征提取方法

由于特征提取的好坏直接影响着维吾尔语文本的表示,进而影响维吾尔语文本的后续处理。鉴于上述情况,研究者结合了维吾尔语的语言特性,以维吾尔语 N-gram 语言模型作为不同文本的表示特征,并采用不同的特征度量函数进行实验与研究。首先,研究者采用维吾尔语 Unigram(一元)语言模型对维吾尔语文本进行处理,并采用不同的特征度量函数对维吾尔语文本进行特征提取,同时使用支持向量机(SVM)进行查准

率实验,具体的特征度量函数介绍如下:

(1) 词频

词频指的是维吾尔语文本中,某个词在整个文本中出现的总词数。这种特征度量非常直观,通过词的出现次数决定该词能否成为维吾尔语文本的特征。

(2) 逆向文件频率

逆向文件频率值是指在维吾尔语文本中,出现某词的文本数占所有文本数比例的倒数加权值。数学描述为对于维吾尔语文本中的任意词 w,维吾尔语文本中出现词 w 的文本数目为 n,数据中所有维吾尔语文本数目为 N,则词 w 的逆向文件频率:

$$IDF(w) = \log\left(\frac{N}{n}\right) \tag{3.16}$$

(3) 信息增益(IG)

信息增益是维吾尔语文本中,某词出现的前后信息熵的差值。其数学语言描述是:

$$IG(w) = H(C) - H(C \mid w)$$
$$= -\sum_{i=1}^{k} P(C_I)\log(P(C_i)) + P(w)\sum_{i=1}^{k} P(C \mid w)\log(P(C_i \mid w)) \tag{3.17}$$
$$+ P(\overline{w})\sum_{i=1}^{k} P(C_i \mid \overline{w})\log(P(C_i \mid \overline{w}))$$

其中,H(C)是香农熵关于类 C 的,H(C|w)是条件熵同时也是关于类 C 的,$P(C_i|w)$ 是在词 w 的前提条件下类 $C_i$ 的条件概率,P(w)是词 w 在维吾尔语文本中出现的概率,$P(C_i)$ 是类 $C_i$ 在整个维吾尔语文本中出现的概率。

(4) 期望交叉熵(ECE)

期望交叉熵与信息增益相似,期望交叉熵只对词 w 的出现情况进行考虑,这也是其与信息增益的唯一不同。数学描述如下:

$$ECE(w) = P(w)\sum_{i=1}^{k} P(C_i \mid w)\log\left(\frac{P(C_i \mid w)}{P(C_i)}\right) \tag{3.18}$$

其中,函数 P(w)、$P(C_i)$、$P(C_i|w)$ 与公式(3.3)的含义相同。

(5) 互信息(MI)

互信息反映的是词与维吾尔语文本类之间的关联程度,通过这种关联程度来判断词与维吾维吾尔语文本的关系,其更能作为类的特征。数学描述如下:

$$MI(w, C_i) = \log\left(\frac{P(w \mid C_i)}{P(w)}\right) = \log\left(\frac{P(w, C_i)}{P(w) \times P(C_i)}\right) = \log P(w \mid C_i) - \log P(w))$$

(3.19)

其中,函数 P(w)、P($C_i$)、P($C_i$|w)的含义依然与公式(3.8)中的相同。

研究者对以上方法都进行了研究和应用,实验的结果如图 3.7 所示:

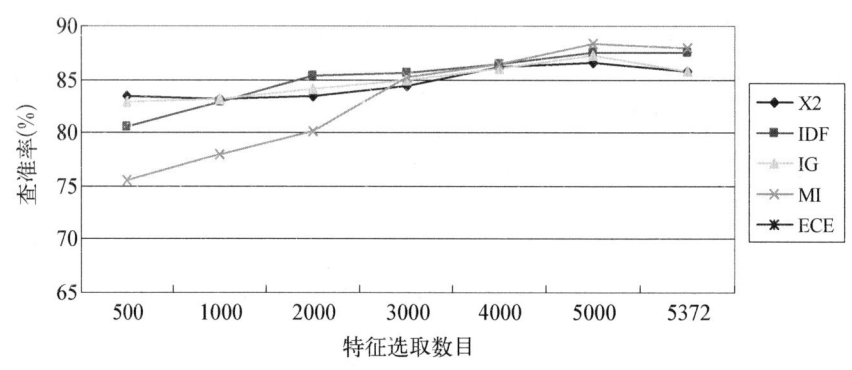

**图 3.4 不同特征函数查准率的比较**

从图 3.7 可以看出,使用维吾尔语 Unigram 语言模型处理特征,各种特征度量函数实验都取得了非常好的结果。但这还不能完全说明维吾尔语 Unigram 语言模型最适合于维吾尔语特征提取。为了能够进一步研究维吾尔语 N-gram 语言模型,研究者又分别采用了 Bigram(二元)和 Trigram(三元)语言模型进行对比实验。

具体对比实验采用逆文档频率(IDF)选择特征,并按照特征权值大小降序排列,选取权值靠前的一定数量特征,分别采用 Unigram、Bigram 和 Trigram 语言模型进行实验,实验结果图 3.8。

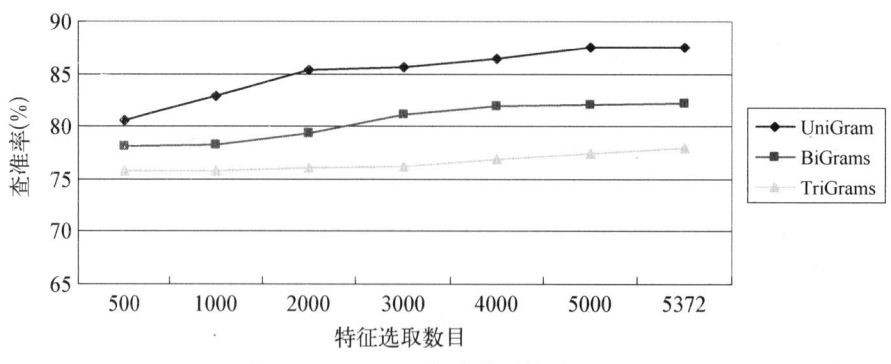

**图 3.5 N-gram 语言模型的对比实验**

从图 3.8 可知,虽然 Bigram 和 Trigram 语言模型也取得了较好的结果。但相对而言,Unigram 语言模型表现最佳,说明 Unigram 语言模型更能反映维吾尔语语言自身的特性。所以,特征选取时,研究者最终使用 Unigram 语言模型进行研究和实验。

### 3.2.3 维吾尔语句子级情感分析

经过深入研究和分析,研究者采用的维吾尔语句子情感分析过程如图 3.9 所示。

在句子情感的识别过程中,研究者着重进行了一下研究和处理工作:

1) 依据语言专家提供的转折连词识别规则,识别句子的转折连词。若存在,则只保留转折连词后半部分。

2) 利用情感词汇的识别算法,标注句中词汇的情感。

3) 基于情感词汇的句子候选情感识别,依据被标注句子中个各词汇情感类型进行。给句子的每类情感色彩进行打分。打分计算公式如下:

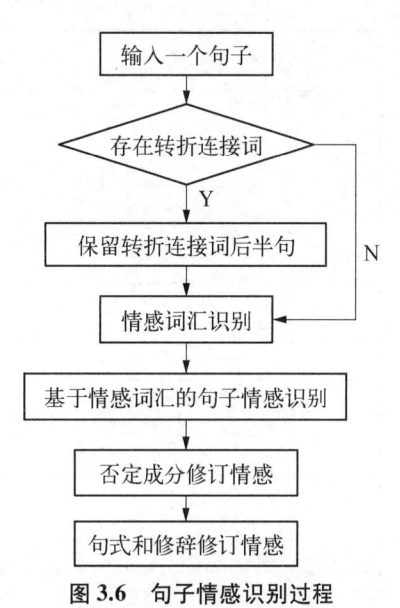

**图 3.6 句子情感识别过程**

$$Mark(i) = m + W_i * N \quad (3.20)$$

其中 $i$ 的值域为 $value = \{褒,贬,乐,哀,怒,恐,惊\}$,$m$ 表示该句子每类情感分数的初始值,默认 $m = 0$,$Mark(i)$ 表示该句子 $i$ 类情感的情感分数,$W_i$ 表示 $i$ 类情感的情感权值,$N$ 表示 $i$ 类情感词在该句子中出现的次数。

得分最高的情感类型作为句子的候选情感。句子候选情感类型用 $I$ 表示。若对 $\forall i \in value$ 都有 $Mark(i) = 0$,表示该句子没有出现情感词。则该句子的候选情感标注为客观,即 $I = $ 客观;若 $\exists i \in value$ 有 $Mark(i) \neq 0$ 则句子的候选情感类型 $I = \text{argmax}(Mark(i))$。即:

$$I = \begin{cases} 客观 & if \forall i\ Mark(i) = 0 \\ \arg((Max(Mark(i)) & if \exists i\ Mark(i) \neq 0 \end{cases} \quad (3.21)$$

4) 否定成分修正情感

一般对于一个不含否定成分的句子,将其候选情感作为该句子的情感基调。而一个句子中若出现了否定成分,则:① 含有奇数个有效的否定成分,根据情况的不同,句子表达的情感可能与候选情感相反或情感被弱化甚至不再带情感;② 含有偶数个有效

的否定成分,句子要表达的情感可候选情感类型一致。依据否定成分出现情况的不同,对句子候选情感基于表3.4规则进行修正:

表 3.4 否定成分修正情感修正规则

| 候 选 情 感 | 否定成分出现的奇偶次数 | 修 正 情 感 |
| --- | --- | --- |
| 褒 | 奇数次 | 贬 |
| | 偶数次 | 褒 |
| 贬 | 奇数次 | 褒 |
| | 偶数次 | 贬 |
| 乐 | 奇数次 | 客观 |
| | 偶数次 | 乐 |
| 哀 | 奇数次 | 客观 |
| | 偶数次 | 哀 |
| 怒 | 奇数次 | 客观 |
| | 偶数次 | 怒 |
| 恐 | 奇数次 | 客观 |
| | 偶数次 | 恐 |
| 惊 | 奇数次 | 客观 |
| | 偶数次 | 惊 |

5) 句式和修辞修正情感

识别句子的句式和修辞方法,修正和确定句子的最终情感类型。

句子情感分析实验是3个递进的实验。实验1,只考虑通过句中词语的情感计算句子的情感,实验结果如图3.10所示。实验2,结合句中词语情感和否定成分修正计算句子的情感,实验结果如图3.11所示。实验3,结合句中词语情感、否定成分修正、句式和修辞修正计算句子情感,实验结果如图3.12所示。

从图3.10可以看出,情感类别为"哀"和"怒"的句子与其他类别句子相比,识别效果差别较大。这是因为在当时的实验中,"哀"和"怒"可供选择的特征相对而言比较少,而算法要标识的类别比较多,因而这两类识别效果较差。

对比图3.10和图3.11结果可以看出,图3.11中各项情感分类评价指标均有提高,正确率、召回率和F1值分别比基于情感词汇的句子情感识别提高了2.0%,9.9%,

图 3.7 基于情感词汇的句子情感识别

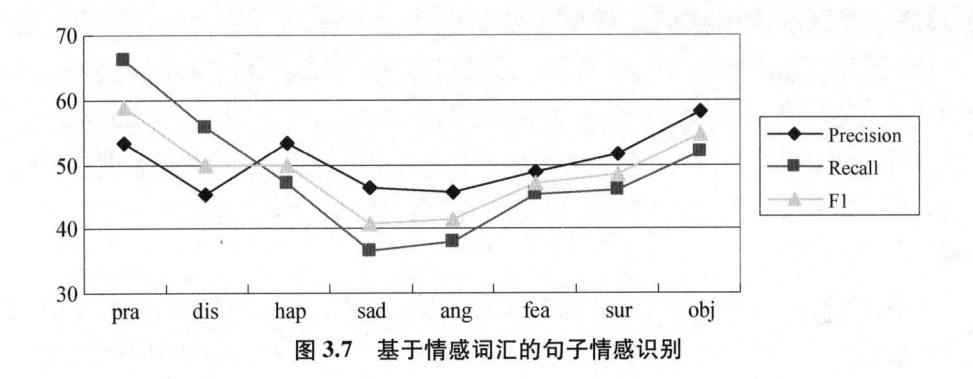

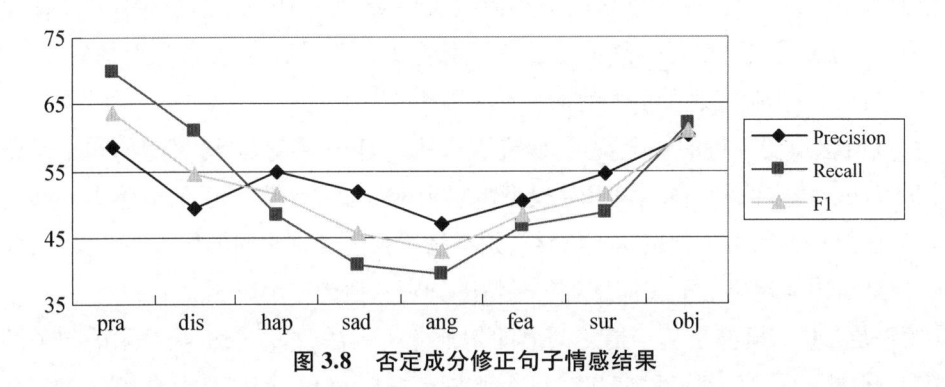

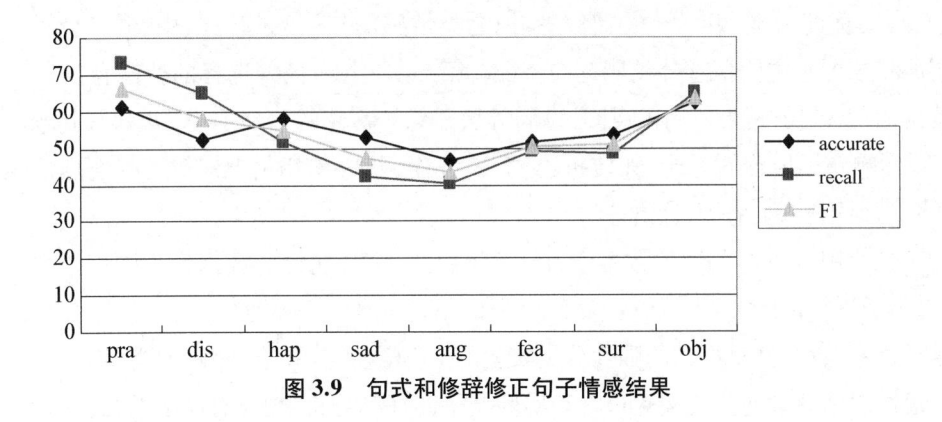

图 3.8 否定成分修正句子情感结果

图 3.9 句式和修辞修正句子情感结果

6.2%；加入句式和修辞修正句子情感后，再次分别提高了 2.0%、3.3%、2.6%，实验如图 3.12 所示。

实验结果证明，通过维吾尔句中情感词，分析句子情感是积极有效的。加入否定成分、句式和修辞修正句子情感类型后，各类情感句子的评价指标都得到了明显提高，证明了研究者提出方法的有效性和实用性。

### 3.3 维吾尔语情感倾向强度分析研究

情感词语可以表达褒、贬、乐、哀、怒、恐、惊等情感,但无法表达出情感的强度;篇章级情感是情感均值,情感均值依赖于文中词语与句子的情感。因此,句子级是情感倾向强度分析的相对最合适粒度。研究者主要针对维吾尔语句子级情感倾向强度分析问题进行研究。研究者将每类情感(褒、贬、乐、哀、怒、恐、惊)的情感强度分为强、中、弱三种。

情感强度分析有别于传统的情感多分类任务。一方面,表示情感强度的类别之间存在冗余信息,即它们都包含了相同的情感信息(例如:褒义类别的强、中、弱都具有褒义倾向性),所以情感强度类别之间的界限很难确定;另一方面,情感类别之间存在层级关系的,情感类别可以看作是情感强度类别的父类别(例如:褒义类别是褒义中强、中、弱三类的父类别,是他们的共有属性)。

针对情感强度分析的如上特点,研究者采用了基于层叠 CRFs 模型的句子情感强度分析方法。该方法利用多个 CRFs 模型由粗到细分步地判断句子的情感类别和情感强度,其中层叠框架可以判别句子情感类别与情感强度类别之间的层级冗余关系,并且 CRFs 模型可以体现出上下文信息对句子情感类别和强度产生影响。

第一层 CRFs 模型是基于情感词语的句子分析方法,自动分析维吾尔语句子的情感倾向(褒、贬、乐、哀、怒、恐、惊和客观八类);第二层 CRFs 模型是对自动标注的情感句子(自动标注为褒、贬、乐、哀、怒、恐、惊七类情感的句子)进行强、中、弱三分类。第一层的特征即是之前情感分类所选的特征。第二层 CRFs 模型选择的特征有:① 句中程度副词;② 句子是否使用了反问、设问等增强句子情感的修饰手法;③ 邻近句子的情感;④ 影响句子情感的连词(如转折连词、递进连词等)使用情况;⑤ 具有强烈情感的维吾尔语惯用表达、俗语、谚语等。

实验使用 27 863 句情感数据作为训练语料,17 239 句情感数据作为测试语料。首先,对句子进行情感分类。然后,对已分类的情感句子进行强度(强、中、弱)分类。实验结果显示,各个情感类别的强度分类实验的 F1 值均在 18.3%—41.7% 之间。

通过对情感倾向强度实验过程和实验结果的仔细分析,现已有如下总结:

(1)由于情感类别和情感倾向强度分类包含的类别较多(7 类情感×3 类强度+客观=22 类),而构建的语料库规模相对有限,故实验数据有一定的数据稀疏性;

(2)层叠 CRFs 模型在第一层中取得较好实验结果的情感类别,在第二层情感倾向强度分类实验中结果也较好(例如:褒、贬类别分类较好,褒、贬类别的强度分类也较好)。反之,第一层实验结果较差的类别,第二层的实验结果也较差。这是因为在第一

层情感分类中存在一定的错误,在第二层中被作为正确的标准,使得这些错误在第二级CRFs中被放大,造成级联误差;

(3) 虽然情感强度的实验效果不佳,但研究者在研究中找到了一些适用于维吾尔语情感强度分析的特征:程度副词特征、句子修饰手法特征、句子上下文情感特征、情感连词特征、维吾尔语强烈情感的惯用表达特征等。这些特征有助于今后维吾尔语情感强度更深入的分析和研究。

## 四 维吾尔语情感主观性关系抽取

主观性关系抽取,涉及评价对象抽取、评价主体抽取以及评价词和评价对象关系抽取,这些工作都是以一定维吾尔语情感词为基础展开的。本章节主要介绍我们以维吾尔语情感词作为依据,如何进行上述研究工作,并由此得出的相应结论。

### 4.1 句子级评价对象抽取

#### 4.1.1 句子级评价对象抽取算法设计

对学习过程中有无施教者监督和监督程度,可将学习方法分为强监督(heavy supervised)、半监督(weak supervised)和无监督(unsupervised)三类。学习中涉及大量的样本,样本包括训练样本和测试样本,其中训练样本又包括已标记样本和未标记样本。

强监督学习是指有结果度量的学习过程,对已标记样本的特征和结果度量进行学习,建立学习模型,根据未知数据的特征预测其结果度量。其典型算法诸如决策树、人工神经网络和支持向量机等算法,已广泛用于机器学习及模式识别、人工智能等领域中。而在本体标注中,强监督学习方法需要大量人工标注的页面作为训练样本,然后使用这些训练样例对页面进行学习,从而进行新的本体标注等。目前应用到本体标注及学习领域的强监督学习方法有:基于隐马尔科夫模型的学习算法、基于关系的学习算法及基于文法推断的学习算法等。

半监督本体学习方法作为一种新兴的技术,正引起研究人员的广泛关注。弱监督学习通过对全部样本和少量标注信息的学习大大改善了无监督学习的算法性能。近几年来,弱监督分类已成为机器学习领域的一个研究热点,获得了国内外广泛的关注和研究。本体的弱监督学习法主要有:Co-Training算法、coEM算法和自扩展算法。

无监督学习是指没有结果度量的学习过程,只通过对特征进行观察分析,没有结果度量,只能对样本总体信息进行推断,并描述其数据组织和聚类形式。常见的无监督学习有聚类分析和关联规则分析等。本体的无监督学习方法不需要人工标注的页面作为训练样例,它根据页面自身结构对页面进行分析,从而进行术语获取。无监督学习在本体标注领域中的算法主要有:封装器系统学习算法、基于分段技术的学习算法及基于树自动机的学习算法等。

进过研究和分析,研究者采用半监督 Bootstrapping 和无监督 Bootstrapping 相结合的办法提取维吾尔语网络文本中的评价对象。在模式选择上,采用包含种子词在内的 3—5 个窗口词和词性信息生成候选模式,并提出了冗余模式机制,结合模式打分算法,对候选模式进行筛选和处理;在模式匹配上采用模糊匹配和多次匹配相结合的方式。

评价对象提取过程如图 4.1 所示:

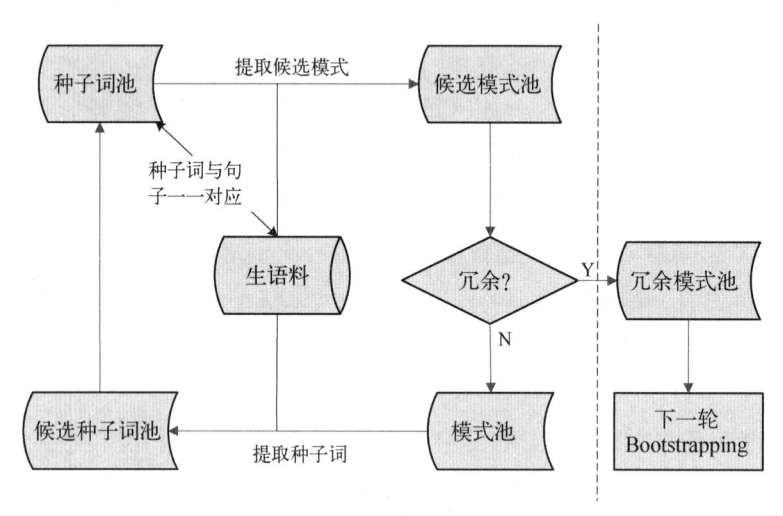

图 4.1 评价对象提取流程图

具体实验步骤如下:

**Step1**:语料预处理:包括分句和词性标注等;

**Step2**:分析语料,找出 5 个典型的评价对象作为种子词,存入种子词池(Seed Word Pool);

**Step3**:根据维吾尔语语法规律和评价句子的特点,分析出评价句子中 5 个常用的模式,存入模式池(Pattern Pool);

**Step4**:从种子词池中的每个种子词出发,提取语料中所有包含种子词的模式,存入候选模式池;

**Step5**:选择候选模式池中与模式池中任意模式均不冗余的一个最优模式,更新入模式池。之前若有冗余模式,则更新入冗余模式池。清空候选模式池;

**Step6**:采用模糊匹配和多次匹配的方式将模式池中的模式与语料中的句子进行

匹配,将匹配成功的提取的评价对象与句子一一对应,并将该评价对象加入种子词池;

**Step7**:模式池中所有模式与语料全部匹配完毕之后,判断种子词池是否有更新,若有,则返回 **Step4**;否则,执行 **Step8**;

**Step8**:清空种子词池和模式池,本轮 Bootstrapping 过程结束,执行下一轮 Bootstrapping 过程;

**Step9**:提取出经过上一轮 Bootstrapping 过程后评价对象仍为空的句子作为本轮 Bootstrapping 过程的新语料。若语料中的所有句子的评价对象均不为空,则执行 **Step12**;

**Step10**:若冗余模式池为空,则执行 **Step12**。否则,将冗余模式池中的模式按分数由高到低的顺序依次存入候选模式池。冗余模式池清空;

**Step11**:将候选模式池中的模式依次加入模式池中,加入过程中,若出现该模式与模式池中某个模式冗余情况,则将该模式加入冗余模式池。返回 **Step6**;

**Step12**:实验结束。

#### 4.1.2 Bootstrapping 算法相关处理技术

(1) 模式和冗余模式

模式就是对某类频繁现象的抽象总结。本文采用以词性、词形、词干、词缀模式,辅以词性和词形相结合、词干和词缀相结合的模式。以词性模式为例,在 Bootstrapping 算法中,经常会遇到诸如此类格式的模式:/N/D/A,其中 N 代表名词,D 代表副词,A 代表形容词。在本文算法中对模式格式进行了改进,本文模式格式:/N/D/A:0,":"前面的即为词性模式,后面的"0"代表该模式提取出评价对象的位置索引(从 0 开始)。

冗余模式:对于任意两个模式 A 和 B,模式 A:$A_1/A_2\cdots/A_n$,模式 B:$B_1/B_2\cdots/B_m$,若 A = $/A_1/\cdots/A_i\underbrace{/B_1/\cdots/B_m}_{B}/A_j/\cdots/A_n$;$i \leqslant i \leqslant n-1, i < j \leqslant n$,或者 B = $/B_1/\cdots/B_i\underbrace{/A_1/\cdots/A_n}_{A}/B_j/\cdots/B_m$;$1 \leqslant i \leqslant m-1, 1 < j \leqslant m$,且对于模式 A 提取的评价对象为 X,模式 B 提取的评价对象为 Y,有 X≠Y,则称模式 A 与模式 B 冗余。

如下面两个句子:

سېنىڭ ھەقىقەتەن ئېپىڭ بار

词性序列为:/P/D/N/A

مائاشىمۇ يۇقىرى

词性序列为:/N/A

包含以上两个句子信息的模式/P/D/N/A:0 和/N/A:0 即是冗余模式。因为第一句既可匹配模式/P/D/N/A:0,又可匹配模式/N/A:0,但第一句只有 P 对应的词语为评价对象。冗余模式机制则很好地解决了这一问题。

(2) 模式获取与模式选择

本实验模式获取的方式并不是将包含种子词的整个句子的词和词性信息生成候选模式。因为距离种子词太远的信息对该实验的影响很小,甚至还有可能给实验造成干扰。因此,我们对包含种子词的句子,依次提取包含种子词在内的 3—5 个窗口的所有词和词性信息生成候选模式,然后根据种子词匹配的信息给每个候选模式打分,并将候选模式按分数的降序排列。模式 $P_i$ 具体的评分函数 $Score(P_i)$ 如下:

$$Score(P_i) = \sum_{w \in S} \frac{N_w}{F_w} \log_2 S \qquad (4.1)$$

式中 S 表示提取出模式 $P_i$ 的种子词(评价对象)数目,$N_w$ 表示种子词 w 匹配模式 $P_i$ 的次数,$F_w$ 表示种子词 w 匹配所有模式的次数。以往的研究在模式选择上,均是选择得分最高的几个模式(一般 2—5)更新到原来的模式池。本文也是选择得分最高的模式开始,只是新模式在加入原来的模式池之前判断该新模式是否与原模式池中的某个模式冗余,若无,则更新入模式池,否则更新入冗余模式池(下一次 Bootstrapping 过程的候选模式池),直到模式池中新增一个模式时,本轮模式更新结束。

(3) 模式匹配

网络评论有别于正式的书面语言,评论者的留言一般比较随意,不拘泥于语法,说话风格也各不相同。若采用完全匹配,则实验结果的召回率将会很低,因此,本文采用模糊匹配的方式。另一方面,由于我们在获取模式时,采用的是只考虑了种子词在内的附近 3—5 个窗口,若采用一次匹配的方式,对于较长的评价性的复合句或并列句将会漏掉很多评价信息。

## 4.2 实验和分析

维吾尔语文本评价对象提取实验设计如下:

实验语料主要为研究者前期收集的 500 个维吾尔语评价性句子,其主要来源于大型维吾尔语网络论坛。为体现本研究者实验方法在评价对象抽取实验中的优势,我们与山西大学宋晓雷的方法进行对比。两组实验均从 5 个种子词和 5 个种子模式出发进行评价对象的提取实验,并且这两个算法使用的 5 个种子词和 5 个种子模式完全一样,实验结果如图 4.2 所示:

从图 6.2 中可以看出,我们的方法较宋晓雷的方法在实验结果的正确率、召回率、

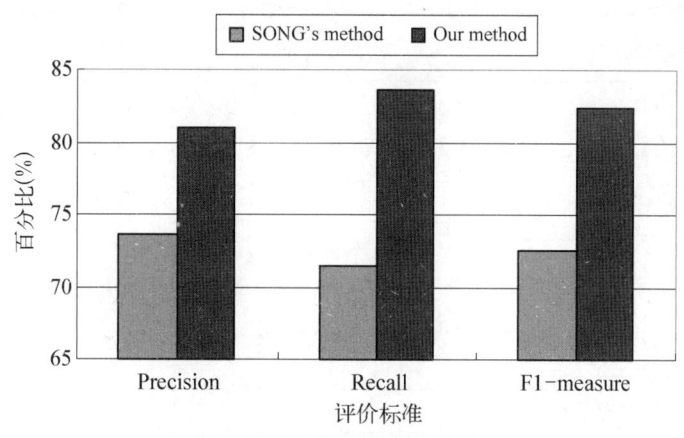

图 4.2 评价对象抽取实验结果比较

F1 值均有很大提高,其中正确率提高了 8.5%,召回率提高了 12.2%,F1 值提高了 9.8%,从实验结果中可以看出,我们提出的冗余模式机制能很好地改善维吾尔语评价对象的抽取效果,从而证明了该方法在维吾尔语评价对象提取方面的有效性和实用性。

### 4.3 多粒度主题抽取

意见主题在本研究中等价于评价对象。因此,研究者在后期的研究中,用"主题"替代"评价对象",以"主题抽取"替代"评价对象抽取"。

为使主题抽取的结果更具说服力,并体现出其实用价值,研究者采用多粒度的主题抽取方法,并建立意见陈述—主题四元组 $<OC, GT, LT, CT>$(OC 表示意见陈述,即意见持有者针对某主题表达的具有情感的意见表述,GT 表示 OC 的全局主题,LT 表示 OC 的局部主题,CT 表示 OC 的当前主题),将抽取的主题与意见陈述一一对应。多粒度主题抽取过程如图 4.3 所示。

1)局部主题和全局主题抽取及"全局—局部主题"关系建立

狄利克雷(Latent Dirichlet Allocation,LDA),一个集合概率模型,主要用于处理离散的数据集合,主要用在数据挖掘(dm)中的 text mining 和自然语言处理中,主要是用来降低维度的。LDA 是主题模型,也称为一个三层贝叶斯概率模型,包含词、主题和文档三层结构。文档到主题服从 Dirichlet 分布,主题到词服从多项式分布。

LDA 是一种非监督机器学习技术,可以用来识别大规模文档集(document collection)或语料库(corpus)中潜藏的主题信息。它采用了词袋(bag of words)的方法,这种方法将每一篇文档视为一个词频向量,从而将文本信息转化为了易于建模的数字信息。但是词袋方法没有考虑词与词之间的顺序,这简化了问题的复杂性,同时也为模

图 4.3 多粒度主题抽取过程

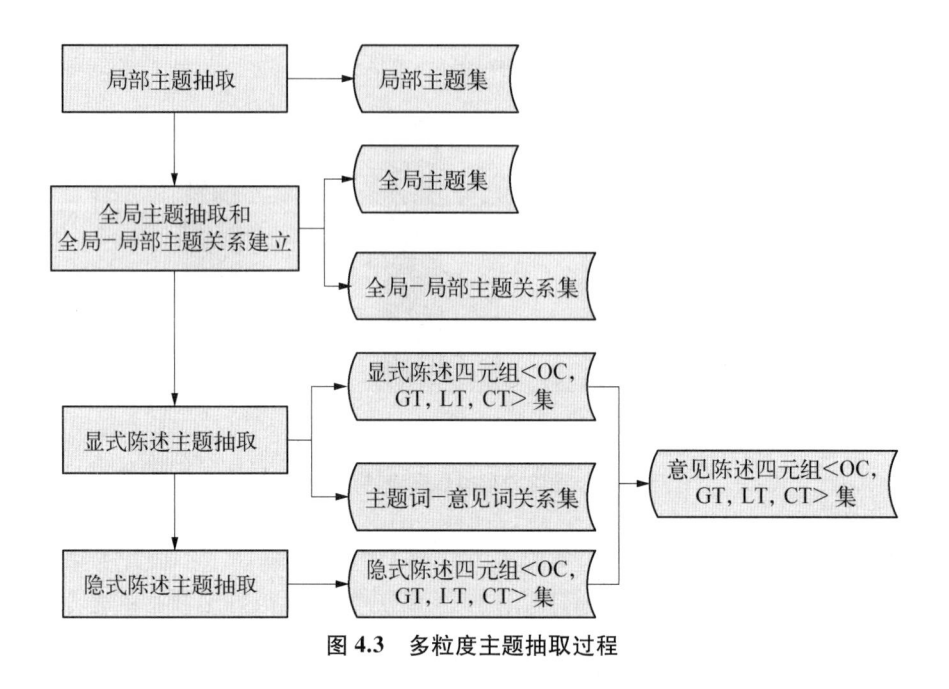

型的改进提供了契机。每一篇文档代表了一些主题所构成的一个概率分布,而每一个主题又代表了很多单词所构成的一个概率分布。

对于语料库中的每篇文档,LDA 定义了如下生成过程(generative process):

(1) 对每一篇文档,从主题分布中抽取一个主题;

(2) 从上述被抽到的主题所对应的单词分布中抽取一个单词;

(3) 重复上述过程直至遍历文档中的每一个单词。

语料库中的每一篇文档与 T(通过反复试验等方法事先给定)个主题的一个多项分布(multinomial distribution)相对应,将该多项分布记为 θ。每个主题又与词汇表(vocabulary)中的 V 个单词的一个多项分布相对应,将这个多项分布记为 φ。

传统的 LDA 模型能分别抽取篇章级全局主题、段落级局部主题,但无法建立全局—局部主题关系。研究者对 LDA 模型进行了改进,提出了 GLR - Cascaded LDA (Cascaded LDA model for global topic, local topic and the relation between them, GLR - Cascaded LDA)模型。该模型能抽取篇章级全局主题、段落级局部主题并建立全局—局部主题关系。GLR - Cascaded LDA 模型框图如图 4.4 所示。

GLR - Cascaded LDA 模型是层级的 LDA 模型。

该模型的第一级是段落级的 LDA 模型,用于抽取局部主题,抽取结果作为第二级的可观察变量。第二级是改进的 LDA 模型,同时采样文档中的词语和该词语所在段落

(a) 第一级　　　　　　　　(b) 第二级

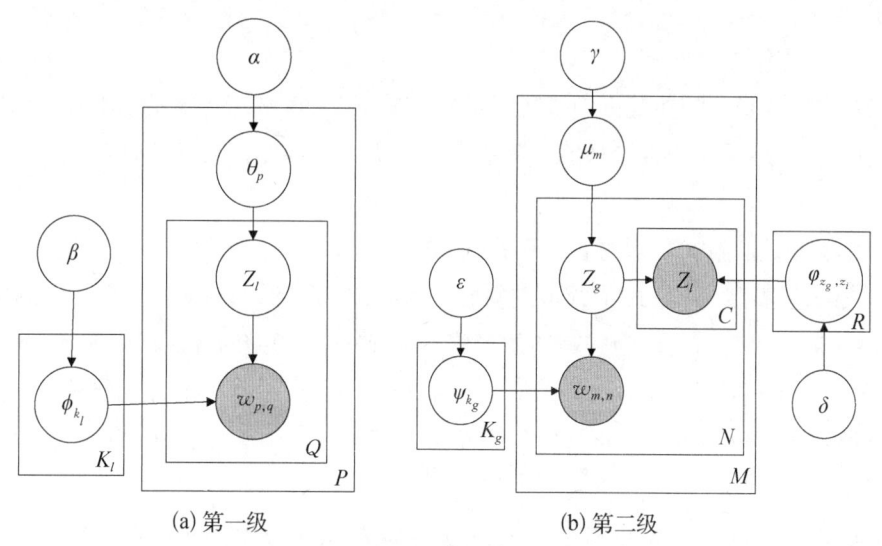

图 4.4　GLR‐Cascaded LDA 模型

的局部主题,抽取全局主题并建立"全局—局部主题"关系。

2）显式陈述主题抽取

显式主题在显式陈述范围中是以显见方式表达的,陈述中包含具体表示主题的词汇或短语。在显式陈述主题抽取中,研究者继承了前期评价对象抽取方法,并作了如下改进:

在模式表示方面,研究者不仅考虑了词和词性特征,还考虑的维吾尔语意见陈述中主题词词干和词缀的语法特征。根据这些特征,在模式表示中增加了词干特征和词缀特征。即,模式中有词模式、词性模式、词干模式、词缀模式。词干模式可以使主题词的指向性更加明确,避免在附加不同词缀后,同一主题词被判断为不同主题词;词缀模式则有助于意见词的发现。例如,在某些中性形容词之后附加表爱词缀,则这些词会表现出较强主观性,可以有助于判断附加了此类词缀的形容词即为意见陈述中的意见词。又因为意见词是主题词抽取的重要特征,从而在客观上也说明词缀模式对主题词抽取具有重要作用。

模式不仅包含了主题信息,还附加了其对应意见词的信息。每个模式可作为一个完整意见陈述模式,代表同一类型的意见陈述。提取出意见陈述中的主题词的同时,还提取出其对应的意见词,建立主题—意见词关系集合,用于隐式陈述的主题抽取过程。

增加了对候选主题的精炼过程。对于提取出多于一个主题的意见陈述,通过该意见陈述的全局主题和局部主题对当前主题的映射关系,对出现的多个候选主题进行精炼。

3) 隐式陈述主题推断

隐式主题在隐式陈述范围中未用显见的方式表达,陈述中不包含具体表示主题的词汇或短语。因此,无法直接从隐式陈述中抽取主题,需要结合意见词和前文信息进行推断。

研究者分析了隐式主题的表现形式、隐式陈述主题与前一陈述主题的关系。用于推断隐式陈述中主题的隐式主题推断算法,相关推断规则即是基于这些特点制定的。设 $CT(C\_Claim)$ 表示当前隐式陈述的当前主题,隐式主题推断算法规则如下:

**Rule 1** $CT(C\_Claim) = CT(OW)$,$CT(OW)$ 表示通过意见词直接推断出的主题。

**Rule 2** $CT(C\_Claim) \in RT(L\_Claim)$,$RT(L\_Claim)$ 表示前一陈述主题上、下义或相关主题列表。

**Rule 3** $CT(C\_Claim) = CT(L\_Claim)$,$CT(L\_Claim)$ 表示前一陈述的当前主题。

**Rule 4** $CT(C\_Claim) \in Topic-Stack$,$Topic-Stack$ 表示前文部分陈述的主题所构成的主题栈。

**Rule 5** $CT(C\_Claim) \in RT(LT)$,$RT(LT)$ 表示与局部主题相关的主题列表。

**Rule 6** $CT(C\_Claim) = LT(C\_Claim)$,$LT(C\_Claim)$ 表示当前陈述的局部主题。

**Rule 7** $CT(C\_Claim) \in RT(GT)$,$RT(GT)$ 表示与全局主题相关的主题列表。

**Rule 8** $CT(C\_Claim) = GT(C\_Claim)$,$GT(C\_Claim)$ 表示当前陈述的全局主题。

在隐式主题推断时,可能存在同时满足多个规则。为利用隐式主题推断算法中的这些规则,必须为它们设置优先级。根据隐式陈述的特点分析,我们建立如下优先级关系:

Rule 1>Rule 2>Rule 3>Rule 4>Rule 5>Rule 6>Rule 7>Rule 8

在隐式主题推断算法运行时,需要为每个隐式陈述更新和维护如下信息:

① 通过意见词推断出的主题,可能为空;

② 前一陈述的主题和其上、下义或相关主题列表;

③ 前文中部分陈述的主题所构成的主题栈;

④ 该陈述的局部主题和与局部主题相关的新主题列表;

⑤ 该陈述的全局主题和与全局主题相关的新主题列表。

实验所用数据主要来自人民网、天山网、昆仑网等网站的维吾尔语版和一些大型维吾尔语 BBS 网站。内容涵盖产品评论、文学评论、人物评论等共 496 个评论文本、1 759 条意见陈述,其中显式陈述 1 302 条、隐式陈述 457 条。实验结果如图 4.5 所示。

a. 显式陈述主题抽取结果

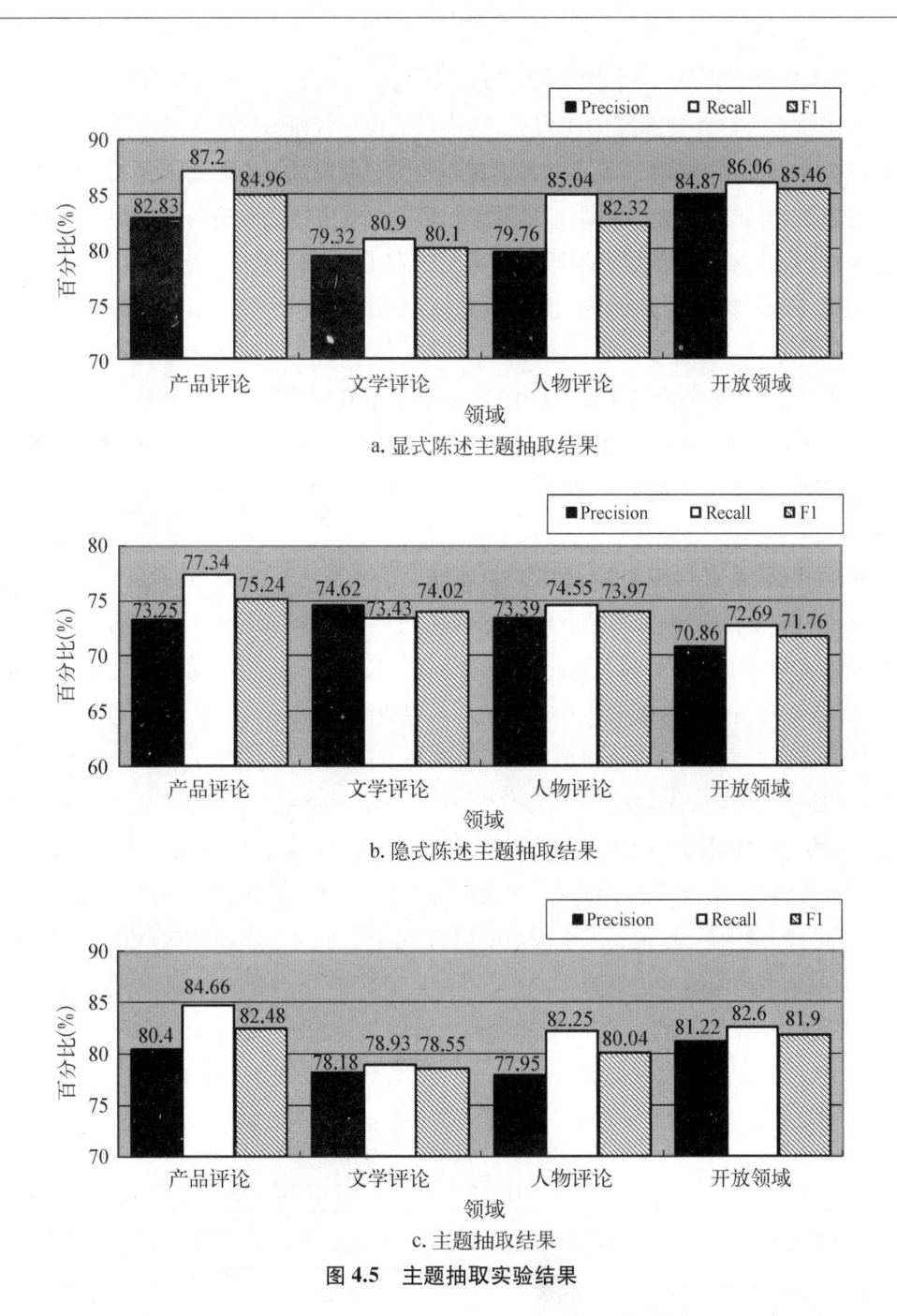

b. 隐式陈述主题抽取结果

c. 主题抽取结果

图 4.5 主题抽取实验结果

从图 4.5(a)中可见,在产品评论领域和开放领域的各项评价指标均超过了 82.00%;人物评论领域也只有正确率略低于 80.00%,为 79.76%;在文学评论领域各项评价略低于其他领域和开放领域,这是因为在文学评论文本中表达方式和表现手法较为丰富,给实验带来了一定干扰。

对比图4.5(a)和图4.5(b)可以看出,各领域和开放领域的隐式主题抽取的实验结果均低于显式主题抽取结果。这是因为在隐式主题抽取过程中用到了显式主题抽取过程中的结果,因此,在隐式主题抽取过程中也会将显式主题抽取中的一些错误知识认为是正确的,并加以参考和运用,这对隐式主题抽取的实验结果有一定的影响。不过,从整体上看,特定领域和开放领域的各项实验评价指标均在70%以上,这说明了研究者提出的方法在隐式主题抽取上的有效性。

图4.5(c)为主题抽取的最终结果(包括显式的和隐式的)。综合图4.5,每个特定领域和开放领域抽取结果的正确率、召回率、F1值相差均不大。这说明研究者提出的方法通用性强,不仅不依赖于领域知识,能在各领域之间灵活切换,而且适用于开放领域。

### 4.4 "评价词—评价对象"关系抽取

评价词就是具有褒、贬等情感倾向的情感词,每个评价词所针对的不同对象,只有与其所描述的评价对象关联在一起之后,才真正有其意义,评价词和评价对象的关联关系抽取,是情感倾向性分析中非常重要的一个环节。

研究者在"评价词—评价对象"关系抽取任务中采用的方法与评价对象抽取的方法类似,都是采用基于Bootstrapping的模式匹配方法。改进之处:(1)关系抽取任务中的一个模式不仅包含评价对象信息,同时也包含评价词信息;(2)提取过程的操作不再是以词为单位,而是以词簇为单位。即提取的关系不是"评价词—评价对象"词关系对,而是词簇关系对。处于同一个词簇中的词是同义词。同时,该词簇还有一个对立词簇,是该词簇中词汇的反义词集。

"评价词—评价对象"关系抽取实验的语料中包含500个评价性语句,每个句子中包含1个或1个以上的"评价词—评价对象"关系对,一共541个"评价词—评价对象"关系对。实验结果如表4.1所示。

表4.1 关系抽取实验结果

| 评价标准 | 正确率(%) | 召回率(%) | F1值(%) |
|---|---|---|---|
| 结果 | 74.64 | 77.26 | 75.93 |

实验结果说明了该方法能有效地提取"评价词—评价对象"关系对。由于实验语料取材于产品评论、人物评论、文学评论、时事新闻评论等,而非单一领域语料,同时,实

验中也未用到领域知识,因此,该方法具有领域独立性,既能在各领域语料中灵活切换,又能适用于开放领域。

## 五 维吾尔语比较句识别研究

比较作为一种常见且具有一定说服力的表达方式,在各种不同的语言环境里均扮演着重要的角色。这些比较信息对于一些潜在的商品买家,或者一些投资者等的决策有着重要的参考价值。

### 5.1 比较句相关研究

Nitin Jindal 采用 keywords 和 CSRs 作为特征,以朴素贝叶斯分类器来识别比较句,对比较关系识别,提出了 LSR 方法,利用挖掘的序列规则,预测和抽取关系元素。Shasha Li 等利用以 IEP 序列做种子的 Bootstrapping 方法识别比较句并抽取比较实体。Dae Hoon Park 等选取语义和句法特征,并将其应用到三种不同的分类器实现比较句识别。汉语比较句研究中,黄小江等结合汉语的语言特征,以比较词和序列模式为特征,用 SVM 分类器实现比较句的识别。宋锐等通过建立中文比较模式库的方式实现比较句的识别,并用条件随机场抽取汉语比较关系。黄高辉等增加了实体对象信息特征,采用 SVM 分类器识别比较句。李建军运用熵值平衡算法对倾斜语料预处理,用 SVM 和 NB 分类器识别比较句。杜文韬等则选择基于关联特征词表的机器分类法对比较句和非比较句分类。王素格等利用序列模式挖掘算法获取比较模式,并利用该模式直接匹配待识别句子。Seon Yang 对韩语比较句识别做了研究工作,沿用了以比较词、词性和词汇序列为特征,机器分类的方法。这些研究工作推进了比较句的研究,但方法多依赖于人工定制的规则,代价大,可移植性不高。另外,比较句表达形式复杂多样,以上研究对象均是最通用的比较句型,有相当部分的特殊比较句尚未纳入研究范围。

### 5.2 维吾尔语比较句

#### 5.2.1 维吾尔语比较句定义及识别任务

比较句是指谓语中含有比较词语或比较格式的句子。在结构上比较句包含比较主体、比较客体、比较点、比较结果四个要素。比较主体和比较客体统称为比较实体。我们将维吾尔语比较句划分为平比、差比和极比三类,其中差比又包括高下和不同两个子类。本文研究的比较句是比较意义明显的句子,语义模糊的句子不纳入比较句范畴。例:

بۇ سىنىپنىڭ ئىنتىزامى بىرقەدەر ياخشى.

(汉语:这个班级的纪律比较好。)

该句中"بەرقەدەر(比较)"一词兼有相对程度和绝对程度的含义,语义模糊。不在本文研究范围内。

维吾尔语比较句识别研究任务可以分为三部分:1)比较句的识别。即对任意给定的句子判断其是否属于比较句。2)比较句类别识别。将任务 1 识别出的维吾尔比较句划分为平比(Equal)、极比(Superlative)、高下(Non-equal)、不同(Different)4 种类别。3)比较关系抽取。抽取比较句中的比较关系四元素。本文的研究工作将围绕任务 1,即比较句的识别展开。

### 5.2.2 维吾尔语比较句特点

维吾尔语隶属于阿尔泰语系突厥语族,是一种黏着性语言。维吾尔语比较句具有以下特点:1)维吾尔语的语法常由词根加不同的词缀体现。汉语和英语比较句均含有标志性的比较词,维吾尔语比较句中常由词缀体现比较意义。2)英语和维吾尔语比较句中都含有词缀,但两者所含词缀用法完全不同。在英语比较句中,词缀加在比较结果词(形容词或副词)后,表示比较级。例如,"higher"是形容词"high"的比较级,词缀"-er"加在形容词原级后,与介词"than"搭配表示比较的意义。维吾尔语表示比较意义的词缀附加于比较客体(名词或代词)后。

例如:

ئالما نەشپۇتتىن تەملىك.

(汉语:苹果比香梨好吃。)

比较词缀"دىن-"加在比较客体"نەشپۇت"后,构成一个单词。

这些特点将在实验中的产生序列环节得到具体应用。

### 5.2.3 常见维吾尔语比较词

比较词指的是表达比较的手段,包括词汇手段和语法手段以及某些表达比较的固定格式等。根据维吾尔语比较句中比较词的不同形式,将其分为 2 类。

1)词缀表示比较。

a. 从格结构表示高下差比。

维吾尔语中常以"دىن-\تىن-"后缀跟在比较客体后,表示高下。这种形式称为从格。概括为以下两种句式。("a"表示形容词,"n"表示名词,"v"表示动词,"×-"表示词缀)

1. دىن\تىن - ...a.
2. دىن\تىن - ...n v.

对第 2 种句式,动词作谓语的比较句,英语与汉语中均是宾语位于动词后,而维吾尔语中宾语却在动词之前。

b. 相似格表示平比。

以"تەك\-دەك-"缀接在比较客体(多为名词或代词)后,表示平比。"تەك\-دەك-"是相似格,也称形容词相似词尾。

例如:

كىيىم رەسىمدىكىدەك چىرايلىقكەن

(汉语:衣服和照片上的一样漂亮。)

这类句子表达的含义相当于汉语比较句中包含"有"的比较句。表达"没有"含义,则在形容词谓语后加"ئەمەس"。

如果句子谓语是动词,其否定形式是对该动词的否定。

例如:

تۇرسۇن ئوسماندەك تېز يۈگۈرەلمەيدۇ.

(汉语:吐尔逊没有吾斯曼跑得快。)

2) 单词,单词与词缀组合表示比较

a. 维吾尔语中用方向格"-غا\-قا\-گە\-كە"与单词搭配,表示比较。这类句式有以下 6 种("a"表示形容词):

1. ئوخشاش... -كە\-گە\-قا\-غا-.
2. +a ئوخشاش... -كە\-گە\-قا\-غا-.
3. يېتىشئالماق... -كە\-گە\-قا\-غا-.
4. تەك كەلمەك... -كە\-گە\-قا\-غا-.
5. يەتمەمەك... -كە\-گە\-قا\-غا-.
6. قارىغاندا... -كە\-گە\-قا\-غا-.

以上 6 种句式中,方向格具体选取哪种形式,需要根据语音和谐规律进行判断。在语义上,句式 1 和 2 相当于汉语中表示"跟……一样"的比较句。

例如:

قاناس مەنزىرىسى خۇاڭشەنگە ئوخشاشلا داڭلىق.

(汉语:喀纳斯景区跟黄山一样有名。)

在表示否定含义时(即"不一样"),在"ئوخشاش"后加否定系词"ئەمەس"。

b. 其他形式的单词,单词与词缀组合表示比较。

1. ...دىن كۆرە ... غىچە
2. ...بىلەن... قىلىشمماق
3. ...بىلەن...ئوخشاش
4. سېلىشتۇرغاندا
5. ئەڭ

句式 1 相当于汉语中表示"与其……不如……"的比较句；句式 2 和 3 表示平比；句式 4 和 5 形式上与汉语比较句非常类似，也是由单独的单词体现比较的含义，与汉语比较句语序不存在明显不同。

例如：

بۇ قىيىنچىلىقلار ئۆتمۈشكە سېلىشتۇرغاندا ھېچ گەپ ئەمەس.

（汉语：这些困难和过去比起来还差得远。）

上例中以"سېلىشتۇرغاندا"体现比较意义。

كورلىنىڭ نەشپۈتى پۈتۈن مەملىكەت ئىچىدە ئەڭ تاتلىق.

（汉语：库尔勒的香梨是全国最好吃的。）

维吾尔语中，"ئەڭ"表示"最"，常位于形容词前作为相对程度副词。一般情况下，句子中出现"ئەڭ"，我们常认为该句子为极比句。

## 5.3 维吾尔语比较句识别方法

根据以上所述维吾尔语比较句特点，提出一个两层比较句识别模型，具体识别流程如图 5.1 所示。

该识别模型首先结合人工总结的维吾尔语比较词初步进行粗识别；然后，以双向 CSR 挖掘算法挖掘的比较模式作特征，利用 SVM 分类器识别比较句。该模型通过利用比较词与机器学习算法结合的方式，兼顾了维吾尔语比较句识别的准确率和召回率。

### 5.3.1 基于比较词的粗识别

在维吾尔语中，含有比较词的句子很可能是比较句，有些却不一定是比较句。根据比较词是否能确定指示比较句，将比较词分为两类：具有确定指示性的比较词和不具备确定指示性的比较词。含有确定指示性比较词的句子可以被直接认为是比较句。

模型第一层采用基于比较词的粗识别。基本思路是通过判断句子是否含有比较词来粗略区分比较句与非比较句。

维吾尔语比较词多由几部分组合而成，单独取出比较词中的任一部分（可能为词缀、单词）都不能表示比较意义，必须将比较词作为整体用来识别比较句。因此，在实

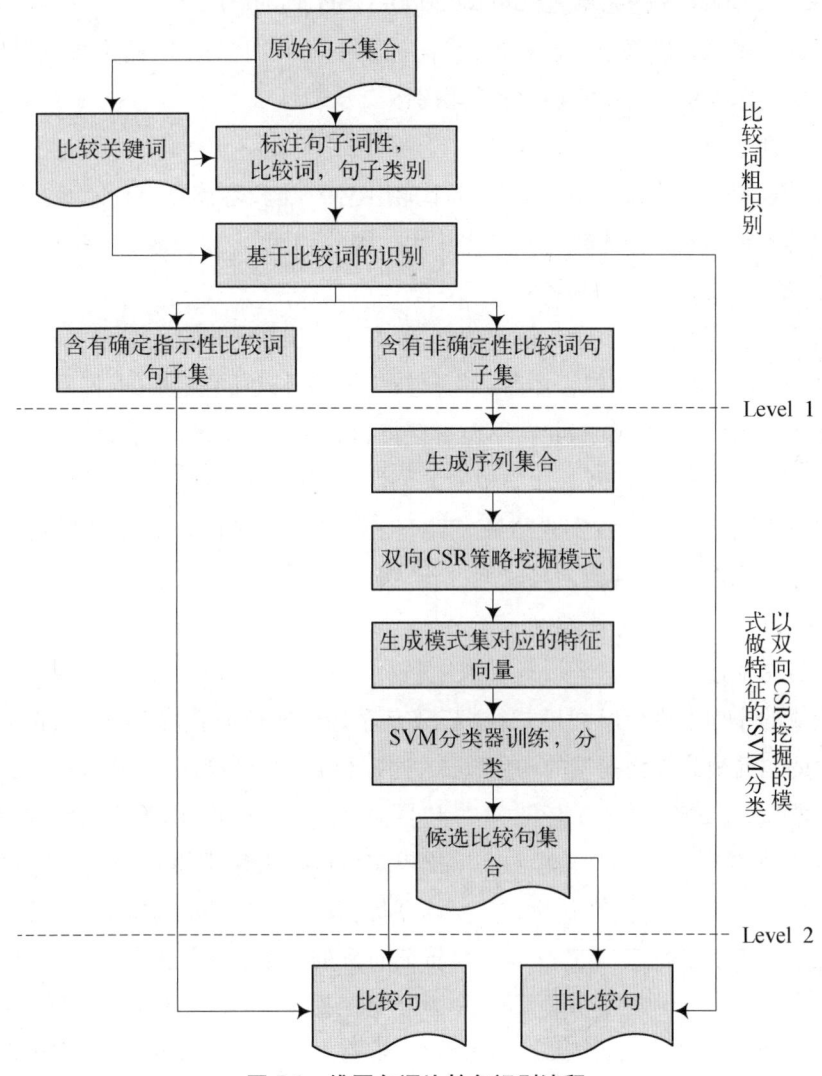

图 5.1 维吾尔语比较句识别流程

验过程中,我们采用正则表达式表达各个比较词。正则表达式能表达词缀、单词,并能体现比较词中各个词缀、单词之间的组合关系,即将比较词作为一个整体。

在识别前,我们将比较词集中的每一个比较词表示为对应正则表达式。识别时,将每一个待识别句子与比较词集中的每个正则表达式匹配。对确定指示性比较词,若存在成功匹配的情况,则直接认为该句子为比较句;对非确定性比较词,若存在成功匹配的情况,则将该句子作为候选比较句。所得候选比较句集合作为第二层模型的输入句子集,供进一步识别使用。图 1 中,level 1 即为基于比较词的粗识别过程。

### 5.3.2 双向 CSR 挖掘算法(Bidirectional CSR Mining)

为了进一步筛选出真正的比较句,我们提出一种双向 CSR 挖掘算法,通过挖掘比较模式,并结合 SVM 分类器实现比较句识别。

(1) 序列选择

通常比较句式中比较词相对固定,而比较主体和比较客体可以任意替换。我们希望用序列模式很好地区分比较句和非比较句。因此,需要定义合适的支持度,来挖掘出每类特有的序列模式,与类别捆绑。

根据前面介绍的维吾尔语比较句特点,维吾尔语比较句中有大量词缀充当比较词。并且,多数比较词缀位于比较客体后。而比较客体是可以任意更换的,即其不具有比较句指示作用。因此,在生成序列时,不能直接将含有比较词缀的单词整体及其词性作为序列元素,而应取比较词缀及其所属单词的词性。否则,含有比较词缀单词的词干部分(一般是比较客体)将会干扰实验结果。对于比较词是单词的情况,取比较词及其词性作为一个序列元素,句中其他词只取词性作为序列元素。按照上述方法得到序列数据集,并为集合中每个序列标注类别。

(2) 算法描述

对生成的序列集进行序列模式挖掘,现存序列模式挖掘算法 PrefixSpan 选择序列数据库中的一元模式作为挖掘的初始模式,这样得到一个相当大规模的模式集。其中包括大量的无用模式,即无法利用该模式识别比较句。这些无作用模式增大了模式挖掘的计算量,并会在接下来机器学习过程中,加大特征向量的维数,干扰最终分类效果。因此,为避免挖掘无用模式,将比较词作为初始模式。维吾尔语比较句中,比较主体和客体常位于比较词前,比较结果位于比较词后,比较词前后的词性信息是比较模式的重要组成部分。而比较词在序列所处位置并非列首,直接用 PrefixSpan 挖掘序列模式,会丢失比较词前的序列信息。针对以上问题,提出一种双向的 CSR 挖掘算法(Bidirectional CSR Mining,简称 Bi-CSR),即以比较词为初始模式,向其前后两个方向挖掘比较模式。算法流程如图 5.2

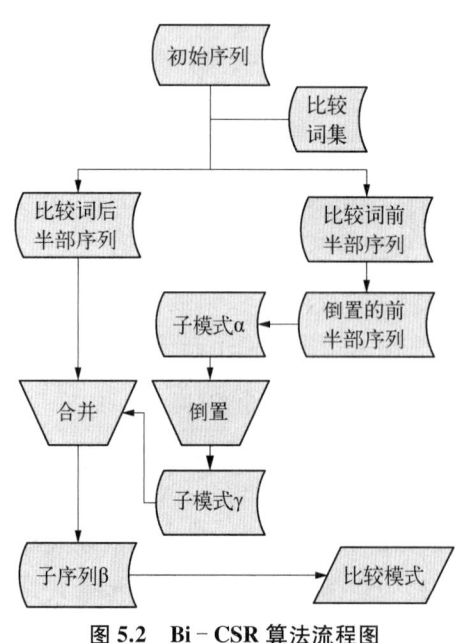

图 5.2 Bi-CSR 算法流程图

所示。

如图5.2所示,将比较词集中的个体(单独的词缀或单词)作为挖掘的初始模式。以比较词为界,将序列切为两部分。对序列的前半部分,比较词位于列尾,我们将序列元素顺序倒置,形成形式上以比较词为首的子序列,然后运用PrefixSpan挖掘模式,得到模式$\alpha$,将所得模式$\alpha$元素顺序倒置,记作子模式$\gamma$。对序列的后半部分,将$\gamma$添加至子序列列首,对子序列$\beta$运用PrefixSpan挖掘模式,得到比较模式。挖掘过程中,通过定义合适的最小支持度和最小置信度阈值,挖掘出满足条件的CSR。

比较句识别可以被看作是一个二分类问题,将给定的某些句子划分为比较句和非比较句两类。将Bi-CSR得到的比较模式作为特征,使每个测试序列与比较模式匹配,若匹配成功,则对应特征位置1,否则置0。采用二分类性能优越的SVM分类器,选出候选比较句。

### 5.4 实验与结果分析

按照图5.1所示流程,先进行基于比较词的比较句粗识别实验(KWS)。分别判断待识别句子是否含有表1所示两类比较词,若含确定指示性比较词,则此句子为比较句;若含有非确定指示性比较词,则此句子为候选比较句;若不含有比较词,为非比较句。实验结果如表5.1所示。

表5.1 不同类型比较词识别比较句准确率对比

| 确定指示性比较词 | 非确定指示性比较词 |
| --- | --- |
| 98.90% | 40.25% |

由表5.1所示,含有确定指示性比较词的比较句识别准确率高达98.9%,说明含有此类比较词的句子就是比较句。KWS识别出该类句子后,直接将其放入最终比较句集合,不作为后续实验的对象。对于含有非确定性比较词的句子,作为候选比较句,由第二层模型进一步识别。

以经过KWS筛选出句子作候选比较句集合,用Bi-CSR挖掘得到比较模式集,进入识别模型的第二层。进行如下2组实验:

1)基于CSR的实验(CSR)。直接运用Prefixspan挖掘比较模式,并通过判断句子是否匹配这些模式识别比较句。2)基于Bi-CSR的实验(Bi-CSR)。用Bi-CSR挖掘比较模式,判断每个句子是否与比较模式匹配,若匹配,则该句为比较句,反之,不是

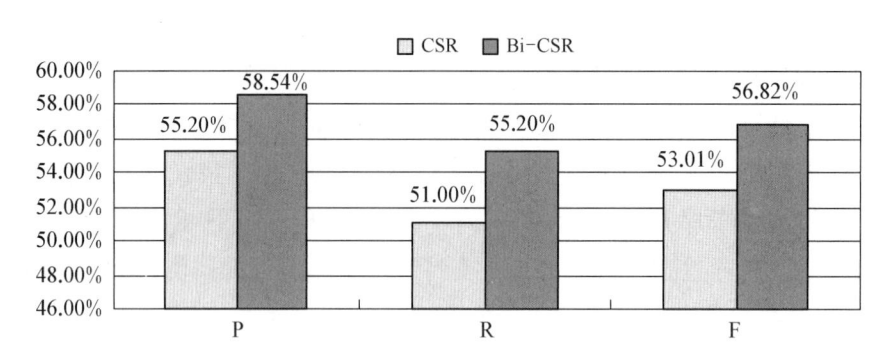

比较句。2 种方法实验结果对比如图 5.3 所示。

**图 5.3　不同挖掘算法识别比较句效果对比**

实验过程中,分别采用现存 Prefixspan 挖掘算法和本文提出的 Bi‐CSR 挖掘比较模式,得到对应的模式数分别为 173 和 129。可见 Bi‐CSR 可有效减小比较模式规模。观察图 5.3,Bi‐CSR 识别比较句的 F 值达到 56.82%,而 CSR 识别比较句 F 值为 53.01%,证明 Bi‐CSR 挖掘算法挖掘所得模式能较有效的识别比较句,且性能优于 CSR。

采用性能较优的 Bi‐CSR 结合 SVM 分类实验(Bi‐CSR&SVM)。以 Bi‐CSR 挖掘比较模式,将每种模式作为 SVM 分类器的一维特征,判断每个句子是否匹配比较模式,若匹配对应位则置 1,反之,置 0。得到对应句子的特征向量,用 SVM 分类器训练、测试。为了测试运用 SVM 方法结合 Bi‐CSR 的实验性能是否优于单纯 Bi‐CSR,将两者实验结果做一对比,如图 5.4 所示。

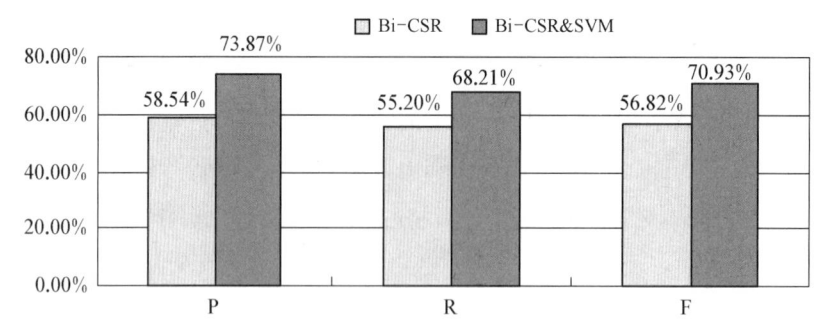

**图 5.4　Bi‐CSR、Bi‐CSR&SVM 实验效果对比图**

由图 5.4 可知,Bi‐CSR&SVM 的实验效果数值远高于 Bi‐CSR,说明 SVM 分类器能综合多个比较模式特征,最终学习得到更优的比较模式。Bi‐CSR&SVM 的 F 值达 70.93%,说明该方法能较有效地识别比较句。

## 小　　结

　　借助于我们建立好的维吾尔语情感语义资源库,研究者开展了维吾尔语情感词的识别研究、维吾尔语文本情感自动识别和维吾尔语情感倾向强度分析研究、维吾尔语比较句识别,并取得了不错的结果。同时,我们也进行了维吾尔语情感主观性关系抽取研究,研究了如何抽取维吾尔语情感语料中的评价对象、评价主题和"评价对象—评价主题"关系。

　　接下来研究者将进一步完善研究成果提出的算法,降低算法的时间和空间复杂度,并以此为基础,改进升级研究者开发的各种辅助工具,以期最大化地实现对维吾尔语情感语义资源建设和分析,为相关部门提供更可靠的决策支持信息。